Lilas rouge

Éditions Verdier
11220 Lagrasse

Reinhard Kaiser-Mühlecker

Lilas rouge

Roman

Traduit de l'allemand (Autriche) par
Olivier Le Lay

Collection « Der Doppelgänger »
VERDIER

Collection dirigée par Jean-Yves Masson

www.editions-verdier.fr

Titre original : *Roter Flieder*
ISBN : 978-2-37856-094-2

LIVRE PREMIER

I

« Comme il galope », dit à part soi la tenancière de l'auberge, tout en tournant lentement la tête. Elle regardait par la fenêtre. Aucun des hommes qui se tenaient dans la salle à boire n'avait réagi à ces mots, aucun d'eux n'y avait prêté la plus petite attention, chacun restait sur son quant-à-soi, ruminait inlassablement les deux, trois mêmes pensées personnelles. Mais l'aubergiste ne s'était pas aperçue qu'on ne l'écoutait pas, car aussi bien elle ne s'adressait à personne – elle ne dialoguait qu'avec elle-même. Le garçon disparut alors derrière le mur et reparut un instant plus tard dans l'encadrement de l'autre fenêtre : une tache fugitive et sombre. Il approcha, passa en trombe devant les lilas d'un violet virulent qui bordaient sur un côté le chemin conduisant à l'auberge. Ils n'étaient en fleurs que depuis quelques jours. L'air lui-même en paraissait coloré, de même que le visage du gamin – ainsi l'aubergiste l'appelait-elle encore, bien qu'il eût atteint la vingtaine –, ses mains blanches, ses vêtements sombres et désormais bien trop courts.

Depuis que la guerre avait éclaté, l'aubergiste était en proie au doute. Il la gouvernait comme une puissance insaisissable et inconnue. Jamais elle n'avait été portée à la réflexion – mais à présent elle était devenue pensive, et tout en elle s'était alenti ; l'un n'allait pas sans l'autre.

Sur le sentier caillouteux, les pieds du garçon soulevaient des nuages de poussière jaune.

Oui, elle était pensive. Et en cet instant, hantée par des souvenirs innombrables et indicibles, elle éprouvait aussi une pointe de mélancolie, et elle murmura : « Diable, il faut ne plus avoir sa tête à soi pour courir aussi vite. »

Ses yeux avaient cheminé d'un bout à l'autre de la salle, et son regard reposait à présent sur la porte et patientait. Quand celle-ci s'ouvrit brusquement dans un bruit sourd, l'aubergiste ne l'aperçut d'abord pas ; elle était trop éblouie par cette lumière qui, d'un blanc argenté même dans le crépuscule naissant, régnait depuis peu et annonçait dès à présent, fin avril, l'été. Il lui sembla que cette lumière était une promesse, et elle se renfonça plus profondément dans sa mélancolie. Elle se sentit chuter au tréfonds d'elle-même. De fines et scintillantes particules de poussière montaient dans l'air, virevoltantes et dorées. Ce n'est qu'à l'instant où l'odeur mauve, douce et chaude des lilas eut envahi la pièce, comme si la fumée grisâtre des pipes, épaisse et presque figée, n'existait pas, qu'elle distingua enfin son visage. Il était tout tremblant, la sueur perlait sur son front, et un mince filet de bave, luisant dans la pénombre de la salle, pendait à la commissure de ses belles lèvres pleines et un peu gercées.

« Viens par ici, petit Franz », dit l'aubergiste d'une voix douce, et le garçon approcha à pas comptés. Elle reposa la lourde chope au verre épais qu'elle tenait en main depuis plus d'une minute et passa de l'autre côté du comptoir. Elle s'avança vers lui et, avec l'ourlet de sa jupe, effaça le filet de bave. Franz, comme s'il était soudain confus, s'essuya la bouche d'un preste revers de manche, et, de l'autre main, se nettoya une fois encore. Il était pantelant. D'un geste à la fois tendre et distrait, l'aubergiste ôta le duvet de peuplier gris clair qui s'accrochait encore à ses cheveux blonds dont les pointes étaient trempées de sueur. Étaient-ce les cheveux qui avaient mouillé le front, ou le front qui avait mouillé les cheveux ? Quand il se tenait ainsi devant elle, et qu'elle ne le regardait qu'à demi, les yeux dans le vague, sentait à la pulpe de ses doigts le duvet de saule immatériel, elle se croyait transportée dans une autre époque, avant la guerre, en des temps meilleurs. Il lui rappelait les journées insouciantes du passé, qui toutes lui paraissaient alors légères, gaies et hautes en couleur, peuplées de voix rieuses.

« Pourquoi cours-tu comme ça, petit Franz ? », lui demanda-t-elle. Elle s'avisa que plus personne ne l'appelait ainsi désormais, pas même elle en temps ordinaire. Il y avait bien longtemps qu'il était un adulte, un homme, qu'il en eût l'apparence ou non.

Il lui faisait face et la regardait fixement. Puis il se retourna, tendit le bras et dressa plusieurs fois l'index ; il désignait quelque chose au-dehors.

« Qu'y a-t-il donc, Franzi ? »

Il tendit une fois encore l'index. Mais l'aubergiste se contenta de hausser les épaules, et Franz battit en retraite. Il avait beau la comprendre, il n'arrivait pas à parler sa langue. Les mots ne passaient pas ses lèvres. Il ne savait pas non plus dessiner. Et ses signes, ses gestes, le balancement de ses bras, tout ce qui façonnait son langage et renfermait un monde entier, presque personne ne les comprenait, à l'exception de sa mère et, en de très rares occasions, de son frère. Et nul ne savait lire au fond de ses yeux, où ses pensées, les phrases qu'il avait longuement polies couraient encore.

L'aubergiste soupira, souffla les flocons de duvet qui reposaient au creux de sa main, disparut de nouveau derrière le comptoir et, s'emparant d'une bouteille déjà entamée, remplit une petite chope de bière. Et après, songea-t-elle en tendant le verre à Franz, ce n'est toujours pas ça qui le rendra plus idiot. La chope était chaude. Il la saisit à deux mains et après une brève hésitation la vida d'un trait. Il haletait. « Oh ! », s'écria-t-il alors. « Oh ! » Il fit encore un effort et jeta à l'aubergiste un regard profond.

Et tandis qu'il la fixait ainsi, les mêmes mots trottaient sans fin dans ses yeux : « Un cheval ! Un cheval ! J'ai vu un cheval ! Viens ! Je vais te le montrer ! Il tire une carriole. Je le vois approcher depuis des heures. Il apparaît, disparaît entre les collines et derrière des bois, puis il reparaît. Et il s'arrête parfois aussi un long moment. Je me suis d'abord demandé s'il approchait ou s'il s'éloignait, mais à présent j'en suis certain : il approche. Il grandit à vue d'œil et il tire une carriole. Un homme se tient sur le banc de conduite et il ne bouge pas. Viens, suis-moi, je vais te le montrer ! » Mais l'aubergiste pouvait bien plonger le regard dans ses yeux insondables, elle ne parvenait pas à y lire ces phrases, et elle ne comprenait pas davantage les sons tristes et inhumains qui s'échappaient de sa bouche.

« Retourne à ton travail, Franzi », lui dit-elle en souriant. Et, à l'une des tables, une voix grogna : « Et tire la porte derrière toi, abruti. On est en plein courant d'air ! »

Pour la première fois, Franz posa les yeux sur ces tables où se tenaient ici et là quelques hommes affaissés sur eux-mêmes, un verre d'eau-de-vie devant eux, la main enserrant parfois une pipe au tuyau tantôt court, tantôt long, et qui était peut-être froide depuis longtemps. Personne ne le regardait. Il saisit alors qu'on ne pouvait pas le comprendre, et ses bras tendus se décrispèrent soudain. Ses poings s'ouvrirent. Il attendit encore un, deux battements de cœur, puis il fit volte-face et, quittant l'auberge située à la lisière du village, s'en alla en prenant soin de bien refermer la porte. Chaque prise de conscience était la même ; chaque déconvenue la première. Il ne courait plus désormais, mais avançait d'un pas lent, sans entrain, et s'il marchait ainsi, c'était simplement qu'il n'avait pas pu s'arrêter et ne le pouvait pas davantage à présent. Quand il courait, il se sentait léger, il lui semblait qu'il avait des ailes. Quand il marchait, tout au contraire, c'était comme si on lui avait attaché de lourdes bûches aux souliers. Il progressait d'un pas brinquebalant, et l'on aurait cru voir marcher de conserve deux hommes qu'on eût liés par la jambe – à ceci près que l'un d'eux restait invisible. Franz, l'allure lourde et lente, repassa devant les lilas odorants et rejoignit le champ où sa mère l'avait envoyé travailler. Une fois arrivé, il saisit le chapeau qu'il avait suspendu à une fourche fichée dans la terre, le coiffa et résolut de ne plus se tourner dans la direction où, depuis quelques heures déjà, il promenait sans relâche son regard d'aigle. Il ne se souciait plus de savoir qui approchait, ni même si quelqu'un approchait. Peut-être bifurqueraient-ils avant d'atteindre le bourg et emprunteraient-ils une autre direction, vers le sud. Peut-être ne les reverrait-il jamais plus. Cela lui était égal. Il leur tournait le dos. Mais si toutefois ils mettaient le cap sur le village et passaient finalement devant lui, il se promit de ne pas tourner la tête, ni à plus forte raison de les regarder.

Le jour baissait et il aurait pu rentrer chez lui. Mais la nuit était déjà faite qu'il travaillait encore. Le martèlement toujours plus proche des sabots, lourd, las et régulier, la rage sourde qui l'habitait et la promesse de ne pas regarder la charrette lui avait fait oublier qu'il était temps d'arrêter et de retourner à la ferme. Il fut finalement détourné de sa résolution. Il s'interrompit en plein travail, lâcha l'outil qu'il serrait et se posa sur la terre froide où montait l'air sombre du soir. Ce fut presque malgré lui : il pivota sur un talon, perdit l'équilibre et se reçut lourdement sur ses fesses. Le cheval à la robe alezane était énorme à présent, robuste et massif, un souffle brûlant s'exhalait par ses naseaux. Dans les premiers moments, ses jambes immenses aux fanons abondants lui évoquèrent autant de troncs d'arbre doués de mouvement. Il trépidait et fulminait comme une machine. Le fracas des sabots sur le cailloutis était terrible. Et Franz entendait aussi à présent le grincement des quatre roues de la carriole et le cri régulier des essieux. Il leva les yeux et il eut aussitôt un mouvement de recul ; il rejeta vivement le buste en arrière et s'appuya sur le coude. Un homme en uniforme était assis sur le banc de conduite et le regardait fixement. Il tenait en main un petit papier. Les rênes pendaient mollement. L'homme avait le visage sombre et, lui sembla-t-il, mauvais ; comme assombri de méchanceté. Le sourire qui paraissait s'esquisser sur ses lèvres fines ne dissipait pas cette impression. Franz contempla chaque trait, chaque ride de cette figure immobile et comme peinte. C'était comme si une ombre s'était couchée sur son âme et passait à une lenteur infinie, et, à l'instant où le visage se déroba à sa vue, il poussa un profond soupir de soulagement. Il faisait déjà nuit, mais les ténèbres s'étaient encore épaissies. L'homme au petit papier faisait songer à un messager, à un coursier qui vous aurait apporté une mauvaise nouvelle. Il était à la fois impassible et sûr de lui, sombre comme un oiseau, un oiseau noir, une corneille. Nuit. Et pourtant le jour se fit de nouveau un instant plus tard, car lorsque la lourde carriole eut enfin dépassé Franz, une fille, une toute jeune femme apparut, comme si un petit soleil s'était levé. Elle se tenait au fond de la carriole et ne sursauta pas à la vue de Franz. Elle sourit, au contraire. Comme ce sourire était différent de celui d'il y avait un instant, si étrange, impénétrable et menaçant ! Ce que l'homme avait de plus inquiétant, c'était peut-être d'ailleurs son sourire. Alors, après une seconde d'effroi, Franz eut le sentiment que le jour venait de se lever, et il voulut retourner son sourire à la jeune femme, mais les muscles de son visage ne lui obéissaient pas plus que sa bouche. En dépit de l'obscurité, il avait tout aperçu avec netteté. Et, par-dessus tout, il avait vu les yeux de la fille, qui devait être sa cadette de quelques années à peine. Il y avait en eux quelque chose d'attirant. Mais il n'aurait pas su dire quoi.

Il se ressaisit, se redressa de toute sa hauteur et les regarda disparaître dans la nuit. Ils s'y dissolvaient comme une goutte d'eau dans une rivière. Le soir, la nuit, une nuit plus profonde encore, puis la naissance du jour et la nuit de nouveau à présent. Le temps s'était écoulé à une vitesse insensée !

Sur le trajet du retour, pendant un kilomètre et demi, il se creusa la cervelle. Et quand une fois à la ferme, sa mère, au désespoir depuis sa naissance – et plus encore, et définitivement, depuis que la guerre avait éclaté –, le traita de tous les noms, il ne l'écouta même pas, car il réfléchissait encore. Il n'entendit pas ces paroles qui le blessaient tant d'ordinaire, il n'y prêtait soudain plus l'oreille. Il prit son dîner, perdu dans ses pensées. Il s'attarda longuement à table. Les énigmatiques entrelacs bleu et blanc qu'il avait fait apparaître peu à peu et, d'abord avec du pain, puis avec la langue, soigneusement récurés, et qu'il ne quittait plus des yeux, disparurent soudain, et lorsqu'il redressa la tête, il ne vit plus que sa mère qui le chassait de la cuisine, et il se leva enfin. Elle tenait en main son assiette et secouait la tête. Pourquoi, se demandait-elle invariablement chaque jour, pourquoi avait-il fallu que ce soit l'autre qu'on appelle sous les drapeaux ? Elle le regarda monter dans la salle de bains, les coudes et les avant-bras souillés de terre. Ses mains étaient toujours sales, il est vrai. Mais qu'avait-il fait aujourd'hui ? S'était-il roulé dans la fange ? Comme son dos était large. Large comme une forte planche, comme un fond d'armoire. Une armoire aux pieds bien campés et aux bras crasseux. Dans la salle de bains, Franz se tint longtemps devant le miroir dont les bords couleur de plomb ne reflétaient presque plus rien, et il contempla ce visage auquel il ne commandait pas. Et tandis qu'il s'observait ainsi, il comprit soudain : les yeux de la jeune fille – c'était comme s'il s'était regardé dans un miroir.

La rage aveugle qui s'était emparée de lui à l'idée qu'il ne pourrait partager la nouvelle avec personne en fut alors effacée. Car en ces années où les déplacements semblaient s'être réduits au strict minimum, où l'intérêt s'était déplacé sur les champs de bataille aux consonances âpres, métalliques et froides, qu'on ne connaissait partiellement que par la radio, à la faveur des lettres des maris, des fils et des frères, ou par les avis de décès, une nouvelle arrivée au village n'était pas un mince événement. Il se glissa sous les draps, heureux, et sombra dans un sommeil profond et sans rêves. Quand il rouvrit les paupières, aux premières lueurs du matin, il éprouva aussitôt la même joie que la veille ; c'était comme si le temps n'avait pas passé. Il sortit de la ferme sans avoir seulement mangé. C'est qu'il n'y avait même pas pensé : le dehors l'attirait comme un aimant. Pendant toute la journée, aux champs, le beau rêve de la nuit passée le hantait encore, et il croyait revoir la jeune fille qui avait ses yeux, ce petit soleil rouge-rose posé à l'arrière d'une carriole.

C'est ainsi que Franz Wagner fut et demeura le seul habitant du pays qui, au fond, tout au fond de sa tête souvent si lasse, sut quand les Goldberger étaient arrivés au village. L'aubergiste elle-même avait oublié le jour où le pauvre simple d'esprit, en proie à une vive émotion, s'était soudain planté devant elle, car chacun ici finissait par confondre ces journées mornes que remplissait la seule attente de la fin de la guerre. Mais, soit par ennui, soit parce qu'elle avait pressenti quelque chose et n'avait pu se défendre d'y repenser, elle en avait malgré tout parlé, aussi s'accordait-on pour dire que c'était bel et bien Franz Wagner qui les avait aperçus le premier.

2

L'homme en uniforme s'engagea dans un étroit chemin qui bordait le village et au centre duquel courait une large bande d'herbe. Il leva les yeux au ciel. On n'apercevait pas la lune; des nuages blancs épars voilaient le firmament et la dissimulaient. L'air où les lilas embaumaient vira du bleu nuit au noir. Il pouvait être neuf heures. Ce village, comme tous ceux qui scandaient la vaste route de poussière qui les avait menés jusqu'ici, semblait mort. À la tombée du soir, on tirait les rideaux et plus personne ne sortait dans les rues. Il n'en allait pas autrement là-bas, dans leur région d'origine, à la frontière de l'Allemagne et de l'Autriche. Il ne pouvait s'empêcher de penser: de « l'Autriche ». Celle-ci n'existait pourtant plus, il n'y avait plus qu'un seul grand empire, l'empire de tous les Allemands, auquel il croyait fermement. Aujourd'hui encore, quand il songeait à sa grandeur et se disait que sa terre natale en représentait une partie, son sang s'échauffait. Singulier phénomène: il y suffisait d'une pensée. Et ce n'était pas tout: lui, Ferdinand Goldberger, s'intégrait pleinement à ce grand empire. En sa qualité de chef local du Parti, il était un rouage important de l'appareil administratif.

Pendant le trajet, il avait ressenti le poids des années, avec un peu trop d'insistance à son goût. Il avait un peu plus de soixante ans.

Les maisons, grandes ombres aux contours acérés, passaient à quelque distance de là, comme si c'était elles qui se mouvaient, défilaient pour leur souhaiter muettement la bienvenue. Il apercevait les villageois, femmes, enfants et vieilles gens, derrière les fenêtres où brûlait une flamme jaune, et de l'autre côté des murs noirs. Il les saluait intérieurement. C'était donc là son nouveau village. Rosental.

Le plan dessiné à la main qu'on lui avait remis en même temps que les documents qui faisaient de lui le nouveau propriétaire du domaine était facile à lire, et il trouva la ferme comme il avait trouvé le village, du premier coup et sans demander une seule fois son chemin. Au train où ils avançaient, elle était située à une heure et demie du bourg – à quatre kilomètres, estima Goldberger, ce qui concordait à peu près avec le plan. Elle se dressait sur une éminence. Si toutes les demeures devant lesquelles ils étaient passés étaient plus noires que la nuit, celle-ci, vers laquelle ils avançaient d'une allure lente mais obstinée, se mettait à briller peu à peu d'un blanc de chaux. La lune avait laissé derrière elle les voiles nuageux, effaçant leur blancheur, et luisait à présent plus haut dans le ciel, encore tout à l'est. Mais Goldberger ne prêtait pas attention à la lune. Il lui semblait que la maison brillait de l'intérieur. Mais bien sûr qu'elle brillait, c'était sa maison ! Et elle était la seule qui fût perchée sur une colline. Le feu qui couvait en lui se raviva, et les battements de son cœur s'accélérèrent. Il saisit le fouet qu'il avait glissé dans la tige de sa botte et dont il ne s'était pas servi depuis longtemps, et, tandis que la ferme se dérobait à sa vue, fouailla le Noriker fourbu pour qu'il gravît plus vite le coteau. La bête surprise poussa un hennissement et, le temps de quelques pas, parut en effet se mettre au trot : elle voulait se soustraire aux coups. À cet instant la maison reparut. Une fois arrivé sur la crête de la colline, il prit les rênes en main et les tira ; la carriole cahotante s'arrêta net dans une grande secousse, un battement de cœur après l'animal. Goldberger se leva et regarda autour de lui. Tout était plongé dans la nuit ; il ne distinguait qu'une poignée d'arbres et, à l'est et à l'ouest, des murailles de conifères. Mais ne discernait-on pas une maison dans le lointain, à cinq, six cents mètres au sud ? La seule lumière qu'on aperçût venait également du sud, des montagnes. Goldberger sortit une boîte d'allumettes de la poche pectorale de sa veste, l'ouvrit, prit une allumette, la frotta et examina le plan. « Là-bas », chuchota-t-il tout en soufflant l'allumette, les yeux de nouveau rivés sur la lumière, ou plutôt les lumières qui vacillaient au loin, « là-bas, ce doit être le Magdalenaberg ». Il se promit de visiter bientôt ce lieu de pèlerinage, peut-être même à pied, pour y prier. Il respirait à grands traits l'air limpide et frais de la nuit.

« Nous sommes arrivés ? » La jeune fille, un bouquet de lilas déjà défraîchi à la main, se tenait à son côté. Dans le clair de lune, son visage était aussi blanc que les murs de la ferme. Elle avait posé cette question histoire de parler. C'était la première phrase qu'elle prononçait depuis des jours. La seule qui lui fût venue à l'esprit. D'ordinaire, elle se contentait de répondre : « Oui. » « Non. » Il ne l'avait pas entendue mettre pied à terre, il n'avait pas entendu ses pas sur le chemin de terre. « Oui », répondit-il à la jeune femme aussi bien qu'à lui-même. « Oui. »

Pendant tout le trajet, elle avait pleuré en silence. Calée au fond de la carriole, dans le tintement des casseroles et le raffut des meubles entrechoqués, elle avait vu son univers disparaître ; les collines, et tout ce qu'elle avait connu, patiemment appris à connaître au cours des vingt et une années passées, s'était effacé dans le lointain ; c'était à peine s'ils progressaient au pas ; ils avaient laissé derrière eux les derniers vestiges. C'était cette lenteur tenace qui conférait à l'effacement quelque chose d'irrévocable. Seul le lilas qui, un matin, s'était soudain dressé au bord du chemin, s'épanouissant avec plusieurs semaines d'avance et mettant une touche mauve sur tout ce qui l'entourait, avait su la consoler un peu. Mais tout ce sur quoi elle avait versé des larmes s'était à présent enfui. À l'instant où ils étaient arrivés, où la carriole s'était arrêtée, tout s'était dissipé, du moins pour un temps. Elle était désemparée : elle aurait voulu rouler longtemps encore et verser d'autres larmes. Elle s'y était habituée. Le voyage avait duré quatre jours. Ils avaient fait de nombreuses haltes. Le cheval n'était plus tout jeune. Sur les flancs, sa robe était meurtrie par places. Quatre jours, et elle aurait souhaité que le voyage se prolonge. Mais il n'y avait rien à y faire. Au loin clignotaient des lumières. Combien y en avait-il ? Et d'où venaient-elles ? Scintillaient-elles au versant d'une montagne ? Elle n'aimait pas les montagnes ; elles lui inspiraient de la crainte.

« Martha », dit alors Goldberger qui était descendu de la carriole, « apporte donc le cageot avec la nourriture. Et les couvertures. Attends-moi. Nous entrerons ensemble dans la ferme. — Oui, papa. » Et elle refit le tour de la carriole, posa le bouquet de lilas sur les planches encore chaudes où elle s'était tenue, et rassembla les affaires.

Pendant ce temps, Goldberger dételа le cheval, lui mit le licou et lui fit franchir la large et haute porte de bois qui conduisait dans la cour intérieure de la ferme. Il y avait là un abreuvoir. Goldberger brida la fougue de la bête assoiffée, se pencha en avant et sentit l'eau noire et luisante dont le souffle frais lui effleurait le visage ; l'eau était saine, l'odeur n'en était pas putride. Alors il céda à son cheval, attacha le licou à une longe de plusieurs mètres qui pendait à un anneau de fer près de l'abreuvoir, se rendit dans le fenil et en rapporta une brassée de foin, y enfouit la figure, en respira à pleins poumons les effluves et la donna en pâture au cheval qui s'abreuvait déjà. Il lui caressa la croupe avec ménagement, souffla : « Tout doux, tout doux », puis il l'abandonna à lui-même. En accomplissant ses premiers gestes, il fut pénétré de la sensation douce et chaude d'être chez soi.

Martha se tenait devant la ferme et attendait. Ils pénétrèrent ensemble dans le domaine.

Après que, à la lueur d'une petite bougie blanche que sa propre lumière jaunissait, ils eurent dîné de quelques tartines de pain agrémentées de plusieurs tranches de lard chauffées sur la flamme et devenues vitreuses, ils se couchèrent, chacun d'un côté et sans se dévêtir, sur la banquette d'angle qui subsistait encore dans la cuisine à peu près vide. C'était déjà cela. Au bout de quelques minutes Goldberger s'endormit. Martha sentait quand il dormait. Elle ne trouvait pas le sommeil. Depuis leur départ, elle ne dormait plus qu'au grand jour, blottie dans la carriole ; la nuit, elle roulait des pensées qui la laissaient éveillée. À présent les pensées s'étaient immobilisées, elles ne tournaient plus en rond, mais elles étaient cependant encore là et s'interposaient entre elle et ce sommeil auquel elle aspirait tant. Elle n'y tint bientôt plus, rester allongée ne lui servait à rien, elle se laissa glisser sans un bruit de la banquette et sortit de la ferme à pas feutrés. Tout lui donnait le frisson ; on aurait dit qu'il n'y avait pas un seul bruit par ici, pas même le trottinement d'une souris. Le vent de la nuit avait fraîchi. Il n'y avait pas d'étoiles dans le ciel et la lune froide avait encore disparu. Martha tourna le visage vers le firmament, ferma les yeux et se mit à prier. Elle appelait cela prier, mais au vrai elle se contentait de parler avec sa mère, qu'ils avaient enterrée six mois plus tôt.

Martha avait été singulièrement touchée de la voir étendue ce jour-là dans le cercueil ouvert. Ce n'était pas tant qu'elle ne respirait plus, non, c'était qu'on l'avait arrachée à ce fauteuil à oreilles où elle passait ses journées depuis dix ans. La femme qui gisait là sous ses yeux était un spectre, une inconnue. Et sa mère avait simplement disparu. À tout prendre, elle aurait mieux compris qu'on l'ensevelît avec son fauteuil à oreilles ; mais celui-ci, vide, l'avait accompagnée pendant tout le trajet, chahuté au gré des cahots. C'était cela par-dessus tout qui lui tirait des larmes ; elle n'arrivait décidément pas à comprendre, aussi pleurait-elle.

Quand elle revint dans la cuisine à pas étouffés, elle entendit son père ronfler. Tous les deux pas, cette respiration rude et bruyante qui faisait légèrement tinter les vitres. Elle comptait se coucher mais, à sa propre et muette surprise, elle rejeta vivement la couverture, ressortit de la ferme et alla se poser à l'endroit où elle avait passé les jours qui venaient de s'écouler. En cet instant, aussi douloureuse que lui fût cette certitude, c'était pour elle le lieu le plus familier, le seul refuge qui lui restât en ce monde : les quelques planches encore tièdes au fond de la carriole, entre la bergère à oreilles, les ustensiles de cuisine et leurs quelques meubles. Perdue dans ses pensées, elle s'assit sur le bouquet de lilas. Emmitouflée dans l'épaisse couverture grise, se balançant doucement d'avant en arrière pour ne pas prendre froid, elle passa la nuit là, n'attendant rien, pas même le lever du jour. Et dire qu'il n'y a même pas de souris, songea-t-elle absurdement. Pas d'oiseaux non plus, rien.

Depuis longtemps déjà, elle voyait l'horizon s'éclaircir à l'est, derrière les bois noirs, et des montagnes grises émerger de la nuit. Elle observait ce spectacle avec indifférence. À force de se balancer pendant des heures, elle était plongée dans un état de torpeur, entre la veille et le sommeil.

C'est ainsi que Goldberger l'aperçut quand il franchit le seuil de la ferme dans la première pâleur de l'aube. Elle tourna même la tête. Ils se regardèrent comme deux étrangers ; ce qui ne leur inspira aucune pensée ; personne ne leur importait encore en quoi que ce fût, et ils ne se souciaient d'eux-mêmes qu'à demi.

Goldberger fit le tour de la maison, pénétra dans la cour, détacha le cheval qui semblait n'avoir pas bougé et ferma le grand portail devant la bête qui l'avait suivi d'un pas pesant. Puis, tenant en main le petit papier d'un blanc jauni, un peu chiffonné, dont il lisait à présent le verso, il entreprit d'arpenter et d'explorer son nouveau domaine. Alors qu'il s'éloignait déjà, il songea une seconde à rebrousser chemin pour demander à Martha de l'accompagner ; il ralentit même le pas. Ne devait-elle pas être là dès le début ? Ne lui faciliterait-il pas les choses en l'associant à ses travaux ? Mais, sans y réfléchir plus avant, il secoua brièvement la tête et reprit son chemin au pas cadencé. Au bout de quelques mètres, il s'arrêta de nouveau. Voilà des années qu'il avait adopté cette allure martiale, à laquelle il lui fallait toutefois se contraindre ; elle ne lui était pas naturelle, et même après toutes ces années il n'y était pas encore rompu. Mais qui se souciait ici de sa démarche ? Personne. Aussi poursuivit-il sa route d'un pas plus léger, d'une foulée presque élastique.

On lui avait esquissé le domaine dans ses grandes lignes, et tandis qu'il sillonnait à présent les prés et les champs ensauvagés

– on aurait été bien en peine de les distinguer les uns des autres –, il s'aperçut que l'ébauche était en réalité très précise ; c'était un plan, ou autant valait. Oui, la ferme close de tous côtés se dressait sur le plat d'une colline, et elle se trouvait à peu près au centre du terrain. Elle était entourée de forêts et de prairies, d'un verger de haute tige et de quelques arbres fruitiers esseulés, et délimitée sur trois côtés par des bois où poussaient surtout un fouillis de chênes, d'épicéas, de hêtres et de bouleaux, et, ici et là, en lisière de forêt, des saules et des aulnes. Les limites du domaine couraient à travers les parcelles boisées. Il n'y avait qu'au sud que la vue était libre et dégagée ; on ne distinguait qu'une seule autre ferme, moins imposante que dans la nuit ; et à l'arrière-plan se dressait, immense, encore noir et blanc et sans un soupçon de bleu, la montagne à laquelle ses yeux et son âme devraient s'habituer. Elle découpait l'horizon à traits acérés. Elle pouvait être distante de vingt-cinq kilomètres, estima Goldberger. Il n'avait pas son pareil pour évaluer toutes choses. Aussi savait-il combien ce qui lui était échu était maigre et dérisoire en comparaison de ce qu'il laissait derrière lui. Ils avaient descendu la pente, de peu il est vrai, mais enfin ils l'avaient descendue, de façon imperceptible et continue, comme le cours penché d'un fleuve ; ici, la végétation était déjà plus avancée. Cette contrée-ci était plate, au contraire de sa région natale. Les oiseaux commençaient à s'éveiller et à chanter, et une brise légère s'était levée, qui dans la lumière toujours plus vive du matin faisait étinceler et frémir les jeunes feuilles vertes des arbres.

Goldberger jeta un regard autour de lui et, prenant une très profonde respiration, songea : Ferdinand s'en sortira ici. À son retour, il saura prendre les choses en main. Mon petit Ferdinand. Oui. Reviens-nous vite. Elle ne sera pas pour te déplaire, cette région de plaine, petit galopin. Goldberger éclata de rire.

Puis il se tourna vers le soleil qui se levait justement sur la croupe d'une montagne, tout à l'est, rosissant le blanc du ciel, s'agenouilla sur ses nouvelles terres et, dans l'air bleu pâle, transparent et frais, d'une voix basse, se mit à prier pour un avenir heureux, ou en tout cas moins rude que le passé, et pour que son fils, qui se prénommait Ferdinand tout comme lui, s'en revînt sain et sauf du front. Il récita deux fois la même prière. Ses genoux furent peu à peu glacés puis trempés. Au petit matin, des nuages de buée s'échappaient encore des bouches.

À son retour, il aperçut Martha de loin ; elle n'avait pas bougé et se balançait encore d'avant en arrière au fond de la carriole, parmi leurs possessions. Ses jambes oscillaient dans le vide, et ses petits pieds dépassaient de la lourde couverture. Goldberger, une fois arrivé à sa hauteur, lui effleura délicatement la joue. Elle ressemblait à sa mère. Il la contempla comme un portrait, comme un souvenir. Les cheveux noirs en bataille, toujours un peu raides et gras ; les paupières pâles ; ah, tout enfin. Sa femme lui manquait. Elle lui manquait encore. Avant même son décès, pendant dix longues années, elle lui avait déjà manqué. Il se promit d'écrire à Ferdinand après le petit déjeuner, sitôt qu'il aurait trouvé un crayon et du papier. Mais il voulait d'abord explorer la ferme. Il saisit Martha sous les aisselles, lança : « Et… hop ! », et la souleva de la carriole. « Mon enfant », dit-il. Il la tenait dans ses bras, sentait sa chaleur froide, leur souffle brûlant à tous deux, et elle revint doucement à elle, se dégagea d'une volte et, d'un pas titubant, pour la première fois au grand jour, suivit son père dans cette maison blanche. Des arcs peints en jaune surmontaient les petites fenêtres. Au-dessus de la porte d'entrée, de profil, un homme en prière joignait ses grandes mains sur son visage. La peinture était tellement écaillée qu'on avait cependant peine à le distinguer. Peu avant de franchir le seuil, Goldberger jeta encore un regard en arrière et leva les yeux au ciel : il bleuissait peu à peu.

3

La vue brouillée par la fatigue de la nuit et la lueur trop frêle des bougies, ils n'avaient pas pu voir ce qu'ils découvraient à présent, l'un avec stupeur, l'autre avec un étonnement tempéré d'indifférence. Après tout ce qui s'était passé, Goldberger ne s'attendait certes pas à un palais royal ; mais pas davantage à ces pièces et ces chambres vides et dévastées où il s'avançait à présent, suivi de l'ombre pesante de Martha. À l'exception de la banquette d'angle et de la table de la cuisine, qu'ils retrouvèrent dans la pièce à vivre, les quatre pieds en l'air, le mobilier était presque inexistant, ou en très piètre état. Un lit qui, sans lattes, avec deux pieds cassés, semblait planté dans le sol et évoquait une barque échouée dans un étang. Dans un coin de l'une des chambres, à l'étage, s'amoncelaient des paillasses blanches éventrées. Le crépi des murs s'écaillait par pans. Dans le tub de métal zingué, près de l'écoulement, un grand trou auréolé de rouille. Il manquait des carreaux au sol. Le buffet de la cuisine n'avait plus toutes ses petites portes. Et partout, sans exception, au plancher, le long des murs, sur chaque robinet, chaque poignée de porte, de la poussière, de la crasse, des salissures. Goldberger avançait de pièce en pièce, hochant la tête d'un air toujours plus accablé.

Enfin il se ressaisit et dit : « Tâche de voir si tu ne trouves pas le café. Nous devrions manger un morceau. » Puis il se rendit dans la cour, où le cheval venait justement de se coucher, mais se releva sitôt qu'il entendit ses pas. Il s'efforçait de retrouver son calme. C'était une demeure vaste, après tout. Fermée de tous côtés. Le grand portail de bois donnait à l'est. De l'extérieur, la ferme ne paraissait pas à l'abandon. Près de l'alezan, le tas de foin avait disparu, remplacé par des boules de crottin jaune que les sabots avaient piétiné. Goldberger remonta dans le grenier à foin. Tout y était pour le mieux. Certes, il n'y avait plus qu'un peu de paille et de foin, rassemblés en deux meules hautes comme un homme, mais au moins ces réserves n'étaient-elles pas gâtées. Il examina soigneusement les fourrages à la recherche de moisissures – il n'y en avait pas. La toiture ne laissait filtrer la lumière qu'en deux endroits, où Goldberger décela des tuiles cassées ; il perçait là une lumière aveuglante. La charpente tenait bon, nulle part elle ne semblait endommagée ou affaissée. Il redescendit alors dans la cour et fit le tour des étables – des *autres* étables, souffla-t-il d'un ton soudain plein de sarcasme, se remémorant les pièces d'habitation. Il y avait là une grande vacherie avec onze emplacements, dont les chaînes aux maillons recouverts d'une fine épaisseur de rouille brunâtre pendaient tristement, une porcherie avec deux longues auges, un poulailler et trois boxes à chevaux aux portes étroites et aux cloisons hautes. Aucune des étables n'avait été nettoyée de ses immondices. Le sol était jonché d'une épaisse couche de fumier noir et durci, qui n'avait presque plus d'odeur et où l'on distinguait çà et là des moisissures blanchâtres. Pas de mouches – il en avait entendu une dans la maison. Mais pour le reste ? Les étables paraissaient dans un état irréprochable, les fortes parois de séparation en mélèze étaient intactes, nullement pourries, et c'est à peine si, dans les abris de la porcherie, telle planche du dessus était un peu rongée ou déchiquetée.

La relative satisfaction qu'il en éprouva ne contrebalançait pas la consternation d'il y avait quelques instants ; et pourtant, quand Goldberger s'en revint de la vaste grange où l'on battait le grain, déserte et tendue de toiles d'araignée épaisses et poussiéreuses, et rejoignit le corps de logis pour s'y poser un instant, il était rassuré. Ils avaient transporté la table dans la cuisine.

Martha leur servit le café chaud et fumant. Ils le sirotèrent en l'accompagnant d'une tartine de pain.

Ce n'était pas la situation présente qui l'affligeait ainsi, non. Goldberger, fort de son caractère confiant et obstiné, avait toujours eu la faculté de s'adapter aux circonstances à une vitesse incroyable. Il avait du ressort, comme sa mère en son temps le lui disait déjà. Rien encore n'avait pu le faire fléchir durablement. Et pourtant bien des revers auraient pu le briser. Ce n'était pas non plus le dépit qu'il éprouvait à l'idée qu'il avait dû échanger son immense domaine boisé de quatre-vingt-dix hectares contre celui-ci, qui était trois fois plus petit, presque rien en somme. Qu'est-ce que je raconte, échanger, pensa-t-il avec dédain. Je l'ai donné pour rien. Mais il savait pertinemment qu'il ne lui restait rien d'autre à faire. Il devait se réjouir tout au contraire de ces quelques miettes. C'était toujours mieux que rien. Qu'il le veuille ou non, il lui fallait y voir un cadeau qu'on lui faisait, alors qu'au vrai il ne lui restait plus rien. Mais cela heurtait sa fierté de l'admettre.

« Tu as donc trouvé le café ? — Oui, papa. — Ah, bien. — Le puits aussi. — Bien. »

Ils remuèrent leur café. Les cuillères en fer noircies tintaient contre la céramique. Goldberger avait l'impression qu'on lui contait toute une histoire ; chaque bref entrechoquement était pareil à une phrase qui renfermait tout, l'essence d'un passé révolu. Les tasses faisaient partie, entre autres choses, de la dot de sa femme. Ce n'était que par habitude et distraction que père et fille remuaient à présent leur café – il n'y avait pas de sucre.

Martha : une ombre pesante. Sa femme, la mère de Martha, n'était pas assez robuste pour avoir des enfants ; auparavant déjà, dès les premiers temps du mariage, elle s'était montrée si fragile, délicate et souffreteuse, et chaque naissance n'avait contribué qu'à amplifier cette faiblesse – à la fin, elle était si maigre qu'on voyait presque au travers. Depuis des éternités, leurs ombres pesaient sur Goldberger de tout leur poids. Ferdinand lui-même lui était un fardeau. Pourquoi ? Goldberger n'aurait pas su le dire. Quand on l'avait incorporé, il en avait ressenti un étrange et douloureux soulagement.

Il s'attendait à poursuivre ici ce qu'il avait dû abandonner là-bas, sur tous les plans. C'était ainsi qu'il s'était figuré les choses pendant le voyage, depuis le haut pays : il s'éveillerait d'un mauvais songe, d'un cauchemar, et reprendrait sa vie ancienne. Mieux encore : il lui semblait émerger en effet d'un cauchemar, de quelque chose de terriblement irréel et d'incompréhensible. Mais les circonstances n'étaient plus les mêmes, et il ne pouvait être question de *continuer*. Le cauchemar s'était dissipé, voilà qui était certain. Mais il lui fallait repartir à zéro, et sans l'aide de personne. Au fond c'était cela qui l'affligeait le plus.

Après le café, père et fille, sans s'être concertés, se mirent à balayer et nettoyer la cuisine. Puis ce fut au tour de la salle de bains, de la pièce à vivre, des espaces du premier, des chambres à coucher. Enfin du grand salon. Plusieurs longues journées s'écoulèrent ainsi. De même qu'ils avaient voyagé sans un mot, ils s'affairaient désormais en silence ; on aurait été bien en peine de dire qui avait commencé ; tout cela obéissait à des règles non formulées. Ils passaient la nuit sur la banquette d'angle. Martha, recrue de fatigue, parvenait enfin à dormir elle aussi. C'en était fini de l'attente du petit jour, qui l'avait mise au supplice pendant le voyage, dans les chambres d'auberge. Elle ne réfléchissait plus à rien – hormis à son travail ; ses yeux noirs s'éclaircissaient.

Le cheval, toujours libre de ses mouvements, se tenait pendant ce temps dans la cour, se repaissait de foin et de l'avoine qui leur était restée du voyage, broutait l'herbe fraîche et jeune et s'abreuvait copieusement. Martha le caressait souvent pour qu'il ne se sente pas seul. À chaque fois que Goldberger apercevait la bête, il songeait en soupirant : On devrait être un cheval… De temps à autre, pendant une demi-journée, il le menait dans un pré situé derrière la ferme, où personne ne pouvait le voir, sinon peut-être un aviateur. La nuit venue, il le logeait dans l'écurie.

Ce furent des journées sèches, bien que le temps fût souvent à la pluie.

Une fois qu'ils eurent tout nettoyé, ils vidèrent la carriole et transportèrent les affaires dans la maison. Ils s'installèrent. Goldberger gara le chariot dans la resserre, vide à l'exception d'un peu de bric-à-brac – anneaux de fer, douves de tonneaux, licols poussiéreux – et située à une bonne trentaine de pas de la ferme, au sud-est. Il trouva là aussi, entreposées dans un coin réservé, entassées en piles impeccables, environ mille brassées de bois de chauffage. Un long coup d'œil lui avait suffi à mesurer le tout. Pour les troncs, il comptait comme tout un chacun en mètres cubes, qu'il appelait des mètres. Pour les bûches, il avait cette mesure personnelle. Son père avant lui l'avait déjà adoptée. Goldberger détacha la bâche marron clair qui couvrait la carriole, la retira précautionneusement, la nettoya, la fit sécher dans la petite brise fraîche qui soufflait depuis leur arrivée et chassait les nuages dans le ciel, les rassemblait, les dispersait et les échevelait de nouveau, puis il la plia et la déposa sur l'établi, dans l'atelier qui se trouvait en face du corps d'habitation, entre les étables et la grange.

Ce n'est qu'une fois toutes ces tâches accomplies qu'il se sentit prêt à écrire à son fils. Il se munit de son nécessaire d'écriture et s'installa à la table de la cuisine. Mais quelle entrée en matière choisir cette fois ? Il ne s'agissait pas d'une lettre ordinaire. Il écrivit : « Mon cher fils ! » ; mais il biffa cette formule et découpa un lambeau de feuille. Il reprit : « Mon cher Ferdinand ! », se ravisa encore et découpa une autre bande de papier. « Fiston ! », écrivit-il sans plus de détours au troisième essai, et ces mots lui parurent encore les plus naturels et les mieux appropriés, avant qu'il se déjuge encore. Jamais il ne l'avait appelé ainsi. La feuille de papier rétrécissait à vue d'œil. Enfin il reprit simplement la formule habituelle : « Cher Ferdinand ! »

Et poursuivit :

« Ne t'étonne pas si je t'écris aujourd'hui d'un autre village que le nôtre. Non, surtout, ne t'en étonne pas ! Ce n'est pas la peine. Dorénavant, c'est toujours d'ici que je t'écrirai, d'ailleurs. Car enfin, mon fils, pour te le dire en deux mots : j'ai vendu la ferme des hautes terres pour en acheter une autre. Elle se trouve à Rosental, en plat pays. Tu connais le coin par des récits qu'on t'a faits. Votre mère vous en a parlé parfois, elle a séjourné ici de temps à autre quand elle était enfant. Elle logeait au village voisin. Oui. Chez des parents. T'en souviens-tu encore? Tu dois bien te le rappeler. Elle s'est toujours plu à Rosental. Et je ne doute pas que tu t'y plairas aussi. J'ai été contraint à cette démarche. Tu penses bien que je n'aurais pas agi ainsi si je n'y avais pas été absolument forcé. Au reste c'était une occasion unique que je ne pouvais pas décemment laisser passer. En cas contraire, nous aurions peut-être tout perdu. Ce n'était pas une vente à proprement parler, mais bien plutôt un échange. Ceci dit entre nous. Tu apprendras tous les détails de l'affaire à ton retour. Je te recopie l'adresse à part, au cas où l'enveloppe serait salie ou trempée. Reviens-nous vite et en pleine santé une fois la victoire acquise. Nous t'attendons. Heil Hitler! Et Dieu te bénisse. Ton père qui est fier, Ferdinand Goldberger, chef de la section de Rosental. »

À vrai dire, il comptait écrire: « Ton père qui est fier *de toi* ». Il s'en émut un bref instant, puis il jugea que c'était bien ainsi. Pour le reste, même à la deuxième et à la troisième relecture, il estima qu'il s'était exprimé avec clarté. Il n'y avait rien à ajouter pour le moment, rien à savoir de plus. Il survola une dernière fois la lettre. Il s'interrompit, reprit la plume et souligna « Rosental ». Puis il coupa en deux l'une des bandes de papier et y écrivit l'adresse. Là-dessus, il glissa la missive dans une enveloppe, la cacheta, rédigea le nom et l'adresse du destinataire et glissa enfin le pli entre deux bocaux sans couvercle, sur le buffet. Il comptait poster la lettre bientôt. Oui, très bientôt.

Maintenant que la ferme ressemblait à peu près à quelque chose, que les étables avaient été nettoyées, balayées, assainies, le cheval logé dans une stalle, il pouvait songer peu à peu à l'avenir.

Il avait tout prévu de longue date. Dès l'instant où il avait arrêté sa décision et signé tous les papiers, quelques rouages s'étaient mis à tourner prestement dans sa tête. Ces cachets, ces paraphes au bas des pages scellaient sa vie ancienne – elle n'était plus qu'un souvenir. Il l'avait compris, plutôt par instinct que rationnellement. Il avait tout planifié, le souffle brûlant, avec son opiniâtreté coutumière. C'était à dessein qu'ils étaient arrivés au village à la nuit tombante. Personne ne devait les remarquer. Et personne ne les remarqua – si l'on exceptait cet idiot planté dans son champ, la bave aux lèvres, et l'on pouvait à bon droit le tenir pour quantité négligeable. Goldberger était certain que nul ne les avait vus, pas même le seul voisin qu'on aperçût à la ronde. Bien sûr, Martha avait fait ronfler le poêle, mais là-bas aussi on devait l'allumer pour cuisiner et se réchauffer matin et soir – or ni Goldberger ni sa fille n'auraient su dire si des panaches de fumée s'échappaient ou non de cette cheminée lointaine. Ils avaient pourtant de bons yeux. Et ils n'avaient pas non plus senti d'odeur de fumée. La distance était bien trop grande.

Goldberger avait prévu de soigner son entrée. Il lui manquait simplement une occasion.

Celle-ci se présenta dès le dimanche suivant, peu avant midi.

Environ soixante heures plus tôt, dans la nuit de jeudi à vendredi, Goldberger se leva discrètement de son lit – deux larges planches de chêne réunies et posées sur plusieurs briques, et où reposait une simple paillasse –, s'empara de ses bottes et de son uniforme et descendit l'escalier en étouffant ses pas. Il se vêtit devant la ferme et courut sans plus attendre au village. La fatigue qui, il le savait, ne trahissait jamais que le poids des ans, l'avait totalement abandonné. Il se sentait transporté trente, quarante années en arrière. Oui, il croyait revivre ces nuits où, en secret, il parcourait à grandes foulées les quelques kilomètres qui séparaient sa ferme de celle où sa future épouse vivait avec ses parents. Comme il était beau et réjouissant de retourner à cette vie ! Il filait à toutes jambes sur les routes que la lune blanchissait, sans que les poumons lui brûlent aucunement. Sa salive était douce comme peut l'être la salive – elle n'était pas amère, brûlante, pareille à du métal en fusion. C'était à peine s'il se sentait courir, il se laissait plutôt dériver au gré d'un courant. Il avait le cœur léger. Ses cuisses où vibrait une ardeur merveilleuse le portaient, galvanisées par leur propre feu. Les maisons s'approchaient à vive allure, découpées dans la nuit. Il faisait clair de lune, et Goldberger, une fois arrivé au village, courut d'une ombre à l'autre en restant au plus près des murs des maisons. Il retint du mieux qu'il put la topographie du bourg, les rues, les quelques carrefours, les principaux édifices. Cela ne lui fut pas difficile, le village était de taille modeste. Au fond, il n'y avait que deux rues principales. À leur intersection, les maisons battaient en retraite : c'était la grand-place où se dressait l'église. Il y demeura assez longuement. Il se campa sur le parvis et contempla l'autre côté de la place, puis il traversa la route et considéra l'église. Il renouvela plusieurs fois la manœuvre. Il ne poussa pas au-delà de la grand-place et s'en retourna au pas de course. La lune avait fait du chemin. Les lilas embaumaient même en pleine nuit. Il s'en revint d'une foulée moins véloce qu'à l'aller.

Il prit alors la direction du sud-est. La route, sur la dernière partie du chemin, décrivait un grand coude avant de courir enfin droit vers la ferme, depuis le sud. Il parcourut les derniers mètres d'un pas tranquille ; il lui restait encore plus de trois heures avant le lever du soleil. Quand il entendit un murmure d'eau, il s'arrêta et prêta l'oreille. Ce n'est qu'à cet instant qu'il remarqua pleinement le ruisseau qui délimitait le domaine au sud. Certes, on en avait symboliquement tracé le cours sur l'esquisse qu'on lui avait remise ; et quand il l'avait franchi avec la carriole et le cheval, fouettant la bête et la stimulant de brefs petits cris lancés à pleine gorge, laissant filer son regard en éclaireur vers la maison d'un blanc de chaux qui émergeait de la nuit et, un instant plus tard, quand ils attaquèrent l'arrondi de la colline, se déroba de nouveau, il avait bien entendu à l'arrière-plan, tout à l'arrière-plan, le grand fracas des piles de bois du pont ; et tout à l'heure, en dévalant le coteau, il avait vu scintiller dans le clair de lune un large ruban noir qui partageait la prairie. Tout cela lui revenait en mémoire à présent. À chacune de ces occasions, il avait remarqué le ruisseau, mais il ne s'y était pas arrêté plus avant. C'est curieux, pensa-t-il en faisant halte sur le pont. Mais il en est ainsi parfois. Peut-être même toujours. Tout ne se dévoile pas d'un coup. On ne distingue pas tout d'emblée. Le ruisseau murmurait. La crête des vagues minuscules étincelait comme du vif-argent. Les eaux noires qui, de temps à autre, gargouillaient, gargotaient, semblaient glousser à plaisir, s'écoulaient d'est en ouest. Tandis que Goldberger posait sur elles des yeux figés, un sourd battement d'ailes retentit au-dessus de lui, et, après un temps bien trop court pour que ce pût être le même grand oiseau, un autre encore. Il lui sembla qu'il entendait un écho. Il leva le regard. Des lumières vacillaient sur le Magdalenaberg. Jusqu'à présent, il n'avait pas prêté attention à ce qui délimitait son domaine au sud. Car à peine regardait-il dans cette direction qu'il était distrait par les montagnes. C'étaient elles au fond qui traçaient jusqu'alors sa frontière.

Le dimanche, de bon matin, alors que les champs reposaient encore dans le gris profond de l'aube, Goldberger demanda à Martha de brosser consciencieusement son uniforme. Pendant ce temps il lustra ses bottines, cira son ceinturon et en astiqua la boucle ; il fit même reluire son pistolet et son étui.

Martha s'était montrée discrète pendant ces quelques journées. Il n'en était pas allé autrement les années passées. Elle tenait le ménage, préparait chaque jour le même plat de pommes de terre, se chargeait des lessives et prenait soin du cheval. La nuit, dans son sommeil, recroquevillée comme un fœtus, elle restait immobile comme une pierre. Quand ils dormaient encore sur la banquette d'angle, il fallait tendre l'oreille et retenir son souffle pour entendre sa respiration ; et encore, Goldberger se demandait alors parfois si c'était bien le souffle de sa fille qu'il percevait – et non la rumeur de son propre sang dans ses oreilles. Plus tard, quand ils eurent investi les chambres du premier étage, il ne l'entendit plus du tout la nuit.

C'était à peine s'ils échangeaient quelques mots. Une fois seulement, le vendredi soir, à table, elle lui dit : « Papa. » Goldberger, l'esprit ailleurs, leva les yeux et répondit : « Oui ? » Ses pensées se partageaient entre l'escapade nocturne de la veille et la perspective du dimanche suivant. « Crois-tu… crois-tu qu'il se porte bien? — Ferdinand? — Oui. » Il réfléchit un bref instant. « Mais oui. Bien sûr. » Martha esquissa un sourire et baissa les yeux vers la table de bois brun qu'incisaient d'innombrables entailles profondes et moins profondes. Ce sourire était invisible, mais il rayonnait, aussi Goldberger le devina-t-il. Une seconde plus tard, pourtant, le front de Martha se rembrunit et elle demanda : « Et maman ? » Goldberger déglutit. Il eut alors sous les yeux la bergère à oreilles en cuir marron foncé qu'il avait montée dans sa chambre, avait installée près du lit et sur laquelle, le soir venu, il déposait avec soin et délicatesse ses vêtements, et, au petit jour, sa chemise de nuit, il eut sous les yeux ce fauteuil vide et dérisoire où il n'oserait jamais s'asseoir, et il répondit : « Oui, mon cœur. Elle aussi. Elle est auprès du père. » Il aurait été bien incapable de dire de quel père il s'agissait – de son beau-père, de son propre père ou du Père céleste. Il ne le savait d'ailleurs pas lui-même quand il priait. Il apercevait toujours alors des visages changeants qui tous finissaient par se confondre. Mais le front de Martha se lissa et un sourire reparut sur ses lèvres.

Elle sortit suspendre son uniforme au fil à linge qu'elle avait tendu devant la maison. Elle se piquait d'avoir découvert que le soleil printanier donnait du lustre aux étoffes. Elle ne savait pas ce que préparait son père, mais elle avait l'intuition que c'était quelque chose d'important. Ce n'était pas la première fois qu'il lui demandait de donner un coup de brosse à son uniforme. Il lui parut cependant plus nerveux qu'à l'ordinaire. Elle ne posa pas de question – il était extrêmement rare qu'elle l'interroge. Parfois, pourtant, elle l'aurait fait volontiers. Mais que lui demander? Elle était toujours à court d'idées. Par la fenêtre de la pièce à vivre, elle contempla l'uniforme qui oscillait entre deux jeunes arbres et resplendissait au soleil. Depuis longtemps, elle était imbue de ce savoir que nul ne lui avait inculqué et où elle puisait une fierté toujours nouvelle.

4

Personne à Rosental, en effet, n'avait remarqué l'arrivée tardive des Goldberger, cette famille tronquée, réduite à sa plus simple expression. La tombée du soir les avait dissimulés. Quelqu'un peut-être avait entendu le martèlement des fers, le grincement des essieux, mais, las et abattu parce qu'une nouvelle journée venait de s'achever en vain, il s'était dit que ce devait être un mirage, les vestiges d'un espoir.

Même le malheureux Franz Wagner, ce simple d'esprit qui, jour après jour, même le dimanche, se rendait à un kilomètre et demi de son foyer, sur le même champ en friche qui semblait n'appartenir à personne et où il accomplissait depuis des années un labeur que seul lui-même et son créateur connaissaient peut-être, ne rêvait plus que de loin en loin de semblables prodiges.

Dans l'autre village, sa bourgade natale près de l'ancienne frontière, il n'y avait plus qu'un seul homme qui adressât la parole à Ferdinand Goldberger. Encore ne le faisait-il qu'en cachette. C'est à lui que Goldberger avait révélé l'endroit où il comptait se rendre. Il avait glissé dans la main du fils de cet homme une grande pièce d'or et lui avait dit en baissant la voix : « Et tu raconteras cela dans dix jours. D'ici là, réponds que tu n'en sais rien. Tu leur diras que je t'ai écrit de Rosental. » L'autre opina, et son fils hocha aussi la tête ; mais ce n'était aucunement pour acquiescer à ce qu'ils venaient d'entendre, mais parce qu'ils n'en croyaient pas leurs yeux : voilà que Goldberger leur offrait de l'argent, à présent ? Puis il remit enfin une lettre à l'homme, qu'il n'avait pas quitté du regard, et lui dit : « Et une fois que tu auras tout raconté, tu posteras cette lettre. » Sur ces mots, Goldberger était monté dans la carriole, avait lâché le frein, saisi les rênes, donné le fouet à son cheval et la voiture s'était ébranlée dans un grand craquement, droit vers le gris encore lointain de l'aube, et, plus lointain, bien plus lointain encore, ce nouveau foyer qui leur était inconnu.

En ces temps troublés, dix jours étaient une bonne moyenne, avait-il songé ; il était rare que les nouvelles se propagent plus vite. Autrefois, oui. Mais à présent ? Il ne circulait presque plus personne. Dix jours, se dit-il, c'était une juste mesure.

Pendant le voyage, ils avaient traversé de gros bourgs et de petits villages, ils étaient passés par des hameaux et devant des maisons ou des fermes isolées mais qui se dressaient cependant au bord de la grand-route. Dans la première auberge où, après avoir cheminé une nuit et un jour, ils purent se coucher enfin, Goldberger se montra volubile et, à sa manière un peu bourrue, raconta qu'il rendait visite à son frère, dont la femme était tombée assez gravement malade ; et lui, Goldberger – qu'il raccourcit pour les besoins de la cause en Berger – venait justement lui prêter main-forte. Les meubles ne leur appartenaient pas, ils les apportaient à quelqu'un d'autre. Ainsi s'exprima-t-il avec un geste de dédain. Ce n'est que la nuit suivante, une fois qu'ils eurent parcouru suffisamment de kilomètres à son goût, qu'il raconta à l'aubergiste, après avoir attendu, tapi un peu à l'écart, le visage fermé, que le dernier buveur eût quitté la salle, que son nom était Goldberger. La paupière de l'aubergiste tressaillit, et sa pomme d'Adam se souleva. Mais Goldberger ne se méprenait-il pas ? « Goldberger ? — Ferdinand Goldberger. » Et il regarda l'aubergiste avec tant d'insistance que celui-ci finit par détourner les yeux. Le lendemain, comme le soir tombait déjà, ils firent halte dans une échoppe pour y acheter du pain, du lard, trois grands sacs de pommes de terre et quelques menues denrées, et abreuver leur cheval, lui donner un peu d'avoine et remplir leurs gourdes. Il flottait dans la boutique une odeur de renfermé. L'atmosphère y était si confinée qu'on aurait dit qu'il y avait plusieurs clients. Au moment de payer, Goldberger, tandis que Martha admirait dehors les nattes d'oignons tressées avec une ficelle de chanvre bleue, dit à l'épicière d'un ton détaché : « Nous ne sommes plus très loin de Rosental à présent. » Elle ne répondit pas. Il ajouta : « Nous y arriverons bientôt. » La femme se crut tenue de lui répondre par courtoisie et lui demanda à contrecœur, la mine impassible, s'il rendait une visite à quelqu'un. Cela ne l'intéressait pas ; absolument pas ; elle avait d'autres préoccupations en tête, ou aucune. En ces années, la curiosité avait déserté les êtres. Bien mieux encore : non seulement la plupart des gens avaient perdu toute curiosité, mais ils ne voulaient plus qu'on leur raconte quoi que ce fût. Les années leur avaient apporté trop de mauvaises nouvelles. À dire vrai, elles n'avaient apporté *que* des mauvaises nouvelles. Goldberger eut un sourire mystérieux et secoua légèrement la tête. Il parut réprimer un rire et hocha de nouveau la tête. « Non », répondit-il en baissant les yeux. Puis il se tut. Était-ce ce long silence, ou ce sourire énigmatique qui ne le quittait pas ? Toujours est-il que l'épicière crut soudain que c'était elle qui avait engagé la conversation. Sa curiosité profondément ensommeillée depuis des lustres se réveilla. « Vous ne rendez visite à personne ? — Non. — Eh bien, qu'est-ce que c'est, alors ? » Goldberger hocha une fois encore la tête, puis il leva enfin les yeux et regarda l'épicière comme s'il venait de se rappeler son existence. « Je suis le nouveau chef de section à Rosental. Mon nom est Goldberger. » Il esquissa le geste d'ôter sa casquette. Il ne se départait pas de son sourire.

Quand il quitta la boutique, Martha, debout derrière la carriole, tenait à la main un bouquet de lilas mauves et blancs et laissait errer son regard au loin, vers l'ouest, vers le soleil rose qui grossissait à vue d'œil et baignait encore les campagnes d'une lumière dorée. Vers son chez-soi. Elle tenait le bouquet comme on tient un cierge. Goldberger se posta à côté d'elle. Ils restèrent ainsi un moment. Ils regardaient le paysage et ils se souvenaient.

Ils étaient nés tous les deux dans le haut pays. Ils n'avaient jamais vécu en un autre endroit. Martha pouvait être plus jeune que Goldberger, la situation n'en était pas moins douloureuse pour elle. C'était peut-être le contraire. Le sourire qui se dessinait sur les lèvres fines de Goldberger s'évanouit imperceptiblement. Puis il se tourna vers sa fille, lui effleura la joue avec le dos râpeux de son index, ce qu'elle parut ne pas même remarquer, et lui dit doucement : « En voiture, mon cœur. Reprenons la route. » Et ils s'en furent.

L'estimation de Goldberger était juste : dix jours, tel était à peu près le rythme auquel des nouvelles comme celles de son voyage à Rosental se propageaient, du moins sur d'assez grandes distances. Elles mettaient au bas mot deux fois plus de temps à circuler qu'il n'en fallait aux personnes pour se déplacer. D'un village à l'autre, elles couraient bien plus vite.

Toutes ces pensées lui traversaient l'esprit à l'instant où, dissimulé par le mur d'enceinte du cimetière, qui diffusait une bonne fraîcheur et dont le crépi laissait affleurer par places l'agrégat de ciment et de pierres dans lequel on l'avait bâti, il attendait la fin de la grand-messe. Il patientait depuis une demi-heure déjà et se demandait si ses calculs étaient corrects. De temps à autre, le cheval massif et vigoureux piaffait d'impatience et, toujours avec la pointe du même sabot de devant, grattait le sol et soulevait des tourbillons de poussière ; puis, surtout quand Goldberger lui jetait quelques mots où résonnait une douce colère, un mélange tendre de « non » et de « na », « nan, nan, nan, nan ! », il oubliait son impatience et se tenait calme un moment. Si la bête était aussi fébrile, réfléchit-il, c'était peut-être aussi parce que ses blessures aux flancs – déjà les plaies se refermaient – la démangeaient encore, et qu'elle voulait trotter pour que le frottement des lanières, la douleur efface les démangeaisons. Mais qui pouvait connaître les pensées qui germaient dans cette énorme tête de cheval ?

C'est à cet instant que retentirent les rares cloches qui subsistaient encore. Elles sonnaient à toute volée. Pour la première fois depuis longtemps, du moins en y prêtant attention, Goldberger entendit des cloches d'église. Le vacarme était assourdissant. La grand-messe touchait à sa fin. Il attendit encore une longue minute, puis une encore, puis une encore. Son agitation se transmit peu à peu à sa monture, qui commença à piétiner le sol, à renâcler, à rejeter si violemment la tête en arrière qu'on entendait tinter le bridon. Goldberger saisit la casquette qu'il avait posée sur ses genoux, la coiffa, la rajusta sur sa tête. Il la portait toujours enfoncée jusqu'aux oreilles. Il avait la bouche sèche et pâteuse ; il se racla plusieurs fois la gorge, avala sa salive – en pure perte ; il avait encore la langue chargée. Les doigts lui picotaient, et son cœur battait plus vite. Enfin il rendit la bride à son cheval et la carriole s'ébranla. Il était juché sur le banc, le buste roide, et regardait droit devant lui. Sous le grand ciel de printemps limpide et bleu, les notes du carillon de l'église se perdaient. Mais peut-être traversaient-elles le ciel pour s'en aller ailleurs, droit vers l'éternité ? Qu'en savait l'être humain ? Goldberger s'éloigna.

Peu après, du coin de l'œil, il les vit émerger un à un, exactement comme il l'avait imaginé, comme il les avait aperçus depuis longtemps avec les yeux de l'âme : les villageois vêtus de noir se partageaient en deux groupes, d'un côté les rares hommes, de l'autre la foule des femmes et des enfants. Tous ceux qui n'étaient pas au front étaient réunis sur le parvis de l'église, répartis en deux groupes de grandeur inégale, et les conversations allaient bon train. À cette distance, hommes, femmes et enfants paraissaient interchangeables. Il eut un instant l'impression qu'il n'y avait là-bas que trois personnes. Il contint la fougue de son cheval et longea très lentement le flanc extérieur droit de la place. Il refréna sa monture plus durement encore. Enfin il lui souffla : « Brrt ! », et le cheval impétueux et rétif s'arrêta. Goldberger regardait fixement ce point où la place s'achevait, où les maisons, d'un même grand élan, reprenaient leur marche commune. Les pignons des demeures semblaient s'incliner les uns vers les autres. Ce devait être une illusion d'optique. Son cœur galopait. Mais c'est avec une lenteur infinie qu'il tourna la tête. Tout le monde le regardait. Personne ne soufflait mot. Il régnait un silence parfait; même le chant des oiseaux semblait s'être arrêté. Vingt bons pas les séparaient de lui. Dix jours, pensa-t-il. Ils doivent être au courant. Et si, par extraordinaire, ils ne le savent pas déjà, ils le pressentent néanmoins, et ils l'apprendront de vive voix dès demain ou dans quelques jours tout au plus, sitôt que celui qui s'imagine être encore le chef local du Parti aura reçu la lettre du Gauleiter.

Noir comme un oiseau, la main ferme sur les rênes, il se tenait droit sur le banc et considérait les habitants de Rosental.

La carriole, sans bâche, n'était plus qu'une immense carcasse.

Il compta mentalement jusqu'à dix. Le temps lui parut infini. Il se voyait de l'extérieur, perché là dans la carriole en train de compter en silence. Puis il adressa aux villageois un signe de tête presque imperceptible, ramena son regard droit devant lui, là où les pignons se penchaient sur la rue et semblaient s'enchevêtrer comme des ramures d'arbres, et lâcha la bride à son cheval. À grand fracas, puis alors plus doucement: les essieux grinçaient en cadence.

Il rentra chez lui. Il venait de soigner son entrée. Personne n'avait osé le déranger. Il jubilait intérieurement, son cœur vibrait, il sentait poindre en lui une mélodie et l'envie lui prenait de chanter; il voulait laisser libre cours à ces notes brûlantes qui l'habitaient; mais il se contenta de siffler et, tout le long du chemin, il fut accompagné par les oiseaux qui sautillaient dans les buissons et les faisaient bruire et trembler.

Au fond de la cave, derrière de vieilles carottes noires et ratatinées qu'on avait conservées dans du sable, il avait découvert, recouvertes par un fouillis de sacs en toile de jute pour la plupart grisâtres, humides et malodorants, sous les sacs de pommes de terre achetés en chemin, plusieurs bouteilles pansues qui renfermaient chacune dix litres d'eau-de-vie claire. Une fois qu'il eut mené le cheval à l'écurie et garé la carriole, il entreprit de saisir enfin, à grand renfort de gnôle, ce chant intérieur qui se dérobait sans cesse à lui. Il but toute la journée. Martha allait et venait. Que faisait-elle ? Il ne lui prêtait pas attention. Elle s'affairait. Il ne s'en souciait aucunement, il ne l'entendait même pas. Lorsque l'obscurité se fit, plus vite dans la cuisine qu'à la fenêtre, et que l'eau-de-vie, sur la table, dans son énorme bouteille, se fut peu à peu assombrie, que toutes les rumeurs intérieures et extérieures se furent depuis longtemps éteintes, Goldberger bascula soudain sur le flanc, se reçut durement sur la banquette d'angle et s'endormit. Le bois en était si dur, il lui écrasait tant le visage qu'il voulut lâcher un juron, mais il n'en eut pas le temps : il dormait déjà.

5

Il avait posé des jalons. Il ne lui restait plus qu'à attendre.

Aux belles journées chaudes et ensoleillées succédèrent des jours gris, pluvieux et frais. Le ciel lourd et bas pesait de tout son poids, nuit et jour, sur les prés d'un vert tendre qui ondoyaient dans le vent, semés de pattes d'oie, d'achillées, de dents-de-lion à tige rouge – épanouies ou flétries – et, par-delà le ruisseau, sur les céréales d'hiver bleu-vert dont les bourrasques tordaient les rangs serrés. La nuit, le ciel n'était jamais complètement noir. Il restait immuablement gris, d'une teinte tantôt claire, tantôt plus foncée. Pendant des journées entières, la silhouette dentelée des montagnes ne perçait même pas l'épais voile brumeux qui, non loin de là, juste derrière la ferme voisine, descendait du ciel et se couchait sur la terre.

Goldberger voulait tuer le temps, écourter l'attente, aussi décida-t-il de ne pas patienter comme il l'avait prévu jusqu'à l'anniversaire ou la fête de Martha pour lui fabriquer un lit à peu près digne de ce nom, mais de s'y atteler sur-le-champ. Elle méritait d'avoir un vrai lit à soi, jugeait-il. Il s'était déjà fait la réflexion quand il leur avait construit les deux lits de fortune, quelques planches de chêne posées sur des briques.

Il dénicha dans la resserre, rangées par-dessus des solives reposant sur les murs latéraux, des lattes et des planches en pin qui feraient l'affaire. Il grimpa là-haut, se saisit des planches, les jeta sur le sol ferme où elles atterrirent avec un bruit sourd et feutré, puis il redescendit et transporta le bois de pin dans l'atelier. Scie, marteau, clous, il y avait là tout le nécessaire ; il trouva même un rabot. Il se mit à la besogne. Il prit les mesures, marqua ses planches, esquissa mentalement une découpe, corrigea un trait par-ci, un autre par-là, reprit des mesures, jusqu'à ce qu'enfin toutes les lignes fussent tracées, et qu'il pût fixer la première planche avec le valet et commencer à scier. Il progressait à belle allure. Il découpa les éléments un à un et les disposa à la place qu'il leur avait assignée dans son esprit. Peu à peu, l'idéal et la réalité coïncidèrent et ne firent bientôt plus qu'un.

On ne lui avait pas dit qui avait vécu ici et jusqu'à quand. Il est vrai qu'il n'avait rien demandé. Il n'était pas temps de poser des questions : il n'était temps de presque rien, d'ailleurs. Mais à présent, pour la première fois, cela l'intéressait vraiment. Pourquoi la ferme était-elle à l'abandon ? Cela l'intéressait, oui, et cependant il comprit en cet instant qu'il ne l'apprendrait jamais, car il ne voulait pas le savoir. Goldberger acheva la découpe qu'il avait commencée, plus lentement déjà, puis il s'arrêta de scier. Il sortit de l'atelier et songea : Et dire que tout là-haut, dans l'Innviertel, quelqu'un que je ne connais pas, que je n'ai encore jamais vu, se pose peut-être exactement la même question. Et, le temps d'un clin d'œil : peut-être même maintenant, en cet instant précis.

Sans doute était-ce l'odeur de la sciure fraîche qui réveillait dans son cœur les souvenirs et un soupçon de mélancolie. Il avait été exploitant forestier. Oui : il l'avait été. C'en était fini. Tout cela appartenait au passé. Chaque jour que Dieu faisait, exactement une heure après les valets de ferme, il se rendait dans la forêt en compagnie de Ferdinand, abattait des arbres, les ébranchait et, guidant le cheval très robuste en dépit de sa taille modeste, celui-là même qui, aujourd'hui si inutile et désœuvré, réclamerait sa ration, les convoyait sur la route forestière. L'un après l'autre. Un tronc après l'autre. Quand Ferdinand dut partir au front, c'est en solitaire qu'il alla dans la forêt. Avec moins d'ardeur, il est vrai. La mélodie avait changé. Il n'entendait plus cette musique allègre qui naissait quand deux haches à la lame étincelante fendaient l'air et s'abattaient en cadence sur un tronc d'arbre. Seul, il ne parvenait plus à trouver le bon rythme : il s'arrêtait tous les cinq ou six coups, et ce n'était pas par épuisement, mais parce qu'il était désemparé. L'impulsion que lui donnait depuis toujours la seconde hache lui faisait en quelque sorte défaut ; les deux haches se pourchassaient autrefois l'une l'autre, comme par jeu. Et les coups que redoublait à chaque fois un sourd écho composaient une musique. La deuxième hache faisait mieux que répondre à la question du sens de tout cela : elle l'effaçait. Mais ensuite ? Tout lui devint morne et ennuyeux. Absurde. Plus personne ne lui répondait. Il entendait résonner au loin les cognées des valets de ferme, le chant très éloigné d'une scie. Ils ne soulignaient que davantage sa propre solitude. Mais il n'était pas question de les accompagner. Leur présence dans la même forêt que lui le tourmentait de plus en plus. Et pourtant il n'avait pu se résoudre à rester à la ferme, il y était retourné chaque jour, hormis le dimanche. Martha s'occupait de sa mère et de sa grand-mère. Depuis la prime enfance, ces bois sombres, ce repaire accueillant et chaud, depuis les toutes premières pensées. La forêt et la pensée, c'était tout un. Il n'avait connu qu'elle, oui, il ne connaissait rien d'autre. D'abord sa mère, puis sa femme. Et dans l'intervalle Ferdinand – là encore, c'était comme si quelqu'un était mort, du moins provisoirement. Ils en avaient abattu, des troncs, mais la forêt n'en était jamais moins vaste, jamais moins profonde. Dans les bois, on ne sentait pas le vent. Ici, dès le premier jour, il lui avait occasionné des maux de tête, faibles mais persistants. Ces champs, ces terres à labours, cela ne lui disait rien. Tout en lui s'insurgeait contre cette idée, mais, planté là dans la cour, tenant en main la scie dont la lame avait bleui, il ne pouvait se défendre de penser qu'il venait d'essuyer une perte terrible, irréparable.

Bien sûr, les choses auraient pu tourner bien plus mal. Si le Gauleiter n'avait pas réagi à l'appel au secours de Goldberger et ne s'était pas chargé immédiatement, et avec quelle intelligence ! de cette affaire délicate, au fond presque désespérée, s'il n'avait pas pris pour Goldberger cette décision certes effroyable, mais qui était encore la meilleure et la plus sage, et dont il avait bien dû admettre lui-même, accepter enfin le caractère inéluctable, Goldberger serait assis aujourd'hui sur la berge d'on ne savait quel cours d'eau, et Martha, les bras croisés, lui prêterait compagnie. Ils n'auraient eu pour seuls biens qu'une carriole chargée en toute hâte et un cheval. Pas de ferme, pas même un toit sur la tête, et surtout pas ce coffre de bois rempli de pièces d'or et d'argent que le Gauleiter leur avait fait parvenir conformément à sa promesse. Imaginons un peu, se disait Goldberger. Imaginons que nous nous soyons retrouvés sans aucun abri, à la lisière d'un champ de hasard ou sur le bord d'un fleuve. Peut-être que mes pieds oscilleraient désormais dans le vent, la pointe vers le bas, et que des corneilles m'arracheraient les yeux à coups de bec. Oui, elles l'auraient fait depuis longtemps. Et, qui sait, peut-être que le corps de Martha se balancerait près du mien. Quelle épouvantable perspective. Il en avait le cœur retourné. Cela aurait pu tourner plus mal. Bien plus mal, indubitablement. Oui.

Mais cette consolation n'effaçait pas la sensation de perte qu'il éprouvait. Cela n'avait aucun rapport. La privation demeurait. Et bien pis encore : toutes les pertes du passé se ravivaient en cet instant et n'en formaient plus qu'une seule, immense, qui le tenaillait, le soulevait, le submergeait tout entier. Il se sentait terriblement lourd et s'adossa en soupirant au mur de pierre froid et grossièrement crépi. Ses souliers de cuir étaient jaunis de sciure.

« Tu ne te sens pas bien ?

— Pardon ? »

Il leva la tête. Martha, bien sûr. Qui d'autre cela aurait-il pu être ? C'était Martha.

« Je te demande ce que tu as.

— Ah… Eh bien… C'est que… Rien. »

Il eut un sourire forcé.

« Je te fabrique un lit.

— Ah oui ? »

Son visage rayonna.

« Oui. »

Il lui sourit, hocha légèrement la tête.

Franziska, Martha, un seul visage.

Puis elle s'éloigna. Elle faisait tourner une casserole vide dans sa main. Sa jupe se balançait, on aurait dit qu'elle dansait.

Parfois, il s'en fallait de peu qu'il ne lui adresse quelques mots, comme il les aurait adressés à sa femme, Franziska, autrefois. Mais il se réprimait toujours à la dernière seconde et croyait voir mourir sur ses lèvres ces paroles qu'il avait été au bord de prononcer. Mais elles étaient déjà éteintes, il le comprit alors. Des phrases mort-nées. Tout lui était infiniment lointain et inaccessible en cet instant, y compris Martha – peut-être même était-elle plus lointaine que tout, elle qui se retirait et disparaissait dans la maison, une casserole bleue à la main.

Elle s'était vite acclimatée. Ne lui arrivait-il pas d'ailleurs d'être joyeuse ? Et, pour un instant très court et cependant infini, il lui sembla même qu'ils venaient presque d'échanger leurs rôles.

N'avait-il pas tort de croire que rien ne l'avait brisée ? Ne le voyait-il donc pas ?

Il avait beau songer fugitivement que ce départ pouvait aussi avoir du bon pour Martha, il ressentait toujours une sourde mélancolie. Elle ne l'oppressait plus à présent, mais s'était changée en quelque chose de douloureux et de lancinant ; et elle mettait ses nerfs à rude épreuve. Il voulait s'en défaire.

Goldberger cracha dans ses mains, les frotta l'une contre l'autre et se remit au travail. C'est avec une rapidité et un entrain toujours plus vifs qu'il sciait les planches. La mélancolie n'en était cependant pas atténuée, le vague à l'âme moins lourd : il en était rongé. Il sentait naître une colère en lui. Ce n'est qu'à l'instant où il eut découpé toutes les planches, où l'odeur de pin épaisse et pénétrante se fut dissipée, que celle-ci s'apaisa peu à peu. Alors il installa deux tréteaux devant la porte, y coucha les planches et se mit à les raboter une à une. La rage qui l'habitait s'estompait. Puis il s'empara d'un râteau et rassembla les copeaux en un petit tas. Il contempla les drôles de rubans spiralés. Sa colère rétrécissait à vue d'œil, elle n'était pas plus haute à présent que ce petit tas de copeaux jaunes et bouclés à ses pieds. Il eut un rire bref. Puis il cloua les planches. Ce travail éreintant faisait refluer en lui des forces insoupçonnées. Elles passaient en puissance l'énergie qu'il dépensait. Il ne subsistait plus qu'un mince reliquat de colère. Et c'était celui-ci qu'il enfonçait à présent dans le bois des planches, avec toutes les images et les souvenirs, à la pointe des longs clous en acier zingué. Chaque coup porté éveillait un bref écho métallique qui ravivait sa mémoire, et sur lequel il cognait à coups redoublés. Il frappait comme un sourd. Ainsi la colère se volatilisa-t-elle, comme si elle n'avait jamais existé. Enfin le lit fut prêt. Il recula de quelques pas pour le contempler. Il pantelait d'émotion. Il n'éprouvait plus aucune douleur, seul son bras l'élançait. « Pas mal, petit père, pas mal », souffla-t-il en hochant la tête. Il avait réussi. Dans la main, dans chacun de ses doigts, la pulsation vive de son cœur comme un souffle battant. Un vrai lit. De la belle ouvrage.

Il alla chercher Martha pour le lui montrer. Elle saisit entre ses mains la main ballante et brûlante de son père, se hissa sur la pointe des pieds et l'embrassa sur la joue. Elle n'observait qu'à demi le lit, constata-t-il avec étonnement. Mais ce n'était pas parce qu'elle ne s'en souciait aucunement – elle l'avait regardé faire depuis la fenêtre de la cuisine, elle avait vu son visage sombre s'éclairer peu à peu. Maintenant encore, elle n'avait d'yeux que pour lui. Un changement s'était opéré en lui, elle en était certaine ; mais lequel ? Elle était heureuse, même sans le savoir.

Plus tard, ils transportèrent tous deux le lit dans la chambre de Martha. Rien n'était plus incommode que de franchir les portes, ils ne gravirent l'escalier qu'à grand-peine et Goldberger, lâchant quelques jurons d'une voix étranglée, se maudit de n'avoir pas assemblé le lit à l'étage. Enfin ils en eurent terminé.

Martha souhaita qu'on installe le lit exactement au milieu de la pièce. Ce fut chose faite. À pas rapides et enthousiastes, elle vérifia qu'il était bien au centre, tandis que Goldberger reprenait son souffle, essuyait la sueur qui perlait à son front, s'étonnait que sa fille ne fût pas en nage et hors d'haleine.

Goldberger devait attendre, rien de plus. Et il n'eut pas à patienter longtemps.

Un matin, l'ancien chef local du Parti se présenta chez lui, en tenue civile, vêtu d'un simple bleu de travail, et lui fit ses civilités. C'était un homme de petite taille, replet, chauve quoiqu'encore jeune, au regard pusillanime et fuyant. Il avait la lettre en main. Il la tenait comme un objet étrange et qui ne lui eût pas appartenu ; ni à lui, ni à personne d'autre – comme une relique d'un autre temps. Goldberger, qui s'apprêtait justement à faire quelque chose, mais, à présent qu'il voyait cet homme et, surtout, entendait son dialecte étranger, ne se rappelait plus ce que c'était, le considéra longuement et garda le silence. Puis la mémoire lui revint et il hocha la tête. Après un moment, il branla encore la tête et dit : « Tu peux annoncer au maire que je l'attends. » Il n'ajouta rien. Il n'avait pas salué l'homme et n'eut pas un mot d'au revoir. Mais l'autre fit claquer ses talons d'un mouvement si vif qu'un peu de poussière se souleva de son pantalon et de ses souliers, il redressa brusquement la tête, tendit le bras, lança : « Heil, Hitler ! », pivota sur les talons, enfourcha sa bicyclette et s'en fut. Goldberger le vit sombrer dans le vert ondoyant des prés, sur la croupe de cette colline qu'un souffle semblait animer. Il prit une profonde respiration, traversa la pâture, se dirigea vers l'un des deux petits arbres – il était en fleurs à présent –, défit le nœud de la corde à linge et la tendit plus fermement.

Le maire lui rendit visite le jour même. Il arriva en début d'après-midi dans une auto qu'il préféra garer à quelque distance de l'entrée de la ferme, comme s'il avait honte de posséder le seul véhicule du canton. Il comptait passer ce jour-là de toute façon, et s'irritait qu'on l'eût convoqué ainsi qu'un écolier. Foin de ce Goldberger ! pestait-il. Qu'est-ce que cela signifie ? Mais une fois qu'il se retrouva devant Goldberger, qui avait entendu le bruit du moteur et s'était posté sur le seuil de la ferme, le courage comme la colère l'abandonnèrent. Goldberger avait les lèvres pincées – ou peut-être étaient-elles naturellement très fines ; une bouche qui n'était pas faite pour parler. Son visage était aussi sombre que son uniforme. Des yeux impénétrables, des yeux d'oiseau. Ils se firent face un moment sans dire un mot. Puis Goldberger leva légèrement le menton. Le maire en fut humilié. Il desserra pourtant les lèvres, réduit en effet au rang de simple écolier par cette injonction muette et par sa propre docilité. Il n'avait même pas osé s'éclaircir la voix. Le timbre voilé, il lui souhaita la bienvenue au nom de la commune et des habitants de Rosental. Puis il ne sut qu'ajouter. Au terme de longues secondes, Goldberger chassa un chat de sa gorge, comme pour montrer à son interlocuteur que sa voix voilée ne lui avait pas échappé, et, embrassant du regard la verdeur éclatante du mois de mai, comme si l'autre n'existait pas, il demanda enfin : « Y aurait-il… quelques problèmes ? » Il plissa légèrement les paupières, comme s'il en distinguait justement un tout au loin, presque imperceptible. « Non, monsieur Goldberger, aucun. Tout est calme ici. » Goldberger ne répondit rien. « Votre prédécesseur y a veillé », ajouta le maire d'un air accablé. Goldberger se taisait. Enfin ses paupières se relâchèrent, il cessa de scruter les lointains, regarda le maire en face, le dévisagea avec un calme parfait et lui demanda enfin : « Où puis-je trouver de l'avoine ? » Le maire poussa un soupir de soulagement, évacua la tension qui l'habitait.

À peine s'en fut-il allé que Goldberger oublia son nom. Il n'était même pas certain qu'il l'eût entendu.

Après ces deux visites qui, en dépit des apparences, et, dans une moindre mesure, à sa propre surprise, l'avaient éreinté, il alla s'asseoir sur un tabouret, derrière la maison, là où poussait un abricotier dont les feuilles s'épanouissaient encore de jour en jour. Il resta là pendant des heures, la tête légèrement redressée, les épaules appuyées contre le mur qui, pareil à celui du cimetière et à bien d'autres murs sans doute dans la région, était bâti dans un agrégat de pierres. Il ne bougeait pas. C'était à peine s'il changeait de temps en temps la position de ses jambes. Pendant ces heures, il ne remarqua pas ses maux de tête discrets mais tenaces.

Vers le soir, il se leva, se dégourdit les jambes et s'étira. Ses vertèbres dorsales craquèrent. Dernièrement, il avait pris l'un des harnais de la resserre, l'avait essayé, avait constaté qu'il faisait l'affaire et depuis n'utilisait plus que lui, car il avait remarqué qu'il épousait différemment le corps de la bête et ne frottait pas sur ses plaies. Il harnacha le cheval et, sans le moindre entrain, se rendit chez le marchand de céréales dont l'entrepôt était situé non loin de l'auberge, en bordure du village. Il y acheta quarante sacs d'avoine. « Tout de suite ! », s'écria le commis sitôt qu'il l'aperçut. Goldberger hocha la tête et dit simplement : « Oui. » Il regarda le garçon charger les sacs l'un après l'autre dans la carriole, les compta rêveusement, se trompa. « Quarante ? », demanda-t-il enfin, au lieu de les recompter. « Oui, monsieur Goldberger. Il y en a quarante. — Qu'est-ce que je te dois ? » Il paya en espèces et remonta dans la carriole. Il murmura : « Et maintenant transporte ta pitance, vieille bourrique. »

Au carrefour, là où une route filait vers l'auberge, Goldberger changea de direction au dernier moment. L'envie lui avait pris d'aller boire une bière. Depuis des jours, il souffrait de brûlures d'estomac terribles – c'était cette maudite eau-de-vie dénichée dans la cave. Il la buvait le soir avec une soif toujours plus vive et dévorante ; il en appréciait le goût, mais ne la supportait tout simplement pas. Une bière saurait éteindre ce feu. Les lilas qui couraient le long du chemin comme un mur étaient déjà défraîchis ; le sol était jonché de pétales, le mauve intense allait pâlissant. C'était à peine si les arbustes répandaient encore un parfum. Devant l'entrée de l'auberge étaient dispersées des chaises vides et des tables dont les pieds s'enfonçaient dans le gravier. Il y avait là des marronniers. Les thyrses innombrables fusaient, somptueux et blancs, parmi les feuilles, semblables à une parure, aux joyaux précieux d'une couronne. Goldberger descendit de la carriole et pénétra dans l'auberge.

Tout y était silencieux. L'âcre et épaisse fumée des pipes stagnait dans l'air. Depuis combien de temps n'avait-il plus mis les pieds, seul, dans une taverne comme celle-là ? Il lui fallait bien avouer que cela remontait à longtemps. Il ne voulait pas s'asseoir et sinua entre les tables en direction du comptoir. Dès son entrée, il avait été pris d'un léger vertige, et les premiers pas avaient suffi à lui donner soudain une sensation de flottement ; il ne sentait plus le sol sous ses pieds et cependant il progressait, comme s'il flottait, justement, sur un tapis de fumée. Il s'avançait d'un pas immatériel dans la salle d'auberge de son village natal. Il était de retour. Depuis combien de temps ne l'avait-il plus fréquentée, depuis combien de temps n'avait-il plus osé y pénétrer ? Lui, le chef local du Parti. La nuit, la peur le tenaillait. Oui. Car à la nuit tombée, quand les buveurs étaient abrutis de gnôle, ils ne se souvenaient plus guère que le terrible Goldberger était censé leur inspirer de la crainte. Jamais il n'aurait cru que cela pouvait aller si vite, et qu'il serait aussi démuni face à eux. L'esprit égaré, chauffés à blanc par l'eau-de-vie, ils ne craignaient plus rien ni personne. Et voici qu'il foulait de nouveau le sol de cette auberge, dans cette salle à boire qui lui était familière et où régnait une bonne chaleur. Au fond, il savait depuis très longtemps qu'il était condamné à disparaître. Pendant la journée, quand il arpentait le village, il s'en laissait encore accroire, une partie de lui-même s'était imaginé jusqu'au dernier moment que la situation restait contrôlable, mais à la nuit tombée, en proie à l'angoisse et à l'insomnie, prêtant l'oreille aux clameurs qui montaient de l'auberge, il savait en son cœur que ce n'était plus possible. Il s'était dit : c'en est assez. Au vrai je ne peux plus rester ici. Mais cette peur qu'il ne s'avouait pas pleinement n'avait contribué qu'à accroître sa rage, l'avait rendu plus aveugle encore et n'avait fait qu'aggraver les choses. Alors enfin, le point de non-retour fut atteint.

Il entendit sa propre voix, lointaine, lancer à la silhouette blonde qui se tenait derrière le comptoir : « Une bière. » La silhouette resta immobile. Le regard de Goldberger se retourna vers l'extérieur. La silhouette – c'était une femme. Ni jeune ni vieille. Belle. Vraiment ? Une femme. Il la regardait. Il ne l'avait encore jamais vue. Elle ne l'avait encore jamais vu. Elle le regardait, inclinait très légèrement la tête, ne bougeait pas.

Il dit : « Une bière. » Un instant plus tôt, il s'était simplement entendu le lui dire. Elle ne bougeait pas. Les secondes s'égrenaient. « Vous n'en avez donc pas ? »

Qu'avait-il à sourire sans raison depuis quelque temps ? Ou peut-être pas sans raison ; mais sans que celle-ci lui apparût.

« Si », répondit-elle d'une voix très basse, puis elle se ressaisit et ouvrit la desserte réfrigérée. Un cliquetis de bouteilles. C'était une femme inconnue, un lieu inconnu. Il n'était plus dans l'Innviertel. Il était à Rosental. Alors enfin Goldberger sentit de nouveau le sol sous ses pieds.

L'aubergiste, d'un geste machinal, saisit une bouteille par le col, hésita un instant, la sortit du compartiment réfrigéré : elle était assez fraîche. Elle posa de nouveau les yeux sur l'homme en noir qui se tenait devant elle. Inclina encore doucement la tête.

Il lui semblait que la mort en personne lui faisait face. La créature qui portait la responsabilité du décès de deux de ses frères. Celle à cause de qui son époux ne s'en reviendrait jamais plus, ni au pays ni nulle part ailleurs. C'était le dernier malheur qui l'avait frappée ; celui qui l'avait rendue insensible et comme anesthésiée, si absurdement songeuse. Certains, même ici au village, avaient été si durement touchés par ces nouvelles qu'ils en avaient perdu la raison. Elle-même n'y avait réchappé que de très peu, elle avait senti un abîme glacé s'ouvrir sous ses pas. Puis le chemin avait fait un coude et, des bords de la folie, l'avait conduite à une perplexité morne. Non, ce n'était pas une méprise ; elle ne confondait pas la mort avec ceux qui faisaient son triste jeu ; pour elle, les bourreaux n'étaient qu'une autre incarnation de la mort. C'était tout un. Elle réfléchissait en profondeur et sans un mot, elle réfléchissait la nuit, elle pensait par images. D'innombrables fois, plongée dans un demi-sommeil, elle s'était imaginé qu'elle tenait devant elle le responsable de tout. Ne s'était-elle pas dit qu'elle lui cracherait au visage, lui arracherait les cheveux et, rivalisant avec lui de sauvagerie, enfoncerait un couteau de boucher dans son cou roide et le liquiderait ? Et maintenant ? Elle ne savait plus. Pourquoi n'éprouvait-elle ni haine ni fureur, pas même une pointe de colère ? Comme il était curieux que cette mort lui inspire désormais une pitié instinctive. Il lui semblait que ces yeux noirs insondables instillaient peu à peu en elle un liquide sombre, étrange et sans nom qui réveillait son cœur à la vie. Et si le premier mouvement de ce cœur régénéré était la pitié, ce n'était peut-être qu'un hasard. Mais qui prenait-elle en pitié ? Sans doute elle-même. Elle éprouvait la morsure agréable de l'inconnu.

Elle décapsula la bouteille et la lui tendit sur le comptoir. Goldberger s'en empara et but la bière à grandes gorgées, presque avec rage, en ne la reposant qu'une seule fois. Elle l'observait. Elle croyait voir revivre en lui un peu de son mari et de ses deux frères. À l'instant où il paya, posant quelques pièces de monnaie devant lui, et s'apprêta à partir, elle fut arrachée à ses images et lui dit d'un ton empressé : « Hé! D'où vient ce nom – Goldberger ? » Elle ne voulait pas qu'il s'en aille. Il haussa les sourcils – il venait précisément de se poser la même question. Il n'en savait rien. On ne le lui avait jamais appris. Ni son père, ni son grand-père. Personne. Comment aurait-il pu le savoir ? Et pourtant cette question l'intriguait, elle le taraudait depuis qu'il était en âge de penser. Il répondit : « Du haut pays. » Il entendait par là : du territoire frontalier. Sa pensée avait toujours suivi cette pente : je suis un homme de l'Innviertel, à la frontière. Mais il n'existait plus de région frontalière. Tout ne formait plus qu'un. Aussi ajouta-t-il : « Dans… dans l'Innviertel, nous sommes quelques-uns à porter ce nom. » Il revoyait les stèles funéraires du cimetière de son village natal. Une seule tombe portait le nom de Goldberger. Il n'avait pas quitté l'aubergiste des yeux une seule seconde. Et pas une seule seconde elle n'avait détaché les yeux de lui. Elle dit : « Oui. Et par chez nous il y en a quelques-uns qui s'appellent Wagner. Tenez, moi, par exemple. » Il hocha la tête et sortit.

Il se figea un moment sur le seuil de la porte, comme s'il venait d'oublier quelque chose ; c'est alors qu'il entendit s'élever tout à l'arrière-plan de ses pensées, dans la salle où régnait jusqu'alors le silence, même à l'instant où il était entré, les voix des clients. Le cheval frappait le sol de ses sabots et agitait frénétiquement la queue. Le gravillon crissa sous les pas de Goldberger. La cime des marronniers bruissait. Il grommela : « Brrt... », monta dans la carriole et rentra chez lui. Ses aigreurs d'estomac avaient disparu.

Le soir tombait encore très vite en cette saison.

Les yeux de l'aubergiste... les yeux de l'aubergiste... ces yeux. Ils l'obnubilaient. Il y avait en eux un je-ne-sais-quoi qui l'avait soulagé. C'était comme s'il s'était délesté de quelque chose. Il n'arrivait pas à se l'expliquer vraiment. Était-ce là ce qui l'avait fait sourire ? Mais quel nom apposer sur cette délivrance ? L'espoir ? L'espoir de n'être personne ? De pouvoir n'être personne, ici, en dépit de tout ? D'avoir ce privilège ? D'être un homme sans histoire, en tout cas ici, dans ce lieu neuf et inconnu ? Un homme en terre vierge ? Ces questions ne l'effleuraient que très vaguement, au titre de simples intuitions. Il leva la tête vers le ciel, comme pour y retrouver encore, dissimulés parmi les innombrables étoiles à l'éclat limpide, les yeux de l'aubergiste, et il adressa un sourire au ciel constellé.

En une journée, il était passé de la nostalgie à l'espoir. Assis à la table de la cuisine, il veilla encore longuement, buvant un verre d'eau-de-vie après l'autre, à traits lents mais obstinés. Il réfléchissait à cette curieuse journée. De temps à autre, de la pointe de son couteau, il approfondissait l'une des entailles noires qui sillonnaient la table. Il ne sculptait pas le bois, se contentait de passer assez fermement le couteau dans un sillon déjà existant. Il en sortait des brins de saleté molle. Il grattait parfois la lame du couteau avec l'ongle du pouce ; il s'essuyait les mains dans son pantalon. À mesure qu'il réfléchissait, sa pensée suivait des méandres toujours plus singuliers, mais le résultat demeurait le même : d'abord cette nostalgie douloureuse, et à présent, non moins douloureuse, peut-être plus déchirante encore, tant elle était vague et paraissait ne reposer sur rien, une sensation d'espoir. Mais il ne comprenait pas ce qui s'était passé. Ivre mort, le souffle court et les genoux légèrement flageolants, il se traîna dans sa chambre et se coucha sans même avoir ôté son uniforme.

Il était trop saoul pour s'en aviser, pour saisir plus longtemps le fil de sa propre pensée, mais, à l'instant où il ferma les paupières, il avait pris une résolution. L'eau-de-vie lui avait ouvert les yeux sur les jours et les nuits du passé. Elle lui avait dépouillé le regard, et mieux encore : elle l'avait rendu lucide. Il était dégrisé, pouvait lire à présent noir sur blanc ce qui s'était passé – pourquoi « ce n'était plus possible ». Il lisait en lui-même comme à livre ouvert. Lui, Ferdinand Goldberger, avait dénoncé les gens de son propre village. Une foule de personnes. Or il se trouvait qu'une seule de ces accusations – la première – était réellement fondée. Il ne parvenait pas à s'expliquer pourquoi il s'était alors acharné, comme possédé, ce qui l'avait conduit à cette infamie. À présent, comme il basculait dans le sommeil, il lisait ces mots comme s'ils étaient ceux d'un rapport. Il était écrit là qu'on s'était mis un jour à lui adresser des lettres. Quelqu'un les déposait – sans signature, mais au nom du village tout entier – devant sa porte, lestées par un gros caillou. On les menaçait de mort, lui et sa fille, puis enfin on lui avait posé un ultimatum : soit ils quittaient le bourg et la région jusqu'à nouvel ordre, soit on les pendait au premier arbre venu. Il avait aussitôt compris qu'il ne s'agissait pas d'une plaisanterie. À la lecture de ces mots, il avait été saisi d'une terreur épouvantable et avait alors tout mis en œuvre pour se sortir de ce mauvais pas. Il avait contacté le Gauleiter qu'il connaissait personnellement et l'avait prié, non, l'avait conjuré, au nom du maintien de l'ordre et de la paix, de se porter à son secours, et, sans même se soucier de sa réaction, s'était mis à préparer fébrilement sa fuite… Il voyait désormais avec sobriété ce qu'il n'avait entrevu jusqu'à présent qu'avec les yeux d'un homme pris de boisson. Pour la première et la dernière fois de son existence, il distinguait avec réalisme et netteté ce qui lui était apparu comme un simple mauvais songe. Tout cela s'était accompli en un seul instant, le temps d'un éclair dans la nuit d'un homme ivre à tomber. Alors soudain tout se révéla à lui dans sa pleine ampleur, et non plus par fragments. Il vit la vérité en face. Puis il sombra dans un profond sommeil sans rêves.

Le lendemain matin, Goldberger ne se souvenait plus de rien. Il fixait le plafond et se rappelait simplement qu'il avait pris une résolution – quand, pourquoi, il ne s'en préoccupait même pas.

Il ne se trouvait plus là où il avait passé l'essentiel de sa vie. Et être arraché une fois à sa terre natale, c'était assez pour un homme.

6

Alors qu'une poignée de jours à peine s'étaient écoulés depuis cette mémorable journée, Goldberger s'installa à la table de la cuisine et écrivit une lettre au Gauleiter. Il lui rapporta qu'il était bien arrivé à Rosental, y avait déjà pris ses quartiers et procédé à un premier examen rigoureux de la situation. Cela lui avait été d'autant plus facile qu'il connaissait le village pour y avoir séjourné dans le passé, peu de temps il est vrai. Il esquissa une brève description de la ferme et lui assura qu'au vu des circonstances il en était pleinement satisfait. Une fois encore, mais à présent par écrit et définitivement, il tenait à lui témoigner toute sa reconnaissance pour la grande aide qu'il lui avait apportée. Il ne le remercierait du reste jamais assez. Il poursuivit dans cette veine. Ce n'était de sa part ni mensonge ni flagornerie. Il éprouvait réellement de la gratitude, quoique d'une façon assez trouble. « Ici, il n'y a rien à signaler, conclut-il enfin, tout est parfaitement calme. »

Dorénavant, une fois par mois, ou peut-être seulement toutes les six semaines, il rédigerait un petit rapport dans ce goût-là, et le ferait parvenir non plus au responsable d'arrondissement, mais, conformément à son désir expressément formulé, au Gauleiter en personne. Naturellement, il se bornerait à évoquer la situation à Rosental et ne s'étendrait pas davantage sur son cas personnel. Tout était dit à présent, et il convenait de ne pas être trop prodigue de sa reconnaissance si l'on ne voulait pas passer pour faible. Goldberger n'avait pas à faire effort pour raisonner de la sorte, il avait toujours été un habile tacticien, un instinct le portait à tirer presque toujours le meilleur profit des situations. Il lui arrivait de se demander si Ferdinand avait hérité de cette force de caractère. Alors qu'il n'était encore qu'un nourrisson, il posait déjà sur lui des yeux inquisiteurs, et se posait cette question qui lui semblait importante entre toutes. Les années n'y avaient rien changé. Jusqu'à présent, il n'avait guère eu l'occasion de le voir à l'œuvre. Comment pouvait-il se comporter au front? Oui, il rédigerait régulièrement un rapport, et il en connaissait dès maintenant la teneur: « Rien à signaler. Tout est calme. » Et l'on en resterait là. Il ne pousserait pas plus loin l'obligeance. Il eut ce fin sourire qui ne le quittait plus ces derniers temps et dont il ignorait la cause – il la connaissait à présent. Il mit la lettre de côté et la regarda une fois encore du coin de l'œil. Il éclata de rire, se frappa les cuisses. Bon Dieu de bois, comme il était facile de tirer un trait sur le passé! Ici, il mènerait une vie tranquille. Il discuterait avec les gens. Se rendrait à l'église le dimanche. Gérerait la ferme jusqu'au retour de Ferdinand. Apprendrait comme on travaille les sols. Les lois de la rotation culturale. Cela devait bien s'enseigner comme le reste. Cette région-ci n'était pas très boisée. On s'y consacrait aux cultures et non à l'exploitation des forêts. Son père en son temps cultivait encore quelques arpents de terre, que Goldberger avait reboisés quand il avait repris les choses en main, sous le regard sourdement désapprobateur de son père. Il se rappelait encore avec netteté les semaines, les longs mois de doute et d'hésitation, avant qu'enfin il n'ose confronter son père à cette décision. Un jour, peu après son vingt-cinquième anniversaire, on le vit arriver à la ferme conduisant un fardier rempli de plants de sapins. Son père avait lentement fait le tour de la voiture de charge, plusieurs fois, puis il avait regagné son logis sans dire un mot. Et Goldberger se souvenait plus nettement encore de la vague de bonheur qui l'avait submergé, de la force qu'il avait sentie croître en lui quand il était allé contre la volonté inexprimée de son père – surtout ne rien changer – et avait ainsi enfin pu renverser les rôles. Boiserait-il ici aussi quelques parcelles ? L'idée ne lui déplaisait pas. Mais : les années qui lui restaient y suffiraient-elles ? La verrait-il encore, cette forêt, pourrait-il s'y promener, protégé par la voûte sombre des cimes comme par une vie plus vaste et qui amplifiait la sienne ? Sa préférence allait aux forêts de conifères. Il avait un peu plus de soixante ans. Son père était mort à l'âge de soixante-trois ans. En cet instant, cela lui parut à peine croyable – plus il y réfléchissait, plus cela lui paraissait invraisemblable. À mesure qu'il s'approchait lui-même de cet âge, il se disait qu'il était impossible de mourir aussi précocement. Il était encore loin d'être aussi rompu que son vieux père avait pu l'être – ne serait-il pas toujours vaillant dans deux ans ? Il pensait souvent ainsi. Il appartiendrait à Ferdinand de décider ; d'ici là, tout devrait rester en l'état. Il achèterait peut-être quelques têtes de bétail. Martha pourrait se charger de la traite d'une vache. Vraiment ?

Tous les deux, trois jours, il allait boire une bière à l'auberge. Il ne s'y rendait que dans le seul but de revoir la tenancière. Et aussi, parfois, pour jeter un coup d'œil aux portraits des trois défunts sur le mur, dans leur petit cadre au verre si fin, entre le comptoir et le passage qui menait aux toilettes. Il buvait toujours sa bière en deux gorgées vigoureuses ; il ne savait pas boire autrement : à grandes rasades sonores. Ce n'était pas avidité de sa part, plutôt une sorte de principe d'économie physique ; à ceci près qu'à présent, entre la première et la seconde gorgée, il laissait s'écouler à chaque fois le plus de temps possible, pour observer tout à loisir l'aubergiste.

Ils étaient unis par une affection que nul n'exprimait. Nostalgie et souvenir d'un côté, de l'autre de la pitié et un tragique sentiment d'appartenance. Au fil du temps, petit à petit, un certain attachement s'était fait jour.

Si les clients de l'auberge – des invalides et de vieilles gens, exclusivement des hommes – et plus généralement les habitants du bourg secouaient la tête en les voyant ensemble, ou du moins assuraient qu'ils n'arrivaient pas à comprendre pourquoi l'aubergiste se commettait justement avec quelqu'un comme Goldberger, elle n'en était pas pour autant songeuse, mais raffermie dans ses certitudes. Elle croyait être toujours plus sûre d'elle-même, mais ce qui la confortait ainsi, ce n'était jamais que la rancœur ancienne et pour une large part inconsciente qu'elle éprouvait à l'égard de ces gens dont elle était dépendante financièrement, et dont il lui fallait bien supporter jour après jour, dans les bouffées de tabac âcres et nauséabondes, les mêmes bavardages ou plutôt les mêmes rumeurs ineptes. De temps à autre, elle échangeait quelques mots avec Goldberger. Ils n'engagèrent jamais une vraie conversation. Mais l'affection qui les liait n'en fut pas entamée, bien au contraire. On s'observait. Un jour, Goldberger apprit par hasard qu'elle possédait la ferme voisine de la sienne : son mari avait péri à la guerre et, depuis la mort récente de sa belle-mère, une femme d'un âge canonique, à demi sourde et aveugle, elle y vivait seule. N'était-ce pas là une heureuse coïncidence ?

Une fois qu'il était allé acheter du grain, il demanda au commis d'un ton indifférent : « Sais-tu comment s'appelle l'aubergiste ? De son petit nom ? » Il avait préparé cette question pendant le trajet. Il s'était adressé à son cheval dont la tête brimbalait, et s'était efforcé de paraître le plus naturel possible. Le commis éclata de rire et laissa retomber le lourd sac de céréales qu'il tenait, sans le lâcher toutefois. On aurait dit qu'il saisissait par les oreilles un cochon mort ou tout au moins étourdi. Des tourbillons de poussière s'élevèrent de la rampe de béton gris. Goldberger aussitôt s'emporta – il se sentait mis à nu. La colère couvait depuis un moment déjà. « Qu'as-tu à rire comme un imbécile ?! », lança-t-il d'une voix tonnante, presque comme autrefois. Le commis se ressaisit sur-le-champ, se racla la gorge et dit : « 'Scusez-moi, monsieur Goldberger. C'est juste que… l'aubergiste m'a posé la même question il y a quelques jours. Elle ne savait pas non plus votre prénom. Alors j'me fais comme qui dirait l'effet d'être un intermédiaire. 'Scusez-moi. Elisabeth. L'aubergiste s'appelle Elisabeth. — Ah, Elisabeth, tiens donc. » Il se caressa pensivement le menton. Ainsi elle s'était enquise de son prénom. Un sourire monta à ses lèvres. Il se laissa absorber par une douceur nouvelle, se reprit cependant et dit d'un ton tranchant : « Et ne t'avise pas d'en parler ! J'imagine que tu ne tiens pas à avoir d'ennuis. — Non. — Bien. C'est ce que je me disais, aussi. »

Le commis chargea les derniers sacs dans la carriole avec davantage d'empressement. Il arrivait à Goldberger de retrouver machinalement sa dureté, comme malgré lui ; c'était une réminiscence toute corporelle. Il demanda alors : « Et toi ? » Le commis le considéra avec un regard changé. « Pardon ? — Comment t'appelles-tu ? — Hermann Wagner, monsieur Goldberger ! » Il avait prononcé ces derniers mots d'un ton sec et martial, mais il était en proie à une angoisse soudaine qui vibrait jusque dans sa voix, et Goldberger, face à ce garçon au physique sec et musclé, se crut confronté à une synthèse des voix et des visages de bien d'autres jeunes gens encore. « Pourquoi n'es-tu pas au front ? — Je n'y vois plus d'un œil, monsieur Goldberger ! » Ne s'en était-il donc jamais aperçu ? Une taie grise voilait en effet entièrement l'œil gauche, au-dessus duquel une large et divagante cicatrice partageait en deux le sourcil. Goldberger se laissa envahir plus profondément encore par sa douceur. « Je suis désolé », lâcha-t-il à son propre étonnement. Oui, il avait changé, du jour au lendemain. Mais le commis du marchand, plongé dans le trouble et l'inquiétude par ces derniers mots, ne posait-il pas sur lui des yeux plus apeurés encore ? Goldberger se détourna, regarda vers le sud. Les montagnes étaient bleues, si proches que l'on aurait cru pouvoir les toucher. À l'arrière-plan, d'énormes nuages d'un blanc neigeux se dressaient dans le bleu étincelant du ciel. Tout le monde s'appelait donc Wagner, par ici ?

Elisabeth, alors. Pendant tout le trajet du retour, s'adressant encore à son cheval, il éprouva les sonorités de ce nom. « Elisabeth. Elisabeth Wagner. Elisabeth. Elisabeth Goldberger. Goldberger Elisabeth. » Il passa par les campagnes qui bordaient le village. Les blés ici et là étaient hauts et les céréales venaient bien, en particulier le seigle bleu, et l'herbe des pâtis était haute elle aussi. Qui pouvait bien semer par ici ? Le commis du marchand de céréales, le borgne, qui améliorait ainsi un peu l'ordinaire? Ou l'un de ses semblables? À moins que ce ne fût l'un des anciens du bourg, jetant là ses dernières forces en pestant contre le destin? Et qui s'occupait de labourer, de herser, d'arracher la mauvaise herbe? Peut-être que toutes ces tâches incombaient aussi aux prisonniers de guerre, aux Français et aux Polonais? Il n'y entendait rien en matière d'agriculture. Mais il s'imaginait déjà prêtant main-forte à l'aubergiste pendant l'été, au moment de la récolte. Ce n'était pas une simple rêverie, mais bien plutôt une hypothèse assez logique: qui lui viendrait en aide, sinon lui? Pour la première fois de sa vie, il parvint à s'imaginer en train de prendre part aux travaux des champs, sous un soleil d'été impitoyable et accablant.

De ce jour, c'est avec un vif intérêt qu'il regarda s'épanouir les épis, d'abord ceux de l'orge et du seigle, puis ceux du blé, et la couleur des cultures céréalières changer peu à peu, prendre au gré du temps des tons de plus en plus clairs. De temps à autre, il s'entraînait à prononcer le prénom de l'aubergiste, et s'efforçait aussi de l'incorporer à sa pensée; il s'exerçait avec application, pour que ce nom coule naturellement sur ses lèvres, mais il pensait cependant à chaque fois: l'aubergiste.

Le mois de mai passa. Juin arriva. Tout était écrasé de chaleur. Jamais les jours n'avaient été aussi longs, et l'orge mûrissait vite. Par-delà le ruisseau, les champs d'un jaune doré ondulaient dans le vent, se tordaient sous les souffles, évoquaient un or liquide reposant au creux d'une immense coupe invisible qu'une main invisible elle aussi eût balancée.

Un soir, alors qu'il était encore tôt et que la nuit commençait à peine à tomber, Goldberger s'en revint de l'auberge. Il était d'humeur radieuse. La tenancière avait souri quand il était entré, et il s'était imaginé que c'était pour lui. Puis il avait également surpris un de ses regards – mais n'était-ce pas plutôt l'inverse? Il était en train, l'âme espiègle et rieuse, exubérant et fougueux comme un jeune homme. Pourquoi, se demandait-il, pourquoi diable oubliait-on ces sensations, une fois qu'on s'était laissé prendre au piège des yeux d'une femme – et de rien d'autre : car on n'avait rien saisi, rien perçu de ce corps, sinon ces yeux incomparables, inoubliables, impossibles à décrire –, toutes ces sensations qui au bout du compte n'en faisaient plus qu'une ? Il n'arrivait pas à percer ce mystère. Ces temps derniers, depuis qu'ils s'étaient installés ici, il était au reste de bien meilleure humeur. Il arrivait souvent à Martha de l'entendre siffloter. C'étaient de vieux airs qui ravivaient en elle des souvenirs. Dans le haut pays, d'innombrables chansons avaient bercé son enfance. Même si l'on ne parlait guère dans son foyer, et qu'une chape de silence s'y était même abattue vers la fin, il n'était pas rare qu'elle entende quelqu'un – et quand cela n'aurait été qu'un passant dans la rue – siffloter ou fredonner une mélodie. Lorsque son père sifflait ainsi, elle se sentait heureuse, en sécurité, chez elle. Quand il gravit la pente du chemin, la maison émergea avec lenteur des hauts prés. Vue d'en bas, l'herbe paraissait encore plus haute qu'elle n'était. Goldberger commençait à peine à faucher les pâturages ; il lui fallait d'abord maîtriser pleinement le maniement de la faux. Quand aurait-il eu l'occasion de s'y exercer ? Le peu qu'il y avait à faucher, ce sont les valets de ferme qui s'en chargeaient. Il était le plus gros fermier des environs, et nul ne possédait autant d'hectares de forêt que lui. Enfin : il *l'avait été*. Son cœur était jeune. La ferme d'un blanc étincelant, monstre trapu aux innombrables petits yeux noirs, tout chapeauté de mousse et d'écailles rouge vif, émergeait de cet océan de verdure dont les flots s'abaissaient et refluaient en cadence.

Devant la maison, sanglé dans un uniforme marron, un homme faisait les cent pas. Goldberger ressentit au plus profond de lui-même une morsure insistante, et les battements de son cœur s'accélérèrent. Il plissa les paupières pour affûter davantage son regard. En vain. Quelle était cette douleur mordante qu'il éprouvait ? Il avait suffi d'un seul instant pour que son cœur vieillît de nouveau : c'était cela qui lui faisait mal. « Tout doux, l'alezan, tout doux », souffla-t-il, comme si c'était son cheval qui était en émoi, et pas lui. Ils approchaient. Devant la ferme, l'homme se mit au garde-à-vous. Une bicyclette était appuyée contre l'un des deux petits arbres. Du linge étendu à sécher oscillait dans une brise si légère qu'on ne la sentait même pas – on aurait cru voir s'agiter une ribambelle d'écoliers turbulents. Goldberger tira sur les rênes, adressa à l'homme un salut bref et plutôt vague, ne descendit pas de la carriole. Il attendit. Il sentait les battements de son cœur dans sa mâchoire, dans l'os lingual. Il ne disait rien. L'homme en uniforme gardait le silence et patientait aussi. Après quelques secondes, Goldberger leva sèchement le menton. L'homme fit claquer une fois encore ses talons – comme ce bruit lui parut alors étrange et déplacé ! –, se découvrit et, les yeux baissés, pétrissant sa casquette entre ses doigts, lui exposa les raisons de sa venue.

C'était un collègue de Goldberger, chef de section dans la bourgade voisine, un peu plus au sud. Goldberger l'écouta gravement, le laissa parler sans l'interrompre, hocha la tête d'un air éloquent et pénétré, alors qu'en réalité ces quelques phrases l'avaient assommé. Il dit à l'homme qu'il devait s'absenter un instant pour mener le cheval à l'écurie.

Dans la cour, Martha astiquait des souliers. Elle lui adressa un regard interrogateur. Avait-elle aperçu l'homme ? Sans doute. C'était même certain. Savait-elle quel motif l'amenait ? Le lui avait-il dit ? Goldberger lui fit un signe de tête, puis il haussa les épaules – sans raison. Désormais, il lui arrivait de laisser la carriole sans plus de façons au milieu de la cour. Par ces journées sèches, il n'était pas nécessaire de la remiser chaque fois dans la grange. Le cheval regagnait de lui-même l'écurie. Goldberger le suivit, verrouilla la porte du box et resta là un instant. Le cheval au souffle lourd fouilla le râtelier en quête d'un peu d'avoine, ne trouva rien et, comme s'il avait entendu un bruit, leva la tête et le regarda. Goldberger souffla : « Que veux-tu que j'y fasse ? Tu as la partie belle. Moi je suis bloqué. »

Quand il sortit enfin de l'écurie, Martha se dressait devant lui. Il s'en fallut de peu qu'il ne la bouscule. Elle avait glissé les doigts d'une main dans un soulier et tenait de l'autre la brosse en paille de riz jaune toute dégoulinante. C'était l'un des escarpins de Franziska. La plus belle paire qu'elle eût possédée. Goldberger jugeait qu'il n'était pas nécessaire de se faire enterrer dans ses plus beaux habits – puisque aussi bien ils pouvaient encore vous faire de l'usage. L'avait-elle entendu ?

« Est-il arrivé quelque chose à Ferdinand ? », demanda soudain Martha, d'une voix détimbrée et sans même le regarder.

Goldberger, après avoir brièvement réfléchi – songé à une possibilité –, répondit d'un ton tout à fait soulagé : « Non ! Non, Martha. » Elle baissa les yeux.

Il rejoignit d'un pas désormais plus léger l'homme qui l'attendait sur le seuil de la maison.

« C'est pour quand ? demanda-t-il.

— Samedi soir.

— Ce samedi ?

— Oui.

— À quelle heure ?

— Huit heures.

— J'y serai.

— Je vous remercie bien sincèrement, monsieur Goldberger.

— C'est à charge de revanche.

— Oui, je sais. Je sais. Merci. »

L'homme disparut. Goldberger ne le suivit pas des yeux.

Comme il en avait assez de transporter le tabouret qu'il avait posé au pied de l'abricotier, et aimait cependant à paresser parfois devant la maison, laissant errer le regard vers les montagnes, au sud, et non vers ces bois qui enserraient le domaine sur trois côtés et figuraient le passé, il avait installé près de la porte de la ferme un vieux billot en chêne déniché dans la resserre et qu'il avait roulé jusque-là. C'est à cet endroit qu'il alla s'asseoir, en s'assurant comme toujours, d'un geste du plat de la main, que le sang de poule noirâtre qui s'y était instillé il y avait des éternités avait bel et bien séché. C'est donc ainsi que je découvrirai le Magdalenaberg, songeait-il en lui-même. Je voulais m'y rendre depuis des semaines afin d'y prier pour l'avenir. Mais ce sera finalement à l'occasion d'un retour dans le passé. Il voyait scintiller des lumières. Tout ne paraissait-il pas très paisible, vu d'ici ? Les campagnes ne baignaient-elles pas il y avait un instant encore, sur le chemin du retour, dans un calme parfait, une grande sérénité muette ? Il trouvait cela injuste, et savait cependant qu'il n'en était rien. Chaque homme était cerné de toutes parts par son passé – personne n'avait droit à une échappée vers le sud, pas même Goldberger. Le croire était une illusion. Mais la certitude qu'il en était ainsi lui rendait précisément la chose insupportable.

La nuit naissait dans les champs et les prairies, elle se levait à la cime des arbres et parmi les buissons ; et tout à l'arrière-plan, à l'horizon, elle montait des pentes des froides murailles rocheuses. Non, il n'était rien arrivé à son fils. Assurément, il était indigne d'un père de penser : j'aurais préféré qu'il lui arrive malheur. C'est pourtant ainsi qu'il raisonnait à présent. Jusqu'à ce que la nuit eût effacé la frontière qui séparait les montagnes et le ciel, il ne cessa de se dire : j'aurais préféré qu'on m'apporte la nouvelle d'un décès. Sa rage insensée et toujours plus violente finissait par se retourner contre son fils, comme si celui-ci y était pour quelque chose, si la réputation de Goldberger l'avait enfin rattrapé ici, dans les basses terres, tel un chien importun et stupidement fidèle.

Goldberger sera des nôtres ! C'est lui qui s'en chargera ! Goldberger en personne sera présent ! Mais si, tu sais, le gars de l'Innviertel ! Oui, celui-là même ! Goldberger dirigera les opérations !

Il entendait les mots des habitants du village voisin bourdonner en lui comme autant d'injures. Plus tard les voix s'estompèrent et une paix s'instaura en lui ; il était épuisé et la faiblesse le gagnait. Il pénétra dans la maison. Martha, comme elle ne le voyait pas s'asseoir à la table de la cuisine, lui demanda : « Tu ne manges donc rien ? — Demain. Je n'ai pas vraiment faim ce soir. »

Goldberger ouvrit la porte entrebâillée du petit escalier raide qui menait à l'étage. Il souhaitait que cette journée s'achève.

« Papa ? — Mmh. — Qu'y a-t-il, Martha ? — Non, rien. »

7

L'uniforme se balançait au soleil entre les deux petits arbres. Martha voulait le lustrer une fois encore, avant que l'été n'éclate pour quelques semaines dans sa pleine vigueur et que le soleil n'abîme même les étoffes les plus grossières et les plus robustes. La tunique brillait en effet d'un éclat délicat, comme cousue de soie. Elle resplendissait. Une merveille. Depuis des années, Martha y puisait chaque fois une joie renouvelée. Quelques heures plus tôt, son père, d'un simple mot, l'avait priée de donner un coup de brosse à son uniforme ; il en aurait besoin le soir même. Il lui avait demandé également de graisser ses bottes et son ceinturon, et de tout faire reluire, y compris la boucle de celui-ci. Il ne lui annonça pas pourquoi ; il ne lui disait jamais rien. Quand elle l'interrogeait, il est vrai qu'il lui révélait alors tout, mais il était très rare qu'elle lui pose des questions.

En ces journées où la chaleur montait dès les premières heures de la matinée, Goldberger occupait le plus clair de son temps à faucher le pré. C'était depuis un moment déjà sa principale activité. Quand il n'avait rien de plus pressant à faire, et qu'aucune autre idée ne lui traversait l'esprit, il sortait dans la cour de la ferme, saisissait le coffin de métal gris, le remplissait d'une mesure d'eau, y glissait la pierre à aiguiser gris-bleu, accrochait le coffin à sa ceinture, s'emparait de la faux qu'il avait suspendue à une fourche du pommier qui poussait près du tas de fumier, la jetait sur son épaule et rejoignait un petit coin de pré où l'herbe était encore haute. Il s'affairait alors pendant des heures. Quand il fauchait le champ, le temps était suspendu, ni le passé ni le futur n'existaient, pas même le présent, aucune pensée ne le tourmentait et l'espace lui-même semblait aboli – c'était comme de plonger dans un sommeil sans rêves : on en ressortait fatigué mais heureux.

Cet après-midi-là, pourtant, il ne parvint pas à s'abandonner à cet insouciant oubli. Le soir approchait vite, il jetait sur lui son ombre portée, lui comprimait la poitrine. Il ne cessait de reposer la faux pour s'asseoir quelques instants dans les hautes herbes qui le dépassaient alors. Quand il restait ainsi, il éprouvait un peu les mêmes impressions qu'autrefois dans la forêt. Mais sitôt qu'une pensée affleurait à sa conscience, cette sensation se dissipait, cédait la place à une autre sensation, épouvantable, et il préférait se lever, reprendre la faux et se remettre à l'ouvrage. Même la fauche du pâturage, cette activité manuelle qu'il croyait désormais à peu près maîtriser, lui donnait alors du fil à retordre. Il lui semblait qu'il frappait à bras raccourcis sur les hautes herbes avec un grand bâton informe et grossier – le sifflement mélodieux qui naissait d'ordinaire de ses gestes en était effacé.

Faire les foins n'était pas à proprement parler une nécessité économique, du moins pas à une aussi large échelle. Il s'était fait livrer par le marchand une pleine charretée de paille de blé. Lui-même avait déjà fait un peu les fourrages ; le cheval de trait, depuis qu'il était désœuvré, n'avait plus besoin d'autant de foin ; il s'était adapté, bien qu'il fût vorace par nature. Bien sûr, on pouvait toujours en faire davantage, si toutefois les conditions atmosphériques le permettaient. Les hivers devaient être longs, même ici à Rosental. Mais il fauchait aussi quand le temps ne s'y prêtait pas, et faisait alors sécher l'herbe coupée sur de grands chevalets de bois ; toute la fauche ne donnait pas du foin, une partie atterrissait sur le tas de fumier où elle se dégradait en un noir compost. Si la fenaison revêtait pour Goldberger une telle nécessité, c'était avant tout qu'elle l'accaparait : il lui fallait une occupation en attendant que la guerre finît, que Ferdinand s'en revînt au pays et reprît tout en main. Il ne comptait pas se lancer dans l'élevage d'animaux ou quoi que ce soit de ce genre, pas sans l'assentiment de Ferdinand. Qu'en serait-il si son fils n'y portait aucun intérêt ? Goldberger aurait alors travaillé pour rien. Non, il préférait attendre et s'en remettre à Ferdinand. Il consacrerait tout au plus un peu de temps à l'agriculture, mais, à rebours de ses projets initiaux, il commencerait par une approche purement théorique. Il comptait se procurer des ouvrages. Il se trouverait bien quelqu'un pour lui en prêter. L'aubergiste, pourquoi pas. Et il lui arrivait alors de penser, sans oser se l'avouer pleinement : peut-être pourrait-elle m'en inculquer elle-même les rudiments. Car je vois de beaux épis s'épanouir là-bas, par chez elle. Ils n'auront pas poussé tout seuls. Sans doute cultive-t-elle le blé. Elle pourra m'enseigner quelques notions. C'est pour toutes ces raisons qu'il s'affairait à faucher les prés.

Bien qu'il n'eût pas cessé une seule seconde de penser au rendez-vous qui l'attendait, il se mit en retard. Soudain, en apercevant sa propre ombre, la mémoire lui revint et il s'écria : « Sapristi, j'ai oublié l'heure ! » Il jeta la faux à ses pieds, lâcha quelques jurons, s'empressa de regagner la ferme à hautes et prudentes enjambées. La pierre à aiguiser tintait dans le coffin et Goldberger, avec une présence d'esprit soudainement retrouvée, y posa fermement la main pour ne pas la perdre. Il fila droit vers la corde à linge qui déjà s'affaissait de nouveau, saisit au vol l'uniforme et l'enfila sur place tout en criant à pleine poitrine : « Martha ! Martha ! », jusqu'à ce qu'enfin celle-ci fût devant lui. Il s'époumonait encore. « Attelle donc le cheval ! », rugit-il, comme si elle se tenait à plusieurs centaines de mètres de là, et que c'était elle qui n'avait pas vu le temps passer. Il tourna brusquement la tête : ne venait-il pas de voir quelque chose bouger sur le Magdalenaberg ? Bonté divine, des ombres ne s'agitaient-elles pas déjà au loin ? Ou n'étaient-ce que ses yeux affolés ? Il boucla son ceinturon par-dessus la veste de l'uniforme. On ne distinguait presque rien. Quelle heure pouvait-il bien être ? Il chercha des yeux le soleil, scruta les ombres – et pesta encore.

Le cheval se tenait dans la cour. Martha lui avait mis la bride et était occupée à ôter quelques brins de paille de sa crinière. Goldberger saisit rudement la bête par le licol, la mena à la carriole et la harnacha lui-même. Il ne prononça plus un seul mot, comme si parler allait le retarder encore.

Pendant les dix kilomètres qui parurent ne jamais prendre fin, Goldberger, maniant tour à tour les imprécations et la plainte, fouailla le cheval à tour de bras, le couvrant d'injures et s'en repentant tout aussitôt. Il se disait : au vrai c'est à moi qu'on devrait carder le poil, je n'aurais rien contre. Tout plutôt que de se traîner ainsi. Mais dire que ce pauvre diable va devoir encore attendre ! Il avait même songé à faire le reste du chemin au pas de course, mais la chaleur était encore écrasante et, après toutes ces heures passées à faucher le pré, il savait qu'il n'y aurait pas résisté. Une bien amère certitude, surtout en pareilles circonstances. Mieux valait encore prendre son mal en patience. Or c'est précisément ce à quoi il échouait. Il s'acharnait si violemment sur le cheval que le manche du fouet finit par lui brûler les doigts. Quand il visait les endroits où les blessures par frottement avaient cicatrisé, mais demeuraient encore nettement visibles, il lui sembla au début que la rosse hâtait le pas ; puis il ne s'embarrassa plus de telles finesses. Le long du chemin, les arbres aux troncs épais, rugueux et creusés de profonds sillons semblaient défiler au ralenti, plus lentement que jamais. Les longues ombres se couchaient sur la route. L'espace d'un instant, un moineau se posa à la pointe de l'oreille touffue de son cheval. Goldberger l'aurait volontiers abattu. Avait-il jamais été en proie à une rage aussi désespérée ? Non, non. N'aurait-il pas mieux fait de courir ? Jamais un parcours ne lui avait paru aussi long, le temps aussi interminable.

Lorsque, sur la dernière partie du chemin, particulièrement abrupte, les coups ne lui furent plus d'aucune utilité, et que le cheval ruisselant de sueur ralentit encore l'allure, il n'y tint plus. Il bondit de la carriole et, laissant à main gauche la grand-route, gravit en toute hâte le versant herbeux en direction de l'emplacement qu'on lui avait indiqué. Ce devait être là-bas, derrière l'église d'un gris tendre – on lui avait parlé d'un plateau tourné vers le nord-est. Comme la pente de ces prairies était rude ! Bien plus rude encore qu'au pays ! Il dut faire un petit crochet par l'est de la colline. Les flancs en étaient si raides qu'on ne distinguait encore rien du plateau. L'église elle-même se dérobait aux trois quarts à sa vue. Il est vrai qu'il gardait la plupart du temps les yeux rivés sur le sol penché et, saisissant à pleines poignées les touffes d'herbe, enfonçant les doigts dans la terre molle et humide des taupinières, progressait en prenant toujours appui sur une main.

Enfin il eut atteint le faîte de la colline, fit soudain un pas dans le vide, trébucha, se rétablit, foula le sol du plateau. Alors tout se découvrit d'un seul coup à sa vue – sauf qu'il ne comprenait rien. Deux yeux d'un bleu limpide lui faisaient face ; ils éclairaient un large visage uniformément sombre. Seules les oreilles luisaient d'un incarnat soutenu, éclairées par les rayons obliques du couchant qui passaient au crible d'un rideau d'arbres à l'arrière-plan. La tête était entourée d'un halo. Goldberger fut saisi d'épouvante. Il tressaillit, et il s'en fallut de peu qu'il ne recule d'effroi. Un saint. Le portrait d'un saint. Nom de nom, avait-on reconstitué ici un tableau vivant ? Qui diable était cet homme ? Ses yeux étaient proches à le toucher ; de grands yeux étincelants où vibrait une terreur muette. Sitôt qu'il avait franchi la crête de la colline, Goldberger avait vu la scène se déployer tout entière sous ses yeux, mais il n'en perçait que peu à peu la signification. Devant lui se tenait un homme qui pouvait avoir le même âge que Ferdinand. Il était à genoux. Sur quoi était-il agenouillé ? Ou plutôt : *dans* quoi ? Il y avait là une sorte de chariot, de châssis, une grande armature métallique munie de roues et sur laquelle reposait une longue caisse de bois dans laquelle l'homme était à genoux. Oui : il était agenouillé dans son propre cercueil. C'est pour lui qu'on avait envoyé quérir Goldberger. Il n'était pas un saint, mais un prisonnier de guerre polonais qui avait dû se rendre coupable de quelque méfait, s'était fait prendre et avait été condamné à mort.

Deux rangées de soldats faisaient cercle autour de lui – Goldberger se demanda où l'on avait bien pu aller les chercher. L'un des soldats du premier rang tenait en main une paire de jumelles. Entre les deux rangées d'hommes en uniforme, quelques robustes gaillards vêtus de hardes poussiéreuses ne quittaient pas des yeux l'homme agenouillé. De grandes mains si sombres, de larges visages si sombres. Une partie des soldats semblaient être affectés à la surveillance de ces hommes ; deux d'entre eux avaient même épaulé leur fusil et les mettaient en joue. À l'arrière-plan, dans l'ombre des arbres où tremblaient encore des taches de lumière, se pressaient quelques curieux. C'est du moins l'impression qu'il eut.

« C'est notre homme ? », tonitrua Goldberger. Il lui sembla que c'était un autre qui criait ainsi ; et pas lui, pas lui en cet instant.

« Tout à fait, monsieur Goldberger ! », répondit Fellner – l'homme en uniforme brun qui lui avait rendu visite quelques jours plus tôt.

« Quelle heure est-il ? », s'exclama Goldberger tout en faisant le tour du petit chariot où reposait le cercueil. Sa voix flanchait, elle l'avait abandonné depuis un long moment déjà, cependant il criait si fort qu'on devait l'entendre à des centaines de mètres à la ronde. Et une fois encore, comme si c'était là la chose la plus importante au monde : « Quelle heure est-il, Fellner ? »

Il ne pouvait endurer plus longtemps ces yeux posés sur lui ; c'était intolérable.

« Huit heures un quart ! », répondit une voix dans son dos, et Fellner, un peu plus loin, reprit d'un ton caverneux : « Huit heures un quart, monsieur Goldberger ! » Les voix se chevauchèrent un instant, elles vibrèrent encore un peu dans l'air. Un quart d'heure ! Un quart d'heure !

Goldberger, d'un geste fébrile et comme éperdu, sortit son pistolet de l'étui, s'avança vers l'un des soldats – celui qui se trouvait près de l'homme aux jumelles –, le saisit par le revers de la veste avec sa main encore souillée de terre, l'attira rudement à lui et lui hurla au visage : « Toi ! » Il eut un mouvement de tête si violent qu'il envoya presque le menton dans la figure du malheureux qui s'était avancé d'un pas chancelant. Le visage du soldat blêmissait à vue d'œil. Il suivit Goldberger et prit position dans le dos du prisonnier agenouillé. Goldberger se tenait à son côté, il ne parvenait pas à détacher les yeux de lui. Un large visage imberbe, tremblant et baigné de sueur. Le visage d'un enfant. Des veines bleues palpitaient nerveusement à ses tempes.

« Allez ! », lui lança Goldberger.

Le soldat ne broncha pas. Il regardait droit devant lui, les yeux et les traits figés, les mâchoires saillantes.

« Allez ! », répéta Goldberger d'une voix plus puissante encore. Il postillonnait au visage du gamin inondé de sueur.

Alors enfin le soldat dégaina son arme et la brandit.

« Allez ! hurla Goldberger, allez ! Tu vas tirer, dis, maudit fils de pute ! »

La main du soldat tremblait terriblement. Il était temps d'en finir. Au lieu de répéter l'injonction une fois encore, une dernière fois, Goldberger ôta la sûreté de son pistolet et le braqua sur la tempe du soldat avec tant de dureté que sa tête d'enfant roula sur le côté et qu'on lui vit saillir la carotide.

Alors un coup de feu retentit. Enfin.

Tous ceux qui s'étaient rassemblés là avaient entendu la détonation depuis longtemps déjà, certains depuis des jours, des semaines peut-être. À présent enfin elle déchirait l'air. Ce fut comme une délivrance. Puis l'écho irréel et feutré de celle-ci. Le silence étrange et sans fin de cette délivrance. Enfin un bruit sourd. Après une éternité, le fracas bref d'un corps qui tombe. Goldberger baissa le bras. Il rouvrit les yeux. Son regard se posa sur le soldat qui tenait les jumelles. Il pivota vers la gauche : le paysage se déploya alors devant lui comme un immense lac aux couleurs chatoyantes. Au pied des coteaux, ici et là, les champs d'orge, de seigle et de blé brillaient dans les rayons du soir. Quelque part, une perdrix prit son essor en poussant des cris perçants et disparut. On entendit ses battements d'ailes. Le noir des grandes forêts, des bouquets d'arbres, des jeunes bois. On distinguait depuis le faîte de la colline la lueur orangée des murs de l'abbaye. Les prairies d'un vert intense. Les montagnes rudes aux courbes douces. Le ciel bleu, plus clair à présent, tacheté ici et là de petits nuages. Tout s'était immobilisé, et cependant la terre tournait. Tel était donc le visage de la mort ? Ce fut la seule pensée qui occupa Goldberger pendant ce silence d'éternité : ainsi donc tu ressembles à ça ? À ça ?

Il ne s'était pas rendu compte que quelqu'un s'était posté à côté de lui. Mais c'était cependant comme si on le lui avait dit : il le savait. Le soldat était étendu sur le sol à ses pieds. Il avait perdu connaissance. Alors Goldberger rengaina son pistolet, pivota sur lui-même et, enjambant les longues jambes grêles du jeune homme qui gisait à terre, s'en alla prestement d'un pas martial. Il dut se faire violence pour prendre cette allure ; il lui sembla qu'il ne l'avait plus adoptée depuis longtemps. Derrière la foule des curieux, qui tous détournèrent le regard et reculèrent d'un pas quand il s'approcha, il aperçut sa monture entre deux autres chevaux, attelée à la carriole qui découpait sa silhouette noire dans le contre-jour. La bête avait trouvé le chemin toute seule. Goldberger monta sur le banc de conduite. Le cheval démarra. Il était presque entièrement noir lui aussi – la sueur avait assombri la robe de l'alezan jusqu'à la naissance de la crinière. Seule une mousse blanchâtre coulait encore de sa bouche. Et un peu d'écume blanche perlait sous les lanières de cuir du harnais. Quand la carriole s'ébranla, le grincement des essieux creva le silence. Le gravier crissait sous les roues. On les suivit du regard.

Les arbres défilaient au bord de la route, noirs, lisses et muets. Pas un seul oiseau ne chantait. Pas un seul. Le soir tombait sur le chemin. La tête du cheval montait et descendait en cadence, animée d'un mouvement las mais perpétuel. La crinière souple, délicate et fournie avait des scintillements dorés. De temps à autre une oreille palpitait, la queue battait l'air d'un mouvement vif. La bête écumait moins. Les guides pendaient mollement entre les bottes de Goldberger. Le cheval ne connaissait peut-être pas le chemin, mais d'instinct il empruntait pourtant le bon. De même qu'il avait mis le cap droit sur le Magdalenaberg jusqu'à ce qu'il ne puisse plus avancer, il s'en allait à présent d'un pas assuré. Pas un seul grillon ne stridulait au bord du chemin. Pas une seule chauve-souris ne voletait furtivement dans l'air. Ou peut-être que si ? N'y avait-il pas tout de même quelque chose ? Goldberger ne percevait plus rien. La nuit déferlait sur les flancs de la montagne et roulait droit sur eux dans un bruissement qu'on entendait à peine. Bientôt elle les eut atteints et absorbés, et, invisible déjà, elle poursuivit sa route. À l'intérieur et à l'extérieur, tout était plongé dans les ténèbres les plus noires.

Bien plus tard, enfin, la carriole s'arrêta, et il fallut à Goldberger de longues minutes pour s'apercevoir que le sol ne courait plus sous les bandages des roues, que leur course ne soulevait plus des panaches de poussière, que les jambes du cheval s'étaient immobilisées et que les muscles puissants frémissaient sous la robe. Alors enfin il leva les yeux. Ils étaient arrivés. Il se retourna avec lenteur et en poussant un léger soupir : là-haut, à environ une dizaine de kilomètres, des lumières vacillaient dans la nuit.

Il mit pied à terre, dételа le cheval, le laissa s'abreuver et rejoindre les stalles. Il se pencha lui-même sur l'auge, s'y désaltéra et emboîta le pas à son cheval. C'est très machinalement qu'il avait effectué ces gestes : la soif le tenaillait, il avait avisé un point d'eau, il avait bu ; il y avait là une porte ouverte que venait de franchir un être dont il recherchait la présence, aussi avait-il suivi le cheval. Tout s'était accompli comme au ralenti, avec une lenteur infinie, et comme si c'était un autre qui agissait à sa place. Aussitôt le cheval s'était affaissé sur lui-même, il s'était couché sur le flanc, roulé plusieurs fois sur le dos avant de se redresser prestement au bout de quelques secondes. Goldberger lui souffla : « Chhh… », puis il pénétra dans le box et se coucha dans la paille en face de l'alezan, comme s'il n'en avait encore jamais été autrement. Toutes les portes restèrent ouvertes. C'était de la paille fraîche dont les brins produisaient un froissement sec. De l'orge. De la paille d'orge. Martha avait changé la litière dans l'intervalle. Il s'y pelotonna comme un chat, comme un petit enfant, comme Martha. L'odeur de la bête était si chaude. Il sentait sur son visage le souffle gras et palpitant du cheval qui dormait debout. Il résonnait à son oreille comme une voix tendre et lointaine surgie d'un passé très reculé – la voix de sa mère quand elle était encore dans ses jeunes années. Plus tard cette voix avait tout à fait changé, elle avait pris un timbre plus rauque, des inflexions plus rudes. Que lui disait-elle ? Que lui racontait-elle donc ? Que me dis-tu, maman ? La paille sèche et bruissante lui chatouillait le visage, le nez, les oreilles. Sur sa main, la terre des prairies avait formé une croûte depuis longtemps. Il glissa le bras sous sa tête.

Ce mouvement suffit à remettre en branle sa pensée. Un quart d'heure, songea-t-il. Et pas deux minutes. Et pas cinq minutes. Un quart d'heure tout entier. Pourquoi suis-je donc arrivé en retard ? Pourquoi, pourquoi n'ai-je même pas été fichu d'être à l'heure ? Il aura attendu la mort pendant un quart d'heure à genoux. Derrière lui ses amis, ses compatriotes se faisaient dans le pantalon. Un quart d'heure. Jamais encore je ne m'étais à ce point mis en retard. Jamais encore. En soixante et une années. Pourquoi aujourd'hui ? J'aurais donné mon fils. J'aurais donné mon propre fils. Un quart d'heure. Il ne s'en était pas aperçu, mais, étendu sur la paille de la litière, il s'était mis à donner de petits coups de tête contre la cloison de bois de la stalle, au rythme de ses pensées, et si fermement qu'on aurait pu l'entendre jusque dans la cour. Oui, si l'on avait prêté l'oreille, on aurait distingué ces brefs coups portés contre le bois et le murmure monotone d'une plainte.

Plus tard quelqu'un l'entendit. Martha se tenait là, près de la porte ouverte de l'écurie. Elle s'était adossée au mur et chuchotait : « Papa ». Rien que ces mots : « Papa ». Il ne les entendit pas. Il ne l'entendit pas non plus murmurer : « Je me sens toute chose. Je ne sais pas ce qui m'arrive. Je ne suis… je ne suis pas bien. » Elle gémissait elle aussi.

Au sombre de l'aube, Goldberger, en proie à un mal de tête infernal, se leva enfin et quitta l'écurie. Il en verrouilla les portes. Il n'avait pas fermé l'œil une seule seconde, mais il en avait pourtant l'impression. Il n'avait pas dormi, et cependant il émergeait d'un autre monde. Même aux premières lueurs, il avait encore le front baigné de sueur. Dans l'air du matin, elle avait la brûlure de la neige. Il s'essuya le front avec l'avant-bras et la neige se changea instantanément en gouttelettes d'eau. L'espace d'un très bref instant, il revit Martha blottie au fond de la carriole, il se souvint de cette silhouette presque entièrement estompée dans le crépuscule du matin, quand ils venaient encore à peine d'arriver.

Le coffin renfermant la pierre à affûter reposait sur l'appui de la petite fenêtre basse près de la porte d'entrée de la ferme – comme toujours. Martha l'avait décroché de la corde à linge où il l'avait suspendu et l'avait reposé à son emplacement attitré. Ce bel enfant sage qu'il aimait infiniment. Il contempla l'étui de métal oblong et bombé comme si c'était le visage de Martha, puis il glissa l'outil dans la poche de son pantalon et rejoignit d'une foulée alerte le pré situé à l'ouest. C'est là qu'il avait abandonné la faux. Il ne la trouva d'abord pas. Puis enfin si. Il s'en saisit, la planta sur son manche, maintint la lame à hauteur de l'épaule, passa la pierre à faux une, deux fois dans les hautes herbes trempées de rosée et commença à affûter. La chanson qui naissait alors laissa s'épanouir en lui un sourire dont rien ne perçait à l'extérieur. Il aurait pu l'écouter indéfiniment. C'est à cela que devait ressembler l'éternité, se disait-il : une grande paix immuable et parfaite. Il en sentait flotter un avant-goût ici, où qu'il fauchât les prés. Il passait sur lui un souffle d'éternité.

La faux et l'herbe remplissaient à présent le rôle qui avait été dévolu au marteau et aux clous quand il avait construit le lit de Martha. Il fauchait à grands coups rageurs l'herbe rude et drue, et, en l'espace de quelques heures à peine, il n'éradiqua certes pas le souvenir de la journée écoulée, mais les pensées que celle-ci lui inspirait.

À midi, il s'effondra sur sa faux et, couché sur la lame, dormit comme une souche jusqu'en début de soirée. C'est ainsi assoupi, le corps parfaitement immobile, la moitié de son visage sombre terriblement empourprée, que Martha le découvrit. Elle le réveilla en le secouant avec une violence désespérée et, les larmes aux yeux, lui prodiguant de bonnes paroles, le reconduisit à la ferme, où elle le coucha sur son lit et lui ôta son uniforme et ses bottes.

8

Elle avait sangloté pendant tout le trajet. Quatre jours durant, ses larmes muettes n'avaient cessé de couler. Pourtant, parmi les pleurs que lui arrachaient la perte de son univers et ces adieux forcés, il s'en était glissé quelques-uns d'une autre sorte. Martha ne s'en rendait peut-être pas compte, mais certaines de ces larmes étaient des larmes d'espoir. C'est que son père n'était pas le seul à qui plus personne au village n'adressait la parole de son plein gré. On lui battait froid, à elle aussi. Et depuis que sa mère était morte, elle n'avait plus personne au monde. En l'espace des six mois écoulés, elle avait profondément changé, plus que jamais ; elle était devenue triste et faisait peine à voir. Quand elle se contemplait dans le miroir, le soir venu, avant d'aller se coucher, à la lueur sombre des bougies qui jetaient de grandes ombres, il lui semblait qu'elle en voyait une autre. Une étrangère lui faisait face. Une sœur bien plus vieille, au visage ravagé d'affliction et qui ne lui ressemblait en rien. Pourquoi ne lui disait-on plus un mot ? On avait déjà marié les autres jeunes filles ; au seuil des fermes, sous les linteaux de porte où se balançait un casque figurant le fiancé absent, on célébrait encore des unions. Elle, même les invalides ne se retournaient plus sur son passage quand elle se rendait à la messe le dimanche. Était-ce donc qu'elle était affreuse ? Autrefois, avant la guerre, les hommes la suivaient pourtant des yeux, ils aimaient à discuter avec elle en lui coulant des regards profonds, et certains n'allaient-ils pas jusqu'à lui adresser un clin d'œil discret ? Aujourd'hui tous s'en étaient allés, personne ne lui écrivait de lettres, personne ne demandait sa main. De quoi s'était-elle donc rendue coupable ? Ses parents devaient être la cause de tout. Voilà qui était certain. Le reste lui demeurait plus vague. En quoi cela pouvait-il avoir un rapport avec sa mère, qui ne quittait plus son fauteuil à oreilles de cuir brun depuis des éternités ? Avait-elle seulement connu une époque où elle n'était pas encore clouée dans ce fauteuil, où elle déambulait librement, comme elle, Martha, le plus naturellement du monde ? Peu à peu elle y voyait plus clair : cela devait tenir à son père. Elle avait interrogé sa mère à ce sujet deux ou trois fois. Elle ne lui avait pas demandé pourquoi plus personne ne leur parlait, mais quelles étaient les occupations de son père. Car ce devait être là la clé du problème. Chaque fois sa mère lui avait répondu : « Je n'en sais rien, mon enfant. Il accomplit son devoir. Voilà ce qu'il fait. » Puis elle avait alors fondu en larmes et Martha, sans raison, ou parce que les pleurs de sa mère l'émouvaient au plus profond et lui permettaient d'oublier le reste, avait pleuré elle aussi.

Quand elle repensait à son enfance, tout lui apparaissait nimbé de clarté ; les couleurs étaient lumineuses et vives, les visages radieux, les rires de chacun carillonnants – même celui de sa mère. À la fin de la journée, Ferdinand et son père s'en revenaient de la forêt, ils plaisantaient et échangeaient des regards complices. Ils avaient un langage bien à eux, du moins à la nuit tombante, après le labeur, mais cette langue-là elle aussi avait des accents lumineux.

Ferdinand avait tout juste dix ans de plus qu'elle. Elle aurait eu un autre frère encore, si celui-ci n'était pas mort peu après sa naissance. Il se serait intercalé entre elle et Ferdinand et se serait prénommé Ernst. Mais on n'avait même pas eu le temps de le baptiser. Une fois l'an, on donnait pour la mémoire de ce frère défunt, anonyme et qu'elle ne connaîtrait jamais, une messe à laquelle la famille tout entière assistait.

Noël, Pâques, les principaux jours de fête. Les années étaient pareilles à des roues qui tournaient de plus en plus vite et se ressemblaient, devaient se ressembler jusque dans les moindres détails.

Pendant le voyage, elle avait eu le sentiment que son père savait depuis longtemps qu'il leur faudrait quitter le pays, et qu'il avait peut-être préparé leur départ, même si rien n'avait pu le lui laisser supposer. Elle lui en voulait d'avoir su et de ne lui avoir rien dit. On ne lui avait laissé le temps de rien, de rien du tout. Mais à quoi aurait-elle voulu l'occuper ? À des riens peut-être justement, pour le simple plaisir d'avoir du temps à soi. Ou à sillonner une fois encore les rues du village. À se rendre au cimetière pour se recueillir. Qui à présent remettrait en place la pierre tombale qu'on avait dû enlever pour les funérailles ? Son père l'avait réveillée en pleine nuit et lui avait soufflé : « Allons, Martha, mon cœur, lève-toi. Nous devons partir d'ici. » Elle ne comprenait pas, et ses yeux s'étaient posés malgré elle sur la penderie : elle était vide. Alors elle avait enfilé en toute hâte les quelques effets rassemblés au pied de son lit et elle avait suivi sans plus de façons son père, qui lui avait jeté une couverture sur les épaules et lui avait enjoint d'aller s'asseoir au fond de la carriole. Une fois installée, elle avait entendu, après avoir patienté encore un long moment, saisie d'une sensation de vide et d'angoisse, la rumeur de quelques voix étouffées – celle de son père, surtout –, puis celui-ci s'était élancé d'un bond sur le banc de conduite et la carriole s'était ébranlée dans une grande secousse. Elle s'était blottie entre le mobilier et la batterie de cuisine, dans le vacarme des chaises et le tintement des assiettes. Quand avait-il trouvé le temps de vider la maison, et pourquoi ne l'avait-elle pas entendu ? Il faisait nuit noire et elle s'était alors mise à pleurer, aussi parce qu'elle était épouvantée par cette obscurité vers laquelle on l'entraînait, qui en même temps se détachait peu à peu d'elle et n'en était pas moins profonde.

Des larmes d'espoir, oui : peut-être qu'ailleurs, où que ce fût, on se remettrait à leur adresser la parole. Peut-être que la vie reprendrait son cours comme autrefois, aussi riche, vaste et lumineuse. Elle avait presque fini par se faire à l'idée que plus personne n'était là, pas même les vieux valets de ferme débonnaires, Franz, Reinhard et Sebastian. Mais se dire qu'elle était transparente aux yeux de ceux qui, là et bien là de toute évidence, passaient et repassaient, à pied ou juchés dans des carrioles, devant les portes et les fenêtres, c'était précisément ce qu'elle n'arrivait pas à admettre ; elle s'y refusait.

Ses larmes trahissaient un double espoir : elle ne formait pas seulement des vœux pour elle seule.

Puis ils étaient arrivés et ses larmes s'étaient taries. Était-ce simplement parce qu'une terre nouvelle et inconnue se révélait à ses yeux ? Ses pleurs ne s'étaient-ils pas plutôt arrêtés en même temps que le pas du cheval ?

Le travail ne manquait pas. Martha cessa vite de gamberger. Les pensées qui tournaient sans relâche dans son esprit pendant le trajet s'arrêtèrent enfin et se dissipèrent comme par enchantement. N'était-ce pas que le voyage et lui seul, le mouvement qui l'avait animée, les avaient stimulées, comme du reste ses larmes ? La maison embellissait au fil des jours. Les lilas étaient en fleurs. Elle finit même par s'habituer aux imposantes montagnes qui s'étendaient au sud. Les lumières scintillant la nuit sur le Magdalenaberg lui prodiguaient une sensation d'apaisement ; les monts qui se découpaient à l'arrière-plan en perdirent leur aspect menaçant. Des gens allaient, venaient, discutaient avec son père. Elle le vit se transformer peu à peu. Il se rendit même une fois à l'église. Le soir, de temps à autre, il lui arrivait de faire un crochet par l'auberge. Elle le savait, parce qu'à son retour il avait une âcre haleine de bière. Depuis combien de temps n'était-il plus sorti le soir ? Il passait le plus clair de ses journées reclus dans son bureau à rédiger des lettres, une correspondance toujours plus fournie. Cet acharnement à soi seul avait suffi alors à la remplir d'effroi. Était-ce pour se divertir de cette solitude qu'elle avait vu grandir autour de lui au fil des ans, et qui avait fini par l'isoler tout à fait ? Même quand sa mère vivait encore, elle était chaque jour plus dévorante ; peut-être même n'avait-elle jamais été aussi profonde qu'alors. À mesure que progressait la maladie de sa mère, la solitude de son père s'était amplifiée. Il ne lui était bientôt plus resté qu'elle, Martha, sa fille. Et de quoi aurait-il pu discuter avec elle ? Martha ne lui demandait jamais à qui il adressait ces lettres, ni quel en était le contenu. À présent il n'écrivait plus aucune lettre. Il n'écrivait du reste plus une ligne. Voilà qu'il lui avait fabriqué un lit. Il rapportait d'on ne savait où tantôt une commode, tantôt quelques chaises, une armoire basse, de petits meubles. Il se rendait à présent dans les prés comme il s'était rendu autrefois dans les forêts. Le tintement de la pierre à effiler annonçait son retour à la ferme – elle sautillait dans le coyer de métal qu'il portait à la ceinture. De temps à autre, il battait la lame au marteau, sur le plat de la petite enclume fichée dans un billot de bois. Un joyeux tintamarre résonnait dans la cour. Il évoquait le fracas lointain des haches dans la forêt autrefois. Elle était heureuse quand son père sentait la bière. Son humeur paraissait de jour en jour moins chagrine, il ne portait plus en permanence cet uniforme qu'elle n'aimait pas, sauf quand il était étendu à sécher en plein soleil. Il avait perdu l'habitude de marcher au pas cadencé. Oui, cela sautait aux yeux : son père avait changé, il s'était transformé à un rythme assez soutenu, il n'était plus le même homme.

Elle avait désormais une vraie chambre à elle, dont les deux fenêtres prenaient jour au sud et laissaient entrer des flots de lumière, bien qu'elles fussent petites et basses. Le badigeon d'un noir de jais des croisées étincelait dans la lumière – aux rayons de soleil du grand jour, à la lueur du clair de lune.

La nuit, parfois, sous les draps, elle sentait passer sur elle un souffle frais dont elle ne percevait pas l'origine ; il venait d'en bas, comme des profondeurs, c'était la seule chose dont elle fût certaine. C'était du temps qu'ils vivaient encore dans l'autre village. Sa mère n'était déjà plus. Alors était apparu ce souffle qui ne pouvait être à proprement parler un vent coulis, car après tout elle était chaudement emmitouflée sous la couverture, et portes et fenêtres étaient hermétiquement closes. Il ne s'était manifesté d'abord que de loin en loin et sans paraître obéir à des règles précises, puis de plus en plus souvent et à intervalles réguliers. Et s'il s'était d'abord contenté de la chatouiller doucement et de susciter en elle un peu d'effroi, il n'avait pas tardé à la tourmenter tout à fait. Elle n'arrivait pas à percer le mystère de ce souffle qui surgissait du néant, la saisissait de toutes parts – aux chevilles, par-dessus tout – comme autant de mains glacées et la faisait légèrement frissonner. Elle n'en perçait pas le mystère et elle s'était mise à le redouter. Elle voulut en parler un jour à son père, mais, lui voyant la mine si sombre et renfermée, elle s'était ravisée. Il avait bien assez de ses propres problèmes. Depuis qu'ils étaient arrivés à Rosental, ce souffle avait disparu. Il ne se manifestait plus. Une ère nouvelle s'annonçait, une existence neuve, une deuxième – ou une troisième ? – vie. À peine le voile qui lui obscurcissait les yeux se fut-il dissipé que celle-ci commença, aussi vaste et lumineuse que leur vie passée, celle qu'ils avaient perdue. Souvent, le soir, avant d'aller se coucher, elle s'agenouillait devant la fenêtre, baissait la tête et les paupières et, déjà emplie de reconnaissance, priait pour que les années à venir soient meilleures et plus heureuses. Elle récitait également des prières pour sa mère et sa grand-mère, qui étaient au ciel et observaient le moindre de ses gestes, et pour Ferdinand, qui combattait au front, afin qu'il s'en revînt bientôt à la maison, ou pour mieux dire ici, dans son nouveau foyer.

Elle se tenait au chevet de son père, dont la moitié du visage et le cou étaient encore rouges comme une crête de coq. Il était étendu sur une paillasse jetée sur deux planches de chêne réunies et montées sur des cales, et dormait d'un sommeil lourd et profond. Son souffle était rauque et cependant c'était à peine si on l'entendait. Il ne s'était pas encore construit de lit. Martha s'efforçait de se souvenir de son grand-père – sans succès. L'avait-elle seulement connu ? Elle ne parvenait pas à différencier les visages les uns des autres. Qui était l'homme auquel elle pensait ? N'était-ce pas toujours son père ? Elle s'évertuait à se remémorer le moindre détail. Car il lui fallait divertir son esprit de ce qui s'était passé la veille au soir : elle se tenait devant la ferme, venait de décrocher le coffin de la corde à linge où elle avait justement étendu quelques torchons fraîchement lavés, tout en laissant errer distraitement le regard vers le Magdalenaberg. N'était-il pas curieux qu'il ait su dissiper en elle cette peur ancienne que lui inspiraient les montagnes ? D'où lui venait cette crainte ? Ferdinand non plus ne les aimait pas, Martha le savait, même s'il ne lui en avait jamais rien dit. C'était inexplicable. Il allait se plaire ici, dans ce paysage doucement vallonné que bossuaient seulement ici et là quelques mamelons rocheux, et où la pente des champs et des pâtures n'était pas trop raide. C'est alors qu'elle entendit soudain une déflagration, puis une autre encore. Il lui sembla qu'elle avait entendu un coup de feu, ou l'écho d'un coup de feu, ou les deux à la fois. Un frisson lui parcourut l'échine. Ce n'était plus ce souffle d'air frais qui montait des profondeurs et s'emparait d'elle parfois, mais un froid qui l'enveloppait tout entière. Le vent mugissait avec fureur dans ses oreilles. C'était comme si un précipice glacé s'était ouvert en elle et l'aspirait inexorablement, avec une violence grinçante et irrésistible, sans qu'elle pût se défendre.

Papa, songeait-elle à part soi tout en remuant muettement ses belles lèvres charnues, papa, je me sens toute drôle. Je ne sais pas comment te dire, mais j'ai le cœur serré d'angoisse. Je suis glacée de la tête aux pieds et je n'arrive même plus à dormir. Je ne suis même plus fatiguée. Un souffle glacé me tient en son pouvoir. Il m'était déjà arrivé de le ressentir par le passé, mais pas avec une telle force. Puis il s'en était allé, il avait tout à fait disparu. Et le voilà qui est revenu, hier, quand tu étais parti, plus puissant que jamais, et il ne me lâche plus. Papa…

Goldberger ne reprit ses esprits que le lendemain. Un long rêve s'attardait encore en lui et il s'éveilla avec l'espoir que la guerre ne serait bientôt plus qu'un souvenir. Il voulait enfin une existence nouvelle, mener une vie qui serait aussi simple que l'ancienne. Il en avait assez de remplir ses devoirs envers la patrie. Oui, il s'était senti autrefois responsable et il avait endossé des responsabilités. Il fallait bien que quelqu'un s'en charge ! Et tout naturellement il avait été également flatté qu'on s'adresse à lui, que ce fût lui qu'on choisît entre tous. Qui n'en aurait pas tiré vanité ? Il comprenait à présent que tout cela n'était rien. Et cependant il savait qu'il n'aurait pas pu se dérober sans plus d'explications. Il n'aspirait désormais qu'à voir la guerre s'achever. Il remiserait une fois pour toutes son uniforme. Il en avait par-dessus la tête de s'acquitter de ses devoirs envers la patrie, et plus largement de la patrie elle-même. Il y avait beau temps que cela ne lui échauffait plus les sangs, pas même un peu. Il se remarierait, si toutefois la tenancière de l'auberge y consentait. Il se palpa la joue et se rappela qu'il s'était endormi la veille en plein soleil. La peau était dure au toucher mais il n'éprouvait aucune douleur. Il s'avança vers la petite fenêtre basse et s'y accroupit.

Quand il regardait ainsi par la croisée, il pouvait apercevoir l'or des champs. La récolte commencerait dans une poignée de jours. Là-bas, dans le pré, un chevreuil viandait. Il n'était pas rare que certains d'eux poussent jusqu'aux abords de la ferme. Vous ne manquez pas d'une certaine audace, mes bougres, songea Goldberger en souriant. Il était confiant et rempli d'espoir. Il se redressa de toute sa hauteur et descendit dans la cuisine, nu-pieds. Comme le rude bois gris des marches lui sembla souple. Comme cette journée était douce. Un sourire s'épanouissait encore sur ses lèvres quand il aperçut Martha. Alors le sourire s'effaça. Les poils de ses avant-bras et de sa nuque se hérissèrent et la peau de son crâne se tendit atrocement.

Martha, la face livide, les cheveux ébouriffés, enserrant ses jambes qu'elle avait ramenées contre sa poitrine, se tenait sur la banquette d'angle et posait sur lui des yeux de bête. Comme si elle était un animal – et comme s'il en était un. Jamais encore il ne l'avait vue ainsi. Jamais encore il n'avait vu personne ainsi. Un petit animal luisant au cœur de la pénombre. Il se força à dire quelque chose.

« Que t'arrive-t-il, Martha ? Qu'as-tu donc ? Tu n'as pas dormi ? »

Elle le regardait comme une bête, comme une chienne, pas un mot ne passait ses lèvres. Une lueur sauvage s'était allumée dans ses yeux. Goldberger se rua vers la table d'un mouvement brusque et instinctif. Elle se leva d'un bond, jeta un cri inhumain et détala sur-le-champ. Tout en elle n'était plus que présence animale. Goldberger allait-il se lancer à sa poursuite? Non. Il s'affala sur la banquette, se prit la tête à deux mains et s'arracha les cheveux. Mais qu'est-ce qui lui prend, se demandait-il. Quelle mouche l'a donc piquée? On dirait une vraie… tonnerre de Dieu, que lui arrive-t-il donc?

Il resta un assez long moment prostré ainsi, se leva enfin, se glissa dans ses souliers, en noua les lacets et prit le chemin de l'auberge sans faire atteler. C'était le seul lieu où il lui plaisait d'être, le seul où il pût encore s'imaginer en cet instant. Il fit cependant un grand détour pour s'y rendre, contourna largement le village et n'arriva à l'auberge que bien plus tard.

Dès qu'il eut pénétré dans la salle à boire – n'adressant aucun salut, car il ne voyait personne, et sans que nul le salue, car il n'y avait personne –, il alla se poster devant les portraits des défunts et les considéra longuement, l'un après l'autre. Une fois qu'il en eut fini, il recommença à zéro. Il était encore tôt dans la matinée. Il était le seul client. Enfin il marmonna: « Elisabeth… est-ce que… est-ce que c'était lui, ton mari? » Elle venait justement de sortir du débarras attenant aux toilettes et, s'essuyant les mains dans son tablier, avait pris place derrière le comptoir. Ce n'est qu'à cet instant qu'elle s'aperçut de sa présence, sans paraître en éprouver la moindre frayeur. Elle leva la tête et attacha sur lui un long regard. Il était campé devant les portraits et les observait. La pointe de son nez busqué en effleurait presque le verre. L'aubergiste n'avait compris que les deux derniers mots. Elle alla de l'autre côté du comptoir et prit place à côté de lui. « Celui du milieu. Max. Les deux qui l'encadrent, ce sont mes frères. »

« Comment? », s'exclama Goldberger. Il ne comprenait pas. Que disait-elle?

Ils gardèrent le silence de longues minutes. Enfin il lui souffla: « Martha est si bizarre… Je ne sais pas ce qu'elle a. Elle ne dit plus un mot. » Il se confiait à elle comme il se serait confié à Franziska, son épouse. L'aubergiste savait-elle seulement de qui il parlait ? C'était un petit village après tout. Elle avait gardé en mémoire le souffle glacé qui surgissait du néant, elle se souvenait du précipice qui s'était ouvert sous les pieds de bien des gens du bourg depuis que la guerre avait éclaté et que les premiers décès avaient été annoncés. Elle-même n'y avait réchappé que de très peu. Elle dit : « Ça finira par lui passer. — Tu crois ? — J'en suis certaine. »

Pour la première fois, Goldberger parcourut du regard la salle de l'auberge. Quelques ramures de cerf en ornaient les murs, peu nombreuses et guère imposantes. Une poignée de vieilles photos. Il les observa une à une, comme s'il était en quête de quelque chose.

« Je vais la mettre en gérance », dit Elisabeth. Elle parlait de l'auberge. « Un gars du village voisin est intéressé. »

Goldberger voyait son propre visage se refléter dans l'un des cadres. Il se retourna.

« Je peux te donner un coup de main », dit-il en désignant d'un mouvement de menton l'endroit d'où il venait. Il crut voir les blés dorés se déployer devant lui, les champs ondoyer dans la paix du soir. Ils figuraient autant de soleils miniatures, rectangulaires et plats.

« J'aurais aussi besoin de quelqu'un », dit l'aubergiste. Leurs regards se croisèrent pendant une fraction de seconde.

Tout était dit. Affaire conclue. Goldberger regagna la ferme sans avoir seulement bu un verre. La chaleur montait, elle s'était déjà installée dans les campagnes et les ombres battaient en retraite. Une joie tempérée de tristesse sommeillait en lui. Il fit encore un grand détour pour éviter le village.

Martha était assise sur le pont. Ses pieds se balançaient dans le clapotis murmurant du ruisseau. Le souffle glacé du courant lui rafraîchissait les jambes. Quand elle sentit l'ombre de Goldberger se coucher sur elle, elle se redressa d'un bond, se figea net et, un battement de paupières plus tard, lui sauta au cou. Il en fut surpris, décontenancé. Sitôt qu'il l'avait aperçue, il avait ralenti le pas et, avec un pincement au cœur, croyant déjà la voir lui fausser compagnie, s'était dit qu'elle allait décamper une fois encore.

« Que t'arrive-t-il, mon cœur ? », lui demanda Goldberger comme il l'avait fait quelques heures plus tôt, mais sans angoisse à présent, rien qu'avec une douleur immense. Et la sensation de joie triste se raviva en lui. Martha était pendue à son cou et elle avait blotti le visage au creux de son épaule. Elle ne lui répondit rien. C'était à peine s'il sentait le poids de son corps.

De ce jour, elle ne fut plus jamais la même. Goldberger la tenait dans ses bras et il avait compris. La peur avait disparu. Tout n'était plus que douleur. Il savait à présent ce qu'il avait simplement pressenti le matin même : c'était le châtiment de Dieu. Il le frappait au point le plus douloureux.

9

Tous les matins, il ouvrait les yeux au premier rayon du jour, se levait sans plus attendre, se glissait dans son pantalon, passait son maillot de corps et descendait au rez-de-chaussée. Il y chaussait ces souliers qu'il ne se donnait presque plus jamais la peine de lacer quand il était à la ferme, et, enfilant sa chemise en chemin, se rendait à l'étable où il se chargeait de la traite de la vache. C'est qu'il en avait acheté une. Une grande laitière à la robe blanche tachetée de brun et aux yeux débonnaires. Il ne pouvait pas passer le plus clair de son temps à faucher. Et il lui fallait aussi songer à l'hiver. Et ne pas négliger non plus l'alezan, qui aurait enfin ainsi un peu de compagnie. Le cheval était la seule bête qu'il avait pu emporter dans sa fuite. Il se demandait comment se portaient les autres. La vache était logée à l'étable en face du box du cheval, et les deux animaux ne se quittaient pas des yeux pendant la journée – sans doute n'en allait-il pas autrement la nuit. On voyait se dresser de temps en temps par-dessus la cloison des stalles leurs têtes à la curiosité toujours en éveil, sans cesse à l'affût de l'autre, mais qui ne pouvaient cependant jamais s'atteindre : l'allée centrale était trop large. Quand Goldberger pénétrait dans l'étable, ils retiraient brusquement la tête, comme s'il venait de les prendre sur le fait. Après la traite, il se rendait dans la resserre, en rapportait une brassée de bois pour chauffer le poêle de la cuisine, préparait du café de malt, en buvait une tasse en la mêlant d'un peu de lait frais, écumant et encore chaud, et réservait pour Martha, en les recouvrant d'un grand torchon, le reste du café et une dose de lait. La plupart du temps, il n'agrémentait son café que d'une simple tartine de pain qu'il y trempait. Il était tempérant par nature et n'avait pas à se refréner. Martha elle-même se contentait de peu. Il se restaurait toujours sans perdre de temps, et même au petit matin avec une pointe de colère – le boire et le manger n'étaient jamais à ses yeux qu'un pénible devoir dont il fallait s'acquitter, non un plaisir ou même une volupté. Il s'avisait ce faisant qu'un corps humain ne pouvait fonctionner tout seul, et il lui était désagréable que cette amère et douloureuse certitude forgée par les années et les décès successifs se rappelle à son souvenir. Puis il coupait l'arrivée d'air du poêle en en verrouillant le petit portillon du bas, quittait la cuisine et se rendait dans la cour où, à l'aide d'un support en bois et de sangles de cuir, il fixait sur son dos la berthe encore chaude, et, dévalant la pente de la colline, coupant à travers champs, rejoignait la ferme de l'aubergiste où il procédait également à la traite, déposait un peu plus tard les bidons pleins au bord du chemin pour la laiterie, nettoyait les étables, accomplissait encore plusieurs travaux en souffrance, s'affairait enfin toute la matinée et ne rentrait chez lui qu'après le déjeuner. Il emportait les reliefs du repas pour Martha. L'après-midi, il fauchait de l'herbe pour la vache ou faisait un somme. Le soir venu, il se rendait encore chez l'aubergiste pour donner leur pitance aux bêtes, s'en retournait, nourrissait les siennes propres et, après qu'il avait eu cassé la croûte avec calme et lenteur, désormais adouci par la fatigue, passait les dernières heures du jour dans la cuisine, à la lueur doucement vacillante d'une bougie. Parfois Martha lui prêtait compagnie. Elle posait sur la flamme des yeux immobiles. Parfois il l'entendait trotter dehors en tous sens, comme si elle avait le diable à ses trousses, foulant le sol de ses pieds nus et sales, et ne soufflant mot. Elle ne fermait presque plus l'œil de la nuit. Que pouvait-il faire ? Il était démuni. Quand elle se trouvait près de lui et qu'il voulait lui saisir la main, pour la caresser ou la tenir simplement entre ses doigts, se rappeler les heures du passé, elle la retirait brutalement. Jamais plus elle ne s'était suspendue à son cou. Elle était devenue inaccessible.

Les pigeons qu'élevait l'aubergiste allaient et venaient d'une ferme à l'autre, et Goldberger avait parfois l'impression qu'ils le devançaient toujours et ne volaient jamais derrière lui.

Le temps s'écoulait ainsi.

Il lui arrivait de se demander s'il était encore à la maison ou déjà chez l'aubergiste. Les fermes de la région étaient toutes bâties sur le même modèle, et très différentes de celles du haut pays ; lesquelles à vrai dire se ressemblaient beaucoup elles aussi, mais il y avait exercé son regard dès l'enfance et avait appris à les connaître.

Un jour, une troupe de soldats lourdement armés fit irruption à la ferme. On s'adressa à lui dans un grand brouhaha dont il ne saisit d'abord que des bribes. Il était question de livrer un assaut, ou quelque chose d'approchant. Goldberger ne comprenait pas ce qu'on attendait de lui, pourquoi on ne le laissait pas enfin tranquille, aussi s'emporta-t-il. Une fois encore, avec plus de netteté à présent, il entendit le mot « assaut ». Alors il posa à terre la berthe qu'il tenait, attrapa au collet le premier homme qui se présenta à lui et lança d'une voix tranchante : « Nous n'attaquerons personne ! C'est un ordre ! » Il voulait qu'on le laisse en paix, puisque aussi bien il ne demandait rien à personne. Les soldats se retirèrent docilement, mais l'âme furieuse et pleine de rancœur. Goldberger, les poings sur les hanches, les suivit du regard jusqu'à ce qu'ils eussent disparu.

À peine quelques jours plus tard, tandis qu'il s'en revenait de la traite et creusait le dos en poussant un profond soupir, l'aubergiste s'avança sur le seuil de la ferme et lui cria : « La guerre est finie ! »

Il n'arrivait pas à y croire. Avait-il bien entendu ? Il s'était si bien habitué à l'attente qu'il lui était difficile de concevoir qu'elle pût un jour prendre fin. La récente visite des soldats lui avait laissé croire tout au contraire qu'ils n'étaient pas près d'en voir le terme.

« Comment ? s'écria-t-il.

— La guerre est finie ! », claironna-t-elle d'une voix rieuse où résonnait encore un peu d'incrédulité. « Le drapeau blanc flotte au clocher ! »

Il reposa la lourde berthe, courut droit vers elle, l'embrassa sur la joue et, tout à sa joie, la souleva dans ses bras. Il s'exclama : « À présent nous allons nous marier ! » Elle éclata de rire, s'essuya la joue et se contenta de répondre : « Tu déraillés, Goldberger ! » Il répliqua, la voix encore vibrante de bonheur : « Mais si, puisque je te le dis ! » Elle riait comme une toute jeune fille et se laissa faire quand il la souleva une fois encore.

Puis il rejoignit la ferme à toutes jambes pour annoncer la nouvelle à Martha. Il ne la trouva pas, sa mine se rembrunit tout aussitôt et il retourna sans plus attendre chez l'aubergiste où il passa la journée tout entière, le cœur soulevé d'allégresse.

Il ne revint chez lui qu'à la tombée du soir. Installé à la table de la cuisine, il creusait de la pointe du couteau les encoches noires de la table et sirotait de l'eau-de-vie. Il était désormais rare qu'il bût, et les lourdes bouteilles pansues renfermant dix litres de gnôle étaient à peine entamées. La guerre était finie ! Une tout autre attente allait à présent commencer ! Une attente à laquelle les paroles et les pensées n'auraient plus à donner les fausses couleurs de l'espoir. Ferdinand serait bientôt de retour ! Il ne doutait pas que Martha allait remonter la pente elle aussi. Comment aurait-il pu en être autrement ? Tout allait enfin s'arranger. Cette défaite n'avait décidément que des bons côtés. Il la célébra pour lui seul avec force libations et, pour la première fois depuis longtemps, il sentit poindre en lui ce chant feutré qui résonnait chaque fois qu'il était heureux. Il le sentait croître en lui depuis des heures, gagner en puissance, se déployer comme une vague avec une force irrésistible. C'est à cet instant qu'un changement s'opéra. Il ne comprit pas instantanément de quoi il s'agissait. Il était encore trop absorbé par ses rêves, où le ressouvenir d'hier se mêlait aux visions d'avenir, pour s'en apercevoir pleinement, mais un second chant s'était peu à peu superposé au sien, un chant inconnu, menaçant et sauvage. Peuplé de tant de voix. Il avait d'abord songé : quelqu'un d'autre a le cœur en fête ! Puis aussitôt : non, ce chant-là n'a pas les mêmes accents que mon bonheur. Il montait de l'extérieur, il venait du dehors, il s'avançait le long du chemin. Il entendit le cailloutis crisser plus fort que jamais. Il y avait longtemps qu'il n'avait plus porté son uniforme. Plus jamais personne n'avait eu recours à lui. Il y avait bien eu cette fois lointaine, la seule, l'unique, pendant toute la durée de la guerre. Puis plus rien. C'était une région paisible. Rosental. Lui-même s'était contenté d'écrire à intervalles réguliers les mêmes rapports : « Rien à signaler ! » Il y avait du reste un moment qu'il n'en avait plus rédigé aucun. Il avait tout simplement oublié, et rien n'était arrivé. Ses pensées étaient encore trop occupées par la joie qui l'habitait pour prendre un tour raisonnable, et cependant il se figea. Il pensa à la porte de la maison. Il ne la fermait jamais à clé. Il n'avait plus d'ennemis. La peur s'était dissipée. Il entendit alors le crissement du gravier s'éteindre peu à peu dans la rumeur indistincte des voix allègres, menaçantes et lugubres. Soudain on enfonça la porte de la ferme. Où était donc son pistolet ? Un fracas terrible retentit, comme lorsque la foudre, au mois de juillet précédent, s'était abattue sur le cerisier de la ferme de l'aubergiste. Il serra plus fermement encore le manche de son couteau ; c'était la seule chose qu'il pût faire en cet instant. Car avant même qu'il ait eu le temps de se lever, la porte de la cuisine s'ouvrit brusquement et aussitôt des mains coururent le long de son corps, le saisirent par le col, les épaules et la gorge, lui attrapèrent les oreilles, lui empoignèrent les cheveux, le traînèrent sur la table et, avec la force brutale et métallique d'une machine, le propulsèrent contre le mur d'en face, près du poêle. Il ne vit rien d'autre que ces bras et ces mains qui étaient entrés par effraction dans la cuisine, sa cuisine. De larges mains de rustres. Il en eut le souffle coupé ; déjà il suffoquait. Une forêt de jambes s'agitait frénétiquement sous ses yeux. Et tandis qu'elles fondaient sur lui et le piétinaient, le pilonnaient, le battaient à toute volée comme un fléau le grain, on mettait à sac sa demeure et raflait au passage tout ce qui pouvait encore être de quelque utilité. Il ne vit rien mais il entendit tout. Les tiroirs chavirés, les couverts renversés sur le sol à grand bruit, les verres et les assiettes volant en éclats, les pots fracassés avec la dernière violence dans un vacarme qui vous glaçait jusqu'aux moelles, les rares cadres qui ornaient les murs soudain brisés net. Tout y passa, tout. Goldberger enfouit la tête entre ses bras du mieux qu'il put et, aussi longtemps qu'il demeura conscient, ne pensa plus qu'à Martha. Ils n'allaient tout de même pas s'en prendre à elle ? Où pouvait-elle bien être ? Il ne l'avait pas vue de la journée. Il les entendait tout dévaster mais il n'y pensait même pas. Il ne songeait pas davantage à son propre corps ; rien qu'à Martha. Il ne ressentit pas la plus petite douleur. Sa main enserrait encore fermement le manche du couteau. À l'instant où quelqu'un ouvrit d'un geste brusque la porte de l'escalier conduisant à l'étage, Goldberger put enfin reprendre haleine, il voulut hurler, un cri s'arracha de sa gorge, mais un instant plus tard il perdait connaissance…

Chaque fois qu'il rouvrait les paupières, il se voyait lui-même en pied, à la droite du lit, tandis que Franziska se tenait à la gauche de celui-ci. Il revoyait ce jeune couple qu'ils avaient formé autrefois, il y avait une éternité, pendant l'âge d'or. Il était vêtu d'un uniforme qui mettait en valeur sa silhouette, avait le visage juvénile et les traits pleins de vigueur, le cheveu ferme et dru, et ces yeux noirs qu'il avait hérités de son père et qui donnaient à la figure tout entière un air si sombre. Franziska arborait un corsage clair et une jupe bleue. Comme sa peau était blanche. Il sentait sur son propre épiderme le frémissement de cette blancheur, elle lui picotait les yeux. Ils se tenaient là devant lui, ces deux étrangers, inaccessibles et cependant si proches et familiers que c'en était à hurler. Où sont les autres, se demandait-il. Où sont mon père et ma mère ? Vous m'avez tant manqué. Vous me manquez encore tant. Il n'est pas une seule journée de ma vie où je n'aurai pas déploré votre absence. Et toi, grand frère ? Tu n'auras été qu'un temps si court à mes côtés. Et toi, grand-père, où te caches-tu, ton éternelle pipe fichée au coin des lèvres? Et toi, grand-mère, qui le traitais de propre à rien et lui arrachais chaque fois des mains la bouteille de gnôle, avant de la reposer devant lui en tempêtant? Tends-moi la main, toi que j'ai été autrefois. Et toi, donne-moi la main, ta belle main gracieuse. Donne-moi la main, mon cœur. Ah, c'est si bon. Si doux. Oui. Voilà ce que j'appelle vivre. Mais à présent laissez-moi, oui, n'insistez pas. Oubliez-moi. Laissez-moi me rendormir. Oui. Vous êtes beaux. Si beaux. Mais moi je suis tellement fatigué...

Sur ces mots, il sombra de nouveau dans une torpeur morne et grise.

Il arrivait que le voile se lève un peu, que l'ombre se dissipe, et de grandes forêts toujours plus vastes s'avançaient alors vers lui, ou il se dirigeait lui-même vers elles d'un pas flottant, en traversant le clair-obscur, et une vive sensation de chaleur lui envahissait la poitrine. Il entendait le chant des cognées qui s'abattaient en cadence, deux haches espiègles qui se poursuivaient, se donnaient la chasse, pareilles à deux papillons dansant et voletant l'un autour de l'autre. Il entendait aussi le pépiement des oiseaux, le cri d'un coucou, quand enfin les haches faisaient silence et se posaient un peu pour rompre le pain et boire jusqu'à plus soif.

Il apercevait les flancs si verdoyants des collines de son enfance, de sa vie tout entière, les vallonnements de l'Innviertel au-dessus desquels il planait, montait et descendait, s'étirait comme une petite brume épaisse et pourvue d'yeux et d'oreilles. Il reconnaissait chaque maison, mettait un nom sur toutes choses, et les petits personnages lui adressaient des signes et lui lançaient de leur voix chaleureuse: « Salut, Ferdine! Hé, Ferdine! Où étais-tu passé? Où as-tu encore roulé ta bosse, petit bohémien? Hé, reviens-nous vite! »

Et de nouveau cette torpeur grise.

De nombreuses semaines s'écoulèrent. La tenancière de l'auberge le soigna. Elle le nourrit d'écrasées de légumes, de flocons d'avoine et, de temps à autre, d'une viande qu'elle laissait cuire si longtemps qu'elle en était réduite en bouillie. Elle lui enfournait les cuillerées dans la bouche comme on le fait à un petit enfant capricieux. Il ne sortait pas de sa torpeur, mais avalait la nourriture comme s'il était pleinement éveillé. Ce n'était pas que cela la dégoûtait à proprement parler, mais enfin l'aubergiste s'acquittait de ces tâches avec la plus mauvaise grâce, et se demandait pourquoi elle n'y mettait pas tout de même un peu plus de cœur. N'avait-il pas été après tout son plus fidèle soutien, ces derniers temps ? N'était-il pas devenu sa seule raison de vivre ? Mais ces interrogations ne faisaient qu'exaspérer sa répugnance, et une telle constatation l'abattait.

Martha lui prêtait main-forte de temps à autre, mais sans lui être d'un grand secours. Elle lavait bien le linge dans le cours du torrent, près du pont, oui. Mais on ne la voyait guère s'affairer dans la maison. Elle attendait que l'aubergiste fût partie pour s'asseoir dans le fauteuil à oreilles, au chevet de son père, et s'adressait à lui dans cette langue nouvelle que personne ne pouvait entendre. Quand elle s'installait ainsi dans la bergère, ce qu'elle n'avait jamais fait auparavant, elle dialoguait aussi avec sa mère. Elle restait près du lit et récitait des prières.

Elle évitait l'aubergiste, avec qui elle n'échangeait que de rares paroles, et inspirait à celle-ci une sorte de crainte. D'autres qu'Elisabeth se seraient peut-être réjouies de voir à quoi elles avaient échappé ; mais l'aubergiste tout au contraire frémissait d'effroi à la vue de ce qu'on lui avait épargné.

Elles recevaient de temps à autre la visite du médecin, un homme encore jeune aux yeux vifs et fébriles, qui n'était pas originaire du pays lui non plus. Il changeait les bandages, posait ou remplaçait des attelles, apportait tantôt un nouveau remède, tantôt une nouvelle pommade de sa composition. Il leur assurait qu'il ne pouvait trop s'avancer, qu'il fallait prier de tout son cœur et s'armer de patience. Martha signait les factures qu'il leur présentait de sa petite écriture enfantine. Elle s'était soudain remise à écrire comme une fillette. Le médecin ne manquait pas de lui prescrire quelque chose, à elle aussi, mais, sitôt qu'il était parti, elle trottait au ruisseau, se couchait à plat ventre sur le pont, vidait dans le vif du courant le contenu du flacon et regardait le liquide noirâtre et visqueux se dissiper dans l'eau du ruisseau comme un épais nuage de fumée dans l'air.

De nombreux mois s'écoulèrent. L'hiver s'installa, Noël et le jour de l'An passèrent sans qu'on les eût célébrés, enfin ce furent les prémices du printemps. Goldberger ne s'était toujours pas éveillé de sa torpeur. On faisait chaque jour le même constat désespéré. Qu'en serait-il, du reste, s'il venait un jour à reprendre connaissance ? Il ne serait plus qu'une épave. L'aubergiste s'était déjà usée à soigner sa belle-mère. Que pouvait-on encore espérer ? La mort valait encore mieux que tout.

Un jour, elle envoya quérir le curé. Ils s'assirent au chevet de Goldberger et prièrent ensemble à voix basse. Martha gardait ses distances. Le prêtre ne put cependant pas lui administrer l'extrême-onction, pas même par simple précaution, comme il le lui déclara en détournant les yeux.

Par une fraîche matinée de printemps, Elisabeth, la tenancière de l'auberge, cheminait d'un pas lourd sur ses terres, où les céréales d'hiver bleu-vert venaient bien et lui effleuraient déjà les chevilles, en direction de la ferme Goldberger, quand elle avisa soudain à quelques centaines de mètres de là un homme vêtu d'un uniforme gris. Elle l'aperçut au moment précis où il s'engagea sur le pont, s'arrêta au milieu de celui-ci et s'immobilisa. Elle accéléra d'abord le pas, puis elle ralentit l'allure. Josef ! songea-t-elle à voix haute. Elle mit la main devant sa bouche. Secoua résolument la tête. Non. Non. Ce n'était pas son défunt frère. Mais qui cela pouvait-il bien être ? Le fils Goldberger, qui portait le même prénom que son père ? Il n'avait pas de paquetage, rien qu'un petit ballot à la main. L'uniforme était gris. Était-il enfin de retour ? Oui, ce devait être lui. Qui cela aurait-il pu être, sinon ? Il se tenait au bord du pont. Il se tourna de côté, fléchit les jambes, s'agenouilla sur le tablier du pont de bois vert. Penché en avant sur le ruisseau, il en contempla longuement le cours. Elle entendait la rumeur frémissante de l'eau dans la brise du matin. Il lui semblait qu'elle vibrait aussi dans les sillons de l'air, comme invisiblement redoublée, et bien plus ample qu'en réalité. Enfin l'inconnu se redressa, attacha encore un long regard sur le ruisseau qui courait sous le pont, puis il fit brusquement volte-face, avec toute la soudaineté d'un homme qui sait qu'une personne l'observe et veut justement confondre celle-ci. L'aubergiste sursauta, ramassa prestement ses jupes et hâta alors le pas, comme pour annuler cette impression d'effroi et dissiper en lui la sensation qu'elle l'avait observé. Il l'attendit. Mais à mesure qu'elle se rapprochait de lui, son pas se faisait plus hésitant. Elle crut revoir une fois encore son frère, Josef, puis l'autre frère, Wilhelm, et enfin feu son époux, Max. C'était comme si elle s'avançait vers un monde englouti, au sein de l'un de ces innombrables rêves qui tous finissaient par se confondre. Elle fit encore un pas et reconnut alors les traits de Goldberger le Vieux, qui gisait là-haut dans son lit et n'émergeait pas de sa torpeur. Elle s'arrêta. Ils se regardèrent. L'homme attendit encore un instant, puis il pivota sur les talons et emprunta la voie caillouteuse qui courait à flanc de colline en direction du domaine. Elle le suivit avec un peu de retard, le cœur battant à tout rompre, émue et angoissée, l'âme à la fois lasse et soudainement rajeunie. L'un s'en va, l'autre revient, songea-t-elle. Qui sait, souffla-t-elle en se cachant le visage dans les mains, peut-être que cela se produit en un seul instant.

Elle s'efforça de brider sa curiosité, de tenir en lisière son émotion première et son angoisse, et se remit résolument à la tâche. Elle s'occupa de la traite de la vache et changea la litière des bêtes.

Alors seulement, sur la pointe des pieds, en bas de laine, elle monta dans la chambre à coucher. Elle s'immobilisa dans l'escalier : on n'entendait pas un bruit alentour, hormis le chant gai et cristallin des oiseaux, qui lui parut déplacé en cet instant. Lorsque, frappant à la porte des coups trop timides, elle pénétra dans la pièce en retenant son souffle, le jeune homme en uniforme se tenait au chevet de Goldberger et lui prenait la main. Oui, c'était bien le fils. Ferdinand Goldberger junior. On aurait dit réellement une version plus récente de Goldberger le Vieux – une apparence ancienne à laquelle on eût redonné vie. Martha, en jupe et chemisier, avait pris place à la gauche du lit, tournant le dos à la porte, et tenait l'autre main de son père. Et ce dernier, pour la première fois depuis près d'un an, avait les yeux grands ouverts et souriait. Ses lèvres, son regard témoignaient de sa joie. Il avait sous les yeux le tableau qu'il apercevait depuis des mois chaque fois qu'il rouvrait les paupières. Aucune grisaille n'en assombrissait l'arrière-plan. Tout était limpide, les silhouettes se dessinaient nettement jusqu'au fond de la perspective. C'était comme si tout coïncidait de nouveau enfin – et que la vie pouvait reprendre son cours. L'aubergiste, dont personne n'avait remarqué la présence, se retourna et se signa trois fois ; et, se mordillant les phalanges, le corps vibrant d'un feu intérieur, elle descendit sur la pointe des pieds l'escalier de bois raide, s'effondra sur la première marche et éclata en sanglots.

Deux semaines plus tard, Goldberger, appuyé sur deux bâtons de coudrier rouges, robustes et qui n'étaient pas exactement de la même longueur, faisait déjà ses premiers pas sous le soleil printanier. Il n'y en eut il est vrai qu'une poignée, mais enfin il marchait sans chanceler jamais. Il recouvra rapidement ses forces. Il parvenait aussi à parler normalement, quoique avec un débit encore un peu lent, et sa mémoire paraissait ne pas avoir subi de dommage. Il avait cependant oublié certaines habitudes récentes. C'est ainsi que lorsqu'il revit pour la première fois Elisabeth, qu'il n'appelait plus désormais que par son prénom, son visage rayonna et il s'exclama : « Tiens, par exemple, l'aubergiste ! » Elle en fut offensée ; et en même temps en colère après lui, précisément parce qu'il était parvenu à la blesser. Elle n'avait décidément plus toute sa tête !

Les lilas étaient en fleurs. Ils embaumaient, et l'air en était teinté. Tous les jours, sur la table de la cuisine, une main piquait dans un petit vase de porcelaine d'un gris bleuté un nouveau bouquet. Pendant trois semaines, le parfum d'un mauve profond envahit la pièce. Quand les lilas furent flétris, Goldberger en jeta les branches et annonça à Elisabeth qu'il n'était plus nécessaire qu'elle vînt à présent. Dorénavant, il se rendrait chez elle comme autrefois. Et il l'invita à déjeuner le lendemain même.

Là-dessus il alla chercher son cheval à l'écurie, lui flatta longuement le cou – la bête secoua fougueusement la tête et l'accueillit de grands hennissements sonores, souffla, hennit une fois encore –, le harnacha, attela la carriole et se rendit au village, où il acheta tout ce qu'il put trouver. Il ne paya pas – il n'y avait simplement pas pensé – et les boutiquiers mirent le tout sur sa note. Le bourg lui parut changé. Il y régnait désormais une vive animation. Les rues étaient encombrées de fardiers, de chevaux, de tombereaux remplis à ras bord de sacs en toile de jute bruns renfermant des semences. C'était le printemps. Les hommes s'en revenaient peu à peu du front et retrouvaient le métier qu'ils avaient laissé: paysan, valet de ferme, mécanicien, maréchal-ferrant, menuisier, commis. Goldberger quitta la dernière échoppe et poussa jusqu'à l'auberge. Il descendit de la carriole et traîna à grand-peine sur le gravier crissant le grand panier à provisions en osier. Les hommes assis aux tables levèrent la tête, et un profond étonnement, une sorte de stupeur se lut sur certains visages: Goldberger – il n'était donc pas mort, celui-là? Les Polonais ne l'avaient-ils pas massacré, tout comme le gars Fellner et encore deux autres types du village voisin? Les anciens murmuraient à l'oreille des plus jeunes. Une rumeur sourde courut à travers les épaisses nappes de fumée gris-jaune qui emplissaient la salle à boire tout entière. Goldberger s'avança sur les lourds madriers gris du plancher, traversa la pièce, souleva le panier au prix d'une énorme débauche d'énergie, le posa sur le comptoir et, le souffle un peu court, de sa voix ferme et cependant légèrement voilée, dit à la nouvelle patronne qui ne savait pas qui il était: « Je passerai le prendre demain après la messe. » L'aubergiste haussa les sourcils et lui adressa un regard perplexe. « Qu'est-ce que vous passerez prendre? Le panier? » Elle ne comprenait pas de quoi il parlait. « Non », répondit Goldberger d'un ton aigre. « Le rôti. Il y a une pièce d'échine là-dedans. Tu n'auras qu'à me la préparer ! »

Il lui glissa une grosse pièce et la femme, lorgnant d'un œil les sous et de l'autre les aiguilles de l'horloge murale installée près de l'entrée, répliqua : « Ma foi, c'est entendu. » Avant de s'empresser d'ajouter : « Mais il vous en coûtera le double. »

« C'est ça », coupa court Goldberger, comme si c'était là la dernière de ses préoccupations, puis il tourna les talons et sa pensée le devança dans la carriole qui le reconduirait chez lui. C'est qu'il avait de nouveau un foyer.

10

Un dimanche, pour la première fois depuis bien des années, il alla assister à l'office. Dans ses habits de fête, il se rendit à l'église en compagnie d'Elisabeth. Disons plutôt qu'ils firent une partie du trajet ensemble ; car elle avait insisté pour descendre à l'entrée du bourg et faire les derniers mètres à pied, seule. Elle avait beau n'accorder aucune attention aux rumeurs, elle préférait ne pas y prêter le flanc – ni les alimenter davantage. Car la relation qui l'unissait à Goldberger, quelle qu'en fût la nature, et si toutefois elle était autre chose qu'une simple communauté d'intérêts, était de notoriété publique. Par ici, on vous éduquait à ne pas faire parler de vous. Goldberger se moqua d'elle. Elle haussa les épaules, descendit de la carriole et, ulcérée aussi bien par ces moqueries que par son propre entêtement, donna sur la cuisse du cheval une tape vigoureuse avec le plat de la main, et s'en fut.

Jamais encore Goldberger n'était entré dans l'église de Rosental. Il s'étonna de sa beauté et de sa simplicité. Et tandis qu'il s'abandonnait encore à sa surprise, il fut saisi d'un second étonnement : comme la simplicité était une chose complexe ! Il repensait aux forêts, à ces bois immenses qui avaient été les siens autrefois, impénétrables de toute éternité, et aux champs dorés pendant le fort de l'été, qui figuraient autant de petits soleils terrestres reflétant pour un temps celui du ciel. De ce jour, il décida qu'il assisterait tous les dimanches à la grand-messe.

Les bancs de l'église étaient occupés jusqu'au dernier. On dut se serrer pour lui ménager encore une place assise. Ferdinand et Martha, s'ils avaient voulu l'accompagner, auraient été contraints de rester debout.

Dans les premiers moments, il fut ébranlé par la majesté de cette architecture qui s'élançait vers le ciel, par la présence diffuse des fidèles se pressant dans la nef, par les prières et les chants entonnés en chœur, puis un trouble l'envahit. L'office n'en finissait pas. Il n'était plus pénétré de la même ferveur, son saisissement le quitta peu à peu et ne revint plus. Dès les premiers mots du curé, comme à l'ordinaire, son attention s'était relâchée. La célébration ne l'intéressait pas, elle ne parvenait pas à retenir son attention. Jamais un service divin n'avait à ce point traîné en longueur. Ou le temps vous paraissait-il encore plus long parce que vous étiez seul ? La nervosité le gagnait. Après la communion, il n'y tint plus, se faufila hors de l'église en tâchant de ne pas se faire remarquer, respira à pleins poumons la brise tiède et vivifiante et alla se poser quelques minutes sur le marchepied de bois d'une carriole de hasard. Plus tard, il arpenta de long en large le parvis de l'église, jusqu'à ce que retentît enfin le vacarme assourdissant des cloches, que les autres fidèles franchissent le portail et se rassemblent en deux groupes de grandeur inégale au sein desquels des silhouettes vêtues de noir s'agitaient, riaient, discutaient dans un grand désordre apparent. Goldberger fendit la foule, où chacun des groupes s'était désormais partagé en petits attroupements. Il ne s'aggloméra à aucun d'eux. Il aurait volontiers mêlé sa voix aux conversations, mais vers qui se tourner ? Il ne connaissait presque personne. Où était Elisabeth ? Lorsqu'il aperçut le commis du marchand de céréales, le borgne, son visage s'éclaira et il leva la main – mais le jeune homme se détourna. Était-il devenu complètement aveugle ? De temps à autre, Goldberger adressait à tel et tel un discret signe de tête.

Enfin, se persuadant qu'il était temps de reposer ses jambes lourdes, il s'éloigna, détacha la longe de son cheval, grimpa dans la voiture et, empruntant la route poussiéreuse et blanche, se rendit à l'auberge, à l'orée du village, où il récupéra le panier d'osier et le rôti de porc au cumin encore fumant, et régla à la nouvelle patronne la somme qu'elle réclamait. À l'instant où il quitta l'auberge, les premières carrioles arrivaient et des hommes du village en descendirent. Il était temps de boire la goutte et de savourer la bière du dimanche. On avait renvoyé les femmes et les enfants à la maison, à pied ; quelques privilégiés avaient pu faire le trajet dans le fardier d'un ancien qui résidait dans le proche voisinage. Goldberger s'immobilisa et attendit. Quand le premier homme s'avança vers lui, il leva le menton. Mais on ne répondit pas à son salut. On ne le regarda même pas. Deux autres villageois passèrent encore devant lui – rien. C'est en vain qu'il s'évertua à attirer leur attention. Peut-être, songea-t-il tout en transportant dans la carriole le panier d'osier, puis le lourd poêlon renfermant le rôti, peut-être que ce sont trois gaillards qui s'en reviennent à peine du front. Oui, bien sûr, ce sont des jeunes gens. Ils ne peuvent pas me connaître. Naturellement ! Ils ne savent pas qui je suis. Ils me prennent pour un étranger. À cette pensée, il s'esclaffa. Mais son rire n'avait-il pas un timbre étrange ? Un peu enroué ? Il se racla la gorge. Comme il montait dans la carriole, il s'aperçut que plus personne ne portait l'uniforme ; même à l'église, il n'en avait pas vu un seul. Et après ? Lui-même l'avait mis au rancart depuis très longtemps. Il ne s'était même plus donné la peine de remettre ses rapports sur la situation à Rosental, et nul ne s'en était plaint. Il s'avisa pour la deuxième – ou la troisième ? – fois que la guerre était terminée. Oui, se disait-il, c'en est fini. C'est une chance pour nous tous.

La carriole s'ébranla. Comme presque toujours, il prit un détour afin d'éviter le village et s'arrêta peu de temps après pour laisser monter Elisabeth. Elle cheminait avec d'autres femmes qui toutes empruntaient la même direction, et, sous les regards curieux et interrogateurs qui l'assaillirent soudain de toutes parts, elle eut un moment d'hésitation, se détacha finalement du groupe et, relevant d'une main ses jupes, s'élança d'un bond dans la carriole. Elle n'arrivait pas à dissimuler la joie que lui inspirait le retour de Goldberger à la vie. Il hocha la tête, souleva son chapeau et démarra. Ils regagnèrent la ferme en silence, réservèrent le rôti au chaud dans le four, descendirent le vin dans la cave et attendirent que sonnent les douze coups de midi. Goldberger faisait les cent pas devant la maison. Ferdinand se tenait au bord du ruisseau en compagnie de Martha, comptait les truites et les gardons étincelants qui gobaient des insectes, et tirait des bouffées de sa pipe. Pendant ce temps, Elisabeth dressait la table. Elle l'avait au préalable couchée sur le flanc, transportée et installée dans le salon orienté au sud, qui était plus vaste et plus lumineux, et récurait à présent une dernière fois les assiettes et les verres, remettait les chaises en place. En accomplissant chacun de ces gestes, elle eut une fois encore l'impression de ne pas être à sa place – de n'être jamais qu'une improbable et inutile remplaçante.

Goldberger avait ôté ses chaussettes et ses souliers, retroussé les jambes de son pantalon et, écartant les doigts de pied que chatouillaient doucement les fines pointes d'une herbe jeune, marchait de long en large sur la bande herbeuse qui courait devant la maison et débordait sur les étroites ornières brunes laissées par les roues des carrioles, et se disait qu'il était décidément étrange qu'il lui eût fallu prendre conscience à plusieurs reprises, et comme s'il le découvrait à l'instant, que la guerre était finie. Pourquoi en est-il ainsi ? s'interrogeait-il. Est-ce à cause de ces nombreux mois de sommeil profond, plongé dans un état d'inconscience ? Faut-il donc que je l'oublie toujours ? Est-ce que quelque chose m'a échappé ? Ses yeux se posèrent de nouveau sur Ferdinand et Martha qui se tenaient sur la berge du cours d'eau, en contrebas, pas plus hauts que des enfants, comme autrefois. Tout à l'arrière-plan se dressait la montagne, si imposante, d'un bleu acier mêlé de blanc. Les crêtes découpaient à l'horizon leur dentelle noire. Il semblait à Goldberger que les montagnes étaient tout ce qu'il restait de l'hiver ; elles lui faisaient face comme un souvenir récent. De temps en temps, un petit caillou s'enfonçait dans la plante de ses pieds ;

la douleur irradiait dans le corps tout entier et lui faisait du bien. On ne l'avait pas salué, non. Il en était tout retourné. Ne l'avait-on pas toujours salué, depuis le jour de son arrivée ? Il n'avait jamais eu à se présenter, chacun savait tout naturellement qui il était. On lui donnait du monsieur Goldberger. Une fois seulement quelqu'un avait paru ne pas le connaître – ou simplement fait semblant. Goldberger s'était alors campé devant lui et, comme s'il s'adressait à quelqu'un d'autre, lui avait simplement soufflé : « Tu veux que je t'aide ? » De ce jour, l'homme n'avait plus manqué de le saluer.

Au village, le clocher sonnait midi. Le timbre du carillon passa sur eux comme une grande volée d'oiseaux. Vers où cinglait-elle ? On aurait dit que de très nombreuses cloches sonnaient ensemble. Elisabeth parut sur le seuil, prêta un instant l'oreille au tintement des cloches et déclara : « Il est midi. » Goldberger, profondément absorbé par ses pensées, mit les mains en entonnoir devant la bouche et répéta machinalement, d'une voix tonnante : « Il est midi ! » Ferdinand et Martha levèrent la tête et se dirigèrent vers le corps de ferme. En quoi les choses avaient-elles changé ? Pour un bref instant d'éternité : en rien. Ce fut un moment parfait. J'en aurai connu, de ces instants, par le passé, cogita Goldberger. Et aussitôt : combien m'en reste-t-il encore à vivre ? Martha et Ferdinand s'arrêtèrent devant lui. La jeune femme ne se souciait plus en aucune façon de son père, ce dont celui-ci ne s'aperçut cependant pas en cet instant. Goldberger répéta : « Il est midi, les enfants. » Et, comme aucun d'eux ne lui répondait, il ajouta : « Rentrons. »

Il descendit chercher le vin blanc dans la cave. Il saisit la bouteille verte d'un œil soupçonneux, comme s'il avait le choix. Le verre en était froid. C'était bien suffisant. Une fois posée sur la table du séjour, elle finit même par se recouvrir d'une fine buée, et le vert limpide vira très lentement au gris tendre.

Ce jour-là, on n'apercevait pas les nombreuses entailles qui sillonnaient le bois de la table et que Goldberger s'ingéniait souvent à creuser davantage ; une nappe d'un blanc resplendissant dont les bords s'ornaient de broderies rouges, et qu'il ne connaissait pas, les dissimulait. Personne ne pouvait voir ce qu'il avait encore sculpté dans le bois épais de la table au cours des longues soirées solitaires, avec le secours épisodique d'un verre de goutte qui le tenait éveillé. La table était fastueusement dressée. Le rôti tout fumant. Les verres de vin étincelaient et l'eau des cruchons brillait d'un éclat bleuté. Ils étaient quatre à table, chacun assis d'un côté. La fenêtre était grande ouverte – Elisabeth s'était épuisée à transporter la table et à dresser et décorer les plats, elle était en nage. Goldberger lui demanda de découper le rôti, mais elle s'y refusa. « Fais-le, toi », lui lança-t-elle avec une rudesse qui la surprit elle-même. Elle avait le sentiment de ne pas être à sa place, pas du tout ; et puisqu'il en était ainsi, elle entendait au moins se faire la plus discrète possible. Mais Goldberger n'esquissa pas un geste. Tout le monde la regardait à présent – peut-être, ou même sûrement à cause de son refus –, et, sous ces regards noirs et impénétrables, Elisabeth se sentit grossir à vue d'œil. Enfin elle se leva brusquement, s'exclama d'une voix sifflante : « Mon Dieu, est-ce donc si difficile ? » et commença à découper le rôti. Goldberger haussa brièvement les sourcils, comme s'il clignait des yeux : il était satisfait. Elisabeth servit à chacun une part de rôti et se rassit. Goldberger psalmodia une courte prière de table à laquelle Elisabeth joignit un instant sa voix murmurante, tous dessinèrent sur leur poitrine un signe de croix et l'on se mit à manger. C'est en silence qu'ils engloutirent les premières bouchées. Était-ce la faim, la pointe de gourmandise que ce mets de choix avait peut-être éveillée en eux ? Toujours est-il que les paroles furent reléguées à l'arrière-plan, si toutefois elles ne s'y trouvaient pas déjà. Puis Elisabeth, avec moins de précipitation et de mauvaise grâce, découpa encore quelques tranches de rôti, et chacun fut gratifié d'une nouvelle part généreusement nappée de sauce. C'est également en silence qu'on consomma ces portions. Les couverts tintaient. Le vin n'était pas frais à proprement parler, mais ses gouttes d'or gouleyantes vous allumaient en un rien de temps le regard et les sens – un peu comme l'eau-de-vie, pensa Goldberger tout en s'essuyant la bouche d'un grossier revers de main. Mais c'est soigneusement qu'il se nettoya la commissure des lèvres, avec le pouce et l'index.

Il cherchait une entrée en matière. Il y réfléchissait depuis un bon moment. Il connaissait le sujet qu'il voulait évoquer, mais il lui manquait un joint. Il voulait engager la conversation avec Ferdinand. Depuis le retour de son fils, ils n'avaient pas eu l'occasion de discuter vraiment. Au fond, ce n'était que dans ce but qu'il avait acheté le rôti. Enfin il crut avoir trouvé des mots d'introduction. Il les avait déjà essayés mentalement et jugeait qu'ils feraient l'affaire. Il éclaircit sa voix et rapprocha sa chaise. Prit une brève inspiration.

C'est à cet instant que Martha s'écria soudain : « Comment l'écris-tu ? »

Goldberger en lâcha sa fourchette. Il était si nerveux qu'il l'avait reprise en main, alors que son assiette était pourtant vide. « Martha, lança-t-il, Martha, tu… » En l'espace d'une seule seconde tout lui revint en mémoire. N'avait-elle pas perdu la parole ? N'était-elle pas devenue une bête sauvage ? Dieu ne l'avait-il pas puni, lui, Goldberger, parce qu'il était arrivé en retard sur le Magdalenaberg ? S'était-il fait de fausses idées ? Ne l'avait-on pas châtié ? Si Martha avait été frappée de mutisme – quoi de plus douloureux pour lui ! –, n'était-ce pas justement pour lui faire payer son retard ? Martha semblait ne pas entendre ce qu'il lui disait. Pourquoi fallait-il qu'elle fît ainsi la sourde oreille ? N'était-ce donc que cela ? Du mépris ? Ce n'était pas elle qui s'était changée en bête, mais lui aux yeux de sa fille ? Était-ce pour cette raison qu'elle le regardait ainsi ? S'était-elle simplement transformée en un miroir où il serait contraint de se contempler jusqu'à la fin des temps ? Elle s'était même remise à porter d'élégantes toilettes, avait chaussé les beaux escarpins de Franziska – ne l'avait-il pas remarqué quelques instants plus tôt, dehors ? Trop de pensées l'assaillaient, il ne parvenait à en saisir pleinement aucune. Goldberger frappa du poing sur la table et regarda fixement Elisabeth. Ferdinand eut un sourire et souffla : « Marseille ? Je te l'écrirai tout à l'heure. Ce n'est pas difficile.

— Qu'est-ce que ça veut dire ? De quoi parlez-vous ? Ferdinand ! » Goldberger éprouvait le besoin irrépressible de comprendre au moins un peu de quoi il retournait.

Elisabeth tourna la tête à gauche, puis elle la ramena vers la droite. Père et fils se faisaient face et, pensant toujours par images, elle s'imagina un instant qu'ils plongeaient tour à tour le regard dans un miroir du temps. Et elle se dit qu'elle-même voyait là tantôt le passé, tantôt le présent, tantôt l'avenir. Il était saisissant de constater à quel point les deux se ressemblaient, jusque dans les moindres gestes, les moindres expressions du visage. Et cependant ils lui apparaissaient fondamentalement différents : ils avaient beau se ressembler à s'y méprendre, leurs attitudes, les traits de leur figure ne tenaient pas le même langage.

Elisabeth fut au comble de l'étonnement et du malaise à l'instant où le jeune Goldberger lui adressa pour la première fois la parole et, comme s'il reprenait le fil d'une conversation ancienne, lui dit soudain : « À mon arrivée au village, j'ai croisé un… comment dire… était-ce un simple d'esprit ? Il y avait un long moment qu'il ne me quittait pas des yeux. Je comptais lui demander mon chemin. C'est qu'on ne m'avait donné qu'une adresse. Ce n'est qu'au dernier instant que j'ai vu le filet de bave qui pendait à ses lèvres. Il avait la bouche à demi ouverte comme un poisson et il n'arrivait pas à parler. Bref : que faisait-il là ? Le savez-vous ? »

Elisabeth, incapable de répondre quoi que ce fût, se contenta de secouer légèrement la tête. Elle sentit se poser sur elle ce regard impérieux qui l'avait déjà arrêtée la veille, sur le pont. Et cette question était peut-être déjà celle qu'il lui avait posée alors. « Franzi », répondit-elle enfin. « C'est le gars Franz. Un de mes petits-cousins. Je ne sais pas ce qu'il fabrique toujours dans ce champ. » Elle se revit en train d'essuyer le filet de bave étincelant qui coulait à la commissure de ses lèvres. Après un instant, elle ajouta d'une voix douce et très lointaine : « Tu peux me dire *tu.* »

Comme c'est étrange, pensa Goldberger. N'avait-il pas aperçu lui aussi un idiot, la bave aux lèvres, quand la carriole avait mis le cap sur le village ? N'avait-il pas sorti lui aussi un petit papier de sa poche, ne l'avait-il pas déplié et, saisissant un quelconque prétexte, ne s'était-il pas apprêté à demander son chemin ? Il ne gardait de tout cela qu'un souvenir vague. Il savait que cette question n'était qu'un préambule. Mais qu'était-il arrivé à Martha, grands dieux ? Avait-elle recouvré... Bon Dieu de bois, avait-il purgé sa peine ? À moins qu'elle lui eût simplement pardonné ?

Martha repensait aux yeux du garçon. Ainsi il se prénommait Franz. Elle n'avait pas oublié son regard. Il y avait dans ces yeux-là un je-ne-sais-quoi qui lui rappelait ses yeux à elle.

Dans l'esprit des convives, les souvenirs affluèrent peu à peu, divers et propres à chacun ; mais tous partageaient cependant la sensation profonde que le passé n'était pas apaisé et remuait encore, bouillait en eux comme un sang vif.

« On dirait bien, reprit Ferdinand en riant doucement, on dirait bien qu'il cherche du pétrole ! »

Goldberger considéra son fils avec une pointe de méfiance. Comme ce rire lui parut enjoué ! Et quand en viendrait-il enfin au fait ?

Le déjeuner touchait à sa fin. Martha elle-même reposa enfin sa fourchette. Elisabeth saisit l'occasion pour se lever. Elle débarrassa la table et alla déposer vaisselle et couverts dans l'évier. Elle remplit une dernière fois les verres – la bonne bouteille était à présent vide. Puis elle rapporta du cellier le gâteau qu'elle y avait secrètement déposé. Elle l'avait préparé la veille au soir et voulait en faire à chacun la surprise. Goldberger, oubliant un instant son impatience, la regarda avec un sourire radieux : « Un gâteau à la crème ! »

Tandis qu'elle s'affairait, Elisabeth avait compris peu à peu qu'elle n'avait vu jusqu'ici en Goldberger qu'un homme vivant dans un pur présent : un veuf qui venait de s'installer au village avec sa fille. Jamais encore elle ne s'était avisée pleinement qu'il avait eu une vie auparavant, une vie cent fois, mille fois plus naturelle que celle qu'il menait ici. Elle n'avait pas pu le voir. Dès l'instant où ses yeux commencèrent à se dessiller, il lui apparut comme un homme d'une richesse flamboyante, sans qu'elle sût ce que cela pouvait signifier. Elle se rassit à leur table.

Après le succulent rôti, c'est encore avec un bel appétit qu'ils dévorèrent le généreux gâteau sucré.

« Bien », se lança Ferdinand.

Goldberger comprit aussitôt qu'on entrait enfin dans le vif du sujet. La conversation qu'il appelait de ses vœux, même s'il ne savait pas quelle en serait la teneur exacte, ou n'en avait pas conscience, allait commencer. L'attente prenait fin. Il était tout oreilles. Ferdinand avait déjà terminé sa part de gâteau.

« Pourquoi as-tu vendu la ferme – ou l'as-tu échangée, pour reprendre les mots de ta lettre, père ? »

Goldberger déglutit. Toute sa vie, il n'avait jamais appelé son père que *papa*. Il avait oublié que son fils l'appelait déjà ainsi avant la guerre, et qu'il n'avait rien trouvé à y redire.

« Comment ?

— Je te demande pourquoi tu as vendu.

— Je me suis dit que tu n'aurais rien contre l'idée d'aller vivre en plaine.

— Je ne vois pas le rapport. J'aimerais savoir pourquoi tu as vendu notre chez-nous.

— Je te l'expliquerai plus tard, quand nous serons au calme.

— Et pourquoi pas maintenant ?

— C'est tout.

— Je préférerais maintenant.

— Non.

— Je me permets d'insister, père. »

Tous auraient voulu le savoir, mais seul Goldberger connaissait la réponse. Martha et Elisabeth n'avaient jamais osé lui poser la question. Il ne savait pas lui-même s'il leur aurait alors répondu. Il préférait en parler en tête à tête avec Ferdinand. Dans la solitude, il saurait trouver les mots. Mais pas ici, pas en présence des femmes. Tout ce qu'il souhaitait en cet instant, c'était faire un brin de conversation avec son fils. Depuis son retour, ils n'avaient pas eu l'occasion de discuter vraiment. Pourquoi cette question déplacée ? Non, il n'y répondrait pas. Une autre fois, mais pas maintenant. Et cependant, sans savoir lui-même pourquoi – peut-être pour mettre un terme à ce dialogue et engager enfin celui qu'il brûlait de mener –, il dit laconiquement, tout en adressant à Ferdinand un bref regard perçant : « Nous avons été contraints de partir. »

Ferdinand foudroya son père du regard.

« Qu'avais-tu fait ?

— Rien !

— Rien ? Ferdinand éclata de rire. Il gardait les yeux rivés sur son père.

— Rien de mal, en tout cas ! »

Il ne voulait pas évoquer le sujet. Pas ici, pas maintenant. C'était un jour de fête. Il avait à présent le souffle brûlant.

« Pourquoi as-tu été contraint de partir, alors ? »

Goldberger s'empara de son verre d'un geste si rude que le dessus de la table trembla, il le leva, le porta à ses lèvres, le vida d'un trait, le reposa sèchement sur la table, se pencha en avant et, se fâchant soudain tout rouge, s'écria : « Nous ne pouvions plus rester dans le haut pays ! »

Son visage s'était empourpré de colère, un peu plus à chaque instant. Il s'était laissé entraîner à répondre, alors que rien ne lui répugnait davantage. Il n'y pouvait rien. C'était comme si Ferdinand le tenait fermement à la gorge, ne desserrait pas l'étreinte, le faisait suffoquer un peu plus à chaque mot qu'il prononçait.

Alors Ferdinand se renfonça dans sa chaise et hocha lentement la tête. Les lettres de son père ne lui en avaient pas appris long. Il les avait lues tantôt avec un sourire, tantôt avec un soupçon d'irritation, la plupart du temps avec perplexité. Son père avait certainement cru lui fournir toutes les informations nécessaires, mais il n'en avait pas été plus avancé. Il évoquait bien quelques changements, il est vrai, mais sans jamais lui en expliquer la cause. Pourquoi lui avait-il fallu quitter son pays natal en pleine guerre ? Quand il lui avait demandé des éclaircissements, dans ses lettres, il n'avait récolté que des réponses évasives. Depuis des années, Ferdinand ne savait trop ce qu'il devait ressentir et penser. Il oscillait au gré de ses conjectures entre l'indulgence – ou la pitié – et la réprobation, l'indifférence et le mépris. À présent enfin le balancier s'était immobilisé et Ferdinand en avait la certitude : il éprouvait à l'égard de son père du mépris. Oui, l'homme qui lui faisait face, noir comme un oiseau, lui inspirait un profond dédain. Il le méprisait en raison de ce qu'il avait fait, sans même savoir ce que cela pouvait être ; il en subissait les conséquences et c'était là une raison suffisante. Et il ne voyait pas pourquoi il lui aurait fallu dissimuler ce mépris, surtout pas aux yeux de son père lui-même. Ses lèvres palpitaient. Celles de son père aussi.

« Et que comptes-tu faire à présent ? »

En l'espace d'une seconde, d'une oscillation du pendule, le timbre de sa voix avait changé, pour toujours. Il n'emploierait plus désormais que ce ton avec son père. Chacun avait pu l'entendre. Elisabeth avala sa salive.

« Nous avons la ferme.

— Je croyais qu'elle m'était destinée ?

— Mais oui ! », fulmina Goldberger. Il sentait poindre dans les mots de son fils un manque de respect, de l'effronterie et même une nuance de mépris qui amplifiaient encore sa colère. Lui faudrait-il endurer encore ces questions ? Pourquoi ne parvenait-il pas à couper court à cette conversation pour commencer enfin celle qu'il voulait mener ? Cette faiblesse à soi seule le mettait dans tous ses états.

« Et que resteras-tu faire ici, si j'hérite de la ferme ? »

Goldberger ne comprenait pas. Sa tête vibrait d'émotion. Une mèche de cheveux lui dégringola dans les yeux.

« Je veux dire : quel est… quel est encore ton rôle ici, père ? »

« Je ne tolérerai pas plus longtemps ces insolences, Ferdinand ! Je suis encore le chef dans ce village, que je sache, sacrebleu ! »

Il avait hurlé ces mots. Sa voix déraillait. D'un geste prompt il disciplina la mèche rebelle.

« Père », reprit alors Ferdinand d'une voix très douce, pénétrée de respect – une dernière fois encore, par simple nostalgie, mais sans se laisser intimider, et avec ce timbre étrange qui était le sien à présent –, puis il se pencha en avant et jeta un regard au fond des yeux de Goldberger, où se reflétait sa propre image : « Père… le chef de quoi ? De quoi ? La guerre est finie. »

La guerre était finie.

Jamais la pièce à vivre n'avait été aussi silencieuse qu'en cet instant, même lorsque nul ne s'y tenait. Jamais un silence n'avait été aussi profond. C'est à peine si Elisabeth osait respirer.

Ferdinand secoua la tête en soupirant doucement, sortit sa pipe de la poche de son veston, la bourra avec une quiétude parfaite, adressa à Elisabeth un aimable signe de tête pour lui demander la permission de se lever, quitta la pièce, descendit sur le pont de bois pour y fumer sa pipe, comme après chaque repas. Martha se leva à son tour et le suivit. Elisabeth les regarda s'éloigner par les fenêtres du salon. Puis elle s'éclipsa. Nul ne la vit disparaître.

Goldberger resta seul dans la pièce à vivre, les coudes appuyés sur la table, la tête entre les mains, en proie à un profond bouleversement.

LIVRE DEUXIÈME

I

Ferdinand était un faible.

Les vingt-cinq premières années de son existence avaient été essentiellement consacrées à dissimuler coûte que coûte cette défaillance à son père. Sa mère avait eu tôt fait de la déceler. Il lui suffisait de croiser son regard pour comprendre qu'elle savait. Cette certitude les séparait, elle mettait un abîme entre eux. Lorsque la guerre avait éclaté, et qu'enfin on l'avait appelé sous les drapeaux, il en avait éprouvé une joie étrange et un certain soulagement. Enfin, se disait-il, il allait pouvoir se soustraire à cette tension qui l'avait habité pendant vingt-cinq ans et à laquelle il ne s'était jamais habitué. Il est vrai qu'il était tiré à hue et à dia : d'un côté il lui fallait masquer ses faiblesses, de l'autre supporter que quelqu'un en eût percé le secret. Et quand il avait quitté le foyer, ces perpétuels tiraillements avaient en effet disparu. Il n'en aima pas la guerre follement pour autant, mais il ne parvint jamais à la détester aussi fondamentalement que certains de ses camarades. La guerre vous prenait tout ; mais lui, il en avait également retiré quelque chose. Il ne fit pas une seule demande de permission. Lorsqu'on finit cependant par le renvoyer dans ses pénates – à cause d'une blessure vénielle à l'épaule –, il monta dans le premier train pour le pays, descendit dans une gare de hasard et passa plusieurs semaines dans une pension de village, au bord d'un petit lac. C'était dans le Haut-Palatinat.

Là-bas, il put dormir longtemps, jusqu'à une heure avancée de la matinée, occuper ses journées à des randonnées ou tout au contraire à paresser, et rien ne lui plaisait davantage que d'être seul du matin au soir. On le laissait en paix. Jamais encore de toute sa vie il n'avait été seul. Jamais il n'avait pu dormir dans une chambre à soi. Il en brûlait d'envie. Et dans ce village enfin, enfin il avait été seul. Personne ne lui demandait quoi que ce soit, et de toute façon il n'aurait pas été tenu de répondre. C'était merveilleux. N'était-il pas possible de passer sa vie tout entière dans la solitude ? Il ne savait pas à quelle origine puisait ce besoin ; mais sans doute n'était-ce pas un penchant naturel : la perpétuelle société des autres l'avait fait naître. Pas un seul jour de son existence il n'avait pu les fuir. C'était assez pour qu'il y aspire. Son père, lui, aimait la compagnie, il la réclamait presque toujours ; aussi, le soir venu, s'attardait-il souvent à l'auberge, où il distrayait la galerie. Il était plus incertain au sujet de sa mère, car elle était clouée depuis si longtemps dans son fauteuil à oreilles qu'on n'aurait pas su dire si elle avait jamais été une personne sociable – ou si elle ne lui avait pas transmis tout au contraire cette aspiration à la solitude et au calme. Il n'y réfléchissait jamais à fond, mais avec constance. Les mêmes pensées le préoccupaient sans relâche. Elles n'étaient pas dénuées d'ambiguïtés, mais elles lui étaient une réponse suffisante.

Conservait-il des souvenirs de la guerre ? Naturellement, oui. Mais quels étaient-ils ? Il avait pris part à d'innombrables affrontements ; bon nombre de ses camarades avaient été blessés ou avaient péri au combat. Lui-même avait tué, même s'il n'avait jamais eu pleinement cette impression ; il s'agissait bien plutôt d'atteindre une cible la plupart du temps lointaine, de remplir une morne mission à laquelle ne s'associait plus au fil du temps qu'une sensation terne d'irréalité. Ses souvenirs s'attachaient davantage au quotidien, au rythme routinier des jours ; car ils avaient aussi connu cela. Ses souvenirs étaient réguliers – il oublia ce qui sortait de l'ordinaire. Tuer, au bout d'un moment, n'équivalait jamais en somme qu'à abattre des arbres. Il jugeait épouvantable de penser ainsi, mais il n'y pouvait rien – au reste ce n'était pas du tout une pensée, rien qu'une image qui s'imposait tout naturellement à lui. C'était ainsi.

Il fut heureux de pouvoir passer ces journées en solitaire dans le Haut-Palatinat. Mais il lui fallut bientôt rejoindre sa compagnie.

Un jour, alors qu'il était déjà rentré de permission depuis quelques semaines et, couché sur son bat-flanc, dormait d'un sommeil fébrile et agité, la main d'un camarade posa sur sa poitrine offerte une lettre et le réveilla. On lui annonçait le décès de sa mère. Ce fut comme si une hache venait de s'abattre et de rompre le fil du temps. La nouvelle l'affecta profondément. Il fit aussitôt une demande de permission, bien qu'il sût qu'il n'en obtiendrait aucune ; tout le monde restait mobilisé en cette période de la guerre. Les combats faisaient rage jour et nuit, et l'on devait encore s'estimer heureux de pouvoir rattraper ici et là quelques heures de sommeil. Pour Ferdinand, qui vivait depuis des mois et des mois entouré de soldats agonisants, d'êtres promis au trépas, la mort prit soudain l'épaisseur du réel. Il aurait tout fait pour pouvoir rentrer au pays. Mais c'était impossible. Était-ce pour cette raison que la nouvelle le secouait aussi rudement ? Il avait toujours pris soin d'éviter sa mère, de se dérober à ses regards. Il ne voulait pas admettre, il refusait de voir que son secret avait été percé à jour. Mais à présent que son vœu le plus cher était de la revoir, il n'en avait plus la possibilité.

Cette mort avait amputé Ferdinand d'une partie de lui-même. Il avait perdu un être auquel il tenait. De ce jour, tout fut différent. Il se sentait seul. La guerre n'en finissait plus. Il s'en désintéressait encore bien davantage à présent. La nécessité de tuer ou d'être tué ne lui en parut que plus irréelle encore. Et l'accomplissement de son devoir plus morne que jamais ; il était très détaché de tout cela.

Un jour la guerre s'acheva. On l'avait perdue. Ferdinand fut fait prisonnier. Même en captivité, la routine ne tarda pas à s'instaurer, le quotidien à reprendre ses droits. Tous s'étaient imaginé la situation sous un jour bien plus noir. Ou plutôt non :

rien ne pouvait être pire que ce qu'ils avaient déjà vécu. Les jours passèrent, anonymes, semblables les uns aux autres. Il flottait dans l'air une lointaine, puissante et singulière odeur, tantôt forte, tantôt plus estompée, mais permanente. C'était la mer. Ils entendaient la nuit le roulement des vagues. Ferdinand était moins incommodé par le fracas absurde du ressac que par l'odeur; elle ne lui inspirait aucune image. La Croix-Rouge passait au camp de temps à autre. Et on lui annonça un jour – il lui sembla qu'il n'était pas arrivé depuis très longtemps – qu'il pouvait s'en aller. Surpris de voir la vie quotidienne soudain prendre fin, et dans les premiers instants plutôt désarçonné, il rassembla ses quelques effets personnels, prit congé des camarades qui étaient contraints de rester et s'en alla. Quand la guerre s'était achevée, une crainte étrange s'était fait jour au sein de sa compagnie, en dépit de la joie profonde qu'ils éprouvaient: la peur de la nouveauté, de l'inconnu, le désarroi face à la perte des habitudes. Cette peur secrète habitait encore Ferdinand au moment de son départ. Il ne savait trop ce qu'il devait faire à présent.

Une fois arrivé à la gare, il prit une résolution soudaine. Il profita d'un instant où la vigilance des gardes menant les prisonniers au train s'était relâchée pour fausser discrètement compagnie aux autres et, l'échine courbée, alla se tapir dans la profondeur des hautes armoises où nul ne le distingua bientôt plus, et prit la fuite à toutes jambes. Personne ne se lança à sa poursuite. Il se terra jusqu'au soir dans un wagon à bestiaux rangé sur une voie de garage et, enfin rendu à sa solitude, attendit le crépuscule pour se mettre en route.

C'est à pied qu'il parcourut le chemin qui le conduisit de Marseille à Rosental. Là-bas aussi, l'hiver devait lentement toucher à sa fin; à Marseille, il régnait depuis longtemps une chaleur toute printanière. Chaque matin, pendant des jours et des jours, il s'en alla sans plus de façons droit vers le soleil. Il n'emportait qu'un ballot de toile renfermant un peu de linge et, cousus dans l'étoffe, ses papiers et les lettres souvent énigmatiques de son père. Après les longs mois de captivité, cheminer en solitaire lui fut une délivrance. Il lui arrivait bien de se donner du mouvement au camp de prisonniers, mais ce n'était jamais que pour marcher de long en large ; cela ne rendait pas libre ni léger. À présent même la sourde angoisse qu'il éprouvait encore se dissipait, étouffée par la belle monotonie des pas. Un matin, il changea de direction et infléchit sa course droit vers le nord. Son ombre trottait désormais à son côté comme un autre lui-même.

Après quelque temps, ses pas le ramenèrent dans le Haut-Palatinat. Il avait emprunté cette direction sans même s'en rendre compte. Ce n'est qu'à l'instant où il franchit le panneau d'entrée d'agglomération qu'il s'aperçut qu'un instinct l'avait poussé à retourner dans le lieu où il avait passé ses trois semaines de permission, un village des environs de Neumarkt, perché sur les hauteurs qui dominaient la ville. Une prescience l'avait reconduit dans cet endroit où il avait connu ses dernières journées de bonheur. Le bourg n'avait pas changé. L'hiver s'y attardait encore. Il s'approcha de la pension où il avait séjourné. Il tira sur la tige de métal. Le timbre d'une petite cloche retentit. La patronne ouvrit la porte. Elle le reconnut au premier regard et l'accueillit chaleureusement. Son visage s'était illuminé. Il lui demanda s'il lui restait une chambre de libre et s'il pouvait rester pour quelques nuits. Il ajouta d'un air légèrement contrit, mais sans se départir de sa fierté, qu'il n'avait pas un sou en poche, mais qu'il lui ferait parvenir de l'argent dès son retour au pays, si toutefois elle lui faisait confiance. Elle balaya la question d'un revers de main et lui assura qu'il n'avait aucune inquiétude à se faire à ce sujet. Elle éclata d'un rire si insouciant qu'on aurait dit qu'elle n'avait encore jamais demandé de l'argent pour une chambre. Elle appréciait ce jeune homme au verbe rare, qui aurait pu être son fils. Il lui était souvent arrivé de repenser à lui, mais elle ne s'attendait pas à ce qu'il revînt. Et voilà qu'il lui faisait face à présent, comme surgi de la profondeur de ses souvenirs et redevenu un être de chair. Mais comme il était efflanqué !

À l'époque – c'était à la fois si proche et si lointain –, son mari était parti en voyage. Il était allé, si Ferdinand se souvenait bien, prêter renfort à son cousin, un fermier qui vivait très loin de là, penchait déjà vers ses vieux jours et dont la femme venait de tomber malade. À son retour, la femme de l'hôtelier, pendant des semaines et des mois, lui avait rebattu les oreilles de ce « brave petit gars de l'Innviertel », au point qu'il avait fini par développer tout naturellement – non qu'il fût jaloux, mais parce que ces ineptes éloges de jeune fille enamourée l'irritaient copieusement dans la bouche d'une femme qui allait sur ses soixante ans – une très vive aversion pour ce jeune inconnu originaire de l'Innviertel. Mais n'y avait-il pas tout de même un fond de jalousie ? Car enfin son dégoût avait fini par s'étendre à tous les habitants de l'Innviertel, et même à la région entière.

À présent il était de retour. Et quand Ferdinand prenait ses repas, il ne s'asseyait pas à sa table. Il restait adossé au poêle de faïence vert foncé, les bras croisés, une jambe légèrement avancée, et posait sur Ferdinand un regard où la méfiance le disputait à la haine. Parfois, il portait la main à ses lèvres, commençait à se ronger les ongles, en crachotait alors les rognures presque sans faire de bruit – le tout sans quitter des yeux Ferdinand. De temps à autre, il alimentait le poêle en y enfournant une bûche. Au gré des jours, cependant, l'aversion qu'il éprouvait pour lui s'estompa d'elle-même, les séances de rongement d'ongles s'espacèrent, et il sentit germer et croître en lui un intérêt pour Ferdinand, à moins que ce ne fût une sorte de tendresse, comme si ce jeune homme au visage sombre était un fils que sa femme aurait eu d'un autre lit, auquel il se serait peu à peu habitué, au point de l'adopter enfin. Tout se passa le plus naturellement du monde ; le temps fit son office. Un soir, il se détacha du poêle de faïence, alla se chercher une bière et s'assit en face de Ferdinand. Il le regarda. Le jeune homme avait-il seulement remarqué sa présence ? Le temps d'un battement de cœur, sa méfiance le reprit. Il était resté adossé si longtemps au poêle, le corps crispé, qu'il en avait la pointe des omoplates endolorie ; et par-dessus tout elles le démangeaient.

Enfin ses préventions contre Ferdinand le quittèrent tout à fait et il lui demanda : « On boit le coup ? »

Ferdinand leva les yeux. Des maux de tête le tourmentaient. Ils n'étaient pas rares depuis un moment. Tout avait commencé sur le front. En pensées, il cheminait encore à pied sur une longue route paisible et silencieuse – celle qui l'avait mené jusqu'ici, et celle, bien plus courte, qu'il lui faudrait encore parcourir. À présent, ce qui l'attendait lui apparaissait pour une large part plus étrange et angoissant que ce qu'il avait déjà vécu. Quand il s'en était allé, le camp de prisonniers lui-même, tout cet environnement parfaitement inconnu lui avait semblé plus familier et rassurant que le monde incertain vers lequel il se mettait en chemin. Il s'était fait une tout autre idée du patron de la pension, même s'il aurait été incapable de dire s'il l'imaginait plus grand ou plus petit, plus mince ou plus replet. Il avait certes remarqué les coups d'œil que l'homme lui adressait, mais il les tenait en somme pour un trait de caractère : les hôteliers étaient des gens d'un naturel méfiant – ils avaient été instruits par l'expérience. En outre il se souciait bien peu qu'on l'épie ; il revenait de captivité et s'était habitué à la surveillance. Il aimait cette façon qu'avaient les habitants du pays de rouler les *r*, tout comme lui. Au surplus ce dialecte était chaleureux et lui évoquait toutes proportions gardées le sien. Il lui apparut pour la première fois comme une langue étrangère qui chantait à ses oreilles et, merveille des merveilles, qu'il comprenait lui-même et était en mesure de parler.

« Si tu as une bière pour moi. » Il avait oublié en cet instant qu'il n'avait pas un sou. Il ne se demanda pas si ce regard soupçonneux le sondait. Une autre fois, cette question lui serait venue immédiatement à l'esprit. Mais à présent ses ruminations l'avaient épuisé.

L'homme se leva et alla chercher une deuxième bouteille de bière. Il revint dans la salle, s'assit en face de Ferdinand et, d'un geste brusque et vigoureux, poussa la bouteille sur la table. Elle fusa droit vers lui, véloce comme un palet sur la glace d'un étang de village en janvier. Elle claqua dans la main de Ferdinand qui s'était ouverte en une fraction de seconde, et dont les doigts se refermèrent un à un sur le verre. Le patron de la pension eut un fin sourire. Comme ce gaillard avait de grandes mains ! Il lui en fit la remarque. Le visage de Ferdinand s'éclaira. Puis il saisit la bouteille par le col, glissa l'ongle du pouce sous la capsule et la fit sauter d'un geste sec. On entendit s'échapper un léger chuintement, la capsule tinter sur le bois de la table.

« Des mains à fendre du bois. »

« Bûcheron ? »

Ou plutôt non, ces mains n'étaient pas grandes à proprement parler. À la vérité, tout en elles était plutôt court, les doigts, le dos de la main – mais elles étaient si larges et robustes qu'elles laissaient une impression de grandeur.

« Oui. Exploitant forestier. » Il se reprit aussitôt : « Du moins, je l'ai été. »

Bien sûr, le patron était au courant que Ferdinand n'avait pas un sou vaillant ; c'était du reste la seule chose qu'il avait retenue de toutes les phrases que lui prodiguait sa femme depuis plusieurs jours au moment du coucher. Avait-il d'ailleurs réglé sa note la dernière fois ? L'homme l'ignorait, mais il soupçonnait que non. « Voyez-vous ça », s'était-il dit chaque fois qu'il se tenait face à lui, le dos au poêle, et crachait avec dédain ses rognures d'ongles, « ça a la touche d'un mendigot, ça se goberge à ma table, ça dort sous mon toit, et ça n'a même pas de quoi. Bohémien. Maudit crève-la-faim. »

Il pensait différemment à présent. Il lui dit : « Si j'en crois ma femme, tu n'as pas d'argent. »

Ferdinand haussa les sourcils. La méfiance dont l'hôtelier s'était peu à peu dépouillé venait de s'instiller en lui.

L'homme poursuivit : « Tu ne me donnerais pas un peu la main, en échange ? Mon frère vient de tomber malade. »

Les larges et droits sourcils de Ferdinand s'abaissèrent, il esquissa un sourire, toute défiance se dissipa enfin entre les deux hommes.

Le lendemain matin, au point du jour, on fit atteler et ils se mirent en chemin vers le village voisin. Ferdinand, bâillant à s'en décrocher la mâchoire, se disait qu'ils allaient d'abord rendre une visite au frère en question, mais le patron se contenta de tendre le bras et, désignant un hameau situé un peu en retrait de la route, lui dit : « C'est celle-là, tiens. Tu vois. Tout à gauche. C'est sa maison. On l'a construite de nos mains. Il y a… trente et un ans de ça ! » Ferdinand acquiesça, voulut se fendre d'un « Tiens donc ! », mais à peine eut-il ouvert la bouche qu'un nouveau bâillement s'en échappa. Il se donna une secousse, mais en pure perte : la fatigue le terrassait encore. Un souffle puissant s'exhalait par les naseaux du cheval, qui crachaient dans le jour naissant de petits nuages blancs épais ; il plaisait à la bête de cheminer ainsi dans la fraîcheur du matin. Il ne leur fallut qu'une poignée de minutes pour atteindre un relais où ils purent loger le cheval. Ils garèrent le fardier sous la pente du toit très bas, jetèrent sur leurs épaules les cognées qu'ils avaient emportées et dont ils avaient affûté le tranchant à la lime, saisirent chacun l'une des poignées de la grande scie passe-partout et s'en furent. À un jet de pierre du relais se trouvait l'orée d'une forêt qui n'appartenait certes pas au frère de l'hôtelier, mais dont lui ou pour mieux dire son épouse – qui était enfant unique – avait cependant la jouissance, en vertu d'une tradition orale qui remontait à des générations et ne faisait fond sur aucun document officiel, mais que nul ne s'était pourtant avisé de battre en brèche ou simplement de contester. Ils pénétrèrent dans la forêt. Ferdinand, sitôt qu'il eut aspiré la première bouffée d'air tiède, retint son souffle : il lui sembla qu'il faisait un retour dans le passé. Il se figea, l'esprit désormais éveillé. Il expira profondément. Puis il s'enfonça dans les bois, d'un pas plus lent encore. Il ressentait un manque d'assurance qu'il n'avait plus éprouvé depuis des années et dont il ne s'expliquait pas la cause.

Ils marchaient l'un derrière l'autre, l'allure pesante, dans la neige tôlée. Après quelques centaines de mètres, l'homme s'arrêta. Tout comme il avait désigné la maison quelques instants plus tôt, il tendait à présent l'index vers un robuste sapin haut d'une dizaine de mètres. « Celui-là, lui souffla-t-il, à gauche », tandis qu'ils s'avançaient déjà vers l'arbre. Ferdinand sentait rayonner entre l'homme et lui une force immense, une lumière invisible. Une fois qu'ils eurent atteint le sapin, ils se postèrent chacun d'un côté du tronc. La lumière invisible enveloppait à présent l'arbre de toute sa force. Ils crachèrent dans leurs mains, se frottèrent les paumes, se campèrent fermement sur leurs jambes et empoignèrent le manche de leur cognée. Puis ils ne s'adressèrent qu'un seul regard, un bref hochement de tête et commencèrent à abattre le tronc. Les coups pleuvaient et l'entaille allait s'approfondissant. Un vacarme emplissait la forêt. Le manque d'assurance de Ferdinand s'estompa. Il sentit renaître au contraire une force en lui, plus vive à chaque coup de hache. Il y avait si longtemps qu'il n'avait plus entendu ce chant cadencé, les accents de cette musique. Ferdinand s'en délectait, comme il s'était auparavant délecté de la marche. C'était comme de marcher avec les mains. Cela allait tout seul. Au terme de quelques minutes, pourtant – Ferdinand eut en tout cas l'impression que peu de temps s'était écoulé –, il survint une brutale interruption. Car le patron de la pension jeta soudain un cri terrible. Ferdinand, qui déjà brandissait de nouveau la hache, arrêta son geste ; il eut le corps violemment rejeté en arrière, il vacilla sur ses jambes. Alors seulement une sensation d'effroi l'envahit. Que s'était-il passé ? Le même cri déchira de nouveau le silence. Ferdinand aperçut le visage de l'homme. Il n'était pas convulsé de douleur, non, il souriait. Aucun malheur n'était arrivé à l'hôtelier ; il avait simplement poussé un grand cri d'allégresse et, après avoir repris son souffle, un autre encore. Et à présent, les genoux légèrement fléchis, s'appuyant d'une main à la hache posée lame en bas, essuyant de l'autre la sueur qui perlait à son front luisant, il s'écriait, la figure tournée vers la voûte noire des cimes : « C'est qu'il est costaud, ce cochon-là ! » Ces mots retentirent comme un troisième cri de joie. Avec ou sans paroles, le compliment porta. Un sourire s'ébaucha sur le visage de Ferdinand, s'épanouit peu à peu, irrésistiblement, se changea enfin en un rire qu'il ne parvenait plus à réprimer. L'homme s'esclaffa lui aussi. Ils se cramponnaient à leurs haches comme ils se seraient accrochés à une corde, se balançaient d'avant en arrière et riaient aux éclats. Enfin ils se ressaisirent, essuyèrent les larmes d'hilarité qui leur mouillaient le coin des yeux et se remirent à l'ouvrage.

Depuis que Ferdinand était en âge de penser, il courait dans le sillage de son père. Chaque jour hormis les dimanches, sa cognée tentait de rattraper celui-ci sans y parvenir jamais. Et ce n'était pas tout : il lui avait également toujours fallu masquer cette défaillance, pour que son père ne s'en aperçût pas. Et à présent ? À présent un autre s'échinait à le talonner, lui, et n'y parvenait décidément pas. Était-ce peut-être qu'il n'était pas du tout aussi faible qu'il l'avait toujours pensé ? Il n'était pas contraint de se faire violence. Travailler devenait un plaisir. On ne pouvait même plus parler de travail. Les forces lui venaient naturellement, il n'avait pas à puiser dans ses réserves. Soudain tout était différent.

Ils s'affairèrent ainsi pendant sept jours, puis le temps tourna, le foehn se mit à souffler, la neige en quelques heures devint lourde et boueuse, et ils s'arrêtèrent. L'homme lui dit que cela suffisait. Ils avaient abattu plus de besogne qu'il ne l'avait espéré. Le puissant cheval de trait emporta les troncs, qui s'alignaient désormais en bordure de la forêt. Il ne déplaisait pas à Ferdinand de pouvoir se reposer un peu, car avec le changement de temps, et même un peu avant, ses maux de tête l'avaient repris.

Après cette semaine de bonheur qui lui avait offert un retour au pays inespéré et charmant, il se réjouissait à l'idée de retrouver vraiment son foyer. Les journées passées lui avaient fait en quelque sorte oublier qu'il n'en avait plus – ou du moins aucun qui lui fût connu. Oui, la perspective de revoir son père et sa sœur l'enchantait. Dans l'intervalle, la mort de sa mère s'était enracinée dans son esprit. Il ne se disait plus jamais : Ah, tiens, il faudra que je le raconte à la mère, quand je serai de retour ! Ou bien : Ce merveilleux jardin dont je longe les massifs lui plairait certainement ! Elle me dirait : Nous aussi, nous avions un jardin comme celui-là, autrefois. Les grands parterres de tulipes, Ferdinand ! Tu t'en souviens ? Et les lilas resplendissants ! Non, plus rien. Il ne pensait plus à elle qu'au passé. À l'imparfait. Maman était ceci, maman était cela. Maintenant elle était réellement morte. Même dans ses rêves. Il comptait rester ici encore deux, trois jours pour se retaper, puis il reprendrait la route.

Pendant toute la semaine qui venait de s'écouler, c'était à peine s'ils avaient échangé quelques paroles. Les journées passaient à vive allure et quand ils s'en retournaient le soir à la pension, fourbus, ils se forçaient à avaler tout de même quelque chose, la mâchoire plus douloureuse à chaque bouchée, buvaient un peu de thé noir et quelques gorgées de bière, puis se retiraient aussitôt et sombraient dans une nuit profonde et sans rêves.

Sitôt que la besogne fut achevée, le patron de la pension retrouva toute sa verve ; car il était au vrai un homme volubile. Il ne l'était certes pas de naissance, mais sa profession l'avait rendu tel, et c'était devenu à présent une seconde nature. Quand il repensait à autrefois, à la personne qu'il avait été, il lui semblait qu'il n'entretenait plus aucune ressemblance avec elle, et qu'il ne l'aurait pas reconnue s'il l'avait rencontrée. Ils se retrouvaient le soir autour de la table, comme une famille. Le pli en avait été bien vite pris. Ferdinand se tenait la tête à deux mains. Jamais depuis des années l'homme et la femme n'avaient aussi bien discuté, en présence désormais d'un auditeur muet et peut-être même sourd, d'un jeune homme pour lequel ils s'étaient cependant pris d'affection, chacun à sa façon. Ils s'efforçaient tous deux de mener un dialogue aimable et fécond. Parfois, l'un ou l'autre lui jetait un regard à la dérobée. La femme se disait : Le pauvre garçon, c'est ce labeur éreintant qui lui a donné de terribles maux de tête. Je pourrais lui masser les tempes… ou les épaules… L'homme songeait à part soi : Rien d'étonnant à ce que sa tête vibre comme un beffroi. Jamais encore je n'avais connu un bûcheron d'une telle force. On aurait même pu se passer de moi. Peng, peng, ça n'aura pas traîné. J'en avais presque le vertige. Peng, peng. Incroyable. Il en fut ainsi tous les jours. Le patron de la pension, un soir, se souvint de ce que Ferdinand lui avait raconté un peu plus d'une semaine plus tôt, et, interrompant brusquement le monologue de son épouse, qui s'était remise à évoquer les chambres du premier étage – elle jugeait qu'à présent que la guerre était terminée, et les hommes déjà sur le chemin du retour, la clientèle ne manquerait pas d'affluer, et qu'il fallait donc songer à y apporter des transformations –, lui demanda : « Qu'entendais-tu par "Du moins, je l'ai été" ? » Il avait prononcé ces mots d'une voix tonnante et indignée. Ferdinand, à la puissance du son, comprit que c'était à lui qu'on s'adressait et leva la tête : « Pardon ? — Tu m'as dit que tu *avais été* exploitant forestier. Qu'entendais-tu par là ? »

Ferdinand détacha les mains de ses tempes et les joignit devant son visage. Il les contempla longuement. Dans le courant de la semaine passée, des callosités s'étaient formées dans les paumes. À moins que les durillons d'autrefois ne soient réapparus ? Les lignes de la main étaient irrégulières, déjà si profondément creusées. Étaient-ce elles qui recelaient la réponse ? « Mmh », grommela-t-il. Puis il poussa un soupir, défit le bouton de la poche pectorale de sa chemise et en sortit une feuille de papier. C'était l'une des lettres de son père. Il la serrait précieusement là depuis des années. Il conservait toutes les lettres dans son petit ballot de toile ; mais celle-ci, la première qu'il avait reçue de Rosental, ne le quittait jamais. Il la glissait à chaque fois dans la poche poitrine de ses chemises, comme il glissait toujours le même ceinturon dans les passants de ses pantalons. Au cours de bien des nuits, il l'avait ressortie pour la lire – jusqu'au jour où il y avait définitivement renoncé. Elle ne lui apportait aucun éclaircissement. Il ne l'avait plus relue depuis longtemps, mais il la conservait pourtant toujours par-devers lui. Il ne l'avait encore jamais montrée à personne. Il est vrai qu'elle n'avait pas échappé à la curiosité de ses camarades, et ils en avaient fait un objet de plaisanterie, assurant que c'était là une lettre d'amour ou quelque chose de ce genre. Pour eux aussi, cette lettre était en quelque sorte un appui, puisque ses mots, lourds d'espérance, représentaient une promesse d'avenir. C'est du moins ce qu'ils s'imaginaient. Ferdinand déplia la mince feuille semée de petites taches. Le papier en était devenu cassant et noirci aux pliures. Il ne bruissait même plus entre les doigts. Il contempla la lettre sans même la lire, prêta tout au plus une attention fugitive aux cachets qui en oblitéraient les timbres, à leur noirceur de plus en plus profonde, puis il la posa sur la table et la fit glisser au centre de celle-ci. Quelques secondes plus tard, l'hôtelier s'en saisit d'une main précautionneuse. Sa femme vint prendre place à côté de lui, souffla sèchement : « Mais rapproche-la donc, Ewald ! », voulut s'emparer du papier, mais son mari l'écarta avec le coude et continua de lire la lettre qu'il tenait au bout de ses bras à demi déployés. Son épouse n'eut plus qu'à se pencher largement en avant pour en découvrir le contenu à son tour. Ils durent le parcourir plusieurs fois du regard, car de nombreuses minutes s'écoulèrent avant qu'enfin l'homme ne la repose au milieu de la table. Ferdinand ne la rempocha pas.

« Qu'a donc fait ton père ? », lui demanda alors l'hôtelier.

Ferdinand garda longtemps le silence. Quand enfin il s'avisa qu'on l'avait interrogé, il répondit d'une voix lasse : « Ma foi, j'aimerais bien le savoir moi-même.

— Oui. » Le patron de la pension n'en doutait pas. Il avait cependant posé la question, mû par l'impression soudaine que cette lettre pouvait aussi le concerner. Il était ébranlé.

« Il n'en dit rien là-dedans, en tout cas. » Ferdinand désignait la lettre. Un martèlement lui battait les tempes.

« Des dettes », marmonna l'homme.

Ferdinand le regarda. « C'est l'un des plus grands domaines de la région. »

L'hôtelier ne l'écoutait que d'une oreille distraite. Il était profondément absorbé dans ses propres pensées. « Peut-être qu'il a contracté des dettes ? »

Ferdinand eut soudain sa mère sous les yeux. L'espace d'un instant, elle reprit vie en lui. Il l'aperçut telle qu'elle avait été pendant les dix dernières années de son existence. Calée dans le fauteuil à oreilles. Malade et transparente. Implorant d'un sourire lointain leur indulgence. La ronde des médecins. Les traitements inutiles. Toutes ces cures en vain. Ces remèdes auxquels elle consentait sans en attendre jamais rien elle-même. Personne n'y croyait du reste vraiment, pas même son père, peut-être, lequel ne lui fit cependant grâce d'aucun spécialiste. Naturellement, tout cela avait eu un prix. Cela avait même dû coûter des fortunes. Mais il n'arrivait pas à croire que ce pût être ça. Et si toutefois cela avait été le cas, il aurait suffi à son père de vendre quelques parcelles, un hectare de forêts, peut-être deux, les terres ingrates et terriblement pentues qui s'étendaient au sud, par exemple. Mais ne se fourvoyait-il pas ? N'aurait-il pas fallu tout vendre ?

« Non », répondit Ferdinand. « Il doit y avoir une autre raison. »

Pour l'hôtelier, dont les journées tout entières étaient occupées à faire des calculs, que les affaires soient florissantes ou, comme depuis des années, mauvaises, il n'était pas concevable qu'on pût avoir des difficultés autres que pécuniaires.

« On n'est jamais à l'abri du besoin, dit-il. Une mauvaise passe est vite arrivée. Il suffit de quelques bêtises. » Il n'en démordait pas. Il se garda bien toutefois de préciser ce qu'il entendait par « bêtises ». Peut-être ne le savait-il pas précisément lui-même.

« Une histoire de femmes, qui sait ? », hasarda la patronne. Son mari lui adressa un regard aigre. Ce n'était pas du tout ce à quoi il faisait allusion.

Ferdinand sourit. Les gens avaient une imagination fertile. « Non. »

Puis il ajouta, oubliant tout de bon ces cogitations anciennes et vaines : « Je crois que je ferais mieux d'aller me coucher. Ma tête va exploser. » Il se saisit de la lettre, se leva, la replia, la glissa dans la poche poitrine de sa chemise, boutonna celle-ci, souhaita à ses hôtes une bonne nuit et remonta dans sa chambre à pas lents et prudents, pour ne pas amplifier davantage sa douleur.

L'homme et la femme restèrent attablés. Ils s'attardèrent une heure encore dans la salle et conversèrent en feutrant leur voix. Ils se creusaient l'esprit. En étaient cependant réduits à des conjectures. Comment auraient-ils pu en apprendre plus long que Ferdinand lui-même ? Ils durent se rendre à l'évidence. Alors ils éteignirent les lumières et allèrent se coucher à leur tour, le cœur vide, triste et désappointé.

Quand Ferdinand quitta le village, de bon matin, des nappes de brouillard lourdes, épaisses et immobiles s'appesantissaient sur le monde. Où s'arrêtait la neige, où commençaient les brumes ? Et pourtant c'en était fini de l'hiver. Déjà le pépiement des premiers oiseaux invisibles annonçait le printemps. Les dernières plaques de neige semblaient n'être là que par hasard. Tout était allé vite. À chaque pas, l'hiver battait un peu plus en retraite. À chaque mètre, tandis qu'il descendait les coteaux, le printemps le supplantait un peu plus. Il marcha à travers le brouillard, et dès l'instant où le relief du chemin se fit moins tourmenté, il avança dans une lumière grise limpide et sans voiles. Son cheminement lui avait ouvert les portes du printemps. Il régnait une bonne chaleur.

Sur la table de la pension, à l'endroit où il s'était tenu chaque jour, il avait déposé un petit billet, le lestant d'un bouquet de fleurs séchées : « Merci pour tout. Nous sommes gens de revue. À bientôt, avec mes meilleures salutations, Ferdinand Goldberger Fils. P.-S. : Argent suit ! » Au bout du compte, il était resté trois semaines à la pension.

Comment se déroulèrent les nombreuses journées le séparant encore de cet instant où, un matin, il arriva enfin à Rosental, se retrouva face à l'idiot qui avait la bave aux lèvres et plongea le regard dans ses grands yeux bleus ?

Il se rapprocha de son nouveau foyer en faisant de grands détours, en proie à une extrême incertitude. Il commença par retourner dans l'Innviertel, où il put contempler de loin leur ancien domaine abandonné, sans vérifier cependant si quelqu'un d'autre y avait établi ses quartiers. Il constata tout de même que les fenêtres restaient sombres à la nuit tombée. La ferme ne paraissait toutefois pas à l'abandon, rien n'y avait changé. Il sillonna les forêts environnantes, monta et descendit les pentes raides de leurs vallonnements. Il ne rencontra pas âme qui vive. À qui appartenaient ces bois à présent ? À personne ? Aucun bûcheron ne s'affairait à la tâche. Ferdinand saisit à pleines mains les troncs, fit courir la pointe du doigt sur le rugueux de l'écorce. Une odeur de poix résineuse et pénétrante l'effleurait par invisibles bouffées. Fallait-il que tout cela n'eût plus la moindre réalité, ne lui appartînt plus ? Alors que ces bois étaient indissociables de lui, tout autant que son propre corps ; et à présent plus que jamais ? Aucune explication, si précise et détaillée soit-elle, ne lui rendrait cette perte compréhensible. Enfin il se remit en chemin. Ses pas le rapprochaient chaque jour davantage de Rosental, ce lieu étranger et qu'il avait cependant l'impression de connaître un peu, à la faveur de récits qu'on lui avait faits. Bientôt il fut presque arrivé. Il aurait pu atteindre le bourg et la ferme avant la tombée du soir, mais il préféra faire halte dans le village le plus proche, où il passa la nuit sans parvenir à trouver le sommeil, étendu sur de vieilles bottes de foin qui ne sentaient plus que la poussière, dans une grange retirée et toute de guingois. Quand la première lueur blême du matin, dans laquelle il ne reconnut d'abord pas le jour naissant, filtra à travers les planches grises, il se leva et quitta la grange. Dehors, c'est à peine s'il faisait plus clair qu'à l'intérieur. L'hiver s'attardait-il encore ici ?

Ferdinand se rendit à Rosental. Il laissa derrière lui cet idiot qui ne le quittait pas du regard et produisait des sons incompréhensibles. Il fit un détour et contourna le village. On apercevait la ferme même à une grande distance. Elle était perchée sur une colline, majestueuse, et brillait d'un blanc de chaux. Alors que Ferdinand était déjà tout proche, et que le bâtiment venait de disparaître une fois encore dans les plis des grandes prairies qui montaient vers lui, il aperçut du coin de l'œil une tache mouvante et sombre. Il n'y porta pas le regard, mais la sentit qui approchait, puis s'arrêtait, enfin reprenait sa marche. Il se figea net. Il se tenait sur un pont. Il regarda fixement le cours du ruisseau. Ainsi il y en avait donc un sur ce terrain. Il devait marquer la limite de la propriété. Avait-il seulement un nom ? La tache sombre : ce n'était pas un animal, mais un être humain. Pas un homme : une femme. Il le sentait. Une vibration lui parcourut les bras. Son souffle s'emballa. Était-elle jeune ? Il avait la sensation qu'elle n'était pas âgée. Sous le pont, la tête d'une truite surgit et disparut tout aussitôt. Près de la berge, dans une zone humide, poussaient des soucis d'eau et des touffes de cresson de fontaine qui, dans l'air frais, non, froid du matin, ne pouvaient encore déployer leur parfum. Mais les couleurs étaient là, profondes et puissantes. Ici, le printemps avait donc fait une belle percée. Ferdinand, d'une brusque secousse, se retourna et fixa la tache mouvante, la femme coiffée d'une fanchon sombre. Soudain son souffle brûlant s'apaisa, il n'y eut plus de souffle du tout, et il songea : Maman. Il chuchota ces syllabes : « Maman ». Au même moment, il vit les lèvres de la femme remuer. Il avait le regard affûté d'un rapace. Ce n'était pas sa mère. Une bouche inconnue. Sa mère n'était plus en vie. À qui appartenaient ces lèvres ? Au loin, tout à l'arrière-plan, les immenses montagnes bleues formaient une chaîne, dominée par un ciel qui se parait à l'est de la clarté rouge-rose du levant. Il se détourna énergiquement et, les jambes soudain devenues lourdes, accomplit les derniers pas de ce voyage qui avait duré de longues semaines.

2

Ferdinand n'éprouva aucune gêne à prier son père de mettre la ferme à son nom et d'emménager chez Elisabeth. Ou plutôt non, il ne l'en pria pas. Il ne lui en intima pas l'ordre non plus. Il se contenta de prononcer ces mots, tout aussi naturellement qu'il arrivait à son père de lui dire autrefois : Ma hache a besoin d'un bon coup de lime. Cela n'appelait pas de réponse. Il prit plaisir à le faire. Toute la colère aveugle et insensée du passé se dissipa alors, prit enfin sens et se changea en une joie mauvaise de jeune garnement. Goldberger s'insurgea, vociféra contre lui, fracassa des objets contre les murs. Il en alla ainsi des jours entiers. Puis une brève pause s'instaura, avant qu'il ne se remette à tempêter de plus belle. Ferdinand ne réagit pas aux reproches, aux objurgations, aux menaces et aux outrages de son père ; il se contenta de les accueillir de temps à autre avec un ricanement et de lui dire : « Au risque de me répéter, père : il existe deux possibilités. » En vérité, il n'avait jamais mentionné la seconde. Elle était cependant claire : c'était que Ferdinand s'en aille. Qu'il disparaisse, où que ce fût. Partir lui était indifférent ; après tout, il n'avait plus de foyer. Quant à Martha, il l'emmènerait peut-être. Ne pouvaient-ils pas aller s'établir dans le village niché sur les hauteurs de Neumarkt ? Comment s'appelait-il, déjà ? Le mariage des hôteliers était resté stérile.

En ce temps-là de sa vie, ces deux possibilités lui apparaissaient aussi attrayantes l'une que l'autre. C'est qu'il se trouvait à la croisée des chemins. Goldberger le sentait, et il en était réduit à l'impuissance. Si Ferdinand choisissait la deuxième voie, celle qui lui demeurerait inconnue, tout ce à quoi il avait œuvré et voulait œuvrer encore n'aurait plus de sens. Il lui fallait entraîner Ferdinand sur son chemin à lui, dût-il verser lui-même dans le fossé. Aussi finit-il par quitter la ferme, sans dissimuler pour autant sa fureur. Il n'emporta que le strict nécessaire, comme pour manifester plus nettement encore la rage immense qui l'habitait ; il lui abandonna tout le reste avec dédain.

Mais il revint cependant chaque jour. Au début, il est vrai, il n'avait pas reparu pendant une semaine ; puis on le revit quotidiennement au domaine, où il arrivait peu après midi et restait jusqu'au soir. Ferdinand n'en avait cure ; il ne se sentait pas importuné ; et il mettait à profit les réapparitions quotidiennes de son père, dans lesquelles il croyait déceler de l'entêtement, un refus obstiné d'admettre les choses, pour lui infliger de perpétuelles humiliations dont il tirait toujours des bénéfices concrets : ainsi ne manquait-il jamais de le charger incidemment d'une nouvelle corvée. « Ah, tiens », s'écriait-il alors, tout en portant la main à son front et en ralentissant le pas, comme s'il avait oublié quelque chose, « la roue de la carriole, père ! ». Il n'ajoutait pas un mot, ce n'était pas nécessaire. Après avoir maugréé un moment, Goldberger se rendait alors dans l'appentis, se demandait à quoi Ferdinand avait fait allusion, finissait par le comprendre après avoir parfois longuement cherché, et démontait par exemple la roue de la carriole pour remplacer un rayon de bois cassé. Jamais un « S'il te plaît », jamais un « Merci ! ». En contrepartie, de discrètes exhortations qui évoquaient davantage des questions qu'il se serait posées mentalement, de simples pensées en l'air : « Mmh, je me demande si le rayon de la roue tiendra comme ça ? » Et Goldberger, qui était un homme d'une extrême méticulosité, devait alors contrôler son travail. Combien de fois ne lui lança-t-il pas d'une voix rugissante : « Tu me prends pour un imbécile ?! Tu crois peut-être que je suis gâteux ?! Hein ?! » Jamais Ferdinand ne daigna lui répondre, il se contentait de secouer la tête en souriant, comme s'il disait à la fois oui et non. C'était profondément humiliant. Goldberger en perdit presque la raison. Chaque soir, il confiait ses peines à Elisabeth. Mais celle-ci ne savait trop que lui conseiller, et les sempiternelles jérémiades de Goldberger finirent par lui porter sur les nerfs. Elle avait connu un homme d'une tout autre trempe que celui qui venait pleurer dans son giron soir après soir comme un petit écolier. « Eh bien, dans ce cas, n'y retourne plus ! », lui lançait-elle parfois d'un ton exaspéré. Et Goldberger : « Que dis-tu ? J'ai sans doute mal entendu. Je ne devrais plus remettre les pieds dans ma propre ferme ?! » Elisabeth lui répondait alors, tempérée par cet accès de colère : « Ma foi, ce que j'en dis… »

Pendant plus d'une année, Ferdinand se complut à tourmenter ainsi son père. Alors enfin le fond de sa rancœur ancienne fut épuisé, et ce petit jeu commença à l'ennuyer puis à le fatiguer. Il était de plus en plus rare qu'il trouvât une ruse pour dépouiller encore son père. Il est vrai qu'il lui avait déjà croqué la moitié de son argent. Car Goldberger, dans l'une de ses lettres, avait eu l'imprudence d'évoquer certain coffre renfermant « un joli petit pactole » qu'il avait amassé. Ce fut là une vantardise qui devait après coup se révéler fatale pour lui. La phrase avait aussitôt sauté aux yeux de Ferdinand, qui s'était alors demandé si son père n'exagérait pas ses mérites. N'avait-il d'ailleurs pas toujours été un hâbleur ? Non ; à vrai dire il l'était devenu depuis qu'il avait perdu son domaine de l'Innviertel. À partir de ce moment, on sentit souvent vibrer dans ses phrases une nuance d'agressivité et de défi, comme s'il lui fallait ferrailler contre des adversaires invisibles, de muets accusateurs : Que me voulez-vous ? Je suis encore quelqu'un ! Je ne suis pas lessivé ! Il était sur la défensive. Comme il avait pesté et fulminé ce jour où Ferdinand, sous ses yeux, avait raflé sur la table de la cuisine la moitié de ses pièces d'or et d'argent, de ce pécule ô combien précieux, et l'avait fait glisser d'un geste nonchalant dans le tiroir vide qu'il avait préalablement entrouvert, sans même y poser les yeux ou presque, comme si ce n'étaient là que des picaillons ! À l'étude du notaire, quand ils avaient scellé la cession de la ferme, Goldberger n'avait pas soufflé mot des pièces d'or. Il avait avancé la lèvre inférieure, haussé les sourcils, et répondu à la question du notaire d'une voix soudain limpide: « Non. Rien en numéraire. Vraiment, non. Pourquoi donc? » Ferdinand n'avait pas bronché, mais une fois de retour à la ferme, en fin de soirée, après le repas, il lui avait lancé: « Pas d'espèces! On peut dire que tu as joliment manœuvré, tout à l'heure, père! » Et il s'était esclaffé, comme si son père s'était livré là à une bonne farce, et n'avait jamais dupé que le notaire et les impôts.

Oui, Ferdinand avait éprouvé de la joie à abattre les arbres à son propre rythme. Mais ne valait-il pas bien mieux commencer une activité tout à fait nouvelle – se lancer dans un domaine auquel son père lui-même n'entendait rien? Cela l'empêcherait une fois pour toutes d'aller sur ses brisées. Ce serait au vrai le châtiment suprême, la pire humiliation. Dès les premières semaines de son retour, ces pensées l'avaient occupé – et enthousiasmé – et, mû presque exclusivement par celles-ci, il n'avait pas tardé à prendre une décision. Ferdinand se procura – ce fut moins difficile qu'il l'eût imaginé – tous les outils de première utilité nécessaires à son projet et fit l'acquisition d'un bœuf de trait. Jamais encore il n'avait labouré un champ, mais il s'y attela. Il mit des friches en culture. On ne le lui avait pas appris, mais l'expérience lui vint en se faisant la main: le sol des parcelles du domaine fut bientôt retourné. Il suffisait de se retrousser les manches, se disait-il. Et tandis qu'il s'affairait ainsi et apprenait le métier, il échafaudait des plans, songeait déjà à ce qu'il ferait ensuite. Ces ébauches de projets lui donnèrent souvent plus de fil à retordre que le labeur auquel il se livrait justement. Il mesura ses terres en arpents, et consigna soigneusement dans un carnet chaque étape de son travail. C'était ainsi, jugeait-il, qu'il progresserait à grands pas – chacun d'eux l'éloignant un peu plus de son père.

Goldberger fut quant à lui à bonne école; il exploitait la ferme d'Elisabeth sous la houlette de celle-ci. Mais comme elle n'avait plus rien à apprendre, le dirigeait et ne lui laissait pas le temps de découvrir les choses par lui-même, ses progrès furent plus lents ou moins profonds que ceux de Ferdinand. Il se laissa distancer. De loin en loin, seulement, il le précédait d'un geste, prévoyait une tâche à l'avance ; il s'empressait alors de dire à Ferdinand : « Je m'en charge à présent… » Mais son fils lui répondait toujours : « Non, non… » Il lui parlait comme on parle à un enfant.

Pendant tout ce temps, Martha tint lieu de servante à son frère. Elle s'occupait de la maison, se chargeait de la cuisine, du ménage et des lessives, se rendait au bourg toutes les deux ou trois semaines en compagnie de Ferdinand pour y acheter des provisions. Quelque chose en elle avait changé ; elle-même n'aurait pas su dire quoi ; mais le souffle glacé d'autrefois avait disparu. Ou peut-être ne le ressentait-elle simplement plus ? Par le passé, elle parlait peu mais réfléchissait toujours beaucoup ; désormais il était rare que des pensées l'occupent. Tout était fini entre elle et Goldberger. Les liens étaient rompus. Il tentait bien d'engager la conversation avec elle et de lui soutirer quelques mots, parfois par le biais d'une plaisanterie ; un rire lui échappait alors de temps à autre, mais elle n'avait plus rien à lui dire. Elle avait pourtant fait quelques efforts – en vain. Elle ouvrait la bouche ; rien n'en sortait. Elle n'éprouvait même pas de la colère envers lui. Simplement, depuis ce soir où, frappant sa monture à tour de bras, il avait quitté la ferme dans son uniforme étincelant, le lien qui l'unissait à lui s'était cassé, et son père n'était plus maintenant à ses yeux qu'un parfait étranger. « Mon cœur », arrivait-il encore à Goldberger de murmurer parfois, pour lui seul. « Mon cœur. »

Les plans qu'élaborait Ferdinand concernaient aussi Martha. Il ne lui plaisait pas qu'elle fût si seule. Elle n'avait personne à part lui et ce n'était pas une bonne chose. Il était d'avis qu'elle devait se marier. Mais à qui ? Il se mit à fréquenter l'auberge du bourg. Tantôt le dimanche, après l'office, tantôt le mercredi, quand les habitués se réunissaient. Deux fois la semaine. Il buvait chaque fois deux bières et un verre de goutte, à l'occasion une saucisse, une épaisse tartine de saindoux blanc. Les gens l'appréciaient; on se plaisait en sa compagnie. À son arrivée, c'est bien volontiers qu'on se serrait pour lui faire place. Il n'était pas du genre tapageur. Il aimait à raconter des histoires et s'y entendait comme personne. Il leur causait de l'Innviertel. Leur contait des anecdotes fort simples qu'il avait lui-même vécues ou simplement entendues, et qui ne manquaient pas d'une certaine cocasserie. Toute sorte de récits. Il ne divertissait pas seulement les hommes, mais également la patronne de l'auberge et la fille de salle, qui cessaient de s'affairer derrière le comptoir sitôt que Ferdinand commençait une histoire. Sa façon de parler était à soi seule amusante. Authentique, à tout le moins. Il roulait les *r* avec force. Goldberger leur prêtait parfois compagnie. Il ne pouvait résister à l'envie de mettre son grain de sel: c'est qu'il connaissait déjà toutes ces histoires. C'est lui qui avait toujours été le premier à les raconter; la paternité lui en revenait bien plus qu'à Ferdinand! Ce dernier les tenait d'ailleurs toutes de lui. Il n'allait pas se laisser déposséder sans rien faire! Mais il lui fallait bien constater que dans ce domaine aussi, Ferdinand le dépouillait de ce qu'il avait considéré comme son bien propre et lui damait encore le pion, sans qu'il pût aucunement réagir. Quand il s'essayait à une plaisanterie, Ferdinand regardait l'un de ses compères avec un sourire entendu, comme pour lui dire: « Eh oui, il est ainsi, mon vieux père, que voulez-vous que j'y fasse… » Et s'il anticipait la chute d'une histoire et en sapait tous les effets, Ferdinand adressait un regard à quelqu'un d'autre et riait alors avec indulgence – mais il était le seul.

Quand Goldberger était absent, il arrivait qu'un des compagnons de table de Ferdinand amène la conversation sur son père: « Dis voir, Ferdine, ton père, à ce qu'on raconte… » Mais aussitôt Ferdinand coupait court d'un geste qui n'admettait pas de réplique et se contentait de répondre: « Oui, oui. » Et la discussion était close. Il ne voulait pas qu'on aborde ce sujet, il ne souhaitait plus entendre parler de son père. Il avait la sensation d'en savoir déjà assez, bien plus qu'il n'était nécessaire. Comme il parvenait à étouffer dans l'œuf les remarques – ou plutôt les questions ? –, il n'en apprit pas davantage. Et, le temps passant, plus personne ne l'interrogea au sujet de Goldberger, ce qu'il constata avec le plus grand soulagement.

Un soir, il s'avisa qu'on n'évoquait plus cette question avec lui. En vertu d'un principe d'alternance, il reporta alors son attention sur ce qu'il avait jusqu'à présent négligé, et son soulagement céda la place à une irritation nouvelle et plus vive encore. Dès le lendemain, peu après midi, il dit à Goldberger : « Il me semble qu'on te voit bien souvent à l'auberge. » Il avait prononcé ces mots d'un ton badin, sans même le regarder. Il était du reste devenu rare que leurs regards se croisent. Goldberger en fut si stupéfait et révolté qu'il n'en piqua même pas une crise de rage. Il était bien au-delà de toute colère : il en resta coi. Là-dessus, Ferdinand s'éclipsa dans l'atelier, dont les murs désormais à peu près débarrassés de leurs toiles d'araignée étaient couverts d'immenses feuilles de papier fixées avec des punaises, figurant les différentes parcelles du domaine agricole, et qu'il étudiait en sifflotant doucement, les complétant au besoin d'un trait de crayon par-ci, d'un autre par-là, et les enrichissant d'annotations.

Petit à petit, Ferdinand apprit à mieux connaître certains des jeunes agriculteurs de la région. Il leur arrivait de se retrouver également hors de l'auberge. Après tout, il était lui aussi un jeune fermier, désormais. Parti au front dans la peau d'un éternel *fils de*, il en était revenu dépossédé de tout, sans foyer, sans identité propre, et voilà qu'il était à présent un cultivateur encore dans ses jeunes années, un propriétaire terrien – un Monsieur. On se rendait visite quand on avait besoin d'un coup de main, d'un outil, d'un renseignement. Ferdinand se posait de nombreuses questions, et il n'hésitait pas à interroger les autres. Il ne voyait là rien de déshonorant. Il arrivait également qu'on se tourne vers lui, surtout pour les questions relatives à l'abattage des arbres. Quand les autres parlaient de lui, tous ne disaient pas « Ferdinand », « Ferdine » ou « Goldberger Fils », mais parfois « l'exploitant forestier ». Car il avait beau ne plus l'être depuis très longtemps, la forêt n'avait pas de secrets pour lui, et sa connaissance des différentes essences de bois passait même celle des deux menuisiers du bourg, les frères Kircher, qui n'hésitaient pas à avoir recours à ses lumières.

Certains des jeunes agriculteurs du canton étaient mariés, les autres encore garçons. Lorsqu'il arrivait à Ferdinand de se retrouver seul avec l'un des célibataires, et qu'il jugeait l'occasion propice, il lui adressait un coup de coude et lui soufflait : « Écoute un peu : Elle ne te plairait pas, Martha ? » Et il ajoutait d'un ton de conspirateur, comme si c'était là un secret : « Elle n'a pas de galant. » Mais nul ne se montra intéressé, et les quelques hommes auxquels il s'adressait se dérobèrent toujours de la même façon : ils évoquaient telle jeune fille qui résidait dans l'un des bourgs voisins et à laquelle ils faisaient justement la cour. « Tu ne la connais pas, vraiment ? » Non, Ferdinand ne la connaissait pas, et peut-être n'avait-elle d'ailleurs jamais existé.

Ferdinand ne savait pas pourquoi Martha n'adressait plus la parole à son père ; il n'avait jamais cherché à le savoir. Naturellement, il en avait d'abord été troublé ; mais il avait tout aussitôt accepté ce silence. Car secrètement, et sans pouvoir mettre des mots sur ce refus, peut-être même sans en prendre pleinement conscience, il supposait qu'elle gardait rancune à son père de leur départ de l'Innviertel, de même que lui, Ferdinand, n'arrivait pas à le lui pardonner, et que le mutisme de Martha n'était rien d'autre qu'une vengeance. Avec lui, Ferdinand, elle discutait comme elle l'avait toujours fait. Non, il ne parvenait pas à voir en quoi elle n'aurait plus été la même jeune fille qu'avant la guerre. Bien sûr, elle était devenue une femme à présent. Il n'en avait été que brièvement surpris. C'était un joli brin de fille. Svelte sans être maigre, la peau ferme, la chevelure noire et fournie. Elle était une adulte à présent. Mais pour le reste ? Il ne comprenait pas pourquoi personne ne la courtisait, et il se creusait souvent la tête pour en percer les raisons. Était-ce parce qu'elle paraissait aussi sérieuse et repliée sur elle-même, si peu enjouée ? Parce que son regard semblait se tourner si peu vers l'extérieur ? Parce qu'elle était peu loquace et ne recherchait pas la compagnie des autres ? N'était-ce pas au bout du compte parce qu'elle n'était pas d'ici ? Toutes les réponses lui semblaient plausibles et cependant aucune ne convenait. Toutes les raisons étaient bonnes, pas une ne le convainquait. Il ne parvenait à rien de définitif.

Un mercredi, en début de matinée, un marchand de bestiaux leur rendit visite. Il était déjà passé à la ferme six mois plus tôt. Ferdinand commençait à se constituer un petit cheptel. Il avait appris les rudiments du métier avec la première vache et s'était demandé alors : Qu'en serait-il si j'en possédais dix ? Ou quinze ? Je ne pourrai pas continuer éternellement à vivre sur mes réserves. Il avait fait aussi l'acquisition de quelques cochons il y avait quelque temps déjà. Ils ouvrirent ensemble le hayon et les bêtes, l'une après l'autre, descendirent du plateau de chargement d'un pas malhabile et prudent. Ferdinand et le marchand de bestiaux les menèrent à la vacherie et les y attachèrent. Tout se déroula sans accroc. Ils se retrouvèrent un peu plus tard dans la cuisine. Ferdinand compta les billets sur la table devant l'homme et celui-ci les recompta. Martha leur déposa un cruchon de jus de sureau noir bien frais. Deux verres. Puis elle quitta la cuisine. Le marchand et Ferdinand gardèrent le silence. Ils vidèrent leur verre d'un trait. Le jus était désaltérant et sucré. Ferdinand jetait de temps à autre un coup d'œil au papier qu'ils venaient de signer. Le marchand de bestiaux lui dit alors : « Vous non plus, vous n'êtes pas du pays. » Ferdinand dressa l'oreille. « Non », répondit-il. Ce n'est qu'à cet instant, après coup en somme, qu'il s'aperçut que l'homme avait une pointe d'accent. Depuis le temps qu'il vivait à Rosental, il n'avait plus l'oreille pour distinguer ces nuances de dialecte – celui d'ici lui était devenu à ce point familier qu'il ne le différenciait plus systématiquement de son propre dialecte, celui du haut pays. « Non », répéta Ferdinand. « Elle a déjà quelqu'un ? », lui demanda le marchand sur un ton de confidence. « Qui ça ? », s'étonna Ferdinand. Il ne comprit pas instantanément de qui il pouvait être question. « Eh bien… ta sœur. — Martha ? — Oui, Martha — Non… non. » Ferdinand était décontenancé. Il se leva brusquement. « C'est juste ? », demanda-t-il d'un air absent, tout en faisant un geste vague et en fixant les mains du marchand de bestiaux. Il faisait référence à l'argent. « Oui », bredouilla l'autre. Il était troublé lui aussi à présent, arraché à ces aveux où vibrait un peu d'émotion, et il se leva à son tour. Ils se rendirent dans la cour où stationnait la bétaillère. Ils contemplèrent longuement le grand fourgon à claire-voie. Dans la lumière du matin, ses portières noires rutilantes et lavées de frais brillaient d'un éclat blanc si vif qu'on ne parvenait pas à lire l'inscription « A. S. – Transport de bétail ». Enfin le marchand lui dit : « Tu n'auras qu'à lui poser la question. Vendredi… vendredi prochain, je t'amènerai le reste des vaches. D'ici là, tu pourrais peut-être lui en toucher un mot. » Là-dessus, il s'en alla.

Il fallut deux journées entières à Ferdinand pour se défaire de son trouble. Il n'arrivait d'ailleurs pas à se l'expliquer : n'était-ce pas lui qui s'était mis en quête d'un homme pour Martha – et le marchand de bestiaux n'en était-il pas un justement, de surcroît plutôt délicat et raffiné, lui avait-il semblé, en dépit de son rude métier ? Un gars de l'Innviertel au surplus, ce qui ne gâtait rien. Peut-être s'étonnait-il simplement de voir cette quête vaine – et qu'il désespérait secrètement de voir aboutir un jour – prendre aussi subitement fin, sans qu'il y fût pour quoi que ce soit.

Le surlendemain de ce jour mémorable, dans la soirée, Ferdinand se résolut à parler à Martha. Leur père, après s'être encore attardé un moment dans la cuisine, comme à l'ordinaire, s'en était allé, et Martha pénétrait justement dans la pièce, un chou entier dans la main. Comme c'est curieux, songea Ferdinand, ils prennent toujours soin de s'éviter. Tout se passe tranquillement et sans heurts. On pourrait même penser qu'ils ne s'évitent pas du tout. Ferdinand aurait souhaité qu'il en aille de même pour lui, mais de toute évidence c'était impossible ; il régnait entre son père et lui une tension qui menaçait sans cesse de dégénérer en affrontement, comme si c'était là une façon de crever l'abcès, mais chaque affrontement ne contribuait au contraire qu'à exaspérer davantage la tension.

Martha sortit de derrière le buffet la grande planche à découper dont le bois avait été légèrement gauchi par de l'eau brûlante, la nettoya du plat de la main et la déposa sur la table d'un geste ferme. Puis elle sortit un couteau de la poche de son tablier et coupa en deux le chou. Elle n'aimait pas la mandoline et préférait de beaucoup manier le couteau de cuisine, comme sa mère en avait toujours eu l'habitude. Ferdinand la regarda tailler le chou avec habileté. Elle s'affairait avec tant de vitesse et de dextérité qu'il lui semblait que l'image et le son – la lame qui entame, éventre et coupe net le chou – ne coïncidaient pas parfaitement. Quand elle en eut fini, il lui souffla : « Assieds-toi un instant. » Elle lui adressa un regard fugace, rassembla en un grand tas devant elle les fines tranches de chou d'un vert mêlé de blanc, nettoya la lame du couteau en y faisant courir le pouce et l'index, reposa l'instrument sur la planche à découper et s'assit enfin. « Eh bien, qu'y a-t-il donc ? », lui demanda-t-elle tout en picorant de la pointe de la langue les brins de chou qui s'accrochaient encore à ses doigts. Puis elle y renonça et s'essuya les mains sans plus de façons dans l'étoffe de son tablier. Ferdinand ne détachait pas les yeux des mains de Martha, et ce n'est qu'à l'instant où elle les croisa sagement dans son giron qu'il leva le regard et lui dit : « Le marchand de bestiaux est passé. — Oui, répondit Martha, je le sais. » Elle réfléchit une seconde. « Avant-hier. Ce sont de belles vaches. » Elle assistait Ferdinand à l'étable et ne comprenait pas pourquoi il revenait sur quelque chose qu'elle connaissait déjà. « C'est un homme capable », poursuivit-il tout en lui jetant un bref regard à la dérobée. Puis il baissa les yeux et fixa le dessus de la table. Il éprouvait une sensation de malaise. Il avait la bouche et la gorge sèche. « Aimable, avec ça », ajouta-t-il. « Il a de si petites mains ! », gloussa Martha. « Ah oui ? » Cela ne l'avait pas frappé. « Toutes petites ! » Ferdinand considéra ses propres mains et esquissa un sourire. Il poussa un soupir de soulagement. Ainsi donc il lui plaisait aussi. Les choses en seraient facilitées. Elle n'aurait sûrement rien contre. Car elle devait bien entendre le tic-tac de l'horloge au plus profond d'elle-même. « Tu lui plais », dit Ferdinand. Martha ne remarqua pas combien d'efforts ces quelques mots lui avaient coûté, en dépit du soulagement momentané qu'il en éprouvait à présent. Un sourire flottait encore sur les lèvres de la jeune femme. « Oui ? » Elle eut un petit rire. Ses oreilles s'empourprèrent. « Il est du haut pays. » Toujours ce sourire. « Ça s'entend. » Ferdinand se disait qu'ainsi elle retrouverait son chez-soi. Elle rentrerait au pays. Il en éprouva un instant un soupçon de nostalgie. N'est-ce pas volontiers qu'il serait lui-même retourné là-bas, en ce lieu où rien ni personne ne lui était étranger ? Il se ressaisit, chassa de sa voix toute nuance mélancolique et lui annonça : « Je crois qu'il voudrait t'épouser. Oui, il… il veut te prendre pour femme. Et il reviendra nous voir dès la semaine prochaine, vendredi. »

À peine eut-il prononcé ces mots, d'une voix qui lui parut gaie et sereine, puisqu'au fond il ne lui annonçait pas une bien grande nouvelle, mais plutôt quelque chose de parfaitement naturel, que Martha se mit à pousser des hurlements. Elle se leva d'un bond, se fourragea dans les cheveux, courut droit vers le poêle et revint, bouscula en passant la planche à découper qui se renversa sur le sol, répandant en tous sens les tranches de chou, courut encore d'un bout à l'autre de la pièce, comme possédée, et se jeta enfin à côté de Ferdinand, sur le banc. Elle enserra la main de son frère entre ses doigts. Elle était hors d'haleine. « Ferdinand », dit-elle d'une voix étranglée. Puis elle se tut. Elle tourna la tête et le contraignit à la regarder. Quelle ardeur dans ce regard ! Un feu noir flamboyait dans ses yeux. Soudain, comme si elle venait de découvrir la vérité dans le regard de Ferdinand, elle éclata de rire : « Ha, s'écria-t-elle. Tu me fais marcher ! »

« Non », répondit Ferdinand. Il était trop tard pour reculer. Mais il était dans une impasse. Il venait de s'enliser comme un roulier dont le chariot s'enfoncerait plus profondément à chaque instant dans un bourbier, et qui n'aurait plus qu'à espérer s'en sortir avant que la boue n'atteigne les moyeux. Comme la main de Martha était brûlante ! Mais n'était-ce pas plutôt la sienne qui l'était ? « Il me l'a confié. Avant-hier, oui, quand il est venu. Ici, à cette table. »

« Mais c'est impossible, Ferdinand ! », s'exclama-t-elle d'une voix caverneuse, tout en se rapprochant encore un peu plus de lui. Ferdinand s'écarta d'un rien. Il soutenait encore son regard.

« Et pourquoi pas ? Tu n'as donc jamais songé toi-même à te marier ? »

Elle leva la main et la posa sur la joue de son frère. Avec une très grande lenteur, elle lui effleura le visage, et Ferdinand, d'abord sans qu'il y parût, se mit à frémir et trembler. Son souffle s'affola, les battements de son cœur s'accélérèrent. Que se passait-il ? Comme cette main qui lui caressait le visage était douce. C'était comme si elle lui racontait une histoire. Mais il ne voulait pas l'écouter et cria encore : « Et pourquoi pas ? »

Martha lui répondit : « Parce que je t'appartiens. » Ferdinand crut n'entendre là qu'un écho des mots que les doigts de Martha lui avaient déjà murmurés. Les lèvres de sa sœur s'approchèrent alors au plus près des siennes, et il sentit passer sur lui la chaleur de son souffle vibrant.

Au tout dernier moment, il eut un brusque mouvement de recul, proféra un juron, donna à Martha une tape si violente contre l'épaule qu'elle fut propulsée à terre. Il se releva d'un bond, ébouriffa ses cheveux. Il se dressait sur le banc. Martha gisait sur le sol, en appui sur un bras, et ne le quittait pas des yeux. Elle était couchée là comme une chienne, elle n'évoquait pas autre chose.

« Qu'est-ce que tu racontes ? Mais qu'est-ce que tu racontes ? », rugit-il, les doigts enfouis dans son épaisse tignasse.

Martha le regardait avec calme et sans détourner la tête.

Ferdinand tomba à genoux. « Mais qu'est-ce qu'ils t'ont fait ? balbutia-t-il. Qu'est-ce qu'ils ont bien pu te faire, ces salauds de Polonais ? » Il ne remarqua même pas que des larmes coulaient au coin de ses yeux, qu'il ne se tenait plus debout, que les mots qu'il lançait dans la pièce allaient se fracasser contre le plafond et les murs.

Martha ouvrit la bouche. Allait-elle dire quelque chose? Ferdinand n'entendit pas un son. Il s'écria pourtant: « Tais-toi! Tais-toi. » Elle en avait assez dit. Il lui fallait d'abord assimiler tout cela. Il reposa les yeux sur elle et se reprit enfin. Il recouvra l'usage de son esprit. Comme elle lui souriait! Quel feu étrange s'allumait au fond de ses yeux. Pour la première fois, il la vit telle qu'elle était réellement, maintenant, tout entière, sans que les voiles du passé lui dissimulent le visage. Il y réfléchit calmement. Avait-elle toujours eu cet air hagard? Il revint en pensées sur les quelques années qui venaient de s'écouler depuis son retour. Il tira quelques conclusions rapides. Soupçonna enfin la raison qui expliquait pourquoi personne ne voulait la prendre pour femme. Fallait-il croire que la terrible agression qu'elle avait subie, quelle qu'ait pu en être la nature, lui avait fait perdre la tête? Était-ce pour cette raison que tous se détournaient d'elle? Chacun au pays était-il donc au courant, hormis lui, Ferdinand? Il lui apparaissait en cet instant avec la plus nette clarté qu'il en était ainsi et pas autrement. Il laissa échapper un mot de malédiction qui s'étendait à la terre entière et à sa propre personne – surtout à sa propre personne – et se rua hors de la cuisine comme s'il ne se possédait plus. « Mais que t'arrive-t-il, Ferdinand? », lui lança Martha. Il était déjà parti. Elle se ressaisit et s'assit sur le banc de table. Qu'avait-il donc? Elle ne voulait pas le quitter. Était-ce donc si difficile à comprendre? Elle n'avait plus que lui au monde! Et quand bien même ne se laisserait-il pas convaincre: était-ce une raison pour se quereller de la sorte? Pour la jeter à terre? Et que dire de ce ridicule marchand de bestiaux... Elle secoua vigoureusement la tête, la mine renfrognée. La terreur qui l'habitait il y avait un instant encore s'était dissipée. Elle avait retrouvé son calme. C'est à peine si elle se rappelait encore la violente scène qui les avait opposés. Elle entendit le claquement sourd de la porte de l'écurie, et un instant plus tard la voix de Ferdinand, qui s'écriait avec fureur : « Allez viens, charogne, viens je te dis ! Tu vas me suivre, maudite rosse ? » Où pouvait-il bien aller à une heure si tardive ? Alors que nous n'étions pas dimanche ni mercredi ? Et qu'avait-il à s'égosiller de la sorte ? C'était à n'y rien comprendre. Elle espérait en tout cas qu'il serait bientôt de retour ; elle n'aimait pas rester seule à la ferme. Elle ramassa la planche à découper, la déposa sur la table, rassembla les tranches de chou et les lava.

Ferdinand s'était apaisé mais il fulminait encore. Il passa le collier autour de l'encolure du cheval, lui mit la bride, se saisit des rênes et entraîna la bête à sa suite vers la resserre où, dans l'obscurité, il attela la carriole, y monta et prit la route de la ferme de l'aubergiste. Il aurait tout aussi bien pu s'y rendre en courant ; après tout le domaine n'était qu'à quelques centaines de mètres de là. Mais non, il préférait conduire la carriole, il voulait cingler la bête à tour de bras, se divertir de ce qui le taraudait.

Il était tard, mais Goldberger et l'aubergiste étaient encore debout. Ils étaient attablés dans la cuisine. Tous les jours, jusqu'à une heure avancée, même à l'instant où Ferdinand allait se coucher, les fenêtres en demeuraient la plupart du temps éclairées. Soir après soir, ses yeux avant de se clore couraient au sud vers les paisibles rectangles de lumière de la ferme de l'aubergiste, et vers ces lueurs qui vacillaient sur le Magdalenaberg comme des fanaux sur l'eau.

À l'instant où Ferdinand pénétra dans la salle à vivre, sans frapper et d'un grand pas décidé, les accents sonores d'une pièce de violon retentissaient dans la pièce et chacun d'eux tenait en main des cartes à jouer. Quand la porte s'ouvrit brusquement, Goldberger eut un haut-le-corps et son visage blêmit. Il était tourné droit vers Elisabeth. Il se tenait toujours ainsi. Aussitôt il se leva d'un bond et se campa derrière sa chaise. Il lui sembla que la foudre venait de s'abattre sur un arbre. Les cartes lui glissèrent de la main et se répandirent sur le sol dans le plus grand désordre, en partie retournées. Il s'était levé d'un mouvement si leste qu'il avait bousculé la table, et le petit tas de pièces de monnaie qui s'amoncelait entre les deux joueurs s'était effondré dans un tintement morne. Goldberger se cramponnait des deux mains au dossier de la chaise. Quand il comprit que ce n'était jamais que son fils, Ferdinand, qui venait de faire irruption dans la pièce, il poussa un profond soupir de soulagement. « Petit Ferdinand, lâcha-t-il. Mon fils. Bon Dieu de bois, ce n'est que toi. »

Ferdinand adressa à Elisabeth un regard perplexe. Quelle mouche l'a piqué ? semblait-il lui demander. De quoi a-t-il peur ? Pourquoi cette mine épouvantée ? N'avait-il donc pas entendu, lui à qui rien n'échappait, le crissement des roues de la carriole sur les gravillons du chemin ? Ne reconnaissait-il plus son propre fils ? Ne rôdait-il pas encore dans sa cuisine quelques heures plus tôt ? Et n'avait-il pas lui-même pour habitude d'entrer sans frapper ? Goldberger se tenait retranché derrière sa chaise, sa chemise flottait sur ses épaules grêles, et il apparut pour la première fois à Ferdinand sous un tout autre jour que celui sous lequel il l'avait considéré pendant toutes ces années : il eut sous les yeux un vieil homme, en proie depuis quelques années déjà à une angoisse qui le gouvernait tout entier. Et il comprit aussi à quelle origine s'abreuvaient ces peurs. Naturellement, il avait vu combien les années avaient esquinté son père ; mais, jusqu'à cette seconde, il restait fermement persuadé que les épreuves ne l'avaient affecté qu'extérieurement. En cet instant, Ferdinand se dépouilla un peu de l'animosité qu'il nourrissait à son égard depuis quelques années. Elle fut tout doucement supplantée par un sentiment de pitié. Il s'affala sur une chaise. Son père se rassit, ramassa les cartes à jouer sur le sol, les disposa de nouveau sur la table, telles qu'elles étaient un instant plus tôt. Elisabeth laissa courir son regard de l'un à l'autre, puis enfin elle coupa la radio.

« On ne t'a pas appris à frapper ? », demanda Goldberger, sur un ton où ne perçait toutefois aucun reproche. Ce n'était que l'illustration sonore d'un désarroi qui confinait au désespoir, une supplique lasse, trop tardive et par conséquent dérisoire. Sa voix comme toujours était voilée. Elisabeth empila les pièces de monnaie en deux colonnes. On les entendit frotter doucement les unes contre les autres.

« Le marchand de bestiaux est passé », dit Ferdinand au bout d'un moment. « Oui », répondit son père en lui jetant un regard un peu surpris. « Je le sais bien. Avant-hier. » Après avoir froncé sombrement les sourcils, hésité un bref instant, il ajouta : « Ce sont de belles vaches. »

Ferdinand se racla la gorge. S'éclaircit la voix une fois encore. À mesure que le temps passait, les mots lui venaient plus difficilement. Enfin il se ressaisit et souffla : « Il voudrait de Martha. »

« Andreas ? », s'écria Goldberger tout en se renversant sur sa chaise. Son torse se bomba comme le flanc généreux d'une barrique. Andreas. Tel était le nom du marchand de bestiaux. Andreas Sihorsch. Il le connaissait depuis de nombreuses années. Il avait également connu son père et son grand-père. Il appréciait d'ailleurs ce garçon. Mais enfin c'était le marchand de bestiaux – pas un homme ! Goldberger était revenu de son étonnement. « Et qu'est-ce qu'il lui veut, à Martha ? » Il éclata de rire ; coula un regard ironique à Elisabeth, qui empilait encore les pièces et paraissait ne rien entendre, et guetta son approbation.

« On ne peut pas dire que les prétendants se bousculent », dit Ferdinand en baissant la tête, comme s'il en était confus. Un silence s'instaura. Goldberger baissa la tête lui aussi. Son dos s'arrondit de nouveau. La barrique s'effaça. La chemise flottait plus que jamais sur ses épaules. On n'entendait rien d'autre que le tintement, le claquement, le léger frottement des pièces de monnaie qu'Elisabeth s'entêtait à empiler et désempiler absurdement. Combien de temps s'écoula ainsi ? C'était impossible à dire – même une horloge n'aurait pas su prendre la mesure de ces instants. C'est que le temps qui s'égrenait lentement dans cette pièce n'était pas composé de minutes ou de secondes ; il était tissé d'histoires.

Enfin, Ferdinand demanda d'une voix extrêmement basse : « Et pourquoi pas, père ? »

« Mais je n'en sais rien », souffla Goldberger.

Et Ferdinand, si bas à présent que ses mots étaient à peine audibles : « Ne mens pas. »

Le silence reprit ses droits. On aurait dit que plus personne ne respirait. Pas un son. Mais le silence était vibrant. Ferdinand le sentit et il leva les yeux. Il vit les épaules de Goldberger tressauter comme s'il n'était pas assis sur une chaise, mais juché sur un cheval trottant d'un pas vif et nerveux. C'est ce tremblement qui faisait vibrer l'atmosphère et se transmettait peu à peu à la pièce tout entière. Au même moment, alors que Ferdinand n'y tenait plus et s'apprêtait à détourner les yeux, son père fit entendre une longue et profonde plainte presque inhumaine. Il avait retroussé les manches de sa chemise, cabré le torse avec violence, serré les poings et les avait brandis au-dessus de sa tête. Sur les avant-bras saillait un lacis de veines luisantes et gorgées d'un sang bleu épais. Ses mains levées tremblaient. Son visage était convulsé, comme s'il s'arc-boutait des deux poings contre une masse invisible et écrasante. Sa plainte ne s'était pas encore achevée qu'il laissa brusquement retomber les poings sur la table, l'ébranla si rudement que les pièces de monnaie cliquetantes s'envolèrent, se turent, retombèrent dans un grand fracas. Le dessus de la table lui-même s'était soulevé, et les cartes à jouer s'étaient dispersées. Le fardeau avait eu raison de Goldberger. Il poussa un gémissement. Puis il se pencha en avant, posa le front sur ses poings désormais réunis et laissa libre cours à de longs sanglots. Ferdinand, toujours plein de pitié à son endroit, le considérait avec un mélange d'étonnement et de crainte, comme s'il était un parfait inconnu – un ennemi qui surgirait soudain devant vous et, sous le casque d'une autre couleur, vêtu d'un uniforme d'une coupe différente, aurait cependant figure humaine.

« Un quart d'heure ! gémissait Goldberger. Grands dieux du Ciel ! Un quart d'heure ! »

À peine ces mots se furent-ils arrachés de sa gorge que les sanglots peu à peu se tarirent. Ce fut comme s'ils lui avaient rendu son souffle. Goldberger se redressa de toute sa hauteur.

Il prit une profonde inspiration. Puis il expira et dit : « Je te le jure, Ferdinand, pas davantage. Je ne me suis mis en retard que d'un quart d'heure. » Plus de sanglots. Un ton presque neutre. Ferdinand avait l'impression de faire passer un examen dans une discipline dont il ne soupçonnait même pas l'existence. Il patienta. Regarda son père fixement, avec calme, terrassé par un très profond désarroi.

Goldberger ne soutint pas ce regard. Il se cacha le visage dans les mains et baissa la tête. Ferdinand regarda fixement ces mains qui lui paraissaient si grandes. À la vérité, elles ne l'étaient pas. Elles étaient même plutôt petites, mais très larges. À quoi son père pouvait-il faire allusion ? De quel retard parlait-il ? Ferdinand attendit. Mais plus un mot ne franchit les lèvres de Goldberger.

Peu après, celui-ci laissa ses mains glisser sur son visage et les posa sur ses genoux. Il riva sur Ferdinand ses grands yeux humides et ardents. Comme ces yeux noirs lui parurent clairs ! Presque bleus. Les yeux d'un homme tourmenté par la fièvre, ou d'un mourant sur le champ de bataille. Ferdinand avait beau ne plus repenser à la guerre en tant que telle, ce genre d'images lui traversaient encore l'esprit continuellement et sans même qu'il le remarque : elles étaient autant de comparaisons puisées dans des souvenirs qu'il croyait enfuis.

Elisabeth continuait d'ériger et de renverser les petites colonnes de pièces. Le souffle brûlant et saccadé de ces trois êtres emplissait la pièce. Chacun d'eux se disait que les autres devaient entendre les battements de son cœur, tant il cognait à tout rompre. Il semblait battre de l'extérieur, et résonnait à leurs tympans comme une basse continue sourde et vibrante. Plus un mot ne fut prononcé.

Goldberger était si soulagé que le cœur lui battait de joie. Enfin il l'avait dit. Dorénavant, le passé lui serait un fardeau moins lourd à porter. Il pouvait s'effacer. Dieu l'avait frappé au point le plus douloureux. Mais à présent la plaie se refermait. Martha redevenait une personne humaine à part entière. Voilà qu'un homme voulait l'épouser. Il ne pouvait pas savoir si la blessure cicatriserait jamais tout à fait ; mais on entrevoyait du moins les prémices d'un espoir ; et peut-être qu'un jour la croûte tomberait d'elle-même, et que Martha se remettrait à parler à son père ; alors le châtiment se serait tout à fait accompli.

Ferdinand était tendu. Il voulait apprendre ce qui était arrivé ; savoir pourquoi l'on fuyait Martha. Il voulait l'entendre de la bouche de son père, aussi longtemps que celui-ci serait encore en vie. Il ne pouvait pas ne pas le savoir. Mais il comprit que Goldberger n'était pas encore à l'article de la mort, et qu'il n'apprendrait rien. Pas maintenant. À moins qu'il ne prît à part Elisabeth pour lui poser la question ? Il lui jeta un regard furtif. Elle devait le savoir. Oui, il aurait peut-être recours à elle ; dès le lendemain, pourquoi pas. Ferdinand était encore accaparé par ces réflexions quand Elisabeth renversa soudain les deux colonnes de pièces de monnaie. Elles s'écroulèrent dans un tintement bref et sec. Les deux hommes se regardèrent.

Elisabeth se leva, désigna les pièces de monnaie d'un geste vague et lança d'une voix courroucée : « Mais que voulez-vous que ça me fasse ? Hein ?! Quelqu'un peut-il m'expliquer en quoi ça me concerne ? » Sur ces mots, elle s'éclipsa prestement en faisant sèchement claquer la porte derrière elle. Le temps d'une infime seconde, les yeux du père et du fils se rencontrèrent au-dessus de la table ; puis, pareils à des pôles magnétiques de même nature, ils se repoussèrent et s'égaillèrent dans des directions différentes. Après qui Elisabeth en avait-elle ? Après Goldberger, qui lui imposait tout le poids de son passé ? Ou après Ferdinand, dont l'irruption soudaine avait réveillé des fantômes et troublé la quiétude de sa partie de cartes quotidienne ? Fallait-il que Ferdinand retente maintenant sa chance auprès de son père ? Mais à présent qu'ils étaient seuls, il constatait qu'il était impossible d'avoir avec lui une explication entre quatre yeux. Il était même impossible de dire quoi que ce soit. Il lui fallait pour cela la présence d'un témoin – oui, exactement comme autrefois. Il leur fallait à tous les deux le truchement d'un témoin, d'une tierce personne, quelle qu'elle fût – la mère de Ferdinand, Martha ou Elisabeth, c'était indifférent.

Son père lui inspirait toujours de la pitié. Mais la vue de ce vieil homme retranché derrière sa chaise avait été riche de plusieurs enseignements. Elle lui avait aussi permis de comprendre quelque chose : en dépit de tout, Goldberger lui était demeuré une sorte d'appui, dans la mesure où il paraissait ne pas avoir changé. Il était une personnification du passé, quelque chose sur quoi l'on pouvait faire fond. C'en était fini à présent. Goldberger était devenu un autre homme ; le passé ne s'incarnait plus en ses traits. Il n'offrait plus un quelconque appui. La pitié que ressentait Ferdinand était aussi un apitoiement sur lui-même. Plus rien ne le soutenait.

Il resta encore un moment dans la pièce. Puis il se leva sans faire de bruit et quitta la ferme. Il s'en était déjà allé, refermant après lui la porte de la maison, quand sa chaise grinça à contretemps. Alors seulement Goldberger redressa la tête, sans pour autant lever le regard. C'est à peine s'il remarqua qu'il était désormais seul dans la salle. Tout au loin, avec retard en somme, il entendit les pas du cheval s'éteindre peu à peu sur le cailloutis du sentier. Oui, à présent qu'Elisabeth avait coupé la radio, il les entendait.

« Ma rosse », marmonna-t-il, comme s'il s'adressait à un ami proche, désormais hors de portée, mais qu'il n'aurait pas tout à fait perdu. « Ma rosse. Mon vieux bohémien. » Il inspira profondément et un sourire se dessina sur ses lèvres.

3

Ce fut un grand mariage. Quelques semaines plus tôt, Andreas Sihorsch, le marchand de bestiaux, avait célébré son trente-huitième anniversaire – c'est dire s'il avait eu le temps de mettre de l'argent de côté pour la noce et les frais d'un ménage.

Nous étions en mai. Si les lilas de Rosental étaient déjà défraîchis, ils embaumaient et resplendissaient encore dans l'Innviertel avec toute la fraîcheur d'une première floraison.

Goldberger tenait à deux mains son chapeau noir, piqué d'une somptueuse fleur blanche dont il ignorait le nom et que maintenait une épingle, et regardait le flot des premiers convives qui s'engouffrait dans l'église. Il ne se lassait pas de ce spectacle. Rien ne lui plaisait davantage que d'être entouré. Oui, vraiment, c'était une onde qui s'épanchait dans la clarté argentée du mois de mai, se répandait dans la pénombre fraîche de l'église et disparaissait dans un murmure, laissant dans son sillage une chaleur qui le pénétrait. Il attendait la mariée. Conformément à la coutume, c'est lui qui la conduirait à l'autel. Ainsi Martha se mariait. Son petit cœur l'abandonnait pour toujours. Depuis qu'il l'avait appris – en vérité, depuis ce soir où Ferdinand était venu à l'improviste pour lui parler de la demande en mariage d'Andreas –, il se sentait faible. Jamais depuis les funérailles de sa femme il n'avait été aussi triste. Et en même temps son cœur se soulevait de bonheur et de fierté. Sans cesse ses yeux se détachaient de la foule, il se hissait un moment sur la pointe des pieds et scrutait du regard les environs. Il n'apercevait aucun des parents proches de Franziska. Non, ils ne viendraient pas. Il l'avait espéré, mais savait cependant que c'était inutile. Un couple qu'il ne connaissait pas se détacha du flot des invités, s'avança vers lui et lui adressa un sourire. Goldberger recula d'un pas et hocha la tête. Où étaient passés Martha et Andreas? Quelques instants plus tôt, Ferdinand avait pris Elisabeth par le bras et lui avait dit: « Allons, Elisabeth. Faisons encore quelques pas. Nous resterons immobiles bien assez longtemps. J'imagine que tu n'as rien contre? » Cette dernière phrase, d'une politesse singulière, avait été adressée à son père, qui pour toute réponse avait sèchement hoché la tête d'un air excédé. Il était absorbé dans ses pensées et ne voulait pas qu'on le dérange.

Goldberger était un homme qui avait de la religion. Il se considérait même comme quelqu'un de très pieux. Le respect du culte, la stricte observance des rites et des commandements lui étaient apparus jusque dans l'adolescence comme autant de tâches à accomplir; on ne s'y pliait certes pas toujours de bonne grâce, mais on trouvait là un appui sûr et fiable. Plus tard, quand plus personne ne s'avisa de le surveiller, ce que cette ascèse pouvait avoir de pénible s'estompa. Sitôt qu'il fut en âge de décider par lui-même, il s'en tint strictement à ces règles; c'est avec joie qu'il abdiqua son libre arbitre, et il se sentit raffermi dans son être. Lorsqu'il avait fait la connaissance de Franziska, ou pour mieux dire lorsqu'il l'avait découverte, car au vrai il la connaissait depuis toujours, il lui était arrivé d'avoir des doutes quant à sa piété. Il en avait reçu un pincement au cœur. Car enfin elle n'allait pas tous les dimanches à l'église. Ne priait pas chaque jour. Accueillait parfois ses remontrances avec un éclat de rire. Et bien d'autres licences encore, qu'il n'eut du reste même pas à percer à jour, car c'est avec franchise qu'elle lui en parlait, comme si c'était quelque chose de tout à fait normal. Ses doutes ne firent dès lors que croître. Jusqu'à ce qu'il s'aperçoive peu à peu qu'elle se montrait rigoureusement orthodoxe dans certains domaines. Il en fut rassuré et jugea que ses différents manquements en étaient compensés. Ils élevèrent leurs deux enfants comme ils avaient été eux-mêmes élevés, avec sévérité, intransigeance, et sans être prodigues de leur tendresse. Ils avaient été eux-mêmes à cette école, et l'on ne pouvait pas dire qu'ils avaient mal tourné. Chaque soir, avant d'aller se coucher, les enfants devaient s'agenouiller devant le crucifix accroché au mur de la cuisine, derrière la lourde table, baisser les paupières et, sous les coups d'œil scrutateurs, réciter une prière à leur ange gardien. Tout se répétait, ce qui avait la vertu de tranquilliser les parents et même, quoique de façon encore inconsciente, les enfants. De toute la guerre, Goldberger n'avait pas assisté une seule fois à la messe. Il en avait conscience, et cette faute inexpiable le tourmentait sourdement. Il n'avait toutefois jamais cessé de prier Dieu. Quand il avait constaté que la faute était irréparable, mais le tourmentait cependant, il avait peu à peu fait sienne, le temps de ces années de guerre, la façon de penser de sa femme, ou du moins l'avait associée à la sienne, dont il ne pouvait se déprendre. Et cette philosophie était la suivante : prier dans la solitude équivalait à assister à l'office divin. Ainsi se mit-il à prier plusieurs fois par jour et renonça-t-il à aller à l'église. Et quand des remords de conscience le tenaillaient, il se répétait un vieux dicton : « Mieux vaut songer à la froide église dans la chaleur du foyer, que de songer à la chaleur du foyer dans la froideur de l'église ! »

Quelques semaines plus tôt, une promenade l'avait conduit dans le village voisin. C'était par une belle journée de la fin du mois de mars, alors qu'il ne régnait pas encore une trop vive clarté ; la lumière chiche se souvenait toujours de l'hiver. Le manteau de neige avait cependant disparu. Les oiseaux chantaient comme une fois seulement dans l'année. Ils pépiaient et lançaient leurs trilles sur les rameaux oscillants des sureaux à la verdeur naissante et des cytises qui commençaient déjà à fleurir, ou sur la crête de quelque buisson, à la pointe d'un palis de clôture, et, au-dessus de sa tête, sous le ciel d'un bleu marbré de blanc, faisaient retentir leurs notes puissantes et décrivaient en tous sens leurs courbes indéchiffrables et affolées. Une brise légère, douce et bienfaisante laissait courir sur les campagnes une main caressante. Elle passait dans les épais cheveux bruns de Goldberger, dont la naissance était emperlée de sueur. Une fois arrivé, il promena le regard autour de lui. Il se joua un instant la comédie de l'étonnement ; comme s'il avait simplement marché à l'aventure, et que ses pas l'avaient conduit dans ce village par le plus grand des hasards. Puis, s'en laissant toujours accroire, il se dit que puisque après tout il était là, il pourrait profiter de l'occasion pour rendre une visite à la famille de sa défunte épouse et inviter chacun à la noce. Il savait qu'il se berçait d'illusions. Depuis son arrivée au pays, il retardait l'instant de cette visite. Elle lui parut maintenant inévitable. Il n'y couperait pas. S'il ne la faisait pas, c'était comme s'il dissimulait ce mariage à sa propre femme. Impossible. Il était déjà pour le moins singulier qu'il n'aille leur rendre ses devoirs qu'à présent. Il ne pouvait plus reculer désormais.

Les deux bourgades n'étaient pas voisines au sens strict : deux autres villages, d'une étendue si modeste qu'on hésitait à les nommer ainsi, s'intercalaient entre elles, et elles ne se touchaient qu'à la faveur d'un corridor forestier que bordait un sentier et qui dérobait les autres villages à la vue du marcheur. Mais ce sentier – que Goldberger venait précisément d'emprunter –, s'il n'était au vrai qu'un simple chemin de terre, était volontiers utilisé, du moins pendant les mois secs, par les gens du cru, de préférence à la grand-route gravillonnée qui traversait les localités, aussi avait-on l'impression qu'aucun village ne s'interposait entre ces deux bourgades, et les disait-on voisines.

Goldberger se tenait devant l'auberge du village. Il s'aperçut qu'il avait en main un bouquet de fleurs : sans même en prendre conscience, il avait cueilli en chemin de quoi réaliser une généreuse composition. Il n'en revenait pas lui-même. Il enfouit plusieurs fois le visage tout entier dans le bouquet multicolore et odorant, si profondément que les pétales lui en chatouillèrent les oreilles, et reprit sa route. Une, deux gouttes de sueur perlaient à son sourcil droit, qui se détachèrent et lui coulèrent dans l'œil.

Il s'essuya les sourcils avec le dos du doigt. Il gardait de la ferme des parents de Franziska un souvenir clair-obscur. Il en prit la direction. Le domaine entretenait des ressemblances avec le sien. Il pensait aujourd'hui encore : mon domaine. Même s'il était incontestablement aux mains de Ferdinand, il s'en considérait toujours comme le propriétaire. Cela ne changeait rien à ses yeux : il n'appartenait pas aux hommes de trancher là-dessus. Étaient-ils encore tous vivants ? Il fit de brefs calculs. C'était peu vraisemblable. Les aînés devaient être morts – comme tous les anciens qu'il avait connus –, et les plus jeunes avoir des enfants. Oui. Peu avant que Franziska ne se retranche pour le restant de ses jours dans son fauteuil à oreilles, ils avaient rendu tous deux une dernière visite à la famille. En ce temps-là les anciens étaient encore en vie, tous autant qu'ils étaient. Le monde était encore intact. Ç'avait été une grande fête. Et personne n'aurait alors pu prévoir, ni même soupçonner que Franziska allait peu à peu descendre la pente. Une fête. On avait tué l'agneau pour l'occasion. Les enfants s'étaient donné du bon temps avec les fils et les filles des fermes voisines, des gamins accourus d'on ne savait où, tandis que les adultes mangeaient et buvaient à profusion et célébraient cette journée. La cohésion de ce petit monde était assurée par les anciens, tout à la fois fragiles et opiniâtres. Pour eux, depuis toujours, Franziska était pareille à un enfant de sang qui s'en serait allé vivre ailleurs et ne reparaîtrait au pays que pendant l'été. Et si, pendant toute l'année, ils dispensaient régulièrement amour, chaleur et tendresse à leurs enfants, Franziska, chaque fois qu'elle leur rendait visite, bénéficiait de toutes ces attentions d'un seul coup. Cela avait du reste conduit à de perpétuelles disputes avec les enfants de chair, qui avaient soudain eu l'impression d'être moins aimés, ou plus du tout ; et plus tard encore, alors que Franziska était depuis longtemps déjà une grande personne, une femme mariée, elle avait senti à chaque retour au pays une pointe d'envie ou de jalousie chez les plus jeunes. Il revenait toujours à Goldberger d'aborder le sujet, et elle ne comprenait pas pourquoi il s'entêtait à l'évoquer. Mais était-elle donc aveugle ? Bien sûr que non. Cela ne lui échappait pas, naturellement. Mais il n'y avait rien à y faire, aussi préférait-elle ne même pas en parler – et profiter pleinement des belles heures qui ne manquaient pas.

Goldberger constata qu'il avait machinalement ralenti l'allure, et il se fit violence pour hâter de nouveau le pas. Il avait les jambes lourdes ; il lui semblait par-dessus tout que ses cuisses n'étaient plus irriguées par un sang vif, mais par du plomb en fusion – le métal lourd du passé. Le chemin semblait ne pas prendre fin, mais s'allonger tout au contraire à chaque pas. C'était une illusion. Il connaissait ces fausses impressions. Il y avait des événements qui ouvraient devant vous l'abîme du temps. Enfin il se retrouva face à la ferme à cour carrée que ses bâtiments enserraient de tous côtés. Il était arrivé. Il avait surmonté le précipice, même s'il en ressentait encore le souffle. La ferme lui parut plus vaste qu'autrefois. Les choses avaient changé. Goldberger frappa à la porte. Personne ne répondit. Il insista, laissa retomber le lourd marteau sur le contre-heurtoir noir. Toujours aucune réponse. Personne n'ouvrit la porte. Enfin il fit le tour du corps de logis et pénétra dans la cour intérieure en franchissant le grand portail de bois gris qui avait subi les outrages du temps. L'air était à présent plus dense et plus chaud, et il s'arrêta net sitôt que la vue se dégagea. Un singulier spectacle se jouait devant lui : au centre de la cour, quatre personnes, pareilles à des perles enfilées sur un fil par ordre de grandeur, se tenaient largement penchées en arrière, les jambes bien tendues, les talons profondément enfoncés dans le sol. Ce fut la première chose que Goldberger aperçut à son arrivée : quatre personnes tirant sur une corde de couleur beige si peu épaisse qu'il ne la distingua d'abord pas. Un homme, une femme et deux enfants. Puis alors seulement il discerna la corde et ce qu'elle retenait : une vache énorme, immobile, à la robe uniformément brune, et qui portait simplement sur le front une tache blanche en forme d'étoile. Personne ne bougeait, on n'entendait pas un son. Tous avaient le visage empourpré. Après que, le temps de quelques battements de cœur, il se fut pleinement délecté de ce tableau, il s'écria : « Attends un peu, je vais t'aider à mener ces quatre bêtes-là à l'étable ! » Tout le monde tourna la tête vers Goldberger, la vache y compris. La tête de l'homme, Alfred, devint plus cramoisie que jamais, sa mine plus sombre encore, tandis que sa femme affichait un sourire amusé. En l'espace d'une seconde, la tension qui habitait les enfants se changea en de francs éclats de rire. C'était la vache qu'il fallait conduire à l'étable, et pas eux ! À l'instant où ils avaient tourné la tête, tous avaient légèrement trébuché en avant. Alfred posait sur Goldberger des yeux furibonds. Celui-ci agita les mains et lança : « Ne m'en veux pas, Alfred ! Je plaisantais ! Salut à tous ! » Alfred donna du mou à la corde, le sang qui lui enflammait la figure reflua à l'intérieur de son corps et il s'exclama : « Je vais te l'estourbir, cette maudite bourrique. Voilà un quart d'heure que nous nous échinons, mais elle ne bouge pas d'un pouce ! » Il secoua la tête. « Salut, Goldberger. » Seule une enfant, une fillette qui pouvait avoir cinq ans tout au plus, tenait encore la corde à deux mains. Elle s'y cramponnait et contemplait, fascinée, l'homme inconnu qui tenait un bouquet de fleurs dans la main.

« Tu as de beaux enfants, dit Goldberger. Et une bien jolie femme. » Il adressa un clin d'œil à celle-ci. Lors de sa dernière visite, Alfred était encore célibataire.

« Oui, oui ! bougonna Alfred. Qu'est-ce qui t'amène ? »

Goldberger s'avança vers eux et gratifia Alfred et son épouse d'une poignée de main ; il ébouriffa les cheveux du garçon, un blondinet de huit ans aux yeux sombres et immenses, et caressa avec douceur la joue de la petite fille. Elle était chaude et molle comme du beurre. « Ils sont si mignons ! », insista-t-il en secouant la tête, comme s'il n'arrivait pas à croire que de telles merveilles pussent exister. Puis il enfonça encore le visage au cœur du bouquet de fleurs et en respira profondément les effluves. Il ôta la corde des mains de la fillette qui ne le quittait pas des yeux, et, ne relevant même pas la question d'Alfred, demanda à son tour : « Où voulez-vous la mener ? — Dans l'étable », répondit Alfred d'un ton perplexe et désarmé. La vive colère des quinze minutes passées avait soudain déserté sa voix. « Dans la vacherie que tu vois là-bas. » Il désignait une porte gris-jaune à deux battants qui était grande ouverte. Puis il glissa les mains dans les poches de son pantalon et recula d'un pas avec lenteur.

D'un geste habile, Goldberger enroula la corde autour de son poing, tendit le bouquet de fleurs sous les yeux noirs et largement écartés de la vache, le fit glisser le long du chanfrein jusqu'au museau. La bête redressa la tête, étira le cou et, avec sa grande langue blanchâtre, tenta d'atteindre le bouquet de fleurs au-dessus duquel une guêpe traçait ses arabesques divagantes, mais Goldberger ne la laissa pas s'en approcher. La vache le regarda en poussant un meuglement. Sa queue battait l'air. La robe au poil très ras luisait d'un éclat mat. Goldberger éclata de rire, chassa d'un souffle la guêpe qui disparut et revint tout aussitôt. « Viens, petite étoile », dit-il. Il désigna l'étable d'un mouvement de tête, exactement comme Alfred l'avait fait quelques instants plus tôt, et, agitant le bouquet de fleurs bourdonnant, s'éloigna. La vache le suivit sans plus de façons. La corde pendait mollement entre la bête et lui et effleurait le sol par instants. Ils disparurent tous deux dans l'étable. Il y faisait sombre. Goldberger la conduisit à son emplacement, où une brassée de foin l'attendait, et l'attacha avec la chaîne à sa crèche. La bête se laissa faire sans opposer aucune résistance. Elle avait oublié le bouquet de fleurs et commença à se repaître de foin. La chaîne cliquetait. Lorsque Goldberger ressortit de l'étable, à peine une minute plus tard, la petite fille frappa dans ses mains. « Petite étoile, cria-t-elle. Petite étoile ! » Elle regardait Goldberger avec un air radieux. Alfred avait désormais les poings sur les hanches. On aurait dit qu'il était furieux mais ne voulait pas le laisser paraître. « Satanée bête ! Tantôt elle veut, tantôt elle ne veut pas, souffla-t-il. Il faut s'y retrouver. » Goldberger sourit et tendit le bouquet de fleurs à la femme. Elle le saisit à deux mains, en respira aussitôt le parfum et, lorsque la petite fille s'agrippa à son bras et insista, laissa également les enfants le respirer.

« Qu'est-ce qui t'amène, beau-frère ? », répéta Alfred sur un ton toujours aussi bourru. Il se corrigea immédiatement : « Goldberger ». Ce dernier venait de dresser l'oreille. Beau-frère ? Mais oui, il leur arrivait de l'appeler ainsi autrefois. Ce fut comme si on réveillait en lui un très lointain souvenir. Il en était touché, mais ne savait trop s'il en éprouvait de la joie ou de la peine. Il regarda la femme.

« C'est Martha, dit-il – il se ressaisit. Elle se marie en mai. Elle… elle épouse un homme du pays.

— Martha ! », s'exclama Alfred.

Goldberger avait toujours les yeux rivés sur la femme. Il ne remarqua pas l'expression d'incrédulité qui se peignait sur le visage d'Alfred.

« Oui.

— Dans l'Innviertel ?

— Oui. Elle épouse le gars Andreas, tu dois le connaître. »

Alfred dit : « Rentrez à la maison, les enfants ! » Et, s'adressant à son épouse : « Toi aussi. »

La femme avait soutenu le regard de Goldberger. Elle prit les enfants par la main, jeta à Goldberger un dernier regard qui lui parut très appuyé, puis ils s'éloignèrent. À peine eurent-ils franchi le seuil du corps d'habitation qu'on entendit retentir les pleurs de la fillette, étouffés par les épais murs de pierre et les lourdes portes. Le regard de Goldberger reposait encore à l'endroit où il avait croisé celui de la femme pour la dernière fois. Il était suspendu en l'air.

Alfred l'observait. D'innombrables pensées lui traversaient l'esprit en cet instant. Cette visite l'avait pris au dépourvu. Il dit soudain et comme malgré lui : « Je suis désolé pour Franziska. » C'est machinalement qu'il avait prononcé ces mots.

Goldberger l'écoutait à peine. Il était très troublé lui aussi. Il se disait : Comment ? Non, non. Tu vois bien que c'est sa femme. Peu importe son prénom. Ce n'est pas Franziska. C'est une erreur.

Il secoua la tête avec lenteur, mais d'un air résolu.

« Vraiment, poursuivit Alfred. Elle était comme une sœur pour moi.

— Mais alors, répliqua Goldberger, s'étonnant à demi de suivre le fil de la conversation en dépit de son trouble, comment se fait-il que tu n'aies pas assisté à ses funérailles ? »

D'un mouvement brusque, il se tourna vers Alfred.

« J'étais en Russie. C'était la guerre. » Alfred haussa les sourcils. On décelait dans ses mots une nuance interrogative. Il regarda Goldberger en plissant le front. Le ressentait-il donc lui-même ? Cela commençait-il déjà pour lui, Goldberger ? Serait-il le premier de la liste ?

« La guerre ? Mais oui. Bien sûr. » Pour Goldberger, il était de plus en plus fréquent que la perception du temps se brouille. La mort de sa femme et la période de la guerre étaient dans son esprit deux cantons totalement étrangers et que plus aucun chemin n'unissait. Un seul élément jetait encore un pont entre eux, mais Goldberger l'avait oublié jusqu'à cette minute précise : Ferdinand n'avait pas assisté aux obsèques, lui non plus.

« Oui, soupira Goldberger. Oui. » Il se laissa aller à un chagrin qui n'était pas sans douceur. Une tristesse vague l'envahit.

« Mais au fond je suis content d'avoir été alors en Russie, dit Alfred sur un ton qui surprit et désarçonna tout à fait Goldberger, et de ne pas avoir pu venir.

— Pardon ? Goldberger ne comprenait pas. Qu'est-ce que tu dis ? Tu es content de ne pas avoir pu venir ? Aux funérailles, c'est bien ça ? Mais qu'est-ce que tu racontes, Alfred ? » Il ne saisissait pas ; mais il sentait à présent l'abîme se rouvrir sous ses pieds, et il comprit qu'il ne l'avait pas vaincu, contrairement à ce qu'il supposait.

Goldberger en était là de ses sombres souvenirs, qui n'avaient cependant pas encore atteint leur point le plus noir, lorsque les visages d'Elisabeth et de Ferdinand parurent soudain sous ses yeux et le ramenèrent dans le présent. À côté d'eux, un grand bouquet de lilas blanc dans les mains, rayonnante, fébrile et heureuse, se tenait Martha. Goldberger était de retour dans l'époque présente, mais ces réminiscences l'avaient bouleversé. Il voulut dire quelque chose mais se ravisa. Il se reprit. Il sentit son front se relâcher, les coins de sa bouche se relever, ses joues se plisser. Le changement s'accomplit : il sourit. Il sentit qu'il soulevait d'un rien le bras et allait se poster à côté de Martha. Se dérobant à ses yeux figés, elle saisit ce bras tendu. Il la sollicita d'une pression du coude et constata qu'elle répondait à cette pression. Était-ce là un langage ? Il lui tenait à peu près ce discours : Pardonne-moi, mon cœur ! Je ne saurais pas te dire pourquoi, mais de grâce pardonne-moi. Martha cependant ne le comprenait pas et lui répondait : C'est que je suis moi-même si émue, papa ! Quelqu'un lui donna une poussée dans le dos. Tout au loin, il entendit les premières mesures d'une musique, et il sentit que ses pieds se mettaient en mouvement, comme malgré lui. Oui, ils avançaient tout seuls, mais c'était comme s'ils marchaient dans le vide, flottaient au-dessus du sol sans entrer en contact avec lui. Mais n'était-ce pas plutôt l'autel qui s'avançait vers eux ? Une mécanique moderne ? L'église tout entière n'était-elle pas en train de les aspirer, tel un large boyau glacé aux parois éclaboussées de couleurs ? Les accents de la musique étaient toujours plus assourdissants, ils grondaient à pleine puissance au tréfonds de lui-même, et cependant ils restaient plus lointains que jamais. Insaisissables. Près d'eux tournoyaient des taches de lumière qui étaient autant de visages. Elles palpitaient comme des lumignons. À peine un instant plus tard, lui sembla-t-il, il était assis sur un banc à l'assise très molle, et Elisabeth pressait entre ses doigts sa main inerte. Puis il se retourna d'un mouvement brusque, s'étira de tout son long et balaya du regard la foule des figures anonymes, en quête d'un visage précis qui demeurait introuvable. Alfred n'était pas venu. Jusqu'au dernier moment, Goldberger avait espéré qu'il paraîtrait au mariage de Martha, même s'il avait la certitude qu'il n'en serait rien. Enfin il céda à la vive pression de la main d'Elisabeth, se retourna discrètement en lâchant un soupir, ramena le buste vers l'avant.

Le mariage. Ce mot résonnait en lui. Il lui parut sans importance. Privé de toute signification. Martha était rayonnante. Une expression de douleur se lisait sur le visage de Goldberger. Les coins de sa bouche étaient relevés, ses lèvres s'étaient retroussées sur ses dents blanches ; mais cela ne suffisait pas à dessiner un sourire ; on aurait dit que deux doigts invisibles lui tiraient violemment la commissure des lèvres vers le haut. C'était un spectacle si atroce qu'Elisabeth n'osait même pas le regarder. Qu'avait-il donc ? Les semaines passées, il se réjouissait pourtant de cette union qui s'accomplissait enfin, il était si enthousiaste et heureux, d'une joie presque exubérante – il l'était encore quelques minutes plus tôt. Que s'était-il passé ? À quoi pensait-il ? Était-ce simplement qu'il était tendu ? Elisabeth finit par se dire que si la douleur lui suppliciait ainsi les traits, c'était simplement parce que la mère de Martha n'était plus là pour assister à la noce. Oui, son visage était tourmenté à faire peur ; mais si elle ne voulait pas le regarder, ce n'était pas par effroi, mais par jalousie. Sans même le remarquer, elle pressait toujours plus fermement la main de Goldberger. Et elle ne remarqua pas davantage que toutes ces pensées changeaient son propre visage en un masque grimaçant – ou du moins en altéraient affreusement l'expression. De temps à autre, Ferdinand, du coin de l'œil, posait sur elle et Goldberger un regard aigre. Mais il ne se préoccupait pas vraiment d'eux et partageait pleinement la joie des deux époux, se glissant tour à tour dans la peau de l'un et de l'autre avec le naturel le plus parfait. C'était un peu comme s'il se mariait lui-même. Au cours des mois passés, Andreas leur avait rendu de nombreuses visites à Rosental. Martha s'était si rapidement faite à l'idée de l'épouser. Elle semblait soudain prendre conscience de ce qui lui avait jusqu'alors manqué. Elle en éprouva d'abord de la peine ; elle sentit se raviver en elle le souvenir des jours cruels où elle se demandait sans fin pourquoi plus personne ne passait à la ferme, ne lui écrivait de lettres, ne s'efforçait de gagner ses faveurs. Mais cela ne dura pas longtemps. Une joie l'envahit bientôt. À la seule pensée que ces jours allaient prendre fin, qu'ils seraient rétrospectivement abolis, ou tout du moins frappés d'insignifiance, elle se mit à regarder Andreas avec des yeux brillants, et crut voir dans cette lumière qu'elle était la première à remarquer les signes non trompeurs de son amour. Comme Martha était heureuse ! D'une main tremblante, elle tendait à présent son annulaire à Andreas. Celui-ci le saisit avec douceur de la main gauche et, de l'autre main, lui passa au doigt une fine alliance en or. Il la fit coulisser avec une grande sérénité sur la première et la deuxième phalange, l'enfonça jusqu'à la racine du doigt. Il la retint encore le temps d'un battement de paupières, puis la relâcha. Alors Martha, toute à sa joie, ferma la main sur ses doigts. Puis elle se ressaisit et, d'un geste un rien fébrile, prit l'alliance qu'on lui tendait et qui reposait sur un coussinet de velours rouge, et la passa au doigt d'Andreas. Lorsqu'elle leva alors les yeux vers lui, elle vit ses joues humides qui brillaient. Il prononça quelques mots, puis le curé reprit la parole, et ce fut ensuite à son tour de parler. Mais n'était-ce pas avant qu'ils échangent les anneaux ? Jusqu'à ce que la mort vous sépare. Je le veux. Pour le meilleur et pour le pire. Je le veux. Ces joues luisantes. Elle inspira profondément et sourit. On leur avait esquissé à grands traits le déroulement de la cérémonie, mais ils étaient si émus qu'ils en avaient perdu le souvenir. Et cependant c'était comme s'ils se le rappelaient confusément : ils firent tout naturellement ce qu'il fallait. L'orgue reprit son grondement mélodieux. Les gens se levèrent dans une grande rumeur. On entendit grincer les bancs le long des travées. Elle avait désormais le visage tourné vers la foule des invités. Tous n'avaient d'yeux que pour elle. Elle eut alors l'impression que ce tableau ne s'imposait pas à elle de l'extérieur, mais qu'elle recelait déjà l'image en elle. Que devait-elle faire à présent ? Les accents chaleureux de la musique la remuaient au plus profond. Elle chercha une parole mais ne trouva qu'un sourire. Elle sourit. Tous ces gens. Ils étaient debout. Était-ce donc terminé ? Cela avait duré une éternité. Non, il ne s'était écoulé qu'un instant. Oui, ils s'étaient embrassés. Devant tout le monde ! Quand Martha en prit conscience, le rouge lui monta aux joues. Elle baissa la tête. Mais la honte l'arracha au même moment à ses songes, elle se donna une secousse et retrouva le contrôle d'elle-même. Elle redressa la tête, avec le port d'une danseuse, roidit le buste, banda tous ses muscles. Et, comme s'il avait suffi d'un changement de posture, la honte se changea en fierté, et il lui sembla que tous les hommes dont elle croisait à présent les yeux, à commencer par son père et Ferdinand, la regardaient avec jalousie. C'est ainsi, le maintien très droit et altier, paraissant grandir encore d'un centimètre à chaque pas, qu'elle sortit de l'église au bras de son époux.

Sitôt que la cérémonie avait commencé, la pensée de Goldberger s'était figée. Elle ne s'était pas à proprement parler arrêtée, mais elle s'était immobilisée, s'était discrètement mise en retrait des événements présents et, très lentement mais avec obstination, avait commencé à tourner sur elle-même. À l'instant où Martha s'avança dans son dos et se pendit à son cou pour l'embrasser, il tressaillit, fléchit instinctivement les genoux et se pencha en avant. Le gravillon du parvis de l'église crissa sous ses pieds. « Allons, allons, dit-il tout bas. Qu'est-ce qui te prend ? » Il la saisit par le bras, y prit appui et se redressa de toute sa hauteur. Ses genoux craquèrent très légèrement, mais il fut le seul à l'entendre. D'un mouvement leste, il fit pivoter Martha vers lui. On aurait dit qu'ils répétaient un pas de danse. Elle éclata de rire. L'embrassa enfin. Posa un baiser fougueux sur sa joue qui s'ombrait déjà d'une barbe naissante. Il la repoussa avec douceur, un peu gêné, s'empressa de s'essuyer la joue et lui dit : « Tu vas abîmer ta belle robe… » Il lui arrivait désormais d'avoir des douleurs aux genoux. Martha éclata encore d'un petit rire, lui prit la main et s'écria : « Viens ! » C'était comme dans un rêve. Le chapitre sombre était-il en train de s'achever ? Trouvait-il son épilogue dans la lumière limpide de l'Innviertel ? Martha avait-elle compris le langage qu'il lui avait tenu quand il l'avait conduite à l'autel ? Lui avait-elle enfin pardonné ? Combien de fois n'avait-il pas rêvé de lui parler. En serait-il ainsi ? Il n'arrivait pas à y croire. Martha l'entraînait dans son sillage. Il était content de pouvoir se cramponner à elle car il ressentait une légère sensation de vertige. Andreas se tenait à quelques mètres de là, en compagnie de parents à lui. Goldberger fut entraîné vers ce groupe. Ferdinand et Elisabeth suivirent. On fit les présentations. Goldberger en éprouva une confusion profonde et, sitôt qu'il eut serré toutes les mains, fut soulagé de retrouver son quant-à-soi. La sensation de vertige s'était calmée. De temps à autre, quelqu'un sortait de la foule où régnait une bruissante animation, s'éloignait de quelques pas en jetant des regards par-dessus l'épaule puis, adoptant une autre posture, retournait s'y confondre de nouveau. Enfin le groupe tout entier s'ébranla et chacun avança à pas comptés. On se rendit à l'auberge du village. Oui, la pensée de Goldberger s'était figée; et il n'en avait rien remarqué. Il venait de retrouver le rôle qui était le sien et, si l'on exceptait les douleurs aux genoux, il se sentait ragaillardi.

L'auberge n'était située qu'à deux pas de là. En quelques minutes à peine, le groupe d'où montaient de joyeuses et confuses clameurs, pelote de laine noire chinée de rares petits points blancs et lancée sur le ruban de la route à un train nonchalant, eut atteint le relais. Il s'agissait d'une imposante bâtisse, très ancienne, dont la façade était d'un jaune profondément soutenu, presque jaune d'œuf. Autour des nombreuses petites fenêtres de l'étage, derrière lesquelles se trouvaient les chambres destinées à la location, le crépi était impeccable et d'un blanc éclatant – ce n'était qu'en apparence qu'il tirait sur le jaune; les fenêtres étaient somptueusement encadrées. Ce luxe faisait défaut à celles du rez-de-chaussée, qui étaient cependant un peu plus grandes. Le large portail à deux battants était ouvert et, dans l'air chaud que les rayons du soleil de l'après-midi transperçaient de leurs traits, deux papillons Citron aux ailes délicates se tournaient autour en dansant, voletaient dans le plus parfait et le plus puissant des silences. Une lumière mordorée s'échappait du vestibule de l'auberge. Il flottait dans l'air une odeur de cire légèrement résineuse qui semblait ne pas monter des lames du plancher, mais n'être qu'une émanation de cette lumière tendre, brune et foncée.

Devant l'entrée de l'auberge, aussi large que haut, richement paré de couleurs chatoyantes, le capot miroitant décoré à droite et à gauche par de fastueux bouquets de fleurs tout en corolles épanouies, les rétroviseurs festonnés de rubans, se dressait, tout en longueur, le seul véhicule à la ronde : la bétaillère rutilante d'Andreas, dont les chromes avaient été lavés et astiqués à plaisir. Oui, aussi large que haut et richement décoré. Mais on devait à la vérité de dire qu'il ne sentait pas la rose.

Une longue et large table tenait très exactement le centre de la vaste salle inondée de lumière. Du temps s'écoula encore avant que chacun eût trouvé sa place. Andreas se chargea d'installer les invités. Il regretta amèrement de n'avoir pas établi au préalable un plan de table. On le voyait s'élancer d'un bout à l'autre de la pièce, placer l'un des convives ici, un autre là, s'efforcer de garder tant bien que mal le cap entre les personnes proches, celles qu'il connaissait plus vaguement et les parfaits inconnus, et de mettre un semblant d'ordre dans tout cela. Bientôt chacun fut installé et, après qu'eurent été servis les premiers bocks de bière fraîche et désaltérante, le turbulent vacarme des chaises déplacées et des raclements de gorge s'atténua peu à peu, et des conversations animées et plaisantes se nouèrent de part et d'autre de la table entre les invités que le hasard des places avait rassemblés.

Les deux mariés se tenaient au milieu de la table. Goldberger était assis juste en face de Martha ; il s'était installé là sans plus attendre et d'autorité. À sa droite était le curé, à sa gauche Elisabeth et Ferdinand. Une jeune femme que Goldberger ne connaissait pas avait pris place à côté de ce dernier. Ferdinand non plus ne la connaissait pas. Au début, il ne l'avait même pas remarquée, mais sa présence avait suscité peu à peu en lui comme une sensation de malaise physique. Elle avait les cheveux noirs et la silhouette gracile, pour le peu qu'il avait pu apercevoir. Il n'en éprouvait pas moins une nervosité immense dont il ne pénétrait aucunement les raisons.

C'est sur les instances de Martha qu'on s'était rendu à l'auberge dès la fin de la messe nuptiale. Le soir, on ne se réunirait plus qu'en petit comité – au même endroit et dans la même salle –, le temps d'un dîner dansant qui ne devait pas se prolonger trop avant dans la soirée. Andreas avait engagé des musiciens pour l'occasion. L'idée de passer la nuit tout entière assise auprès des invités, sans pouvoir être seule un instant, déplaisait à Martha – elle lui remplissait même le cœur d'angoisse. Pourquoi ? Elle n'en savait rien. Cela l'effrayait encore bien plus que l'idée de la nuit de noces.

« Regarde-moi un peu ce plafond ! », lança soudain Goldberger à Ferdinand. Depuis un bon moment déjà, la tête renversée en arrière, il contemplait le plafond à caissons en chêne foncé. Ses riches ornements le fascinaient et l'impressionnaient terriblement. Il aimantait ses regards – magnétique comme le clair de lune. Ce plafond était si imposant ! Il était tendu au-dessus de la salle tout entière comme un ciel sombre, impénétrable et profond, inconnu de toute éternité.

« Qu'est-ce que tu dis ? » Ferdinand était à la fois content et furieux que Goldberger l'interpelle ainsi. Il venait d'engager la conversation avec sa jeune voisine. Sa seule présence lui avait à ce point fait perdre ses moyens qu'il avait jugé urgent de dissiper ce trouble. La seule chose qui lui vint à l'esprit fut alors de lui parler. Mais à peine se fut-il adressé à elle – d'un ton bien trop brusque, comme il s'en avisa avec désarroi – que son trouble et sa fébrilité redoublèrent. Car à présent il distinguait aussi le visage de la femme ; jusqu'alors, il n'avait fait qu'en pressentir la beauté.

« Que dis-tu, père ?

— Le plafond, Ferdinand ! C'est quelque chose, pas vrai ? »

Un visage délicat et fin, aux traits cependant vigoureux. Une chevelure brune resplendissante, des yeux noirs étincelants au fond desquels semblaient courir, tandis qu'elle parlait, d'autres phrases encore, d'une nature toute différente. Étaient-ce ces mots qui portaient le trouble de Ferdinand à son comble ? Était-ce parce qu'il ne savait pas lui-même quel langage tenir à ces yeux ? Il partit d'un rire retentissant et profita de l'occasion pour lui dévoiler son sourire. Les accents de sa gaieté lui parurent lumineux et carillonnants.

« Je ne vois pas ce qu'il y a de drôle. »

Comment ? Ferdinand ne comprenait pas les mots de son père. Ah oui, le plafond. Il jeta un regard furtif à la femme qui se tenait près de lui. Il ressentait sa chaleur. Parviendrait-il à connaître son prénom ? La prochaine fois qu'Andreas se lèverait de table, il lui emboîterait le pas et lui poserait la question. Cela passerait inaperçu. Ils iraient en même temps aux toilettes, voilà tout. Il le suivrait. L'interrogerait. C'était désormais son beau-frère. Il fallait qu'il le lui dise. Et elle serait alors surprise qu'il connût son petit nom. Il croyait déjà l'entendre rire et voir rayonner son visage. Il n'avait ri qu'à seule fin de lui révéler son sourire. Car il savait se montrer joyeux lui aussi. Le plafond. Il tourna la tête vers la droite et, comme si Elisabeth n'existait pas, répondit en laissant s'épanouir une fois encore ce sourire qui n'était destiné qu'à sa voisine et dont lui seul connaissait le sens : « Rien. C'est juste qu'il ressemble à celui de notre ancienne maison. »

Goldberger baissa enfin la tête et regarda droit devant lui. Tonnerre de Dieu, Ferdinand avait raison. Ils avaient eu autrefois un plafond pareil à celui-là. Avec les mêmes caissons. Dans la pièce à vivre. C'est sous ce même plafond que Franziska avait passé dix années clouée dans un fauteuil. À une poignée de kilomètres d'ici. Et, comme si Ferdinand venait de dire tout autre chose, la pensée et les souvenirs de Goldberger, qui s'étaient retirés à l'arrière-plan au cours des heures passées, avaient battu en retraite devant la plénitude de ce présent glorieux où l'on fumait à grandes bouffées, où l'on se rassasiait de bière, se remirent en branle, et reprirent très exactement là où ils s'étaient arrêtés.

« Mais qu'est-ce que tu racontes, Alfred ? », s'entendit-il dire d'une voix troublée. Il revit Alfred qui secouait doucement la tête, se raclait discrètement la gorge, pivotait sur les talons et s'éloignait. Il l'avait alors suivi, lui opposant aussi peu de résistance que la vache un moment plus tôt, quand Goldberger l'avait conduite à l'étable. Pas plus que la bête, il ne savait ce qui allait se passer. Ils quittèrent la ferme en empruntant le grand portail, coupèrent au travers d'un pré et s'engagèrent sur un chemin qui courait au long d'une étendue verdoyante plantée de grands et vieux poiriers – de la poire-au-lard, de la Winawitz, de la poire à poiré. Goldberger marchait à la suite d'Alfred. Mais n'essayait-il pas en même temps de rattraper le chemin ? Celui-ci ne se dérobait-il pas sans cesse à lui ? Bien que l'herbe fût encore rase, comme en hiver, Goldberger manqua plusieurs fois de trébucher. Pourquoi avait-il les jambes si lourdes ? Il s'épuisait dans le sillage d'Alfred comme s'il était lancé dans une course éperdue. « Alfred, dit-il, hors d'haleine, que se passe-t-il ? »

Alfred ne se retourna pas et poursuivit sa route. Ne l'avait-il pas entendu ? À moins qu'il n'ait rien dit du tout ? Sans fin des phrases lui martelaient le crâne, avec une telle puissance qu'Alfred ne pouvait pas ne pas les entendre. Il eut la sensation que de nombreuses minutes s'étaient écoulées avant qu'Alfred ne s'arrête enfin. Goldberger le rattrapa, se posta à côté de lui. Il était pantelant. Des phrases qu'il ne comprenait pas. Lorsqu'il redressa la tête et étira le cou comme pour dépasser sa propre peau, il lui sembla qu'Alfred avait lui aussi le souffle court. Puis il n'entendit plus rien – était-ce peut-être qu'ils respiraient au même rythme en cet instant ? Soudain une bourrasque souffla dans les herbes rases et les fit danser un moment comme des flammèches. Un feu invisible, inoffensif et sans chaleur semblait courir dans l'herbe. D'ici aussi, on pouvait apercevoir les montagnes. Vues sous cet angle, elles ne ressemblaient pas à celles que Goldberger avait connues. Ce jour-là elles étaient uniformément ternes. Et sans la moindre profondeur. De simples découpes. À la gauche de Goldberger et d'Alfred commençaient les forêts de sapins. Ils se tenaient à l'aplomb d'un versant herbeux. Un fossé assez peu profond, où ne courait aucune eau, intégralement tapissé de mousse et d'herbes, coupait le chemin à angle droit comme un large sillon de verdure. C'est le long de cette ligne qu'ils firent halte. Elle marquait la limite des terres d'Alfred au sud-est.

« Dieu, dit alors Alfred.

— Eh bien, quoi, Dieu ? », haleta Goldberger sitôt qu'il eut entendu ce mot. Il n'y tenait plus. Il fallait qu'il sût où Alfred voulait en venir. Pourquoi il se disait content de ne pas avoir assisté aux funérailles. Pourquoi il avait sèchement renvoyé femme et enfants. Oui, il lui tardait de l'apprendre. Mais l'entendre était peut-être au-dessus de ses forces.

Des secondes s'écoulèrent. Goldberger ressentit le poids de chacune. Elles étaient autant de gouttes de cire lourdes, épaisses et brûlantes qui tombaient une à une dans sa poitrine.

« Dieu », répéta Alfred. Il avait clos les paupières et tourné le visage vers le ciel.

« Eh bien, qu'y a-t-il ? », souffla encore Goldberger. Les gouttes s'accumulaient toujours plus drues et le plaquaient presque au sol. Il avait toutes les peines à rester debout. « Alfred. » Il chuchotait.

Alfred rouvrit les yeux. Tout était ce jour-là d'une clarté aveuglante. Alfred baissa la tête, se tourna vers Goldberger. Un instant plus tard, celui-ci pivota également vers Alfred. Les deux hommes se faisaient face et leurs regards restaient rivés l'un à l'autre. Alfred lâcha, remuant à peine les lèvres : « Dieu – Sa malédiction vous frappe jusqu'à la septième génération.

— Que veux-tu me dire, Alfred ? », murmura Goldberger. Il déglutit. Sa propre salive le faisait suffoquer. Il étouffait, ne respirait plus qu'un air inerte et sans oxygène. Il voulut détourner la tête et poser le regard sur les montagnes, mais il n'osait pas le faire. Tout plutôt que de soutenir la vue de ces yeux sans couleur. Il n'en avait pas le courage. Ni la capacité. Son regard restait captif. Il remarqua alors que ses yeux tremblaient. Son corps tout entier était parcouru d'un tremblement. Une seule phrase lui martelait continuellement les tympans. Peu à peu, il comprit enfin ce qu'il savait en lui-même depuis très longtemps : le précipice, c'était lui. Ce fut comme s'il tombait en chute libre. Il n'avait plus de sol sous les pieds.

« Rien d'autre », répondit Alfred. « Juste ceci : Dieu punit jusqu'à la septième génération. Je ne sais pas si tu es le premier touché ou s'il s'agit de Martha. Je n'en sais rien. Mais il vous châtiera jusqu'à la septième génération. Et maintenant laisse-nous en paix. Nous ne voulons plus entendre parler de toi. »

Goldberger quitta la pièce. Aucun des convives ne s'en aperçut vraiment ; la noce battait son plein dans la salle où le présent éclatait dans toute sa plénitude. Seule Elisabeth attacha sur lui un regard moins fugace, ouvrant et refermant la main avec lenteur. Peu auparavant, il lui avait soudain saisi la main et lui avait serré fermement les doigts. Il lui avait fait mal. Puis il lui avait lâché la main. Ce fut plutôt comme si celle-ci se détachait soudain d'elle, comme privée de vie. Et, quelques secondes plus tard, il s'était levé et s'en était allé. Elle l'avait suivi des yeux tout en remuant ses doigts endoloris. Que lui arrivait-il ?

Il ne reparut plus de la journée. Elisabeth se demanda à plusieurs reprises s'il n'était pas plus sage d'aller le chercher, mais chaque fois elle s'y refusa. S'il avait quelque chose à dire, il savait où la trouver. Elle avait suffisamment d'ennuis elle-même pour ne pas s'en créer davantage, songeait-elle toujours. Goldberger passa la soirée et la nuit dans sa chambre, au-dessus de la grande salle. D'abord, il l'arpenta de long en large ; une fois que l'obscurité fut faite, il se tint la plupart du temps contre la croisée et regarda la lumière noire. Il entendit longtemps encore les airs des musiciens.

Il se tenait au plus près de la fenêtre fermée et posait sur la nuit des yeux figés. Alfred n'était pas venu. Il avait caressé jusqu'au bout l'espoir qu'il paraîtrait – et que les mots, ses mots, en seraient annulés. C'est à la faveur de cette espérance sans cesse nourrie qu'il les avait tenus à distance, les avait écartés de son esprit, sans toutefois les oublier. À présent cet espoir s'effondrait et il avait compris. Goldberger se cramponnait des deux mains à l'appui de la fenêtre ; à l'instant où la sensation de chuter qu'il éprouvait continûment depuis sa rencontre avec

Alfred, tantôt avec force, tantôt plus sourdement, se fut dissipée, à l'instant où tout s'éclaira, il s'y cramponnait toujours ; peut-être plus fermement encore. De loin en loin montaient jusqu'à lui des rires, des éclats de voix, des bribes de conversation qui vibraient contre le verre fin et glacé de la vitre. Mais rien de tout cela ne pouvait l'atteindre. Il ne retenait rien. Il ne s'aperçut même pas qu'Andreas, deux heures après qu'il s'était retiré au bras de Martha et, sous les vivats et les remarques lestes, avait quitté la fête, était revenu dans la salle et s'était grisé jusqu'aux premières heures du matin, mêlant dans le plus grand désordre la bière, le vin et les verres d'eau-de-vie.

4

Ferdinand n'avait rien appris au sujet de la femme qui lui avait tant plu.

Il avait d'abord eu l'intention de demander son prénom à Andreas. À mesure que le temps s'écoulait, il avait vu son assurance grandir et s'était finalement dit qu'il pouvait aussi bien lui poser la question lui-même. Il était assez grand pour cela. Il prit une profonde inspiration et lui demanda si elle serait des leurs le soir même. Elle lui sourit et répondit que oui. Les tempes de Ferdinand s'enflammèrent. Baissant rapidement les paupières, il lui assura qu'il s'en réjouissait. Elle prit congé de lui peu de temps après. Ferdinand était heureux d'avoir eu l'audace de l'interroger à temps. Savait-on jamais : sa question et elle seule l'avait peut-être incitée à revenir dans la soirée ? Ce n'était pas impossible. Il la regarda s'éloigner. Une partie des convives s'étaient retirés peu à peu ou étaient rentrés chez eux en carriole. Ferdinand préféra passer l'après-midi entier dans la salle de l'auberge. Ce furent des heures pleines de gaieté qu'on célébra avec une bière fraîche devant soi. Il n'était même pas nécessaire de commander. Les pintes s'alignaient sur les tables comme par enchantement. Dehors, le jour basculait lentement vers le soir, tandis qu'à l'intérieur de la salle le temps s'était suspendu. C'était un va-et-vient permanent. Le fil des conversations n'était jamais rompu. Tout au contraire il allait s'enrichissant, on se parlait sans s'embarrasser de détours, et Ferdinand mesurait un peu plus à chaque instant la chance qu'il avait d'avoir pour beau-frère Andreas – et de connaître à présent sa famille entière. Il n'y avait pas là un seul convive qui aurait pu lui déplaire. Et que dire de Martha ! Quel indicible bonheur ce devait être pour elle ! Et, derrière cette félicité, il sentait percer, toujours plus confusément il est vrai, sa propre attente, ce plaisir tout personnel qui lui était une douceur et une souffrance.

Mais qu'était-il arrivé alors ? Il en rougissait de honte. Quelle terrible humiliation ! Il la ressentait d'autant plus violemment qu'il ne s'en souvenait même pas – il avait fallu que d'autres lui en fassent le récit.

En somme l'histoire tenait en peu de mots : Ferdinand n'avait pas reconnu la femme ; il l'avait prise pour une autre, une inconnue. Peu à peu l'attente avait pris du champ avant de s'effacer tout à fait, et les pensées relatives à l'objet qui l'avait inspirée disparurent avec elle. La femme, vêtue d'une robe nouvelle, chaussée de nouveaux escarpins, les cheveux relevés en chignon, avait traversé la salle d'un pas immatériel, sous le regard de plus d'un homme, s'était assise au même endroit que quelques heures plus tôt, à côté de lui, sur une chaise qui venait justement de se libérer, et Ferdinand, imperturbable, avait continué d'évoquer avec son vis-à-vis on ne savait quels épisodes de la guerre. Peut-être ne fut-elle d'abord pas chagrinée. Qu'on ne l'ait pas remarquée tout de suite. Elle prit soin d'écarter le verre posé devant elle, leur prêta une oreille attentive et attendit patiemment que la conversation s'achève. Mais c'est alors que le malheur se produisit, et elle en fut épouvantablement affectée – tout ensemble surprise, furieuse et bouleversée. Enfin Ferdinand s'était tourné vers elle. Nul n'aurait pu se figurer à quel point l'attente lui avait paru interminable, combien son cœur s'était emballé à l'idée de le revoir. Il la regarda longuement, posa sur elle ses yeux sombres et très brillants, cernés d'ombres violacées, et qui s'étrécissaient déjà. L'attente et la tension étaient à leur comble. Mais Ferdinand se contenta de hausser les sourcils, plissa les paupières et marmonna : « Tiens, tiens, qui vois-je là ? » Il était parfaitement évident qu'il ne la reconnaissait pas.

Elle pétrit plus fermement encore son sac à main et, estomaquée un instant, se leva de sa chaise. Quinze minutes ne s'était pas écoulées depuis son arrivée qu'elle quittait déjà la noce, d'un pas rapide, rageur et cependant mesuré.

L'un des cousins d'Andreas avait été l'un des nombreux témoins de la scène. Il lui courut après. L'arrêta au niveau de la porte qui menait dans le couloir. Il se campa devant elle et lui barra le chemin. Il était ivre lui aussi et, dans un mélange de joie mauvaise à l'égard de Ferdinand, de pitié envers la femme et de vague espoir pour lui-même, lui demanda où elle s'en allait d'une allure aussi empressée. « Je rentre chez moi, lui répondit-elle avec au fond de la voix un tremblement qui ne lui échappa pas, je crois que tu sais où je demeure ! » Comme stimulé – et singulièrement troublé – par ces paroles, il répliqua, d'une voix basse et qui vibrait un peu elle aussi : « Oui. Je le sais bien. Sur la route de Zell. » Elle hocha la tête et renifla sèchement. Se tourna vers la salle. « Oui, dit-elle. Exactement. Aux portes de Zell. J'aurais pu m'épargner ce long trajet. Il me semble qu'il y a au pays suffisamment de bons à rien et de soûlauds », dit-elle avec un geste de dédain qui embrassait la salle tout entière. Mais ses yeux restaient fixés sur Ferdinand, qui buvait justement une grande gorgée de bière. Puis elle se retourna et disparut en faisant claquer ses talons. Le cousin d'Andreas regagna sa place d'un pas désormais moins assuré, s'assit à table. Il n'y avait plus en lui une once de pitié ; l'arrogante personne à laquelle il venait de parler avait excité tout au contraire sa colère. Celle-ci se tempérait encore d'une pointe de joie mauvaise, et il attendit le moment propice pour raconter à Ferdinand dans quel mépris cette femme les tenait tous – et, il en avait l'intuition, pardessus tout Ferdinand. Il attendait cet instant avec une impatience toujours plus vive, ne trouva cependant pas de moment opportun, et l'idée lui vint enfin de lui asséner cette vérité le lendemain matin, le plus tôt possible. Là-dessus il rentra chez lui, dormit d'un sommeil bref et revint à l'auberge au petit matin pour faire son récit à Ferdinand, d'une voix que l'émotion faisait presque dérailler. Ferdinand l'écouta sans desserrer les dents. Un instant plus tôt, feutrant la voix, il avait pris l'initiative de l'interroger au sujet de la femme de la veille ; il désirait connaître son prénom. C'était la seule chose dont il se souvînt encore : il voulait apprendre le nom d'une femme, et savait que le cousin d'Andreas connaissait celui-ci. Il l'écouta, les mâchoires crispées, et n'ajouta plus un mot.

La mine défaite et les yeux battus, Ferdinand, terriblement vaseux et en proie à une colère sourde, se tenait, vêtu de son complet-veston noir fripé et maculé de taches, sur le plateau de la bétaillère qui empestait le fumier frais et, s'agrippant des deux mains aux ridelles, jetait des regards par-dessus le rebord du hayon, vers le paysage qui s'éloignait au gré des secousses de la grand-route. De chaudes bouffées de lilas l'atteignaient à de rares instants. Il crut plusieurs fois que ce parfum allait lui faire tourner de l'œil, mais cette sensation se dissipa toujours. Andreas les reconduisit à Rosental, où la ferme avait été confiée dans l'intervalle aux bons soins de Martin, le fils âgé de seize ans d'un voisin d'Elisabeth, qui améliorait ainsi un peu l'ordinaire.

Une colère sourde, oui. Les mois passèrent et elle ne le quittait pas. C'est animé de cette rage qu'il s'abrutit de travail jusqu'aux premières semaines de la nouvelle année. Il abattait de la besogne pour deux. Il constatait qu'il progressait à un train plus rapide qu'un an plus tôt – galvanisé par la colère, mais aussi parce que sa maîtrise du métier allait s'affirmant. Il acheta quelques têtes de bétail. L'alezan eut bientôt de la compagnie. Il y avait désormais à l'écurie un second cheval, un Noriker une fois encore, mais à la robe noire, et qu'il avait baptisé Black – il avait appris quelques mots d'anglais pendant la guerre. (Un peu de français aussi il est vrai, mais il n'en avait presque rien retenu, hormis les mots cochons.) Le nom de baptême du moreau déplut à Goldberger, et il en fut plus mécontent encore une fois que Ferdinand lui en eut expliqué la signification. « Tant que tu y es, pourquoi ne pas l'appeler "Noiraud" ? C'est une couleur, pas un nom ! On n'a pas idée ! » Ferdinand ne se souciait aucunement de ce que pouvait dire son père, il ne lui inspirait plus à présent qu'une indifférence parfaite, et il lui répondit en se fendant pour la forme d'un sourire teinté de supériorité et de mépris : « Libre à toi de l'appeler "Noiraud", père. Fais à ta guise. — Black », fulmina Goldberger, sans relever pour sa part les inepties de Ferdinand. Il cracha par terre. « Ce qu'il ne faut pas entendre ! »

Cette année-là, la récolte elle-même avait été effectuée plus rapidement qu'à l'ordinaire. Il est vrai que le temps était perpétuellement au beau et qu'aucune averse ne vint la retarder. Ce n'est qu'au mois d'août que les orages d'été s'abattirent sur la région. Ils ne se déchaînèrent qu'avec plus de fureur. La moisson une fois achevée, Ferdinand fut soulagé de pouvoir reprendre le travail en solitaire. Il avait appris à apprécier peu à peu ses voisins, qui le payaient de retour, lui semblait-il, mais il préférait être seul. Quand on se retrouvait, on ne débattait plus que de sujets généraux. Ferdinand ne posait plus de questions, et quand il repensait à l'époque où il avait été avide de conseils, il avait l'impression d'avoir prêté le flanc aux moqueries, même s'il savait pertinemment qu'il lui fallait en passer par là. Il lui arrivait de se demander pourquoi la solitude lui était précieuse. Et il parvenait toujours à la même réponse : parce qu'il pouvait réfléchir au calme, sans être contraint de penser aussi pour les autres. Jamais il ne faisait aussi bien retraite en lui-même que lorsqu'il travaillait. Quand il songeait à son père, il lui semblait qu'il existait là une grande différence entre eux – et il en éprouvait un soulagement profond. Car il était trop souvent saisi d'une angoisse à l'idée qu'au fond ils étaient semblables, ou du moins qu'il finirait par ressembler un jour à son père, quand celui-ci ne serait plus de ce monde.

Lorsque les frères Kircher, Karl et Hans, l'invitèrent à se rendre en leur compagnie à l'un des bals des environs, la colère qui couvait encore en lui le poussa seule à accepter. En hiver, quand les principaux jours de fête étaient passés, que tout reposait enfin et que la plupart des villageois avaient un peu plus de temps libre que pendant le reste de l'année, la saison des bals commençait – ils offraient l'une des rares occasions de sortir de chez soi et de se divertir ; de faire une rencontre ou de revoir quelqu'un. C'était la période du carnaval. Le bal auquel les frères Kircher faisaient référence n'était pas n'importe quel bal, mais le bal masqué de Schwan, dont la renommée n'était plus à faire. Ils y avaient justement fait la connaissance de deux jeunes sœurs l'année précédente, des filles de fermiers qu'ils n'avaient pas revues depuis lors, les douze mois écoulés ayant été émaillés d'une poignée d'occasions tout au plus, et qu'ils n'avaient hélas pas su saisir. Ils espéraient se rattraper enfin à présent. Ferdinand en temps ordinaire ne les aurait pas accompagnés, il n'y aurait même pas songé. Il évitait autant que possible les grands rassemblements. Était-ce parce qu'il n'en avait connu aucun, ou autant valait, dans son enfance ? Parce qu'il ne les appréciait pas ? Il les fuyait, voilà tout. C'était là un univers étranger et qu'il ne souhaitait pas connaître. La rage qui le rongeait l'incita toutefois à s'y rendre. Non pour découvrir quelque chose de nouveau, mais tout au contraire pour chasser un tourment qui lui était trop proche, effacer un souvenir aussi pénible que douloureux en lui substituant d'autres images semblables en apparence.

C'était à la mi-février, et une épaisse couche de neige durcie couvrait les campagnes depuis des semaines. Les arbres et les buissons défeuillés découpaient dans le paysage leurs silhouettes noires et sans vie. Toutes les couleurs avaient battu en retraite. La première moitié du mois de janvier avait été ensoleillée ; depuis, on avait le sentiment que le soleil avait capitulé ; quand par extraordinaire il brillait, il semblait plus lointain que jamais et ne versait qu'une chaleur froide, plus chiche encore qu'en janvier. Les bêtes, à l'exception des chevaux qui ne se couchaient qu'en de rares occasions, ne quittaient pas les étables et ne se levaient guère qu'à l'instant où on les affourageait ; encore ne le faisaient-elles qu'avec un paresseux entrain, sans leur fougue coutumière, comme si elles obéissaient à un inévitable et morne instinct. Ce n'était pas tant que tout semblait reposer, on avait plutôt l'impression que le monde était sur le point de s'arrêter. Ferdinand se trouvait exactement dans cet état d'esprit quand il avait accepté l'invitation. Il se disait : Et après ? De toute façon rien n'a de sens. Les semaines passées avaient insinué en lui une profonde sensation d'indifférence dont il était désormais pénétré. Elle pouvait être tantôt allègre, tantôt plus sombre. Tout dépendait semblait-il des heures de la journée.

Il se tenait sur le seuil de la maison et attendait le camion de ses amis. Sa ferme était située en bordure de la route de Schwan et il était convenu qu'ils passeraient le prendre. Depuis quelque temps déjà, les menuisiers possédaient un fourgon qui expliquait à soi seul qu'on fît davantage appel à leurs services. Le ciel était piqueté d'étoiles à l'éclat vif et limpide. On eût dit qu'elles ne brillaient et n'étincelaient que pour lui. « Oui, oui », disait Ferdinand quand il croyait une fois encore que l'une d'elles lui avait fait de l'œil. « Oui, oui. » Et il souriait. C'était une de ces journées où son indifférence prenait un tour allègre. Sentait-il déjà les prémices du printemps ? En tout cas les jours allongeaient sensiblement ; ils retrouvaient leur ampleur. Il portait son bleu de travail fraîchement lavé sur lequel il avait dispersé quelques copeaux de bois, une chemise à carreaux et un chaud blouson, et était chaussé de souliers noirs impeccablement cirés. Un épais crayon de menuisier rouge était coincé derrière son oreille droite, et il tenait en main un petit rabot qu'il comptait glisser un peu plus tard dans la large poche à rabat supérieure du bleu de travail, où il avait également éparpillé des flocons de sciure. Il avait beau être indifférent à tout, il n'en avait pas moins eu l'idée d'une plaisanterie : c'est travesti en menuisier qu'il se rendrait au bal masqué en compagnie des deux menuisiers. Où était la lune ? On ne l'apercevait pas. Depuis les travaux d'abattage du bois, qu'il avait effectués avec son père dans ses propres arpents de forêts et sur les terres d'Elisabeth, il n'y avait plus vraiment prêté attention. Il entendait au loin un léger grondement qui gagnait peu à peu en puissance, et, au bout de quelques minutes, des cônes de lumière jaune surgirent au détour d'une parcelle boisée et, ouvrant la voie au vrombissement du moteur, balayèrent à touches tâtonnantes la neige blanche qu'ils faisaient doucement scintiller. Ferdinand releva le col de son blouson et dévala le sentier qui menait au pont ; il monterait en voiture au pied du raidillon pour qu'ils n'aient pas à gravir la colline. Le ruisseau était presque intégralement gelé en surface ; seule une bande noire tantôt étroite, tantôt plus large, séparait encore les deux rives ; on la distinguait même pendant la nuit, rehaussant par contraste la blancheur de la glace. Ferdinand atteignit le pont au même instant que le fourgon. D'un bond il s'y élança, en referma d'un geste ferme la porte arrière, salua les deux frères, et ils s'en allèrent. Il faisait chaud dans l'habitacle, et Ferdinand ne s'avisa qu'à cet instant du froid rigoureux qui sévissait dehors. Il demanda après un moment : « Alors ? Quel déguisement avez-vous choisi ? »

Karl et Hans avaient longuement réfléchi à la question. Allaient-ils se costumer en paysans ? Non, l'effet en serait déplorable. En soldats ? Cela n'allait pas davantage. Ils se retournèrent l'esprit en tous sens pendant des semaines, et, dans l'atelier, les conversations roulaient sans cesse sur le même sujet. Tandis qu'ils tournaient le bois, le découpaient, le collaient, le dressaient à la varlope, la même question les occupait : quel déguisement allaient-ils choisir ? Un jour enfin Karl écarta le touret à meuler et s'écria : « Hans, j'ai trouvé. — Qu'as-tu trouvé ? », lui demanda Hans, avant d'ajouter tout aussitôt : « En quoi te déguiseras-tu ? — En menuisier ! Au moins serons-nous certains d'être reconnus. Tout le monde sait que nous sommes menuisiers ! » Ce fut une affaire entendue, et l'idée leur parut si évidente, d'une logique en somme si imparable qu'ils s'étonnèrent de ne pas l'avoir eue bien plus tôt.

À l'instant où ils s'aperçurent que Ferdinand s'était déguisé lui aussi en menuisier, ils ne songèrent aucunement à une plaisanterie de sa part, mais virent plutôt là une heureuse coïncidence, un clin d'œil du destin : ainsi parés, à trois, les sœurs ne manqueraient pas de les remarquer, en tout cas. On aurait juré des frères jumeaux ! Cela sauterait aux yeux de chacun.

Et il en fut ainsi. Les frères Kircher étaient connus dans tout le canton et l'on s'amusa de cette bonne plaisanterie. Ferdinand leur fut aussitôt associé, comme s'il était le troisième des Kircher, un frère qu'on aurait retrouvé ou qui aurait soudainement refait surface, un cousin, un membre de la famille en tout cas. Mais l'indifférence allègre de Ferdinand prit peu à peu un tour plus sombre. C'était plus fort que lui. Il n'y commandait pas. Car à mesure que les heures passaient, les souvenirs de la noce remontaient à sa mémoire. Oui, il avait la sensation d'en revivre les instants, à cette différence près qu'il n'était pas ivre et que la belle inconnue n'était pas là. Son humeur en fut rembrunie et il se retrouva bientôt seul à sa table. Il regardait les gens danser. Karl et Hans avaient su retrouver les deux jeunes femmes dans la foule et elles leur avaient accordé toutes leurs danses. Ils viraient et tourbillonnaient à s'en étourdir, les joues cramoisies, le front et les oreilles enflammés. Ferdinand suivait leurs évolutions dans le grand tournoiement des noceurs. Les robes des jeunes filles – qui, les courbes de leur corps le laissaient pressentir, pouvaient avoir vingt ans – virevoltaient. Il tentait de suivre du regard ces quelques feuilles esseulées dans une nuée mouvante et prenait plaisir à ce petit jeu. C'est à cet instant qu'un autre souvenir germa en lui. Il se rappela les feuilles de bouleau jaunes que le vent emportait au commencement du mois d'octobre, et déposait délicatement sur les mottes de terre d'un brun profond des emblavures. Le chemin qui menait de la grand-route à la ferme d'Elisabeth était scandé de ces arbres graciles et têtus, et, un jour qu'il y cheminait justement, il avait suivi des yeux la dérive lente et paisible des feuilles dans le vent. Il s'était même arrêté un moment pour la contempler. Oui, se disait-il, c'est là que tout avait commencé, que s'était instillée en lui cette douceur lénifiante qui se changeait maintenant en quelque chose de presque torpide. À quoi pouvaient bien ressembler ces jeunes filles minces comme un fil ? Ferdinand ne comprenait pas ce que leurs costumes étaient censés figurer. Étaient-elles déguisées en princesses ? En altesses royales ? En impératrices ?

Il ne distinguait pas leurs traits. Peut-être lui était-il d'autant plus difficile de pénétrer le sens de leur déguisement. Des loups leur masquaient les yeux. Leurs cheveux étaient relevés sur la nuque et disparaissaient sous de fins foulards de soie ; on devinait simplement qu'elles devaient être brunes. Ces pensées tournaient tout à l'arrière-plan de son esprit, presque détachées de lui. Une bière était posée devant lui. De temps à autre, il en buvait une gorgée. Le temps se passait à attendre et observer les autres. Enfin on fit une pause et les frères revinrent s'asseoir à leur table – en compagnie des jeunes femmes, cette fois. Ferdinand s'était dit que ce ne devait être qu'un intermède. Il n'en était rien. Il s'était écoulé tellement de temps que le bal touchait à sa fin, et que les accents de la musique et les danses avaient en tout cas cessé. L'heure était venue pour ceux qui ne rentraient pas encore chez eux de se défaire de leurs déguisements. La mine radieuse, Karl et Hans présentèrent leurs cavalières à Ferdinand, qui se leva pour les saluer. À l'instant où il tendit la main à la première, celle-ci ôta son masque de l'autre main et le cœur de Ferdinand se figea. Ce fut comme si la foudre l'avait frappé. Il se tourna alors vers l'autre jeune fille, qui retira elle aussi son loup à l'instant où il lui tendit la main, et Ferdinand, touché par un second éclair, se rassit. Il avait regardé tour à tour un visage, puis l'autre, et cependant ce sont de tout autres traits qui lui étaient apparus, un troisième visage, ou pour mieux dire un visage premier : celui de l'inconnue rencontrée lors de la noce de mariage, dans l'Innviertel. Il se remit bien vite de ce qui lui parut une commotion profonde, et se révéla être cependant tout autre chose. Il se redressa de toute sa taille, s'éclaircit la voix et laissa courir le regard d'un visage à l'autre. Autant son humeur était maussade il y avait un instant encore, autant elle était à présent gaie et sereine. Il savait pourtant qu'aucun de ces deux visages charmants et si semblables n'était celui de la femme croisée presque un an plus tôt. Ce n'était pas un choc qu'il avait éprouvé, non : il venait de comprendre qu'il aurait dû se marier lui-même depuis longtemps déjà – et qu'il le pressentait sourdement. Il n'était pas amoureux de l'inconnue de la noce ; seule l'intuition que le temps était venu l'avait conduit à se tourner vers elle. Une conversation s'engagea.

Pendant le trajet du retour, Ferdinand et les frères Kircher n'échangèrent plus une seule parole.

Anna Thaler était originaire de Schwan. Elle était la plus jeune des deux sœurs. Christine était son aînée de deux ans. La fratrie comprenait également deux frères, dont l'un seulement était encore en vie, car le plus âgé, Maximilian, le frère préféré d'Anna, était tombé au front ; il reposait en terre russe, pour reprendre les termes figurant sur le certificat de décès. Hubert, le puîné, tenait les rênes de l'exploitation familiale. Il était de dix ans plus âgé qu'Anna. Les deux sœurs aidaient à la ferme. Anna n'aurait su en donner la superficie exacte, mais il ressortait de ses récits qu'il devait s'agir d'un domaine d'une étendue non négligeable, et le fait qu'ils possédaient depuis assez longtemps déjà une auto attestait en tout cas une certaine aisance.

Ferdinand ne tarda pas à découvrir où se trouvait la ferme Thaler à Schwan et, quelques jours à peine après le bal, il y courut à la nuit tombée pour tenter de repérer la fenêtre de la chambre d'Anna. Il se rendit au bourg d'une foulée véloce et il ne lui fallut pas une demi-heure pour l'atteindre. Mais il était trop tard : les lumières étaient éteintes. Les yeux et le cœur affolé, les cuisses flageolantes, la poitrine brûlante, il scruta les fenêtres l'une après l'autre. On ne distinguait plus nulle part la flamme vacillante d'une bougie. Alors, pour chasser cet émoi qui s'était changé en déception, il s'en retourna chez lui encore plus vite qu'il n'était venu. Ne l'attendait-elle donc pas ? Pourquoi ne lui adressait-elle aucun signe ? La lumière se fit : elle n'en avait que faire de lui. Naturellement. Toute la soirée, elle avait dansé avec Hans. Comme le cœur lui brûlait à cette seule pensée ! Il était évident qu'elle se souciait de lui comme d'une guigne. Ce n'était jamais que par politesse qu'elle lui avait adressé la parole. Une fois de retour, il s'étendit sans trouver le sommeil. C'était à peine tenable. Il avait beau se tourner et se retourner dans son lit, les pensées se figeaient inexorablement en autant de certitudes douloureuses. Au matin, c'est épuisé qu'il se leva et se rendit à l'étable. C'était comme si on l'avait évidé, et en même temps plus rien ne le tourmentait. Il constata que les certitudes de la nuit passée ne l'habitaient plus, comme si le jour les avait effacées au même titre que l'obscurité. Il mit à profit la journée pour se remettre d'aplomb et, la nuit une fois faite, c'est redoublant d'espoir et avec une foi inentamée qu'il y retourna. Il courut le long des chemins dont le cailloutis crissait sèchement sous les pas, traversa une forêt de conifères chaude et aux effluves puissants, coupa au plus court par un sentier de campagne dont la terre molle s'enfonçait sous ses pieds. De temps à autre un oiseau prenait son essor et l'effarouchait un peu, suffisamment en tout cas pour qu'il jette les mains en avant, que ses bras s'agitent absurdement dans la nuit noire et que sa couardise l'emplisse aussitôt de honte. Pour dissiper celle-ci, il marmonnait à part soi n'importe quelles phrases ou chantait un couplet de chanson, aussi nonchalamment que possible, comme si quelqu'un l'observait. Il rejoignit Schwan à toutes jambes. Mais à son arrivée il ne trouva une fois encore que des fenêtres éteintes et muettes. Il rôda sans fin autour de la maison ; puis il baissa pavillon et s'en alla. C'est d'une démarche lente qu'il fit cette fois le chemin du retour. Il était en proie à la même torture mentale que la veille et il préférait l'endurer en marchant, sous un ciel constellé, plutôt qu'entre les draps. Le lendemain matin, il connut encore cette morne sensation d'évidement. Il constatait avec surprise que les pensées du jour et les pensées de la nuit présentaient le même caractère logique et cohérent ; et cependant qu'elles s'opposaient en tout point. Au grand jour, les pensées nocturnes semblaient celles d'un être hystérique et exalté ; à la nuit tombée, celles du jour paraissaient naïves et sottes. Comment aurait-il pu s'y retrouver ?

Il dut attendre la troisième nuit pour découvrir la fenêtre d'Anna. Il en reçut un violent coup au cœur. Après tout, ne s'était-il pas habitué à ne pas la trouver ? Mais un instant plus tard il fut submergé par une sensation de bonheur et de joie à laquelle se mêlait un fond d'angoisse. Il l'aperçut. Elle se tenait derrière la croisée et regardait dans le vague, la mine grave et rêveuse. Elle devait contempler son reflet dans la vitre miroitante. Ferdinand s'empara de l'un des petits cailloux qu'il serrait depuis des jours dans la poche de son pantalon, leva légèrement le bras et visa la fenêtre d'une main tremblante. Des feuilles frémirent le long du mur. Il avait manqué la cible. Il lança un autre caillou. Un bruissement de feuilles. Il insista. Ce n'est qu'à la quatrième tentative qu'enfin il atteignit la vitre. On entendit un petit claquement sec et Anna, saisie de stupeur, recula machinalement d'un pas, porta la main à sa poitrine, jeta un regard circulaire dans la pièce et s'avança de nouveau vers la fenêtre, l'ouvrit avec prudence, se pencha en avant et, remplie d'espoir et de crainte jusqu'à la racine des cheveux, chuchota : « Eh bien, qui va là ? »

À partir de cet instant, ils furent un couple d'amoureux. Ferdinand lui rendait visite deux fois par semaine. Il se mettait au lit à dix heures, rouvrait les paupières trois heures plus tard, se levait, enfilait prestement son pantalon et sa chemise et se glissait dans ses souliers, rejoignait Schwan au pas de course, lançait un petit caillou contre la vitre, grimpait aux treillis de vigne dont le bruissement lui était une protection, restait deux heures auprès d'Anna, regagnait le bourg en toute hâte et, sans même se dévêtir, afin que son parfum l'enveloppe pendant son sommeil, dormait encore une demi-heure avant le point du jour. Pendant les premières semaines et les premiers mois de leur amour, il ne connut pas la fatigue. Anna n'en pâtissait pas davantage, à l'en croire : parfois, il n'avait pas encore sorti le petit caillou de sa poche qu'elle ouvrait déjà la fenêtre. Ses sens étaient si bien en éveil qu'il lui arrivait de pressentir la présence de Ferdinand alors qu'elle ne l'avait pas encore aperçu du tout.

Dans l'intervalle, Karl avait demandé la main de Christine. Et Hans, réduit au désespoir depuis la soirée du bal costumé, celle d'Anna. Christine elle-même en fut d'abord enthousiasmée, comme presque tous ceux qui avaient eu vent du projet : deux sœurs épousant deux frères, pensez donc ! Mais lorsqu'elle vit combien cette demande en mariage rendait Anna malheureuse, sa ferveur s'évanouit et elle se fit l'avocate du refus muet et de la mine battue de sa sœur auprès de ses parents et de Karl lui-même. Les liens qui unissaient Anna et Ferdinand demeuraient encore secrets, même si les frères Kircher tout au moins soupçonnaient quelque chose. Comme ils avaient bien conversé lors du bal masqué, à peine les avait-on présentés l'un à l'autre, comme ils paraissaient bien s'entendre ! Ils n'avaient plus échangé un mot avec les autres noceurs, et leurs yeux ne s'étaient plus quittés.

Le mariage double auquel rêvaient les deux frères, et qu'ils tenaient pratiquement pour acquis au plus profond d'eux-mêmes depuis tout juste un an et demi, n'eut finalement pas lieu. Karl et Christine se marièrent en septembre, et Karl, pour se faire pardonner la méfiance dont il avait fait preuve à son égard pendant les mois passés, pria Ferdinand d'être son témoin. Hans ne vint pas à la noce.

Peu de temps après, Ferdinand et Anna annoncèrent leurs fiançailles. Naturellement, on se doutait qu'elle devait avoir un autre galant, puisqu'elle avait éconduit Hans ; mais nul n'aurait misé une pièce sur Ferdinand Goldberger Fils, à l'exception justement des deux menuisiers. Il était au reste grand temps de publier les bans, car Anna était enceinte.

Ils se marièrent par une journée de février limpide et ensoleillée, d'un froid carillonnant. La cérémonie eut lieu à Rosental et l'on déploya bien moins de faste que pour l'union d'Andreas et de Martha. Le mariage n'en fut pas moins réussi. Ferdinand, tout au contraire, jugea qu'il n'en était que bien plus beau. Alfred ne parut pas à la noce, quoique Goldberger lui eût écrit tout exprès, et l'on ne vit pas davantage son épouse, dont Goldberger ne connaissait toujours pas le prénom. (« Rien ne me ferait plus plaisir que de t'accueillir avec toute ta famille. Ferdinand et sa fiancée – elle s'appelle Anna – se réjouiraient également de votre présence », lui avait-il écrit, fermant les yeux à chaque mot sur sa conviction intime, et refusant d'admettre que l'espoir, la certitude qu'ils pussent venir n'était qu'une comédie qu'il se jouait à lui-même ; ou peut-être, plus justement, à tous les autres, en ne ressuscitant jamais que le souvenir d'une espérance ancienne et à jamais éteinte.) En contrepartie, Andreas fit le voyage de l'Innviertel en compagnie de ses parents et de ses frères et sœurs. Il vint au bras de Martha, qui se montra aussi radieuse qu'à son propre mariage et, pour la première fois depuis lors, gratifia son père de quelques paroles bienveillantes et le regarda vraiment au fond des yeux, comme si aucune barrière ou presque ne les séparait plus. Goldberger n'en parut pas surpris, c'est à peine s'il sembla le remarquer.

Le soir venu, le festin de noce se tint à l'auberge du village. À côté du comptoir, on aurait dit qu'une main avait peint sur les boiseries sombres des murs des rectangles plus clairs qui évoquaient autant de fenêtres de clarté. Elles sautèrent aux yeux de plus d'un convive.

Elisabeth s'était positionnée de façon à pouvoir les observer. C'est là qu'étaient accrochées autrefois les photographies de ses deux frères et de son époux. Elle les avait décrochées et les avait emportées à la ferme, sans plus jamais les raccrocher au mur. Mais elle les avait cependant encore sous les yeux, aussi nettes qu'ici, plus précises qu'aucun portrait ne pourrait l'être jamais. Elle avait eu la haute main sur l'auberge pendant bien des années. Mais pas une fois elle n'y était retournée depuis qu'elle l'avait cédée. Oui, se disait-elle, même ainsi ils rayonnent en moi. Ils resplendissent du fond de la pénombre que je suis. C'est eux qui me réservent la lumière. Ils me font vivante aussi bien que ces taches de lumière insufflent de la vie aux boiseries. Ce n'est qu'au bout d'un moment qu'elle sentit sur elle le regard de Goldberger. Elle se tourna vers lui et lui adressa un sourire. Oui, toi aussi un petit peu, drôle de vieux bonhomme, se dit-elle. Goldberger resta impassible. Souriait-il ? Il lui arrivait de sourire sans qu'il y parût. Elle était fatiguée, comme souvent ces derniers temps, et préféra rentrer tôt.

Il n'y avait pas d'orchestre, mais il se trouva quelques musiciens parmi les convives et ils animèrent la noce un peu plus tard sans qu'on les y enjoigne. L'un était à la guitare, un autre à l'accordéon, un troisième possédait une sorte de crécelle qui leur donnait la cadence. Une partie des invités entonna des chansons populaires, les autres continuèrent de converser sans plus de façons. Il en résultait un agréable désordre qui emplissait la salle d'auberge tout entière. La soirée était déjà très avancée lorsqu'une voix s'écria soudain : « Regarde un peu là-bas ! On dirait des jumelles ! » Ferdinand en fut singulièrement alarmé. Aussitôt il redressa la tête. Cet ivrogne au verbe haut n'était-il pas le cousin d'Andreas ? Il ne lui était pas nécessaire de convoquer ses souvenirs pour avoir la scène sous les yeux. Il se rappelait cette voix que l'émotion chavirait, ce timbre que la joie faisait dérailler un peu, comme autrefois, lorsque le plaisir malsain d'apporter de mauvaises nouvelles l'avait brisé. Son front s'assombrit. Des ombres s'y étaient couchées. « Comment ? », dit-il. Ferdinand était presque le seul à avoir prêté attention à ces mots. Il s'en aperçut et se reprocha de ne pas les avoir accueillis avec indifférence. « Les deux, là-bas », poursuivit le cousin d'Andreas d'une voix plus basse à présent, avec une nuance de mystère, et, d'un mouvement de son large menton, il désigna un point situé à la gauche de Ferdinand. Celui-ci tourna la tête et y porta le regard. Alors il comprit de quoi l'autre parlait. Martha et Anna étaient assises côte à côte et, les joues rougies, elles menaient une discussion animée. Leurs cheveux noirs n'étaient plus tressés ou relevés sur la nuque comme auparavant, mais plaqués en arrière et noués d'un ruban. C'était indéniable : on aurait juré des sœurs jumelles. Ferdinand jeta un regard circulaire dans la salle. Déjà les noceurs étaient passés à autre chose ; personne n'avait paru relever ce qui avait captivé son attention. Il promena une fois encore les yeux dans la salle, à présent soulagé. C'est alors qu'il croisa le regard de son père. Ils se considérèrent fixement ; puis, comme s'ils venaient de s'en aviser au même instant, ils baissèrent en même temps les paupières. Lorsque Ferdinand, quelques secondes plus tard, posa de nouveau le regard là où son père se tenait encore un peu plus tôt, appuyé contre le poêle de faïence vert sapin, il n'y avait plus personne. Goldberger était parti. Il avait vu quelque chose. Mais qu'est-ce que cela pouvait bien être ? Rien de particulier, songeait-il, non. Et cependant cette question lui occupa l'esprit un moment : qu'avait donc vu son père ? Il était évident qu'ils n'avaient pas aperçu la même chose – son père avait eu sous les yeux une image qui lui avait échappé et lui échappait encore. Puis il leva brusquement sa chope vide, la tint un instant devant ses yeux, déchiffra l'inscription qui en ornait le verre et s'écria enfin : « Hé ! Une autre bière ! » Et à l'instant où la fille de salle accourut et lui demanda : « Comment ? », Ferdinand, comme il le faisait toujours en pareille occasion, se réjouissant à la seule pensée du bon mot qu'il avait préparé, s'exclama : « Comment ça, *comment,* Elfi ? Au trot, naturellement ! », et il éclata d'un rire détendu auquel se joignirent quelques-uns de ses voisins de table.

5

Treize années s'étaient-elles déjà réellement écoulées depuis son arrivée à Rosental ? Goldberger n'arrivait pas à y croire. Jamais encore il n'avait compté les années, et à présent qu'il le faisait, il n'en revenait pas. Il restait perplexe. Treize années ! Il s'apprêtait à célébrer son soixante-quinzième anniversaire. Un matin, cette pensée s'était soudain imposée à lui : il allait sur ses soixante-quinze ans. Ce n'est pas elle à proprement parler qui l'épouvanta, mais plutôt la pensée qui succéda à la première, la compléta et en élargit la portée : J'avais le début de la soixantaine quand je suis arrivé ici. Presque soixante-deux ans. Et me voilà sur le point de fêter mes soixante-quinze. Cela fait treize années. C'est à n'y pas croire, se disait-il. Impossible, totalement impossible ! Qu'aurai-je fait de toutes ces années ? Je ne les aurai pas vues filer. Pendant toute la matinée, il marcha de long en large dans la cuisine, sans parvenir à se concentrer sur son travail ni se rappeler les tâches de la journée. Ce n'est qu'à l'instant où Elisabeth, la petite boîte à lait en main, s'en revint de l'étable, ôta son fichu et d'un geste le chassa de la pièce en lui lançant : « Allez, ouste ! Ne reste pas dans mes pattes ! », qu'il s'immobilisa. Il la considéra longuement. Elle avait vieilli elle aussi. Comme elle était âgée à présent ! Comme elle paraissait lasse ! Son visage n'était plus celui qu'il avait connu autrefois, à l'auberge. Il avait changé de façon tout à fait imperceptible. Lui n'en avait rien remarqué, puisqu'il le voyait tous les jours. Non, il ne s'en était pas aperçu. Mais à présent il s'en rendait compte et il en fut saisi.

Treize années le traversèrent à folle allure, une à une, décomposées en autant de journées. Il en eut les sangs glacés, comme s'il venait de tomber dans une eau froide. Elisabeth se retourna et haussa les sourcils : « Eh bien, que t'arrive-t-il ? On dirait que tu as vu le diable. » Goldberger avala sa salive, ouvrit la porte et, sans même lui répondre, se précipita hors de la cuisine et quitta la maison.

Elisabeth poussa un soupir et s'affala sur le banc. Elle regardait par la grande fenêtre. Elle le vit traverser en courant la cour intérieure et disparaître. Elle se cacha le visage dans les mains et fondit en sanglots. Elle ne pleurait jamais. Elle fut elle-même surprise de voir ses larmes couler sans retenue. Elle pleurait. Elle était si fatiguée. Elle avait l'impression que les forces de Goldberger n'étaient pas entamées ; sa vigueur ne fléchissait pas ; il semblait même ne pas vieillir. Le déclin de ses propres forces ne lui apparut que plus douloureusement. Pourtant elle était dure à la peine, autrefois. Rien ne pouvait l'épuiser. À présent elle sanglotait, partie par fatigue, partie parce que sa plus grande peur était que Goldberger pût s'apercevoir de ses défaillances et de sa faiblesse. Depuis qu'elle avait refusé sa demande en mariage – il aurait voulu qu'on célèbre leurs noces en même temps que celles de Ferdinand et d'Anna –, elle avait du reste l'impression qu'il prenait peu à peu ses distances. N'aurait-elle pas mieux fait d'accepter ? Il ne se passait pas un jour sans qu'elle se pose la question. Mais la pensée même de ce mariage jumelé lui était apparue aberrante ; elle n'y avait vu que sottise et délire. À tort ? N'aurait-il pas fallu qu'ils en reparlent ensemble ? N'était-il pas plus avisé de dire oui ? Elle s'interrogeait immuablement chaque jour. Et à présent, accaparée par ces larmes inhabituelles, elle ne savait plus où elle en était.

Le ruisseau bordait également les terres d'Elisabeth. Comme chez Ferdinand, il en marquait aussi l'une des limites, mais au nord cette fois. Il courait derrière un épais rideau d'arbres, un fouillis d'aulnes, de saules et de noisetiers buissonnants, tandis que dans le domaine Goldberger il s'en allait tout droit au cœur d'une étendue dégagée, et que huit arbres seulement jalonnaient de place en place la frontière de la propriété sur toute sa longueur. Goldberger, au long de toutes ces années, avait pris l'habitude de descendre sur la berge du cours d'eau, de plonger dans l'onde ses pieds si blancs et de laisser vaguer ses pensées, de pêcher à la ligne des truites, des ombles et des gardons, ou parfois de se coucher à plat ventre sur la rive, la tête en avant, pour les attraper à mains nues, ainsi qu'un enfant… L'été, après l'ouvrage, il leur arrivait de se poser tous ensemble au bord de l'eau, muets d'épuisement mais heureux, et de puiser là un peu de fraîcheur. De temps en temps, la main d'Elisabeth s'abattait sèchement sur son dos et estourbissait un taon. Goldberger alors ne pouvait se défendre de rire. Elle en paraissait chaque fois soulagée ; mais au vrai c'était à peine s'il sentait les morsures des taons. Comme ce ruisseau murmurant, tantôt sombre, tantôt vert, tantôt couleur d'ambre était beau ! C'était là un agrément qu'ils n'avaient pas connu dans l'Innviertel. Il n'avait pas pour habitude de se livrer à des comparaisons, mais à présent qu'il le faisait, il constatait que c'était là une exception. Il y avait cependant bien longtemps qu'il avait refermé le chapitre Innviertel. Ce n'était plus une plaie ouverte à présent, pas même une blessure. En cet instant, Goldberger n'aspirait pas à aller s'installer ou se coucher sur la berge du ruisseau pour regarder les poissons ou les pêcher, il ne voulait rien d'autre que marcher, pour mettre le plus de distance possible entre lui-même et la pensée des treize années qui venaient de s'écouler. Il s'avança à grandes enjambées vers le ruisseau, se fraya un passage entre deux arbres dans l'entrelacs des ronciers, atteignit la rive et infléchit son cheminement vers l'est, en remontant le courant. À maints endroits il lui fut difficile de progresser, il dut enjamber des obstacles, fléchir profondément le dos, et il lui aurait été plus simple de longer la bande d'arbres, de broussailles, de lianes et de lierre qui ourlait la rive, mais il s'y refusa. Il entendait suivre au plus près le fil de l'eau, dans cette direction. Il voulait marcher et marcher encore. Car ce cheminement était pareil à sa vie, et le ruisseau semblable au temps. Tout s'écoulait et lui échappait, l'eau, les heures, et cependant il marchait, cependant il était vivant.

À l'instant où un faisan de belle venue, à la livrée chatoyante et somptueuse, se dressa soudain devant lui et se figea l'espace de quelques secondes avant de disparaître dans un froissement au cœur des taillis, il regretta de n'avoir pas emporté son fusil. C'était la période de la chasse ! Un instant plus tard il s'en réjouit toutefois, car il comprit qu'il n'aurait contribué qu'à l'entraver davantage dans sa marche. Il mettait le cap à l'est, c'était la seule chose qu'il sût. Où ses pas le mèneraient-ils ? Le village le plus proche avait pour nom Lanzendorf – mais s'étendait-il seulement sur les rives du cours d'eau ? Les années passées lui avaient offert de connaître de nombreuses localités des environs, mais pas celle-là. L'occasion ne s'était jamais présentée.

Goldberger ne poussa pas jusqu'à Lanzendorf. Du moins pas tout de suite. Quelque chose le retint. Au terme d'environ une heure de marche, les bois, sur l'autre rive du cours d'eau, prenaient soudain une ampleur inattendue. Goldberger eut sous les yeux une forêt d'épicéas assez peu fournie et qui gravissait la berge en pente douce. Le sol en était couvert de mousses d'un vert tendre. Entre les troncs et leurs ombres portées, le soleil y déposait des ocelles de lumière. Tout paraissait calme. Goldberger distinguait une lumière blanche qui scintillait au faîte de la colline boisée. C'est elle qui accrocha son regard et ralentit sa marche. Le temps d'un battement de cœur, il eut la sensation qu'un autre monde se découvrait à lui. Puis la curiosité le saisit. Qu'est-ce qui étincelait ainsi ? N'apercevait-on pas quelqu'un là-bas ? Il se rappela qu'il était passé une dizaine de minutes plus tôt devant un jeune hêtre effondré qui barrait le ruisseau sur toute sa largeur. Goldberger s'empressa d'y retourner, l'atteignit, se jeta sur le tronc argenté qui céda à peine sous son poids et, le corps plaqué en avant, les jambes enserrant fermement le tronc, il rampa ainsi le long de l'arbre et traversa le ruisseau. Une fois sur l'autre rive, il se laissa glisser du tronc, s'élança sur le sol forestier noir et humide qui résonnait sourdement sous ses pas et, le cœur en émoi, fila vers l'endroit qui avait piqué sa curiosité : vers cette lointaine lueur blanche.

Il s'y rua littéralement, et il s'en fallut de peu qu'il ne s'aperçût pas que le sol se dérobait sous ses pieds. Au dernier moment, il parvint cependant à se retenir aux branches d'un buisson de noisetiers et jeta violemment le corps en arrière. Le sol moussu où, il y avait un instant encore, ses pieds laissaient leur empreinte sombre, cédait soudain, s'éboulait et s'en allait rouler au fond d'un précipice. Oui, d'un précipice : car Goldberger voyait se déployer désormais à ses pieds une sorte d'immense et profonde arène. Il se tenait au bord d'une fosse, au point culminant d'une carrière. La roche d'un blanc étincelant l'éblouissait. Il s'agissait d'un conglomérat rocheux, comme il s'en avisa aussitôt. En bas, à la sortie de la carrière, où l'on devinait une route, un convoyeur à bandes se dressait dans un coin désert. Sur le versant est du cirque, la roche se détachait par pans. L'idée avait germé dans l'esprit de Goldberger dès les premiers instants. Elle n'était que le prolongement de cette marche qu'il allait bien lui falloir abandonner tôt ou tard. Mais il pouvait commencer autre chose. Le souvenir d'August, son ancien voisin dans l'Innviertel, lui revint à la mémoire. Il s'était enrichi en exploitant une carrière. Trop enrichi. La carrière d'August était assez semblable à celle-ci, dont l'étendue était cependant plus imposante encore. Tout semblait à l'abandon. Goldberger amorça une descente à pas prudents. Peu de temps après, il se tenait déjà près de l'ancienne bande transporteuse. Il jeta un regard derrière le revêtement de tôle piqué de rouille : les roulements étaient également rouillés. Non, décidément, la carrière était désaffectée. Son regard s'attarda encore sur les flancs de l'arène et il en retint les moindres détails. Puis il hocha la tête et se remit en chemin, suivant la route qui menait à l'est.

Au village de Lanzendorf, qu'il s'était imaginé plus grand pour d'insondables raisons, et qui lui paraissait désormais, partant, presque ridiculement petit, il fonça droit vers la mairie, y entra sans frapper et répliqua au regard outragé de la secrétaire

– une femme d'un certain âge – par un tonitruant : « Où est le maire ? » Le bureau qui tenait l'autre extrémité de la pièce n'était pas occupé. « Il sera de retour dans un instant », lui répondit la secrétaire d'un ton intimidé. Goldberger se mit à marcher de long en large. Il dit : « J'attendrai — Je peux peut-être vous aider ? » Goldberger se contenta d'adresser à la femme un bref regard avant de reprendre aussitôt ses ruminations. La secrétaire le suivit un moment des yeux en respirant faiblement, puis elle détourna la tête en soupirant et se replongea dans ses dossiers. Goldberger avait déjà dû arpenter une bonne centaine de fois la pièce lorsque enfin la porte s'ouvrit. La secrétaire se leva de sa chaise, s'apprêta à dire quelque chose mais rien ne lui vint. Aussi hasarda-t-elle : « Ce monsieur… » L'homme qui venait de pénétrer dans la pièce était le maire du village. Il n'avait pas plus de trente ans. Il leva les sourcils et considéra sa secrétaire. Celle-ci se rassit sur son siège. Il haussa les épaules, alla s'installer derrière son bureau, y appuya les coudes, regarda tantôt à gauche, tantôt à droite, puis il posa les yeux sur Goldberger et lui demanda : « Eh bien ? »

Goldberger s'avança vers lui d'un pas empressé, s'arrêta net et lança : « À qui appartient-elle ?

— À qui appartient quoi ? Le maire inclinait presque imperceptiblement la tête.

— La carrière. J'aimerais savoir qui la possède.

— Je ne vois pas de quoi vous parlez. Quelle carrière ? Et d'ailleurs qui êtes-vous ? » Ignorant Goldberger, il chercha du regard sa secrétaire, en quête d'une explication. Mais celle-ci feignit d'être profondément absorbée dans ses dossiers. Le maire n'eut d'autre choix que de ramener les yeux vers le visiteur.

Goldberger poussa un soupir et se présenta. Il décrivit alors au maire l'emplacement exact de la carrière. L'homme ne comprenait toujours pas de quoi il retournait. Il est vrai qu'il ne déploya aucun effort pour cela. L'impudence de ce vieillard l'exaspérait, aussi proposa-t-il à Goldberger de revenir plutôt la semaine suivante. Dans l'intervalle, il aurait eu le temps de se renseigner. Goldberger fit alors encore un pas vers l'homme, inclina le buste en avant et d'une main s'appuya à son bureau. Il souffla : « Demain, monsieur le maire. Je reviendrai demain. J'aimerais savoir à qui appartient cette carrière. Et d'ici là je ne doute pas que vous l'aurez découvert. À moins qu'on ne soit débordé de travail – dans votre trou ? »

Avant même que le maire désormais furieux ait eu le temps de répliquer quoi que ce soit, la secrétaire toussota. Une fois, puis une fois encore. Goldberger pivota sur lui-même. La femme avait posé son crayon et regardait droit devant elle. Sans s'adresser à aucun d'eux, elle dit : « Elle appartient au père Spitz.

— Pardon ?

— La carrière que vous évoquez. Elle est la propriété de Leonhard Spitz.

— Savez-vous où je peux le trouver ? »

Goldberger tournait le dos au maire. Il s'avança vers la secrétaire.

« Où demeure-t-il ?

— Je n'en sais rien.

— Comme cela se fait-il ? » Par-dessus l'épaule, Goldberger jeta au maire un regard furibond. On ne savait décidément rien sur rien, par chez eux. Il se dressait désormais devant le bureau de la secrétaire, comme il s'était campé quelques instants plus tôt devant celui du maire. Sur le revers de sa main, de grosses veines bleues saillantes palpitaient.

« C'est que… personne ne le sait. »

Goldberger, plus remonté que jamais, éclata de rire. « Un fantôme, si je vous suis bien ? » Au fond tout cela ne manquait pas d'un certain piquant.

« Non. Simplement… on le recherche.

— Ah. » Goldberger étira le dos et recula d'un pas. Il laissa courir la main sur son torse. « Ah. On le recherche. Bien, bien. »

Il porta la main à son menton qu'une barbe naissante hérissait, se le frotta, effleura de la pointe des doigts ses lèvres qui se fronçaient comme malgré elles.

« Oui. Il était… Il a occupé un poste à responsabilité… au sein du Parti. Vous savez ce que c'est… »

Goldberger acquiesça. Spitz. N'avait-il pas déjà rencontré ce nom-là quelque part dans le passé ? Il lui semblait que si. Il croyait même se rappeler qu'un certain Spitz lui avait adressé une lettre autrefois. Il faudrait qu'il remette la main sur sa correspondance. Il marmonna un vague remerciement, prit congé du maire et de la secrétaire et quitta le bâtiment.

Il s'attarda un moment sur la grand-place du village, enveloppa d'un seul et bref regard les maisons qui la bordaient, prêta l'oreille au clapotis de la fontaine, où il n'entendait plus en cet instant qu'un ruissellement léger, un ruissellement de gravier, et, après avoir jeté par simple habitude un rapide coup d'œil au ciel d'automne blafard et bas, il prit la direction de Rosental. Cette fois il emprunta la grand-route, et lorsqu'au bout de quelques minutes à peine un camionneur s'arrêta à sa hauteur et, par la vitre ouverte, lui demanda d'une voix tonnante et enjouée s'il pouvait lui faire faire un bout de chemin, il traversa la chaussée, monta à bord sans même se fendre d'une réponse et, l'esprit troublé, lâchant déjà la bride à ses pensées, se laissa reconduire chez lui.

Il descendit au niveau du pont et marcha jusqu'à la ferme de Ferdinand. À droite et à gauche du chemin les collines arrondissaient leurs croupes brunes. Goldberger gardait les yeux rivés sur le sol qui défilait sous ses pas. Devant la maison, le petit garçon avançait à quatre pattes dans le pré de fauche et mâchonnait de l'herbe. Goldberger s'accroupit devant lui et lui caressa le sommet du crâne. Avec l'index, il lui nettoya la bouche où s'accrochaient des brins d'herbe. « Alors, petit chiard, souffla-t-il, comment va? Toujours à boulotter de l'herbe? » L'enfant, qui était déjà âgé d'un an et demi à présent, rejeta la tête en arrière, une expression d'hilarité se peignit sur sa figure, mais il ne rit cependant pas et s'exclama en échange: « Pa – py! » Goldberger sourit. Il était encore un peu vexé qu'on ne lui eût pas donné pour nom de baptême Ferdinand. Le fils aîné! Mais il sentait que cette blessure d'amour-propre s'estompait. Ah, que racontait-il, elle était effacée depuis longtemps. Enfin il osait se l'avouer. Au reste ce gamin était un amour, même s'il s'appelait Paul. Paul Franz. Le deuxième prénom avait au moins le mérite de rappeler celui de sa grand-mère. « Mais d'ailleurs peu importe, chuchota Goldberger en souriant au gamin de toutes ses dents, ils peuvent bien t'appeler Paul ou Jacques, de toute façon tu ressembles à ton pépé. Pas vrai ? » Et il ébouriffa une fois encore l'épaisse tignasse brune de l'enfant et plongea le regard dans ses yeux sombres et rieurs. « Oui, oui », dit-il. Mais il est dommage que ceux du haut pays n'en aient pas encore un, songea-t-il. Ce n'est pas bon. Non, ce n'est pas bon. Alors il tendit les jambes, se redressa de toute sa longueur et, franchissant la porte grande ouverte, pénétra à l'intérieur de la ferme. Anna était dans la cuisine. Elle tenait une fourchette où était piquée une pomme de terre fumante et à demi épluchée, et, se tortillant de rage et pestant à voix basse, tentait de se soustraire aux privautés de Ferdinand, qui déboutonnait par-derrière son caraco rouge-rose, mais cessa immédiatement quand son père entra dans la pièce. L'espace d'un instant, tout se figea. Enfin Goldberger dit : « Oui, oui. Ferdinand, est-ce que... non, rien. » Il venait de se rappeler où il avait conservé les lettres. Il traversa la cour et gravit les marches qui menaient au fenil. Du sol au plafond, tout n'y était que paille et foin. Il régnait là une vive chaleur. Goldberger vint à bout des montagnes de fourrage qui cédaient et vacillaient sous son poids, et atteignit le grenier surmontant les espaces d'habitation. Il était encombré d'un invraisemblable bric-à-brac, d'un amoncellement d'objets dont on n'avait plus l'usage mais qui en soi n'étaient pas inutiles ou sans valeur. De vieux falots, des chaises aux pieds cassés, des pots et marmites encrassés... Il lui fallut d'abord s'habituer à l'obscurité. Il redressa la tête et, plissant les paupières, scruta les combles. Un moment s'écoula avant qu'il n'aperçût la boîte. À l'instant où elle retint son regard, il s'écria aussitôt : « Ferdinand ! » Pas de réponse. Il insista : « Ferdinand ! » Apparemment personne ne l'entendait. Il lâcha un juron, se fraya de nouveau un chemin parmi la paille et le foin, redescendit les marches et s'en alla chercher l'échelle. Elle était appuyée contre le mur de la grange que Ferdinand était en train de construire. Il la jeta sur son épaule et remonta dans le fenil. Il eut toutes les peines à franchir l'ouverture avec l'encombrant objet. Il le laissa glisser de son épaule et préféra le saisir à deux mains par l'un des montants. Ferdinand n'était décidément jamais là quand on avait besoin de lui. Enfin, il eut réussi. Muni de l'échelle, il éprouva presque moins de difficulté à évoluer parmi la paille et le foin ; c'était comme de marcher le long d'une balustrade. Il laissa derrière lui meules et ballots et pénétra dans le grenier. Il appuya l'échelle contre une chaîne qui unissait deux chevrons de combles opposés, la gravit d'un mouvement si rapide que les extrémités des montants battaient contre la chaîne au rythme de ses pas, et, après avoir essuyé précautionneusement du plat de la main la poussière mêlée de crottes de souris qui souillait le couvercle de la boîte, coinça celle-ci sous son bras. Il descendit de l'échelle avec prudence, l'abandonna là et rentra chez lui sans plus attendre.

Il se retrancha dans sa chambre à coucher, rejeta la couverture et répandit le contenu de la boîte sur le matelas. Il s'agenouilla au pied du lit et commença à éplucher sa correspondance. Il se trouvait bien parmi les nombreuses lettres une missive d'un certain Leonhard Spitz. Goldberger, un instant, fut ébahi par sa propre mémoire. Il tenait l'enveloppe à deux mains et n'arrivait pas à en détacher ses regards. Une seule lettre parmi tant d'autres – et sa vieille caboche s'en était malgré tout souvenue ! Étonnant. Il ne relut aucune des lettres, pas même celle-là. Il avait le sentiment qu'il n'avait plus rien à voir avec elles, que seuls ce nom et cette adresse à Linz le concernaient en quelque façon, et que ce n'était qu'à cause d'eux qu'il avait gardé la boîte par-devers lui. Il recopia l'adresse de Spitz sur une feuille de papier vierge. Puis il descendit dans la cuisine pour voir si Elisabeth s'y trouvait et si le poêle chauffait la pièce. Il n'avait pas atteint la dernière marche de l'escalier qu'il entendit déjà craquer les bûchettes embrasées. Il n'y avait pas trace d'Elisabeth. Il enfourna tout entière dans le poêle la boîte où il avait replacé les lettres. Elle était un peu trop large pour la bouche du poêle et coinça. D'un geste du pied, il l'aida à glisser dans les bûches brasillantes où elle prit feu.

Une correspondance s'engagea alors entre les deux hommes. Spitz avait beau se terrer, il recevait le courrier qu'on lui envoyait à son adresse de Linz. Ses réponses portaient le cachet d'un bureau de poste de Vienne et c'est une certaine madame Andersen qui les expédiait. Goldberger lui proposa de reprendre en main la carrière et d'en partager avec lui les bénéfices – soixante-quinze pour cent pour lui, Goldberger, vingt-cinq pour cent pour l'autre, qui n'aurait aucun travail à fournir. Mais Spitz ne l'entendait pas de cette oreille. Il lui fit une réponse cinglante. Goldberger riposta sur un ton qui n'était pas moins virulent. Ils négocièrent ainsi par écrit, avec rage et âpreté – de la part de Goldberger, en tout cas, mais il lui sembla que les lignes de Spitz n'étaient pas moins implacables que les siennes. Plus Spitz se montrait intransigeant, plus Goldberger sentait croître en lui l'espoir de mener l'affaire à bonne fin. Il savait que leurs intérêts convergeaient. À longueur de soirée, Goldberger, dans la cuisine, s'attelait à faire des calculs, obtenant des résultats tantôt positifs, tantôt moins, au gré de son humeur. Il se disait parfois que les bénéfices seraient colossaux, parfois qu'il lui faudrait en rabattre un peu… Au vrai il n'en était réduit qu'à des conjectures, et il n'échafaudait jamais ces hypothèses que par impatience ; il n'y tenait plus ; il brûlait de commencer enfin. Comme avant une randonnée : il lui tardait de se mettre en marche ! De temps à autre, Elisabeth apparaissait près de lui comme par enchantement. Elle gardait longuement les poings sur les hanches et lui demandait d'un ton tout à fait calme : « Peut-on savoir ce que tu fabriques ? » Goldberger lui répondait avec un sourire : « Rien. De simples calculs. » L'hiver tout entier s'écoula ainsi. À l'approche du printemps, Goldberger pressa son correspondant de prendre une décision. On trouva un terrain d'entente. Spitz n'imposa qu'une seule condition : Goldberger devrait lui verser cinquante mille schillings à titre d'acompte, et pour toute garantie. Goldberger y consentit ; mais il imposa à son tour une clause : il lui verserait la somme demandée, mais à la seule condition que l'argent soit remis en mains propres et devant témoins. Quelques jours plus tard, il reçut par voie postale un contrat relatif aux droits de jouissance sur la carrière. Il s'empressa de le signer. Soixante pour cent pour lui, quarante pour l'autre. Il en éprouva des sentiments partagés. Quarante pour cent rien que pour se tourner les pouces ! N'était-ce pas complètement insensé ? Mais il avait beau ne pas être satisfait, il tenait déjà toute prête une parade. À ceci près qu'il ne pouvait pas l'employer pour l'heure. Il parapha le contrat, se renversa sur sa chaise, jeta le crayon loin de lui, frappa le dessus de la table des deux poings, à deux reprises. Là-dessus il se leva et partit à la recherche d'Elisabeth. Il la trouva occupée avec les agneaux, les deux plus petits, assise sur un baquet de bois qu'elle avait retourné. Il ouvrit la petite porte et pénétra dans la bergerie.

« Lequel mangerons-nous à Pâques ? », lui demanda-t-il en désignant tour à tour de l'index chacune des jeunes bêtes. Il comptait l'amadouer avec une plaisanterie, mais elle n'avait pas le cœur à rire.

« Aucun des deux », répondit-elle, la mine sombre. Le premier agneau avait décampé d'un trottinement malhabile et, se faufilant par un interstice de la cloison de bois, s'en était allé rejoindre sa mère dans l'autre case, tandis que le second, plus osseux et plus hirsute encore, enfouissait avec fureur son museau humide dans la paume ouverte d'Elisabeth.

« Je plaisantais », dit Goldberger d'un ton conciliant, tout en glissant les mains dans les poches de son pantalon.

« C'est bien toi. Voilà qui signe un homme. Tu n'es qu'un rustre », dit-elle, imperturbable.

Goldberger jugea plus sage de ne pas ajouter un mot. Il promena le regard dans l'étable, en quête d'un second baquet, avisa un tabouret, s'en empara et vint s'asseoir à côté d'Elisabeth. C'est ensemble qu'ils caressèrent la toison de l'agneau – ou plutôt des agneaux, car le second était réapparu. Derrière la paroi de bois où se serrait le reste des moutons et des agneaux, on entendait la brebis bêler. Quelle entrée en matière choisir ? Elisabeth, quand il se tournait un peu pour la contempler du coin de l'œil, lui évoquait une statue de sainte : une main posée dans son giron, l'autre ballant le long du corps, la tête et les paupières baissées. Toute d'humilité. Mais n'était-elle pas plutôt accablée ? L'agneau semblait enfoncer toujours plus ardemment le museau au creux de sa paume. Elisabeth poussa un soupir. « Je ne peux tout de même pas passer mes journées ici », dit-elle. Goldberger retint son souffle. « Dans combien de temps fêterons-nous Pâques ? », demanda-t-elle. Il fit un bref calcul et lui répondit. « Ça ira, souffla-t-elle. Nous n'en sommes plus si loin. Je me charge de le nourrir d'ici là. Mais ensuite il faudra que tu le saignes. » À ces mots Goldberger tressaillit. Ils résonnaient si étrangement en lui. « Tu pourras t'en occuper ? — Oui, répondit-il, s'il le faut. » Il comprit aussitôt qu'il ne pouvait en aller autrement. Le petit agneau était aveugle. Ils lui flattaient tous deux la toison, leurs mains calleuses s'effleurant de temps à autre. Quelques minutes se passèrent ainsi. « Elisabeth, dit enfin Goldberger. J'aurais moi aussi un service à te demander. » Il cessa de caresser l'agneau et se tourna franchement vers elle. Elle patienta, la main courant toujours dans le pelage laineux. Elle lui aurait rendu les choses plus faciles en lui demandant quelle était la nature de ce service. Mais elle garda le silence, se contenta d'attendre, et il lui fallut mettre sous l'éteignoir toutes ses pensées et fermer les paupières avant de pouvoir lâcher enfin : « Il me faudrait cinquante mille schillings. »

Pour toute réponse, Elisabeth, après s'être immobilisée un très bref instant – il eut l'impression qu'elle s'était pétrifiée de tout son être –, se leva brusquement et, foulant à pas rapides la litière de paille légèrement bruissante, quitta la bergerie. Goldberger ne bougea pas. Il tendit machinalement à l'agneau sa paume offerte et la bête, affolée quelques secondes, vint y enfoncer son tendre museau de velours. « Mais oui, dit-il, mais oui. C'est bon. »

Si elle venait à refuser, il serait contraint d'aller trouver Ferdinand. Cette seule pensée lui donnait un pincement au cœur. Il croyait revoir cet instant où son fils avait fait glisser les pièces d'or dans le tiroir de la table de la cuisine, comme si ce n'étaient que de vulgaires picaillons. Ce geste… Ce fut comme si on lui enfonçait une lame dans le cœur. Non, elle devait l'aider. Elisabeth. Il ne pouvait pas en être autrement. C'était la seule possibilité. Où était-elle passée ? Il se retint de partir à sa recherche. Pas tout de suite. Il voulait lui laisser du temps – il n'aurait pas su dire pour quoi faire. Il guida l'agneau vers la petite ouverture et le poussa de l'autre côté de la cloison. C'était à peine s'il passait. Ces animaux-là grandissaient à une vitesse folle. Même celui-ci. Comme ses maigres pattes tremblotaient ! Aussitôt la brebis accourut vers son petit, poussa un bêlement et lécha la face aveugle de la bête. Goldberger les observa encore un moment, puis il quitta l'étable et se remit à faire ses calculs.

Tard dans la soirée, il se tenait encore dans la pièce où il avait passé tant d'heures au cours des mois écoulés. Une bougie l'éclairait. Il aimait travailler à la lueur d'une flamme, plutôt qu'à la lumière électrique. Il ne se livrait plus à des calculs. Il restait simplement assis là. Il avait rassemblé et empilé ses notes sur la table, posé les crayons sur l'appui de la fenêtre derrière lui. Il se disait sans cesse : à présent allons nous coucher. Mais il n'en faisait rien. Ce soir-là, il jugeait en quelque sorte incongru d'aller au lit comme il en avait toujours eu l'habitude. Il n'avait certes pas le cœur à boire ni à faire la fête, mais il n'avait pas davantage envie de dormir. Il préférait rester là, à se représenter un avenir dont les grandes lignes lui apparaissaient avec la plus parfaite netteté. Il serait plus juste de dire qu'il n'en brossait que quelques tableaux : lui, Goldberger, procédant à son inspection quotidienne de la carrière ; lui, parlementant avec un transporteur âpre au gain ; lui, prenant violemment à partie le conducteur d'une excavatrice. Et ainsi de suite. Il n'arrivait pas à se dépeindre précisément la rencontre avec Spitz. C'était impossible. Il n'arrivait même pas à se l'imaginer. Il n'en avait d'ailleurs pas le désir. Et si toutefois il s'efforçait de se la représenter, tout se brouillait. Le passé resurgissait et ne parvenait pas à se confondre harmonieusement avec le présent en une image nette.

Voilà des heures qu'il se demandait où elle avait bien pu passer. Lorsqu'elle entra dans la pièce, il ne la remarqua pourtant même pas. Il ne leva les yeux qu'à l'instant où son ombre se coucha sur lui et lui déroba un instant la lumière. Elle s'approcha de la table et s'assit près de lui. La chaise grinça. La clarté revint. La flamme de la bougie s'agita fébrilement et s'apaisa enfin. On aurait dit que la nappe brillait d'elle-même.

« C'est pour ça que tu m'as fait ta demande ? », lui demanda-t-elle d'une voix que Goldberger ne reconnut pas. Le timbre en était métallique, atone et froid. Changé. Comme si une étrangère s'exprimait à sa place ; une machine. Cette voix à soi seule le jetait dans le trouble. Il ne comprenait pas de quoi elle parlait.

« Quelle demande, Elisabeth ? »

Elle lui jeta un regard qui l'épouvanta. Que lisait-il dans ses yeux ? De la haine ? Ou n'était-ce jamais que la lumière vacillante de la bougie ? Non, c'était de la haine ; ou du moins quelque chose qui préludait à celle-ci. Elle la tenait toute prête en réserve. Il ne manquait plus que la réponse de Goldberger pour qu'elle se déchaîne. Il était extrêmement rare qu'il l'appelle par son prénom. Il lui arrivait même de lui donner encore de « l'aubergiste » de temps à autre.

« Rapport au mariage. Si je voulais t'épouser. » Elle prononça ces mots d'une voix étranglée, comme malgré elle.

Goldberger se leva d'un bond et s'écria en battant des mains : « Mais non, voyons ! Tu parles de l'argent ? Bien sûr que non ! » Il ne la quittait pas des yeux. Il se jeta à genoux devant elle. Jamais encore, de toute sa vie, on ne l'avait aussi mal compris, et cette sensation lui était épouvantable. Il saisit les mains froides d'Elisabeth qui reposaient sur ses genoux et y enfouit le visage. Il les pressa contre ses joues, contre ses lèvres, les couvrit de baisers. « Que vas-tu imaginer, mon cœur ? »

Quelques secondes encore, elle demeura immobile et glacée de tout son être, puis son cœur se remit à battre, il pompa le sang vers les organes, ses mains, ses joues, son corps tout entier se réchauffa. La tension qui l'habitait se relâcha. Elle eut un rire étouffé, et des larmes se mirent à couler au coin de ses yeux où s'allumait maintenant une lueur apaisée. « J'ai… », souffla-t-elle. Elle n'alla pas au bout de sa phrase. Elle lâcha simplement : « Ah ! » Elle était confuse et vibrait de bonheur. Mon cœur ! Il l'avait donc appelée ainsi ! Elle l'attira contre elle et ils s'étreignirent ; elle enserrait sa tête décoiffée, lui ses jambes et ses hanches, tout en la chapitrant tendrement à voix basse.

Une fois au lit, il la mit au courant de ses projets, et elle éclata d'un rire où se lisait un soulagement profond. C'était donc à cela qu'il avait occupé toutes ses soirées, avec un tel acharnement qu'ils ne trouvaient même plus le temps de jouer aux cartes ! Une carrière ! Elle se moquait de ce grand enfant de bientôt soixante-quinze ans. Et au bout du compte, peu avant qu'ils s'endorment, c'est elle qui dut insister pour qu'il accepte enfin les cinquante mille schillings. « C'est entendu, alors », marmonna-t-il. « Je n'aurai donc pas à passer à la banque. Et je te montrerai la carrière dès demain. » Elle se serra contre lui. L'embrassa sur la joue. Mais il se contenta de grommeler – il dormait déjà.

Deux semaines plus tard, peu avant Pâques, Goldberger prit le train pour Vienne en compagnie de Ferdinand. Ils partirent le matin. À treize heures, ils rencontrèrent Spitz et madame Andersen – une blonde oxygénée – au café Hawelka, où la discussion s'engagea autour de quelques bières.

À leur arrivée, seule madame Andersen les accueillit ; elle les attendait. Spitz se tenait à l'autre extrémité de la salle et les observait à leur table. Au bout d'un moment, il avait laissé tomber le masque et s'était joint à eux. Il leur confia avec un sourire timide qu'il lui fallait encore être prudent.

Goldberger et Spitz furent les seuls à parler. madame Andersen se tenait penchée en avant et s'efforçait d'être l'attention personnifiée. Au début, Ferdinand se sentit très mal à l'aise. Il préféra consacrer son temps à observer le café sombre où régnait une atmosphère douillette et enfumée. Il se rappelait le village d'autrefois – comment s'appelait-il, déjà ? Le village du Haut-Palatinat. Il se délecta de ce souvenir. Il le convoquait souvent en pensées – mais il s'y ajoutait à présent une dimension corporelle, il le ressentait pleinement dans sa chair, il s'abolissait en lui. Ce poêle de faïence... La seule présence de Ferdinand dissipait en Goldberger toute nervosité. Certes, il se trouvait confronté en cet instant à une situation qu'il n'avait jamais connue encore, mais il était aussi là en sa qualité de père ; et c'était un rôle qu'il maîtrisait à la perfection. Chacune de ses paroles s'adressait à vrai dire à Ferdinand. À un moment, Spitz objecta : « Comme vous le savez, les membres de la famille ne peuvent pas faire office de témoins. » Goldberger laissa courir le regard de l'un à l'autre de ses interlocuteurs, prit un air goguenard et répondit en adressant un sourire à Ferdinand : « Je vous trouve soudain bien soucieux de la loi. » Spitz ne répliqua rien.

Pendant le retour, c'est à peine si le père et le fils échangèrent quelques mots. Goldberger repensait à l'agneau qu'il allait devoir désormais abattre. Il repensait à la bête aveugle au corps osseux. Devait-il la tuer au pistolet ou l'égorger ? L'alezan lui revint alors en mémoire, et il dit à Ferdinand : « Que lui arrive-t-il, à notre vieille rosse ? » Ferdinand détacha les yeux du paysage et haussa les sourcils. « Que veux-tu dire ? — Il n'a plus que la peau sur les os. — Il est vieux, voilà tout. Il ne prend plus. — Tu es certain de le nourrir comme il faut ? » Goldberger gambergeait. Ferdinand regardait encore par la vitre du train. Des prés, des collines, des champs, des fourrés, des arbres. La verdeur éclatante du printemps se déployait sans fin sous leurs yeux. Les fleurs d'un blanc verdâtre des poiriers s'épanouissaient. « Le vétérinaire est passé, cet hiver », dit enfin Ferdinand. « Le gars Hofer, de Schwan. À l'en croire, il se porte bien. Il a encore quelques années devant lui. » Goldberger bougonna quelque chose – lui-même n'aurait pas su dire quoi. Au fond, n'était-ce pas hier encore, il y avait une dizaine d'années tout au plus, qu'il avait acheté l'alezan à la foire de Ried ? Il secoua lentement la tête.

Peu de temps après, le train freina sèchement dans un grand vacarme et entra en gare. Ils descendirent de leur voiture, traversèrent les voies, montèrent dans le train régional qui les attendait déjà et dont ils étaient les seuls passagers, et rentrèrent chez eux.

6

« Tu te souviens encore, lui demanda Anna d'une voix rieuse, comme il tremblait au début ?

— Hmm, grommela Ferdinand.

— Et à présent il s'en charge avec un visage radieux !

— Hmm », répéta Ferdinand.

Anna se détourna de la fenêtre, posa les poings sur les hanches et s'exclama d'un ton tendrement réprobateur : « Non, vraiment, je crois que je n'arriverai jamais à comprendre ton père !
— Anna », souffla Ferdinand avec lassitude. Il n'avait aucune envie de parler de Goldberger. « Pauli », s'écria-t-il alors. Le petit Paul parut sur le seuil de la cuisine. C'était déjà un grand gaillard à présent, et certains traits de son visage n'avaient plus rien d'enfantin. Les années avaient filé comme un courant d'air se glisse par le trou de la serrure.

« Va chercher la petite et couche-la dans son lit ! », lui lança Ferdinand. « Tu la tiens ? » Paul acquiesça sans dire un mot, emporta le paquet de langes où reposait Maria, la petite dernière, et le déposa dans la pièce voisine, où était installé le lit-cage. Ils étaient trois enfants à présent : Paul, l'aîné, allait sur ses cinq ans, Thomas avait fêté ses trois ans au cours de l'hiver passé et Maria, la cadette née en septembre, était âgée de six mois.

La porte s'ouvrit. Des pleurs éclatèrent. C'était Thomas, qui s'agrippait des deux mains au poignet de son grand-père et tentait de lui faire lâcher prise. Goldberger avait attrapé l'enfant et lui tirait l'oreille, laquelle était écarlate.

Aussitôt Ferdinand s'écria d'une voix tranchante : « Lâche-le tout de suite ! » Goldberger obtempéra et Thomas, la main sur l'oreille, détala en poussant des hurlements. Goldberger s'avança dans la pièce, s'inclina en avant et, avec un léger soupir, laissa précautionneusement glisser sur la table de la pièce à vivre l'agneau sans vie qu'il avait jeté sur son épaule, tel un chemineau son bissac. Un long claquement retentit. Goldberger redressa le buste et dit : « Je me demande ce que nous allons bien pouvoir faire de ce gamin-là.

— Je ne vois pas pourquoi tu te tracasses. Tu ne seras plus là pour le voir », grinça Ferdinand. Il lui déplaisait profondément que son père eût le toupet de traiter ses propres enfants comme s'ils étaient les siens. Ou plutôt non : il croyait revivre en ces instants la façon dont il avait été lui-même traité dans l'enfance ; et c'était cela, par-dessus tout, qui excitait sa colère. Il remarqua le regard qu'Anna venait de lui lancer. Il était lourd de reproches. Faisait-il preuve d'une trop grande dureté envers son père ? Où voulait-elle en venir ? Combien de fois ne s'était-elle pas plainte auprès de lui de l'attitude de Goldberger, qu'elle jugeait suffisante. Sans cesse elle s'écriait : « De quoi se mêle-t-il encore, Ferdinand ? Tu peux me le dire ? Le voilà qui s'érige en donneur de leçons… Il me semble pourtant que nous ne l'avons pas sonné. »

Goldberger était furieux. « Tu ne veux même pas savoir à quoi je viens de le surprendre ?

— Non, je ne veux pas. Ça m'est parfaitement égal. Si encore c'était moi qui l'avais pris sur le fait… C'est l'agneau pascal ? Combien pèse-t-il ? Je parle du poids net. »

Ferdinand n'avait pas pu résister au vil plaisir de ne pas donner à son fils aîné le prénom de son grand-père – et, dans ce cas précis, également de son père –, comme l'exigeait pourtant la tradition familiale. Il aurait cependant aimé que l'un de ses fils porte son prénom. Mais la joie que lui procurait cette vilenie avait été la plus forte. Anna elle-même avait tenté de le raisonner, et elle était revenue à la charge quand le second fils était né.

Mais ce fut encore non. Il se montrait inflexible sur ce point. Même s'il lui arrivait parfois de croire qu'il s'était réconcilié avec son père, il n'en était rien. Il éprouvait encore à son endroit du mépris, et allait jusqu'à le renier au fond de son cœur ; rien n'avait changé depuis les temps lointains où il s'en était revenu de la guerre.

Goldberger prit une profonde inspiration, son visage tout entier s'empourpra, puis il expira avec lenteur et chassa dans le même mouvement une grande partie de sa colère. Il s'assit à la table de la salle et posa la main sur la dépouille dont la chair poisseuse, d'un rouge irisé de bleu, chatoyait comme une aile de libellule au soleil. « Combien il pèse ? Qu'est-ce que j'en sais… Treize kilos, je dirais. Poids net. Treize kilos, à la louche.

— Tu ne l'as donc pas pesé ?

— Non ! »

Ferdinand grimaça. Pourquoi diable aurait-il fallu que Goldberger pèse la bête ? Et pourtant Ferdinand réagissait comme si son père une fois encore avait commis un faux pas – comme s'il s'y était pris comme un manche, une fois de plus.

« Comment ça se passe, à la carrière ?

— Bien !

— Tu y as déjà fait ton petit tour, aujourd'hui ? »

Goldberger en resta soufflé. Il était furieux chaque fois que Ferdinand l'interpellait de la sorte. Il ne l'interrogeait pas parce que le sujet l'intéressait, mais en somme pour le prendre en défaut et le rappeler à l'ordre – et lui montrer ce faisant qu'il n'était jamais qu'une vieille baderne. Cela ravivait en Goldberger le souvenir des années où il ne s'était adressé à lui que sur ce ton ; comme s'il était un idiot. Aussi, bien qu'il eût à la vérité d'autres projets, trancha-t-il : « Je ne compte pas y aller aujourd'hui.

— Ah non ? Et pourquoi ?

— Parce que je n'en ai pas envie ! Et maintenant je rentre chez moi !

— Tu nous quittes déjà ? » Ferdinand eut un sourire malicieux. « Note que je ne voudrais surtout pas te retenir. »

Goldberger s'en alla sans ajouter un mot. C'était le Jeudi saint ; il ne souhaitait pas se quereller.

Quand il fut parti, Anna, qui avait sorti la pâte à tarte de la jatte, s'était rendue dans la cuisine et, la déposant sur la planche à pâtisserie bosselée qui claquait au moindre de ses gestes contre le bois de la table, avait commencé à l'étaler, lui dit : « Tu es vraiment impossible, Ferdinand.

— Allons donc, répliqua celui-ci. Impossible. J'aimerais savoir lequel est le plus impossible des deux. Je ne vais pas rester les bras croisés à le regarder tirer les oreilles à mes enfants. »

Un peu plus tard, à l'instant où Thomas, qui portait encore les stigmates de la correction reçue, traversa la cuisine en direction du salon, Ferdinand sentit une colère monter en lui. « Thomas », lui lança-t-il d'une voix courroucée. On aurait dit une question. La fureur de Ferdinand se retournait contre l'enfant. Thomas s'avança sur le seuil de la porte. Il posa sur son père des yeux épouvantés.

« Ferdinand », dit Anna avec calme, et la colère de Ferdinand se dissipa aussi soudainement qu'elle était apparue, bientôt remplacée par de l'empathie. « Tu as encore mal ? », demanda-t-il alors. Thomas, à qui la profonde métamorphose qui avait affecté les traits de son père n'avait pas échappé, lui répondit, d'une voix où résonnait un peu de crainte, car il n'arrivait pas à comprendre ce revirement : « Non. Mais avant, oui. » Il tourna aussitôt les talons, traversa la salle et disparut. Il ne referma pas la porte derrière lui. Ferdinand poussa un soupir, se leva, alla refermer la porte, se rassit à la table de la cuisine et se massa les tempes.

Tout avait commencé avec ce petit agneau aveugle, quelques années plus tôt. Goldberger avait dû l'abattre. Il le fit un jour qu'Elisabeth n'était pas là. Il préférait être seul pour cela. Il lui fallut s'y reprendre à plusieurs fois. Il n'y parvint alors qu'en fermant les yeux. Lorsqu'il enfonça le couteau dans la gorge de la bête et le tourna dans la chair, un cri déchirant lui échappa. Il hurlait de douleur et de dégoût, tout à la répugnance que lui inspiraient la bête aveugle, la mort, l'odeur âcre du sang brûlant, sa propre attitude. Il s'entendit lancer ce cri. On aurait dit qu'il hurlait à la face du monde : « Non ! Non ! » Puis : « Aidez-moi ! Aidez-moi ! » Il priait de toute son âme. Le supplice dura jusqu'à l'instant où le corps de la bête cessa de tressaillir, où plus une seule goutte de sang ne jaillit. C'est alors, le plus épouvantable une fois accompli, qu'une deuxième phase commença : ce qui gisait là sous ses yeux le jetait dans un grand désarroi. Mais qu'est-ce que c'est, s'interrogeait-il, qu'est-ce que c'est que ça ? Que voulez-vous que je fasse de… ça ? Il était soudain tout à fait désarmé. Les rouages de sa pensée s'étaient arrêtés. Il s'était alors dressé tout à coup devant Anna, au beau milieu de la cuisine. Il aurait été incapable de dire lui-même comment il était arrivé là. Il avait jeté autour de son cou la bête morte qu'il n'avait pas pris soin d'écorcher et dont la laine dégoulinait de sang et lui imbibait les habits. Anna en avait été tellement horrifiée que le cri qu'elle allait jeter s'était étranglé dans sa gorge. Elle n'avait eu la force que de lever le couteau qu'elle tenait en main. C'est ainsi figés que Ferdinand les trouva à l'instant où il pénétra dans la pièce pour demander à Anna de le seconder dans une tâche qui lui sortit aussitôt de l'esprit : un Goldberger ruisselant de sang, tremblant de tous ses membres, un agneau mort enroulé autour du cou, et une Anna livide, frémissant jusqu'aux moelles et brandissant un couteau. D'une main, Ferdinand s'était emparé de la nappe ; de l'autre, il avait fait pivoter son père vers la table et lui avait appuyé sur l'épaule. Goldberger avait cédé à cette pression, s'était penché en avant, et l'agneau s'était lourdement effondré sur la table, sa tête dure comme le béton en premier (ou peut-être avait-elle simplement claqué plus rudement que le reste de la dépouille ?). Goldberger n'avait même pas vidé la bête. Le même jour, un peu plus tard, il leur assura que l'animal avait été agité de violents soubresauts, qu'il n'avait cessé de jeter des râles tout à fait atroces, et que cette résistance avait suffi à le glacer d'effroi. Au reste il avait prévu de longue date de leur apporter la bête : il voulait qu'on célèbre Pâques en présence de toute la famille réunie. D'ailleurs, qu'auraient-ils fait de toute cette viande, sinon ? Elisabeth et lui n'étaient plus que de vieilles gens à présent, et ils ne mangeaient qu'avec un maigre appétit. Tel fut le discours qu'il leur tint. En réalité, il aurait été bien en peine de leur raconter ce qui s'était passé. Ses souvenirs prenaient fin à l'instant où il avait enfoncé le couteau dans la gorge de la bête, où une sensation de dégoût l'avait suffoqué. Il n'avait plus gardé le souvenir de ce qui était arrivé ensuite, même si les phrases de Ferdinand et d'Anna le lui apprirent peu à peu, en tout cas pour partie.

Cette fois, c'est donc par le plus grand des hasards qu'on avait célébré Pâques en famille et en grand, et, chacun y ayant pris plaisir, c'était devenu aussitôt une tradition à laquelle on sacrifiait sans plus y revenir : le dimanche de Pâques, la famille au grand complet se réunissait chez Ferdinand et Anna pour manger l'agneau pascal, comme s'il n'en avait jamais été autrement. Personne ne manquait à l'appel. Il y avait là Andreas et Martha, Karl et Christine flanqués de leurs enfants Amalia et Xaver, les beaux-parents de Ferdinand, Joseph et Gerti – et, naturellement, Goldberger et Elisabeth.

Il en fut également ainsi cette année-là. C'était par une journée ensoleillée où régnait une lumière limpide et argentée. Sous un ciel d'un bleu laiteux, les prés brillaient encore d'un éclat mouillé alors que midi avait déjà sonné. Comme à leur habitude, ceux de l'Innviertel arrivèrent les premiers. Dans leur nouvelle auto, ils s'annoncèrent à grands coups de klaxon. Andreas, comme il le leur avait annoncé, venait d'acheter un modèle Volkswagen dont il leur avait déjà chanté les louanges un an plus tôt. La voiture semblait avoir été coulée dans le même moule que la bétaillère : la même peinture, les mêmes chromes rutilants ; l'habitacle en était cependant moins vaste et il n'y avait pas de plateau de chargement. Paul et Thomas, sitôt qu'ils les aperçurent, s'élancèrent vers eux à grand tapage, droit vers le véhicule, de sorte qu'Andreas ne put continuer et dut stopper. Martha descendit de voiture, prit dans ses bras les deux frères et les cajola, puis elle les laissa grimper dans l'auto et faire les derniers mètres en compagnie d'Andreas, la portière ouverte, tandis qu'elle les suivait en trottinant. Andreas se gara devant le corps de logis, où Ferdinand et Anna les attendaient à présent. Anna s'écria en agitant les mains : « Dire qu'ils ne marchaient même pas, hier encore. Et voilà mes deux grands garçons qui roulent déjà en auto ! » Ferdinand sourit. Quelle belle cylindrée. Ce serait l'idéal. Tous les dimanches, il partirait en vadrouille avec ses fils, tenant sur ses genoux tantôt l'un, tantôt l'autre. Il s'y voyait déjà et affichait un air béat. Il souriait en partie à cause de cette idée, en partie parce qu'il nourrissait des projets dont il ne s'était encore ouvert à personne. Jamais les sourires n'affleuraient aussi bien à ses lèvres qu'au moment de Pâques, quand tous étaient réunis. Attendez un peu, se disait-il, attendez un peu. Il ôta les mains des poches de son pantalon, se détacha du chambranle de pierre de la porte et s'élança d'un prompt mouvement vers Andreas pour l'accueillir. Anna prit Martha par le bras et l'entraîna dans la cuisine. Du coin de l'œil, Ferdinand eut le temps de voir Martha se dégager d'une volte. Il en fut étrangement touché – une sensation de déjà-vu. Mais, à peine une seconde plus tard, on entendit Martha s'écrier dans la cuisine : « Je m'en suis aperçue pendant le trajet ! Chez vous ils sont déjà en fleurs ! Si tu savais comme je t'envie, Nani ! »

À l'instant où les parents d'Anna, accompagnés de Christine, de Karl et des enfants, arrivèrent à la ferme, les deux hommes avaient la tête enfouie sous le capot de la voiture. Comme toujours, Joseph gara son véhicule à quelque distance de la maison, l'arrière tournant le dos à la ferme. Le bruit du moteur expira, des portières claquèrent. Andreas lança : « Nous poursuivrons cette conversation tout à l'heure ! » Il était en train d'expliquer à Ferdinand le fonctionnement du moteur. Sans qu'il y parût, Ferdinand avait traduit chacun de ses mots dans son propre langage ; et celui-ci lui avait été inspiré par sa longue fréquentation des chevaux. Ainsi le réservoir de la voiture était-il sa bouche. Le carburateur son estomac. Les cylindres et les pistons ses épaules. L'huile : son sang. Il avait conscience que les correspondances n'étaient pas tout à fait exactes, mais elles lui permettaient cependant de mieux comprendre. Il se disait : voici une mécanique complexe, un cheval bâti de fer et de tôle. C'était la première fois qu'il était confronté d'aussi près à une machine, et il se réjouissait qu'on lui en eût offert l'occasion. Quand il était de passage dans l'une des fermes voisines, un je-ne-sais-quoi le retenait toujours d'interroger les autres paysans au sujet de leur matériel. Chaque fois que l'un d'eux lui montrait un nouvel outil, il se contentait de dire : « Belle pièce ! Ça va chercher dans les combien ? » Ce qui lui permettait d'écourter les conversations – personne en effet ne souhaitait s'étendre sur le prix. Ferdinand se demandait quand ils pourraient reprendre le fil de la discussion. Après le gâteau ?

Les parents d'Anna, une fois qu'on se fut souhaité de joyeuses Pâques, regardèrent également la voiture avec un air émerveillé, et Andreas en conçut une grande fierté. Karl lui demanda : « Combien l'as-tu payée ? » Andreas inclina le buste en arrière, avança une jambe et répondit : « À ton avis ? Allons, devine ! » On se livra à des estimations. Chacun hasarda une somme, à l'exception de Ferdinand. Andreas affichait un sourire matois. Il remarqua alors que Ferdinand n'avait encore rien dit et lui lança : « Eh bien, qu'en dis-tu, Ferdine ? » Celui-ci redressa la tête et avança un chiffre. Il n'en fallut pas davantage pour déclencher les moqueries. Comment diable aurait-il pu le savoir ? Sa partie, c'étaient les chevaux ! Andreas fut le seul à ne pas s'esclaffer. Il répliqua : « Comment le sais-tu ? » Alors les rieurs se turent. Mais Ferdinand se contenta de hausser les épaules, fit un pas de côté, se positionna de façon à pouvoir contempler les lointains, où les montagnes bleues se découpaient à traits acérés, et demanda : « Quelqu'un aurait-il aperçu mon père ? »

Il ne songeait aucunement au repas, les autres lui étaient indifférents ; il n'aspirait qu'à reprendre au plus vite la conversation qu'il avait menée avec Andreas au sujet du moteur. C'est cette impatience seule qui l'avait amené à constater l'absence de Goldberger : il retardait tout. Car dans l'intervalle Elisabeth était arrivée, un grand gâteau à la crème dans les bras. Thomas s'était précipité vers elle. Il l'appelait « Mamie », et il était d'ailleurs le seul. Comme chaque année, elle était chargée du gâteau. Elle ne savait pas non plus où était passé Goldberger. On confia aux enfants le soin de le retrouver, et ils s'acquittèrent de cette mission avec joie et empressement. Ils en étaient encore à l'âge où tout leur était un jeu, où le travail lui-même n'était pas une contrainte. Paul et Xaver filèrent en éclaireurs, suivi de Thomas et d'Amalia, main dans la main comme un couple d'amoureux.

Ferdinand les regarda décamper. Qu'ils trottent, qu'ils trottent. Les mots qu'il avait jetés en l'air avaient plutôt la signification suivante : Il en met du temps ! Car Ferdinand ne doutait pas un seul instant que son père ne fût à la carrière. Il s'y rendait chaque jour pour observer les manœuvres de l'excavatrice et des camions, discuter avec les ouvriers, leur dispenser des ordres ou revenir tout au contraire sur les instructions données la veille ; on le trouvait là-bas même le dimanche et les jours fériés, quand la carrière était déserte. Goldberger était un entrepreneur – Ferdinand comprenait ce genre de choses. Il lui fallait vérifier au moins une fois par jour que tout était resté en l'état. Même si les fourgons et l'excavatrice ne lui appartenaient pas, non plus du reste que le grand convoyeur à bandes, même si les seuls biens dont il eût la propriété, du moins dans une large mesure, étaient des biens immeubles, il éprouvait quotidiennement le besoin impérieux de vérifier que rien n'avait bougé – et que les affaires tournaient comme il l'entendait. Dès le début, cette nécessité lui avait été aussi naturelle que de respirer, et bien davantage encore depuis qu'il était l'unique propriétaire de la carrière, à la faveur d'un simple chantage exercé aux dépens de Leonhard Spitz, comme il en avait eu l'intention dès le début.

Anna apparut dans l'encadrement de la porte et salua avec quelque retard ses parents, sa sœur et son beau-frère. Ferdinand n'était pas tout à fait certain de savoir ce que ses beaux-parents pensaient exactement de lui. Comme la plupart des gens, ils avaient été assez surpris d'apprendre qu'il était le mystérieux inconnu dont on avait pressenti de longue date l'existence, avant même qu'Anna repoussât la demande en mariage de Hans. D'un côté, ils lui témoignaient une évidente affection et louaient son ardeur au travail ; de l'autre, ils ne se privaient pas de dire ce qu'ils pensaient de sa façon de gérer l'exploitation familiale. Ils le tenaient non seulement pour un homme d'un autre temps, mais le jugeaient franchement rétrograde. Dire qu'il répandait encore les semences à la main ! En mille-neuf-cent-soixante ! Qu'allait-il advenir dès lors des enfants ? Ils comprenaient d'autant moins cet entêtement qu'ils voyaient son père, Goldberger, se tenir au courant du moindre progrès technique avec assiduité, et, en dépit de son grand âge, courir encore après la réussite économique. Était-il du reste certain que l'exploitation de Ferdinand dégageait des bénéfices ? C'était peu dire qu'on n'en voyait pas les retombées. Il était impossible d'engager la discussion avec Ferdinand sur ces matières. Peut-être était-ce une erreur. De temps à autre, il arrivait à Anna de contrer une remarque et de leur assurer qu'ils se faisaient une fausse idée de lui : il s'intéressait aux dernières avancées en matière d'agriculture. C'est simplement qu'il était… Non, elle avait beau s'évertuer, c'était peine perdue. On aurait dit qu'elle cherchait à se justifier. Ses parents accueillaient ses arguments avec un sourire, et elle en perdait chaque fois toute ardeur. En apparence, du moins, car intérieurement elle avait toujours la flamme : elle croyait en Ferdinand. À rebours, celui-ci ne savait pas non plus ce qu'il pensait au juste de ses beaux-parents. Par certains côtés, Joseph lui apparaissait généreux, mais il n'en était pas moins hâbleur. Quant à Gerti, elle semblait ne pas avoir d'existence propre et n'être qu'un prolongement de son époux, le confirmant dans son être. Elle était toujours la première à lui donner raison, et c'était elle qui riait à ses plaisanteries le plus longuement, ou du moins avec le plus de ferveur.

« Et Hubert ? », s'enquit Anna d'une voix enjouée.

Les sourcils de Ferdinand se froncèrent machinalement. S'il ne savait encore trop que penser de ses beaux-parents, son opinion était faite au sujet de son beau-frère : il ne pouvait pas le souffrir. Celui-ci ne manquait en effet aucune occasion de s'en prendre à son père, comme si la guerre n'avait pas pris fin depuis longtemps ; et même si Goldberger paraissait n'y prêter aucune attention.

« Ses parents sont là », répondit Joseph. « Ses parents » – il désignait par ces mots le père et la mère d'Elfriede, la seconde femme d'Hubert. Est-ce que Goldberger parlait ainsi d'Anna, sans jamais mentionner son prénom ? Eux ne disaient jamais « Elfriede ». Simplement : « Elle ». Le visage d'Anna se rembrunit. Pour chasser cette soudaine pensée, elle s'empressa de dire : « Entrez, voyons, entrez donc ! Ferdinand ! » D'un geste elle les invita à pénétrer dans le vestibule. Au même moment, le vent leur souffla les notes du carillon de l'église de Rosental, aussi Anna se sentit-elle tenue d'ajouter : « Il est midi ! »

On passa dans la salle à manger, où la grande table était dressée. La plus petite, celle de la cuisine, qu'incisaient encore les entailles creusées par Goldberger, avait été installée un peu en retrait de la première, et était elle aussi richement dressée : elle était destinée aux enfants. Sur chaque table reposait un vase rempli de branches de saule couvertes de chatons, où des œufs peints en blanc, en marron et en vert étaient accrochés à l'aide de rubans multicolores. Ces ornements étaient au centre des conversations. Anna débarrassa ses hôtes de leurs pardessus et de leurs vestons – il faisait encore très frais – et les monta dans la chambre à coucher. Elle en profita pour s'asseoir un moment sur le lit, à côté des chauds manteaux, le temps de souffler un peu. Le linge de lit lui prodiguait une agréable fraîcheur. Pendant trois journées entières, du matin au soir, elle s'était affairée en cuisine. Préparer la viande d'agneau requérait du savoir-faire. Au surplus elle était un peu enrhumée et, sur le chapitre des épices, devait s'en remettre davantage à son intuition qu'à son palais. Elle se frotta les yeux. Par la fenêtre ouverte, elle entendit la voix éclatante d'Amalia et, un instant plus tard, celle de son beau-père, dont le timbre lui paraissait de plus en plus rauque. Ils l'appellent tous Papy, songea-t-elle en souriant. Voilà qui fera encore bisquer papa. Le crissement du gravier était toujours plus proche, il grandissait comme se développe une avalanche. Il y avait un instant encore, on aurait dit qu'un seul marcheur foulait le sentier, et à présent qu'ils étaient une dizaine au moins. « Vous n'avez donc rien de mieux à faire que d'asticoter un vieil homme ? », s'exclama Goldberger. Les enfants éclatèrent de rire. Ils pressentaient ce qu'Anna ne pouvait ressentir, mais devinait cependant au travers de leurs rires : que Goldberger n'était pas fâché, mais jouait simplement la comédie – aussi bien à ses propres yeux.

La voix de Ferdinand retentit au rez-de-chaussée : « Anna ! » Elle était trop fatiguée pour répliquer quoi que ce fût. Oui, se disait-elle, oui. Elle prêtait l'oreille aux battements de son cœur, elle descendait au plus profond d'elle-même, au point d'entendre vibrer à ses tympans la note fondamentale de son cœur. Oui, songeait-elle sans relâche, et il lui semblait que chaque pulsation ne lui soufflait que ce mot-là : Oui – oui – oui – oui... La voix de Ferdinand résonna de nouveau, plus proche à présent : « Nani ! » Cet appel l'arracha à ses songes, lui donna une secousse et la fit remonter à la surface. Elle se leva et descendit prudemment les marches raides de l'escalier. Elle ne s'était même pas rendu compte qu'elle n'était pas montée dans sa chambre pour y déposer les manteaux et reprendre haleine un instant, mais pour n'être plus confrontée à Martha. Elle aurait très bien pu remiser ailleurs les effets de ses hôtes. Comment Anna aurait-elle pu ressentir ce que Goldberger éprouvait ? Oui, Martha. Ah ! Les lilas, toujours les lilas. Y avait-il encore un autre sujet qu'on pouvait aborder avec elle ?

Lorsqu'elle les vit tous attablés, les yeux allumés de convoitise, elle oublia vite les pensées qui l'avaient occupée. Elle jeta un coup d'œil à l'horloge. « Bonté divine ! », s'écria-t-elle. Ferdinand lâcha d'une voix railleuse : « Qu'est-ce que je vous disais :

il lui arrive de piquer du nez en pleine journée. » Anna, la mine irritée, fronça les sourcils et secoua la tête : « Fais-nous grâce de tes âneries, Ferdinand ! » En réalité, elle en avait surtout après elle-même : on n'avait pas idée de laisser ainsi le temps filer. Sans même le remarquer, elle s'était assoupie pendant près de dix minutes, assise sur le lit.

Joseph s'était occupé du vin. Il remplit les verres de chacun en dispensant des commentaires experts. « Pas toi, le père ? », dit-il alors à Goldberger, qui venait de poser la main sur son verre. Il l'appelait toujours « le père », bien qu'ils fussent tous deux pères et beaux-pères ; mais Goldberger était son aîné de dix ans environ. « Il n'y a pas de bière ? », demanda Goldberger tout en laissant sa main sur le verre. Quand on lui posait la question, il répondait qu'il ne buvait jamais de vin. « Mais si, répliqua Anna, encore occupée aux fourneaux, dans le cellier. Je vais descendre t'en chercher une. Ou plutôt non : Pauli, rapporte une bouteille de bière à papy. » Paul retira les doigts des encoches qui sillonnaient le bois de la table, glissa de sa chaise et fila. La maison tout entière embaumait le romarin. La vaisselle blanche resplendissait, les couverts étaient étincelants. Anna, le matin même, avait confié aux enfants, que la joie anticipée des prochaines retrouvailles rendait insupportables, la charge de les astiquer une fois encore.

Gigot d'agneau et sa sauce crémeuse aux légumes. Garniture de petits pois et de rondelles de carotte. Salade de chou. Pommes de terre persillées. La viande était si tendre qu'elle se désagrégeait au moindre contact avec le palais et semblait fondre dans la bouche. On ne fut pas avare de compliments. Seuls les enfants s'abstinrent de tout commentaire – mais leur silence soudain, l'ardeur sonore qu'ils mirent à dévorer leurs plats valaient les plus vibrants éloges. Elisabeth et Gerti se montrèrent particulièrement enthousiastes ; il se mêlait à leur ferveur la conscience des nombreuses heures de préparation nécessaires. Anna en rosit de bonheur. À présent enfin elle se dépouillait de toute tension. Les trois jours écoulés étaient oubliés – ou peut-être n'étaient-ils pas exactement oubliés, mais ils se résolvaient en quelque chose d'agréable, de doux et d'harmonieux. Ils se changeaient en autant d'étapes sur la voie d'un triomphe. Anna dit, la mine radieuse : « Vous n'êtes qu'une belle bande de flatteurs ! Je n'en crois pas un mot. » Joseph lui sourit en hochant la tête d'un air entendu, comme si la paternité de cette consécration lui revenait entièrement. Ce fut comme de toute éternité.

Plus tard, une fois qu'on eut pris le café, admiré, louangé, englouti la forêt-noire d'Elisabeth avant de la gratifier d'une nouvelle salve d'éloges, le calme, pour la première fois de la journée, s'instaura dans la pièce à vivre. Il n'y régnait pas seulement la paix, mais un silence parfaitement solennel, comme si chacun comprenait à présent qu'il avait pris part à un véritable festin, et mesurait le prix de ces instants.

Elisabeth donna un coup de main à Anna pour la vaisselle. Amalia et Paul les aidèrent à essuyer couverts et assiettes. Martha quitta la ferme et descendit sur la berge du ruisseau. Ferdinand proposa de choisir cette fois un autre itinéraire pour la promenade. Joseph lui demanda ce qu'il avait en tête. Ferdinand lui décrivit le chemin. Alors que Gerti avait déjà acquiescé, Joseph refusa : il préférait faire leur balade habituelle. Thomas et Xaver avaient pris place à la grande table, au côté des adultes. Anna, qui rinçait les verres dans l'évier en pierre de la cuisine, lança d'une voix sonore : « Allons, papa, pourquoi ne pas essayer de découvrir quelque chose de nouveau ? » Xaver, comme s'il n'avait guetté que cette occasion, et jugeait que c'était là la seule nouveauté envisageable, s'écria : « Oui, la carrière de pépé ! » Aussitôt le silence se fit. Plus un seul bruit de vaisselle ne retentit. Les enfants, les yeux brillants, attendaient qu'on y consentît. Mais Xaver s'était un peu tassé sur sa chaise, tandis que Paul s'était avancé vers la fenêtre et, se hissant sur la pointe des orteils, regardait par-dessus l'appui de la baie, en direction du sud. De la pièce à vivre, on n'apercevait pas le ruisseau. Rien que des pâturages et les montagnes à l'arrière-plan. Enfin Goldberger s'éclaircit la voix et dit : « Ma foi, pourquoi pas ? Ce serait un but de promenade. Après tout, ce n'est pas si loin. Nous n'aurions qu'à suivre le cours du ruisseau. » On entendit Joseph prendre une profonde respiration, mais avant qu'il ait pu dire quoi que ce soit, Ferdinand trancha d'une voix parfaitement sereine : « Une autre fois, Xaver. Aujourd'hui, il fait bien trop froid pour y aller. » Joseph, qui avait retenu son souffle, expira profondément. Il adressa à Ferdinand un regard lourd de sous-entendus.

Ferdinand n'arrivait pas à se détacher de son père. Intérieurement, la chose ne lui avait pas été difficile ; elle était accomplie depuis longtemps déjà, très longtemps, à la vérité depuis son retour de la guerre. Extérieurement, en revanche, il semblait que ce fût impossible. Pourquoi Joseph l'avait-il foudroyé du regard ? Lui, et non son père ? Ce n'était pas sa carrière, après tout. Il n'avait rien à voir avec elle. Il ne l'avait du reste jamais vue. Il ne s'en souciait en rien. Pas même depuis que son père en était le seul et unique propriétaire ; c'était même tout le contraire.

Au bout du compte, on fit la promenade traditionnelle. Les enfants ouvraient la voie, suivis d'Andreas, de Joseph et de Gerti, puis à quelque distance de Ferdinand et de Martha. Fermant la marche, deux par deux, cheminaient Elisabeth et Karl, Christine et Anna, cette dernière portant la petite Maria endormie dans une pièce d'étoffe nouée autour de la poitrine. L'ordre de marche lui-même était immuable, à ceci près qu'en temps ordinaire le petit groupe se recomposait différemment sur le chemin du retour, ce qui n'arriva pas cette fois. Ferdinand prêtait l'oreille à la conversation que menaient Andreas et Joseph. Ils discutaient du prix de la viande et, sur un ton mi-sérieux, mi-plaisant, se qualifiaient mutuellement de rapaces. Et allons donc, se disait Ferdinand, c'est typique de ces vieux grigous-là. Ils sont toujours les premiers à traiter leur vis-à-vis de rapiat. Cette constatation ne valait il est vrai que pour Joseph ; Andreas, à ses yeux, était un homme d'affaires et rien de plus. Gerti, soucieuse d'appuyer les arguments de son mari, s'en allait répétant d'une voix stridente : « Mais puisque c'est vrai ! » Ferdinand se retourna vers Anna. Avait-elle hérité de ce trait de caractère ? Non. Pourquoi donc ? Christine n'était pas ainsi, elle non plus. Il ramena le regard vers l'avant-garde de la troupe. Il regrettait de ne pas avoir connu l'aîné de la fratrie. Il lui arrivait de penser plus souvent à ce beau-frère qui reposait en terre russe qu'à son propre frère, lequel était inhumé dans l'Innviertel, au côté de sa mère. Son frère cadet était un ange. Qu'était donc le frère d'Anna ? Un soldat tombé au champ d'honneur, et qui aurait eu à peu près l'âge de Ferdinand. Ils arrivèrent au bout de la sente forestière et débouchèrent de nouveau sur la route empierrée. Il ne savait trop de quoi parler avec Martha. Il y avait quelques années encore, elle insistait pour porter les enfants ou les promener dans leur landau. À présent, si l'on exceptait les quelques minutes où elle leur faisait fête à son arrivée, elle ne leur prêtait plus qu'une très lointaine attention. Il avait l'impression qu'elle avait développé une aversion soudaine pour ses enfants. Cela arrivait-il quand on ne pouvait pas en avoir soi-même ? Ferdinand s'efforçait de la comprendre, mais sans guère de succès, et il avait beau écarter vaille que vaille toutes les mauvaises pensées, il lui fallait bien admettre qu'il avait peu à peu conçu à l'égard de sa sœur une aversion qui ne le cédait en rien à la sienne. Il cheminait à son côté, la tête basse. Elle-même paraissait être à court de mots. Une fois seulement elle s'adressa à lui : « Papa… Papa m'a apporté un bouquet de lilas. Chez nous, ils ne sont pas encore en fleurs… » Ferdinand lui répondit : « Ah oui ? Quelle délicate attention. » Il était là quand Goldberger lui avait offert le bouquet. J'aimerais qu'on m'explique en quoi tout cela me concerne, fulminait-il intérieurement à présent, tout en chassant d'un coup de pied rageur quelques cailloux de la route. Cette carrière ne m'appartient pas, et je ne sais même pas comment il s'en est rendu propriétaire. Je ne veux d'ailleurs pas le savoir. Je me suis toujours désintéressé de ces choses-là. Mais un simple coup d'œil à son entourage suffisait à lui laisser soupçonner qu'il était le seul à ne pas être au courant. Comme Joseph l'avait fusillé du regard ! Pour quelle raison ? Chaque fois qu'il se rendait à l'auberge, à présent, le silence s'instaurait pendant une infime seconde, avant que l'un des habitués ne lui lance : « Hé, Ferdine ! » Tout avait commencé quelques semaines plus tôt. Mais peut-être en était-il ainsi depuis longtemps, et lui seul ne s'en était pas aperçu ? C'était cette infime seconde de silence, en tout cas, qui le troublait. Que renfermait-elle ? Il était certain de ne pas s'être fait des idées.

« Allons, les enfants », dit Ferdinand à l'instant où ils furent de retour à la ferme, devant laquelle Goldberger paressait, le visage offert au soleil, les yeux fermés, tenant en main la bouteille de bière vide comme si elle était un objet très précieux. « Suivez-moi. Nous allons jouer à un jeu. — À un jeu ? » Anna haussa les sourcils. « Et à quelle sorte de jeu, je te prie ? » Il lui semblait inconcevable que Ferdinand sût seulement ce qu'était un jeu. Les enfants lui adressèrent un regard interrogateur. « Pressons », insista Ferdinand. Un sourire sibyllin s'esquissa sur ses lèvres et il s'avança vers le portail ouvert de la cour. « Allez, plus vite que ça ! », s'écria-t-il. Paul, Xaver et Thomas se mirent en marche et le suivirent. Au coin du portail, Ferdinand se retourna encore et lança : « Tu ne viens pas avec nous, Amalia ? — Je peux ? », dit la fillette d'un ton surpris. Elle quêta du regard l'approbation de ses parents et les rejoignit à toutes jambes. Anna secoua la tête et sourit. « Je me demande ce qu'il peut bien mijoter. »

Sous la conduite de Ferdinand, les enfants traversèrent la cour et se dirigèrent vers l'atelier, le seul espace de la propriété qui demeurait fermé la plupart du temps ; mais il est vrai qu'on ne prenait jamais soin d'en retirer la clé. Ferdinand tourna celle-ci dans la serrure et dit : « Entrez donc. Voici l'atelier. » Les enfants y pénétrèrent un à un et, d'abord désorientés un bref instant, dévorèrent des yeux les plans richement annotés qui s'étalaient sur les murs, presque jusqu'à la hauteur du plafond. Paul et Thomas eux-mêmes n'arrivaient pas à en détacher le regard ; il était si rare qu'ils entrent dans l'atelier. L'économie de la ferme, transmuée en lettres et en chiffres, s'y donnait à lire tout entière le long des murs ; et chaque tâche, chaque démarche qu'on devait accomplir au sein de l'exploitation tout au long de l'année y était consignée. Ferdinand avait consacré à sa ferme un livre immense – on pouvait le consulter ici. Il lui arrivait souvent de le parcourir du regard ; au fond, exactement comme les enfants le faisaient en cet instant. Cependant qu'ils ne se lassaient pas de contempler les croquis et diagrammes étranges, attiraient l'attention des autres, en feutrant singulièrement la voix, sur tel détail qui avait piqué leur curiosité, et confrontaient leurs impressions, Ferdinand s'était emparé d'un billot de bois rangé près de l'établi, l'avait fait rouler jusqu'au centre de la pièce avant de le redresser. « Bien », dit-il alors. Les enfants se tournèrent vers lui. Il sortit de la caisse à outils un marteau assez léger et poursuivit : « La règle du jeu est la suivante. » Les enfants firent cercle autour de lui. « Il s'agit d'un jeu d'adresse. Chacun d'entre vous va se munir d'un clou. » Dans l'un des petits sacs en papier marron clair qui se trouvaient là, il prit un clou à la tige mince et longue comme le doigt. « Et il devra l'enfoncer dans le billot que voici. » Les enfants échangèrent des regards. « Mais pas avec la tête du marteau, non, avec la panne, la partie effilée. » Il leur tendit le marteau et désigna du doigt les deux côtés de l'outil, afin qu'ils comprennent. « Je n'y arriverai pas », souffla Amalia d'un air dépité. Aussitôt Ferdinand la contredit : « Bien sûr que si, Maly. C'est à ta portée. En outre, comme je l'ai expliqué, il ne s'agit pas tant de vitesse ou de force que d'habileté. Et laisse-moi te dire quelque chose : les filles sont souvent bien plus adroites que les garçons. » Le visage grave d'Amalia s'éclaira et elle regarda Ferdinand avec une expression radieuse. Les enfants ne firent aucun commentaire relativement à ses explications. Tous affichaient une mine concentrée, presque soucieuse. Xaver s'avança d'un pas vers le billot et y posa la main avec délicatesse, comme s'il éprouvait la qualité du bois. Ferdinand dit alors : « Ce sera chacun son tour. Pendant ce temps les autres attendront dehors, devant le portail. Il est formellement interdit de jeter un œil dans l'atelier, de prêter l'oreille ou même de discuter. Aucun d'entre vous ne devra raconter aux autres ce qui s'est passé. Une fois que tout le monde aura tenté sa chance, vous pourrez me rejoindre et je vous dirai alors qui est le vainqueur. » Il regarda les enfants. « Compris ? » Ils acquiescèrent. Amalia hocha la tête avec résolution. À présent, elle tenait à tout prix à participer.

Il arrivait parfois à Ferdinand d'estimer qu'il avait assez vu le monde. Ou, pour le formuler autrement, de se dire qu'il était resté bien assez longtemps loin du pays. Il n'était plus saisi en tout cas de ce désir d'ailleurs qui s'emparait encore de lui de temps à autre quand il était jeune homme, avant la guerre. Mais lorsque Goldberger l'avait prié de l'accompagner à Vienne, une flamme ancienne s'était rallumée en lui. Il avait été en proie à un profond déchirement. D'un côté, il ne souhaitait pas être mêlé aux affaires de son père, quelle qu'en fût la nature ; de l'autre, l'occasion était alléchante. Vienne était une ville qu'il ne connaissait pas, mais dont les sonorités à soi seules le charmaient. Et combien de récits enthousiastes ne lui avait-on pas faits à son sujet ! Finalement il avait accepté. Mais à la seule condition que Goldberger prît en charge les frais du voyage. Son père lui avait répondu que cela allait de soi. Ferdinand avait ajouté : J'aimerais faire un tour dans la grande roue. Et Goldberger : Ne compte pas sur moi pour t'accompagner ! Ferdinand lui avait glissé avec un sourire qu'il devrait également payer le ticket du manège. Goldberger s'était irrité qu'on pût avoir des exigences aussi puériles. Il s'agissait d'une affaire sérieuse, non d'un voyage d'agrément ! Mais il s'était fait une raison et avait annoncé à son fils qu'il y consentait. Ils avaient sillonné la ville en tous sens. Goldberger marchait d'un pas alerte, il paraissait s'orienter à merveille. Connaissait-il déjà la ville ? Ferdinand n'en savait rien, mais il lui sembla soudain que ce n'était pas impossible. Quant à lui, il n'avait pas assez de tous ses yeux pour contempler la cité. Il y avait tant de choses à voir ! Et tant de femmes ! Toutes plus belles les unes que les autres, et qui le regardaient sans crainte ni détours, avec un mélange d'indifférence et de provocation ! À chaque pas un nouvel immeuble se dressait devant lui. Les rues déroulaient leurs perspectives à l'infini. C'était à la fois grisant et troublant, presque vertigineux.

Puis il avait pris place dans la grande roue. Il était seul dans la nacelle. Il lui fallut attendre un long moment. Enfin la roue s'ébranla dans une grande secousse, la nacelle tangua doucement avant de s'élever dans les airs. Ferdinand se cramponna des deux mains à la banquette. Il laissait errer le regard au sud, en direction de la ville. Ce fut comme un sortilège. Ses mains se décrispèrent. Ce qui, il y avait un instant encore, lui était apparu comme un fourmillant désordre, un grouillement impénétrable, se déployait désormais sous ses yeux avec calme et netteté, comme un tableau, un « motif dans le tapis ». La ville se laissait contempler et lui présentait un visage uni. Le ciel gris, menaçant et bas, les innombrables édifices, les autos, les camions et les tramways – tout se confondait harmonieusement et lui, Ferdinand, jouissait de ce spectacle. Lorsqu'il descendit de la nacelle après quelques tours, il eut l'impression de ne plus être le même homme, comme s'il avait découvert quelque chose, une sorte de possibilité qui lui était demeurée inconnue jusqu'alors. Il n'aurait pas su y mettre des mots, mais il le ressentait avec une profonde évidence. Cette sensation nouvelle le captivait encore tout entier lorsque Goldberger l'empoigna par le bras et lui dit : « Allons, ne lambine pas ! Nous sommes en retard ! » Et il fallut bien que Ferdinand le suive encore, traverse la ville tout entière jusqu'au café Hawelka, cependant que la sensation nouvelle peu à peu s'estompait, que toute clarté se dissipait, et qu'un léger vertige s'emparait à nouveau de lui.

Les plans affichés sur les murs de l'atelier évoquaient la vue dont on jouissait de la grande roue. Comme il aurait voulu pouvoir poser ce regard sur sa vie tout entière ! Il lui arrivait d'y parvenir, de loin en loin. C'était comme s'il dominait le monde de très haut. Ses enfants, sa femme, tous les membres de sa famille et jusqu'à sa propre personne lui apparaissaient en une vue plongeante, telles des figurines. Il se disait alors : Voici la décision qu'il te faut prendre pour que tout s'accomplisse. Voici ce que tu dois faire pour que cela advienne. Ce genre de choses. Mais trop souvent ce regard surplombant lui faisait défaut, et de simples difficultés lui paraissaient insurmontables et le mettaient intérieurement au désespoir. C'est alors que l'idée de ce petit jeu d'adresse avait germé dans son esprit, comme une inspiration salvatrice. Par chance, il l'avait eue justement ce jour-là, alors que Paul et Thomas n'étaient pas les seuls enfants présents à la ferme. Nul ne s'apercevrait qu'il comptait mettre en réalité ses deux fils à l'épreuve. Paul devait être scolarisé dès l'année suivante. Le temps était venu de décider lequel des deux reprendrait les rênes de la ferme – et lequel poursuivrait des études. Il tardait à Ferdinand de trancher enfin. D'un point de vue strictement objectif, ce n'était pas encore une nécessité ; mais il fallait qu'il le sût dès à présent. Cette question le préoccupait depuis que Thomas était venu au monde. Si la joie de Ferdinand avait été aussi grande à la naissance du troisième enfant, c'était surtout parce qu'il fut soulagé de voir que ce n'était pas encore un garçon. Il était parfaitement évident aux yeux de Ferdinand que l'un des deux ferait, devrait faire des études. Il ne savait pas d'où lui venait cette certitude ; elle l'habitait, voilà tout, elle était aussi fermement enracinée en lui que la conviction que l'un des deux prendrait sa succession.

Ferdinand décida qu'on commencerait par Amalia. Les autres furent priés de se retirer derrière le portail, et l'on ferma la porte de l'atelier. Amalia enroula la lèvre inférieure sur la lèvre supérieure, se concentra et, tenant le marteau à deux mains, frappa sur le clou que Ferdinand avait déjà fiché dans le bois d'un petit geste sec. « Tu t'en sors très bien », lui dit-il. Vint alors le tour de Thomas, de Xaver et de Paul enfin. Une fois que tous eurent tenté leur chance, Ferdinand rouvrit la porte d'un coup de pied et invita les enfants à rentrer dans l'atelier. Il les regarda un à un, afficha une mine un peu embarrassée et souffla alors : « Je ne sais trop comment vous l'annoncer, les garçons, mais enfin… c'est Maly la meilleure. » Celle-ci jeta un cri de joie et détala aussitôt, impatiente d'annoncer à ses parents et au reste de la famille la nouvelle de son succès. Thomas regarda son père en grimaçant. Xaver et Paul examinèrent de plus près les clous enfoncés dans le billot. Ils en caressèrent la tête avec l'arrondi du doigt. Comment était-ce possible ?

À la vérité, cette mise à l'épreuve était superflue. Mais Ferdinand ne voulait rien laisser au hasard.

Le soir, lorsque enfin tous s'en furent retournés chez eux, et qu'il se fut acquitté des travaux de l'étable, Ferdinand, encore vêtu de sa tenue de travail, s'attardait à la petite table de bois, qu'on avait retransportée dans la cuisine. Il avait retroussé ses manches de chemise jusqu'aux coudes. Anna faisait la vaisselle. « À quel jeu avez-vous joué, tout à l'heure ? », lui demanda-t-elle sans même se retourner. « Un petit jeu, voilà tout », répondit Ferdinand. Il était perdu dans ses pensées. « Maly nous a tout raconté, dit Anna. C'était un jeu d'adresse. — Oui », répondit Ferdinand en glissant les mains dans les poches de son pantalon. Il écarta un peu la jambe et se gratta l'aine. « Tu les as soumis à une épreuve », dit Anna.

Il avait fallu à Thomas sept coups pour enfoncer la pointe dans le bois. À Paul, six. Thomas maniait le marteau à gestes rapides et décontractés ; et quand par extraordinaire il frappait à côté, il en riait. Paul tout au contraire procédait avec lenteur et concentration ; et quand il manquait la cible, son front aussitôt s'assombrissait.

« Elle a oublié le bouquet ? demanda Ferdinand.

— C'est le mien. Il était déjà là avant.

— Et Martha a emporté le sien ?

— Oui.

— D'une rare beauté », murmura Ferdinand tout en passant une main caressante sur les lilas blancs, puis sur ces lilas d'un violet foncé que Martha seule nommait lilas rouges. Anna secoua la tête.

La journée avait été longue. Ferdinand se leva de table pesamment, monta dans la salle de bains, fit sa toilette et se coucha peu de temps après. Il entendit Anna s'affairer encore un moment, puis il s'endormit. Il se réveilla à l'instant où elle se coucha à côté de lui. Il l'entendit soupirer. Ne comprenait-elle donc pas que tout allait être beaucoup plus simple à présent ? Après un moment, il dit : « C'est à Paul que nous ferons faire des études. » À l'instant où ces mots passèrent ses lèvres, la ville tout entière se déploya sous les yeux de son âme, avec précision et netteté, pareille à un tapis, une trame dont il distinguait le motif. Puis il sombra de nouveau dans le sommeil. Le clair de lune inondait la chambre de sa clarté et faisait paraître noir le visage de Ferdinand, qui se tenait au plus près de la fenêtre. Alors Anna comprit qu'elle avait raison, et que son mari avait mis les deux enfants à l'épreuve. Elle se retourna de l'autre côté du lit, son regard se figea sur le mur que la lune éclairait et, bien qu'elle fût presque rompue de fatigue, elle mit longtemps avant de trouver le sommeil.

7

Des forêts, où qu'on porte le regard. À perte de vue des bois sombres, verdoyants et touffus. Des prés, des collines, des forêts. Dans les premiers temps, les bois lui étaient apparus comme un rempart immuable et impénétrable. Ils lui avaient tant manqué. Quand elle regardait par la fenêtre, dans l'enfance, où qu'elle se postât, le même spectacle s'offrait à ses yeux : la forêt.

Ce retour au pays, à moins d'un quart d'heure en auto de son village natal, lui sembla alors le plus grand des bonheurs. Rosental n'était plus qu'un simple épisode de sa vie, un fourvoiement en somme, et elle jugeait qu'elle était à présent de retour dans la région qui était pleinement la sienne – celle où sa mère avait vécu. Ce qui avait le plus manqué à Martha tout au long de ces années, c'était peut-être du reste la proximité de sa mère – de la sépulture où celle-ci reposait. À présent qu'elle avait retrouvé son environnement, les souvenirs eux-mêmes gagnaient en justesse et en clarté. Ils ne tardèrent pas à l'escorter comme des créatures de chair et remplacèrent à ses yeux les êtres qu'elle avait quittés et qu'elle ne nommait plus à présent que « les gens de Rosental », les rassemblant sous une même appellation. Ce fut un retour au pays au plein sens du terme, sans restriction ni réserve, car c'est à peine si elle dut se faire à quelques changements. Les parents d'Andreas vivaient retirés, savaient se montrer discrets et n'exigeaient rien de Martha. Tout au contraire, ils lui semblaient reconnaissants de ce qu'elle fût là. La famille entière était animée des mêmes sentiments à son égard. La maison était située au sein d'un lotissement, à la lisière du bourg, et on la laissa l'aménager à sa guise. Andreas lui donna carte blanche. Mais la demeure lui plaisait telle qu'elle était et c'est à peine si elle y apporta quelques retouches. Elle se contenta de remplacer les rideaux. Ils étaient d'un jaune clair, imprimés de motifs à carreaux éclatants. Elle les troqua contre un modèle à rayures bleu ciel et blanc. Six jours par semaine, Andreas sillonnait les routes à bord de la bétaillère ; il s'en allait au petit matin avant le lever du soleil, s'en revenait tard dans la soirée, vers sept ou huit heures. Il déjeunait dans un routier et Martha n'avait qu'à préparer le repas du soir. Elle y consacrait la journée tout entière, et appréciait ces longues heures à leur juste valeur. Elle en profitait si bien qu'elle allait se recoucher tous les matins après le départ d'Andreas. Elle n'en éprouvait pas une once de mauvaise conscience. Andreas était d'ailleurs au courant, et il le lui permettait volontiers. Lui-même aurait préféré dormir plus longtemps. Oui, elle en profitait. Elle avait l'impression d'avoir consacré les dernières années à courir, et de pouvoir enfin ralentir l'allure à présent. Il leur arrivait de passer le dimanche chez ses beaux-parents ou du moins en leur compagnie. La plupart du temps, cependant, c'est à deux qu'ils entreprenaient de longues promenades. Andreas avait besoin de grandes bouffées d'air frais. Martha le comprenait. Il passait la semaine entière dans le remugle des bêtes. C'était là un versant des choses. Car Andreas pensait aussi en lui-même que le bon air ne pouvait que profiter à Martha. Et qu'alors peut-être les choses iraient leur cours. C'est-à-dire qu'elle tomberait enceinte. Car c'était son désir, l'espoir qu'ils nourrissaient tous les deux sans le formuler, avec une angoisse légère encore mais de plus en plus vive. Chaque fois que Goldberger ou quelqu'un d'autre leur demandait ce qu'il en était de la relève, un sourire poli mais gêné se dessinait sur leurs lèvres. C'est ainsi que s'écoulèrent les premières années, bercées d'une espérance muette mais constante. Un jour pourtant ils s'aperçurent que plus personne ne les questionnait. On ne s'enquérait plus de la relève. Pas la moindre allusion. Ils s'avisèrent alors qu'eux-mêmes ne se tourmentaient plus. Il y avait un moment déjà qu'ils étaient eux-mêmes pénétrés de la certitude qu'ils croyaient lire dans les yeux des autres : leur union resterait stérile. C'était comme un virus dont ils n'auraient rien su jusqu'à l'instant où la maladie s'était déclarée. Leurs pensées suivaient la même pente, et même s'ils ignoraient ce qui se tramait en l'autre, il suffisait à Martha de poser les yeux sur Andreas pour comprendre : il sait ce que je pense. Il n'en allait pas différemment pour lui. Ils en devenaient craintifs, car ils se croyaient pris sur le fait par leur moitié – et en étaient honteux.

La prudence qui présidait à leurs rapports ne s'en trouva qu'amplifiée. Ce n'était pas tant de la retenue, plutôt une demande d'indulgence muette et appuyée.

Des forêts sombres, profondes, presque noires.

Depuis que son père s'était lancé dans cette histoire d'exploitation de carrière, un changement semblait s'être opéré. Mais lequel ? Il leur rendait visite de temps en temps. À l'improviste et sans invitation. Il se présentait chez eux sans plus de façons et séjournait à la maison quelques jours. Était-ce qu'il ne se sentait plus à son aise à Rosental ? S'était-il querellé avec Elisabeth ? Elle n'en savait rien. Juste que ces visites avaient commencé quand il avait repris la carrière. Quelque chose s'était passé – extérieurement. Elle le sentait. Mais il avait dû connaître aussi un bouleversement intérieur. C'était toujours son père, et cependant il était un homme changé. Quand ils descendaient dans les basses terres au moment de Pâques, elle n'en était pas frappée ; mais sitôt qu'il était au pays, cela lui sautait aux yeux. Chaque fois, Andreas se proposait de le raccompagner ou de passer le prendre à Rosental quand il reviendrait. Il n'avait qu'à lui passer un coup de fil ! À quoi bon s'imposer la fatigue d'un aussi long voyage ! Mais Goldberger, réservé comme jamais, levait les mains devant le visage et refusait tout net. Non, non. C'était hors de question. Un jour, une pensée traversa l'esprit de Martha : on avait le sentiment que

Goldberger se sentait coupable. Mais de quoi ? Et si soudainement ! Elle écarta cette idée.

C'est en somme à point nommé qu'on s'était mis à fêter Pâques à Rosental, et qu'on avait fait de ces retrouvailles une tradition. Andreas était heureux à la pensée de voir plus souvent sa belle-famille. L'idée d'avoir un second père, un second frère, un second foyer lui donnait une sensation de sécurité et suffisait à sa joie. Mais il appréciait également les personnes réelles qui se cachaient derrière ces mots. Il éprouvait de l'admiration pour le naturel calme de Ferdinand, dans lequel il voyait un reflet de son propre caractère ; le tempérament sanguin, despotique et cependant plein de bonté de Goldberger l'amusait ; Anna lui apparaissait comme un double de Martha, une sœur plus vive et moins soucieuse ; quant à la douceur qui émanait d'Elisabeth, elle était une lumière dont tous étaient baignés et nourris. Martha elle aussi se réjouissait du voyage. Et si Andreas jugeait qu'elle et Anna auraient pu être des sœurs de sang, Martha ne pensait pas autrement : dès leur première rencontre, à l'occasion des noces, elle avait eu cette impression. Nulle ne lui était plus proche qu'Anna. Un sentiment tout à fait nouveau s'était alors fait jour en elle – il évoquait toutes proportions gardées la complicité qui avait fini par l'unir à Andreas, mais c'était un lien cependant très différent, moins étroit. Quand elle était avec Anna, il lui semblait qu'elle ne pouvait commettre aucun faux pas. Elle oubliait en sa compagnie toute prudence – elle était telle qu'elle était ; et, à sa propre surprise, elle se découvrait parfois sous un autre jour. Elle avait grandi et vécu dans de perpétuelles attentes, et bien des facettes d'elle-même lui étaient encore inconnues. Oui, Martha aussi était heureuse de les revoir. Mais lorsqu'on les invita pour la première fois à célébrer le dimanche de Pâques en famille, parce qu'Elisabeth avait dû abattre un petit agneau aveugle, ce n'est déjà plus Anna qu'elle brûlait de retrouver, mais Elisabeth.

C'est que les enfants étaient nés dans l'intervalle. D'abord l'aîné Paul, puis un autre garçon, Thomas, et enfin Maria, la dernière en date. La première naissance avait suffi à creuser entre les deux femmes un fossé insurmontable. La venue au monde des autres enfants n'avait pas contribué à l'élargir ni à le combler: la distance s'était maintenue. Martha reprochait sourdement à Anna d'avoir franchi ce pas qui l'éloignait irrémédiablement de leur univers commun, même si la raison, la bienséance et la piété lui laissaient entendre qu'elle n'avait aucun reproche à formuler. Et quand elle faisait retraite en elle, la vérité lui apparaissait sans fard: le lien qui l'unissait à Anna s'était brisé. C'est alors que Martha s'était tournée vers Elisabeth. C'est en elle qu'elle s'était mise à voir peu à peu son propre reflet. Les pensées qui s'étaient attachées si étroitement à la personne d'Anna avant de se dissiper se reportèrent sur Elisabeth.

Le premier dimanche de Pâques qu'ils célébrèrent ensemble fut merveilleux. Ils se retrouvèrent tous pour fêter la résurrection du Christ – et Martha se disait en elle-même: Je célèbre ma propre résurrection. Elle avait été si accablée de constater que le lien qui l'unissait à Anna, sa sœur Nani, son âme jumelle, s'était rompu. À présent, avec Elisabeth, elle voyait de nouveau la lumière. Ce fut à la lettre une résurrection, un retour glorieux à un état de bonheur ancien. Lorsque Anna l'avait saisie par le bras pour la conduire dans la maison, elle s'était dégagée brusquement. Non, elle ne se laisserait plus tirer vers le bas. On se revoyait au plein de l'été, pendant la récolte, puis à Noël. Martha se languissait de ces retrouvailles. Quelques années s'écoulèrent ainsi.

Un jour pourtant elle s'aperçut – il avait suffi de trois fois rien, d'une simple question de Goldberger, en apparence insignifiante – que l'espoir de tomber enceinte demeurait vivace en elle. Il subsistait un fond d'espoir. Alors, comme s'il avait suffi de cette découverte pour lui porter un coup fatal, l'espoir s'éteignit. Les liens qui l'unissaient à Elisabeth en furent brisés. Quand elles se revoyaient, Martha ne cherchait plus à engager la conversation. Elle évitait tout contact oculaire prolongé. Lors des promenades, elle se tenait au côté de Ferdinand. Et quand Elisabeth s'approchait d'elle malgré tout pour lui poser une question, elle répondait certes d'un ton aimable, mais en éprouvait intérieurement une certaine répugnance. Pis encore : du dégoût. Elle avait beau se répéter que c'était elle dont l'attitude était répugnante, puisqu'elle n'avait cherché la proximité et l'appui d'Elisabeth qu'aussi longtemps qu'elle s'était sentie en avance sur elle, supérieure en quelque façon, et, se reconnaissant désormais en elle, en éprouvait du dégoût, la répugnance qu'Elisabeth lui inspirait n'en fut pas atténuée. Il ne servait à rien de se dire que ce dégoût n'était jamais qu'un dégoût d'elle-même. Il ne se dissipait pas pour autant. Il la tenaillait encore, et lors des promenades elle ne s'en allait plus qu'au bras de Ferdinand.

Désormais, il arrivait à Andreas de travailler même le dimanche. Martha s'en accommodait très bien. Ils avaient fini par vivre simplement côte à côte, déçus tous les deux mais dissimulant à l'autre cette déception.

Vint alors l'année où Martha annonça à Andreas qu'elle ne se joindrait pas à eux pour célébrer Pâques. Andreas acquiesça sans dire un mot et se rendit seul à Rosental. Il expliqua à la famille que Martha était subitement tombée malade, et qu'elle les priait de l'excuser. Elle ne lui avait pas demandé de le faire, mais il en avait éprouvé le besoin. À l'approche de Noël, elle lui dit qu'une fois encore elle resterait dans le haut pays. Elle ne serait pas du voyage. Andreas hocha la tête, s'en alla sans elle et l'excusa auprès des autres. Il voulait croire à toute force que ce n'était qu'une crise, un mal passager. Mais lorsque l'année suivante, au moment de Pâques, tout parut se répéter à l'identique, Andreas n'y tint plus et questionna son épouse : « Tu as donc l'intention de ne plus jamais remettre les pieds à Rosental ? » Elle le regarda longuement, et l'ébauche d'un sourire sembla se dessiner sur son visage, affleurer sur son front, ses joues, au coin de ses yeux, sur ses lèvres enfin : « Oui, répondit-elle. Je n'ai plus l'intention d'y aller. » Et, après une courte pause : « Tiens, il me vient une idée. Dans la chambre à coucher, à l'étage, là où dort Ferdinand, il se trouve un fauteuil à oreilles. Une vieille bergère de cuir marron.

Personne ne s'en sert. Rapporte-la-moi, s'il te plaît. Demande la permission à Ferdinand. Dis-lui que c'est à ma demande. Il n'aura rien contre. Mais fais en sorte que papa n'en sache rien. » Andreas la regarda. « Tu ferais ça pour moi ? » Il acquiesça. Qu'aurait-il pu faire d'autre ?

Jamais une échancrure de clarté ; pas même maintenant, au cœur du printemps. Tout restait aussi sombre et dense qu'à l'ordinaire. C'est curieux, songeait-elle. Autrefois, elles m'apparaissaient comme un rempart impénétrable et permanent. Et à présent ? Un rempart contre quoi ? C'est en moi qu'il faudrait des forêts comme celles-là. Du plat de la main, elle se frappa doucement la poitrine, sans quitter du regard la fenêtre et ces bois immobiles qui s'étendaient à quelque distance de là, en arrière-plan.

Pendant ce temps-là, Andreas était à Rosental dans la cuisine de la ferme de Ferdinand et d'Anna. Il était comme toujours le premier. Anna se tenait aux fourneaux et lui tournait le dos, Ferdinand était assis à la petite table de la cuisine, qu'on n'avait pas encore transportée dans le séjour. Andreas marchait de long en large et rassemblait ses pensées. Lorsque Goldberger et Elisabeth franchirent le seuil de la maison et se figèrent net dans le passage qui menait à la cuisine, comme devant un mur invisible, il ne parut pas le remarquer du tout. Il marchait de long en large et rassemblait ses pensées. Anna ne cessait de se retourner vers lui. Qu'avait-elle donc ? Il rongeait consciencieusement un ongle qui était trop long. Non, cette fois il ne prétendrait pas que Martha était souffrante. Ce n'était plus possible. Il fallait qu'ils sachent ce qu'il en était. Ce qu'il en était. Il marchait de long en large. Il croyait la voir flotter devant lui, comme un spectre. Pendant de longues minutes, il oublia tout à fait où il se trouvait, puis brusquement il se ressaisit. Mais comment le leur annoncer ? Il était démuni. Les seuls mots qu'il trouva furent ceux, brefs et dérisoires, qu'il se répétait sans fin à lui-même. Il ne s'était pas rendu compte que tous l'observaient. Après avoir arpenté la pièce en tous sens pendant un bon quart d'heure, il s'immobilisa, se racla la gorge et lâcha : « Elle ne dit plus un mot. Voilà plus d'un an qu'elle ne parle plus. Il n'y a jamais qu'à Pâques et au moment de Noël qu'elle me souffle : “Je ne viendrai pas”. » Il avait prononcé ces mots d'une voix étranglée. Anna se cacha le visage dans les mains. Ferdinand déglutit, amorça une phrase qui s'étouffa dans sa bouche. Elisabeth esquissa quelques paroles d'apaisement : « Oui… bien sûr… mais… » C'est alors que Goldberger l'interrompit. Il lui coupa sèchement la parole et observa : « Elle est la première. » Tous les yeux étaient rivés sur lui. Il se tenait dans l'encadrement de la porte et il avait la mort sur le visage. Le regard pétrifié. Son teint était blafard et plus aucune expression ne se lisait sur sa figure. Il enserrait d'une main le châssis de la porte. Les jointures de ses doigts étaient d'un blanc saillant. Il ne répondit à aucune des questions tranchantes de Ferdinand, qui le cinglaient comme autant de coups de fouet. « Comment ça, la première, père ? Qu'est-ce que ça signifie ? Que veux-tu dire ? Tu vas parler, dis ! Tu vas l'ouvrir, ta grande gueule ! » Mais Goldberger saisit son chapeau à deux mains, pivota sur lui-même, quitta la cuisine et ne revint plus.

8

L'alezan dépérissait à vue d'œil. Il n'était plus qu'une carcasse, et l'on avait dû se résoudre à lui donner le coup de grâce. C'est un voisin, le père de Martin, qui s'en était chargé pour Ferdinand. Martin, qui faisait désormais presque partie de la famille, car il leur rendait très souvent visite, prêtait main-forte à Ferdinand dans bien des domaines et connaissait l'exploitation presque aussi bien que lui, le lui avait proposé un jour qu'ils se tenaient tous deux dans l'écurie, devant la stalle où le cheval à la robe fauve, les yeux mi-clos, venait justement de se coucher sur le sol, et que Ferdinand lui avait demandé : « À qui confier ce soin ? » Goldberger, que le hasard avait conduit ce jour-là dans l'écurie, où il remplaçait la planche supérieure – presque entièrement rongée – d'une des cloisons de bois, avait immédiatement posé ses outils et s'en était allé. Martin était alors venu à la rescousse de Ferdinand. Il n'était pas rare, lui avait-il assuré, qu'on eût recours à son père pour ce genre de choses. Ferdinand acquiesça et dit à voix basse : « La semaine prochaine. Laissons-lui encore une semaine. C'est mieux pour tout le monde. » Jamais le passé, le présent et l'avenir ne s'incarnèrent à ses yeux avec autant de force qu'en cet instant. C'était comme si la bête, maintenant que son destin venait d'être tranché, était soudain soustraite au temps, et que celui-ci se matérialisait un moment dans l'espace. Ferdinand inspira et expira profondément, puis il dit : « Entendu. » Martin le regarda, hocha la tête et répéta ce mot dans lequel il avait cru entendre une question : « Oui. Entendu. »

On a coutume de dire que l'épargne ne mène en rien à la fortune. En prenant soin de ne presque rien dépenser, Ferdinand avait pourtant fini par se constituer un assez joli pécule. Pendant les premières années où il géra la ferme, il ne mobilisa jamais que ses bras infatigables. La vente des excédents de céréales, de ballots de paille et de foin lui assura ses premiers revenus, puis ce fut la production laitière et, depuis quelques années seulement, la vente d'agneaux et de jeunes bovins. Il n'aurait pas eu précisément besoin des pièces de Goldberger – du produit de la cession des bois de l'Innviertel –, mais il les prit cependant, pour que l'exploitation forestière n'eût pas été liquidée en vain, qu'il demeurât une trace de ce qui s'était perdu, et que de cette perte pût naître un nouveau départ. Il s'en empara donc, les convertit en schillings et les ajouta à ses économies. La somme lui fut suffisante pour acheter un tracteur de soixante chevaux-vapeur, une charrue, une herse, un semoir à grains et un pick-up Volkswagen noir. Il fit toutes ces acquisitions en une seule journée ; celle qui succéda au jour où l'on avait administré à l'alezan le coup de grâce. Et il n'acheta rien d'occasion. Il se rendit chez le marchand de machines agricoles et le concessionnaire automobile, leur décrivit précisément ce qu'il voulait et à quel prix. Au début, les commerçants se récrièrent : Diable, il souhaitait donc leur ruine ! Mais Ferdinand demeura inflexible. Il levait les yeux au ciel, sortait sa liasse de billets et comptait ceux-ci un à un. Puis il leur annonçait encore le montant qu'il était disposé à payer. La ferme volonté de Ferdinand, la vue des billets surent fléchir les vendeurs et ils acceptèrent enfin. Ferdinand n'avait pas bougé d'un millimètre. Il régla ses achats en espèces, à la seule condition que toute la marchandise lui fût livrée dans la journée. Le concessionnaire automobile s'exclama : « Par exemple, et puis quoi encore ? » Un sourire monta naturellement aux lèvres de Ferdinand. Mais il le réprima à temps et dit : « Rien d'autre, ce sera tout. » On procéda à la livraison le jour même. Les véhicules et les machines agricoles s'alignaient impeccablement devant la ferme, comme pour une exposition.

Les chromes étincelaient d'un éclat si vif dans la lumière du jour ! Lorsque le premier camion arriva, tous s'empressèrent de sortir pour le regarder. Ferdinand seul resta dans la maison et n'en franchit le seuil qu'à l'instant où le camion s'arrêta, où le chauffeur en descendit et s'avança vers lui en dépliant un bordereau de livraison. Il lui demanda s'il était à la bonne adresse. Anna considéra Ferdinand. Celui-ci haussa les sourcils. Le chauffeur insista : « À moins que je ne fasse erreur ? Je dois le livrer à un certain monsieur… Goldberger. » Il leva les yeux de son bordereau. Le tracteur lie-de-vin était rutilant. Il trônait sur le plateau du camion comme un trophée. Anna dit : « Ferdinand ? » Il longea le véhicule à pas énergiques, s'avança entre les deux pommiers du jardin qui étaient grands désormais, décrocha le fil à linge et lança au chauffeur qui, après qu'Anna lui avait confirmé qu'il ne se trompait pas d'adresse, ou du moins qu'ils s'appelaient bien Goldberger, avait commencé à installer la rampe de chargement : « Déposez-le ici ! » Il s'en était allé d'une foulée alerte, oui, mais à l'instant où il s'arrêta, il se demanda avec angoisse si quelqu'un s'était aperçu que ses genoux flageolaient. Il commandait au chauffeur-livreur du ton le plus autoritaire dont il fût capable ; il ne voulait pas se charger de descendre lui-même le tracteur, comme le chauffeur l'espérait pourtant. La seule fois de sa vie qu'il avait été juché sur une telle machine, c'était lorsque le vendeur lui avait fait l'article. Il ne savait même pas comment l'on passait les vitesses – ou disons plutôt que ses connaissances étaient au mieux théoriques. Avec prudence, le chauffeur se chargea de manœuvrer le tracteur et le gara à l'endroit qu'on lui avait indiqué. Ferdinand dut signer un reçu, puis l'homme remonta prestement dans son camion, klaxonna pour faire plaisir aux enfants qui lui adressaient des signes, puis il s'en fut. À peine avait-il disparu de l'autre côté de la croupe de la colline qu'il pressa encore l'avertisseur. Quelques coups de klaxon lui répondirent. Le timbre en était plus aigu. Peu après, on vit paraître deux automobiles au sommet du coteau. L'une, neuve, était laquée de noir ; l'autre, plus ancienne, était rouge. Elles s'arrêtèrent toutes deux devant la ferme. Ferdinand dit laconiquement : « Gare-la là-bas, à côté du tracteur. » Ce va-et-vient dura toute la journée, jusqu'à ce qu'enfin tracteur, auto, charrue, herse et semoir à grains fussent alignés devant la ferme comme des bêtes aux comices, à l'ombre des pommiers aux ramures larges. La lumière ruisselait sur eux au crible des feuilles. Des taches de soleil dansaient sur les carrosseries neuves. Grouillaient comme des fourmis. En face se tenaient Ferdinand, Anna, les enfants, Elisabeth et Goldberger. Ils restaient figés devant les machines comme à la vue d'un prodige. Joseph et Gerti se joignirent à eux un peu plus tard. Alors que le soir était déjà tombé, Christine et Karl arrivèrent enfin. Ferdinand et son beau-frère restèrent un long moment encore devant la maison, à boire du poiré dans un cruchon qu'ils se passaient sur la table sans plus de façons. « Ça, c'est du matériel », souffla Karl. Ce furent les seuls mots qui lui vinrent à l'esprit, partie parce qu'il en restait sans voix, partie parce que les machines agricoles n'étaient pas son domaine, et Ferdinand éclata d'un rire retentissant. Il était un peu éméché, il est vrai. Il avait le cœur en liesse. Oui, pour une surprise, il leur avait fait une surprise. Il aurait fallu remonter à son mariage pour retrouver en lui une telle sensation d'allégresse ; il l'avait également éprouvée à la naissance de chacun des enfants. Mais plus jamais depuis.

Lorsqu'il avait fait la connaissance d'Anna, il avait connu un infime moment d'hésitation. Ce fut à l'instant où il l'interrogea au sujet de la ferme de ses parents, ou pour mieux dire de son frère Hubert, lequel s'acquittait de tous les travaux, et où, ne connaissant même pas la superficie approximative du domaine en ares, elle ne lui fit qu'une réponse incomplète. En cet instant, il avait été à deux doigts d'interpeller Hans et de l'associer à leur conversation, rompant ainsi le cercle qui s'était formé autour de lui et d'Anna. Mais il s'était ravisé en un éclair, et son instinct s'était montré plus prompt encore que sa pensée. Il avait tout aussitôt changé de sujet, et le cercle n'avait pas été brisé. Au contraire, il n'en fut que consolidé et cela ne les unit que plus indissolublement encore. Il n'était pas gênant qu'elle ne pût lui en dire long sur la ferme. Après tout, jusqu'à présent, il avait toujours su faire face sans aucun soutien. Celui qu'elle était susceptible de lui apporter, il le sentait, était d'une tout autre nature : il serait psychologique. Anna était capable d'enthousiasme, ce qui l'aiguillonnait grandement. C'est d'instinct qu'il avait pressenti en elle des qualités qui devaient se confirmer et se révéler précieuses par la suite.

Le lendemain matin, il s'éveilla plus tôt qu'à l'ordinaire. Il rejeta d'un geste sa chaude couverture, se leva sans faire de bruit, s'habilla et se chargea des travaux d'étable. Lorsque Anna parut sur le seuil, la mine battue de sommeil et les yeux étonnés, il avait déjà nourri les bêtes, fait la traite, curé l'étable et changé les litières. Les pensées ne s'engrenaient pas encore dans la tête d'Anna. Elle regardait son mari. Alors les machines lui revinrent à l'esprit. Comme Ferdinand était radieux ! Elle s'avança vers lui d'un pas titubant, lui effleura la joue et le qualifia de grand fou. Puis elle regagna d'une démarche pesante la maison où, comme Ferdinand devait s'en aviser par la suite, elle mettait la dernière main à une lettre qu'elle avait commencée la nuit même et destinait à Martha et Andreas. Pendant ce temps, Ferdinand s'était empressé de franchir le portail de la cour et de filer droit vers les machines agricoles. Il monta à bord du tracteur, cogita quelques secondes, abaissa l'accélérateur à main en position médiane, tourna la clé de contact et souffla : « Alors, ma rosse ? Nous allons voir un peu ce que tu as sous le capot. » Puis il coinça le démarreur en métal argenté entre l'index et le majeur, et le tira vers lui. Le moteur ronronna. Il lâcha le démarreur. De même que c'est empiriquement qu'il avait appris à accomplir toutes les tâches, ici, à Rosental, avec la vieille rosse de chair et de sang, désormais morte et enterrée, c'est sur le tas qu'il apprit à dompter la monture de métal et de caoutchouc à la robe lie-de-vin striée de beige. Même si des notices explicatives complètes étaient fournies avec le matériel, il se constitua régulièrement des notes à usage personnel – autant de chapitres qui venaient enrichir le grand livre dont les pages s'étalaient sur les murs de l'atelier. Comme à son habitude, c'est en un tournemain qu'il apprit à maîtriser le tracteur, les machines agricoles et l'auto. Au fond, cela ne différait pas grandement de l'approche des chevaux. C'est la voiture qui lui donna le plus de fil à retordre. Non la conduite en elle-même, mais la circulation. S'il avait été seul sur la route, rien ne l'aurait troublé ; mais il mit un temps fou à accepter que des véhicules, sur une voie d'une largeur si modeste, pussent circuler à une vitesse aussi vertigineuse en sens contraire au sien.

Ferdinand avait pris l'habitude de faire participer ses deux fils, autant que possible, aux tâches domestiques et agricoles. Paul avait été naturellement le premier initié. Il arrivait cependant qu'Anna leur interdît un travail que Ferdinand leur avait ordonné. Elle retenait alors l'un de ses fils par le bras et disait à Ferdinand : « Non. Il est encore trop jeune. » Alors le père posait les yeux sur son fils, haussait ostensiblement les épaules, levait les mains et déclarait avec un soupir : « Tu as entendu ? On te l'interdit. » Quand Anna s'irritait de cette attitude perfide, il en était blessé, lui donnait raison et confessait qu'il n'était qu'un égoïste – une « canaille », pour reprendre ses propres mots. La colère d'Anna n'en était pas dissipée pour autant, et il arrivait alors que de brefs et aigres échanges, à la teneur toujours identique, les opposent, Anna étant d'avis que les enfants n'étaient pas venus au monde pour travailler, tandis que Ferdinand estimait tout au contraire qu'ils se devaient d'être un ferme appui pour leurs parents. Mais Anna campait sur ses positions. Les enfants étaient un don de Dieu. C'était là leur seule raison d'être. Il ne s'agissait pas encore à proprement parler de disputes, mais de simples accrochages. Encore étaient-ils très rares. Même si cette façon qu'avait Ferdinand d'embrigader les enfants la mettait quelquefois hors d'elle, Anna, tout bien pesé, se réjouissait de constater qu'ils étaient traités ici comme elle le jugeait bon, c'est-à-dire comme des personnes autonomes capables de penser par elles-mêmes et dotées d'un libre arbitre qui ne manquait d'ailleurs pas de s'exprimer plus souvent qu'à son tour. Il ne lui était que de penser aux enfants de sa sœur, que leurs parents, et bien davantage encore leurs grands-parents – tout ce monde vivait sous le même toit – traitaient comme des créatures immatures. Chaque fois qu'elle y songeait, elle se sentait liée à Ferdinand plus profondément que jamais. C'est qu'elle avait pâti elle-même de cette éducation. Dans presque tous les domaines, on l'avait tenue en tutelle. Elle voyait dans l'attitude de Ferdinand à l'égard des enfants un reflet de son comportement vis-à-vis d'elle : il était certes exigeant, mais savait se satisfaire de ce qu'il avait. Auprès de lui, elle ne se sentit jamais insuffisante. C'était une chose qu'elle n'avait encore jamais connue jusqu'alors.

Les deux fils, pour l'instant, avaient cheminé sur la même voie, chacun à son train il est vrai. Mais avec l'acquisition des machines agricoles, ce pas immense qui avait inauguré en un rien de temps une ère nouvelle, la route commune semblait s'être partagée en deux voies distinctes. La manœuvre d'aiguillage avait-elle été impulsée par les machines ou par Ferdinand lui-même ? Dès la première heure de ces temps nouveaux, Thomas devint en tout cas inséparable de son père. Paul avait éprouvé lui aussi une vive curiosité, mais il s'était aperçu que Ferdinand lui-même devait commencer par faire ses armes, aussi avait-il préféré se tenir d'abord en retrait. Thomas était resté – parfois au grand regret de son père, car il lui était pénible de devoir avouer à son fils qu'il ne maîtrisait pas certaines tâches. Celui-ci, rien qu'en l'observant, apprit et retint mille choses qu'il ne fut plus nécessaire de lui inculquer par la suite, au point que Paul dut bientôt constater qu'il avait suffi à son frère de peu de temps pour le distancer irrémédiablement. Oui, irrémédiablement : car ils cheminaient à présent sur des rails différents. Il le savait. Bien sûr, il aurait pu poser des questions à son père ou à Thomas, et on se serait empressé de lui répondre ; mais il était trop tard pour emprunter une autre voie.

Il avait conscience qu'on ne misait pas sur lui pour reprendre la ferme. Il le savait depuis longtemps déjà. De même qu'il savait qu'il n'était pas fait du même bois que son père. Il se serait volontiers passé de cette certitude, mais elle l'habitait. À quoi le destinait-on, alors ? La question le préoccupait sans relâche. Depuis quelque temps, le mot « prêtrise » bourdonnait vaguement dans sa tête. Pourquoi ? D'où cette idée lui était-elle venue ? Jamais personne n'en avait parlé avec lui. Du reste il était assez rare qu'on se penchât sur l'avenir ; il n'était tout au plus qu'une lointaine perspective ; auparavant, il n'existait même pas, ou alors il ne désignait que l'horizon du lendemain. C'était peut-être vrai, après tout : Thomas était plus habile, plus adroit de ses mains. Il n'était cependant pas d'accord, mais se gardait de l'exprimer à voix haute. Il passait lui aussi bien des heures juché sur le tracteur, tenant en mains le volant d'un noir mat, et s'imaginait qu'il sillonnait les champs, à l'instar de son père. Un jour qu'il rêvassait justement ainsi, installé dans le tracteur, Ferdinand accourut et, se retroussant les manches de chemise, jetant de gauche à droite des regards fébriles, se dirigea droit vers lui. Il monta à bord du tracteur et lui lança d'un ton sans réplique : « Allons, déguerpis, Paul ! » Celui-ci ne broncha pas. « Tu es donc sourd ? » Alors Paul regarda son père et lui demanda : « Pourquoi ne m'apprends-tu pas à le conduire, papa ? » Il lâcha le volant et posa les mains sur ses genoux. Ferdinand paraissait ne même pas l'entendre. « Allez, ouste, cède-moi la place ! » Paul releva docilement les jambes, pivota, tourna le dos à son père, se laissa glisser du siège et sauta du tracteur sans utiliser le marchepied. Le siège à amortisseur hydraulique poussa un soupir, le moteur démarra et quelques instants plus tard le tracteur disparaissait déjà, laissant dans son sillage un tremblant nuage de fumée d'abord noir, puis gris, enfin presque transparent.

Ce jour-là, Paul passa le reste de son temps au bord du ruisseau, dont il remonta le cours jusqu'à ce qu'il trouve un emplacement qui lui plût. Il s'y posa. S'installa sur la terre noire et fraîche et laissa courir le regard le long des eaux qui, sous les rayons de soleil filtrant à travers les épaisses frondaisons des aulnes, des saules et des chênes, se moiraient de vert, de jaune, de bleu et d'ambre. Des poissons de toute taille et de toute sorte fusaient parmi les taches de lumière. D'innombrables insectes bourdonnaient à la surface du cours d'eau. Des heures passèrent. Il entendit soudain des voix qui clamaient son nom. Celle de sa mère dominait toutes les autres et plus rien n'existait hormis elle. Il y résonnait un désespoir profond. Paul retint son souffle. Les voix l'appelèrent longtemps encore. Elles lui faisaient du bien, lui réchauffaient les entrailles. Peu à peu une torpeur le gagna. Il n'était pas en danger, et prenait plaisir à écouter ces voix tâtonnantes qui cherchaient éperdument à l'atteindre ; elles le remuaient jusqu'au tréfonds. Le jour déclinait déjà lorsqu'il entendit soudain une rumeur grandir dans son dos. Seuls les premiers éclats de voix l'avaient effarouché et ému ; les autres lui avaient prodigué ensuite une sensation d'apaisement – ils redoublaient le murmure du ruisseau. Il s'était imaginé, peaufinant d'infinies variations, qu'il était mort et que tous versaient des larmes sur lui, se racontaient combien ils l'aimaient, à quel point il était un garçon épatant, lui, l'aîné de la fratrie, le fils préféré, le futur successeur de son père. La rumeur grandissante l'arracha à sa somnolence ; il était désormais parfaitement éveillé.

« Je vois que tu t'es trouvé un joli petit endroit. » C'était Ferdinand, son père. Paul saisit la petite boule de terre humide qu'il avait longuement modelée et tenue entre ses doigts, et la lança dans l'eau d'un geste ample et serein. Comme les centaines et les centaines de petites billes qu'il avait déjà façonnées, elle atterrit exactement entre les deux pierres qui figuraient à ses yeux une porte. « C'est papy qui t'a montré le coin ? — Non. » Ferdinand poussa un léger soupir de douleur et s'installa sur la berge à côté de son fils. Ils contemplèrent la fuite de l'eau.

« Je t'apprendrai, puisque tu y tiens, dit Ferdinand.

— Comme ça ? maintenant ?

— Je croyais que cela te ferait plaisir. »

Ils se turent de nouveau. Les eaux étaient noires, la nuit montait déjà sur les campagnes.

« À moins que tu ne veuilles pas ? », demanda Ferdinand.

Paul soupira. Il ferma les yeux.

« Il va falloir que je parte d'ici ?

— Quelle drôle de question, Paul ! Bien sûr que non ! Qu'est-ce que tu vas t'imaginer comme sottises !

— À quoi bon rester, puisque Thomas s'occupera de tout. Je serai de trop.

Il gardait les paupières closes.

— Tu ne seras pas de trop !

— Alors disons que j'encombre. Comme aujourd'hui, par exemple. Sur le tracteur.

— Non… simplement… », répliqua Ferdinand, mais il ne sut qu'ajouter. Simplement quoi ? Il n'était pas préparé à cette discussion, pas maintenant. Elle échappait à son contrôle.

« Papa, ne me mens pas ! C'est comme ça.

— Je ne te mens pas, sacredieu ! »

Paul avait rouvert les yeux. Comment Ferdinand allait-il retrouver la maîtrise de la situation ? Il était acculé. Il n'y avait pas d'issue. Il ne lui restait plus qu'à lui asséner la vérité. Alors que lui-même n'était pas encore prêt pour cela !

« Vois-tu, Paul, chacun d'entre nous possède des talents bien à lui… des dons… des domaines où il surpasse les autres…

— Même quand il s'agit de conduire un tracteur ? l'interrompit Paul.

— Oui, même dans ce cas. Partout. Sur tous les plans, il existe des différences entre les êtres… en toute chose. » Ferdinand, tout en débitant ainsi des généralités du ton le plus serein possible, s'efforçait de gagner du temps et de préparer le terrain, du mieux qu'il pût. Ce qui lui apparaissait depuis quelque temps déjà avec prosaïsme et netteté semblait cependant lui échapper.

« Mais tu ne m'auras même pas laissé essayer. Comment savoir si quelqu'un a des dispositions ou non, si on ne lui donne pas sa chance ? »

Ils se tenaient côte à côte et leurs regards filaient de conserve le long des eaux noires. Tout se dérobait à Ferdinand. Il n'avait plus la haute main sur rien. Les questions, la voix de Paul le désarmaient. Toute son expérience de père – où était-elle passée ? Il lui fallait répondre. Fournir à Paul une réponse. Mais que lui dire ? « Ne me mens pas ! » Les mots résonnaient encore à ses oreilles. Que dire ? Il prit une profonde respiration et, sans préambule, faisant soudain fi de toute logique et surtout de toute prudence, ne songeant qu'au plan qu'il avait élaboré mentalement avec précision et s'y cramponnant de toutes ses forces : « Dans deux ans, tu entreras au collège de K.

— Nous y voilà ! s'écria Paul. Tu m'as menti. J'en étais sûr : je vais devoir partir d'ici ! Vous voulez vous débarrasser de moi ! » Il eut un sanglot, se redressa d'un bond et décampa d'une démarche mal assurée. Ses jambes s'étaient engourdies et il s'étala de tout son long au bout de quelques pas.

Ferdinand resta assis sur la berge et s'écria d'une voix pleine de fureur : « Parfaitement, à K. ! Au collège ! Ça vaut mieux que de passer sa vie comme un imbécile sur un tracteur ! »

Jamais encore, il est vrai, sillonnant les champs, il n'avait éprouvé semblable sensation. Jamais. Mais en cet instant il l'éprouvait pourtant. C'était parce qu'il voulait y croire. De façon purement abstraite, comme s'il avait retenu une leçon, il souhaitait que son fils connût une vie meilleure – et pour que cette conviction prît pleinement corps, il lui fallait s'imaginer quelques secondes que sa propre existence – la vie paysanne en soi – était insupportable. La conversation l'avait profondément retourné. Il avait attendu ce moment depuis longtemps déjà, espérant de tout cœur qu'il serait à la hauteur de la situation. Plus il y réfléchissait, plus il lui semblait qu'il s'en était très bien sorti. Le plus dur était fait. Il avait posé des jalons. Il retrouva son calme. Un peu plus tard, il se mit à grelotter. Alors il repensa à Paul. Il avait passé des heures assis sur la rive du cours d'eau. Le gamin a dû attraper froid, se dit-il, puis il se redressa de toute sa hauteur en prenant appui sur les branches d'un noisetier et rentra chez lui à pas lents. Il ne sut jamais que Paul avait entendu les quelques mots qu'il avait lâchés.

Rares étaient ceux qui avaient su entrer aussi rapidement de plain-pied dans une ère nouvelle. Ferdinand était même le seul à des kilomètres à la ronde. Là où d'autres avaient eu besoin de plusieurs petits pas, plus ou moins laborieux, pour prendre leur essor, il avait suffi à Ferdinand d'un seul. Certains n'avaient pas été capables d'investir autant d'argent d'un seul coup ; d'autres n'avaient pas eu le courage de fournir un aussi colossal effort. L'étonnement et la surprise qu'avaient éprouvés les membres de sa propre famille se retrouvaient chez les autres paysans des environs. Mais eux ne se réjouissaient pas du pas immense accompli par Ferdinand. Non. Depuis le temps, on s'était habitué à le voir peiner à la tâche en plein champ, clopinant derrière le bœuf de labour ou l'un de ses chevaux de trait, ou, solitaire, allant de l'avant, l'air grandi, accomplissant le geste le plus ancien de la civilisation humaine et jetant les poignées de grain à la volée. Il était le dernier habitant d'un monde ancien ; un vestige. On le considérait avec un mélange de nostalgie et de pitié. Et bien davantage encore : avec un sentiment de supériorité discret et non formulé. Celui-ci était du reste justifié : chacun le dépassait de cent coudées, un peu plus année après année. Il faisait en somme figure de repère et leur permettait de mesurer leur propre évolution, laquelle demeurait la plupart du temps invisible, car elle était vécue et non pensée, et qu'on était si bien accaparé par l'ouvrage qu'on n'avait pas le temps de lever la tête et de regarder. Mais si toutefois on s'y employait, il suffisait de poser les yeux sur lui, de couler un regard vers le monde d'autrefois, pour voir avec netteté à quel point on s'en était soi-même éloigné.

Hormis Ferdinand, un seul homme se rattachait encore au monde ancien : Theodor, un paysan qui vivait à la lisière sud de Rosental, en solitaire, depuis qu'il avait chassé de la ferme son épouse, une fille de la ville, et que sa mère était morte peu de temps après. La vue de Theodor aurait pu ouvrir elle aussi à chacun une fenêtre sur le monde d'autrefois ; on y glissait du reste un regard de temps à autre, mais c'était plus par hasard que délibérément, car ce qui s'offrait alors à la vue, c'était avant tout le désespoir de Theodor, et les paysans en étaient peinés, désemparés, saisis d'un désagréable malaise.

Ferdinand à rebours n'avait même pas vu les autres se détacher ; il ne les avait jamais considérés à proprement parler sous un aspect économique. Il connaissait la situation dans les grandes lignes, les évolutions générales et particulières, cela lui suffisait. Un sentiment de triomphe le submergea pourtant lorsqu'il eut enfin fait l'acquisition de toutes les machines. Ce n'était cependant pas la jubilation orgueilleuse d'un vainqueur à l'endroit des vaincus. Simplement, il avait l'impression d'avoir réussi par lui-même, sans l'aide de quiconque.

Peut-être que les choses auraient été différentes s'il avait acheté du matériel d'occasion, une étape après l'autre. Peut-être qu'il en serait allé autrement s'il avait racheté à d'autres paysans leurs anciennes machines. Mais il n'en fit rien. Il n'avait pas rattrapé son retard avec lenteur. Non seulement il l'avait comblé d'une seule foulée, mais il avait distancé tous les autres, sans exception. À Rosental, nul hormis lui ne pouvait se targuer de posséder des machines flambant neuves. Chacun le ressentit comme une attaque personnelle, sinon un affront. On se crut traité de bas en haut. La seule chose qu'on pût faire en retour fut de témoigner du mépris à l'égard des Goldberger. On se remit en outre à voir en eux, si toutefois ce sentiment s'était jamais dissipé, des nouveaux venus, des étrangers. Ce ne fut pas le fruit d'une réflexion – on le fit par instinct.

Pendant longtemps, Ferdinand ne s'avisa de rien. Il continua de fréquenter régulièrement la table des habitués, de s'asseoir au côté des autres pour papoter, comme si de rien n'était, et cette cécité ne fit qu'accroître un mépris nourri de colère.

Un jour, à l'auberge, Ferdinand tomba sur Hans Kircher, le frère de Karl. Depuis des années, il prenait soin d'éviter Ferdinand. Pourquoi ne le faisait-il plus ? Lui avait-il enfin pardonné, lui qui était resté célibataire, d'avoir épousé Anna ? Ferdinand afficha une mine réjouie et le salua. Mais son vis-à-vis, à l'autre bout de la table, ne lui retourna pas son salut. Il se contenta de le regarder et ne souffla pas un mot. Ferdinand en resta perplexe. Il remonta en pensées à l'origine de tout. Si Hans ne le fuyait plus, pourquoi ne le saluait-il pas ? Et à quoi devait-on ce revirement ? N'était-ce jamais qu'un simple hasard ? Hans l'avait bel et bien regardé, cependant. Ferdinand ne comprenait pas. Lorsqu'il en fit part à Anna, le soir même, elle se contenta de hausser les épaules. Elle ne voulait pas entendre parler de Hans ; des années durant, il l'avait évitée et lui avait battu froid, et sa sœur lui avait rapporté combien il était abattu. Elle s'en était sentie suffisamment coupable. Il n'en subsistait plus en elle qu'un léger fond de colère, si ténu qu'il confinait presque à de l'indifférence. Le dimanche suivant, Goldberger et Elisabeth vinrent déjeuner à la ferme. Ferdinand leur raconta qu'il avait revu Hans. Anna en fut ulcérée. Elle s'écria : « Tu comptes le raconter à tout le canton ? Pourquoi ne pas écrire au journal, tant que tu y es ? » Il est vrai que la réapparition de Hans l'exaspérait aussi passablement. Pourquoi sentait-elle remonter en elle une colère depuis longtemps éteinte ? Cette résurgence à soi seule l'irritait. « Je croyais qu'il t'évitait », dit Goldberger, tout en retirant à la petite Maria la fourchette qu'elle tenait en main. « On ne t'a donc pas appris à tenir correctement ta fourchette ? » Ferdinand respira à fond, regarda les deux mains, la menotte toute rose et la grande main à la peau mate, et répondit : « Oui, c'est ce que je croyais moi aussi. Mais le voilà qui reparaît tout à coup. Il reste là à me regarder fixement et il ne dit rien. Je l'ai salué, pourtant. — Bizarre », observa Goldberger. Sous le regard noir d'Anna, il montra à Maria comment il lui fallait tenir sa fourchette. « Je me demande pourquoi il ne me répond rien. » Goldberger s'en fichait. Seule l'intéressait la façon dont la petite main de la fillette saisissait la fourchette. Ce n'était pas tant qu'il tenait à parfaire l'éducation de sa petite-fille ; ce n'était pas son rôle ; il pensait simplement de façon pratique : quand un enfant est capable de manger correctement tout seul, c'est autant de travail en moins. « Je ne comprends vraiment pas. Enfin, peu importe », dit Ferdinand en écartant ses couverts. « Et laisse la petite manger tranquille. Elle y arrive très bien toute seule. » Aussitôt Goldberger reposa sur Maria des yeux soupçonneux : elle avait repris la fourchette en main de la même façon qu'auparavant. Il eut un geste de dépit. Ferdinand s'étira de tout son long afin de regarder par la fenêtre. « Quelle belle journée ! » Le ciel, les montagnes, les bois, les prés et les champs, tout resplendissait. Les arbres se paraient de somptueuses pommes rouge vif. Paul et Thomas se retournèrent, se mirent à genoux sur leurs chaises et regardèrent une minute par la fenêtre eux aussi. Enfin le temps leur parut long et ils se rassirent. Tous gardèrent le silence un moment. « C'est à cause des machines », dit alors Elisabeth. « Pardon ? » Ferdinand considéra le visage serein de la femme. « Ce sont les machines. Ils ne te le pardonnent pas — Je ne vois pas ce que j'aurais à me faire pardonner ! », railla Ferdinand. Elisabeth haussa les épaules. Puis elle ajouta : « C'est ainsi, voilà tout. Tu nous as demandé pourquoi Hans ne t'évitait plus. Eh bien, je te réponds. » Ferdinand détourna le regard et le braqua sur Goldberger. Ils haussèrent les sourcils au même moment. Ferdinand eut encore un petit rire et secoua la tête. « Ça, par exemple ! », dit-il. Et aussitôt : « Quelle foutaise ! » Ces mots parurent clore la discussion. On se mit dès lors à évoquer les semailles d'hiver. Mais il s'avéra bientôt que ce n'était qu'une simple interruption. La matière de la conversation n'était pas encore épuisée. Une semaine plus tard, on reprit en effet celle-ci exactement là où on l'avait laissée.

C'est que Ferdinand, dans l'intervalle, n'avait cessé de repenser aux paroles d'Elisabeth, qu'il avait d'abord écartées avec dédain. Elles tournaient sans fin dans son esprit. Elles lui semblaient pénétrées d'une certaine cohérence, mais il n'en perçait pas la logique profonde. Ce qui faisait tenir le tout. Le dimanche soir, il décida de lui rendre visite. Il s'arrêta en chemin devant le pommier Gravenstein, dans la prairie déjà humide de rosée, cueillit quelques belles pommes et s'en bourra les poches. Il coupa au travers des champs déjà fumés, labourés, hersés, foula la terre nouvellement cultivée. Comme l'ouvrage avançait vite à présent ! Grâce aux économies que les machines lui avaient permises, il avait même pu s'atteler à augmenter son cheptel. À chaque pas, les pommes lui frappaient les cuisses avec une ferme douceur ; il les sentait rouler aussi dans la poche pectorale de sa chemise, palpiter comme de petites bêtes pelotonnées. Il atteignit la ferme d'Elisabeth et franchit le seuil du corps de logis. Elisabeth se tenait dans la cuisine. Une écuelle coincée entre les jambes, elle dénoyautait des prunes. Elle était seule. Goldberger était allé faire un petit tour à la carrière, comme il en avait l'habitude à la tombée du soir. « Et le père ? », demanda Ferdinand. Elle : « Ah, ce brigand-là ! » Ferdinand lui tendit les pommes, à pleines poignées. Elle s'écria : « Des Gravenstein ! Merci ! » Elle lui demanda s'il voulait boire quelque chose. Il prendrait volontiers un verre de poiré. Elle mit de côté l'écuelle, se leva, alla chercher le cruchon et un verre propre. Ferdinand s'assit à la table et se servit lui-même. Le poiré avait une robe profondément dorée. Ferdinand en but une gorgée. Il était de l'année précédente, mais la saveur en était fraîche encore, comme si on avait tout juste achevé de le faire fermenter. Elisabeth se rassit et se consacra de nouveau aux prunes au parfum puissant. Elle en incisait la chair et les dénoyautait avec la pointe du couteau. Elle dit : « Il sera de retour dans un instant. Il ne reste jamais bien longtemps là-bas, le soir. — Ce n'est pas pour lui que je suis venu, mamie », dit Ferdinand. Au même instant ses joues s'empourprèrent et, baissant les paupières, il se corrigea aussitôt : « Elisabeth. » Celle-ci sourit et lui souffla : « Mais oui. » Le même sourire s'épanouissait sur ses lèvres chaque fois que Ferdinand l'appelait « mamie ». Elle en était heureuse, se sentait comblée, le cœur lui battait de joie. Ils se turent un moment. Ferdinand était un peu oppressé. Enfin il se lança : « C'est à cause de ce que tu m'as dit l'autre jour. Tes paroles ne me sont pas sorties de la tête. Que voulais-tu dire exactement ? — C'était à quel propos ? » Une expression de gaieté s'attardait encore sur sa figure. « Au sujet des machines. Tu as dit qu'ils ne me le pardonnaient pas. Mais encore ? Et peux-tu m'expliquer pourquoi Hans

– tu sais bien, Kircher, le menuisier – s'est remis à fréquenter l'auberge ? Y a-t-il un rapport ? » Elle soupira, écarta le couteau, posa les mains sur ses cuisses. Elle se renfonça sur sa chaise, dont le bois grinça. « Comment te l'expliquer ? Quelqu'un au village t'a-t-il déjà parlé de tes nouvelles acquisitions ? — Tu fais allusion aux machines agricoles ? » Ferdinand réfléchit. « Non, répondit-il. — Mais tout le monde est au courant, dit Elisabeth. — Oui, répliqua Ferdinand, pour sûr. » Quand un gars du pays achetait du matériel neuf, lui-même ne tardait pas à l'apprendre. Ce genre de nouvelles circulait vite. « Disons que c'est..., dit-elle avant de s'arrêter net. — Oui ? — Une forme de jalousie, poursuivit-elle aussitôt. Oui, c'est le mot. Tout simplement. De la jalousie. — Et Hans ? » Ferdinand ne comprenait toujours pas ce qu'il venait faire là-dedans. « Vois-tu, avança prudemment Elisabeth, je ne perçois les choses que de mon point de vue. Je ne sais pas ce qui se trame dans la tête de ces paysans-là. Mais si Hans a recommencé à fréquenter l'auberge, alors qu'il n'y avait plus mis les pieds depuis des années, et s'il ne t'adresse plus la parole, c'est certainement que quelque chose a changé. Que le regard que les autres agriculteurs posent sur toi n'est plus le même. Les rapports se sont inversés, à tes dépens. Et Hans en a repris du poil de la bête. » Ils se turent. Ferdinand s'évertuait à suivre coûte que coûte les pensées d'Elisabeth, qui lui semblaient se disperser dans toutes les directions. Bon Dieu de bois, il s'épuisait à les suivre, elles étaient insaisissables. Elisabeth dit : « Tu sais, c'est juste ce que je pense. Alors je te l'ai dit. N'accorde pas trop d'importance à mes paroles. » Que disait-elle ? « Comment ? Non, non », coupa court Ferdinand. Il avait besoin de calme et de silence. Il gardait les yeux rivés au sol, secouait la tête avec dépit. Où étaient passées les pensées ? Tiens, en voilà une qui filait justement par terre, entre deux carreaux de grès. Il la tenait. Et les autres ? Il se prit la tête à deux mains. Un peu de temps s'écoula, mais il finit par les retrouver toutes et rattrapa le fil de sa pensée. Il s'efforça de mettre de l'ordre dans ses idées. Plusieurs minutes passèrent. Le couteau s'enfonçait encore dans la chair des prunes. On entendait la lame frotter et claquer contre le noyau. Ferdinand reprenait mentalement tous les propos qu'elle lui avait tenus, il y avait un instant encore et une semaine plus tôt. Il comprenait enfin. De la jalousie. Et maintenant du mépris. Oui. Cela n'avait rien à voir avec Goldberger, rien à voir avec la carrière, ni avec la façon dont son père s'en était rendu propriétaire. Non, non. Lui seul, Ferdinand, était visé. « Tu penses vraiment ce que tu dis ? » Ferdinand baissa encore les yeux vers ses pensées. Elles étaient à présent rassemblées à ses pieds sur un carreau. « Ce sont de simples idées en l'air. Ne leur donne pas une telle importance, Ferdinand. Il est possible que je me trompe complètement. — Non, dit Ferdinand. Non. » Les pensées reposaient toutes sur le même carreau, à cinquante centimètres de ses pieds. Elles n'étaient pas bien nombreuses ; leur ampleur était modeste ; elles s'emboîtaient parfaitement. Diable, c'est qu'elle a raison, songeait-il. Elle y voit clair. C'était comme si elle avait saisi en l'espace d'une seule seconde ce qu'il avait mis tant de temps à comprendre. Elle n'avait même pas eu besoin d'approfondir sa pensée. Il lui avait suffi d'ouvrir les yeux. Comme malgré lui, Ferdinand se leva de sa chaise, s'avança vers Elisabeth, se pencha en avant et déposa un baiser sur sa joue. Puis il eut un léger mouvement de recul, tressaillit comme s'il avait reçu une décharge, se figea, tourna les talons et partit.

Goldberger, qui eut encore le temps d'entrapercevoir Ferdinand, de loin – il le salua d'un bref geste du bras –, trouva Elisabeth prostrée dans la cuisine, la tête entre les mains. Lorsqu'il fut tout près d'elle, et vit qu'elle ne bougeait toujours pas, il lui releva le menton avec la pointe de l'index pour la regarder en face. Alors, comme si son doigt était une brise secouant un feuillage mouillé de pluie, des larmes roulèrent sur ses joues et tombèrent dans la large et profonde écuelle où reposaient, presque noires à l'extérieur, d'un jaune miel irisé de vert à l'intérieur, les prunes éventrées.

Il arrivait à Anna de demander à Ferdinand de faire un effort et de prendre dans ses bras les enfants – peut-être pas les garçons, mais du moins Maria, la plus petite – et de leur souffler quelques mots tendres. Elle le regardait avec de grands yeux et lui assurait qu'ils en avaient besoin. L'entendait-il seulement ? Comprenait-il ce qu'elle disait ? Et devinait-il que ce faisant elle parlait aussi bien d'elle-même ? Non. Il se contentait de hocher la tête. Ses paroles ne déclenchaient rien en lui. Il avait un grand cœur, elle le savait ; mais le cœur, chez chacun d'entre nous, demeure caché et ne parle pas de lui-même. Il lui faut pour cela les mains, la bouche, le corps tout entier. Ainsi seulement il peut s'exprimer. Quand Maria l'assaillait de baisers, il riait de ces soudains élans. Mais il les accueillait volontiers, il ne les repoussait pas. Alors, une fois stimulé, Ferdinand se montrait chaleureux et aimant. Son cœur, une fois éveillé, ébranlé, s'épanchait enfin, et chacun voyait combien il était grand et généreux. Mais il ne parlait pas de sa propre initiative. Et, ce jour-là, il avait suffi des quelques mots d'Elisabeth, si vrais, si lucides, pour émouvoir son cœur, aussi l'avait-il embrassée sur la joue.

Ferdinand ne cessa pas du jour au lendemain de fréquenter la table des habitués. Il ne put se déprendre aussitôt de cette habitude qui lui était après tout très agréable. Autrefois, il plaçait la solitude au-dessus de tout ; mais il avait un peu changé au fil des années. Il avait pris le pli de fréquenter les piliers de l'auberge, et si cette habitude lui était si chère, c'était parce qu'ainsi, entouré d'un groupe, il pouvait se donner congé à lui-même. Il se mêlait aux conversations, contait des histoires, mais rien de ce qui se disait là n'entretenait à vrai dire un rapport profond avec lui-même, avec la façon dont il se ressentait le reste du temps. Non, il ne voulut d'abord pas rompre cette habitude. Mais depuis sa conversation avec Elisabeth, son regard avait changé et il prêtait à leurs propos une attention toute différente. C'est avec des yeux et des oreilles neufs qu'il se rendit désormais à l'auberge – ou disons peut-être qu'il observait et écoutait autrement. Quelque chose avait changé. Quand il lui arrivait encore de raconter des histoires, elles soulevaient toujours des rires, mais à présent de moins bon cœur. C'était comme si la gaieté des autres se tempérait de mauvaise conscience. Et si Ferdinand préférait garder le silence, on ne l'interrogeait ni ne lui adressait la parole. On ne l'associait plus aux conversations. Tout avait donc changé ? Complètement changé ? Oui, c'était indéniable. À mesure que le temps passait, l'explication d'Elisabeth lui paraissait de plus en plus convaincante. Chaque fois qu'il y réfléchissait, il se disait que si on lui avait toujours manifesté une telle bienveillance, par le passé, c'était parce qu'on le considérait de haut. Lui faudrait-il admettre qu'il s'était trompé à leur sujet, pendant des années ? Il ne put apporter à toutes ces questions des réponses définitives. Mais bientôt il ne raconta plus la moindre histoire et ses plaisanteries se tarirent. C'est en silence qu'il leur prêtait compagnie. Un jour que Kurt, le père de Martin, lui faisait face, il voulut lui demander quand tombait l'anniversaire de son fils, aussi l'interrogea-t-il, mais Kurt n'eut aucune réaction. « Hé, Kurt ! », insista alors Ferdinand, d'une voix plus vigoureuse, croyant que l'autre ne l'avait pas entendu. Mais celui-ci regarda dans une autre direction. Il fut cependant parcouru d'un infime tressaillement. Ferdinand s'en aperçut. « Kurt », répéta-t-il. Toujours aucune réaction. Ferdinand tendit légèrement le bras et donna de petits coups sur la table, comme s'il frappait à une porte. « Kurt. » Celui-ci ne broncha pas. Ferdinand regarda à sa droite et s'aperçut que Hans et un autre buveur encore l'observaient. On l'avait donc entendu même à l'autre extrémité de la grande table. Lorsque Ferdinand fixa le regard sur l'autre homme, celui-ci détourna immédiatement les yeux. Non, ce n'était pas qu'on ne l'associait plus aux conversations : on l'excluait délibérément ! On ne lui adressait même plus la parole ! Seul Hans comme à son habitude ne le quittait pas des yeux. Ferdinand soutint ce regard et, montrant les dents un infime instant, dit enfin : « Dois-je transmettre tes amitiés à Anna ? » Hans serra plus fermement l'anse de sa chope, mais il demeura impassible.

Ferdinand ne resta pas une minute de plus. Il ne termina pas sa bière, jeta son manteau sur ses épaules, déposa quelques pièces sur la table et quitta l'auberge. Il rentra chez lui en sinuant entre les congères. Les chaînes à neige grinçaient et claquaient sur la route. De ce jour, il ne fréquenta plus jamais la table des habitués.

Ferdinand n'avait pas le mépris instinctif. Pour qu'il y accède, il lui fallait le truchement de la réflexion. Tout au long de l'hiver, il s'était justement creusé la cervelle, et la conclusion à laquelle il en était arrivé était le mépris. Jusqu'au bout, il subsista cependant en lui un soupçon d'incrédulité. Mais les derniers doutes que lui inspirait l'explication d'Elisabeth finirent aussi par se dissiper. Il n'avait causé de tort à personne, ne s'était querellé avec aucun d'eux, et le mépris qu'il en conçut pour tous, sans la plus petite exception, n'en fut que plus grand. Puisque le mépris des autres à son égard était injustifié, c'est à bon droit qu'il les couvrirait à son tour de son propre mépris – mais il garda celui-ci pour lui-même. Il n'éprouvait pas le besoin de le leur témoigner. Tout restait intérieur.

Au terme de bien des semaines, vers la fin de l'hiver, alors que la fonte des neiges était déjà bien avancée, que le vert et le marron pâle étaient les couleurs dominantes d'un paysage au lavis, et que les oiseaux, de leurs chants allègres, hâtaient déjà la venue du printemps, Anna demanda à son mari : « Et l'auberge ? — Eh bien, qu'y a-t-il ? — Il me semble qu'on ne t'y voit plus du tout. » Elle le dévisagea. Elle était soucieuse, car il ne lui avait pas échappé que les gens du pays avaient pris leurs distances. On leur témoignait désormais la même réserve que celle dont on usait avec Goldberger. Qu'était devenue la chaleureuse cordialité qu'on leur manifestait autrefois, le dimanche ou en toute autre occasion ? Que s'était-il passé ? Elle repensait alors aux paroles d'Elisabeth. Les machines. Non, ce n'était pas possible. Elle aurait voulu que Ferdinand se remît à voir du monde. Mais elle échouait à percer à jour ses pensées. Il se contentait de lui dire : « C'est toujours la même chose. » Et, pour ne laisser aucune prise à ses regards inquisiteurs, il lui souriait.

9

Le lundi de Pâques, Goldberger, sans que nul s'en avise, avait pris la route de très bon matin. À midi, Elisabeth passa chez Ferdinand pour lui demander s'il ne l'avait pas vu. Anna ou les enfants auraient également pu l'apercevoir. Mais il n'en était rien. Une semaine entière s'écoula ainsi. S'il lui était arrivé malheur, on aurait eu des nouvelles. L'attente ne leur en fut pas moins un tourment – du moins pour les femmes. Ferdinand paraissait ne nourrir aucune inquiétude. Il continua de vaquer à ses travaux, comme si Goldberger n'existait pas. Un jour qu'Anna s'en revenait justement de la ferme d'Elisabeth, plus préoccupée que jamais, comme si les deux femmes ne se retrouvaient pas pour se consoler et se réconforter mutuellement, mais tout au contraire pour se raffermir dans leurs craintes, il dit : « Et après ? Il sera monté dans le haut pays, voilà tout. » Anna, la mine navrée, fit non de la tête. Elle avait appelé Andreas. Il n'était pas non plus dans l'Innviertel. Au reste Ferdinand le savait fort bien. N'écoutait-il donc pas ce qu'on lui disait ? Elle-même avait d'abord cru qu'il était retourné là-bas. Elle s'était dit qu'il avait tenu à vérifier par lui-même que Martha était en effet devenue complètement mutique, comme Andreas le leur avait assuré. Elle-même se serait rendue sans plus tarder là-bas, si seulement elle avait eu ne serait-ce qu'une demi-journée de libre. Pendant ce temps-là, Paul et Thomas s'ingéniaient à imaginer où leur grand-père avait bien pu passer. Ils se tenaient à la table de la pièce à vivre, dévorant du regard le grand atlas dont les pages se déployaient devant eux, et s'en donnaient à cœur joie : « Je parie qu'il est parti au Brésil ! — Non ! En Chine ! J'en suis absolument certain. — Tu peux me dire ce qu'il serait allé faire en Chine ? — En Amérique, alors ! — Comme cow-boy ? — Mais oui ! » L'exploration devenait un jeu à part entière. Ils collaient le museau sur les cartes. On aurait dit des porcelets se pressant devant une mangeoire trop petite. À peine l'un d'eux avait-il saisi au vol un nom que l'autre l'écartait d'un revers de main pour en attraper avidement un second... Maria voulut participer, mais ils s'y refusèrent. Elle se consola en faisant siens les tourments de sa mère. Elle s'en allait répétant ce que celle-ci disait. En fin de semaine, le vendredi soir, lorsque Goldberger s'en revint enfin de son escapade, la famille s'était scindée en deux clans : les hommes d'un côté, les femmes de l'autre. Les uns étaient soucieux, les autres pas – ou du moins n'en laissaient-ils rien paraître.

Le soir n'était pas encore tombé quand il arriva. Il arborait un nouveau complet-veston noir, une chemise d'un blanc étincelant dont les boutons du haut étaient ouverts, donnant à la silhouette tout entière un air de distinction et de hardiesse. Sa tête était coiffée d'un nouveau chapeau noir. Il était vêtu d'habits neufs, de la tête aux pieds.

C'est pourtant par le plus grand des hasards qu'il avait renouvelé son vestiaire. À la vérité, il voulait simplement acheter une robe à Elisabeth. Mais, comme il ne connaissait pas ses mesures, il n'eut d'autre choix que d'écumer les boutiques jusqu'à ce qu'il trouve enfin une vendeuse qui avait à peu près la même stature qu'elle. Mais il se trouva alors que la jeune personne était responsable du rayon hommes – chemises et complets. Cependant qu'il tournait et retournait les mots dans sa tête pour lui demander en termes choisis quelle était sa taille, il avait déjà essayé plusieurs costumes. Il se décida enfin pour l'un d'eux. Il allait à présent pouvoir poser sa question. Mais déjà la vendeuse se dirigeait vers la caisse, et il lui emboîta le pas. Elle emballa le complet et s'apprêta à le glisser dans un sac. Il dit : « Non, attendez. » La femme leva les yeux. « Je vais le passer tout de suite. — Ah oui ? — Oui.

Et autre chose encore. Il me faudrait une robe pour ma... pour ma femme. Mais je ne connais pas sa taille. — Et en quoi puis-je vous aider ? — Il se trouve que vous faites la même taille qu'elle. — Ah oui ? » La vendeuse laissa glisser le regard le long de son corps, comme pour vérifier l'assertion de Goldberger, à laquelle elle ne prêtait pas vraiment foi, et qui d'ailleurs ne lui plaisait guère. « Peut-être auriez-vous la bonté de choisir une robe et un chapeau... quelque chose qui vous plaise réellement... un article que vous vous offririez volontiers... » Elle le regarda. Puis elle posa les yeux sur le sac. Il lui vint une idée. « C'est pour cela que vous êtes venu ? — Franchement, oui. » La vendeuse sourit et tourna le sac vers Goldberger. « Changez-vous donc. Moi, pendant ce temps-là, je vais voir ce qu'on peut trouver au rayon dames. » Goldberger passa derrière un paravent. Il retrouva là sa cravate qu'il avait oubliée. Il s'en saisit, la plia et la glissa dans la poche de son pantalon. Puis il revêtit les habits neufs. Il rassembla ceux qu'il portait un instant plus tôt et les rangea dans le sac. Il avança de quelques pas pour se contempler en pied dans le miroir. Oui, le complet-veston lui allait bien. Le chapeau noir qu'il apercevait là-bas n'en serait-il pas le complément idéal ? Il l'essaya, jeta un regard dans le miroir, jugea le chapeau tout à fait seyant et alla le déposer sur le comptoir. Après quelques minutes, la vendeuse revint à petits pas rapides. Elle lui présenta une robe claire à pois rouges qui descendait aux genoux. Elle tenait en main un chapeau couleur crème. Elle posa les articles sur une vitrine. Goldberger hocha la tête. « Cela vous plaît ? » Il répondit que oui. « Auriez-vous l'obligeance... enfin... pourriez-vous la passer ? » La vendeuse éclata de rire et jeta un regard circulaire dans la boutique. « Il faut bien que vous sachiez si elle vous va vraiment. — Mais puisque c'est ma taille ! » Goldberger n'en démordait pas : « Oui, bien sûr, mais on n'est jamais trop prudent. — Et pourquoi donc ? Après tout, elle est pour votre femme, pas pour moi ! lui rétorqua la vendeuse. — Oh que si, dit Goldberger en plissant le front. Je tiens aussi à vous en offrir une, en remerciement ! » Ne le lui avait-il pas déjà dit, tout à l'heure ? Elle porta la main à sa poitrine et sourit. Ce drôle de vieux monsieur lui plaisait. Il émanait de lui une force à laquelle elle ne pouvait se soustraire. « Entendu, dit-elle, je reviens dans un instant. » Elle s'éclipsa. Goldberger la suivit du regard et acquiesça. Quelques minutes s'écoulèrent encore. Lorsqu'elle reparut devant lui, elle demanda avec un soupçon de gêne dans la voix : « Cela vous plaît ? » La robe semblait une allégorie du printemps. Goldberger hocha la tête et demanda : « Et à vous, mademoiselle ? — Elle est superbe. » Elle eut encore un petit rire embarrassé. Elle se contempla dans le miroir, se considéra sous tous les angles, cependant que Goldberger avait totalement oublié que ce n'était pas encore Elisabeth qui portait la robe, mais la vendeuse. « Très bien, dit-il enfin, alors je la prends. N'auriez-vous pas également un corsage ou un gilet ? Un cardigan, peut-être ? Les journées sont encore fraîches. » Il ajouta donc à ses achats un cardigan de ton clair, à l'étoffe légère, et qui tombait sur les hanches. Goldberger était satisfait. La vendeuse alla repasser sa tenue de travail. Une fois arrivée à la caisse, elle le regarda. « Combien je vous dois ? demanda-t-il. — Vous prendrez également ce chapeau ? » Elle avait retrouvé à présent un ton très neutre. Elle enregistra les achats dans la caisse, lui annonça un montant. Goldberger sortit de la poche de son pantalon une épaisse liasse de billets de banque, les compta, se reprit une fois, les glissa enfin sur le comptoir. La vendeuse, le rouge aux joues, avait compté les billets avec lui. La somme d'argent qui reposait devant elle était largement supérieure à celle qu'elle lui avait annoncée. « C'est beaucoup trop, observa-t-elle. — Au contraire, c'est à mon avis le prix juste. Et qu'à cela ne tienne : vous n'aurez qu'à vous offrir également une paire de souliers. » Goldberger eut un sourire forcé ; l'espace d'une seconde, ses lèvres se retroussèrent sur ses dents. « Vraiment, je ne peux pas l'accepter. Après tout, je n'ai fait que mon métier. » Goldberger respira profondément. « À moins que cela ne vous plaise pas ? — Grands dieux, non ! C'est magnifique ! — Eh bien alors, ma foi… », souffla Goldberger. Il coiffa son feutre, s'empara des sacs et du carton à chapeaux et, s'avançant sur l'étroit tapis beige, se dirigea vers la sortie. La vendeuse le suivit à pas empressés et, tendant le bras, lui ouvrit la porte. Elle dit : « Un instant. Mille excuses. Comment… comment vous appelez-vous ? Que je connaisse au moins votre nom. — Moi ? s'exclama Goldberger d'un air étonné. Comment je m'appelle ? » Il éclata aussitôt de rire. Il n'aurait pas su dire d'où lui venait cette hilarité soudaine. Elle était irrépressible. « Qu'y a-t-il de si drôle ? », demanda la vendeuse en reculant d'un pas. Le rire de Goldberger reprit de plus belle. « Rien », postillonna-t-il. Une pensée traversa l'esprit de la vendeuse. « Devrais-je peut-être vous connaître ? — Non, non, répondit-il, d'un ton maintenant plus apaisé. Goldberger. Je m'appelle Goldberger. Ferdinand. » N'ayant pas les mains libres, il ne put soulever son chapeau et inclina légèrement le buste. « Goldberger, répéta-t-il. — Jamais entendu. D'où vient ce nom ? » Il la regarda longuement. Elle avait environ trente-cinq ans. Des yeux gris étincelants. Le front haut. Des cheveux blonds. Sa bouche était très légèrement entrouverte. « De l'Innviertel », répondit-il. Sa voix avait pris soudain des inflexions très basses. Elle était encore plus rauque que d'habitude. « À l'origine. » Il fixa les yeux sur elle. Il la vit avaler sa salive et sourire. « Merci, monsieur Goldberger. C'est un bien grand cadeau que vous m'avez fait là. » Il secoua la tête avec lenteur. Baissa le regard vers le sol. Puis il redressa la tête et dit : « Non. C'est moi qui te remercie, mon ange. » Sur ces mots, il s'en fut. Le maintien droit, sans hâte aucune, mais avec cependant dans la démarche un allant, une détermination toute physique. La vendeuse le suivit des yeux longtemps encore, jusqu'à ce que le flot des passants l'eût absorbé, et que son chapeau ne fût plus qu'une tache sombre flottant parmi d'autres taches. Attendrie par les derniers mots qu'il avait prononcés, elle murmura : « Quel homme délicieux. »

Elisabeth le vit venir de loin. Elle voulut s'élancer vers lui, se ravisa toutefois, patienta à une centaine de pas de la maison. Les bras croisés sur la poitrine, extérieurement immobile comme une membrure d'arbre par grand calme, en proie intérieurement à une violente tempête, elle restait plantée là et attendait. Elle tenait à lui manifester sa colère, à lui montrer combien il l'avait rendue furieuse, mais à l'instant où il se figea devant elle, où lui apparut nettement ce visage retrouvé, la fureur qui l'habitait se dissipa tout entière et céda la place à un grand soulagement. Ses bras retombèrent le long de son corps et elle dit : « Te revoilà. — Oui, répondit-il. Et regarde un peu ce que j'ai trouvé en chemin. » Il lui tendit le carton à chapeaux et le sac renfermant la robe et le cardigan. Peu de temps après, c'est main dans la main qu'ils se rendirent chez Ferdinand. « Ne trotte donc pas comme ça ! dit Elisabeth d'une voix soudain plus rude, tout en lui pressant la main. Tu auras tôt fait de te salir. » Elle avait revêtu sa nouvelle robe, qui lui allait à ravir. « On dirait du sur-mesure, se réjouit-elle. Je me demande comment tu as fait. Toi qui ne connais même pas ta propre taille ! » Il haussa les épaules, renifla à fond, cracha par terre et déclara : « C'est que j'ai l'œil américain. » Elle éclata de rire et serra de nouveau sa main.

Quand Ferdinand aperçut Elisabeth, il émit un sifflement, fronça les lèvres et eut un hochement de tête approbateur. Anna s'écria : « Père ! », ajouta tout aussitôt : « Quelle merveille ! » Elle s'approcha d'Elisabeth pour palper sans plus attendre l'étoffe de la robe. Il n'y avait pas trace des enfants. Étaient-ils déjà couchés dans leurs lits ? Goldberger dit : « Ne siffle pas comme ça ! Il faut que je te parle. — Eh bien, je t'écoute. — Seul à seul. » Il branla la tête. Ferdinand saisit son blouson, qui reposait sur le dossier de la chaise, et l'enfila. Ils quittèrent la cuisine. Les femmes avaient l'esprit si occupé par la robe que c'est à peine si elles remarquèrent leur départ. Ferdinand s'arrêta au milieu de la cour, mais Goldberger lui lança : « Non, dans l'atelier ! » Ferdinand eut un haussement d'épaules et suivit son père. Une fois arrivé, il tourna la clé dans la serrure, ouvrit la porte, alluma la lumière. Goldberger se glissa à sa suite dans la pièce, le bousculant même un peu au passage, déposa son havresac, fit place nette sur l'établi à grands gestes énergiques, en écartant sans plus de façons la boîte à outils et tous les objets qui l'encombraient. « Peut-on savoir où tu veux en venir ? » Ferdinand avait croisé les bras. « Tu le verras bien, répondit Goldberger, imperturbable. Tu vas le découvrir dans un instant, mon cher. » Ferdinand se posta près de la porte, s'appuya d'un pied contre le mur et regarda son père. À quatre-vingt-cinq ans, il est plus vigoureux que moi, se disait-il. Ou peut-être pas vigoureux, mais habité d'une inépuisable énergie. On dirait que même ses sempiternels maux de tête ne le travaillent plus. C'est moi qui en ai hérité en contrepartie. « Tu seras assez aimable pour tout remettre en place, ensuite ? » Il avait posé cette question par ennui, et aussi pour le faire enrager un peu. Mais la ruse ne prenait apparemment pas. Goldberger ne l'écoutait pas du tout et répétait simplement : « Tu vas le voir dans un instant. Dans un instant, mon cher. » Enfin il eut achevé ses préparatifs. Ferdinand n'était pas pressé de découvrir ce que Goldberger voulait lui montrer. Celui-ci le regarda et s'écria : « Ha ! » Ferdinand haussa les sourcils et prit appui sur l'autre pied. Qu'est-ce que le Vieux pouvait bien mijoter ? « Ha ! », fit encore Goldberger, d'une voix un peu plus sonore à présent. Il fléchit le dos et se saisit du sac qu'il avait posé sur le sol, contre le mur, à côté de Ferdinand. Ce dernier baissa le regard – il n'avait même pas remarqué le sac, bien qu'il fût assez imposant ; il serait plus juste de dire qu'il n'y avait prêté aucune attention. « Ha ! », répéta Goldberger, s'enhardissant à mesure que le temps passait. Il posa le sac sur l'établi et lança d'une voix qui avait atteint le maximum de sa puissance : « À présent ouvre grand les yeux, Ferdinand ! Regarde bien ! » Il empoigna le sac, en ouvrit le fermoir à cliquet argenté, souleva le rabat et se tourna de telle sorte que Ferdinand pût y jeter un œil. « Regarde-moi ça, un peu ! », cria-t-il. Ferdinand se détacha du mur et s'avança de deux pas. Son père avait fini par piquer sa curiosité, et il remarqua que le cœur lui battait d'impatience. Goldberger saisit alors le sac par le fond, le retourna et d'un geste prompt en chavira le contenu sur l'établi. Un choc sourd retentit. « Ha ! », lança Goldberger à pleine gorge. Il hurlait. En cet instant qui scellait pour lui un triomphe, le plus éclatant de toute son existence, les mots lui manquaient, et il en était réduit à ces exclamations qui semblaient renfermer l'essentiel à ses yeux. Ferdinand s'avança vers l'établi et prit l'une des liasses de billets de banque d'un bleu argenté, lourdes et épaisses. Il en avait le vertige. « Alléluia », chuchota-t-il. « Alléluia ». « Ha », dit Ferdinand d'une voix rauque. « Alors, qu'est-ce que tu dis de ça ? — Il y en a pour combien ? » C'est à peine si Ferdinand osait poser la question. « Un million quatre cent soixante-dix mille, chevrota Goldberger. — D'où te vient tout cet argent ? De la carrière ? — Mais *c'est* la carrière », murmura Goldberger. Avant même que Ferdinand ait pu ébaucher une pensée, un embryon de réflexion, le portail de la cour s'ouvrit et les enfants s'y engouffrèrent, se précipitant vers l'atelier. « Range-moi tout ça ! », lui enjoignit Goldberger d'une voix basse mais tranchante. Puis il sortit de l'atelier. Aussitôt les enfants s'écrièrent : « Papy ! Papy ! Te voilà de retour ! », tout en se pressant contre ses jambes, les enserrant au point de lui faire presque perdre l'équilibre. « Allons, allons, dit-il. Un peu de calme ! Vous allez me faire tomber ! » Ils lui demandèrent où il était allé. Il répondit qu'il s'était offert une petite virée. À force de rester ici, ajouta-t-il, on finissait par s'encroûter. Les enfants rirent. Ferdinand n'avait entendu que de très loin ce dialogue. La pièce continuait de tourner autour de lui. L'argent seul s'imprimait avec netteté sur sa rétine. Avec des gestes d'une lenteur infinie, il rangea les liasses de billets dans le havresac. Puis il le glissa entre l'établi et le petit meuble qui flanquait celui-ci, et posa devant la lourde caisse en bois où il remisait à part les outils les plus encombrants, tels que burins et barres à mine. Pour plus de sécurité, il lesta encore la caisse d'un sac de semences qu'il avait de reste. Il éteignit la lumière. Il n'y avait plus personne dans la cour. Ferdinand verrouilla la porte de l'atelier, retira la clé de la serrure après une brève hésitation, la glissa dans la poche de son pantalon et rejoignit le corps de logis.

On s'installa à la table de la cuisine. Goldberger, avec force gestes, raconta son périple viennois. Évoqua les merveilles qu'il avait vues. L'hôtel où il avait séjourné. Ainsi donc, il était même monté dans la grande roue ? Que pouvait-on bien apercevoir quand on était tout là-haut ? Autant de choses que ça ? Ils brûlaient d'en apprendre davantage ! Ferdinand se joignit à eux et s'efforça de suivre le récit de son père, mais il décrochait sans cesse. C'est qu'il était abattu : il n'avait pas de mots assez durs pour fustiger le mauvais homme qu'il était. Jamais encore cela ne lui était arrivé ; pas de cette façon. Mais en cet instant il se tenait pour la pire canaille que la terre eût jamais portée. Avait-il acheté une seule fois une robe à sa femme ? Non. Ne serait-ce qu'un simple foulard ? Non. Et à ses enfants ? Rien de rien. Il avait acheté quantité de machines, mais pour lui seul. Pas une ou deux, non, une tripotée. Il est vrai que ce n'était pas seulement pour lui seul, mais pour la famille tout entière. Au bout du compte. Et quand bien même. Il lui semblait en cet instant qu'il était vraiment un triste sire. Il se leva pour aller chercher une bouteille de bière dans le cellier, et y remplir un cruchon de poiré. Il pouvait au moins faire cela. Sur l'étagère de la cuisine, il s'empara du cruchon renversé, le rinça à l'eau claire et quitta la pièce. Une fois dans le cellier, une bouteille de vin accrocha son regard et, au lieu de remplir le cruchon, il s'en revint avec la bière, une bouteille de Veltliner et le pichet vide. Sous les regards de la famille réunie, il distribua les verres. Goldberger écarta alors la bouteille de bière que Ferdinand avait posée devant lui et s'écria : « Et moi ? Je suis donc privé de vin ? » Ferdinand, sans un mot, alla chercher un autre verre à vin. Il déboucha la bouteille et servit chacun. Goldberger plissa les paupières. Il demanda : « À quoi trinquons-nous ? » Ferdinand, l'esprit toujours accablé, mortifié de n'être jamais qu'un mauvais homme, lui répondit : « À ton retour. Maintenant nous pourrons de nouveau dormir sur nos deux oreilles. » Anna le regarda avec un air épouvanté. Avait-il donc remarqué que c'est à peine si elle avait dormi durant cette semaine ? Comment était-ce possible ? Il avait pourtant dormi si profondément. Mais était-ce certain ? « Oui, dit Goldberger, oui. À la vôtre. Santé. » Il porta le verre à ses lèvres, but une infime gorgée, mâcha le vin et vida alors son verre d'un trait. Il poussa celui-ci au centre de la table afin que Ferdinand le resservît, se renfonça sur sa chaise et étendit les jambes. « Ah », souffla-t-il. Il se sentait plus léger ; il venait de se délester d'un poids intérieur. Une ère nouvelle allait commencer. La dernière, pensait-il, souhaitons-le. Ça me va très bien. Tout est pour le mieux à présent. Les comptes sont soldés. Et jamais plus personne ne me demandera comment je m'appelle.

Toute sa vie durant, il avait été habité du besoin impérieux d'être quelqu'un. Son existence entière avait été tendue vers cet objectif. Cette époque était révolue. Il ne voulait plus être personne. À l'instant où il en prit conscience, il ne put se défendre de rire. C'était plus fort que lui. Sa vie tout entière n'avait-elle pas été au fond une erreur ? Une sotte impasse, un vaniteux fourvoiement ? Et quand bien même il en aurait été ainsi : ce temps-là n'était plus. On ne lui demanderait plus jamais son nom. Il était devenu *personne*. Il l'avait compris à la seconde où la vendeuse, à Vienne, lui avait demandé comment il s'appelait. Mais son rire recelait aussi un fond de désespoir, car tout aurait pu être différent, si seulement il s'était défait plus tôt de cette stupide ambition, ou s'il ne l'avait jamais eue.

Ils restaient assis là.

Ferdinand, lorsqu'il avait aperçu Elisabeth vêtue de sa nouvelle robe, avait sifflé, c'est vrai, mais c'était aussi pour se distraire de ses propres pensées. Depuis une semaine, il n'avait presque pas fermé l'œil de la nuit. Il avait la conviction qu'il n'était rien arrivé à son père. Il pressentait qu'il avait entrepris un voyage d'affaires, à cause de la carrière, sans doute à Vienne. Mais cette soudaine et troublante absence lui avait donné un avant-goût de ce que serait son existence, le jour où son père serait mort. Le jour où il ne serait plus là. Il lui était souvent arrivé de s'imaginer ce qu'il en serait alors, par le passé. Jamais il n'en avait été particulièrement affecté. Cette fois pourtant, l'idée prit pleinement chair en lui. Elle n'était plus lointaine. Quelque chose se serrait dans sa poitrine. Il en perdit le sommeil.

Et à présent ce complet-veston noir sous ses yeux. Son père était encore là. Mais on s'achemine vers la fin, avait pensé Ferdinand. Il s'est acheté le costume dans lequel nous l'enterrerons. Alors il avait sifflé.

Un peu plus tard, Ferdinand et Goldberger se tenaient devant l'entrée de la maison. Les enfants étaient au lit. Goldberger s'était acheté des cigares. Il en fumait justement un. Ferdinand quant à lui ne fumait plus la pipe que de loin en loin. Il aimait à le faire, mais la plupart du temps il n'y songeait même pas. Anna et Elisabeth s'attardaient encore dans la cuisine. Elles devisaient tout en finissant la bouteille de vin, éclataient parfois d'un rire si puissant qu'on les entendait même du dehors. On décelait encore dans leur allégresse un soulagement profond. « La volaille est saoule », marmonna Goldberger. Ferdinand avança de quelques pas et marcha vers le pré. Des lumières scintillaient sur le Magdalenaberg. « Pourquoi l'as-tu vendue ? », demanda-t-il. Goldberger se posta à côté de lui. « Je suis vieux. » Ferdinand en ressentit une profonde pointe au cœur. Il hocha imperceptiblement la tête. Puis il se retourna vers la maison, sortit la clé de l'atelier de la poche de son pantalon, la tourna et la retourna entre ses doigts et dit enfin : « Surtout n'oublie pas ton havresac. Je l'ai caché derrière le sac de semences. — Ferdinand – dit Goldberger, les yeux toujours rivés sur les lumières qui clignotaient inlassablement, on aurait dit autant de fanaux flottant sur des eaux noires –, il t'appartient, maintenant. » Sous les yeux de Ferdinand, tout se remit alors à tourner, mais à un rythme plus lent. Seul le carré de lumière jaune que la porte ouverte découpait dans la nuit restait immobile. « C'est ton jour de bonté ? », demanda-t-il d'une voix éteinte. Il fixait le carré de lumière jaune, s'efforçait d'afficher un sourire. Un crissement de gravier. Les rires carillonnants des deux femmes dans la cuisine. Quelque chose lui effleura le bras. « Je sais bien que tu n'en veux pas. Mais je te prie d'accepter pour le bien des enfants. » Était-ce une main ? Le métal froid devenait brûlant et semblait lui fondre entre les doigts, et une seconde plus tard il s'était refroidi et avait glissé au fond de sa poche de pantalon. La voix ne s'était pas rapprochée. « Je suis fatigué », dit Ferdinand. Il se racla la gorge. « N'oublie pas ton sac, père. » Sur ces mots il s'éloigna, comme magnétisé par le carré de lumière jaune immobile.

Le lendemain matin, il se leva avant le point du jour. Il avait dormi comme une souche, bercé par un rêve tendre, vide et chaleureux. Il glissa la main dans la poche de son pantalon, qui reposait au pied du lit, et y trouva la clé de l'atelier. Il croyait pourtant l'avoir donnée la veille à son père – il la lui avait tendue, en tout cas. Il s'en saisit et, sans même s'habiller, vêtu de simples sous-vêtements, sortit de la maison, traversa la cour et se rendit dans l'atelier. Les petits cailloux et les brins d'herbe étaient glacés et chatouillaient ses pieds nus. Mais n'était-ce pas plutôt qu'il grelottait ? Il s'éveillait à peine d'un sommeil profond, et cependant tous ses sens étaient en éveil, comme au sortir d'une nuit blanche. Il ouvrit la porte de l'atelier et y pénétra. Il tourna le commutateur. Tout était resté en l'état. Il écarta le sac de semences et aperçut le havresac. Puis, de la pointe de son pied nu, il poussa la boîte à outils noire de cambouis et il attrapa le sac. Près d'un million et demi de schillings. Il renversa les billets de banque sur l'établi, recompta le tout. Il tenait à jeter à ce pactole un dernier coup d'œil avant de le lui rapporter. Il ne pouvait pas le conserver ; il ne voulait pas le conserver. Il y avait là un million quatre cent soixante-dix mille schillings. Il ne manquait qu'une poignée de billets pour atteindre le million et demi. C'est la robe, songea Ferdinand en souriant. La belle robe. C'est alors que sa pensée prit soudainement un autre tour. Son sourire s'effaça. Tout ce qu'il s'était imaginé la veille au soir lui parut alors aberrant. Non, Goldberger n'était pas du tout un homme généreux. Toute sa vie durant, Ferdinand lui en avait d'ailleurs fait le reproche ; il lui avait apporté déjà mille preuves de sa sécheresse de cœur. Comment avait-il pu se laisser abuser aussi facilement par une simple robe ? Son père n'avait pas fait preuve de générosité, il leur avait offert le spectacle de son autosatisfaction ! Il n'avait pas son pareil pour se mettre en scène. Ferdinand eut un rire étouffé. Dire qu'il avait failli tomber dans le panneau. Il s'en était fallu de peu ; l'absence de son père, la vue du complet-veston avaient su le toucher et faire vibrer en lui la corde sensible. Et si lui, Ferdinand, n'acceptait pas l'argent, son père aurait tout à fait réussi son entourloupe. Goldberger savait très bien qu'il n'en voulait pas. Il le lui avait dit lui-même ! Ferdinand croyait encore entendre ses paroles : « Je sais que tu n'en veux pas. » Quel comédien ! « Tu as raison, marmotta Ferdinand, comme si son père se tenait encore à deux pas de lui, tu as raison. Je n'en veux vraiment pas. Je n'en ai d'ailleurs même pas besoin. Mais je vais le prendre tout de même. Tu ne le reverras plus. Je vais t'en priver, tout comme tu m'auras privé de mon foyer autrefois. » Il remit les liasses de billets dans le sac, en saisit la poignée, quitta l'atelier en franchissant la porte laissée ouverte et, cheminant dans la lumière du jour naissant, regagna la maison. Il monta au premier, pénétra dans la chambre à coucher, déposa le sac sur sa table de nuit et se recoucha. Une demi-heure, pensait-il en lui-même, je m'accorde encore une demi-heure de sommeil. À peine avait-il fermé les paupières qu'Anna lui demanda : « Qu'est-ce que c'est ? — Quoi ? » Il s'était presque instantanément assoupi. « Qu'est-ce que c'est que ce sac ? — Mmh ? Un sac tout ce qu'il y a d'ordinaire. — Et d'où le sors-tu ? Que renferme-t-il ? — Père a vendu la carrière. — Vendu ? Mais pourquoi donc ? — Je n'en sais rien. Il n'en voulait plus, il faut croire. — Bizarre. C'est donc pour ça qu'il est allé à Vienne ! » Elle avait raison. C'était bizarre. Ferdinand lui-même en avait conscience. Il était impossible de percer à jour son père ; jamais encore il ne s'était concerté avec personne pour prendre ses décisions. On s'en était accommodé. Mais, sans oser le dire, tous jugeaient cependant curieux qu'il eût entrepris ce voyage un jour seulement après qu'il avait appris que Martha ne parlait plus – et qu'il ne lui eût pas plutôt rendu visite. Et le voilà qui s'en revenait à présent les bras chargés de cadeaux. Lui, Goldberger, justement lui ! À présent, tout apparaissait à Ferdinand sous un jour nouveau, bien plus sombre. Douze heures plus tôt, il se disait encore : Oui, Goldberger !

Et à présent : Lui, justement lui ! Il savait que son père tentait à la lettre de se racheter. Mais de quoi ? Du complet mutisme de Martha, qui désormais semblait ne plus viser seulement son père, mais également son mari, et s'étendait peut-être à la terre entière ? Oui, de quelle faute ? Et cependant, en cet instant, il ne voulait pas que cette lumière noire obscurcît l'image qu'il avait de son père. Il rouvrit les yeux : « Il a offert une robe à Elisabeth. La plus belle robe du monde. Et il nous a fait don de tout cet argent. » Anna se retourna vers lui. Les ressorts du lit grincèrent. « De quel argent ? demanda-t-elle. — Celui de la vente de la carrière. — Cela va chercher dans les combien, Ferdinand ? » Il avait sous les yeux les liasses de billets qui s'étalaient sur l'établi. Il croyait encore les recompter. Oui. Il répondit : « Un million quatre cent soixante-dix mille. » La somme lui paraissait soudain si faramineuse qu'il ne put réprimer un rire. « Tout est dans ce sac ? Tu me fais marcher ! » C'est tout juste si elle ne criait pas. La voix d'Anna vibrait d'espoir et de crainte – la crainte que l'espoir ne se dissipe aussitôt comme une bulle de savon. « Non », répondit-il en secouant la tête. Il posa les yeux sur elle. « Je suis sérieux. » Anna regarda tour à tour son mari et le sac posé sur la table de chevet, puis elle jeta un cri, et au même moment ce fut sa crainte qui se dissipa comme une bulle de savon. Elle se jeta fougueusement sur lui, blottit le visage dans son cou, le pressa contre ses épaules, ses joues, et il aurait été incapable de dire si elle riait ou si elle pleurait. Ses jambes s'agitaient frénétiquement sous les draps, et il lui chuchota : « Ne gigote donc pas comme ça… » Ce n'est qu'à l'instant où Maria, mue par la faim et non par l'inquiétude, vint frapper à leur porte, tard, vers huit heures et demie, qu'enfin ils se levèrent, la mine radieuse, les joues brûlantes et cramoisies.

Jamais les travaux des champs ne leur parurent plus faciles que cette année-là. En un certain sens, Ferdinand, qui ne voulait pas l'admettre, et Anna, qui ne se privait pas de le dire, en furent soulagés ; l'argent les délivrait de l'angoisse de céder peut-être du terrain. Certes, Ferdinand avait pu acheter les machines agricoles au comptant, sans souscrire de crédit ; mais alors il ne leur était plus resté que de maigres économies, et Anna, à part soi, lui reprochait de ne pas avoir mis un peu d'argent de côté pour la scolarité de Paul. Comment auraient-ils pu savoir à l'avance, eux qui étaient si ignorants sur ces matières, combien celle-ci allait leur coûter ? La seule chose qui fût certaine, c'était qu'on n'avait rien pour rien. En secret, Ferdinand s'adressait de lourds reproches. Et soudain cet argent, donc. Non seulement ils ne seraient plus à la traîne, mais ils auraient plusieurs longueurs d'avance. On abattit de la besogne en un rien de temps. C'était là un premier point. Le second, justement, c'était que Paul s'apprêtait à entrer au pensionnat de K. Ils avaient beau être accaparés par le travail pendant le printemps et l'été, cette perspective tenait en permanence l'arrière-plan de leurs pensées, et les préoccupait si bien que tout le reste en comparaison paraissait facile et accessoire. Quand Thomas ne cessait de répéter : « Comme je t'envie, petit Paul ! Ah, j'échangerais bien ma place contre la tienne ! Passer son temps ici, c'est assommant ! », tous en avaient un peu de baume au cœur. Alors Paul souriait et répondait à son frère : « Ne sois pas triste. Tu auras le privilège de conduire le tracteur. » Le visage de Thomas prenait une expression grave, il hochait la tête et disait : « Oui, tu as bien raison. Mais pourtant… » Les paroles de Thomas étaient-elles sincères ? On ne savait pas vraiment. En dépit de son insouciance, il était fondamentalement quelqu'un de très délicat ; à ceci près que sa sensibilité était tournée tout entière vers l'extérieur. Lui-même avait en effet un fond de légèreté, son humeur était à peu près toujours égale, aussi n'avait-il pas à se pencher sur ses propres sentiments. Il n'en était que plus sensible à ceux des autres, aux fluctuations extérieures. Peut-être en souffrait-il, et voulait-il contribuer par ses propos à les faire disparaître.

Depuis leur discussion au bord du ruisseau, plus aucune scène n'avait opposé le père et le fils, comme ce jour où Ferdinand avait chassé Paul du tracteur. Non. À présent que tout était dit, qu'on n'avait plus à revenir en arrière, Ferdinand donna également des leçons de conduite à son fils aîné. Paul apprenait vite. Quand il utilisait les pédales du tracteur, surtout pour changer de vitesse, il n'avait pas à s'avancer aussi largement sur son siège que Thomas, lequel avait les jambes encore bien trop courtes. Il arrivait également à son frère de lui apprendre quelques astuces. Après la récolte, son père, pour la première fois, le laissa vraiment prendre part aux travaux des champs : il put labourer quelques arpents de terre. Paul, si bien absorbé par ces tâches nouvelles et qui l'enthousiasmaient, ne vit pas passer non plus les semaines qui le séparaient de la rentrée des classes. Depuis la discussion sur la berge du ruisseau, il lui semblait qu'une période touchait irrévocablement à sa fin. Il n'arrivait pas à penser autre chose. Il avait eu le temps d'entendre les quelques mots que son père avait lâchés ce jour-là. Et précisément parce qu'ils ne lui étaient plus sortis de la tête, il ne lui vint pas à l'esprit de s'opposer à la décision de son père, et de lui dire qu'il refusait d'entrer au pensionnat de K. Oui, une époque touchait irrémédiablement à sa fin. Mais il en avait pris son parti. Il est vrai qu'on avait désormais toujours recours à lui pour utiliser les machines, et ce labeur lui était une aide précieuse ; il se disait certes qu'il rejoindrait bientôt K., pour de nombreuses, d'interminables années, mais que ce ne serait là qu'une étape. À son retour, Rosental existerait encore. Pourquoi se serait-il transformé entre-temps ? Et lui-même ne serait pas un autre ; il aurait un peu vieilli, c'est tout. Ce constat l'apaisait, le soulageait d'une partie de ses soucis et de la peur que lui inspirait l'inconnu.

Enfin le jour arriva. C'était un dimanche, par une chaude journée de la mi-septembre. Après avoir vaqué aux travaux d'étable, Ferdinand et Thomas lavèrent l'auto, en firent reluire la carrosserie avec des peaux de chamois jaunes, et Thomas ajouta la touche finale en s'attaquant seul aux jantes. Il gara pour ce faire la voiture dans le pré de fauche, s'accroupit et frotta le métal. Il jugeait que tout devait être étincelant. Pendant ce temps, Paul, de mauvaise grâce mais avec une secrète jouissance, laissa sa mère le coiffer, lui nouer sa cravate, lui cirer une fois encore les souliers et les lustrer au chiffon. Ils prirent la route peu après neuf heures et demie. Les adieux ne traînèrent pas en longueur ; ils étaient en retard – on les attendait à dix heures à K. La famille tout entière était réunie. Ils s'éloignèrent dans un concert de grands gestes et de clameurs. Qui n'était pas fier de Paul ? Et qui ne le prenait pas également en pitié ? Pourquoi était-ce si douloureux, alors qu'ils ne souhaitaient que sa réussite ? Anna se cramponnait au bras de Goldberger. Lorsque Ferdinand fut de retour, elle pleurait encore. Elle voulut lui parler, il lui tardait d'entendre son récit, mais c'est à peine s'il dit quelques mots. Il monta se changer, grimpa dans le tracteur, attela la herse et mit le cap sur le vaste champ d'avoine tourné vers l'ouest, celui-là même que Paul avait labouré quelques semaines plus tôt. Thomas monta dans la chambre de Maria et, posté à la fenêtre, l'observa pendant un moment. Puis il redescendit dans la cuisine. Il mit les poings sur les hanches et lâcha d'un ton aigre et plein de reproches : « Mais qu'est-ce qu'il fabrique ? J'ai déjà passé la herse dans ce champ. » Anna eut un sanglot et dit d'une voix étranglée : « Essaie un peu de te mettre à sa place ! » Puis elle se détourna. Thomas secoua la tête. Ce n'était pas qu'il n'éprouvait aucune tristesse, non. Paul était son meilleur ami. Et, à plus d'un titre, son modèle. Il ne reviendrait plus désormais à la ferme que pour quelques jours, toutes les deux ou trois semaines, et rien ne lui était plus désagréable. C'était une chose. Mais en même temps on n'y pouvait rien changer. Il ne comprenait pas pourquoi ce départ aurait dû bouleverser leur propre vie. Et voilà que son père repassait la herse sur un sol déjà aéré ! Et que sa mère, depuis des heures, marchait de long en large dans la cuisine, les yeux baignés de larmes. La marche du monde n'en serait pas changée. Il trouvait les adultes bien compliqués. Mais à tout prendre c'est encore sa mère qu'il comprenait le mieux. C'était vraiment trop bête ! Il secoua la tête une fois encore, puis il monta dans sa chambre et s'attela sans grand entrain à repasser ses leçons. On leur avait donné des devoirs de vacances, et il n'avait pas encore écrit une ligne. Pendant les congés, il n'avait pas songé un seul instant à l'école. Il lui faudrait pourtant rendre ses devoirs dès le lendemain. Dès le lendemain ! Et c'est désormais en compagnie de Maria qu'il devrait parcourir chaque matin les quatre kilomètres qui séparaient la ferme de l'école. À l'instant précis où il rouvrit son cahier, une sensation de fatigue l'accabla, qui lui fit paraître plus pénibles et ennuyeux encore les fastidieux devoirs de classe.

Il nageait dans le courant d'un fleuve – n'était-ce pas plutôt le ruisseau ? –, le soleil brillait, les eaux scintillaient d'un si vif éclat qu'il en avait mal aux yeux. C'était par une chaude journée d'été. L'onde était tiède, et il s'y laissait dériver sans le moindre effort. Le chatoiement du fleuve était pareil à une musique, chaque lueur à un son, un tintement, aux notes perlées d'un xylophone… oui, d'un xylophone aquatique… C'est alors qu'une main le saisit, le sortit de l'eau avec une extrême lenteur, à gestes très prudents. Il se réveilla. Une main reposait sur son épaule. Il rouvrit les yeux, décroisa les bras, redressa la tête. C'était Elisabeth qui venait de secouer sa torpeur. « Mamie », murmura-t-il. « Viens », dit-elle en lui appuyant sur l'épaule. Il se laissa glisser de sa chaise et la suivit dans la pièce à vivre. La famille entière était réunie autour de la table. Personne ne soufflait mot, personne n'ébauchait un sourire. « Papy », souffla Thomas pour tout salut. Goldberger tendit le menton vers lui. Thomas prit place à côté de Maria, sur une chaise laissée libre. Elisabeth alla s'asseoir à côté de Goldberger. Un moment s'écoula. Il régnait un parfait silence. On n'entendait que leurs respirations pesantes. Thomas remarqua qu'il avait à présent lui aussi le souffle lourd, comme s'il se mettait au diapason des autres. Enfin Goldberger prit la parole : « Nous allons réciter un rosaire pour Paul. Au nom du Père, du Fils et du Saint-Esprit. — Amen », dirent-ils tous en chœur, et ils se mirent à prier. Ils psalmodièrent les Pater et les Ave sans relâche. Chaque fois que les gros grains du chapelet s'entrechoquaient dans la main de Goldberger, Thomas relevait la tête. Il espérait alors que c'en serait enfin terminé. Mais jamais le tintement des billes de bois n'annonçait la fin de leurs prières ; on se reprenait encore à réciter le rosaire, et tout recommençait du début. La fin et le commencement, tout finissait par se confondre et ne faisait plus qu'un. Peu à peu Thomas tomba dans une sorte d'engourdissement. Il n'aurait pas su dire s'il était éveillé ou s'il rêvait ; sa voix semblait s'être détachée de lui-même. Lorsque enfin ils récitèrent la dernière prière, que seuls Goldberger, Elisabeth et Anna purent dire intégralement, la pénombre régnait déjà dans la pièce.

10

Il avait fallu de longues années pour mettre enfin la ferme sur les bons rails. Le travail qu'ils accomplissaient et qu'il leur restait encore à accomplir était rude. Chaque jour était une éreintante épreuve. Mais le plus épuisant avait été de préparer pas à pas le terrain. Pour Ferdinand, une ère nouvelle s'était annoncée. Pendant des années, il avait été en proie à un immense désordre intérieur. Nul n'en avait jamais rien su. Mais les plans qui couvraient les murs de son atelier en apportaient la preuve la plus éclatante. Il s'était évertué à mettre un peu d'ordre dans le chaos, ou plutôt non : à faire pièce à celui-ci. Il n'était pas une seule de ses actions – pas même l'achat du matériel agricole – qui ne se fût accompagnée de doutes profonds. Quand il s'était lancé dans l'élevage des moutons et des jeunes bovins : Bon sang, mais qu'est-ce que je fabrique, s'était-il très souvent demandé. Le doute avait beau être omniprésent, il n'en avait pas pour autant des vertus stimulantes. Ferdinand n'en avait pas besoin pour fonctionner ; les doutes ne l'avaient jamais aiguillonné. Il avait au contraire passé des années à s'en défaire. Y était-il réellement parvenu à présent ? C'était tout juste s'il avait mis un peu d'ordre dans ses pensées, son esprit peinait encore à progresser étape par étape, tout s'offrait à lui simultanément, dans un grand et déstabilisant fouillis. Mais au moins les doutes étaient-ils enfuis. Il voyait les choses aller leur cours. Il éprouvait la même sensation que dans la nacelle de la grande roue, environ dix ans plus tôt. Oui, il voyait les choses suivre leur cours. Dans quelques années, Thomas achèverait sa scolarité. Maria avait grandi si vite ! Elle n'était plus une enfant, mais une vraie jeune fille. Et Paul rapportait des bulletins de notes irréprochables. Il mettait à travailler le même soin scrupuleux qu'à enfoncer des clous : sa méticulosité et sa volonté inébranlable le conduisaient sans faillir vers l'objectif qu'il devait atteindre : le baccalauréat. Peut-être était-ce d'ailleurs moins une question d'intelligence que de volonté. De même que c'est cette volonté tenace qui avait pris le pas sur l'habileté, quand son père les avait mis à l'épreuve. Thomas, lui, était adroit ; il avait été le seul à manier le marteau d'un poignet aussi souple. Au collège religieux de K., les frères ne tarissaient pas d'éloges au sujet de Paul, qu'ils appelaient Paulus. Ferdinand se désolait toutefois de constater qu'il s'était mis à faire pipi au lit. Il ne jugeait pas précisément judicieux de suspendre chaque fois ses draps trempés à la fenêtre de sa chambre d'internat, de sorte que chacun pût les voir – mais lorsque, sur l'insistance obstinée d'Anna, ils avaient fini par l'apprendre, et qu'il avait demandé audience au frère supérieur pour en discuter, il dut bien admettre qu'il ne s'était jamais vraiment préoccupé d'éducation jusque-là. Quelques semaines plus tard, il n'en rappela pas moins l'institution religieuse pour demander à s'entretenir avec l'abbé. Il voulait évoquer le cas de son fils. Pas avec le frère Untel, non. Avec l'abbé en personne. Enfin celui-ci consentit à le recevoir. Ferdinand se rendit à K. Il était nerveux. Il fit part à l'abbé des mêmes observations qu'il avait faites au frère supérieur, à savoir qu'il n'était pas favorable à ce genre de méthodes. « Mon cher monsieur Goldberger, vous êtes-vous déjà préoccupé de pédagogie ? — Non. » L'abbé entendait donc lui tenir le même discours que les frères ? « Vous voyez… », lui dit l'abbé avec un sourire onctueux, tout en joignant les mains. L'extrémité de ses doigts lui effleurait la pointe du nez. Il avait les mains graciles et de longs doigts aux ongles très arrondis et d'une propreté irréprochable. « Je n'en désapprouve pas moins vos méthodes. Je le vois changer peu à peu. Et je le connais depuis qu'il est venu au monde. Je suis son père ! — Oui, bien sûr. Dites-moi, quel âge a votre fils à présent? — Douze ans. Bientôt treize. — C'est l'âge. Ils changent tous à cette période-là. C'est tout à fait normal. Croyez-moi, je sais de quoi je parle, monsieur Goldberger. » Il eut encore ce fin sourire vague et impénétrable qui vous laissait entendre que la discussion était irrémédiablement close. Ferdinand comprit que celle-ci était terminée avant même d'avoir commencé. Il remercia cérémonieusement l'abbé et quitta les lieux.

Ces problèmes furent la source de conflits entre Ferdinand et Anna. Ils ne supportaient pas de voir à quel point Paul changeait : il se montrait de plus en plus taiseux, inaccessible et renfermé. Désormais, il mouillait ses draps même quand il était à la ferme. De bon matin, quand eux-mêmes étaient encore au lit, ils l'entendaient se glisser dans la salle de bains, mettre en route le chauffe-eau et remplir un plein seau d'eau brûlante. Puis le silence revenait pendant quelques secondes, avant que la porte de la maison ne claque doucement. Paul s'en allait laver ses draps et sa chemise de nuit. Quand enfin ils se levaient, ses affaires étaient déjà étendues à sécher sur le fil à linge qu'il avait installé tout exprès derrière la maison. Par temps de pluie, il faisait sécher draps de lit et chemise dans l'aire de la grange ; et, l'hiver venu, dans sa propre chambre. Ils songèrent souvent à le retirer du pensionnat. Il pouvait après tout préparer le certificat d'aptitude et entrer ensuite en apprentissage. Mais n'était-ce pas irresponsable, au regard de ses brillantes notes? Des dons qui étaient les siens dans presque tous les domaines? Et ses problèmes d'énurésie n'avaient-ils pas en réalité une tout autre origine? Fallait-il incriminer le collège religieux, les rigueurs du pensionnat? Ils étaient perpétuellement tiraillés entre acquiescement et refus, leurs sentiments et leurs pensées oscillaient au gré de puissances contraires. À qui auraient-ils pu demander conseil? Ils ne connaissaient que des paysans, ou peu s'en fallait... Ils savaient qu'au bout du compte il leur appartiendrait de trancher. Et, au terme de longs, très longs atermoiements, aussi épuisants que douloureux, ils décidèrent qu'il resterait au pensionnat ; et qu'il n'était plus nécessaire d'en reparler. Car cela n'arrangeait pas les choses, ni du reste ne les modifiait en rien.

Telle était la goutte d'amertume qui s'était insinuée dans leur existence. Il arrivait à Ferdinand de ressentir cet arrière-goût âcre, et son humeur s'assombrissait. Quand il était dans cet état d'esprit, tout se gâtait à ses yeux d'un fond d'amertume. Il pouvait s'écouler des jours entiers avant que celle-ci ne le quitte. Mais c'était à la vérité assez rare. La plupart du temps, il éprouvait la sensation immensément libératrice d'avoir atteint enfin un haut plateau, après avoir gravi pendant des années une montagne inhospitalière aux chemins impraticables. Et de voir que les choses tournaient rond.

Thomas les avait conjurés de faire l'acquisition d'un second cheval. Il assurait que depuis que l'alezan n'était plus là, Black s'ennuyait et faisait triste mine. Ferdinand lui-même avait pu l'observer depuis longtemps, mais il n'en convint qu'alors ; Thomas avait raison. Depuis qu'il possédait les machines agricoles, il négligeait Black. Il avait même songé à le vendre. À quoi bon le nourrir plus longtemps ? Mais un jour qu'il avait oublié de refaire le plein de gazole d'hiver, et ne s'en était aperçu que peu de temps avant les travaux d'abattage du bois, parce que le tracteur avait refusé de démarrer, il fut plus que content de pouvoir compter sur le moreau. Aussi accéda-t-il à la requête de Thomas et acheta-t-il un Haflinger qui, jugeait-il, faisait la paire avec Black. Oui, il exauça son vœu. Et mieux encore : il lui offrit ce cheval. Le temps était venu de lui confier des responsabilités. Thomas ne se tenait plus de joie. Anna quant à elle secoua la tête, ébaucha un sourire et murmura : « Tu es un peu piqué… » Maria était hilare, d'une part parce que le cheval à la belle robe alezane à crins blonds faisait son bonheur, d'autre part parce qu'elle n'avait jamais entendu cette expression et la jugeait amusante. Thomas lui dit d'un ton protecteur : « Et c'est à toi qu'il reviendra de lui donner un petit nom, Maria ! Mais ce doit être un nom féminin. C'est que c'est une jeune fille, une jument. » Maria réfléchit quelques instants et proposa

« Gabi ». « Ah non, pas Gabi ! s'esclaffa Thomas. — Et pourquoi pas ? — Parce que ce n'est pas un nom pour un cheval. » Maria croisa les bras sur la poitrine. Elle réfléchit encore, et dit enfin : « Fine — Fine ? — Oui. » Thomas laissa ce nom résonner en lui quelques instants, puis il acquiesça. « Bien. Très bien. » Maria, toujours pensive, ajouta toutefois : « Même si elle a plutôt une tête à s'appeler Gabi. »

Pendant cette période, ce fut la seule nouveauté à la ferme : Fine. Tout le reste allait son cours habituel. On ne tarda pas à s'arracher la viande d'agneau et de jeune bovin que produisait l'exploitation. Les bêtes que Ferdinand revendait aux engraisseurs trouvaient acquéreur sans le moindre problème ; et quand par extraordinaire des difficultés se présentaient, il ne les vendait jamais au-dessous du prix, mais préférait alors les garder, les nourrir un moment encore avant de les abattre lui-même pour écouler la viande. Le bénéfice au kilo était alors supérieur de moitié, parfois même des deux tiers. Il n'avait pas à faire la tournée des auberges, tout était réservé en un rien de temps. C'est que sa viande était désormais réputée dans tout le canton pour sa tendreté. Il avait suffi de quelques années pour qu'elle acquît cette renommée. Tous voulaient savoir comment il parvenait à une telle qualité. Quelle alimentation destinait-il aux troupeaux ? Quelle était la durée de pâturage ? Et où se trouvaient justement ses pâtis ? En avait-il acquis de nouveaux ? Il se contentait chaque fois de sourire, ses lèvres se retroussaient d'un rien sur ses dents, il haussait les sourcils un bref instant et répondait : « Secret de fabrication. »

Tout allait pour le mieux. Mais il n'en avait pas toujours été ainsi. À l'époque où, se retournant l'esprit sans relâche et en tous sens, et ne parvenant immanquablement qu'à la même conclusion, un mépris immense pour ses semblables s'était instillé en lui comme se déclare une maladie infectieuse, il s'était querellé avec Martin. Un différend parfaitement ridicule les avait opposés, ils s'étaient chamaillés pour des vétilles. L'initiative en était revenue à Ferdinand ; consciemment ou non, il avait ouvert les hostilités.

Martin, le fidèle Martin, s'était mis à l'insupporter. Le mépris de Ferdinand s'étendait à la terre entière, et il s'y complaisait. Lorsque Martin lui assura que cela n'avait aucune importance, qu'il ne tenait pas à se disputer avec lui, et surtout pas pour des bagatelles, il n'en fallut pas davantage pour échauffer les sangs de Ferdinand. Il s'en prit à Martin et l'injuria copieusement. C'est de plein fouet que Martin reçut alors ce mépris que Ferdinand avait pris soin de dissimuler à chacun, même à sa propre femme. Il saisit Martin au collet, lui hurla dessus, cependant qu'un feu dévorant le consumait, et qu'il n'avait plus seulement sous les yeux ce jeune homme isolé, mais le village entier, la société dans son ensemble, cette vile race humaine qu'il exécrait et qui n'était bonne qu'à haïr, jalouser et détruire. Les Français, les Russes, les Juifs, Martha ou lui-même, peu importe. Il vitupéra Martin jusqu'à l'instant où celui-ci lui saisit la main et, avec une force dont il ne l'aurait pas cru capable, l'écarta de son col, pivota sur lui-même et s'en alla. Ferdinand ne vit dans cette dérobade qu'une confirmation de plus : Martin n'était donc qu'un lâche, mais bien davantage encore un maudit chien. Il ne valait pas mieux que les autres, peut-être même était-il le pire de tous, car fourbe de surcroît. Aussi, alors qu'il s'éloignait déjà, prit-il en somme les devants et lui lança-t-il : « Et que je ne te revoie plus ici ! Tu m'entends !? »

Le soir même, Anna, qui avait entendu les éclats de voix jusque dans la cuisine, lui dit : « Dès demain, tu iras le trouver pour lui présenter tes excuses. Il ne reviendra plus. Mais tu peux au moins te faire pardonner. — Ferme donc ta gueule ! », siffla hargneusement Ferdinand. Anna lui répondit d'une voix très sereine : « Et tu me devras également des excuses. » Il ne se rendit chez Martin ni le lendemain, ni le surlendemain. Une semaine entière s'écoula avant qu'il s'y résolve. Il lui fallut tout ce temps pour se convaincre qu'il irait. Mais alors il se sentit le plus misérable des hommes. Il avait l'impression d'émerger d'une terrible ivresse. Il quitta la ferme. Fit tout le chemin en baissant la tête. À son arrivée, Martin était au volant de son tracteur et

fauchait l'herbe d'un pré. Les portières avaient été démontées. Ferdinand se donna une secousse, s'élança sur le marchepied, fit plusieurs tours de tracteur en compagnie de Martin. Il lui présenta ses excuses. Il était sincèrement désolé. Il ne comprenait d'ailleurs même pas comment il avait pu en arriver là. Avec Martin, par-dessus le marché, qui lui avait toujours été un fidèle appui. « Peut-être, lui dit-il, nous posons-nous les mêmes questions. Moi-même, je ne comprends pas comment j'ai pu sortir ainsi de mes gonds. » Il s'efforçait de convaincre Martin, d'une voix très douce et insinuante. Mais celui-ci faisait comme s'il était seul et ne daignait pas l'écouter. Il finit même par siffloter. Ferdinand comprit alors que c'était sans espoir et descendit du tracteur. Il rejoignit les communs de la ferme, en quête de Kurt. Il n'avait pas revu celui-ci depuis son tout dernier passage à l'auberge. « Non », lui dit Kurt, d'un ton rude où perçait une pointe de jubilation. « Il n'y a rien à y faire. Il faut croire que tu es allé beaucoup trop loin. Au reste, ça fait mon affaire. Il était trop souvent absent à mon goût. C'est que l'ouvrage ne manque pas.
— Dis-lui que je suis désolé. — Si tu veux. — Dis-le-lui, Kurt.
— Oui. »

Naturellement, Ferdinand n'avait pas oublié cet épisode. Ce souvenir lui demeurait douloureux. Et il ne comprenait toujours pas pourquoi sa fureur avait pris pour cible Martin, qui était depuis si longtemps le plus tendre des amis, presque un fils. Oui, il avait perdu le contrôle de lui-même, autrefois. Mais il lui avait aussi présenté ses excuses. Il ne pouvait pas en faire davantage. À présent qu'ils avaient Fine, il ne pouvait se défendre de repenser plus souvent encore à l'alezan. Il songeait à la longue vie du cheval, qui lui était connue dans les moindres détails, et à sa fin en particulier. Car si l'exploitation fonctionnait désormais si bien, ils le devaient aussi, en un certain sens, à cette fin.

Ce jour-là, Kurt, comme Ferdinand en était convenu avec Martin, s'était présenté à la ferme, son fusil accroché sur l'épaule à la manière d'un sac à dos. Il tenait en main un seau rempli de pommes coupées en deux et de carottes débitées en rondelles. Ferdinand ne posa aucune question. Il mit le licol à l'alezan et le mena dans la cour. Kurt lui tendit le seau et lui demanda : « Où comptes-tu l'enterrer ? » Ferdinand en fut décontenancé. Il n'y avait pas réfléchi. Il vivait depuis tant d'années déjà dans la compagnie de cette bête. « Je n'en sais rien. N'importe où. — Ne me dis pas que tu n'as pas encore creusé la fosse. — La fosse ? Mais non ! » Il saisit d'un geste brusque la longe et s'écria d'une voix pleine de courroux : « Allez viens, suis-moi, maudite rosse ! » Il la guida le long du chemin qui filait vers le nord, jusqu'à l'orée de la forêt. Pour le cheval affaibli et chargé d'ans, chaque pas était une épreuve, mais il se laissa docilement conduire. Puis Ferdinand obliqua vers l'est et lui fit faire un bout de chemin encore sur la bande de prairie qui courait entre champs et forêts. Enfin il s'immobilisa, détacha le licol, le retira du cou de la bête. Un souffle léger s'exhalait par les naseaux de l'alezan. Il avait les yeux troubles et chassieux. Le cristallin vieillissant prenait un aspect grisâtre. Ferdinand tapota l'encolure hirsute de la bête. Il lui souffla : « Surtout ne m'en veux pas, ma rosse. C'est… » Soudain sa voix vira dans les aigus et se brisa. Son regard se brouilla. Il lâcha le seau et recula de quelques pas en titubant. Les moitiés de pommes et les rondelles de carottes se répandirent sur le sol. L'alezan baissa la tête et commença à manger. Ferdinand s'en alla. Kurt, qui avait cheminé sur le sentier à leur suite, avait déjà pris position entre deux arbres qui le dissimulaient aux regards. Il laissa le cheval se repaître des pommes et des carottes jusqu'à ce qu'il eût tout à fait oublié Ferdinand et ne le cherchât plus des yeux. Alors il attendit encore un peu. Ferdinand leva les yeux vers la ferme. Elle était d'une blancheur étincelante. Ce fut comme si le temps se dilatait. Enfin le coup de feu retentit. Il sembla à Ferdinand que c'est à lui qu'on l'avait destiné. Il se retourna. Avança vers la dépouille, tête basse. La bouche noire de la bête était à demi ouverte et s'ourlait d'un cerne d'écume vert-orange. Ferdinand la contempla longuement. « Il a l'air parfaitement heureux », s'entendit-il murmurer, étrangement surpris. Il en avait la chair de poule. « Il n'aura rien vu venir », lui répondit Kurt d'une voix tranquille. « Comme c'est cruel, dit Ferdinand. Comment peut-on user d'un stratagème aussi perfide ? » Il n'arrivait pas à détacher les yeux de l'alezan qui gisait de tout son long devant lui, sur la bande de pâturage verdoyante, la bouche écumante et hérissée de poils blancs, souillée encore de petits brins de carottes et de pommes verts et rouges. « Tu veux que je t'aide à creuser la fosse ? lui demanda Kurt. — Non, répondit Ferdinand. — Je peux aussi t'envoyer Martin, si tu veux. — Non, répéta Ferdinand. — Écoute, je… » La bête avait rendu son dernier souffle. Il émanait pourtant encore de sa dépouille une vive chaleur. Bientôt elle serait rigide et froide, et, après quelque temps encore, molle et tiède et définitivement privée de vie, de toute énergie, à jamais perdue. « Dans les prochains jours, dit Ferdinand, tant qu'à faire. » Kurt repartit : « Non, il faut que tu t'en charges dès aujourd'hui ! — Je parlais de l'argent. Je passerai chez toi dans les jours qui viennent. Rapport à ce que je te dois. — Ah, rien ne presse », dit Kurt. Il était temps de s'en aller. Il jeta son fusil sur son épaule. « En tout cas, tu ferais bien de l'enterrer dès aujourd'hui », insista-t-il. Et, comme Ferdinand ne répondait rien, il crut bon d'ajouter : « Enfin, libre à toi de décider. » Il souleva son chapeau et s'éloigna en coupant à travers champs. Ferdinand tomba à genoux et vomit à plusieurs reprises.

Son domaine, c'étaient les bois. Il était un exploitant forestier. Pas autre chose. Et il en serait au fond toujours ainsi. Depuis la petite enfance, l'abattage du bois était le seul labeur qu'il avait connu. Les seules bêtes qu'il lui avait été donné de voir, à l'exception des quelques chats qui maraudaient de temps à autre dans les environs, apparaissaient sans qu'on les remarque et disparaissaient tout aussi discrètement, étaient les chevaux. Il se souvenait encore de certains d'eux. Des Pinzgauer, des Noriker, parfois aussi des Ardennais. Et il croyait bien se rappeler qu'ils avaient également possédé un immense Shire Horse. Lorsqu'il était arrivé à Rosental, il s'apprêtait à célébrer son trente-troisième anniversaire. Il n'était plus dans sa prime jeunesse, et cependant c'était à peine s'il avait jamais mené une vie à soi. À Rosental, il lui fallut au surplus tout reprendre à zéro : il dut faire ses premiers pas dans un territoire entièrement vierge. En lui régnaient la rage, le trouble et la confusion. La première chose qu'il fit fut de chasser de la ferme son père, qui était à ses yeux le principal responsable du grand désordre où il se débattait. L'autre responsable, la guerre, il ne fut même pas nécessaire de lui donner congé : elle s'en était allée comme elle était venue, de façon aussi illogique et impénétrable. Il s'était dit alors qu'il pouvait enfin commencer. Bien que ses connaissances en agriculture fussent inexistantes, il s'était lancé. Bon an mal an, il s'en était tiré. Il avait fait l'acquisition de quelques vaches laitières. Il apprit la traite. Ça fonctionnait. Quand une de ses bêtes tombait malade, il prenait conseil auprès de quelqu'un. Il ne tarda pas à rencontrer Martin, dont les connaissances couvraient de vastes domaines, et qui lui inculqua quantité de notions sans même s'apercevoir qu'à plus d'un titre il assurait ainsi la formation de Ferdinand. Pour Martin, tout était si naturel et évident qu'il ne lui serait même pas vraiment venu à l'esprit que quelqu'un pût être moins savant que lui dans un secteur, et surtout pas un homme qui possédait une ferme. Stimulé par ses premiers succès, et prenant exemple sur Elisabeth, Ferdinand entreprit alors de construire une bergerie. Celle-ci n'était pas encore totalement prête qu'il achetait les premières brebis déjà pleines. En parallèle, il aménagea les anciennes étables pour accueillir un élevage bovin. Il coucha sur le papier chaque étape, consigna toutes les tentatives. La plupart du temps, les annotations n'auraient même pas été nécessaires, car il retenait avec précision les conséquences de chaque action. Tout s'imprimait en lui au fer rouge. C'était au reste d'une nécessité vitale : il enregistrait scrupuleusement les succès et les échecs, comme autant d'expériences dont il pourrait tirer des enseignements.

Il préférait vendre les bêtes sur pied. Cela avait d'ailleurs été son projet initial : vendre les agneaux et les jeunes bovins à des engraisseurs sitôt qu'ils auraient atteint un certain poids.

Il procéda d'ailleurs ainsi pendant longtemps, avant de s'apercevoir qu'il en tirait des revenus insuffisants. Il comprit qu'il lui faudrait des machines ; peut-être pas immédiatement, mais au cours des dix, quinze années suivantes. S'il n'arrivait pas à réunir tout cet argent, l'équilibre de l'exploitation serait mis à mal, au point qu'elle accuserait bientôt un retard irréparable. En se livrant à ce calcul, il ne pensait pas tant à lui-même qu'à ses fils – il savait que l'un d'eux lui succéderait. Une fois que l'équation lui apparut, il mit tout en œuvre pour l'infléchir à son profit. Il se mit à abattre lui-même les bêtes et à écouler la viande, non seulement en période de mévente, mais aussi en temps normal. Il vit instantanément ses bénéfices monter en flèche. Il vendait sa viande essentiellement aux aubergistes des environs. Abattre les bêtes lui demeura toujours un supplice. Il n'y parvenait qu'au prix d'un énorme effort sur lui-même. La seule odeur du sang chaud suffisait à lui faire tourner de l'œil. Seul Martin était alors autorisé à le seconder ; il tenait à préserver ses propres enfants de ce spectacle, aussi longtemps que possible. Ce qui arriva. L'argent occupait ses pensées. Une fois qu'il eut acheté les machines, il songea un temps à abandonner le négoce de la viande. Mais pouvait-il seulement se le permettre, du moins pour quelques années ? Alors qu'il se livrait à ces spéculations, il lui fallut bien admettre qu'une concurrence avait peu à peu émergé. S'il abattait à présent moins de bêtes, c'était par la force des choses. Il en prit son parti et n'en fut au fond pas mécontent. C'est alors qu'il s'aperçut que ses frais augmentaient. Les tâches étaient désormais bien plus faciles à exécuter, mais les charges fixes avaient considérablement progressé. Et à présent il n'arrivait plus à placer sa viande ? On disait maintenant de celle de ses concurrents qu'elle était particulièrement tendre ? N'était-ce pas la réputation dont jouissait sa propre viande autrefois ?

Quand on voulait les liquider, les bêtes le pressentaient. Elles se mettaient à jeter d'atroces hurlements lorsqu'on les menait à l'abattoir. Il fallait alors qu'on les traîne littéralement et les roue de coups ; elles qui se laissaient le plus souvent mener n'importe où, du moins sous sa conduite, elles se raidissaient alors, tout en elles se cabrait en cet instant. Et ce n'est qu'après le coup de feu qu'enfin les muscles se relâchaient. C'était la seule façon de procéder que Ferdinand connût ; pour autant qu'il sût, personne n'agissait autrement. Mais le jour où l'alezan avait reçu le coup fatal, il avait eu la surprise d'apprendre une nouvelle méthode. Pendant des semaines, il se demanda alors s'il n'était pas plus sage de l'adopter. Elle lui semblait cependant si perfide. C'était cent fois plus cruel que de traîner la bête jusqu'au billot et, mobilisant toute la force physique de deux hommes, de se ruer alors sur elle, de l'étourdir et de la tuer. Il trouva des arguments en faveur et en défaveur de cette méthode. Il en perdit le sommeil pendant des nuits. Quelle décision prendre ? Finalement, ce furent les questions d'argent qui firent pencher la balance. Désormais, c'est à peine si les recettes étaient supérieures aux dépenses. Et Paul n'allait pas tarder à entrer au collège de K. – il leur fallait des rentrées d'argent ! Il devait au moins avoir le courage d'essayer ! Il lui fallut plusieurs essais avant d'y arriver enfin. C'était un jeune veau. Il se tapit dans un coin et l'abattit d'un coup de fusil. Il le saigna au niveau de l'artère carotide puis, au moyen d'un treuil, le chargea à l'arrière du fourgon et le transporta dans la salle d'abattage. À la faveur d'un savant système de câbles et de poulies, il parvenait à hisser les carcasses sans dépenser trop d'énergie. Il suspendit la bête par les pattes arrière, l'écorcha, la vida, jeta les viscères encore fumants dans un chariot prévu à cet effet, coupa la carcasse en deux moitiés. Par la suite, il descendit celles-ci dans une fosse profonde aménagée dans le sol, à l'abri de la lumière, et où la température était très fraîche. Deux jours plus tard, il les retira de la fosse et, muni d'une feuille, d'une scie à os et d'un couteau à trancher, les débita sur une table de découpe en quartiers qu'il déposa dans de grands bacs en plastique. Le jour même, il fit le tour des auberges qu'il avait l'habitude de fournir. Mais, partout, on lui assura d'un air penaud qu'on était déjà pourvu. Il n'eut un peu plus de chance qu'auprès du dernier aubergiste. Il parvint à placer quelques pièces. L'homme lui dit : « Mais note bien que le père Gmeiner nous donne entière satisfaction. » Gmeiner, tel était le nom de son principal concurrent. Apparemment, il proposait également du porc. « C'est ce que je me suis laissé dire. — Sa viande est fameuse. Tendre. Extrêmement tendre. — Ah, bien. Elle est aussi meilleur marché ? » L'aubergiste eut un sourire embarrassé. « Un peu, oui. — Je vois », dit Ferdinand en haussant largement le menton. Il souffrait de terribles maux de tête, et ce mouvement avait la vertu de soulager pour quelques instants sa douleur. Il prit congé de l'aubergiste. La chance cette fois fut de son côté : quelques mois plus tôt, un nouveau chef, particulièrement doué, avait repris les cuisines de l'auberge. L'homme venait d'être quitté par sa femme, qu'il avait suivie à Linz bien des années plus tôt, et s'en était retourné vivre dans sa région natale. Il s'était mis en quête d'une chambre et d'une nouvelle place. Toute ambition l'avait déserté quand sa femme était partie, et il officiait à présent dans cette charmante petite auberge qui, en dépit des efforts répétés de son patron, n'était pas précisément réputée pour sa cuisine. Il faut croire cependant qu'un fond d'ambition subsistait encore en lui, comme il s'en avisa à sa propre surprise le jour où il lui fut donné de travailler la viande de Ferdinand. Il ne mit dans cette ardeur rien de personnel, juste la conscience du bon artisan : sitôt qu'il eut en main cette viande, il la regarda avec l'œil du professionnel. Ce fut une bénédiction : dès le lendemain, le patron de l'auberge se présenta chez Ferdinand pour repasser commande. Ferdinand plissa les yeux et se demanda quelle pouvait être la raison d'un tel revirement. L'aubergiste dansait d'un pied sur l'autre. Mais l'écoutait-on seulement ? Ferdinand paraissait observer ou scruter les lointains. « Alors, qu'en dis-tu, Goldberger ? — Mmh ? — Je peux te compter comme fournisseur ? — Ma foi, répondit Ferdinand, il va falloir que je voie. » Un voile de brume enveloppait les montagnes. C'est à peine si l'on distinguait encore la ferme d'Elisabeth. Les jours de foehn étaient passés. Par chance ils s'étaient enfuis avec les maux de tête. Ferdinand sentait qu'un bouleversement était en train de s'opérer. Il comprit aussitôt ce qui s'était passé, et quelle importance revêtait le pas qu'il avait accompli. « Bien sûr, tout dépend un peu de ce que tu es disposé à payer », dit-il, les yeux toujours perdus dans le vague. Il savait pourtant que la seule raison qui expliquait la défection de sa clientèle, c'est qu'il était trop cher. Seulement voilà : il venait désormais de changer de division, et ses tarifs n'étaient plus excessifs. Ils firent affaire séance tenante. Ils discutèrent des prix, des délais, des volumes de livraison. Ils topèrent là et ce fut un marché conclu. Alors seulement Ferdinand convia l'aubergiste chez lui, où ils scellèrent leur accord commercial en buvant un verre d'alcool de grain. L'homme regardait Ferdinand d'un air radieux – il pensa à part soi : comme un amoureux.

Depuis, les affaires tournaient donc rond. Martin, qui était devenu le bras droit de Ferdinand, ne revint certes jamais plus, mais Thomas était désormais suffisamment rompu au travail pour prendre la relève dans bien des domaines. Ce n'était pas seulement qu'il était dur à la peine : il avait acquis une telle maturité d'esprit qu'il était pour Ferdinand un interlocuteur de choix. Il faisait preuve de rapidité et de détermination, comme Ferdinand ne cessait de le constater avec émerveillement. Était-ce peut-être qu'il tenait de son grand-père ? Non. Ils avaient certes reçu ces deux qualités en partage, mais pour le reste Ferdinand n'arrivait pas à déceler de point commun entre son fils cadet et son père. Avec Anna, il n'avait encore jamais vraiment pu parler boutique. Pendant un temps, il avait demandé conseil à Elisabeth ; les moutons étaient sa partie et elle se montrait excellente gestionnaire. Son seul défaut était que les explications n'étaient pas son fort. Elle s'y entendait surtout à illustrer par l'exemple ; encore le faisait-elle avec une sorte de rage, une fois qu'elle avait livré des éclaircissements. Si elle s'emportait ainsi, c'était d'une part parce que Ferdinand semblait ne pas comprendre les choses les plus élémentaires, d'autre part parce qu'elle avait conscience que c'étaient précisément ses explications qui étaient incompréhensibles. « Voilà ! », s'écriait-elle, quand elle lui montrait par

exemple comment on administre un vermifuge. « Peux-tu me dire ce qu'il y a de compliqué là-dedans ? » Et Ferdinand répliquait toujours, un fin sourire aux lèvres : « Rien. Ça m'a l'air simple comme bonjour. Mais à t'entendre c'était si compliqué…
— Toi, alors ! fulminait-elle bien souvent. Tu m'embêtes, à la fin ! » Paul était à K. et ne rentrait à la maison que deux fois par mois. À l'occasion des vacances, quand il était là sans interruption, on s'aperçut peu à peu que bien des choses relatives à Rosental lui étaient sorties de la tête. Il semblait avoir oublié ce qu'il connaissait depuis toujours, comme un savoir inné. Cet oubli progressait d'année en année. Ferdinand n'arrivait pas à y croire. Anna seule s'aperçut que Paul lui-même en restait pantois. À mesure que le temps passait, il s'éloignait de plus en plus de ce lieu qu'il aurait préféré ne jamais quitter. Il leur restait Thomas, qui au gré des mois devint irremplaçable aux yeux de son père. C'est lui qui triait au sein du troupeau les bêtes promises à l'abattage et, muni d'un seau de fourrage, les conduisait à l'endroit où Ferdinand, tapi derrière un buisson, le fusil à canon double déjà épaulé, la sécurité mise, les attendait, et cette présence lui était d'un immense secours – elle n'était pas tant une aide physique que morale. C'est avec un naturel confondant que Thomas déversait la pitance aux pieds de la bête, lui flattait encore un peu le cou, puis, jetant un bref regard aux fourrés, s'en retournait et allait chercher dans la grange la chaîne et le tracteur, qu'ils avaient désormais pourvu d'un chargeur frontal. Sans l'aisance dont savait faire preuve Thomas, Ferdinand ne serait jamais parvenu à voir dans tout cela quelque chose d'à peu près naturel. Et si ses doutes peu à peu se dissipèrent, il le devait pour une large part à Thomas.

Goldberger se gardait bien de donner son avis sur la façon dont son fils gérait l'exploitation. Ferdinand n'entretenait plus avec lui que des rapports distants. L'époque où on le voyait passer des heures à la ferme, en quête d'un peu d'attention ou d'une tâche à effectuer, était bien loin. Plus jamais il n'avait évoqué l'argent. Il arrivait encore à Ferdinand de se demander s'il n'avait pas eu tort de supposer que son père avait espéré qu'il ne l'accepterait pas. Parlait-il sérieusement ? Était-ce un don ? Jamais plus aucun des deux n'évoqua le sujet – c'était comme s'ils avaient oublié ce qui s'était passé. L'hiver venu, comme de toute éternité, c'est ensemble et sans un mot qu'ils s'attelaient à l'abattage du bois, d'abord sur les terres de Ferdinand, puis sur celles d'Elisabeth. Ferdinand s'était acheté une scie à moteur, mais, le jour où il se décida enfin à l'emporter, Goldberger lui demanda ce qu'il comptait en faire d'un ton si méprisant qu'il préféra la ressortir de la carriole et ne prendre avec lui que la cognée et la scie passe-partout. Ferdinand ne se sentait plus pourchassé, mais il ne donnait plus non plus la chasse à personne ; ces travaux d'abattage du bois étaient le seul domaine où les deux hommes évoluaient encore au même rythme, dans une sorte d'harmonie tranquille. C'est désormais seuls qu'ils fêtaient Pâques. Il en allait de même du réveillon du vingt-quatre décembre. Le jour de Noël, tous se serraient dans l'auto et allaient rendre visite à Andreas et Martha, dans l'Innviertel. On ne restait qu'une poignée d'heures dans le haut pays, le temps de distribuer les cadeaux, puis l'on s'en retournait. Goldberger était le seul à se rendre là-bas pendant le reste de l'année, à intervalles assez réguliers, et plus souvent que Ferdinand ne l'aurait cru. Anna aurait préféré retrouver Martha plus d'une fois dans l'année. À présent, elle était presque plus à l'aise avec elle qu'à l'époque où leur fervente amitié venait de se briser. Elle éprouvait désormais pour elle de la pitié ; auparavant, rien que de la colère et une certaine exaspération. Mais Martha continuait de faire comme si elle n'existait pas. À la vérité, Ferdinand et les enfants étaient les seuls qui n'étaient pas transparents comme l'air à ses yeux. Elle ne leur adressait toujours pas la parole, mais les gratifiait de longs regards, impénétrables et profonds. Elle paraissait s'intéresser à eux. Savait-on jamais : peut-être était-il possible de lire au fond de ses yeux. Peut-être y voyait-on courir toutes les phrases qu'elle ne disait pas. Oui, en dépit de tout, Anna aurait voulu voir Martha plus souvent. Ferdinand s'y refusait toutefois.

Il lui disait alors : « Tu n'as qu'à prendre le train. Vas-y avec le père, pourquoi pas. En ce qui me concerne, une fois l'an, c'est bien assez. Elle reste prostrée là comme notre mère. Dans le même fauteuil. C'est au-dessus de mes forces. »

À quoi pouvait bien s'occuper Goldberger, depuis qu'il n'était plus à la tête de la carrière ? Ferdinand devait l'apprendre un jour de la plus atroce et douloureuse des façons.

Octobre touchait à sa fin. Ils virent Elisabeth accourir vers eux à toutes jambes, coupant à travers champs, les jupes relevées. À vrai dire, sa démarche seule, et non sa vitesse, trahissait son trouble et son empressement : c'est qu'Elisabeth aussi était devenue vieille. Ferdinand se tenait avec Thomas dans le champ de pommes de terre et, armé d'une houe et de ses mains nues, relevait et arrachait les derniers plants dans la terre poussiéreuse et qui sentait déjà l'hiver. Ils avaient récolté les oignons quelques semaines plus tôt ; ceux-ci étaient encore rassemblés en tas dans un coin de la caisse de chargement en bois accrochée au tracteur. Thomas se redressa et pivota sur lui-même : « Pourquoi court-elle comme ça, papa ? », s'étonna-t-il. Ils s'étaient retournés au même moment et l'avaient aperçue. À peine Thomas eut-il prononcé ces mots qu'ils lâchèrent les pommes de terre et, soudain émus, s'élancèrent à la rencontre d'Elisabeth. Jamais encore ils ne l'avaient vue courir ainsi, et ils se doutaient que quelque chose était arrivé.

« Il est tombé dans le ruisseau, criait-elle en agitant les mains.

— Quoi ? s'écrièrent en chœur Ferdinand et Thomas. Ils n'arrivaient pas à comprendre ce qu'elle leur hurlait.

— Dans le ruisseau… Sacredieu, il est tombé dans le ruisseau ! »

Ferdinand n'avait pleinement entendu que le mot « ruisseau », mais, courant toujours droit vers elle, il lui lança aussitôt : « Où est-il ? » Il était saisi d'effroi jusqu'au tréfonds de son âme. Enfin ils arrivèrent à la hauteur d'Elisabeth et comprirent ce qu'elle leur criait peut-être pour la troisième ou la quatrième fois : « Il est tombé dans le ruisseau ! » Ferdinand lui saisit le bras. Elle lâcha d'une voix entrecoupée : « Dans le salon… il est étendu… sur le canapé. — Tu as appelé le docteur ? — Je ne sais pas me servir de cet appareil-là ! » Ferdinand se tourna vers Thomas et, comme on récite une leçon apprise par cœur, lui enjoignit : « File à la ferme et appelle tout de suite le docteur. Le numéro se trouve dans le petit calepin noir posé à côté du téléphone. À la lettre M comme Médecin. Dis-lui que ton grand-père vient de tomber dans le ruisseau. Précise bien qu'il est âgé de plus de quatre-vingts ans. Dis-lui aussi comment tu t'appelles et où tu habites. Donne-lui l'adresse et le nom de la ferme. Les deux. Et ajoute qu'il doit passer chez Elisabeth, l'ancienne tenancière de l'auberge. Aussi vite que possible. Puis tu reviendras. Tu n'as qu'à prendre l'auto. Et dis à maman de t'accompagner. Pendant ce temps Maria veillera sur la ferme et conduira au besoin le docteur ici, s'il ne trouve pas le chemin. » Thomas n'entendit toutes ces paroles qu'à demi, elles lui semblaient résonner très lointainement. Il percevait par-dessus tout les battements de son cœur affolé. À l'instant où son père cessa de remuer les lèvres, il tourna les talons et, foulant la terre tendre du champ de pommes de terre qui s'enfonçait sous ses pas, détala. Il n'arrêtait pas de trébucher, mais jamais cependant il n'avait couru aussi vite. Il avait l'impression de s'en aller d'une foulée immatérielle. Il ne ressentait rien d'autre que son cœur battant à tout rompre et un goût métallique dans la bouche. Ferdinand prit le bras d'Elisabeth et ils s'en furent à pas rapides. Elle parlait d'une voix vibrante d'émotion, tandis que lui n'avait à chaque instant que son père sous les yeux. Il le revoyait vêtu du nouveau complet noir qu'il portait ce vendredi-là. L'image oscillait sans cesse devant lui, et elle ne s'estompa qu'à l'instant où, dans la pièce à vivre, il fut enfin confronté au vrai Goldberger, en chair et en os.

Il était couché sur le canapé, emmitouflé dans de nombreuses couvertures. Elles lui faisaient un si épais manteau qu'on ne distinguait pas les contours de son corps. Seule sa tête en émergeait. À côté de lui se trouvait une chaise sur l'assise abîmée et profondément incurvée de laquelle reposait une tasse renfermant un liquide noir qui n'évoquait ni du thé ni du café, et d'où montait une fine vapeur qui se dissipait tout aussitôt. Une bible était posée à côté de la tasse. C'était une édition de poche reliée de cuir bleu. Ferdinand la connaissait bien. Elle était grande ouverte. Au premier instant, lorsque le tableau réel se substitua à l'image mentale – son père en complet-veston –, tout se resserra sourdement en lui. Comme ce spectacle était misérable. Il comprit vite que la scène tout entière lui rappelait ses semaines de captivité à Marseille, et il en fut soulagé. En outre Goldberger ne paraissait pas souffrir. Il avait sa tête de tous les jours. Ferdinand pouvait souffler. Elisabeth lui apporta une chaise sur laquelle il s'assit. Il joignit les mains. Que dire ? Il tournait encore les mots dans sa tête lorsque Goldberger murmura : « Oui, je suis tombé dans le ruisseau. Ces satanés gamins. — Qu'est-ce que tu faisais sur la berge ? — Je voulais me rendre à la carrière. — Comment ça ? — Comment ça, comment ça ! », railla Goldberger, les yeux soudain allumés de colère. Après une seconde, il reprit son récit d'une voix sereine. « Comme ça, pour rien. Il m'arrive parfois d'y retourner. » Et il ajouta aussitôt d'un ton aigre : « Si tu veux vraiment le savoir : pour prier ! » Ferdinand jeta un regard à Elisabeth. Était-elle au courant ? Goldberger respira à fond. « À mi-chemin, il y a un endroit où une vieille femme vient laver son linge. Mais pour l'atteindre, elle doit passer de l'autre côté du ruisseau, vers le sud. Pour n'être pas contrainte de patauger chaque fois dans le courant, elle a étendu une longue planche en travers du ruisseau. Oui. Et moi, depuis une semaine, c'est aussi par là que je passe pour le franchir. Avant, j'empruntais un tronc de hêtre couché dans l'eau. » Il ferma les yeux et toussota sans ouvrir la bouche. Il déglutit, se racla la gorge, déglutit encore. « C'est donc à cet endroit que tu es tombé dans le cours d'eau ? », demanda prudemment Ferdinand. « Mais oui, sacré bon Dieu de bois ! rugit Goldberger. Ces maudits gamins... Il leur arrive d'aller jouer là-bas, ils bâtissent avec des pierres des digues, des bassins de retenue, que sais-je encore... ce sont ces sales gosses qui ont badigeonné de boue la planche ! » Goldberger inspira et expira profondément, et Ferdinand se renversa sur son siège. « C'est inouï », souffla-t-il. Le mot résonnait étrangement, mais c'est le seul qui lui vint à l'esprit. « Oui, oui, grommela Goldberger. C'est proprement inouï. Maudite saleté de mioches. Si je les attrape, je les estourbis. »

Lorsque Thomas, Anna et Maria arrivèrent, Goldberger était déjà endormi. Anna avait tenu à ce que Maria les accompagne. Elle jugeait que le docteur trouverait bien son chemin tout seul. Goldberger avait le souffle profond, et il laissait échapper un râle de temps à autre. Ils attendirent le médecin dans la cuisine. Conversèrent en feutrant leur voix. Ferdinand leur raconta ce qui était arrivé à Goldberger. Et à présent qu'ils étaient auprès de lui, et constataient que ce n'était pas si grave, un léger sourire affleurait même à leurs lèvres. Elisabeth seule ne souriait pas. Aucune émotion ne semblait l'habiter. Elle se tenait à l'écart et on eût dit que rien ne l'atteignait. Elle se contentait d'ouvrir de temps en temps la petite porte du poêle pour constater qu'elle ne pourrait pas y enfourner encore une bûche. Puis elle glissait de nouveau les mains dans son tablier et tendait l'oreille au moindre bruit, toujours avec quelque retard il est vrai. Elle ne se sentait pas bien. Elle était en nage et grelottait en même temps. Seigneur Dieu, ne me le prends pas, implorait-elle intérieurement. Ne me le prends pas, lui aussi. Il y avait si longtemps désormais que les deuils qui l'avaient frappée n'avaient plus aucun poids. Et voilà que cette douleur revenait et l'accablait de nouveau. Elle le savait très bien : il suffirait à présent d'un kilo, non, d'un gramme, pour qu'elle s'effondre et ne se relève jamais plus. Soudain, Maria se leva de sa chaise et s'avança vers elle. Depuis que Paul était au pensionnat, elle appelait elle aussi Elisabeth « Mamie ». « Mamie, lui dit-elle, je pourrais avoir un verre de jus de fruits ? » Elle s'ennuyait. Elisabeth posa sur elle des yeux figés et secoua imperceptiblement la tête. Maria chercha du regard sa mère, en quête d'un appui, d'une réponse. Anna lui fit signe d'approcher. Maria, plissant son petit front, rejoignit sa mère. Elle grimpa sur les genoux d'Anna et, mettant la main en conque devant ses lèvres et l'oreille de sa mère, chuchota : « Mais je n'ai demandé qu'un jus de fruits ! » Anna lui dit : « Oui, mon cœur », et lui caressa les cheveux. Elisabeth ferma les yeux. Elle pensait : Dieu soit loué. Dieu soit loué, elle ne m'a pas touchée. Pourquoi ne s'en vont-ils pas ? Je ne pourrai pas le supporter plus longtemps. Regardez-les un peu. Ils sont là, noirs comme la mort. Pourquoi ne rentrent-ils pas chez eux ? Pourquoi sont-ils venus, d'ailleurs ? Que veulent-ils ? Un instant plus tard, elle se levait d'un bond. Le médecin venait d'arriver. Sur le seuil de la maison, Ferdinand lui fit un récit complet. Le médecin hocha plusieurs fois la tête et se laissa conduire dans la pièce à vivre. Anna emporta la tasse et la déposa dans la cuisine. La bible resta où elle était.

Le médecin s'assit sur la chaise où se tenait Ferdinand quelques instants plus tôt et posa la main sur le front de Goldberger. Aussitôt celui-ci ouvrit les yeux. Ils étaient vitreux, à présent. « Qu'est-ce que tu viens faire ici ? chuchota-t-il. — Vous examiner un bref instant, répondit le médecin. — Disparais, murmura Goldberger. Fous-moi le camp tout de suite. — Ce ne sera pas long », poursuivit le médecin. Il posa sur ses cuisses son lourd sac d'un brun rougeâtre, en ouvrit la fermeture à glissière, sortit un stéthoscope, cependant que Goldberger avait plissé les lèvres et les paupières et émettait de longues plaintes inquiètes. Il rouvrit les yeux, secoua la tête et souffla : « Pardonnez-moi, je rêvais. » Le médecin sourit et rejeta les couvertures. Il enjoignit à Goldberger de déboutonner sa chemise et se mit alors à l'ausculter. Il lui demanda de se redresser et, donnant avec la jointure du doigt de petits coups contre les côtes, lui ausculta aussi le dos. Puis il se tourna vers Elisabeth : « Avez-vous un thermomètre ? » La mine renfrognée, elle fit non de la tête. « Je vous en laisse un. Vous prendrez régulièrement sa température. Vous savez comment faire ? » Elisabeth baissa les yeux vers le sol et opina. « Bien », dit le médecin en remballant ses instruments dans sa mallette. Il se leva et prit congé d'eux. Leur assura qu'il repasserait le lendemain. Puis il jeta à Ferdinand un regard et quitta la pièce. Ferdinand le suivit.

« Je ne peux rien vous dire », annonça le médecin tout en s'arrachant un poil d'oreille. Il le contempla un instant avant de s'essuyer la main dans son pantalon. « Ça vient d'arriver, n'est-ce pas ? — Il y a quelques heures, oui. Deux heures environ. — Je pense qu'il va nous faire de la fièvre. Sans doute cette nuit, peut-être avant. Faites en sorte qu'il s'hydrate beaucoup et qu'il n'attrape pas froid. La poitrine, surtout, doit rester bien au chaud. Mais également les pieds. Faites-lui des compresses brûlantes. Il faut qu'il transpire. — Des compresses brûlantes. Très bien. — Je reviendrai demain. En début d'après-midi. » Ferdinand acquiesça. Il raccompagna le médecin jusqu'à sa voiture. C'était une magnifique Peugeot flambant neuve. L'aile avant gauche en était cependant cabossée. « Dites voir », marmonna Ferdinand, les yeux rivés sur l'aile bosselée où la lumière se réfractait étrangement. Un instant plus tôt, il sentait encore un sourire monter en lui, mais à présent les mots s'étranglaient dans sa gorge. Le médecin haussa légèrement les sourcils. « Oui ? — Est-ce que… est-ce que c'est grave ? — Laissons passer la nuit. Nous en saurons plus long demain. Mais c'est sérieux, oui, naturellement. C'est un vieil homme, il est tombé dans un ruisseau glacé, et il lui aura fallu parcourir trois kilomètres en plein vent pour rentrer chez lui. Si cela dégénère en pneumonie, ce sera très grave. » Ferdinand hocha la tête. Il était captivé par cet étrange reflet sur l'aile bossuée. « Merci, docteur. — C'est votre père, n'est-ce pas ? » Ferdinand baissa les yeux. Il éprouvait des picotements dans le nez. « Mon père, oui. »

Cela dégénéra en pneumonie. Paul eut une permission de sortie et put rentrer chez lui. Andreas fit le voyage de l'Innviertel avec Martha. Lorsque Goldberger aperçut celle-ci, il sourit et lui dit : « Mon cœur. Tu as retrouvé le chemin de chez nous ? » Elle s'assit à son chevet et lui prit la main. De la pointe de l'index, elle suivit le tracé de chacun de ses doigts. Tous deux sentirent le tremblement qui animait la main de l'autre ; mais c'est chacun à part soi qu'ils pleurèrent. Ils ne se rejoignaient plus, pas même en cet instant. Andreas dut reprendre la route. Il revint dans les basses terres tous les jours qui suivirent, tard la plupart du temps, après le travail, vers huit ou neuf heures. Pas une seule fois il ne trouva Goldberger éveillé, il était toujours assoupi, fiévreux, marmonnait en son sommeil un désordre de paroles confuses.

Un soir, très exactement une semaine après l'accident, la fièvre reflua. Goldberger avait soudain l'esprit parfaitement lucide. Il demanda à Ferdinand d'aller chercher le curé. Tandis que le cailloutis du chemin crissait déjà sous les pneus de l'auto de Ferdinand – il était content qu'on lui eût confié cette tâche, pour terrible qu'elle fût, soulagé d'avoir quelque chose à faire et de pouvoir rompre cette attente bien plus terrible encore –, Goldberger annonça qu'il voulait s'entretenir une fois encore avec chacun d'eux. Un par un. Tous quittèrent alors la pièce à vivre, surpris et épouvantés par la soudaine lucidité de Goldberger, passèrent dans la cuisine et fermèrent les portes. Ce sont les enfants qui vinrent à lui les premiers, par ordre d'âge croissant. Goldberger discuta avec eux, leur enjoignit d'être sages et obéissants, de prêter main-forte à leurs parents et d'être toujours là pour Elisabeth, leur mamie. Même lorsqu'il ne serait plus là, leur assura-t-il, il continuerait de veiller sur eux. Enfin il les pria de lui tracer une croix sur le front. Il dit à chacun d'eux : « C'est ce que j'ai fait moi aussi pour toi, autrefois, lorsque tu étais encore tout petit, à l'heure du coucher. » Au fond, leur parler ne fut pas chose difficile. Ils étaient si loin. Ils n'avaient pas besoin de lui. Ils étaient libres, car le monde s'offrait à eux, inconnu et insoupçonné – le tableau s'esquissait à peine ! Il était leur grand-père, rien de plus. C'est du moins l'impression qu'il eut avec Maria et Thomas. Paul fit son entrée en dernier. C'est lui qui resta le plus longtemps. Lorsqu'il sortit de la pièce à vivre, Anna lui demanda à voix basse, d'un ton où perçait presque une pointe de reproche : « Pourquoi es-tu resté si longtemps, petit Paul ? » Il ne répondit rien. Il ne l'entendit même pas. Il était ébranlé au plus profond de lui-même. Pourquoi son grand-père lui avait-il demandé pardon, les yeux baignés de larmes, en enserrant ses doigts des deux mains ? Et pourquoi ne s'était-il pas contenté, lui, Paul, de hausser les épaules et de répondre : Oui, je te pardonne. C'était à la vérité bien peu de chose. Il avait déjà ces mots sur le bout des lèvres. Mais soudain un je-ne-sais-quoi l'avait empêché et retenu. Il avait simplement fixé son grand-père et avait gardé le silence jusqu'à l'instant où celui-ci avait cessé de pleurer. Alors Goldberger l'avait regardé au fond des yeux et avait hoché la tête. On aurait dit qu'il venait de comprendre ce que Paul lui-même ne saisissait pas encore : la raison pour laquelle il avait gardé le silence. Puis Goldberger pria son petit-fils de le bénir. Paul accepta et, avec lenteur et fermeté, lui dessina du pouce une croix sur le front. Là-dessus, il tourna les talons sans plus de façons et sortit de la pièce à vivre.

Martha s'était alors avancée vers lui. Depuis longtemps, des années déjà, Goldberger cherchait ses mots, s'évertuait à trouver quelque chose qui pût lui faire plaisir. Quand il lui rendait visite, il se bornait la plupart du temps à lui raconter des histoires de Rosental : les derniers événements qui avaient agité le village, ce genre de choses. Il voulait la divertir, lui changer les idées. De même qu'il avait coutume de raconter à Franziska toutes sortes d'histoires amusantes. Mais en cet instant il lui dit simplement : « Martha, tu… tu auras toujours été mon petit cœur. » Ce furent les seules paroles qui passèrent ses lèvres. Elles résumaient tout entières le fond de sa pensée. Avait-il trouvé finalement la phrase cherchée depuis si longtemps ? Martha, qui lui avait effleuré les doigts, l'un après l'autre, prit sa main dans la sienne et la serra fermement pendant de longs moments. Puis, sans qu'il le lui eût demandé, elle traça une croix sur son front, se pencha vers lui et coucha sa joue sur la sienne pour un fugace instant. Ferdinand et le prêtre entrèrent alors dans la pièce, sans frapper, et Martha se redressa brusquement. Ses longs cheveux noirs rejetés d'un côté ruisselaient comme une eau vive le long de son épaule et se répandaient sur l'oreiller derrière la tête de Goldberger. Elle se leva et quitta la pièce en franchissant la porte encore ouverte. En attendant le retour d'Andreas, elle resta dans la cour de la ferme, où trois chatons – deux au pelage noir et blanc, l'un au poil entièrement noir – se chamaillaient sans relâche, tour à tour s'assaillaient et se livraient bataille.

Goldberger resta seul avec le curé. On lui administra l'extrême-onction, puis il pria le prêtre de le laisser. Celui-ci répliqua avec un sourire qu'il entendait encore le confesser. Goldberger dodelina très légèrement de la tête. Pas de confession ? « J'ai déjà tout réglé, monsieur le curé. Tout est en ordre. » Le tout n'avait pas duré cinq minutes. Le prêtre se leva de son siège. « Vous savez, souffla Goldberger à grand-peine, c'est juste pour la forme.
— Dans quel sens l'entendez-vous ? », demanda le curé. Goldberger ferma les yeux. « Juste pour la forme. » Un sourire fugitif se dessina sur les lèvres du prêtre, il considéra longuement Goldberger puis quitta enfin la pièce.

« Anna, dit Ferdinand d'une voix expirante. Tu y vas ? » Anna hocha la tête, se leva et ouvrit la porte de la pièce à vivre. Elle y pénétra à pas feutrés et referma la porte. Elle n'avait pas encore atteint le canapé que Goldberger lui lança : « Dis à Ferdinand de venir. Je voudrais… Anna, s'il te plaît, dis-lui de venir aussi. » Anna s'en retourna, glissa la tête dans l'entrebâillement de la porte et invita Ferdinand à la suivre. Il se racla discrètement la gorge, passa la main dans ses cheveux comme pour se recoiffer, et entra dans la salle. Il voulut emporter la bible qui reposait sur la chaise, grande ouverte, afin de s'y asseoir, mais Goldberger lui dit aussitôt : « Non, pas celle-là. Prends-en une autre. » Ferdinand s'exécuta. Goldberger saisit la main d'Anna et la pressa avec ardeur. « Tout aura passé si vite, souffla-t-il. Je me souviens du jour où il t'a présentée à nous. Il me semble que c'était hier encore. Soudain tu es entrée dans nos vies. » Il eut un petit rire étouffé. « Tu étais rayonnante comme une étoile ! Si tu savais comme j'étais fier. Je n'arrive pas à comprendre que cela ait pu passer si vite. » Ferdinand détournait les yeux. « J'aurai eu tellement de chance dans ma vie. Je ne connais personne qui ait connu autant de bonheurs. Simplement, il est triste que Franziska ait dû s'en aller si tôt. Toi, je te l'interdis, tu m'entends ? », dit-il à Anna en lui adressant un sourire. Elle avait les lèvres tremblantes. Elle pinça la bouche et secoua la tête. « Oui », dit Goldberger. Les mots paraissaient maintenant s'arracher de ses lèvres. Il garda le silence un long moment. Il semblait très loin déjà. Son regard devint froid, courut comme machinalement vers le plafond. Ferdinand ne posait toujours pas les yeux sur son père. Anna frémissait de tous ses membres. Enfin Goldberger tourna la tête, regarda Anna et lui dit : « Non, je te le défends. Reste auprès de lui. » Anna accepta d'un signe de tête et renifla bruyamment. « Écoute », souffla Goldberger. Alors enfin Ferdinand tourna le cou et posa le regard sur lui. Son visage était inerte, aucune expression ne s'y peignait. « Écoute-moi un peu, Ferdinand. » Il le regarda bien en face. Non, au fond son père n'avait pas changé depuis ce jour lointain où il était rentré de captivité et l'avait découvert plongé dans un profond sommeil. Comme les années s'étaient enfuies. Un flot de souvenirs le traversa, insaisissable. C'était un peu comme autrefois, dans la nacelle de la grande roue. Goldberger soupira doucement : « Oui, j'aurai connu bien des bonheurs. Je n'ai eu qu'un seul fils, c'est vrai. Mais quel fils ! » Il réprima un rire. « Si seulement ta mère avait vécu assez longtemps pour te revoir. » Il ferma les yeux pour quelques secondes. Une grimace lui déforma très légèrement le visage. On aurait dit qu'il s'apprêtait à rouvrir les yeux, mais il ne fit qu'entrebâiller les paupières un bref instant avant de les clore de nouveau. Un long silence s'instaura. Anna s'empara de la main de Ferdinand. Goldberger murmura d'une voix qu'on n'entendait plus qu'à peine : « Je n'ai plus qu'un souhait. Un dernier désir. Retirez Paul de cette école. Oui, retirez-le de là. » Anna regarda Ferdinand. Son visage demeurait impassible. Il était livide, morne, sans vie – et sévère. Cette gravité le figeait depuis des jours comme un vernis. Anna décela sur le front de Ferdinand de fines gouttes de sueur, d'infimes perles toujours plus nombreuses. Ferdinand ouvrit les lèvres et inclina largement le buste. Il s'arrêta net, se redressa, se renversa sur sa chaise. Il referma la bouche. La respiration de Goldberger était lourde et rauque, et cependant c'est à peine si on la percevait encore. Anna vit Ferdinand se pencher une fois de plus en avant et ouvrir la bouche. Les deux visages étaient tout proches en cet instant, les pointes de leurs nez s'effleuraient presque. Ferdinand, d'une voix qui était pareille aux traits de sa figure, blanche, morne, éteinte et dure, demanda : « Pourquoi l'as-tu vendue, père ? » Anna pensa qu'il voulait parler de la carrière. Comment ? Avait-elle bien entendu ? Pourquoi Ferdinand s'en souciait-il maintenant ? Était-ce la dernière question qu'il entendait poser à son père mourant ? Pourquoi ne lui promettait-il pas plutôt d'accéder à ses dernières volontés ? Elle lâcha la main de Ferdinand et le fixa avec des yeux hagards et épouvantés. « Parce que ce n'était plus possible, gémit Goldberger. Ferdinand, mon fils, je te conjure de me croire, ce n'était plus possible. » Son regard fila encore vers le plafond, mais ce n'était plus comme il y avait un instant encore. Soudain la lumière se fit dans l'esprit d'Anna, elle comprit tout en l'espace d'un instant et se précipita hors de la pièce pour chercher Elisabeth. À peine eut-elle franchi le seuil de la cuisine que celle-ci se leva. Elle laissa glisser son chapelet dans la vaste poche de son tablier et se rendit dans la pièce à vivre. Déjà Ferdinand s'était levé. Il esquissa une croix sur le front de son père et tourna les talons. Il mettait péniblement un pied devant l'autre. C'était étrange et indéfinissable : la pièce tout entière et Elisabeth semblaient s'avancer vers lui, chacune à sa propre vitesse. Il tendit la main et se cramponna un instant au bras d'Elisabeth qui cependant se déroba aussitôt, et il perdit tout appui, manqua de s'effondrer, regagna la cuisine d'une démarche titubante.

Goldberger mourut peu avant neuf heures.

Ils passèrent la nuit entière à son chevet.

Au gris de l'aube, Ferdinand se leva, souffla les bougies et dit : « Allons nous coucher. » Anna réveilla les enfants qui sommeillaient sur la banquette d'angle, enveloppés dans des couvertures. Ils se levèrent dans le plus grand silence. Elisabeth, Martha et Andreas restèrent immobiles. Andreas était arrivé trop tard. Goldberger n'était déjà plus en vie quand il les avait rejoints. Il lui semblait que son propre père venait de mourir.

Combien de fois Goldberger n'était-il pas monté dans le haut pays pour s'occuper de Martha ! Il leur avait raconté tant et tant d'histoires ! Andreas savait que les visites de son père faisaient du bien à Martha. Il lui prêtait compagnie, contait des récits, passait et repassait sur le fauteuil à oreilles de cuir brun une main délicate et caressante. Andreas savait aussi qu'à présent plus personne ne viendrait jamais. Son deuil excédait de beaucoup la conscience de cette perte douloureuse. Ferdinand se saisit de la bible. Quelqu'un l'avait refermée. Il remarqua qu'elle reposait sur un mince petit cahier à couverture grise. Dans un état de semi-conscience, il emporta les deux volumes et regagna sa ferme en compagnie d'Anna et des enfants. Une fois de retour, il prit sa femme dans ses bras et lui conseilla d'aller dormir un peu. C'est seul qu'il s'acquitterait des travaux d'étable. Thomas lui assura qu'il n'était pas fatigué et s'offrit pour l'aider. Ferdinand se contenta de répéter : « Allez vous coucher. » On fit ce qu'il disait.

Ferdinand se rendit dans l'atelier et en verrouilla la porte. Il posa la bible sur l'établi. Elle s'ouvrit d'elle-même à la page qu'on avait consultée. Une main y avait souligné des mots. Était-ce celle de son père ? Il aurait tout le loisir de se pencher plus tard sur ce passage. Il était encore en proie à une si vive émotion qu'il nota simplement qu'il s'agissait de versets de l'Ancien Testament. Puis il examina le cahier. Du plat de la main, il en effleura la couverture grise au grain rugueux. Il avait le souffle rapide et haletant, et il se força à respirer à traits profonds. La nuit passée, il avait eu la sensation à plusieurs reprises que son cœur s'emballait ; il battait de plus en plus vite, et en même temps les pulsations en étaient toujours plus atones. Il s'efforça d'en reprendre tant bien que mal le contrôle en respirant à fond et en mobilisant même le ventre, et, le calme une fois revenu, il sentit le sang battre douloureusement à ses tempes. Il ouvrit alors le carnet. La première page était vierge. Il feuilleta les suivantes. Il était dans le flou complet. Ce n'est qu'à l'instant où il tourna le cahier qu'il pénétra le sens de ce qui s'offrait à sa vue. Enfin la lumière se fit :

il s'agissait d'un arbre généalogique. Mais oui. À son sommet figuraient Goldberger et Franziska. Juste en dessous, Ferdinand et Martha. À côté d'eux, les noms de leurs conjoints. Sous les noms de Ferdinand et d'Anna s'alignaient ceux des enfants. Paul, Thomas, Maria. Encore un peu plus bas figuraient également le nom d'Elisabeth et, pour la seconde fois, celui d'Andreas. Le nom d'Elisabeth était suivi d'un point d'interrogation entre crochets. Celui d'Andreas n'était agrémenté d'aucun signe. Quel pouvait bien être le sens de ce point d'interrogation ? Ce n'est qu'à cet instant qu'il remarqua que certains des noms de l'arbre généalogique étaient complétés d'annotations : des chiffres. Un 1 flanquait le nom de Martha. Un 2 celui de Paul. Il continua d'explorer le carnet. Sur la page suivante, le même arbre généalogique, mais pourvu de commentaires différents. Cette fois, le 1 entre crochets était accolé au nom de Goldberger. Il se reprit à feuilleter les premières pages du cahier. Il s'aperçut alors qu'on avait griffonné tout à la marge de la première page, disposant les chiffres, les signes et les lettres de haut en bas comme des caractères chinois : « 3 + 4 ! 7 générations ! » Ferdinand écarta le cahier et reprit la bible en main. À présent qu'il était concentré sur ces chiffres, le passage où on lisait les mots suivants lui sauta immédiatement aux yeux : « Moi, l'Éternel, ton Dieu, je suis un Dieu jaloux. Je punis la faute des pères sur les enfants jusqu'à la troisième et la quatrième génération. »

Ferdinand eut l'impression que c'était un autre qui reposait à présent sur l'établi, avec une très grande douceur, la bible désormais lourde comme la pierre, un autre qui se mettait en mouvement, saisissait à sa place le manche en bois de frêne – glacé – de la fourche à foin, un autre qui se chargeait de donner leur pitance aux bêtes.

LIVRE TROISIÈME

I

Lorsqu'il ouvrit les yeux, il aperçut un je-ne-sais-quoi noirâtre, large comme la paume, d'environ un mètre de long, qui se dressait à la verticale devant lui et restait immobile. On aurait dit un pieu de clôture aux arêtes vives et nettes, quoique un peu tordu. Ce pieu semblait toutefois, chose étrange, suspendu en l'air; il descendait d'une sorte de plafond pelucheux et d'un blanc tirant sur le gris. Et il s'apercevait à présent qu'à l'extrémité inférieure du palis noir, se déployant à l'horizontale de droite et de gauche, courait un fil dont la couleur était en tout point identique à celle du plafond et qui se hérissait à intervalles réguliers de minuscules piquants semblables à des pétales. C'est tout ce que le cône de lumière du phare de voiture – il n'y en avait plus qu'un seul – découpait dans la pénombre; le reste du paysage était encore plongé dans la nuit. L'espace d'un instant, juste après qu'il avait rouvert les yeux – il lui sembla qu'il n'avait cillé des paupières qu'un court moment –, il avait incliné la tête et s'était demandé ce que cela pouvait être, et, le temps de ces quelques secondes seulement, crut-il, il s'était tu; mais instantanément il avait repris ses esprits, secoué sa tête soudain étrangement lourde, senti de nouveau la vive pression qui s'exerçait sur le sommet de son crâne, et il avait repris son monologue:

« Oui... et maintenant... je n'ai pas la moindre idée de l'endroit où elle se trouve. C'est comme si elle avait disparu de la ville. Qui sait, peut-être que c'est le cas, en effet. Elle s'est fait la malle pour retourner vivre chez ses parents. Plus j'y pense, d'ailleurs… Comment? Je m'y suis rendu à plusieurs reprises, avec elle. Non, c'est un coin charmant, ils habitent une sorte de pavillon coquet flanqué d'un petit jardin. Rien d'extraordinaire, une bicoque modeste. Elle a déserté la ville. Peut-être qu'elle s'est réfugiée là-bas. Oui, oui. Peut-être qu'elle se terre chez eux. Mais c'est voué à l'échec. On ne peut pas se fuir soi-même. C'est une impasse. Nous ne pouvons pas nous soustraire à ce que nous avons fait. Si fort qu'on le veuille. Ses fenêtres n'étaient jamais éclairées. Je me suis tapi sous un porche, de l'autre côté de la rue, et j'ai guetté son retour, j'ai attendu que les lumières s'allument. Je lui ai envoyé tant de télégrammes. Ils sont restés lettre morte. Cela aura duré un temps. Mais j'en ai eu assez. C'est que… non, soudain… la rage, vois-tu, la rage s'est emparée de moi, puis la colère… Au début, je suis resté planté là des heures à l'attendre… je voulais… je ne sais pas… m'expliquer avec elle, je crois. Mais ensuite, non. C'est comme si je n'avais pas pigé tout de suite, comme s'il m'avait fallu des jours pour comprendre. Non, je ne tiens plus à lui parler. Ma fureur est si grande que je serais bien incapable de lui dire quoi que ce soit, si elle se dressait soudain devant moi. Non, juste la… tu comprends? Une telle… oui… cette maudite putain. Cette saleté de catin. Vraiment, je t'assure que je pourrais la crever! »

Il était à ce point absorbé par ses pensées qu'il ne remarqua pas que la portière s'était soudain ouverte dans un grand grincement. Il constata simplement qu'un brusque courant d'air venait d'envahir l'habitacle, et il frissonna instinctivement. En moins de temps qu'il ne faut pour le dire, il eut la nuque violemment rejetée en arrière, et il bascula sur le flanc, jeta un cri, chavira tout entier et ne se tut qu'à l'instant où son corps se reçut avec la dernière rudesse sur une surface ferme et glacée – le sol d'un pré couvert de givre. Il était étendu de tout son long sur le ventre, face contre terre. Un brin d'herbe raidi par le froid lui meurtrissait l'extrémité du nez. Cette pointe d'herbe lui semblait encore plus glacée que tout le reste. Mais ce froid mordant qui le transperçait de part en part n'émanait-il pas tout entier de sa propre personne ? C'est alors qu'il sentit qu'une main le saisissait par le col, l'arrachait à la terre du pré gelé, et il ne lui opposa pas la plus petite résistance, se redressa, roidit les genoux, se leva enfin. Le premier bouton de son blouson en mouton retourné lui comprimait encore la gorge et lui donnait un début de nausée. La colère qui s'était emparée de lui, et avait cédé la place pendant quelques secondes à une sensation d'étonnement et d'incrédulité, ne le submergea que plus violemment encore, et il recula d'un pas, fit volte-face, lança brusquement le bras en avant, et son poing serré s'enfonça alors dans quelque chose d'étrangement tiède et de mou qui le fit frissonner de dégoût.

« Lâche-moi, sale putain ! cria-t-il, tu vas me lâcher, dis, maudite pute ! Je vais te buter ! » Les bras tendus, les deux poings brandis, il baissait les yeux vers le sol.

Mais la créature qui gisait à ses pieds n'était pas, en dépit de son absolue certitude, Regina, ce n'était d'ailleurs pas du tout une femme, mais un homme – son ami Lorenz, qui se tenait la joue et posait sur lui des yeux effarés. Regina n'avait-elle donc pas tenté de l'étrangler ? Non ? Non, non. Maintenant il s'apercevait de son erreur. Il fit un pas qui ne le conduisit ni en avant ni en arrière, s'immobilisa, contempla la pointe de ses souliers que le givre faisait scintiller.

« Nom de nom », marmonna-t-il, puis il détourna le regard, enfonça les poings dans ses poches, rajusta son blouson, enfonça le menton dans les revers du col. La peau lainée lui renvoyait la chaleur humide de son souffle.

« Tu as perdu la tête, espèce d'abruti ! Tu peux me dire ce qui t'a pris ? », tempêta Lorenz tout en se redressant, une fois qu'il fut certain que son ami avait recouvré la raison. Il l'empoigna de nouveau, par la manche cette fois, et lui donna une poussée : « Allons, vite, nous devons décamper d'ici ! »

Il ne comprenait pas et ne voulait pas s'en aller. Il tourna la tête et jeta un regard par-dessus son épaule. La voiture rouge avait fait un tonneau et s'était renversée sur le toit. Elle se dressait devant la clôture de pieux d'un pâturage. Il ne possédait pas d'auto ; Lorenz non plus. La pellicule de givre qui se déposait sur la carrosserie en ternissait l'éclat. Avaient-ils eu un accident ? Sans le moindre doute. Il en avait cependant perdu tout souvenir. Il se rappelait simplement qu'il avait parlé d'abondance, fermé les yeux pendant une seconde, avant de les rouvrir et de reprendre son récit. Et où avaient-ils déniché cette voiture ? Il était désarçonné.

« Allons, viens, dépêche-toi ! » Lorenz le tirait encore par la manche de son blouson ; sa voix, quoique basse, déraillait presque. Alors enfin il entendit le vacarme de la sirène, il vit le ciel noir et le givre gris s'iriser d'une vacillante lueur bleue toujours plus vive, et d'un geste il se dégagea de l'étreinte de Lorenz et, saisi d'une soudaine et terrible panique dont il n'aurait pas su dire exactement la cause, il se rua en avant, presque à l'aveugle, droit vers les bois distants de quelques centaines de mètres à peine qui se découpaient sombrement contre un ciel qui n'était déjà plus tout à fait noir, et que ne piquetait plus aucune étoile.

L'échine courbée, ils filèrent l'un à la suite de l'autre sur le sol dur comme la pierre d'un champ gelé. Les tiges fines et délicates des céréales d'hiver craquaient sous leurs pas comme si elles se brisaient net. Il trébucha plus d'une fois dans les profondes ornières que de lourdes roues de véhicules avaient creusées dans la terre et, jurons aux lèvres, il s'écriait toujours : « Allez ! Allez ! », comme pour se stimuler lui-même. Chaque fois qu'il inspirait, on eût dit que deux couteaux à la lame effilée s'enfonçaient de chaque côté dans ses poumons brûlants ; il entendait résonner à ses oreilles sa respiration pantelante et, plus sonore encore, presque sifflante, celle de Lorenz qui le talonnait. À présent le rugissement de la sirène était tout proche, la lumière bleue vacillante se couchait sur les fugitifs et leurs ombres vacillantes elles aussi, et seule la lointaine muraille d'arbres lui faisait obstacle. Une voix retentit : « Holà ! Halte ! Arrêtez-vous ! » Les mots éclataient avec une puissance formidable dans le silence du jour naissant, et les bois en renvoyaient l'écho. Ils eurent un haut-le-corps. Mais la peur qui les tenaillait était trop vive pour qu'ils s'arrêtent, elle grandissait à chaque foulée et, alimentée par les cris, redoublait d'intensité, leur insufflait des forces nouvelles, et c'est à pas toujours plus véloces qu'ils parcoururent les derniers mètres interminables qui les séparaient encore de la forêt qui enfin les accueillit, leur offrit un refuge, les enveloppa de sa chaleur douce aux effluves résineux.

Dans les bois, ils furent contraints de ralentir l'allure, mais ils filaient encore à toutes enjambées. Les branches des sapins et, plus rudes, plus fermes, celles des hêtres assez bas s'abattaient sur eux ; ils n'en ressentaient pas la brûlure. La distance qui les séparait n'avait pas grandi ni ne s'était amenuisée. Alors, au terme de trois, quatre minutes d'effort, une clairière s'ouvrit à eux, et, lui qui ouvrait la marche, il se figea net comme si une balle l'avait touché, tomba à genoux, bascula en avant et s'effondra la tête la première sur le sol, glissa les deux mains entre son front et la terre noire et molle, et se mit à suffoquer. Des martèlements lui vrillaient le crâne, des boules rougeoyantes brasillaient sous ses yeux, s'enflaient, éclataient et se dispersaient en tous sens au rythme de ces tambourinements effrénés. Il fut pris de violents renvois, poussa une sorte de meuglement, se cabra de tout son corps et s'apprêta à vomir. Il en eut le souffle coupé, des larmes jaillirent de ses yeux, puis enfin les nausées, différentes de celles d'il y avait quelques instants encore, s'estompèrent et il put reprendre haleine. Après de longues minutes, le souvenir de son ami lui revint et il se retourna vers lui. Lorenz était étendu sur le dos, un bras couché sur le visage, les jambes pliées et ramenées vers lui, et sa cage thoracique se soulevait et s'abaissait en cadence comme un soufflet. Machinalement, son propre rythme respiratoire se mit au diapason de celui de son ami. Il régnait un parfait silence, que crevaient simplement les criaillements stridents, énergiques et à nul autre pareils des freux tournoyant sur les hautes cimes. On n'entendait plus la sirène de police. Et il était encore trop tôt pour que retentît le grondement des tronçonneuses.

Pendant un moment, il ne songea à rien. « Lorenz », dit-il enfin d'une voix éteinte. Celui-ci ne répondit rien. Il se contenta d'écarter d'un rien le bras qui lui recouvrait le visage pour lui signifier qu'il l'avait entendu. « Tu es blessé ? » Il n'aurait pas su dire lui-même s'il faisait allusion à l'accident d'auto ou au coup de poing. Sans doute Lorenz ne le savait-il pas davantage ; toujours est-il qu'il secoua la tête. « Moi non plus. Enfin, je crois. Mais nous ne devrions pas traîner ici. » Lorenz prit une profonde respiration, roula sur le flanc et se releva.

Ils se tenaient au cœur des bois. Tous deux n'avaient qu'une connaissance parcellaire de la région, mais ils savaient toutefois que la forêt, vers le sud, s'élançait sur des arpents et des arpents de terre vers la pleine montagne ; il leur suffirait de s'enfoncer un peu plus profondément encore dans les bois pour être en sécurité, et, avec un peu de chance, ils finiraient bien par trouver un abri, une cahute où ils pourraient prendre du repos pendant quelques heures. Peut-être du reste étaient-ils déjà hors d'atteinte et en avaient-ils conscience, et ne poursuivaient-ils leur marche que pour se tranquilliser, surmonter le choc, rassembler leurs pensées, y mettre un peu d'ordre ou tout au contraire les oublier. Ils continuaient de progresser à flanc de montagne, ne suivaient aucun chemin, mais une simple direction. Le jour se levait peu à peu et des ombres commençaient à s'esquisser sur le sol de la forêt, comme si elles montaient de ses profondeurs. Le terrain devenait pierreux, le sol laissait affleurer de place en place une rocaille d'un ton clair, et le fugitif ne cessait désormais de s'arrêter, de se pencher pour ramasser des pierres qu'il palpait longuement et examinait avec soin avant de les lâcher sans plus de façons, en poussant parfois un soupir si léger que c'était à peine si on l'entendait.

Au bout d'environ une heure de marche, ils atteignirent, comme s'ils avaient mis le cap sur elle, une vaste clairière sur le bord sud de laquelle se dressait une cahute basse au toit de carton bitumé noir, une bicoque de planches qui devait faire office d'abri pour les chasseurs ou les bûcherons. Secouant leur fatigue, ils s'avancèrent vers elle d'un pas résolu. La porte n'en était pas verrouillée ; ils jetèrent un regard circulaire, ne virent ni n'entendirent rien qui pût les alarmer, s'adressèrent un bref coup d'œil et pénétrèrent à l'intérieur.

Lorenz entra le premier. Il traversa la pièce et, sans hésiter un seul instant, s'étendit de tout son long sur les deux flancs de la banquette d'angle qui se trouvait au fond de la cabane à l'ameublement extrêmement fruste. En chemin, ils n'avaient pas échangé un mot, et ils gardaient encore le silence à présent.

Il se tenait au centre du refuge. Il parcourut du regard la pièce entière, sans rien retenir de particulier, jusqu'à ce que ses yeux s'arrêtent sur une bouteille d'eau-de-vie reposant sur une commode, derrière d'épaisses bougies de cire blanche que quelqu'un avait déjà utilisées. « Ah », s'écria-t-il, et son corps se mit tout naturellement en mouvement. Depuis leur fuite à travers champs, il éprouvait une profonde sensation de vide. Ce sont ses pensées qui faisaient naître en lui cette impression. Et, à l'instant où il s'arrêta, où son esprit ne fut plus diverti par la marche, il s'y ajouta un soupçon d'irritation. Il se saisit de la bouteille, en ôta le bouchon qui couina un peu, renifla le goulot, ébaucha un sourire et but une vigoureuse gorgée. C'était de l'alcool de grain. Il vous mettait la gorge en feu et rien n'était plus merveilleux. Il en prit encore une rasade. Puis, respirant à fond, il reposa la bouteille et alla s'asseoir sur la seule chaise de la pièce. L'impression de vide et d'énervement disparut, il se laissa envahir par une sensation de chaleur, de calme et de bien-être. Il aurait volontiers dormi un peu. Mais il n'était pas seul. Il se releva et sortit de la poche intérieure de son blouson sa flasque en argent gainée de cuir acajou. Il en dévissa le bouchon, fit couler sur sa langue les dernières gouttes comme si elles étaient un précieux remède, s'avança vers la commode et, à gestes précautionneux, remplit la flasque avec l'eau-de-vie de la bouteille. Puis il hocha la tête, comme s'il remerciait un être absent, peut-être celui auquel appartenait l'alcool de grain, et il glissa la flasque dans la poche intérieure de son blouson.

« Vraiment, elle ne t'a tenu au courant de rien ? » La voix de Lorenz était limpide ; contre toute attente, on n'y décelait aucune trace d'assoupissement ou de fatigue.

« Non », répondit-il. Il fut surpris par le timbre serein de sa propre voix.

« Je n'arrive pas à y croire. Non, c'est simple, je n'arrive pas à y croire. Qu'elle ait pu le faire, et par-dessus le marché qu'elle ne t'en ait rien dit. »

Sa sérénité intérieure avait quelque chose de solennel qui le touchait. Il éprouvait tout ensemble de la miséricorde, de l'indulgence, de la pitié. C'était comme s'il était sur le point de réconforter la femme qu'il aurait voulu tuer quelques instants plus tôt. Il dit : « Je ne sais même pas à qui elle a confié le soin de le faire. Elle aurait d'ailleurs pu y rester. Elle a accepté de courir le risque. Si encore cela n'avait présenté aucun danger… Mais elle a pris le risque de mourir elle-même, juste pour que… » Des larmes lui nouèrent la gorge, des larmes de pitié. Il se ressaisit vite. Il sentait qu'il venait de franchir le cap. Quelques instants plus tôt, il avait encore « explosé », pour reprendre l'expression dont il usait à part soi, mais à présent l'orage était passé.

« Tu ferais bien de te coucher aussi un peu.

— Non. Je ne suis pas fatigué. Je préfère me poser un moment ici et boire un coup. J'ai trouvé de la gnôle. De l'alcool de grain. »

Depuis des semaines, elle occupait le plus clair de ses pensées ; elles tournaient sans relâche autour de Regina et de l'avortement. Il n'avait cependant appris la nouvelle qu'à la faveur d'un hasard. Mais un hasard lourd de conséquences ! Depuis, il ne dormait presque plus, s'abîmait davantage encore dans l'alcool, « explosait » plus que de raison : il s'en était pris à plusieurs reprises à des amis, et même une fois à une inconnue qui n'était là que par hasard. Il y avait longtemps qu'il n'allait plus à la faculté. Et il venait de rater un examen – une épreuve de géologie. C'était la première fois qu'il échouait à un examen.

« De toute façon, nous arriverions trop tard.

— De quoi parles-tu ?

— Je dois passer encore un examen aujourd'hui.

— Un examen ? Lorenz se redressa. Quand ? »

Il regarda le vitrail de la porte qui s'allumait en cet instant d'un étrange éclat bleuté. On aurait dit une pupille d'eau qui tour à tour s'élargissait et s'étrécissait, soumise à d'impénétrables marées. Il inclina la tête, comme s'il pouvait espérer percer ainsi le mystère de cet étrange phénomène optique. « Maintenant, à peu de chose près, répondit-il.

— Un examen important ?

— Oui. » Il éclata de rire, ramena la tête droit devant lui. « Important, oui. Et merde. » Il eut encore un rire. Un instant plus tôt, la pensée de cet examen menaçait encore de détruire sa quiétude, mais à présent qu'il en avait parlé et que la pupille qu'il croyait distinguer dans la porte s'était une fois de plus dilatée, son humeur prenait soudain un tour plus allègre. En quoi cet examen revêtait-il la moindre importance ? L'essentiel n'était pas là. Avait-il réellement franchi le cap ? Elle lui avait pris son enfant et nul ne pourrait le lui rendre. La pitié était désormais enfuie ; toute pitié, y compris celle qu'il éprouvait pour lui-même. Mais comment réussirait-il jamais à passer ce cap-là ? Il but encore une gorgée d'alcool de grain, moins généreuse cette fois.

« Très bien », dit-il avec un hochement de tête. Il se leva de son siège et s'approcha de la porte. De la pointe de l'index, il en effleura le verre froid. « Très bien. » Il savait qu'en cet instant quelque chose de définitif venait de se décider, et bien qu'il n'eût pas de mots à y apposer, pas même d'idées claires ou d'images précises, rien que des couleurs diffuses qui s'annulaient réciproquement, il acquiesçait à cette décision. Après un moment, il rejoignit sa chaise. Ses yeux croisèrent alors ceux de Lorenz, qui s'était redressé de toute sa hauteur sur la banquette et lui adressait un regard pénétrant.

« Qu'est-ce qui t'arrive, Paul ? Tu as l'air tellement… je ne sais pas, on dirait que tu tombes du haut d'une tour.

— Ah oui ? dit-il en souriant. Ah oui ? Très bien. »

2

Elle n'arrivait pas à s'y faire, voilà tout. Aujourd'hui encore, dès que la sonnerie du téléphone retentissait, elle sursautait, devenait fébrile et s'efforçait de se dissimuler à elle-même son effroi. C'était chaque fois la même comédie : elle reculait d'abord d'un pas, se ruait presque sur l'appareil, s'immobilisait cependant tout aussitôt et marchait de long en large devant le téléphone, sans le quitter jamais des yeux. Peut-être n'était-ce d'ailleurs pas seulement une comédie, car il y avait là quelque chose de parfaitement naturel, d'animal en somme, et du reste ses chats n'agissaient pas autrement lorsqu'ils étaient surpris – et quand cela n'aurait été que par une souris : s'ils n'étaient pas précisément à l'affût, il y avait dans cette irruption soudaine de l'imprévu quelque chose de déstabilisant.

Ce jour-là aussi, elle avait sursauté, et lâché l'allumette qu'elle venait de frotter sur la plaque brûlante de la cuisinière en fonte, dont l'orifice rond s'ourlait d'un résidu de cendre gris. Elle s'était encore fébrilement efforcée de masquer sa frayeur, s'était précipitée vers le téléphone avant de se figer net devant lui et de faire quelques pas irrésolus. Lorsque enfin elle décrocha le combiné, le timbre clair et strident du téléphone avait déjà retenti plusieurs fois dans la cour de la ferme, où la sonnette avait été installée derrière le chéneau du toit, sur le parement de bois raboté couvert de toiles d'araignée. « Oui ? Wagner, j'écoute. » Elle s'éclaircit la voix. Elle tenait d'une main l'écouteur ; enserrait de l'autre main, humide encore d'avoir rincé de la vaisselle, l'émetteur ; ses lèvres palpitaient contre cette main. Elle n'entendait rien. « Allô ! Qui est à l'appareil ? » Elle se penchait un peu plus avant à chaque mot, comme pour s'engouffrer pleinement dans ces sons qu'elle ne comprenait pas.

« Elisabeth ? »

Elle eut l'impression qu'un doigt glacé lui courait à une vitesse folle du bas des reins jusqu'à la nuque, et que ce doigt alors changé en main ou pour mieux dire en serre la saisissait par les cheveux et la tirait furieusement en arrière. Elle restait figée là, les membres frissonnants. Tout se déroba à sa vue et elle s'affaissa lentement sur le sol à côté du téléphone. Elle n'avait pas un accès de faiblesse, n'était pas davantage la proie d'un vertige, elle éprouvait simplement le besoin de se poser quelque part – un besoin plus fort que tout en cet instant.

« Nom de Dieu ! », laissa-t-elle échapper alors qu'elle était déjà accroupie sur le sol, et aussitôt elle mit la main devant sa bouche. « Martha. »

Goldberger était mort depuis de nombreuses années. Plus rien n'était comme autrefois dans l'existence d'Elisabeth. Quand elle voyait les autos passer en trombe et presque sans un bruit sur la grand-route, les tracteurs de plus en plus imposants sillonner les champs et accomplir les travaux de toute sorte en solitaire ou peu s'en fallait, des avions traverser de loin en loin le ciel et laisser derrière eux des traînées blanches qui n'étaient pas des nuages, elle comprenait qu'elle avait fait son temps. L'époque contemporaine n'était plus la sienne. Depuis ce jour lointain où la guerre ou la mort – c'était tout un à ses yeux – lui avait ravi un premier frère, elle avait, au lieu de l'accepter une fois pour toutes, refusé de toutes ses forces d'admettre la grande, la seule leçon que la vie nous dispense, cette leçon qu'on lui avait enseignée de très longue date et à la vérité bien trop tôt, et qui veut que rien ne demeure en ce monde.

Elle savait au plus profond d'elle-même qu'elle ne vivait plus, depuis le décès de Goldberger, que dans l'attente du jour où elle *le sentirait venir*. Par là, elle n'entendait pas à proprement parler la mort, mais la conscience nette que c'était le début de la fin. Ses forces étaient allées déclinant, elle avait revendu la majeure partie de son troupeau de moutons à un paysan demeurant à l'autre extrémité du bourg, mais l'heure n'était pas encore venue. Elle ne l'en attendait que plus ardemment. Au début, cette attente se mêlait encore d'une angoisse qui avait désormais totalement disparu ; elle n'aspirait plus qu'à sentir enfin la fin s'amorcer. Elle avait perdu le dernier être auquel elle tenait ; c'en était assez.

Au fil des ans, elle avait très progressivement pris ses distances vis-à-vis des Goldberger. C'est qu'elle n'avait même pas besoin de rencontrer l'un d'eux pour que se ravive en elle le souvenir de l'homme qu'elle avait connu. Tout y concourait, et rien n'était plus douloureux que ce souvenir. Goldberger lui manquait, le temps n'y avait rien changé. Jamais elle n'avait exprimé ce désir de prendre du champ, mais Ferdinand, Anna et les enfants eux-mêmes semblaient l'avoir décelé et le respectaient. Il ne lui était pas venu à l'esprit qu'eux-mêmes, pour des raisons en tout point similaires aux siennes, avaient pu souhaiter prendre aussi leurs distances vis-à-vis d'elle. C'est donc seule qu'elle avait non pas célébré, mais simplement passé Noël l'année précédente.

Elle savait au fond d'elle-même qu'elle attendait. Une certitude ferme et profonde. Mais quelque chose d'autre était profondément ancré en elle, plus profondément encore que cette certitude. C'était un ineffaçable sentiment de culpabilité, qu'elle éprouvait chaque fois qu'elle promenait le regard vers le nord, en direction de l'imposante bâtisse blanche qui trônait sur le faîte de sa colline.

Goldberger, lors des derniers mois de son existence – nul n'aurait pu prévoir qu'elle s'achèverait ainsi –, avait beaucoup parlé de Paul. Il se faisait du souci pour son petit-fils, l'aîné de la fratrie, en qui il avait fini par voir au fil du temps, peut-être plus qu'en Ferdinand, un reflet de sa propre personne, une réincarnation de lui-même, un peu prématurée il est vrai. Il voulait convaincre Ferdinand et Anna de le retirer du collège religieux de K., ou, à défaut et en attendant mieux, de ne plus l'y mettre en pension. Ferdinand pouvait fort bien le conduire là-bas en voiture ! Il aurait également pu faire le trajet en autocar ! Aux yeux de Goldberger, la situation de son petit-fils n'était pas tenable ; non qu'il fût un être particulièrement compréhensif et sensible, mais parce que lui-même ne s'imaginait pas mener une telle vie. Il n'avait fréquenté l'école que de très brèves années et, sitôt qu'il avait eu appris à maîtriser à peu près la lecture et l'écriture, son père lui avait dit que c'en était assez et qu'il ne lui était plus nécessaire d'y retourner – ce qui avait été pour lui un immense soulagement. Il s'était montré toutefois bon élève, essentiellement par goût de la discipline, et le maître d'école avait expressément regretté, allant jusqu'à écrire à son père, qu'il ne vînt plus en classe. Goldberger devait cependant moins sa réussite scolaire à son esprit qu'à sa volonté. Et c'est très exactement sous ce jour que lui apparaissait son petit-fils, aussi voulait-il être celui qui le délivrerait de ce fardeau, et lui prodiguerait l'apaisement qu'il avait lui-même ressenti autrefois. Mais chaque fois qu'il abordait le sujet avec Ferdinand, ou du moins se hasardait à l'évoquer, celui-ci répliquait : « Tu n'as jamais mis les pieds au collège, que je sache. C'est à peine si tu auras fréquenté l'école quelques années. Comment peux-tu avoir le front d'affirmer que cela ne sert à rien ? » Goldberger en restait coi. Ce qu'il savait aussi sûrement qu'il connaissait son propre nom, à savoir que ce collège et cette vie ne convenaient pas à Paul, qu'il ne s'y épanouirait pas, il échouait toujours à en convaincre les autres. Les arguments lui faisaient défaut. Elisabeth était la seule qui se rangeait à son avis, et ils n'avaient cessé d'en discuter ensemble – lors des derniers mois de sa vie, presque chaque soir –, se demandant inlassablement par quel biais ils pourraient vaincre malgré tout la résistance de Ferdinand et d'Anna.

Ç'avait été son dernier souhait, son vœu le plus cher. Et, après sa mort, elle n'avait rien entrepris pour qu'il se réalise. Elle n'en avait même plus reparlé. Autant elle avait fait cause commune avec lui de son vivant, autant elle avait eu ensuite le sentiment que cette affaire ne la concernait plus en rien ; il lui semblait même qu'elle ne l'avait jamais concernée, et qu'elle, Elisabeth, n'avait pas le droit de dire ne fût-ce qu'un mot à ce sujet. Mais elle aurait dû faire entendre son point de vue et ne l'avait pas fait. Cette faute désormais irréparable – Paul était maintenant âgé de vingt-deux ou même de vingt-trois ans, il vivait à Vienne où il poursuivait des études – était l'autre raison qui l'avait conduite à prendre du recul.

Telles furent les premières pensées qui l'assaillirent à l'instant où retentit à son oreille la voix de Martha, qu'elle avait depuis très longtemps oubliée, et que tous considéraient du reste comme irrémédiablement perdue. Ce sont ces pensées qui l'incitèrent à s'asseoir sur le sol. C'était comme si elle était soudain propulsée hors du temps, dans une sorte d'Avant ou bien plutôt d'Après, un grand et large fleuve où coulaient, lisses, unies et confondues, toutes les heures qu'elle avait connues. Dans ce fleuve, la voix de Martha n'avait rien que de très naturel, et, ainsi soustraite au temps, il ne lui vint d'abord pas à l'esprit qu'il était impossible que Martha eût recouvré la parole, aussi ne s'en étonna-t-elle pas.

« Elisabeth ?

— Oui ?

— Tu m'entends, au moins ?

— Mais bien sûr, mon cœur ! répondit-elle d'une voix à bout de souffle et haut perchée, et elle ressentit un picotement dans le nez, une vive chaleur l'envahit. Elle voulut se corriger, lui dire : Mais bien sûr, Martha ! mais elle n'en fit cependant rien.

— Alors pourquoi ne me réponds-tu rien ?

— Mais qu'y a-t-il donc ? demanda Elisabeth avec émotion et désarroi, à l'instant où elle s'aperçut qu'elle n'avait strictement rien retenu de ce que Martha venait de lui dire.

— Pourrais-tu le faire ?

— Mais quoi donc, Martha ?

— Lui prêter de l'argent !

— Bonté divine, de qui parles-tu ?

— De Paul.
— De Paul ?
— Oui.
— De l'argent, dis-tu.
— Oui !
— Et pour quoi faire ?
— Pour cette auto avec laquelle il a eu un accident.
— Paul a donc une voiture, à présent ? » Elisabeth n'y comprenait rien du tout, ce qui ne faisait qu'ajouter à son désarroi et à son agacement. « Je ne te suis pas, Martha ! cria-t-elle, qu'attends-tu de moi ? »

Un silence s'instaura. On n'entendait plus que son souffle. Elisabeth était dépassée. Elle s'efforça de retrouver son calme, se concentra sur le peu de choses qu'elle pensait avoir compris. Elle respira à fond.

« Combien d'argent ?
— Vingt mille schillings.
— Vingt mille.
— Oui.
— Que je les lui prête ? demanda Elisabeth. Aussitôt, dépitée par ses propres paroles, elle secoua amèrement la tête.
— Oui.
— Mais bien sûr. C'est peu de chose, Martha. C'est vraiment très peu de chose.
— Merci. Et surtout s'il te plaît n'en parle à personne. Tu m'entends ? À personne.
— Oui. Naturellement. À personne.
— Ne dis pas non plus que je t'ai appelée.
— Mais oui !
— Au revoir.
— Au revoir, Martha. Que Dieu te garde. »

Un bref et strident signal retentit dans l'écouteur, et Elisabeth tendit le bras et raccrocha le combiné. Elle fourragea dans ses cheveux, se redressa en prenant appui sur le guéridon branlant et, ouvrant en grand toutes les portes, arpentant une pièce après l'autre, se mit à déambuler sans fin au rez-de-chaussée de la ferme.

« Vingt mille, murmurait-elle, il a besoin de vingt mille. Oui. Et pour quoi, déjà ? Pour quoi donc ? Pour une auto. Bien, bien. Mais il n'a pourtant pas d'auto, n'est-ce pas ? Il vient d'avoir un accident. Il ne lui est rien arrivé de grave, sinon elle m'en aurait touché un mot. Son Paul. Mon Paul. "Mon Paul", qu'il disait toujours. Vingt mille. Il a tiré trois mille schillings de Fine. Martin me l'a raconté, mais oui. Il n'en resterait donc déjà plus rien ? Il me semble que cela ne remonte pas à si longtemps. Quand était-ce, déjà ? Il y a quelques mois – en novembre, dans ces eaux-là. C'est ce qu'on lui a donné de l'Haflinger. Ferdinand n'a pas bronché, personne n'a rien dit. Comment ? Mais non, il n'y a personne à la fenêtre. Ce que tu peux dérailler. Ah, quand le printemps s'annoncera-t-il. Quand s'annoncera-t-il enfin. C'est beau, ces cultures d'hiver. Maintenant que la neige a fondu. Qu'est-ce que cela donnera ? Du blé peut-être, ou de l'orge, du seigle ? De fines hachures vertes. D'innombrables hachures vertes. Vingt mille. Il va falloir que je passe à la banque. Quel jour sommes-nous ? Vendredi ? J'ai encore le temps. Mais comment procéder ? Comment fera-t-il pour… les retirer ? Pourquoi ne me suis-je pas simplement renseignée auprès de Martha ? C'est d'ailleurs à peine si je lui ai posé une question. Tout s'est embrouillé dans ma tête. Je ne comprends pas ce qui m'est arrivé. Elle m'a mise dans tous mes états, grands dieux. C'est ce satané téléphone, aussi. Je n'arriverai jamais à m'y habituer. Quelle sonnerie stridente. Épouvantable. La vie doit être chère à Vienne. Mais je n'aurais jamais pensé qu'il irait jusqu'à vendre Fine. Alors que Thomas la lui avait cédée. Et voilà qu'il la vend. En même temps, bien sûr, ce n'est pas mon affaire. Et il est vrai qu'elle ne lui servirait plus à rien, maintenant. L'imagine-t-on caracolant dans les rues de Vienne ? Non. Mais quand il était tout gamin, ah, ça oui. Je crois le revoir encore, filant au grand galop sans presque toucher le sol, tenant les guides dans une main, seul ou accompagné de Maria qui l'enserrait de ses bras. Il accourait vers moi et, le visage en feu, me demandait un verre de jus de fruits. Il raffolait de mon jus de framboise, il ne venait du reste que pour ça. Et comme il lui ressemblait trait pour trait, à cette époque déjà. Un seul et même visage. Deux heures moins vingt. Est-ce que c'est elle qui viendra récupérer l'argent ? Ou Andreas ? Ou Paul en personne ? Qu'est-ce que je vais leur raconter, à la banque ? Des fois qu'ils m'interrogent. Je leur dirai : "Pour mes obsèques." Oui, parfaitement. Pour mes funérailles ! Ça leur coupera la chique. Mais il me semble que Martha m'a encore dit autre chose. Qu'a-t-elle ajouté, déjà ? Qu'importe, ça finira par me revenir. »

À cet instant précis, elle s'arrêta de déambuler nerveusement de pièce en pièce, de regarder tantôt par une fenêtre, tantôt par l'autre, de songer à voix haute. Ce ne fut pas une décision consciente de sa part, non, c'est plutôt qu'elle semblait avoir soudain percuté un mur invisible, ce qui figea instantanément sa marche et ses mots. Elle fit un pas en arrière.

« Comment ? s'écria-t-elle, comment ? Ce n'est tout de même pas… » Elle recula encore d'un pas, s'immobilisa, partit d'un rire retentissant, mit aussitôt les deux mains devant la bouche, se tortilla sur elle-même sans parvenir à réprimer son hilarité. « Comment ? reprit-elle. Comment ? » Elle était prise d'un rire irrésistible, à chaque instant plus sonore et éclatant, d'un rire aux accents étranges, hystériques et furieux. « Voyez-vous ça, s'exclama-t-elle en roidissant le dos, voyez-vous ça : elle a retrouvé la parole ! Voilà qu'elle parle de nouveau ! » Elle fit volte-face, se précipita dans le salon, s'avança vers le cadre de verre où reposait le faire-part de décès aux angles incompréhensiblement recourbés et, pressant ses doigts si fermement contre ses lèvres qu'ils en devinrent humides, déposa un baiser à l'endroit où le visage de Goldberger, derrière le verre, esquissait un sourire un peu forcé et qui ne lui paraissait dès lors que plus gracieux et charmant encore. Le cœur battant, elle gravit l'escalier et s'empressa d'aller revêtir une autre tenue. Puis, tournée de trois-quarts et avançant légèrement en crabe, elle redescendit les marches, chaussa ses souliers de ville noirs, sortit de la maison, enfourcha sa bicyclette et prit la route de Rosental.

Sur la première partie du chemin, l'allée qui courait tout droit vers la grand-route entre de graciles bouleaux, elle dut plusieurs fois mettre pied à terre et, proférant des jurons, rassembler ses esprits, remonter patiemment en selle et, dans le crissement très rude du gravier, les grincements de la chaîne de vélo, prendre un nouvel élan. La bicyclette était brinquebalante, et elle aurait été incapable de dire si ce tremblement provenait de ses jambes, de ses bras ou de son derrière. Quand était-elle montée à bicyclette pour la dernière fois ? Cela remontait donc à si longtemps ? Une fois engagée sur la route, elle fut moins ballottée, put appuyer plus fermement sur les pédales, et les cahots s'atténuèrent peu à peu avant de disparaître tout à fait. Autrefois encore – avec une brève interruption, il est vrai, lors des premières années qui avaient succédé à la mort de Goldberger – elle avait l'habitude de se rendre à l'église du village à bicyclette, le mercredi et le dimanche, pour assister à l'office. Mais la pensée qu'elle avait eue à l'occasion des funérailles de Goldberger avait un jour repris possession d'elle : comment pouvait-il exister un dieu qui s'ingéniait à vous déposséder de tout ? Quelle sorte de dieu cela pouvait-il être ? Et comment un être humain aurait-il pu avoir foi en lui ? Et à quoi bon ? À l'instant où elle s'était dressée au bord de la fosse béante d'où montait vers elle un souffle morne et froid, la foi l'avait tout à fait abandonnée, et quelque chose qui se tramait sourdement en elle depuis longtemps – trente ans, au bas mot – avait alors soudain trouvé son accomplissement. Quelque temps après les obsèques, elle avait senti cependant renaître peu à peu en elle non pas la foi elle-même, mais le souvenir de celle-ci, comme un appui ferme et bienfaisant, et Elisabeth, confondant la chose elle-même avec le souvenir de celle-ci, s'était remise à assister régulièrement à l'office divin. Mais ses doutes un beau jour l'avaient reprise, et il lui avait bien fallu admettre une fois encore qu'il ne subsistait plus en elle aucune foi, rien que le souvenir trompeur et dérisoire de celle-ci, et elle avait définitivement cessé d'aller à la messe. Depuis toujours, c'était à pied qu'elle s'en allait faire ses courses au village, aussi n'était-elle plus montée à bicyclette depuis des années.

Elle retira l'argent. Elle s'était si bien préparée intérieurement à ce qu'on l'interroge qu'elle fut surprise un bref instant qu'on ne lui demande pas quel usage elle comptait en faire, puis elle remonta en selle et, cette fois presque sans vaciller ni mettre pied à terre, s'en retourna par le chemin qu'elle avait emprunté à l'aller. En cette journée de février clémente, les arbres aux ramures dépouillées défilaient au bord de la route avec calme et douceur. Seuls certains chênes se paraient encore de quelques feuilles d'un brun tendre, racornies, et qui bruissaient au vent. Trois jours plus tôt, il soufflait une brise chaude et le temps était à la tempête. La fureur du vent s'était couchée, mais il s'attardait encore dans l'air une tiédeur qui annonçait le printemps. Le cailloutis du sentier était humide, et les terres à labours brillaient d'un éclat opulent et sombre. Dans les buissons, les oiseaux chantaient comme si l'hiver n'était qu'une vue de l'esprit, une pensée maussade.

Oui, sa foi en Dieu l'avait quittée. Et cependant, quelques mois plus tôt, elle avait rédigé un testament dans lequel elle stipulait qu'elle léguait tous ses biens à l'Église. Pendant deux journées entières, elle avait établi la liste de ses possessions, en avait dressé l'inventaire complet avant de glisser enfin le testament dans une enveloppe et de ranger celle-ci dans la chemise où elle serrait ses documents. Elle n'y avait plus repensé depuis. Et il avait fallu que Martha et, bien davantage encore, le guichetier de la banque, lui rappellent l'étendue de ses biens pour qu'il lui revînt à l'esprit. Elle roulait désormais avec prudence, saisie d'une angoisse soudaine à l'idée de ne pas arriver à rentrer chez elle, de faire une chute, d'avoir un accident. Elle ne cessait de saisir le sac à main qu'elle portait à l'épaule et de le presser contre sa hanche pour vérifier que la liasse de billets dure au toucher s'y trouvait encore. Elle sentait une métamorphose s'accomplir, la travailler, la transformer de part en part. La foi ancienne refluait en elle. Peut-être s'était-elle déjà imperceptiblement instillée en elle au moment de la conversation téléphonique et ne se révélait-elle qu'à présent. Elle ne prenait pas conscience de ce processus par le biais de la raison, mais par les sens. La voix de Martha, toute proche, retentissait sans relâche à ses oreilles, elle ne percevait pas le contenu de ses mots mais simplement leur timbre, et, comme nous trillons un air ancien, elle se mit à fredonner en contrepoint.

Une fois de retour, elle appuya la bicyclette contre le mur de la maison, pénétra dans la cour en en franchissant les portes toujours laissées ouvertes, se rendit dans la chambre à coucher, là où elle conservait le testament. Elle ouvrit l'enveloppe, en retira la feuille de papier où figuraient ses dernières volontés et, les parcourant une dernière fois d'un œil stupéfait, passa dans la cuisine. Elle ouvrit la petite porte du poêle et glissa dans le foyer éteint l'enveloppe et le document. Puis elle saisit une pochette d'allumettes, en cassa une, la frotta contre le grattoir, laissa la flamme grandir un moment au creux de sa main et enflamma enfin la feuille de papier qui dépassait de quelques centimètres. Elle s'accroupit et regarda les flammes, d'abord timides et gris-bleu, bientôt dévorantes et rouge-jaune, s'élever, consumer le papier et l'anéantir. Lorsque la dernière braise fut éteinte, qu'on ne distingua plus au fond du poêle qu'un résidu de cendre gris foncé que le seul courant d'air extérieur s'engouffrant par la cheminée suffisait à désagréger, elle se leva, satisfaite, et retourna dans la chambre à coucher, où elle s'assit à son petit secrétaire, sortit d'un tiroir une feuille de papier vierge, s'empara d'un stylo à encre, rassembla ses affaires devant elle et s'abandonna à ses pensées. Elle constata avec une pointe de déception que la sensation grisante qu'elle avait ressentie en faisant de la bicyclette, et qu'elle attribuait à une impression de miracle – car enfin ce n'était pas, ce ne pouvait pas être autre chose : que Martha eût recouvré la parole relevait du divin prodige – s'estompait peu à peu, et elle finit par se demander si cette euphorie passagère n'était pas bien plutôt imputable à la pratique de la bicyclette, qui lui avait manqué depuis tant d'années. Mais elle s'empressa d'écarter cette déception, et préféra se demander pourquoi l'idée lui était venue de léguer tous ses biens à l'Église. Elle avait gouverné sa vie presque tout entière en faisant fond sur les connaissances éprouvées que ses parents et, d'une autre façon, plus muette encore, ses frères lui avaient inculquées dans l'enfance. Il ne lui avait presque jamais été nécessaire de s'appesantir sur quoi que ce soit. Mais il lui était cependant arrivé de le faire en certaines occasions, et il s'était avéré alors – ou disons plutôt que d'autres l'avaient constaté pour elle – qu'Elisabeth avait le raisonnement particulièrement affûté. Le grand âge lui-même ne paraissait pas avoir émoussé la pointe de ces ressources cachées. Au bout de quelques minutes à peine, elle se releva et se mit à marcher de long en large dans la chambre à coucher, devant le lit à baldaquin. Elle se figeait de temps à autre près de la fenêtre et triturait d'un air distrait les plis du rideau. Elle sortit de son sac à main l'épaisse liasse de billets, la considéra longuement, s'apprêta à la reposer dans le sac, se ravisa et la déposa sur le secrétaire. Lorsque le jour déclina, un peu plus tard, elle fit de la lumière et se rassit à sa table. Elle jeta encore un regard à la liasse de billets qui avait été le point de départ de ses réflexions, se saisit du stylo à encre, rajusta la feuille de papier sur le panneau du secrétaire.

« Rosent*h*al, le 19 février 19xx, écrivit-elle. Testament *(ce mot souligné).* Voici mes dernières volontés. À mon décès, j'entends que l'intégralité *(souligné)* de mes biens revienne à M. Paul (Paulus) Franz Goldberger, actuellement domicilié à Vienne, fils de M. Ferdinand et de Mme Anna Goldberger, résidant à Rosenthal, voie n° xx. On trouvera ci-joint l'inventaire complet des biens dont j'ai la propriété. Signé : Elisabeth Wagner. »

Il y avait beau temps que plus personne n'écrivait le nom du village avec un *h*, mais Elisabeth mettait un point d'honneur à l'écrire ainsi ; de même qu'elle s'entêtait à penser, sans plus d'effet, que les avions traversant le ciel au-dessus de sa tête n'avaient rien à faire là. Elle tenait de toutes ses fibres à son monde condamné. Elle posa le stylo et relut les quelques lignes qu'elle venait de rédiger. C'était très bien ainsi. Maintenant tout était en ordre. Elle mit la feuille de papier sous pli, traça à grandes lettres déliées les mots « Testament d'Elisabeth Wagner » sur l'enveloppe marron clair et la rangea dans le tiroir du secrétaire avec le stylo-plume. Elle s'attarda là un instant encore, respira à fond, recula sa chaise, se leva et se rendit dans la cuisine pour se préparer à la hâte un dîner froid. Elle ne cuisinait plus qu'en de très rares occasions ; l'essentiel était de ne pas avoir le ventre vide.

Jusqu'à cette heure, deux choses primordiales logeaient en son âme et prenaient le pas sur tout le reste. La première était l'attente du moment où elle *le sentirait venir* ; la seconde, le regret ineffaçable de n'avoir rien fait pour accomplir les dernières volontés de Goldberger. Elle avait perdu toute foi en Dieu, mais un arrière-fond d'on ne savait quoi l'avait cependant conduite à léguer ses biens à l'Église ; ce devait être la fausse croyance – tenace, largement répandue et que nul n'osait pleinement s'avouer à soi-même – selon laquelle il nous serait possible, en dépit de la lettre même de la Bible et de ce que nous enseigne le catéchisme, de racheter nos péchés par des dons à l'Église. Mais désormais, à la faveur de ces quelques minutes de réflexion intense, et de la présence nette, matérielle et comme éloquente de la liasse de billets, elle avait enfin compris qu'il s'agissait justement d'une fausse croyance, dénuée de toute efficacité, et qu'elle ne pouvait s'affranchir de sa faute, si toutefois c'en était une, qu'en agissant ; aussi était-elle pleine de reconnaissance envers ces circonstances qui lui avaient permis de reconnaître son erreur. Elle éprouvait de la gratitude – envers Dieu.

Elle dîna d'une carotte, d'une tartine de pain, d'une portion de fromage et d'une pomme de terre froide qu'il lui restait du déjeuner, arrosant le tout d'un verre de vin rouge. Le temps était étonnamment doux pour la saison. Après le repas, elle emporta la chaise sur laquelle elle s'était assise et alla la déposer derrière la maison. Puis elle retourna dans la cuisine afin de s'y remplir un plein verre de vin. Elle se posa enfin. Un peu de vin déborda du verre et lui trempa les doigts. Le domaine Goldberger s'étendait devant elle. Il resplendissait, d'un blanc éclatant dans le crépuscule, et elle songea, comme si souvent autrefois, que la patine du temps avait embelli la ferme. Il y avait bien longtemps que ce genre de pensées ne lui étaient plus venues, car elle avait même pris soin d'éviter de poser les yeux sur la ferme voisine. Les soirs où l'envie lui prenait de se délasser encore dehors, elle choisissait toujours un emplacement situé devant la maison, et contemplait la montagne bleue qui se dressait au loin. Mais elle n'avait d'yeux à présent que pour la ferme Goldberger, toute seule et blanche sur sa colline, et d'où dévalaient vers la plaine et le ruisseau des champs noirs, des emblavures striées de vert, un sentier caillouteux beige, sous l'immensité d'un ciel haut et glorieux dont le crépuscule n'éteignait pas le bleu, et qui s'ourlait tout à l'arrière-plan, à son bord extrême, d'un violet tempéré de rouge et de rose. Elle but son vin sans fermer les yeux. Elle ne découvrit que tardivement les chevreuils qui viandaient dans le champ bordant sur sa gauche la piste caillouteuse. L'un des chevreuils, comme s'il avait senti le regard d'Elisabeth posé sur lui, releva la tête, dressa les oreilles, et peu à peu les autres l'imitèrent, avant que le premier ne décampe et que le reste de la harde ne le suive. Dans les premières secondes, l'animal conducteur désorienté se demanda s'il devait gravir, descendre ou suivre le coteau, ce qui provoqua un désordre tel qu'Elisabeth ne put déterminer quel était le nombre des bêtes. Il lui sembla d'abord qu'il y en avait cinq, puis sept, un instant plus tard qu'elles devaient être moins nombreuses, et tout aussitôt qu'il y en avait exactement dix, et ce n'est qu'à l'instant où elles se furent enfin décidées et s'enfuirent en direction de l'ouest, qu'elle dénombra six miroirs[1] blancs bondissant au loin, tandis que le reste de la robe brunâtre des bêtes se confondait avec le brun des champs. Elle leva le bras, les salua d'un geste et se renversa sur sa chaise en soupirant. Elle avait une soudaine bouffée de chaleur, et ses oreilles étaient

1. Tache blanche que le chevreuil porte sur le fessier.

brûlantes. Elle comprit qu'elle retrouvait les profondeurs de l'existence. L'activité de cette journée, le cours de celle-ci dans ses moindres détails l'avaient soustraite à l'avant-poste qu'elle occupait et ramenée à la vie. Sa pulsation cardiaque s'accéléra et elle ressentit un léger tiraillement dans les bras. Elle savait que le vin n'en était pas la cause. « Oui, murmura-t-elle, oui, je le sens venir. Maintenant enfin je le sens. » Et les larmes lui montèrent aux yeux, car elle comprit en cet instant que le début de la fin avait commencé. Une joie anticipée la submergea, elle se réjouit à l'idée de l'été, de l'automne, de l'hiver à venir, savoura l'instant présent, paisible et bienheureux, la clarté persistante de ce ciel si haut, le vin lourd, sombre et chaud, et s'étonna des prodiges qui s'étaient accomplis pendant cette journée. Mais rien ne lui prodiguait une joie plus puissante que la certitude de s'approcher de la fin, de ne plus être très éloignée de l'instant où elle retournerait à l'éternité.

Le lendemain, peu avant midi, on frappa à sa porte. Les coups résonnèrent jusque dans l'étable, où Elisabeth se tenait, un agneau coincé entre les jambes, et nettoyait en rouspétant les saletés qui souillaient la toison de la bête. « Je serais curieuse de savoir où tu es encore allé te fourrer, grogna-t-elle, sans doute dans le coin le plus sale de toute la bergerie, pas vrai ? Ah, par exemple, on n'a pas idée d'avoir le poil aussi crasseux. C'est à croire que tu as balayé le sol de l'étable avec. Hein, qu'en dis-tu ? Maudit nigaud que tu es. » Ainsi vitupérait-elle l'animal lorsqu'on frappa à la porte. D'un geste toujours plus vif, elle ôta encore quelques peluches noires souillant la toison rase mais bouclée de l'animal, puis lui caressa affectueusement la tête et le libéra. Il poussa un bêlement, s'en alla prestement d'une allure vacillante et gauche.

Elisabeth quitta la bergerie par la porte de derrière, qui donnait sur le tas de fumier d'où ne montait en cet instant qu'une maigre vapeur, et fit le tour du bâtiment. Sur le seuil de la maison, tenant encore en main l'anneau de fer qu'elle laissait retomber sur le contre-heurtoir, se tenait Martha. Après s'être figée un court moment, Elisabeth s'avança vers elle à pas empressés. Martha ne la vit pas approcher, et ce n'est qu'à l'instant où Elisabeth tendait déjà à demi le bras pour lui effleurer l'épaule qu'elle sentit passer sur elle un souffle d'air frais et sursauta, recula d'un pas, frémit au contact de cette main qui l'avait à peine touchée. Martha lui offrait le visage d'une ennemie, et, au terme d'un moment qui parut interminable à Elisabeth, elle se ressaisit enfin et toute expression d'hostilité s'effaça de son visage. « Salut », dit-elle, tout en se frictionnant les bras et en esquissant même un timide sourire. « Salut, répondit Elisabeth. Comment as-tu fait pour venir ici ? — Andreas avait à faire dans la région. Il passera me prendre à son retour. » Elles se faisaient face et ne savaient trop où poser le regard. Elisabeth était encore plus embarrassée que Martha. Enfin elle trouva une issue, quitta l'impasse où leurs yeux s'étaient empêtrés et souffla : « J'ai l'argent. Viens ! », et sur ces mots elle ouvrit la porte de la maison et devança Martha dans le vestibule.

« Tu veux du jus de fruits ? », lança Elisabeth à pleine gorge, après qu'elle eut convié Martha à prendre place dans le salon – sur l'ancienne chaise attitrée de Goldberger. « Du jus de framboise ! — Oui, volontiers, merci », répondit Martha.

Maintenant qu'elles étaient assises, on aurait dit qu'il leur était plus facile de se faire face, ou peut-être avait-il suffi des quelques minutes écoulées pour qu'elles se réhabituent l'une à l'autre. Elisabeth constata que Martha elle aussi avait vieilli. Elle ne s'en aperçut qu'au second regard. C'était à peine si l'on devinait à présent les traits de visage juvéniles qui avaient été encore les siens à près de quarante ans. Seuls les cheveux étaient demeurés d'un noir de poix. Elle doit avoir environ cinquante ans, estima mentalement Elisabeth. Elle en frémissait d'effroi intérieurement, car elle n'arrivait pas à y croire, se disait qu'elle-même, hier encore, avait eu cet âge, et il lui vint en cet instant l'idée que si Martha avait sursauté en l'apercevant, ce n'était pas à cause d'une banale sensation de surprise, mais parce que le visage de vieille femme d'Elisabeth l'avait épouvantée.

« Comment te portes-tu ? », demanda Martha, et Elisabeth répondit : « Ça va. Et toi ? » Martha sourit. Puis elle dit : « Tu as l'argent ? — Oui », répondit Elisabeth. Elle se leva et se rendit dans la chambre à coucher. Elle s'en revint munie du sac à main, en ouvrit la fermeture à glissière. Elle sortit la liasse de billets, la tendit à Martha, patienta un instant et se rassit sur son siège. « Vingt mille, dit-elle.

— Il ne doit pas l'apprendre, observa Martha, sans regarder Elisabeth. En aucun cas. Il doit penser que ça vient de moi. Il croit que je suis la seule à être au courant.

— Oui, dit Elisabeth d'un ton compréhensif. Elle ne cherchait pourtant même pas à comprendre.

— Moi, je n'ai pas assez d'argent. Sitôt qu'il m'aura remboursée, tu récupéreras la somme. Simplement… je crains qu'il ne nous faille attendre un certain temps.

— Oui », dit Elisabeth en caressant la table du plat de la main. « Est-ce que…, poursuivit-elle, est-ce qu'il va bien ? »

Alors, pour la première fois, les deux femmes se regardèrent vraiment en face. En cette seconde, ce fut comme si elles n'existaient plus en tant que telles, qu'il n'y avait plus d'histoire commune, de passé ni de présent, que tout était soudain aboli et suspendu par cette question qui ne les concernait pas personnellement mais renfermait cependant l'essentiel. Sous les yeux d'Elisabeth, Martha, un léger frémissement au coin des lèvres, garda un temps le silence, puis le frémissement peu à peu s'atténua et elle répondit peu après : « Je n'en sais rien. Mais non, je ne crois pas. »

3

Elisabeth se trompait au sujet de l'âge de Paul, car son calcul était faux. Encore n'était-il pas juste de s'exprimer ainsi, car en temps ordinaire elle ne procédait à aucun calcul et, jusqu'à la visite de Martha, elle n'avait même pas pris conscience que, pour sa part, elle avait dépassé les soixante-dix ans depuis un bon moment. Cette conscience s'était d'ailleurs rassoupie dès que Martha avait disparu. Aux yeux d'Elisabeth, il n'était pas important que Paul eût vingt, vingt-deux ou vingt-quatre ans; ce qui comptait, c'était qu'il résidait à Vienne et que ses années de pensionnat étaient derrière lui. L'âge importait peu, seules l'intéressaient les conséquences de celui-ci. Il n'en allait pas autrement pour Martha: l'âge, le chiffre abstrait importait moins que la conscience nette que la jeunesse s'était enfuie.

Elisabeth ne connaissait pas davantage l'âge exact de Thomas; elle savait simplement qu'il venait d'achever sa formation de charpentier: on en avait fait mention dans la gazette communale, qui paraissait mensuellement ou tous les deux mois.

C'est vrai: Thomas avait achevé son apprentissage, mais pour renoncer finalement au métier. Depuis qu'il avait passé son certificat d'aptitude professionnelle, il restait à la ferme, où son père lui laissait de plus en plus le champ libre. Depuis toujours, il est vrai, Ferdinand avait évité de le brider, même lorsqu'il n'était qu'un enfant; la différence résidait en ceci qu'à présent il ne le surveillait même plus, du moins pas ouvertement. Anna observa avec surprise ce lent et discret changement, mais elle se garda bien de s'exprimer à ce sujet. Même si elle s'était toujours rangée du côté de son mari, elle avait souffert de la façon dont Ferdinand traitait son père, et en secret elle craignait qu'un jour les choses ne se répètent – ou plutôt : ne se paient, précisément parce qu'elles se seraient répétées. Mais la transition se passait dans un calme parfait, sans heurts, presque avec amour.

Ferdinand partageait les mêmes craintes – du vivant de son père, déjà, mais bien davantage encore depuis qu'il avait compris que si Thomas travaillait en vue du certificat d'aptitude, ce n'était jamais que pour renoncer au métier de charpentier. Quand l'heure fut venue, Ferdinand se promit de peser chaque pas, de surveiller scrupuleusement ses propres actions, afin de ne pas s'engager dans la mauvaise direction. Il se disait : afin de ne pas s'engager *une fois encore* dans la mauvaise direction. Il n'avait cependant rien à se reprocher en ce qui concernait son père ; une chimie singulière présidait à leurs rapports, et, depuis ce lointain dimanche, à son retour de la guerre, son père ne lui avait laissé aucune chance de changer la composition de ce mélange irrémédiablement explosif. Mais à présent, il le savait, deux chemins s'offraient à lui et à son propre fils, et ils devaient prendre le bon, ne pas se fourvoyer. Et s'il ne perdit jamais de vue ce point où leurs rapports futurs auraient à se redéfinir sous un jour insolite et nouveau, il ne le devait peut-être qu'à cette vigilance qu'il s'était prescrite à lui-même comme un médicament, un remède.

Un soir, Ferdinand avait prié Thomas de lui donner encore un coup de main. Il voulait mettre en sac le grain réservé pour les semailles, et c'était un labeur trop éreintant pour lui seul. Il était tard, Thomas se tenait dans la pièce à vivre et lisait le journal. Il poussa un soupir, écarta le journal, jeta sur ses épaules une veste de gros drap bleue et suivit son père. Ils remplirent les sacs, du temps s'écoula. Lorsqu'ils en eurent fini, Ferdinand hissa un sac de grain sur son épaule en gémissant et dit : « Tiens, allons les charger vite fait dans la remorque. » Mais Thomas trancha : « Non, nous le ferons demain. » Ferdinand fléchit les genoux et rajusta habilement le sac sur son épaule. Il dit à son fils, en s'éloignant déjà : « Juste ces quelques sacs. C'est l'affaire d'une minute. » Il fit quelques pas encore. Puis il s'immobilisa. Il se vit soudain de l'extérieur et comprit que le moment qu'il ne voulait manquer à aucun prix était arrivé sans qu'il s'en aperçût ou presque, et l'avait pris de court. Il se retourna, d'une torsion du bassin si brusque qu'il en ressentit une pointe de douleur, mais il n'en laissa cependant rien paraître. Il revint sur ses pas et dit en s'efforçant de prendre un ton badin : « Tu as raison, Thomas. Demain, il fera jour. » Là-dessus il déposa le sac à ses pieds, verrouilla la porte, et c'est du même pas qu'ils rejoignirent la maison. Thomas poursuivit l'œuvre de son père, en y apportant toutefois quelques changements, non pas de façon abrupte, mais pas à pas et continûment, comme s'il avait en tête un plan précis, une idée nette de ce à quoi devrait ressembler l'exploitation. Vu de l'extérieur, et si l'on exceptait le fait que Thomas était désormais à la ferme tous les jours, seuls quelques détails presque imperceptibles laissaient deviner qu'il avait pris les rênes du domaine, car pour le reste rien n'avait évolué. Le changement qui s'était opéré était essentiellement d'ordre intime. Anna s'en avisa cependant aussitôt. Et lorsqu'au bout de quelque temps, un matin, elle entendit la porte de la maison claquer, puis des pas résonner dans la cour, alors que Ferdinand était encore couché à côté d'elle, la lumière se fit. Jamais encore personne n'avait devancé Ferdinand à l'étable, c'était un des privilèges dont il jouissait, comme celui d'avoir toujours la meilleure place à table, et bien d'autres choses encore. Elle lui avait coulé un long regard oblique, et son mari lui était apparu sous un jour nouveau. Elle l'avait toujours considéré comme un être raisonnable, en qui on pouvait lire à livre ouvert – ce qui offrait un singulier contraste avec son père –, et voilà qu'il lui fallait admettre que Ferdinand, à sa façon, était tout aussi étrange et énigmatique que Goldberger avait pu l'être. Alors elle poussa un soupir et lui chuchota : « Espèce de vieux fou… », lui caressa la joue, et Ferdinand sourit, s'étira de tout son long dans le lit.

L'année avait commencé paisiblement. En décembre et en janvier, il s'était trouvé suffisamment de journées de grand froid – des journées sans nuages où le vent restait couché, les températures descendaient bien en dessous de zéro – pour se charger de l'abattage du bois, avant que le dégel ne s'amorce en février. Tout allait pour le mieux dans les étables, aucune bête ne tomba gravement malade, on n'eut à déplorer cet hiver-là ni animaux mort-nés ni canalisations gelées. Les arbres fruitiers, en dépit d'un redoux presque printanier d'une dizaine de jours, ne s'étaient pas mis à bourgeonner précocement, aussi le gel rigoureux qui avait sévi jusqu'au milieu du mois suivant ne tua-t-il aucun bourgeon. Lorsque la couche de neige qui couvrait les terres se mit à fondre, on s'aperçut que les semailles d'hiver avaient bien levé dans les champs, avec régularité, et ne semblaient pas avoir pâti jusque-là des rigueurs hivernales ; l'espoir de pouvoir compter quelques mois plus tard sur une bonne récolte demeurait vivace, et, attendu que les nouvelles gelées elles-mêmes n'avaient pas nui au grain, il ne faisait même que croître. Au printemps, une fois les champs assez secs, les cultures intermédiaires furent retournées, hersées, les céréales de printemps semées, passées au rouleau agricole et amendées avec du fumier et des fertilisants chimiques. Les lilas s'épanouissaient et diffusaient leur parfum intense – ils n'embaumaient jamais autant qu'aux courts instants où le soleil se couchait à l'horizon. Les semaines s'écoulaient tranquillement. Jusqu'ici tout avait bien prospéré. Et à présent on avait déjà rentré les premiers foins, et les champs se paraient du jaune d'or des épis d'orge presque mûrs.

Pour Thomas, depuis qu'il était en âge de penser, les semaines passaient à un rythme immuable : première fauche, fin des classes, grand-fête au village, récolte de l'orge. Depuis que les machines existaient, ces événements se succédaient sur une période très courte ; une, deux semaines tout au plus. Dans l'enfance, c'était à ses yeux le moment le plus important et le plus enthousiasmant de l'année, plus excitant encore que le moment de son anniversaire ou que la Noël, et il en était toujours ainsi aujourd'hui, par la seule force du souvenir; aussi Thomas était-il saisi chaque année, quand se profilait le week-end du Pardon, la grande fête qu'on donnait en l'honneur du saint patron du village, de la même ferveur enfantine qui le faisait vibrer de tous ses membres.

Il en fut ainsi cette année-là aussi. L'émotion était encore grande, mais elle n'avait plus, même si Thomas le pensait, rien d'enfantin. Elle le faisait certes encore vibrer de tous ses membres, mais désormais bien différemment qu'en ces temps anciens, maintenant oubliés, ou même rudement refoulés. Dès le samedi, on procédait à des préparatifs qui n'étaient rien d'autre qu'une sorte de fête anticipée, laquelle était souvent bien plus courue encore que le Pardon proprement dit, le dimanche. La tradition voulait que chacun pût s'y rendre, ce qu'on ne se privait pas de faire, mais seuls les jeunes gens s'attardaient très avant dans la soirée; les personnes âgées ou d'un âge simplement moyen – en un mot: les couples mariés – se contentaient d'y déambuler un moment tout au plus, parmi les nombreuses machines agricoles encore tapies dans la pénombre (une foire se tenait en même temps que le Pardon), le carrousel dont les nacelles suspendues étaient encore enchaînées, le punching-ball attendant muettement les coups, le stand de tir fermé, musardaient encore ici et là, échangeaient quelques mots puis prenaient congé et s'en retournaient chez elles.

Thomas se tenait au sein d'un assez grand attroupement, devant une sorte de buvette mobile qu'on avait attelée à un tracteur et qu'encadraient des vrilles de lierre artificiel, et, bouteille de bière en main, discutait avec trois de ses anciens camarades charpentiers. Il était en train d'évoquer avec eux la toiture de la nouvelle mairie du village, et leur expliquait sur quels points devait se porter absolument leur attention. Ses camarades l'ayant contredit, il les avait regardés avec de gros yeux, s'était emparé d'un stylo et d'un bout de papier derrière le comptoir et s'était mis à griffonner un croquis. En un rien de temps, il en eut tracé les grandes lignes. Sur l'ébauche, la toiture du bâtiment figurait exactement telle qu'elle lui était apparue quelques heures plus tôt, quand il avait garé sa voiture sur la place. Il fit pivoter le croquis sur le comptoir, de sorte que chacun pût le voir. « Tu comprends ce que je voulais dire, Andi ? demanda-t-il. Tiens, ici, vois-tu, poursuivit-il en désignant de la pointe du stylo à bille l'endroit concerné, tout le poids s'exerce sur la structure. Elle ne tiendra pas le coup. Tu saisis, à présent ? » Il traça encore une ligne et la pointa du doigt. « C'est ici qu'il faut étançonner. Sinon la charpente tout entière va vous tomber sur la tête ! » Il reposa le stylo. Il ne s'était adressé qu'à Andi. Celui-ci en resta coi et il n'en fallut pas davantage pour que les deux autres – les plus âgés – admettent ou tout du moins assurent qu'il avait peut-être raison. Mais Andi ne désarmait pas. Il se saisit du croquis, y réfléchit longuement avant de comprendre ce que Thomas voulait dire. Alors il lui sourit et s'écria : « Sapristi, mais bien sûr, tu as raison ! — Tu vois, triompha Thomas, pure logique. Fais bien attention ! » Il arracha le croquis des mains d'Andi, le chiffonna, le jeta par terre. À cet instant précis Thomas sentit peser sur lui, de tout son poids, un regard qu'il avait certes perçu pendant tout ce temps, mais auquel il n'avait pas prêté attention, tant il était occupé à expliquer ; ce regard s'était glissé vers lui entre les épaules massives d'Hubert et de Martin, et il était rayonnant. Thomas reprit le stylo, se gratta le menton, baissa les yeux. Oui, le regard était toujours posé sur lui, de même que le croquis chiffonné était toujours à ses pieds. Il releva brusquement la tête. Le regard le parcourut comme une décharge électrique. Il était si radieux en effet qu'il en fut presque aveuglé. Que se passait-il ? « Est-ce que c'est… », marmonna-t-il, et Hubert, qui avait remarqué comme les autres que Thomas n'était plus le même, se retourna. Il haussa les sourcils. « Tu disais ? — Est-ce Dieu possible ? Est-ce que c'est Sabine ? » Thomas n'entendit pas ce que Hubert lui répondit, ni même si celui-ci lui répondit quelque chose. Le regard de la jeune femme le captivait entièrement. Toutes sortes de sensations le submergèrent en cet instant, mais il ne put en identifier qu'une seule, et c'était la peur. Oui, ce regard fixe et étincelant lui inspirait une terreur infernale, et il ne trouva rien de mieux pour s'en défaire que de s'avancer vers cette lumière, de pénétrer dans son halo. Comme un pantin, il se glissa entre Hubert et Martin et s'approcha de la jeune fille. Il se tenait devant elle. Il ouvrit les lèvres et dit : « C'est bien toi, Sabine ? » Elle lui sourit. Il demanda : « Tu seras des nôtres, demain ? » Elle acquiesça, un sourire toujours planté au coin des lèvres. « C'est bien, dit-il, c'est très bien. » Il resta encore un moment figé devant elle, puis il tourna les talons et rejoignit ses amis d'un pas titubant. « Te voilà déjà de retour, dit Martin d'un ton hilare, monsieur s'est fait rembarrer ? — Oui, oui », grommela Thomas. Il tendit la main pour saisir une bouteille posée sur le comptoir, mais avant qu'il ait pu l'atteindre une main s'en empara et une voix retentit : « C'est la mienne. » Il se retourna. Ce fut comme s'il se réveillait d'un songe. Il s'écria : « Canailles que vous êtes. L'un d'entre vous aurait-il une bière pour moi ? » Puis il s'apprêta à partir, mais quelqu'un le retint par l'épaule et lui glissa une bouteille dans la main. « On peut savoir où tu vas ? » Il n'en avait aucune idée. Il but. Il reprit ses esprits peu à peu, et, comme à chaque fois qu'il se surprenait à dérailler, il éclata de rire. L'esprit désormais libéré, il se tourna dans la direction où Sabine se tenait encore quelques instants plus tôt ; elle avait disparu. Il se reprit à rire. Se demanda s'il n'avait pas plutôt rêvé. Il but une gorgée de bière – froide –, reposa la bouteille sur le comptoir, s'essuya la bouche d'un revers de main, regarda Hubert, haussa les sourcils et dit : « Hé oui. » Il hocha la tête. Comme la bière était savoureuse ! Comme il était doux d'être ici en leur compagnie ! Hubert et Martin reprirent en chœur, la mine railleuse : « Hé oui. » Andi releva légèrement la tête, modula un sifflement et s'écria : « Tiens, tiens, on dirait bien… » On aurait dit les accents d'une chanson. « Oui, tiens, on dirait bien… », renchérit Martin en ricanant, cependant que Hubert hochait la tête. « Mais enfin, dit celui-ci, n'est-elle pas bien trop jeune pour lui ? — Il me semble au contraire qu'elle a atteint l'âge », répliqua Andi en mettant les mains en corbeille devant la poitrine. Hubert lui donna une petite tape sur la nuque, sur quoi Andi se tordit de rire pendant quelques instants. Thomas vida sa bouteille de bière. Il n'avait prêté aucune attention aux propos de ses amis, ni pensé lui-même quoi que ce soit, mais il observa pourtant : « Je crois qu'elles finissent toutes par grandir. » Il déposa la bouteille sur le comptoir, leva le menton, tourna les talons et disparut dans la nuit. Au-delà du cerne de lumière de la buvette, l'obscurité était complète, et il lui suffit de faire quelques pas pour que ses amis ne l'aperçoivent déjà plus.

Il ne se rappelait plus comment il était rentré chez lui. Il se souvenait simplement qu'il avait soudain quitté la fête, parce qu'il éprouvait le besoin impérieux de regagner la ferme et de se coucher. Il lui semblait qu'il lui suffirait de se mettre au lit pour que tout s'éclaire, qu'il puisse retrouver le cours normal de ses pensées et reprendre la haute main sur celles-ci. Mais, même entre les draps, il n'en fut rien. Il restait étendu là, son cœur battait très fort, il savait que la longue marche n'en était pas la cause, et soudain les bruits de la pièce s'imposèrent à lui avec une extrême acuité, il entendit les souris trotter sur le plancher et les vers du bois creuser leurs galeries, et il lui sembla même qu'il percevait le souffle léger de Maria dans la pièce voisine. Quelle était cette étrange et molle sensation de vide dans sa tête ? Enfin il cessa de s'interroger, et il sentit monter soudain à ses yeux des larmes de bonheur et de désespoir sur lesquelles il n'arrivait pas à poser de mots – et cette impossibilité à soi seule renforçait encore son impression de bonheur et de profond désespoir mêlés. Lorsque enfin il s'endormit, au gris de l'aube, il n'avait ôté ni veston ni souliers.

Il ne s'était pas écoulé trois heures que sa mère le réveillait déjà, en lui tamponnant le visage avec un torchon à récurer humide, tout en le qualifiant de poivrot de charpentier. À peine Thomas eut-il rouvert les yeux qu'il attrapa le torchon, le tira vers lui d'un geste si vigoureux et soudain qu'Anna s'effondra sur lui de tout son long. Il éclata de rire, lui déposa un fougueux baiser sur la joue, sur quoi Anna se figea, interloquée, se redressa prestement, porta la main à sa joue et s'écria : « Ma parole, tu déraillES. » Mais elle cessa de tempêter contre lui, et c'est tout au contraire en fredonnant doucement un air qu'elle sortit de la chambre.

Thomas était désormais dans un état qu'il n'avait jamais connu encore. C'était comme s'il rêvait éveillé. Par le passé, il avait bien eu une ou deux petites amies, mais c'était surtout histoire de faire comme tout le monde. Et il n'avait du reste pas tardé à s'en lasser, cessant alors de les fréquenter sans plus de façons. « Tiens, tiens, on dirait bien… », avait chantonné Martin, et il voulait dire : On dirait bien qu'il est mordu. Il est vrai que cela crevait les yeux. Seul Thomas ne paraissait pas s'en apercevoir. Il avait bien constaté qu'il s'était étrangement comporté, mais il avait mis cela sur le compte de la bière, de la journée qui n'en finissait pas, de cette période de l'année qui le mettait toujours sur des charbons ardents, et même de la chaleur de juin à laquelle il ne s'était pas encore habitué. Mais à présent, au terme de ces quelques heures de sommeil, il comprenait qu'il était peut-être tombé amoureux. Il revêtit son complet du dimanche, noua sa cravate devant le miroir, observa très attentivement ses yeux. Comme ils étaient brillants ! Alors tout s'éclaira en lui, et il renversa très légèrement la tête en arrière, souffla doucement : « Ouuuuh ! » et se mit à fredonner pour lui seul : « Tiens, tiens, on dirait bien… »

« C'est pour aujourd'hui ou pour demain ?! », s'écria soudain Ferdinand, d'une voix si retentissante qu'on entendit tinter les vitres au verre peu épais. Il était en colère après Thomas, parce que celui-ci n'avait pas ramené la voiture la veille au soir. Et un peu aussi, peut-être, parce que lui-même n'était plus rentré ainsi à pied à la ferme depuis des éternités.

Thomas, campé devant le miroir, recula d'un pas, rectifia encore son nœud de cravate et descendit au rez-de-chaussée. On n'attendait plus que lui. Ils sortirent de la maison et se dirigèrent vers l'auto. « Peut-on savoir où est passée la tienne ? », bougonna Ferdinand.

Thomas lui répondit avec un grand sourire : « Je l'ai laissée au village. »

Il était le seul à trouver cela drôle.

« Ta mère a bien raison.

— Mais non, s'insurgea Thomas, je n'étais pas saoul ! Je l'ai oubliée là-bas, voilà tout.

— Mouais, dit Ferdinand, admettons. Tu l'as oubliée au bourg. Et pendant un trajet d'une heure à pied, cela ne t'est pas revenu à l'esprit.

— C'est comme je te le dis, papa. »

Maria rit de bon cœur, car elle savait que Thomas disait la vérité, et qu'elle avait compris qu'à présent les autres aussi le savaient. Thomas était incapable de mentir.

« Tu parles d'une andouille », grogna Ferdinand avec un sourire goguenard. Pour lui, le sujet était clos. Anna et Maria s'adressèrent cependant un regard de connivence.

C'est en silence qu'ils se rendirent à Rosental. Ils s'étaient mis en retard et Ferdinand eut toutes les peines à trouver une place de parking. La moitié des rues du village étaient interdites à la circulation. Il leur fallut pousser un peu plus loin pour trouver enfin un endroit où garer la voiture. Lorsqu'ils s'avancèrent vers le portail de l'église en pressant le pas, les cloches sonnaient déjà à toute volée. Les aiguilles de l'horloge du clocher étincelaient au soleil et indiquaient neuf heures. À l'instant où ils s'engouffrèrent dans l'atmosphère suffocante de l'église, où le ronflement terrible de l'orgue ébranla soudain l'air, la messe avait déjà commencé. Les bancs de l'église étaient occupés jusqu'au dernier, comme cela n'arrivait qu'à Pâques ou le soir de Noël ; les Goldberger durent se glisser au côté de quelques retardataires dans l'étroit passage qui courait derrière les derniers bancs. Lorsque Maria prit appui contre le mur, Anna la tira vivement par la manche et lui dit d'une voix aigre : « Tiens-toi correctement ! » Elle-même se serait pourtant volontiers adossée au mur.

Ils assistaient tous les dimanches à la grand-messe. Depuis peu, ils y retrouvaient également Elisabeth, qui n'avait plus reparu à l'église depuis des années. Aux yeux de Maria et de Thomas, aller à l'église n'était guère autre chose qu'une habitude ; il leur avait été encore épargné pour l'instant d'y accorder plus de poids. En dépit de leur peine, ils n'avaient pas tardé à oublier la mort de leur grand-père. Elle ne leur avait pas brisé le cœur. Mais ils savaient cependant qu'assister à l'office divin revêtait pour leurs parents – et tout particulièrement pour leur père – une très grande importance. Quand l'un des enfants rechignait et déclarait qu'il préférait rester à la maison, la mine de Ferdinand se rembrunissait et, sans aller jusqu'à les persuader ni à plus forte raison les contraindre, il répétait invariablement ces mots que son père avait prononcés une seule fois : « Nous qui en aurions justement tant besoin… » Dans l'enfance, ils ne pénétraient même pas le sens de cette sentence ; plus tard, ils prirent l'habitude de la railler et s'écriaient en chœur, en imitant leur propre voix d'enfant : « Oui, pauvres *paisseurs* que nous sommes ! »

« … et songeons un instant qu'une de ces minuscules petites fourmis qui traversent la route… », prêchait en cet instant le curé. Thomas s'efforçait de se concentrer du mieux qu'il pût, mais les années avaient beau passer, rien ne changeait : il ne comprenait décidément pas un traître mot aux sermons de cet homme. Quand Thomas se plongeait lui-même dans la Bible, il parvenait toujours à en saisir le sens, malgré certaines tournures plutôt incompréhensibles, car truffées d'archaïsmes ; mais lorsque le curé en lisait des extraits ou récitait son sermon, il arrivait certes à comprendre les phrases isolément (« … car quelqu'un a tenté de détruire la fourmilière, disait-il en cet instant, prêtez l'oreille, mes bien chers frères et sœurs en esprit, j'ai dit : "tenté" !… »), mais ne les replaçait pas dans un contexte. Il échouait à saisir le lien qui unissait chaque phrase à la suivante.

Le service religieux n'en finissait pas, chaque moment de la liturgie paraissait interminable, et ce prêche abscons lui portait le coup de grâce. Il lui semblait que l'office divin n'avait jamais traîné à ce point en longueur. Lorsque le sermon s'acheva enfin,

Thomas, pour la première fois de son existence, dut bien s'avouer à lui-même ce qu'il avait déjà pensé lorsqu'il n'était qu'un enfant de chœur, mais sans oser l'admettre vraiment : les sermons du prêtre, à la teneur toujours semblable, n'étaient pas précisément difficiles à comprendre, mais totalement incompréhensibles, car ils n'avaient tout simplement ni queue ni tête. À partir de cet instant, il eut l'impression que le temps avait au moins la vertu de passer un peu plus vite.

Plus tard, dehors, sur le parvis caillouteux de l'église, parmi les rires carillonnants et les caquètements des fidèles, Thomas annonça à ses parents qu'il devait les quitter. Il avait un rendez-vous, et l'on se reverrait plus tard. Il pria Maria de lui faire un brin de conduite. Il avait quelque chose à lui demander. Ils firent quelques pas de côté et Thomas, le regard fuyant, lui demanda si elle connaissait une certaine Sabine. Une brune. « Quelle Sabine ? », l'interrogea Maria en ouvrant de grands yeux. Aussitôt Thomas s'affola : « Pas si fort ! — Wilder ? Tu veux parler de Sabine Wilder ? » Elle mit les deux mains devant la bouche. « Mais oui », répondit Thomas. Maria sourit et afficha une mine rayonnante, comme si c'était d'elle qu'il était question. Thomas retint son souffle un instant, puis il lâcha : « Et… quel âge a-t-elle ? — Sabine ? Le même âge que moi. À un mois près. » Thomas marmonna : « Tiens donc. Ça alors. Je vois. » Il hocha la tête, bredouilla encore quelques mots et s'en alla d'un pas rapide.

Maria ne le suivit pas du regard. Elle s'en retourna aussitôt auprès de ses parents, qui discutaient justement avec Elisabeth, et, interrompant la conversation, lança soudain : « Il en pince pour Sabine ! — Quoi ? laissa échapper Anna. — Qui ça ? demanda Ferdinand. — Eh bien, Thomas, pardi, répondit Maria tout en saluant Elisabeth d'un sourire. — C'est donc ça, dit Ferdinand. Je comprends mieux. Il me semble que j'en aurais oublié mon auto, moi aussi. » Anna lui donna une bourrade dans les côtes et le pria de tempérer ses ardeurs. Un silence s'instaura. « Et… Paul ? demanda Elisabeth, compte-t-il revenir au pays cet été ? » Anna regarda Ferdinand. Il hocha la tête et répondit : « J'y compte bien, en tout cas. Mais nous n'avons plus de nouvelles de lui depuis un bon moment déjà. » Un nouveau silence s'installa alors, désagréable et pesant. « Allons, il sera bientôt de retour ! », trancha Anna d'une voix assurée, comme s'il lui appartenait d'en décider. « Et maintenant allons faire un tour au Pardon ! », ajouta-t-elle en prenant Ferdinand par la main. Ils se mirent en chemin, suivirent la foule des autres fidèles, droit vers la grande prairie – asséchée depuis des dizaines d'années – qui s'étendait à l'est du village, et où se tenait chaque année le Pardon.

Thomas quant à lui venait d'emprunter la direction opposée. Avant de se mettre en quête de Sabine, il lui fallait faire retraite en lui-même. Il avait l'impression de ne plus être maître de sa volonté depuis la veille, et cette faiblesse le laissait totalement désemparé. Il lui fallait d'abord recouvrer son libre arbitre. Et retrouver quelques instants la solitude y suffirait. Il quitta le village et dirigea ses pas vers l'ouest, bifurqua sur un sentier qui courait entre des champs d'une grande variété de tons. Il y chemina jusqu'à ce que la fatigue le gagne. Alors enfin il retrouva une paix intérieure, et non seulement les pensées lui revinrent, mais son esprit se désobscurcit. La morne et tiède sensation de vide se dissipa. Il croyait ne pas avoir prêté l'oreille aux propos que lui avaient tenus ses amis, mais il se souvenait cependant qu'il leur avait lancé : Elles finissent toutes par grandir. Peut-être d'ailleurs n'avait-il en effet rien entendu, mais, par un tortueux hasard, s'était-il fait exactement les mêmes réflexions qu'eux. En même temps, bien sûr… Non : elle n'était pas trop jeune. Elle avait dix-huit ans, presque dix-neuf. Lui était plus âgé, c'est vrai. Mais ce n'était pas ça. Non, se disait-il, il ne s'agit pas de ça, et il entendit soudain retentir dans son esprit désembrumé les mots rieurs de Maria : « Sabine ? Elle a le même âge que moi. » Alors il comprit que l'étrange sensation de malaise qui s'était emparée de lui provenait en grande partie de ce que Sabine avait très exactement le même âge que sa propre sœur. Et il avait beau considérer Sabine comme une femme à part entière, voir en elle déjà sa future femme, sa sœur n'était toujours à ses yeux qu'une enfant – et cette impression rejaillissait sur Sabine. Allait-il donc épouser une gamine, une toute jeune fille ? C'était un cercle vicieux. Il s'était alors arrêté net, avait fait demi-tour, avant de revenir finalement sur ses pas ; il marchait de long en large, arpentait sans fin le même périmètre. Ses souliers et les jambes de son pantalon étaient couverts de poussière. Après quelque temps, il s'immobilisa de nouveau, presque à sa propre surprise, frappa vigoureusement dans ses mains et lança : « Bon. » Et, une seconde plus tard, il renouvela la manœuvre et répéta : « Bon. » Puis il pivota sur lui-même et, s'éloignant d'un pas toujours plus rapide qui se changea en de véloces foulées, rejoignit le bourg d'où montaient déjà, toujours plus perçants, les cris, les sifflements et les clameurs des villageois en liesse, puis bientôt le vacarme à nul autre pareil du carrousel à nacelles suspendues, ce hurlement qui retentissait chaque fois que la machine était lancée à pleine vitesse, et vous glaçait les sangs. Thomas venait de trouver une solution à son dilemme, comme si celui-ci n'était qu'un simple problème de mécanique statique.

4

Paul était de retour d'une longue promenade et s'était étendu de tout son long sur le canapé de cuir brun de son appartement. Il avait fait un bout de chemin sur le trottoir qui filait entre les arches du viaduc ferroviaire et le large boulevard de ceinture, complètement absorbé dans ses pensées, et il s'était soudain aperçu que le cours de celles-ci avait été infléchi, du moins pour les dernières d'entre elles, par un parfum. Alors il avait jeté un regard par-dessus son épaule, et il avait aperçu le lilas d'un mauve pâle qui se dressait au bord d'un coin de verdure. Il fut saisi d'étonnement. En cette saison encore ? Peut-être les lilas étaient-ils encore en fleurs là-bas aussi, au pays ? Toutes choses y étaient en règle générale moins précoces. Mais là-bas, dans les parages de la ferme, ils étaient d'un rouge profond et soutenu, et leur blanc lui-même avait un éclat incomparable. À partir de cet instant, il s'était mis à songer à l'été.

Oui, il était couché sur le canapé et il pensait à cet été qu'il allait passer une fois encore à Rosental. Il n'en avait pas envie, mais c'était sans importance, car il y était contraint ; la vie ici était bien trop chère pour qu'on pût rester en ville pendant les congés universitaires, même si l'on n'y faisait rien de particulier. Or c'est peu dire que Paul ne faisait rien de particulier, ni ne se tuait à la tâche. Il y avait désormais plusieurs mois qu'il n'allait plus à la faculté ; il ne prenait plus part aux cours auxquels il s'était inscrit et auxquels il était tenu d'assister – le cours d'anatomie, par exemple. Il ne considérait pas qu'il avait laissé tomber ses études, il n'avait en vérité aucune opinion à ce sujet, il s'en désintéressait simplement.

Tout avait commencé un peu plus tôt, avec cet examen auquel il avait échoué, sans que la descente s'amorce d'abord avec netteté. Paul, les jours qui avaient suivi, avait préféré rester chez lui, jugeant que c'était bien ainsi : après avoir fait pour la première fois l'expérience d'une défaite intellectuelle, il avait mérité un peu de repos. Aussi n'alla-t-il plus en cours. C'était à l'époque où Regina venait de le quitter – il serait plus juste de dire qu'elle avait disparu de sa vie du jour au lendemain. Puis, cédant aux instances de ses amis, il s'était remis à assister aux cours, avait présenté ses excuses à ses professeurs et prétexté qu'il avait été souffrant. Plusieurs semaines s'écoulèrent ainsi, et extérieurement tout paraissait rentrer dans l'ordre ; il s'acquittait de ses obligations universitaires. Mais intérieurement, sous la surface, le mal qui avait germé en lui et pour lequel il ne trouvait pas de nom ni de mots continuait de croître et de s'épanouir. Il ne comprenait pas ce qui lui arrivait, et cependant il réagit comme s'il le savait. Il se mit à boire comme jamais encore auparavant. D'un côté cette ivrognerie le remplissait d'effroi ; de l'autre, il avait la certitude qu'elle était seule à même de brider le mal qui le rongeait. Au cours de ces beuveries, il arriva plusieurs fois qu'un de ses amis le contredise ou même le rabroue alors qu'il n'avait absolument rien dit, ce qui avait le don d'exciter sa rage et de réveiller en lui une fureur toute physique. Après tout, il était encore un fils de paysans ! Pas une mauviette ! Il ne se laisserait pas marcher dessus, alors qu'au surplus il n'y était pour rien ! Mais il sentait que tout se disloquait et il se mêlait à cette rage de l'impuissance. Et il était réduit au désespoir, car il lui arrivait de pressentir, de comprendre que le trouble dont il souffrait ne venait pas des autres, mais de lui-même, et qu'il ne pouvait rien y faire – ce qu'il s'empressait alors d'oublier.

Un matin, il resta tout simplement couché dans son lit. Une partie de lui-même se persuada qu'il avait oublié de se lever, une autre se complut dans l'idée qu'il était un si bon comédien qu'il arrivait à se donner le change à lui-même. L'esprit ainsi diverti, il en oublia la chose elle-même. Et il n'en alla pas autrement dans les jours qui suivirent. Pendant ce temps, son penchant à la boisson ne s'atténua pas, bien au contraire. Il n'avait désormais plus rien qui pût rythmer sa vie, l'organiser, le refréner. Et c'est donc en toute logique que l'accident se produisit à ce moment-là. Ses amis, en tout cas, jugeaient que celui-ci était inévitable. Non seulement il fallait qu'il arrive, mais peut-être était-il même nécessaire. C'est qu'ils voyaient les choses aller de mal en pis. Et, après l'accident d'auto, comme si celui-ci avait été le point culminant d'une trajectoire qui revenait désormais à la normale, Paul avait en effet retrouvé une certaine quiétude. Ses amis avaient stoïquement enduré ses injures ou y avaient répondu, avaient encaissé les coups ou tout au contraire avaient répliqué du mieux qu'ils pouvaient, mais jamais en tout cas aucun d'eux ne l'avait lâché. C'est presque fraternellement qu'ils s'étaient occupés de lui. Ils étaient contents de voir que l'accident lui avait permis de retrouver son calme, et que les conversations téléphoniques avec lui ne dégénéraient plus inévitablement en disputes. Le quotidien allait pouvoir reprendre ses droits. Quand ils évoquaient Paul, un sentiment de satisfaction les envahissait. Ils se sentaient dans la peau du bon Samaritain désintéressé. Les liens qui les unissaient à Paul ne tardèrent cependant pas à se défaire, le plus naturellement du monde. Ils assistèrent à cet éloignement, ne le comprirent pas, en conçurent un peu de honte, n'en parlèrent jamais entre eux. Ils lui avaient prêté assistance inconditionnellement, mais ces scènes où son visage se convulsait atrocement, où il perdait le contrôle de lui-même et se mettait à leur crier dessus sans rime ni raison, avaient été si épouvantables qu'ils ne voulaient plus jamais en revivre de semblables, et cette raison suffisait à expliquer que chacun d'eux, dès l'instant où Paul eut retrouvé son calme, « recouvré ses esprits », avait pris ses distances vis-à-vis de lui. On n'avait rien à se reprocher, et du reste Paul n'avait aucun grief à formuler à leur égard. Lorenz avait été le seul qui ne s'était pas éloigné.

Il est vrai qu'il était aussi le plus vieil ami de Paul, car ils avaient fait leurs premières armes ensemble à K., quoique, à l'époque, Lorenz était « externe », il dormait le soir chez lui car il était originaire de K.

Même s'il n'y réfléchissait pas, Paul avait confusément conscience de tout cela. Étendu sur le canapé, il laissait échapper de douloureux soupirs. La promenade dans une brise de printemps tiède et parfumée avait épuisé ses forces, mais au moins ses maux de tête le laissaient-ils en paix. Il avait les membres endoloris, surtout au niveau des cuisses – à l'intérieur; il souffrait de douleurs osseuses. « Non, non, murmura-t-il. Pures foutaises. » Ses jambes lui faisaient mal parce qu'il avait trop marché, voilà tout. Il fit un effort pour se concentrer et se demanda quels étaient les cafés dans lesquels il n'avait plus mis les pieds depuis longtemps. Plusieurs lui vinrent aussitôt à l'esprit, il les passa mentalement en revue, et il décida enfin qu'il se rendrait le soir même, ou peut-être en fin d'après-midi, à l'*Alt Wien*, un café situé dans le premier arrondissement de la ville. Mais au fond pourquoi ne pas s'y rendre tout de suite? Après tout, il n'avait aucun projet.

Il se redressa, s'appuya sur le coude, s'apprêta à se lever, lorsque la pensée de l'été lui revint. Sitôt qu'il se mettait à songer à l'été, aux journées de plus vive chaleur, il se rappelait qu'il devait de l'argent à Martha. Parfois, un simple rayon de soleil y suffisait. Tout s'enchaînait avec une funeste et implacable cohérence, et cela mettait souvent Paul au désespoir. Comment pourrait-il jamais restituer cette somme d'argent? Elle ne lui avait servi d'ailleurs qu'à rembourser des dettes anciennes, et il n'en restait déjà plus rien: dans l'intervalle, il avait contracté de nouvelles dettes. C'est en ces instants de désespoir que la gravité de sa situation lui apparaissait avec le plus d'ampleur et de netteté, exactement comme si le désespoir lui apportait sagesse d'esprit et lucidité. Mais il finissait toujours par se consoler un peu en se disant que personne n'était au courant; pas même Andreas. Et quand bien même ne rembourserait-il pas l'argent: ce n'était pas sa tante muette qui divulguerait son secret. Oui, au fond il s'était déjà fait à l'idée que personne ne reverrait la couleur de cet argent. Son problème actuel était bien plutôt qu'il était encore à court de liquidités. Devait-il faire de nouveau appel à elle? À l'évidence, elle ne manquerait pas de l'aider. Et tous ses problèmes prendraient alors fin. Oui, c'était bien la seule issue. Puis il se reprit à songer à l'été, à Rosental. Il soupira, se retourna sur le dos et marmonna entre ses dents: « Mais oui. Je n'ai rien à faire ici pendant l'été. Et retrouver un peu l'air de la campagne me fera le plus grand bien. » Alors il se leva, s'apprêta, se noua une cravate autour du cou, astiqua ses lunettes, chaussa ses souliers, en nettoya les pointes en les frottant doucement contre les jambes de son pantalon, jeta sur ses épaules un pardessus léger et quitta l'appartement.

Il arriva au café peu avant six heures. À l'*Alt Wien*, de nombreuses tables étaient occupées. Paul avisa une place libre du côté droit de la salle, non loin de l'entrée, et alla s'asseoir sur la banquette capitonnée, le dos au mur. Il n'aimait rien tant que d'embrasser du regard la pièce entière. Il sortit sa pipe et son tabac de la poche de son pardessus, déposa les objets devant lui sur la table noire à la surface miroitante et ôta son pardessus. Lorsque le serveur arriva, il commanda une bière sans même le regarder. Le garçon reparut quelques instants plus tard, sortit un dessous de verre de la poche de son tablier, le posa sur la table et y déposa la bière de Paul. Celui-ci, tout en bourrant sa pipe, nota en fronçant les sourcils: « J'en ai commandé une grande. — Je vous demande pardon, monsieur. » Paul posa enfin les yeux sur le serveur, se pencha légèrement en avant et déclara d'une voix plus forte qu'il n'était nécessaire: « La bière. J'en ai commandé une grande. Pas une petite. — Très bien », répondit le garçon, sur quoi il remporta la chope et revint peu après avec une pinte. « Voici, monsieur », dit-il en déposant celle-ci. Paul hocha la tête. Il avait la gorge brûlante, mais il décida de finir d'abord de bourrer sa pipe et de boire seulement ensuite une vigoureuse gorgée de bière pour couronner ce labeur. Il s'empressa de bourrer sa pipe. Devait-il d'abord l'allumer et étancher sa soif ensuite ? C'est comme malgré elle que sa main se tendit alors vers la pinte au verre embué, la saisit, porta cette fraîcheur à ses lèvres. Il n'en fallut pas davantage pour que les douleurs dont il était perclus s'atténuent. Il venait de faire une heure de marche, se disait-il – qui n'aurait pas eu la sensation d'être rompu ? À traits avides, il vida à demi son verre. Puis il se renversa sur la banquette et alluma sa pipe. Un bien-être ne tarda pas à l'envahir.

Des heures s'écoulèrent. Dans le café, l'affluence était toujours plus grande, les volutes de fumée allaient s'épaississant. C'était un vendredi soir, et l'humeur de Paul était de plus en plus radieuse à mesure que le temps passait. Il avait feuilleté des journaux, lisant certains articles ou les parcourant simplement du regard, et, quelques minutes plus tôt, crayon en main, il s'était mis à dessiner sur le dessous de verre. C'était une inspiration purement fortuite : l'objet se trouvait sous ses yeux et il n'avait pas réfléchi plus avant. Au début, il n'avait même pas prêté attention à ce qu'il griffonnait. Puis il avait constaté que ses traits et ses courbes peu à peu prenaient forme, esquissaient même une figure, et il s'était aperçu qu'il était en train de croquer son propre visage. Ébahi, il écarta le crayon et contempla ce portrait. Oui, c'était bien lui. La tête penchée, il étudia longuement le dessin. L'étendue de ses propres dons le laissait stupéfait. Dire qu'on aurait pu faire de lui un peintre ! Un artiste ! Mais que racontait-il. Un homme capable de dessiner un tel portrait n'était-il pas déjà un artiste ? Il était profondément impressionné par son propre talent. Puis ce saisissement peu à peu s'estompa, et Paul, d'une voix très basse, se mit à converser avec le portrait. Au plus profond de lui-même, depuis quelque temps déjà, il cherchait un appui, mais il ne voyait personne qui aurait pu lui donner des conseils. Il lui arrivait bien de questionner à l'occasion Lorenz, mais au fond il faisait très peu de cas de ses jugements, opinions et points de vue. Il lui semblait pourtant qu'avec ce visage dans lequel il voyait un autre lui-même, plus intelligent et, peut-être seulement parce qu'il affichait toujours la même expression de sérénité figée, plus raisonnable, il avait enfin trouvé quelqu'un à qui parler.

Aux tables voisines, les clients lui jetaient des regards. Il se penchait toujours plus profondément sur le dessous de verre reposant sur la table et, d'une voix toujours plus pénétrante, quoique invariablement feutrée, s'adressait au portrait. Il était si intensément absorbé par ce monologue dans lequel il croyait voir une discussion qu'il ne s'aperçut de rien. Il sentait qu'il était sur le point de toucher enfin à l'essentiel, lorsque les mots « On encaisse ! » résonnèrent soudain tout près de lui. Il dressa l'oreille. Un tintement de piécettes. Il revint à lui et vida son verre d'un trait. Il jeta un regard circulaire dans la salle. La chance était de son côté : à ce moment précis, un petit couple qui se tenait de l'autre côté de la pièce se leva et s'apprêta à quitter le café. Paul glissa son paquet de tabac dans la poche de son pardessus, saisit d'une main sa pipe, de l'autre son vêtement et, lorsque la porte se referma sur le couple, s'écria en agitant la main : « Attendez ! Vous oubliez quelque chose ! » Il se leva d'un bond et voulut se lancer à leur poursuite, comme il le faisait chaque fois qu'il partait sans payer ses consommations, mais c'est alors que quelqu'un lui barra la route. Paul eut sous les yeux une tache lie-de-vin. Il leva la tête. Le garçon – ce n'était plus le même – lui dit : « Un instant. — Comment ça, un instant ? », cria Paul. Il sentait tous les regards braqués sur sa personne et une rage monta soudain en lui. « Vous n'avez pas réglé votre note, dit le serveur. — Dites donc, répliqua Paul en baissant lentement les yeux vers le sol, dites donc – il redressa brusquement la tête – seriez-vous en train d'insinuer que je comptais partir sans payer ? — Je vous dis simplement que je dois encaisser, dit le garçon de café d'un ton toujours calme et assuré, c'est l'heure de la relève. » Paul savait qu'il ne pouvait plus battre en retraite. « Mon nom, dit-il d'une voix tonnante, est Paulus Goldberger. Je vais engager une action en justice contre vous. Vous venez de me calomnier en public et de laisser entendre que je ne suis qu'un resquilleur. Tous ces gens que vous voyez ici – il embrassa la salle d'un grand geste, comme il avait vu les hommes d'Église le faire à K., et regarda fixement certains des clients – pourront en témoigner. » Le garçon eut un geste de dénégation, s'apprêta à bredouiller quelques paroles d'apaisement, lorsque Paul ne se contint plus. Il hurla : « Je ne me laisserai pas marcher sur les pieds ! Pas par un loufiat ! » S'il perdait ainsi toute contenance, ce n'était pas parce qu'il n'arrivait plus à se maîtriser, mais parce qu'il l'avait décidé, comme un joueur balaie d'un geste l'échiquier au milieu d'une partie. C'était son bon plaisir. Il n'avait plus envie de prolonger ce jeu. Il sortit de la poche de son pantalon un billet de cent schillings, le froissa entre ses doigts et le brandit d'un air menaçant sous les yeux du garçon de café que la stupeur avait figé. « Tenez, canaille ! », s'écria Paul. Il crut entendre le fracas des pièces du jeu d'échecs se répandant sur le sol. Il savait que la partie était terminée. Il avait outragé le garçon et il ne lui restait plus désormais qu'à payer. Il s'immobilisa un instant et baissa de nouveau la tête. Une tache lie-de-vin accrocha encore son regard : c'était le tablier du garçon de café, au centre duquel s'étalait une grande tache sombre. Paul se mit alors à rire. C'était presque irrésistible. Il jeta le billet chiffonné à la figure du serveur et, se contorsionnant littéralement de rire, lui lança : « Espèce de fumier ! » Puis il bouscula le jeune homme ahuri et se hâta vers la sortie. Il était déjà dans la rue qu'il s'esclaffait encore, jusqu'à ce que son rire devienne plus rauque et se change peu à peu en une quinte de toux.

Une fois qu'il se fut repris, il déambula dans les rues de la ville, de fort bonne humeur, bien qu'il eût perdu cent schillings, et ce n'est qu'à la nuit tombante qu'il regagna en tramway le logement qu'il occupait dans les faubourgs ouest de Vienne.

Posté à la fenêtre de son logis, fumant une dernière pipe en contemplant le gris du ciel, il sentit se mêler soudain à sa bonne humeur une sensation de joie anticipée. Oui, il se réjouissait à l'idée de l'été, des journées qu'il passerait prochainement à Rosental, de ces nuits où l'on pouvait voir le firmament, le scintillement des étoiles, et où la seule lumière sur terre, une fois minuit passé, était le rougeoiement de sa pipe et la lueur vacillante des réverbères sur le Magdalenaberg.

5

Rien n'avait été plus simple : Thomas avait fini par admettre que sa sœur était devenue une femme, de même qu'il était indubitablement devenu un homme depuis quelques années déjà. Il n'en fallait pas davantage pour résoudre son problème, et il lui avait suffi de marcher de long en large quelques instants pour le comprendre. Il rejoignit le bourg à toutes jambes, le traversa. Il fendit la foule où les villageois déambulaient en couple ou au sein de petits groupes et, ne répondant à aucun appel, ne retournant aucun salut, il se mit en quête de Sabine.

Il n'eut pas à la chercher longtemps : elle se tenait exactement au même endroit que la veille et, la mine distraite, laissant errer le regard, discutait avec un homme d'un certain âge vêtu d'un costume folklorique qui lui moulait le derrière, les cuisses et la bedaine. Thomas ne le connaissait pas et conçut instantanément pour lui une profonde aversion. Sabine, sitôt qu'elle l'aperçut, lui sourit, mit un terme à la conversation en avançant d'un pas, et Thomas, tout sourire également, oublia aussitôt l'homme en costume traditionnel. Une peur immense le submergea alors, et, une fois encore, il tenta de s'en rendre maître en s'approchant de Sabine. Quelques secondes, non, quelques battements de cœur plus tard, ils se faisaient face, émus et frissonnants – ils ne savaient pas que nul ne pouvait remarquer leur tremblement intérieur ; tout au contraire, ils n'avaient jamais paru aussi recueillis et sereins qu'en cet instant –, et ils se regardèrent d'abord un long moment. Thomas, comme la veille, éprouvait de la crainte, mais celle-ci se doublait à présent d'une sensation de joie si intense que l'angoisse en était reléguée à l'arrière-plan. Ils savaient déjà qu'au fond la teneur de leur conversation importait peu, qu'il n'était pas important de savoir s'ils avaient des choses à se dire ou non, que rien de tout cela ne comptait, parce qu'ils appartenaient déjà l'un à l'autre. Sabine le savait depuis la veille (et voilà deux ans qu'elle souhaitait le savoir), Thomas n'en prit conscience qu'en cet instant. Plus tard, il ne se souvint même plus des mots par lesquels ils avaient engagé la conversation, il se rappelait simplement qu'au bout de quelques instants à peine ils traversaient déjà la foule main dans la main, le plus naturellement du monde, et qu'il était heureux, si heureux, comblé comme un roi.

Le soir même, il fit part à ses parents de son intention d'épouser Sabine Wilder. Il l'annonça d'un ton si décidé qu'on aurait dit qu'il lui fallait vaincre une résistance; on ne lui en opposa cependant aucune. Anna fondit aussitôt en sanglots et s'écria: « Je le savais! », même si elle n'avait rien vu venir du tout, et Ferdinand lui-même en fut ému et ravi. Il avait aussi un peu le cœur lourd, car il se souvint alors de sa jeunesse enfuie, de ces nuits où il courait rejoindre Anna, de son émotion fébrile et de toutes les heures heureuses du passé. Il s'éclipsa prestement de la cuisine, descendit dans le cellier, profita quelques minutes de la fraîcheur qui y régnait, souleva le sac en toile de jute qui recouvrait une caisse en bois et se saisit d'une bouteille de vin, remonta l'escalier. Ils levèrent alors leurs verres à cette bonne nouvelle. Thomas apprit à cette occasion que Sabine était une collègue de travail de Maria. Cette dernière, au sortir du collège, avait passé une année au sein d'une école ménagère avant d'entrer en apprentissage à Schwan pour décrocher un diplôme d'horticulture. Elle était désormais titulaire d'un certificat d'aptitude professionnelle, au même titre que Thomas. Elle était assurément moins loquace que celui-ci, mais il lui arrivait souvent de parler de son travail et de ses collègues. Elle avait toujours soupçonné Thomas de ne prêter qu'une oreille distraite à ses récits, et elle se désolait de voir à présent ses doutes se confirmer. « Tu n'es qu'une bourrique ! », lui reprocha-t-elle. Thomas répliqua en souriant : « Une quoi, je te prie ? — Nous l'avons même reçue chez nous ! Mais oui ! Il y a tout juste deux ans, puisqu'il faut tout te dire. Et à cette époque déjà, elle en pinçait pour toi. Note bien d'ailleurs que cela me dépasse complètement… » Maria s'apprêtait à développer plus longuement son point de vue, selon lequel Thomas ne méritait pas une fille comme Sabine, mais il l'interrompit et s'écria : « Comment ? Que dis-tu ? Il y a deux ans de cela ? Elle est venue à la ferme ? — Tu entends mal ? Tu souffres de surdité, peut-être ? Je viens de te dire qu'elle nous a rendu visite voici deux ans. Tu venais justement d'avoir ta voiture. C'est à cette occasion qu'elle t'a vu. Comme je te le dis. » Thomas sourit. Oui, c'était une journée à marquer d'une pierre blanche. Sa première auto. Puis le sourire s'estompa et la honte l'envahit à l'idée qu'il ne se souvenait même plus de la visite de Sabine. Son indifférence d'alors ne réduisait-elle pas à néant une belle histoire ? Il but une gorgée de vin blanc frais. « Eh bien, dit-il alors, cette fois au moins j'ai ouvert l'œil, et le bon ! » L'ombre qui avait un instant assombri son histoire en fut dissipée, et celle-ci s'enveloppa au contraire d'un nimbe de gaieté. Il était de nouveau en proie à une euphorie qui se transmettait aux autres, il le sentait nettement, et savait même fléchir l'âme chagrine de Maria ; il sentait que tous partageaient en cet instant son allégresse. Ils approuvaient ses intentions. Il ne pouvait souhaiter mieux. C'était tout. Et il n'en demandait pas davantage.

La période la plus heureuse de son existence commença alors. Sabine était la fille d'un modeste paysan qui ne possédait que quelques hectares de terre. Pendant la première semaine, ce n'est qu'à la nuit tombée qu'il lui rendit visite. Il appuyait sa bicyclette contre la vigne vierge et, se tenant à la fenêtre de la chambre de Sabine, située au rez-de-chaussée, il lui prenait la main et d'une voix murmurante discutait avec elle. Ils étaient intarissables. Les sujets de conversation semblaient inépuisables. Mais, au terme de cette semaine, un soir, le père de Sabine l'arrêta avant qu'il eût atteint la fenêtre. Thomas ne le connaissait que de vue, il ne lui avait jamais parlé encore, et il en eut quelques sueurs froides. « Salut, dit-il à ce robuste colosse aux jambes courtes. — Qui es-tu ? lui demanda l'homme. — Je m'appelle Thomas », répondit-il. Et, comme s'il avait commis un impair, il ajouta : « Thomas Goldberger. — Oui, dit le père de Sabine, je te connais. Entre donc. » À peine Thomas eut-il appuyé sa bicyclette contre le mur de la maison que l'homme le poussa dans le vestibule, sans rudesse il est vrai, mais sans délicatesse excessive non plus. On passa dans la cuisine. Il n'y avait là personne. Thomas était surpris – non par la situation elle-même, car pendant ces quelques jours il se l'était déjà figurée mentalement d'innombrables fois, mais par le moment que l'homme avait choisi. Il avait quant à lui l'intention d'aller le voir très bientôt – oui, dès le lendemain, songeait-il en cet instant – pour lui demander la main de sa fille. Le père de Sabine l'invita à s'asseoir sur la banquette d'angle, tandis qu'il s'avançait lui-même vers le buffet, se saisissait d'un cruchon et se remplissait un demi-verre de poiré à la robe d'un jaune d'or. Il resta adossé au meuble et ne s'avança pas vers la table. Sirotant son verre à petites gorgées, il considéra Thomas en plissant les paupières. Celui-ci s'essuya les mains dans l'étoffe de son pantalon. « Alors ? », lui dit enfin le père de Sabine, et Thomas, si aberrant que cela pût lui paraître, comprit que le moment était venu et qu'il ne lui restait plus qu'à demander la main de Sabine maintenant, en pleine nuit. « Alors, reprit Thomas en avalant sa salive. C'est-à-dire que... je comptais passer vous voir demain... — Alors que viens-tu faire ici aujourd'hui ? l'interrompit le père de Sabine. En outre il me semble que tu es déjà venu hier. Et avant-hier. Et le jour d'avant. — Monsieur Wilder », dit Thomas, puis il s'essuya de nouveau les mains dans son pantalon et s'apprêta à se lever, mais Wilder lui ordonna : « Reste assis ! » Thomas obtempéra. Il avait déjà préparé mentalement tout un discours avant d'en arriver enfin au fait, mais en cet instant l'entrée en matière lui échappait, et il n'avait plus en tête que la conclusion. Il était acculé, il devait faire sa demande maintenant. Après un moment, il se reprit, s'éclaircit la voix et, esquissant encore le geste de se lever, dit : « Monsieur Wilder, je voudrais épouser votre fille. — Laquelle ? », lui demanda Wilder. Thomas ne comprenait pas. Il répondit : « Eh bien… Sabine ! » Prononcer son prénom lui fut difficile. « Ah oui, dit Wilder en sirotant son poiré. Très bien. » Il garda le silence un moment. Puis il demanda : « Qui reprendra la ferme, chez vous ? — C'est moi. — Bien. — Oui. — Tu as appris un métier ? — Oui, je suis charpentier. — Mmh. Et tu as des frères et sœurs ? — Deux, monsieur Wilder. — Arrête donc de m'appeler "monsieur Wilder". » Ils se turent. « Goldberger le Vieux, c'était ton grand-père ? — Du côté paternel, oui. — Bien, bien. »

Thomas avait pris l'habitude qu'on évoque avec lui son grand-père. Il ne conservait plus de lui qu'un souvenir diffus : il se rappelait surtout les disputes quotidiennes ou du moins très fréquentes qui l'avaient opposé à son père. Thomas gardait l'image d'un homme despotique, aux colères soudaines, mais cependant digne d'être aimé. Il ne comprenait pas pourquoi on ne cessait d'amener la conversation sur son grand-père, et ne se souciait du reste pas de le savoir. En secret, il se disait simplement que ce devait être parce qu'il était autrefois un nouveau venu dans la région, un gars qui n'était pas du pays, et que cette étrangeté leur collait aujourd'hui encore à la peau, certes plus dans le langage dont ils usaient, mais dans un je-ne-sais-quoi d'invisible à leurs yeux, que tous les autres semblaient déceler cependant, et qui n'était peut-être jamais que la certitude – à chacun inculquée – qu'ils n'étaient justement pas originaires d'ici. Quand on se mettait à lui parler de son grand-père, il ne demandait jamais pourquoi ; il ne le fit pas davantage en cet instant. C'était chaque fois la même chose : on ne lui posait pas de questions au sujet de son grand-père, on se contentait d'évoquer celui-ci. Thomas regarda le père de Sabine bien en face. Un instant plus tard, il leva très légèrement le menton.

Alors le père de Sabine se retourna, ouvrit l'une des petites portes du buffet et sembla y chercher un objet. Il s'en empara une fois qu'il l'eut trouvé. C'était un verre en tout point pareil à celui qu'il tenait en main. Il s'avança vers Thomas, s'arrêta devant lui, transvasa une partie du contenu de son verre dans le verre vide et tendit celui-ci à Thomas, qui s'en saisit. « Eh bien, ma foi », dit le père de Sabine, sur quoi il choqua son verre si violemment contre le verre de Thomas qu'un peu de poiré s'échappa des deux verres et se répandit sur le pantalon de Thomas. « À la tienne, fiston », ajouta-t-il, et Thomas, qui à tout prendre s'attendait plutôt à ce qu'on le batte, et que cette phrase toucha avec plus de puissance que ne l'auraient justement fait des coups, en resta coi et souffla pour toute réponse : « Oui. Santé. » Le père de Sabine s'assit, et c'est en silence qu'ils vidèrent leurs verres. Alors l'homme secoua la tête, donna une tape sur la cuisse de Thomas et lança : « Sabine ! » Une porte s'ouvrit brusquement et la jeune femme apparut. Elle s'arrêta au milieu de la pièce ; la joie illuminait son visage. « Par exemple, s'exclama son père en se tournant à demi vers elle, c'est ainsi que je t'ai élevée ? Tu ne salues donc pas ton fiancé ? » Sabine s'élança vers Thomas, l'enserra, puis aussitôt elle fit le tour de la table, prit son père dans ses bras, le couvrit de baisers. « Tu as dit oui ! — Tu aurais préféré que je refuse ? — Mais non, papa ! — Là, tu vois. À vrai dire, il ne comptait venir que demain, mais le voici qui est là dès aujourd'hui ! » Et, ravi de cette plaisanterie qui ne lui sortait plus de la tête, il éclata de rire.

Il était tard, et cependant ils restèrent encore attablés très longtemps à la lourde table de bois massif et discutèrent, essentiellement du mariage, qui se tiendrait dès le mois de septembre, et le père de Sabine, peu avant que Thomas ne prît congé d'eux, lui dit : « J'allais oublier : je m'appelle Max. Tu peux me dire *tu*. »

Sabine le raccompagna sur le seuil. Dans le ciel, les étoiles pâlissaient déjà. « Je dois rentrer chez moi, dit Thomas. — Oui. » Après cette nuit, après ces heures, de nouveau seuls l'un avec l'autre, c'est à peine s'ils osaient se regarder dans les yeux, comme s'ils craignaient que ce ne fût pas vrai, et que tout cela n'eût été qu'un rêve. Thomas reprit sa bicyclette, l'enfourcha, s'apprêta à partir enfin, lorsque Sabine le retint encore : « Attends ! — Oui ? — Thomas... », dit-elle. Elle avait également toutes les peines à prononcer son prénom, même si elle se l'était répété intérieurement des centaines de fois par jour sans la moindre gêne ; mais elle ne l'avait murmuré justement que pour elle seule. « Tu ferais bien d'y jeter un œil, souffla-t-elle, il me semble qu'il y a du jeu... Tu sais, au niveau du garde-boue... Tu devrais mieux le fixer. Il fait un raffut de tous les diables et réveille le quartier entier. — Ah oui ? », dit Thomas. Il était pris sur le fait. Il le savait pertinemment, mais il avait oublié de réparer le garde-boue. « Oui, dit Sabine, découvrant ses dents blanches. Papa m'en a fait la remarque. Il y a quelques jours déjà. »

Thomas en avait pris l'habitude : depuis sa plus tendre enfance, la fête donnée en l'honneur du saint patron du village coïncidait avec le début des vacances scolaires, ce qui ne signifiait pas pour autant qu'on pouvait disposer de son temps. Bien au contraire, on n'était jamais aussi accaparé qu'en été, et jamais de toute l'année les journées n'étaient aussi rudes. Si toutefois l'on jouissait d'un peu de temps à soi, c'était en hiver. Les années les plus pénibles avaient été celles où il avait travaillé comme charpentier ; car dans ce corps de métier aussi, c'était pendant les jours d'été, pour peu qu'ils fussent secs, qu'on travaillait le plus durement, de l'aube au crépuscule, et Thomas bien souvent ne dormait pas plus de trois ou quatre heures par nuit, car à son retour du chantier il lui fallait encore s'acquitter de quelques tâches à la ferme. La période qu'il vivait à présent réveillait certes le souvenir de ces années-là : il ne dormait en effet que très peu. Mais cependant c'était à peine s'il pâtissait de ce manque de sommeil ; on aurait cru au contraire qu'il était investi de forces nouvelles. Il travaillait aussi bien à la ferme Goldberger que chez Sabine, et retapait accessoirement une aile du domaine tournée à l'ouest, laissée à l'abandon ou qui faisait tout au plus office de remise, afin d'y emménager avec Sabine sitôt qu'il l'aurait rénovée. Il reçut le concours de Ferdinand, d'Anna et même de Maria, qui dénichèrent toutes sortes de meubles dont Thomas n'aurait pas soupçonné l'existence, et, dès la fin de l'été, ils purent disposer d'un logement coquet auquel rien ou presque ne manquait, et qui serait bien assez vaste pour accueillir leurs débuts dans la vie.

Dans les jours qui suivirent le Pardon, la récolte de l'orge commença. Il régnait une chaleur accablante, la température excédait les trente-cinq degrés, et seul un vent d'est apportait de temps à autre quelques bouffées de fraîcheur. Pendant ces journées, les taons eux-mêmes semblaient souffrir de la chaleur, au point qu'ils ne quittaient plus leurs repaires marécageux au bord du cours d'eau ; ils laissaient en paix les hommes et les bêtes. Aux heures de labeur, la chaleur était intolérable. Ils s'efforçaient de reporter le gros du travail aux dernières heures du soir, mais c'est à peine s'il faisait alors plus frais, et il leur arrivait souvent de juger que la chaleur était plus insupportable, plus écrasante encore. Les nuits étaient limpides et étoilées, mais la terre restait brûlante, il ne se déposait même pas une goutte de rosée ; la maison, toutes portes et fenêtres ouvertes, ne basculait pas dans le sommeil, et, de loin en loin, on entendait quelque chose qui n'était déjà presque plus une personne humaine, rien qu'une chair tourmentée que la fatigue et le dépit mettaient au supplice, pousser de douloureux gémissements. Chacun était comme en proie au délire.

Pour la toute première fois, c'est en vain qu'on attendit le retour de Paul.

L'université des Ressources naturelles et des Sciences de la vie de Vienne, noble et très ancienne institution, avait pour la vie paysanne et le monde agricole – encore bien plus ancien qu'elle, et dont étaient issus bon nombre de ses étudiants – tous les égards, aussi le semestre d'été prenait-il fin une semaine plus tôt que dans les autres universités du pays. Encore cette semaine n'était-elle pas offerte ; on la rattrapait en automne, en faisant commencer le semestre d'hiver une semaine plus tôt. Jusqu'à présent, Paul, chaque année, était rentré à la ferme pour la récolte de l'orge, parfois en train, la plupart du temps à bord de l'élégant coupé sport jaune de son ami Lorenz Wolf, lequel passait également l'été à la campagne, dans la demeure de ses parents, à K.

Paul, naturellement, ne leur avait rien dit de l'accident, et ils n'auraient rien appris non plus du clan Wolf – Lorenz avait rendu à Paul quelques visites et ils le connaissaient un peu – si les parents de Lorenz, à qui Paul n'avait jamais plu (non qu'il eût de mauvaises manières, mais parce qu'il n'était pas issu d'un milieu bourgeois, comme ils l'avouaient d'ailleurs avec une franchise singulière ; dès la deuxième année de collège, ils avaient dès lors fait en sorte que Lorenz ne soit plus le voisin de classe de Paul), ne s'étaient pas vus contraints d'adresser à Ferdinand et Anna une lettre pour les prier de « serrer la bride » à « monsieur leur fils ». Celui-ci avait en effet provoqué un accident qui avait failli coûter la vie à leur fils Lorenz – et à Paul lui-même, aussi bien. Lorsque la lettre leur parvint, un gel rigoureux sévissait de nouveau dans les campagnes, et Ferdinand et Anna, une fois passés la frayeur puis le soulagement des premiers instants, ne surent trop que faire ; ils restaient perplexes, si désemparés qu'au bout du compte ils ne répondirent même pas à la lettre de monsieur et madame Wolf. L'essentiel était il est vrai qu'il ne fût rien arrivé à Paul. Voilà bien des semaines, des mois entiers, que l'aîné de la fratrie ne s'était plus manifesté, et en secret ils s'attendaient à recevoir une mauvaise nouvelle. Elle ne vint finalement pas, et le soulagement qu'ils en éprouvèrent effaça même plus ou moins leur dépit de constater que Paul les avait laissés en plan au moment de la récolte de l'orge.

C'est à la mi-juillet qu'enfin il appela ses parents, leur annonça qu'il serait de retour le surlendemain, leur indiqua son heure d'arrivée en gare centrale de Wels, la station la plus proche de Rosental sur la ligne ferroviaire de l'Ouest, et chacun à la ferme en ressentit une joie immense – plus grande encore, peut-être, qu'elle n'aurait été si Paul était arrivé plus tôt. Pour rien au monde Thomas, qui était pourtant débordé, faisait sans cesse la navette entre son domicile et celui de Sabine, et ne savait plus où donner de la tête, n'aurait laissé quelqu'un d'autre aller le chercher à la gare à sa place. Il voulait lui annoncer aussi vite que possible la nouvelle de son mariage. Pour autant qu'il s'en souvînt, Paul était le seul qui ne fût pas encore au courant, car il tenait à lui faire part de ce mariage personnellement, non pas au téléphone, ni à plus forte raison par le biais d'une lettre – il n'avait d'ailleurs même pas envisagé cette possibilité. Non, il tenait à le lui annoncer en personne. Et c'est en proie à une grande agitation que Thomas passa ces deux journées d'attente, comme si son futur mariage était encore un secret, et que son frère Paul n'était pas le dernier, mais bien le premier à qui il dévoilerait celui-ci.

6

Il lui semblait qu'il y avait des heures qu'il patientait sur le quai de la gare, l'arpentant en tous sens, comptant et recomptant inlassablement les pavés gris en forme d'os, et chaque fois qu'il levait les yeux vers la grande horloge blanche qui surmontait la voie, il devait bien constater avec incrédulité que la grande aiguille n'avait avancé que d'un malheureux petit cran. Ce n'était pas qu'il était impatient ; simplement, il n'aimait pas attendre. Il ne cessait de puiser dans la poche de son pantalon des graines où il plantait les incisives, puis il secouait la tête et jetait les graines par terre. Il continuait de faire les cent pas sur le quai de la gare.

Ce n'est qu'à l'instant où quelqu'un lui effleura le bras qu'il s'arrêta net et se retourna brusquement. Il aperçut une jeune femme au visage pétrifié d'effroi. « Je ne me trompe pas – c'est bien toi, Thomas ? », dit-elle en reculant d'un pas, tout en fléchissant légèrement le buste pour mieux scruter son visage. « Qu'y a-t-il ? », rugit Thomas. Ils venaient d'avoir très peur tous les deux, et si cette frayeur avait intimidé la jeune femme, elle avait excité la colère de Thomas. « Qu'est-ce que c'est ? », reprit-il, et ce n'est qu'alors enfin qu'il la reconnut. « Ah ! s'écria-t-il, Luise ! » La jeune femme était la sœur de Lorenz, l'ami de Paul. Sa sœur aînée, si ses souvenirs étaient bons. Il ébaucha un sourire, ce qui parut assez curieux – et lui sembla d'ailleurs peu naturel – sur ce visage que la fureur déformait encore. Luise lui rendit son sourire. Elle l'avait déjà interpellé à plusieurs reprises, mais il ne s'en était pas aperçu, en partie parce qu'il ne s'attendait pas à ce que quelqu'un l'aborde ainsi en pleine gare. « Que fais-tu ici ? — Et toi ? » À cet instant, sur une voie lointaine, un train de marchandises traversa la gare à grand fracas et couvrit pendant de longues secondes la rumeur des quais. Comme la plupart des autres, ils se détournèrent et attendirent que le train, qui soulevait derrière lui des nuages de poussière et de saleté, se fût éloigné. Alors Thomas leva les yeux vers l'horloge. Le rapide de Vienne ne tarderait plus à présent. « Tu as une bonne amie à Vienne ? Ou à Linz ? demanda Luise en lui adressant un clin d'œil. — Non, répondit Thomas d'un ton presque furibond. Tu sais, je... », commença-t-il, avant de se raviser. Elle dit : « Oui, Thomas... ? — Ah, n'en parlons plus. Dis-moi plutôt qui tu attends. Moi, je suis venu chercher Paul. — Eh bien, observa Luise, ton cher frère aura droit à un accueil en grand comité. — Comment ça ? — C'est que je suis venue le chercher, moi aussi. — Tiens. — Oui. » Elle éclata de rire. Le haut-parleur du quai crachota, un signal retentit, une voix tonitruante annonça l'entrée en gare du train rapide en provenance de Vienne-Gare de l'ouest et à destination de Munich-Gare centrale. Thomas était déçu et ne parvenait pas à le masquer. « J'imagine que tu ne l'as pas vu depuis longtemps, hasarda Luise. — Non, répondit Thomas, c'est juste que... » À cet instant le train apparut. Ses trois lumières blanches trouèrent la douceur argentée de cette brûlante journée de juillet. Déjà on entendait les freins grincer, et une odeur de brûlé se répandit sur les quais, comme dans l'atelier, quand on découpait le fer et qu'il devenait brûlant, et les deux jeunes gens reculèrent machinalement de quelques pas et se bouchèrent les oreilles. Les voyageurs qui, encombrés de paquets, portant leurs bagages à la main ou sur le dos, attendaient de monter en voiture, se rassemblaient en petits groupes compacts sillonnant le quai d'un pas parfois hésitant. À l'instant où le train s'immobilisa, c'est cependant avec détermination qu'ils se précipitèrent, toujours agglomérés comme les éléments d'un seul et même corps magnétisé, vers les portières qui s'ouvrirent dans un grondant vacarme. Lorsque les uns voulurent descendre, les autres monter sans plus attendre, une grande confusion s'instaura, et l'on se bouscula de toutes parts. Le contrôleur, penché à la portière de l'une des voitures de tête, saisit d'une main son sifflet et, se cramponnant de l'autre à quelque poignée, modula des coups de sifflet tantôt courts, tantôt prolongés, sans ordre ni logique apparents. Puis il ôta l'instrument de sa bouche et préféra mobiliser ses ressources vocales, ce qui ne contribua qu'à amplifier le chaos. Enfin tout rentra peu à peu dans l'ordre, l'agitation qui régnait sur le quai se dissipa, ce fut comme si jamais la gare n'avait été plus calme. Thomas et Luise avaient encore reculé de quelques pas, pour jouir d'un meilleur point de vue sur les nombreux voyageurs qui affluaient désormais vers eux, surgis des deux côtés, et ils étaient maintenant presque adossés aux grands panneaux d'affichage où figuraient en jaune et en blanc les horaires des trains, juste à côté de la porte à deux battants de la sortie. Ils se hissaient sur la pointe des pieds, tournaient la tête tantôt à droite, tantôt à gauche, et Luise ne cessait de répéter : « Je ne vois rien ! Tu l'aperçois, toi ? » Thomas ne répondait rien. Mais soudain il se lança en avant. Il venait de débusquer dans la foule mouvante et dense des nouveaux arrivants, à quelques mètres de là, une touffe de cheveux bruns qu'il lui semblait reconnaître. Thomas se fraya un chemin parmi les voyageurs et Luise le suivit. Au bout de quelques pas, il s'arrêta net ; Luise qui le talonnait manqua de le percuter. « Paul, cria-t-il, hé, Paul ! » Les derniers voyageurs – un couple – s'éloignèrent justement en cet instant, et, comme si un rideau venait de s'écarter, les deux frères se firent soudain face. Un large sourire s'épanouit sur les lèvres de Thomas ; mais Paul, qui le regardait pourtant, n'eut aucune réaction. On aurait presque dit qu'il ne reconnaissait pas son frère. Ce n'est qu'à l'instant où Luise avança d'un pas que Paul, lui jetant un coup d'œil, puis ramenant les yeux vers Thomas, sourit à son tour. La scène ne dura qu'un temps très bref, mais ces quelques fractions de seconde suffirent à jeter Thomas dans le trouble. Qu'arrivait-il à Paul ? Et, maintenant qu'ils se serraient la main, qu'il l'observait avec plus d'attention, il voyait combien son frère paraissait las et vieilli ; ou peut-être pas vieilli, non : malade. « Pardonne-moi, dit Paul en partant d'un grand éclat de rire, je suis un peu distrait. Ce voyage en train m'a épuisé. Tous ces gens ! » C'était donc cela ? Thomas prit les bagages de Paul, deux lourdes valises de cuir mat, franchit la porte à deux battants et, les devançant, rejoignit la voiture qu'il avait garée en face du bâtiment. Sous les yeux de Paul et de Luise, il bourra les deux valises dans le coffre, en referma prestement le capot, se frotta les mains et leur lança : « Alors ? On y va ? » Intérieurement, il cheminait déjà vers le lieu où sa pensée l'avait devancé depuis deux jours : un restaurant situé à équidistance de la gare et de Rosental, où il comptait s'installer au zinc pour offrir un verre à Paul – et lui annoncer la nouvelle. Il était si impatient qu'il en oublia le trouble qu'il avait éprouvé quelques instants plus tôt, et ne se souvint pas davantage qu'il n'était pas le seul à être venu chercher Paul à la gare. Il fit le tour de la voiture, se retourna et dit : « Eh bien, qu'y a-t-il ? » Il aperçut alors Luise, et tout lui revint en mémoire. « Oh, s'écria-t-il. À moins que tu… Peut-être préfères-tu faire le trajet avec Luise ? » Il avait tout à coup – et plus encore rétrospectivement – l'impression de n'être pas du tout à sa place. « Oui, bien sûr, dit-il en rougissant, nous nous reverrons plus tard. — Ce soir, répondit Paul en levant doucement la main. À tout à l'heure. — Au revoir, Tommi », lança Luise en agitant vivement le bras. Thomas se contenta de hausser le menton, ouvrit la portière, monta en voiture et démarra en trombe, sans même jeter un dernier regard aux deux silhouettes qu'encadrait le miroir du rétroviseur.

Il s'engagea sur la bretelle de sortie à une si vive allure qu'il en aurait été quitte pour une amende s'il avait fait l'objet d'un contrôle routier. Il roulait à pleine vitesse, comme si accélérer la cadence pouvait atténuer l'émotion qui le bouleversait. En pure perte. Il retrouva cependant ses esprits et peu à peu décéléra. Il profita de la première occasion pour quitter la route nationale et sillonna de petites routes de campagne jusqu'à ce qu'il découvre une auberge qui lui était jusqu'alors inconnue.

Il se gara et descendit de voiture. Lorsqu'il s'avança vers une table de jardin installée sur la terrasse sous un parasol rouge, le gravier crissa sèchement sous ses sandales. Le patron apparut dans l'encadrement de la porte. Thomas commanda une chope de bière. L'aubergiste la lui apporta et encaissa aussitôt. Thomas constata alors qu'il était le seul client. « Peut-être n'êtes-vous pas ouvert ? », demanda-t-il, mais on ne lui fit aucune réponse. Le patron disparut, et Thomas resta seul derrière sa chope de bière, dont la mousse se dissipa rapidement en pétillant avec le plus ténu des sons. Peu à peu, il retrouva son calme. Il se demanda pourquoi il s'était emporté de la sorte, et il en conclut que c'était parce qu'il avait eu terriblement honte. Cet éclair de lucidité suffit à lui faire remonter le rouge de la confusion aux joues. Une gorgée de bière en vint à bout. Oui, un terrible sentiment de honte l'avait submergé. Mais pourquoi ? N'était-ce pas plutôt à Paul d'éprouver de la honte, lui qui leur était apparu dans un complet-veston froissé, l'haleine chargée de tabac et de schnaps, avait eu le culot de demander à deux personnes de venir le chercher, et pour couronner le tout ne s'était pas fait conduire à la ferme par son frère, qu'il n'avait pourtant pas revu depuis des mois, mais par la sœur de son meilleur ami – une jeune personne certes charmante, mais dont la réputation n'était pas précisément irréprochable ? Il y avait bien de quoi être accablé de honte. Mais Paul paraissait n'en ressentir aucune. C'est l'âme sereine qu'il leur avait fait face, regardant son frère comme un étranger ou peu s'en fallait. Est-ce qu'au fond Thomas n'avait pas plutôt eu honte de son frère ? C'est alors que lui revint en mémoire ce qu'il avait pensé dans les premiers moments, à savoir que Paul semblait fatigué et vieilli, avant qu'il ne se corrige aussitôt et ne songe qu'il paraissait bien plutôt malade. Cette réflexion rendit à Thomas sa quiétude, car il avait l'impression qu'elle expliquait tout, d'une façon générale et vague. Il vida son verre et regagna Rosental. À son arrivée, lorsque la maisonnée tout entière se précipita pour l'accueillir – même Elisabeth était accourue, en dépit du poids des ans –, il descendit de voiture, s'avança et, désignant le véhicule d'un geste nonchalant, leur dit simplement : « Il ne rentrera que ce soir. Ses valises sont dans le coffre. » Et, les laissant à leur stupéfaction, il s'empressa de rejoindre son nouveau logement.

On attendit Paul en vain. Elisabeth, coupant à travers champs, avait rejoint son domaine, et le soir était tombé sur Rosental. Anna était sur le seuil de la maison, tenant en main un livre qu'elle ne lisait pas, Ferdinand pour la centième fois faisait un peu de rangement dans l'atelier, Thomas et Maria, dans leur nouveau chez-soi, passaient une nouvelle couche de peinture blanche sur l'un des murs – encore tout tacheté – de leur future chambre à coucher. Il régnait à la ferme une tension annonciatrice d'orage, à ceci près que celui-ci n'éclatait pas et que la tension perdura. C'est à une heure tardive qu'on alla se coucher.

Il n'arriva que le lendemain, à midi. Soudain il fut là sous leurs yeux, chaussé de ses souliers poussiéreux, le veston à carreaux marron jeté sur l'épaule, la chemise beige largement déboutonnée sur la poitrine, les manches retroussées jusqu'aux coudes. C'est Maria qui l'aperçut en premier. Elle le vit émerger de la colline comme on surgit d'un lac. « Paul ! », s'écria-t-elle, et aussitôt elle se précipita hors de la maison et s'élança vers lui à grandes enjambées. Les autres accoururent et virent Paul la faire tournoyer dans ses bras comme une enfant, la jupe de Maria virevolter follement, et ils entendirent la jeune fille jeter encore d'espiègles petits cris alors que son frère l'avait déjà reposée sur le sol. Thomas lui-même ne put réprimer un sourire. Il sentit diminuer l'affliction qui le rongeait. Maria et Paul, tout en devisant, se dirigèrent vers la maison d'un pas indolent. Paul salua ses parents, embrassa sa mère sur la joue, tendit la main à son père tout en inclinant légèrement le buste. Thomas resta adossé au mur du corps de logis. À présent qu'il voyait Paul évoluer avec une élégance si souveraine, la honte s'emparait de nouveau de lui. Ne s'était-il pas conduit la veille encore comme un idiot ? Ne s'était-il pas pleinement ridiculisé ? Il lui semblait que la journée la plus brûlante de l'année n'était pas la journée précédente, mais bien celle-ci. « Et te voilà, Thomas, dit alors Paul en faisant quelques pas vers lui, mon Tommi. » Il lui adressa un clin d'œil et lui donna une vigoureuse tape contre l'épaule. Thomas vacilla sur ses jambes et porta la main à son épaule, comme si elle était endolorie. Il leva le menton, garda la pose, ne souffla pas un mot, baissa de nouveau la tête. Jusqu'à cet instant, il avait l'impression que des guêpes nichaient dans son corps ; à présent enfin elles essaimaient.

Il y avait une poignée d'années déjà – dès le moment où la main de l'homme n'eut plus à effectuer les travaux des champs, car il y avait des machines pour s'en charger –, Elisabeth avait donné en fermage à Ferdinand la totalité de ses terres – elle possédait environ dix hectares de pièces de labours, ainsi que deux ou trois hectares de pâturages. C'est sur ces terres que Ferdinand laissa dans les premiers temps les coudées franches à Thomas : le passage de témoin s'effectua sur un sol qui ne leur appartenait pas. Un jour que Ferdinand arrivait au volant de son tracteur, il vit accourir Thomas, qui lui demanda pourquoi il n'avait pas encore mis en culture les parcelles d'Elisabeth, et il lui répondit : « Tiens, ces champs que tu vois là-bas, en face, tu peux t'en charger. » Thomas comprit aussitôt la portée de ces mots. Dissimulant sa joie aux yeux de son père, il répondit d'un ton empreint de gravité, comme s'il s'agissait d'une simple mission, et pas davantage : « Oui, très bien. Je m'en charge. C'est peu de chose. Je commencerai par y repasser la herse. » Sur ces mots, il monta à bord du tracteur, dételа le semoir à grains, refit le plein de gazole, attela la herse, alluma les phares et, bien qu'il lui fallût rejoindre dès le lendemain un chantier, hersa le champ jusqu'à une heure avancée de la nuit.

Cette année-là, dans la moitié, au bas mot, des *champs d'en face*, on vit s'épanouir le seigle que Thomas avait semé à l'automne. Dès le début, Ferdinand avait jugé que c'était là une idée saugrenue, et il s'était efforcé d'en dissuader son fils, mais celui-ci avait campé sur ses positions (ou peut-être ne s'était-il vraiment braqué qu'à l'instant où l'on avait tenté de le fléchir ?)

et lui avait répondu : « Rien à faire ! Nous avons besoin de la paille ! » Il était assurément dans le vrai. On était toujours à court de paille à la ferme. Et le seigle, parce qu'il poussait tout en tiges, donnait beaucoup de paille. Mais Ferdinand voyait se profiler maintenant ce qu'il avait toujours redouté : le seigle arrivait à maturité au même moment que les blés qui poussaient dans les *champs d'ici*.

Depuis des jours déjà, Thomas aussi bien que Ferdinand sillonnaient sans relâche les terres, détachaient le grain des épis, y plantaient la dent et le mastiquaient avec inquiétude et fébrilité, avant de glisser le reste de la poignée de grain dans la poche de leur pantalon. Quand ils se croisaient, l'un murmurait : « Il n'est pas assez avancé », et l'autre : « Non, c'est trop tôt. »

À présent enfin l'heure était venue.

Tous s'apprêtaient à rentrer dans la maison lorsqu'un vrombissement retentit. « Ah, dit d'une voix soulagée Ferdinand, qui l'avait entendu le premier, la voilà. La voilà qui arrive. » Et, comme s'ils avaient oublié Paul, tous s'égaillèrent. Paul resta planté devant la porte et suivit du regard son père et son frère. Alors Ferdinand se retourna encore, se gratta la tête, fourragea dans ses cheveux et lança : « Bien… Tu ne nous donnerais pas un coup de main ? » Paul leva le bras. Ferdinand avait déjà décampé. Paul s'avança sur le seuil de la maison lorsque son père en jaillit de nouveau et s'écria : « Tu pourrais aller chercher la remorque ? La grande ! Elle est remisée là-bas, tu sais bien ! » Paul leva encore la main ; un peu plus haut cette fois. Il n'aurait pas su dire lui-même quelle signification revêtait ce geste. Il venait de changer d'état d'esprit en un instant. Il laissa retomber sa main. Alors seulement il répondit à son père, d'une voix claironnante : « Oui, oui ! C'est bon ! »

Le vrombissement émanait d'un mastodonte cuirassé de rouge : une moissonneuse-batteuse qui accomplissait en cet instant une manœuvre avec lourdeur s'arrêta devant l'un des champs de seigle, demeura immobile quelques minutes puis, abaissant la barre de coupe et le rabatteur à griffes rotatif, s'engagea en avançant au pas dans le champ et, avec un bruit de tonnerre qui n'était désormais plus le même, plus terrible, métallique et mugissant encore, le partagea en son centre en deux moitiés qui, une fois les nuages de poussière retombés, offraient par leur vive clarté un net contraste avec la bande de terrain plus sombre où le grain avait été moissonné.

Paul monta dans sa chambre en toute hâte, se dévêtit, jeta ses vêtements sur le lit qu'on prenait soin de refaire chaque jour, même en son absence, saisit la blouse de travail qui était accrochée à une patère fixée sur la porte. Il en respira le parfum noir, cette bonne vieille odeur d'huile, de terre et de poussière. Il se changea. S'apprêta à boutonner sa chemise, se ravisa, la retira et la jeta sans plus de façons dans un coin de la chambre, là où il avait déposé ses valises. Il faisait bien trop chaud pour s'embarrasser d'une chemise. Il glissa son débardeur de coton blanc dans son pantalon, descendit les marches de l'escalier, sortit de la maison et fila droit vers le tracteur garé à l'ombre d'un poirier, rebroussa chemin, courut au garage où il s'empara de la barre à trous et de la boule d'attelage, rejoignit le tracteur, installa les outils, s'élança d'un bond dans la cabine, mit le contact et démarra. À peine avait-il parcouru quelques mètres qu'un appel déchirant lui fit lever le pied, mettre au point mort, se retourner brusquement. C'était son père qui venait de crier. Et, usant à présent de quelques mots : « Ne roule donc pas si vite, espère d'andouille ! Tu vas me le foutre en l'air ! » Il est vrai que Paul avait traversé le pré de fauche en roulant à tombeau ouvert. On avait entendu crier les essieux et, quand il avait cahoté dans une excavation du sol bosselé, les bras hydrauliques avaient frotté à grand vacarme contre les gros pneus de l'arrière. Paul se ressaisit et mit le cap sur la route en ralentissant l'allure. Son père se tenait désormais à sa gauche et continuait de l'observer ouvertement, les lèvres pincées, les mains à présent posées sur les hanches, et ne s'agitant plus en l'air. Peu avant que Paul n'atteigne la route, Ferdinand, dont la colère tenace ne pouvait plus prendre pour objet la façon de conduire de son fils, lui lança : « Et j'imagine que tu n'as plus de chemises, n'est-ce pas ? » Paul arbora un sourire amusé. Les roues avant du tracteur s'engagèrent sur le cailloutis, il braqua à droite, et lorsque les roues arrière eurent elles aussi mordu sur la route, il mit franchement les gaz, le pot d'échappement pétarada sourdement et, gagnant rapidement de la vitesse, il descendit la pente de la colline et franchit le petit pont dont les piles de bois grincèrent sous le choc.

Ferdinand était à fleur de peau, en proie à une très grande nervosité, comme chaque fois qu'il y avait beaucoup de besogne à abattre. C'est en pareil cas qu'il prenait conscience avec le plus d'acuité de son incapacité à rassembler ses pensées. Il trottait d'un bout à l'autre du domaine, faisant flèche de tout bois, courait d'une idée et d'une inspiration à l'autre sans en mettre jamais aucune en œuvre, car déjà autre chose accaparait ses pensées. Conscient de cette faiblesse, mais incapable d'y remédier, Ferdinand n'en devenait que plus colérique. Autant il savait se montrer doux en temps ordinaire, autant il pouvait alors s'emporter, et nul n'était à l'abri de sa fureur. Un rien suffisait à provoquer une crise de rage : que l'un de ses fils s'avise de sortir en maillot de corps ou, pis encore, torse nu, et l'orage se déchaînait. Mais sa colère ne s'abattait en général qu'un bref instant sur sa proie, car, pareille en somme aux pensées de Ferdinand, elle changeait tout aussitôt d'objet. Aussi Ferdinand oublia-t-il presque instantanément l'accoutrement dans lequel se produisait Paul et courut-il vers le grenier à blé, où Thomas était en train de retirer l'un des treillis antimoineaux en bois de pin. « On peut savoir ce que tu fabriques ? », lui lança Ferdinand, en bas du mur. Thomas connaissait bien son père, et il feignit de ne pas s'apercevoir que celui-ci fulminait. « Tu le vois bien. Je démonte le panneau. — Ah ! cria Ferdinand en serrant les poings, tu crois peut-être que je suis aveugle ! » Thomas disparut dans le grenier à blé. On l'entendit déposer le cadre de bois, puis il reparut dans l'encadrement pénombreux de la lucarne. « Comment ? dit-il. — Pourquoi ne démontes-tu pas plutôt l'autre, celui du fond ? lança Ferdinand. — Parce que nous commencerons par la fenêtre de devant », répondit Thomas d'une voix tranquille avant de s'éclipser encore. Ferdinand pestait sans même savoir pourquoi. Quelques instants plus tard, Thomas descendit à grand tapage l'escalier de bois du grenier. Il se posta à côté de son père et ils levèrent tous les deux les yeux vers le goulet, la sombre ouverture par où les céréales allaient disparaître bientôt. Puis il dit : « Je me chargerai d'installer moi-même le convoyeur à grain. » Et, après une courte pause : « Tu ferais bien d'aller suivre la manœuvre là-bas. »

Thomas suivit du regard son père. Celui-ci n'arrivait pas à se décider entre la marche et le pas de course et traversait le pré de fauche en direction du sud, la démarche clopinante. « Comme il galope », dit à part soi Thomas, tout en secouant la tête.

Le changement s'était opéré progressivement, et non du jour au lendemain ; plusieurs années avaient été nécessaires. Il n'avait pas toujours été facile pour Ferdinand de renoncer à tout, et reprendre entièrement les rênes de l'exploitation n'avait pas été non plus pour Thomas une mince affaire. Au moment de la récolte, et à l'occasion de tous les travaux rudes, fastidieux et éreintants, son père s'était montré fébrile ; il n'y avait d'ailleurs là rien que de très ordinaire. Ce qui était nouveau, c'est qu'il s'abandonnait à ce point à son émotion qu'il en était en quelque sorte exonéré de toute responsabilité. Thomas avait beau s'en étonner, il jugeait que la fébrilité exacerbée de son père scellait d'une certaine façon la dernière étape de la transformation. Ce raisonnement lui semblait si plausible qu'il en excusait le comportement de son père, et, même si leurs altercations lui rappelaient celles qu'il avait entendues dans son enfance, et qu'il détestait, il savait qu'elles étaient cependant d'une autre nature, car un accord de fond leur demeurait sous-jacent.

Il soupira, alla chercher la nouvelle échelle en aluminium, si légère, la posa contre le mur du grenier au niveau de la petite fenêtre, entreprit de rapprocher le lourd convoyeur à grain pourvu de deux roulettes sous l'entonnoir d'accueil et, le tenant d'une main, les doigts crispés dans le large orifice rigide du tube, gravissant un échelon après l'autre, de le hisser jusqu'à la hauteur de la lucarne du grenier à blé. Une fois arrivé en haut, il s'appuya contre l'échelle qui désormais ne vibrait plus sous ses pas et tira des deux mains sur le tube jusqu'à ce que son extrémité pénètre dans le goulet. Puis il gravit encore un barreau d'échelle, se cramponna au châssis de fenêtre et grimpa dans le grenier à blé, où il souleva encore un peu le convoyeur à grain et, reculant d'un pas puis, après une brève hésitation, un coup d'œil expert, d'un demi-pas encore, en rectifia définitivement la position. C'est ici que se déverserait le grain, ici qu'ils le répartiraient harmonieusement afin que le tas ne soit pas trop haut et que le grain ne chauffe pas. Il était très fréquent que les céréales moisissent pour cette raison ou même s'embrasent ; ce qui n'arrivait toutefois jamais au domaine Goldberger. D'un regard, il balaya l'étendue du ciel ; on ne distinguait toujours pas le moindre nuage. Il leur suffirait encore de trois journées. Oui, dans trois jours, calcula-t-il une fois encore, tout serait achevé, le grain moissonné et stocké dans le grenier, la paille séchée, pressée en balles quadrangulaires liées de ficelle blanche, rentrée et entreposée dans le fenil.

Il quitta le grenier à blé baigné d'obscurité en empruntant l'escalier conduisant dans la cour et se demanda l'espace d'un instant ce qu'il devait faire à présent. Comme toujours, ils déchargeraient une partie de la récolte chez Elisabeth. Dans son domaine, sur le flanc est de la ferme, on avait ménagé dans le sol une sorte de sillon de béton en forme d'entonnoir où l'on pouvait déverser le grain par cargaisons entières – quatre tonnes et demie ou même davantage, le contenu d'une pleine remorque ; on voyait se dresser là un convoyeur à grain dont le tube de déversement culminait à plusieurs mètres au-dessus du plancher du grenier à blé ; de l'extrémité de ce tube partait un lourd tuyau de caoutchouc noir flexible qu'on pouvait manœuvrer – au prix il est vrai d'une belle débauche d'énergie – et orienter à sa guise afin de répartir les céréales à l'endroit où on le souhaitait, et où il restait encore de la place. C'était là une installation très moderne, surtout pour quelqu'un comme Elisabeth, qui, pour le reste, ne disposait d'à peu près aucune machine agricole. Il est vrai que c'est Goldberger qui avait imposé la mise en place de ce dispositif. Thomas, au pas d'un flâneur, traversa le pré en direction du sud ; on y distinguait encore les traces de pas de Ferdinand, tranchant sur la monotonie de l'herbe par leur vert plus clair et brillant. À la frontière où la prairie s'arrêtait net, cédant la place aux éteules – c'est là que se dressait l'orge il y avait peu encore –, il fit halte. La moissonneuse-batteuse trépidait et ronronnait avec monotonie, s'enveloppant d'un nuage de poussière scintillante au-dessus duquel l'air vibrait. Thomas distinguait vaguement son père. Il se tenait à côté du conducteur de l'engin – assis à son volant –, et il grimpa même quelques instants plus tard sur le dos du mastodonte d'acier, s'y agenouilla, resta figé là un moment puis se coucha de tout son long et jeta un coup d'œil encore à l'intérieur de la trémie. La machine faisait un vacarme de tous les diables, et cependant le monde n'avait jamais paru aussi silencieux à Thomas. Le bruit était certes présent, mais semblait n'exister que pour soi seul, désamarré de tout, n'entretenant plus aucun lien avec le reste, qui paraissait infiniment plus réel à Thomas. C'était comme si tout s'était figé dans la chaleur de l'été. Dans les environs proches, vers le nord surtout, de nombreux champs étaient déjà moissonnés ; lors des semaines passées, on s'était affairé à battre l'orge, le seigle et le blé ; mais à mesure qu'on laissait errer le regard au sud, vers les montagnes qui fermaient l'horizon, on distinguait au cœur du paysage, toujours plus nombreuses, les parcelles de verdure, les herbages et les forêts, là où les céréales ne poussaient pas ; et si toutefois le grain y levait par endroits, il n'était pas encore mûr, en raison de l'altitude plus élevée. L'air était limpide comme du verre liquide où s'enfonçaient les pointes des montagnes, y gravant avec une netteté presque irréelle la moindre arête, le plus petit surplomb rocheux ; vers l'est toutefois les monts perdaient en altitude et leur tracé se faisait plus estompé. Thomas avait chaque jour les montagnes sous les yeux, pourvu que brumes et brouillards ne les dissimulent pas, mais il était rare qu'elles lui apparaissent ainsi. Une paix l'envahit, comme soufflée des montagnes lointaines. Le travail une fois achevé, avant même la noce, il comptait faire un séjour en montagne avec Sabine. Serait-elle partante pour le suivre ? Aimait-elle la randonnée ? Ne lui avait-elle pas dit que les longues marches n'étaient pas son fort ? Il souriait déjà à l'idée d'une petite dispute qui les aurait opposés, et au terme de laquelle il serait parvenu à la convaincre. Oui, que devait-il faire à présent ? Il n'y avait rien à faire. Il pouvait attendre que la première benne fût pleine, qu'on dût l'emporter et la décharger à la ferme. Il avait encore un peu de temps devant lui. Son regard revint se poser sur la moissonneuse-batteuse. Est-ce que les deux hommes continuaient de n'échanger que de rares paroles ; ou plutôt : Martin battait-il toujours froid à son père ? Et pourtant celui-ci restait souvent de longs moments debout à côté de la cabine de conduite, à observer Martin qui, maniant avec soin ces leviers qu'il semblait parfois n'effleurer qu'à peine, ne négligeant aucune aspérité du sol, levait et abaissait la barre de coupe. Soudain une sensation étrange s'empara de lui. Il manquait quelque chose. Mais quoi ? Qu'était-ce donc ? C'est alors qu'il constata qu'il n'y avait pas une seule benne à grains en bordure du champ ! Le regard de Thomas fila droit vers l'ouest, où il aperçut le tracteur garé devant la ferme d'Elisabeth, sans aucune remorque attelée. Il battit des mains, se demanda un bref instant s'il n'aurait pas plus vite fait de prendre l'auto, en conclut que non, et s'en alla à toutes jambes. Les chaumes au bruissement inlassable lui piquaient les chevilles et les doigts de pied, éclaboussaient d'eau ses jambes quand il les frôlait, mais il n'en remarquait rien. Il ne se donna pas la peine d'emprunter le petit pont et préféra couper au plus court par le ruisseau dont le niveau avait déjà baissé un peu. Dans l'eau glaciale, il passa à gué, gagna la rive au sol mou où poussaient des touffes de tussilage, traversa la route et, s'engageant sur la bande d'herbe non fauchée qui filait entre le plus petit des champs de seigle et celui où s'épanouissait l'avoine gris-jaune aux tiges assez basses, courut vers la ferme d'Elisabeth. Celle-ci devait l'avoir aperçu de loin, car elle parut sur le seuil, s'avança vers lui d'un pas empressé, et cet élan soudain sembla éveiller en elle une inquiétude – ou un souvenir ? –, car elle lui cria, la main posée sur la poitrine : « Thomas ! Que t'arrive-t-il ? Pourquoi... pourquoi cours-tu si vite ? — Mamie », haleta Thomas en appuyant les mains sur les genoux. Il était tout pantelant, et il avait la respiration sifflante. « Où est passé... », postillonna-t-il. Alors, pour la première fois, il reprit pleinement haleine et lança à pleine gorge : « Paul ! » Il se redressa et, tirant un peu plus la commissure des lèvres en arrière à chaque respiration, dit : « Il n'y a aucune benne dans le champ ! Tout sera retardé ! » Paul apparut alors dans l'encadrement de la porte. « Paul, insista Thomas, d'une voix à peine moins faible qu'un instant plus tôt, qu'est-ce qui te prend ? Je croyais que tu te chargeais d'apporter la benne ? — Mais oui », dit Paul d'une voix traînante, tout en ôtant les mains des poches de son pantalon. Il fuyait le regard de Thomas. Celui-ci l'observa fixement. Il n'arrivait pas à y croire : non seulement Paul rentrait à la ferme avec plusieurs semaines de retard, mais voilà qu'il se reposait déjà avant d'avoir accompli quoi que ce fût. « Sacredieu ! », s'écria-t-il en secouant la tête. Paul répliqua : « Et tu vas te marier. » Ce n'était pas une question, mais pas davantage une constatation ; il répétait simplement avec une évidente incrédulité les mots qu'il venait d'entendre. « Pardon ? », dit Thomas. Alors il comprit et répondit : « Oui. » Il eut un sourire ambigu qui exprimait tout à la fois de la fierté, de la honte et une pointe d'irritation. « Je comptais te l'annoncer dès ton arrivée à la gare. — Ah bon », dit Paul. De longues secondes s'écoulèrent. Une sensation de mal-être gagna Thomas, et c'est alors que la remorque lui revint à l'esprit ; elle lui offrit l'occasion idéale de dissiper cette vague impression de malaise, sans se dérober pour autant. « Martin nous attend », dit-il. Sur ces mots, il bondit dans le tracteur, démarra, fit le tour de la ferme, se rendit dans la grange, attela la plus petite des deux remorques et, délaissant les sentiers de campagne, coupa par les prés et au travers du verger, mit le cap sur le champ, détela et rangea la benne sur le côté ouest de celui-ci, entre deux larges meules, s'empressa de retourner à la ferme pour emporter la seconde remorque, la transporta à l'extrémité opposée du champ et gara le tracteur. Déjà Martin avait déployé le tube de déversement de la moissonneuse et, manœuvrant d'avant en arrière la machine trépidante, déversait le grain de la trémie dans la benne située à la lisière du champ. Pourquoi ne remplissait-il pas d'abord cette benne-ci, celle qui était encore attelée au tracteur ? Il lui dirait qu'il était préférable de commencer par remplir la grande benne. Thomas descendit du tracteur et s'adossa à l'immense roue arrière du véhicule, qui le dépassait presque. Il sentait vibrer contre son omoplate la chaleur du pneu de gomme noir et, quand il renversait légèrement la tête en arrière, le contact des sculptures gravées dans la bande de roulement. Il respira à fond, déboutonna un peu plus largement encore sa chemise beige délavée et s'éventa le visage. Puis il retroussa ses manches de chemise d'un cran encore. Ses mains et ses avant-bras étaient brunis de soleil et noircis de crasse ; le haut des bras cependant était resté aussi blanc que son arrière-train. Il contempla ses bras, banda ses muscles, les relâcha, répéta la manœuvre plusieurs fois sans penser à rien ; il considérait ses membres et ses muscles comme il eût étudié une mécanique. Puis son regard se posa de nouveau sur le haut de ses bras. Pour la première fois, il se demanda alors s'il plaisait à Sabine. Il jugea cette question si amusante qu'il ne put se défendre de rire. Oui, lui plaisait-il ? Vraiment ? Avec ces bras et ces épaules aussi pâles qu'un derrière ? Ces avant-bras noircis ? Puis il poussa plus avant sa réflexion et se demanda en retour si Sabine lui plaisait. Oui, songea-t-il, naturellement, bien sûr qu'elle me plaît. Tout en elle est charmant. Ce que je peux avoir des idées bizarres, parfois ! Comment la femme que je vais épouser ne me plairait-elle pas ? Hein ? Il secoua la tête, affligé par sa propre sottise, se donna une secousse et, s'éloignant du tracteur, fit le tour du champ de seigle et emboîta le pas à la moissonneuse-batteuse. Une fois qu'il l'eut rattrapée, il avança un moment à la même allure qu'elle, jusqu'à ce que Ferdinand, après avoir adressé à Martin quelques paroles auxquelles, constata Thomas, celui-ci ne daigna pas répondre, ne descende l'échelle d'accès ; alors père et fils cheminèrent d'un pas uni, enjambant avec soin les éteules, tandis que la machine progressait à leur côté. « Paul ne s'est pas chargé des remorques ? », cria Ferdinand, couvrant de sa voix le grondement de tonnerre du monstre d'acier, et Thomas lui hurla en retour : « C'est moi qui suis allé les chercher ! » Sans échanger un mot, ils suivirent alors le champ sur toute sa longueur, puis Thomas lâcha : « Comment ça se présente ? » Il faisait à la fois allusion au mûrissement du seigle et aux bénéfices qu'ils en tireraient. « Ça va », cria Ferdinand. Lorsque la moissonneuse-batteuse vira de bord – quasiment sur place, car le volant ne commandait que le train arrière –, ils s'immobilisèrent et regardèrent la machine s'éloigner. Ils n'étaient plus obligés de crier. Thomas ramassa un peu de paille, la palpa entre ses doigts, y enfouit le visage tout entier et en respira les effluves. Il vérifia que les épis avaient été correctement battus, et qu'ils ne renfermaient plus de grain. Ferdinand demanda : « Qu'est-il arrivé à tes souliers ? » Thomas n'entendit pas la question et ne répondit pas. Puis, après une respiration profonde et sonore, Ferdinand demanda : « Et Paul ? » Cette fois Thomas entendit. La scène survenue un peu plus tôt, et qu'il avait temporairement oubliée, lui revint en mémoire. Il poussa un soupir et répondit : « Il est là-bas. Elle lui a raconté que j'allais me marier. — Il n'était donc pas au courant ? s'étonna Ferdinand. — Non. — Tu ne le lui avais pas annoncé ? — Je me demande bien quand. » Ferdinand secoua la tête. « J'espère…, dit-il, mais il n'acheva pas sa phrase. — Quoi ? — Rien. » Il se détourna et se mit en chemin. Il n'aurait pas su dire pourquoi, mais il croyait revivre ce jour lointain où il s'en était revenu du ruisseau, sur la berge duquel son fils aîné était allé se réfugier et maugréait parce que lui, son père, l'avait chassé du tracteur, et, tout comme il avait frissonné ce jour-là, il était parcouru maintenant d'un frisson glacé, alors qu'on n'était pas à la tombée du soir, mais en début d'après-midi, par trente-cinq degrés. Thomas le suivit du regard, haussa les épaules et cracha par terre. Il jeta les quelques brins de paille sur le champ moissonné. La moissonneuse-batteuse, avec ténacité mais presque imperceptiblement, remettait le cap sur la large bande de terrain dégagée – et toujours plus large – au centre du champ de seigle. La grande bête de métal au rugissement monotone virait justement de bord et s'avançait une fois encore vers elle, abaissant la barre de coupe. Thomas progressa dans sa direction et, quand il l'eut atteinte, se cramponna fermement d'une main à l'échelle d'accès, gravit en deux bonds habiles les larges barreaux usés où étaient percés des trous dont les bords dentelés avaient des scintillements argentés, et prit place à côté de Martin. Il avait la sensation que l'essaim de guêpes s'était de nouveau insinué en lui, par la plante des pieds ; il vibrait de toute sa chair, et, quand il fermait la bouche, il claquait légèrement des dents. Les deux hommes se saluèrent. Thomas désigna d'un geste la remorque attelée au tracteur, et Martin hocha la tête. Puis ils gardèrent le silence et, laissant courir le regard, la plupart du temps, devant la barre de coupe au-dessus de laquelle les insectes bondissaient, ils progressèrent dans le champ. Ce n'est qu'à l'instant où Ferdinand reparut et, la faux jetée sur l'épaule, entreprit de moissonner les îlots de terrain situés à la lisière du champ, autour des poteaux électriques et des arbres fruitiers, dont les branches longues et basses avaient empêché Martin d'approcher au plus près, que leurs yeux retrouvèrent un peu de mobilité, et, à travers le voile de poussière scintillante, ils le regardèrent s'affairer.

7

« Je n'en sais rien, dit Andreas, je n'arrive pas à y croire ! Il est impossible que cet argent ait disparu comme ça ! Puisqu'il était là ! Là, je te dis, là ! » Il se tenait près de la fenêtre et, les deux mains tendues, désignait la pièce à vivre, la grande armoire paysanne de bois clair qu'ils avaient rapportée de Rosental – elle entrait dans la dot de Martha. Une expression de désespoir intense se peignait sur sa figure.

« Tu l'auras dépensé à boire... dit une voix derrière lui.

— Mais bon Dieu de bois, tonna Andreas en fléchissant les genoux et en crispant ses mains jointes comme s'il voulait écraser quelque invisible objet, comment aurais-je pu le dépenser au café ? Voilà bien dix ans que je ne me suis pas saoulé ! »

Et, après avoir mis à profit une pause pour reprendre haleine : « Et quand bien même : je ne m'en souviendrais plus, peut-être ? Alors, sombre idiot ?

— Andi ! le rappela rudement à l'ordre sa mère, comme s'il était encore un enfant. C'est ainsi que tu parles à ton père ? »

Andreas ne paraissait pas l'entendre. Il était bien trop accaparé pour l'instant par ce mystère qu'il ne parvenait pas à éclaircir.

« Non, je n'arrive pas à comprendre, marmonna-t-il une fois encore entre ses dents, le regard toujours fixé sur les savants entrelacs bleus et rouges qui ornaient l'armoire.

— Allons, assieds-toi plutôt un moment, lui dit sa mère d'un ton implorant. Qu'on le découpe enfin, ce gâteau. »

Alors Andreas se retourna. Sa mère et Martha le regardaient ; son père avait légèrement écarté son siège de la table de jardin ronde en ferraille, laquée de blanc, il avait croisé les jambes et gardait les yeux rivés au loin. Andreas poussa un soupir, alluma les neuf petites bougies de longueur différente et à la mèche noircie que sa mère avait dû rapporter d'on ne savait quelle fête d'anniversaire donnée par un gamin des environs. Les petites flammes jaunes vacillaient.

Il faisait peine à Martha, et elle lui prit la main sitôt qu'il se fut assis.

« Tu sais, dit-il comme s'il s'adressait à lui-même, je voulais t'offrir un voyage. Un voyage en Israël. C'est qu'il t'est déjà arrivé d'en... d'en parler par le passé, de me dire que tu aimerais bien voir Jérusalem au moins une fois dans ta vie. T'en souviens-tu encore ? Au début... Cela remonte à si longtemps. Je comptais me rendre ce matin à Ried et passer à l'agence de voyages. Et voilà... voilà que l'argent s'est envolé. » Il avait crié ces derniers mots, et ses yeux étincelants s'étaient encore allumés de rage. Martha pressa sa main entre ses doigts.

Depuis des décennies, c'est ici, sur la terrasse qui devançait la maison, qu'ils avaient pris l'habitude de célébrer l'anniversaire de Martha, de partager un gâteau et de boire le café. C'était là son souhait et on l'exauçait d'année en année. Pas une seule fois la pluie n'avait troublé ces heures de l'après-midi ; il était arrivé qu'il pleuve avant, parfois après, mais ces instants importants entre tous avaient été épargnés par les averses et baignés de la même chaleur que celle qui régnait ce jour-là.

Martha, dans son fauteuil à oreilles, se pencha en avant, plaqua des deux mains ses cheveux en arrière, prit une profonde inspiration et, tandis que sa belle-mère s'écriait : « Regarde, le père, regarde ! » pour inciter son mari à ne rien manquer, souffla toutes les bougies d'un coup. Sa belle-mère l'applaudit – elle fut la seule. Une délicate odeur de cire et de noir de fumée se figea au-dessus de la table et se dissipa. Martha retira le couteau de la main d'Andreas et découpa le gâteau. Puis elle prit l'une après l'autre les assiettes de la petite pile et, s'aidant encore du couteau, déposa délicatement sur chacune d'elles une part de gâteau. Le beau-père de Martha, qu'aucune des paroles qu'on lui avait adressées jusqu'alors n'avait pu sortir de sa torpeur, avança sa chaise, s'empara de sa fourchette et entreprit de faire un sort au gâteau à la crème. Quelques instants plus tard, il leva les yeux, regarda Andreas bien en face pendant quelques secondes et lâcha d'un ton méprisant : « À trop picoler, on finit par perdre la mémoire.

— Nom de Dieu », marmonna rageusement Andreas, les yeux levés au ciel. Ils mangèrent le gâteau. Les fourchettes tintaient contre la porcelaine d'un blanc tirant sur le vert. C'est en silence qu'ils firent honneur au gâteau et, une fois qu'ils en eurent fini, rassemblèrent les assiettes en une petite pile. Andreas se saisit de sa tabatière, en sortit entre le pouce et l'index une pincée de tabac qu'il déposa sur le dos de sa main, se boucha une narine et aspira par l'autre narine la fine poudre couleur café. Puis il se pinça les ailes du nez, secoua vigoureusement celui-ci avant de renifler une fois encore à grand bruit. Il s'essuya le dos de la main dans son pantalon et rangea la boîte de tabac à priser bleu clair dans la poche de sa chemise. Il s'apprêta à prononcer encore quelques mots, ceux-là mêmes qu'il avait déjà répétés des dizaines de fois au cours de cette journée, mais Martha se pencha vers lui et, un sourire aux lèvres, lui posa la main sur la bouche ; aussi hocha-t-il simplement la tête et souffla-t-il : « C'est bon. D'accord. »

Elle ne savait plus pourquoi elle avait un jour cessé de parler. Il n'était d'ailleurs pas certain qu'elle l'eût jamais vraiment su. Elle ne se souciait aucunement de son état. Elle était simplement heureuse que plus personne ne l'arrache au monde où elle vivait, elle à qui on avait déjà par deux fois dérobé son foyer. Elle se réjouissait de vivre en un lieu où elle croisait toujours les mêmes personnes, où elle pouvait avoir foi en un ordre du monde que la mort de sa mère, et peut-être dès auparavant la maladie de celle-ci, avaient anéanti. Elle aimait son mari, et il lui semblait que son mutisme n'entamait en rien la profondeur de leur relation. Après le décès de son père, un jour qu'Andreas était encore sur les routes, elle avait soudain retrouvé la parole. Elle entendit à haute et intelligible voix ce qui n'était encore un instant plus tôt qu'une rumination intérieure. Elle n'en remarqua d'abord rien, car elle entendait toujours ses pensées ; puis elle sentit le changement s'opérer physiquement en elle, ses lèvres remuer, ses mâchoires se mouvoir ; sa gorge, surtout, devenir sèche. Elle n'en éprouva aucune surprise, jugea tout au contraire que c'était la chose la plus naturelle du monde et, dès les instants qui suivirent, ce fut comme si elle n'avait jamais perdu la parole, mais l'avait simplement oubliée pendant quelques années, ou avait plutôt renoncé à en faire usage. Mais elle ne tenait pas à bouleverser l'ordre qui régissait l'univers, le sien propre comme celui des autres, aussi n'en avait-elle averti personne, se contentant de dialoguer de temps en temps avec elle-même, ou, en de rares occasions, de fredonner un air – elle se servait de sa voix comme d'un jouet qui doit demeurer secret.

Elle ne savait pas pourquoi elle avait cessé de parler. Elle ne tenait d'ailleurs pas à le savoir. Les choses étaient comme elles étaient. Elle s'y était vite habituée et n'avait pas tardé à y trouver de l'agrément. Avec le recul, elle avait le sentiment qu'elle n'avait de toute façon jamais aimé parler. Au terme de quelques années, cette impression première se doubla toutefois d'une seconde impression, et elle s'était dit alors que si parler n'avait jamais été son fort, l'écriture était bien son domaine, et ce depuis toujours. Rien ne venait étayer cette conviction, mais sans doute n'avait-elle pas besoin de cela pour naître. Elle entreprit alors de reprendre contact avec les membres de sa famille et certaines personnes de sa connaissance : elle leur écrivait des lettres auxquelles elle apportait la plus grande application, esquissant souvent plusieurs brouillons avant de les mettre au propre, puis de les glisser dans l'enveloppe et de les envoyer. Elle porta à l'écriture de cette correspondance un soin toujours plus méticuleux, se forgea au fil du temps un beau style – c'étaient ses propres mots – toujours plus élégant, et ses lettres d'année en année se firent plus longues, non parce que la matière en devenait plus riche, mais parce qu'elle trouvait pour exprimer le fond de sa pensée des mots toujours nouveaux. Elle constata avec joie que son écriture embellissait, ce dont elle eut la confirmation par certains de ses correspondants. Elle ne fut en revanche jamais frappée par l'évolution possible du « style » de ces derniers, que ce fût en bien ou en mal.

Il lui arrivait également d'écrire des lettres à Andreas. Pas au tout début, certes ; mais un jour il s'était fait violence et lui avait demandé pourquoi elle ne lui adressait pas aussi quelques lignes à l'occasion. Alors le pli fut pris. La plupart du temps, cependant, il devait l'en prier, ou du moins lui rappeler qu'il n'avait pas reçu de lettre de sa main depuis bien longtemps. Un jour, il lui demanda si elle ne voulait pas lui raconter enfin ce qui s'était passé lors de l'attaque livrée par les prisonniers de guerre polonais, mais elle lui répondit simplement qu'elle ne pouvait rien lui apprendre qu'il ne sût déjà. N'avait-elle pas laissé entendre tout autre chose lors de leur nuit de noces ? Sans doute avait-il mal compris. Elle lui avait adressé un sourire. Il devait sans cesse lui rappeler qu'elle ne lui avait plus écrit depuis un moment ; c'était qu'elle n'y pensait même pas ; elle était bien trop pénétrée de la certitude – confirmée par l'expérience – que son mari perçait de toute façon à jour tout ce qui la remuait. Ils vivaient dans une intimité si étroite, qu'avait encore raffermie la conviction tacite que leur mariage resterait stérile, qu'elle avait parfois l'impression qu'ils étaient devenus indissociables l'un de l'autre. Peut-être était-ce aussi pour cette raison qu'elle n'arrivait pas à comprendre pourquoi il s'était mis à boire un beau jour, et, pendant près de dix ans, chaque soir, s'était enivré à tomber : parce que leur vie commune se déroulait à ses yeux sans nuages, parce qu'elle était heureuse et comblée avec lui. Un jour, dans un livre, elle tomba sur une phrase qui lui parut s'appliquer à merveille à eux deux, aussi s'empressa-t-elle de la noter et se la répéta-t-elle si souvent qu'elle finit par croire qu'elle l'avait elle-même imaginée : « Heureux, de ne pas être trop heureux[1]. »

Martha s'était mise à écrire à Paul à l'époque où celui-ci fréquentait encore le collège, et il s'était rapidement avéré que ces échanges étaient pour le jeune homme un exutoire par où s'épanchait tout ce qui le tourmentait. Martha avait conscience qu'elle présentait toutes les qualités requises pour être une correspondante de choix pour Paul : il ne la connaissait pour ainsi dire pas, ils vivaient très éloignés l'un de l'autre, ne se voyaient jamais, et au surplus elle était muette. Aussi lui ouvrit-il son cœur comme à personne. S'il est vrai que c'est elle qui avait amorcé la correspondance, Paul se montrait le plus ouvert des deux, et ce n'est qu'au fil du temps qu'elle baissa peu à peu la garde et confia tout ce qui la préoccupait à ce neveu qui savait pénétrer le sens de la moindre allusion. Dans la correspondance qu'elle entretenait avec lui, ses prétentions au « beau style » ne jouaient aucun rôle. Pendant les neuf mois au cours desquels Paul effectua son service militaire au Tyrol, au sein d'un bataillon du Génie, Martha ne reçut aucune lettre. Elle en fut d'abord contrariée, puis triste, enfin elle en prit son parti ; elle songea qu'après tout il était évident que cela ne pourrait pas durer éternellement. Mais un jour lui arriva une lettre de Paul, qui avait emménagé entretemps à Vienne, où il poursuivait des études d'agronomie ; il ne se fendit d'aucune explication, d'aucune excuse, n'avança rien qui pût justifier cette interruption de neuf mois, et reprit leur correspondance là où il l'avait laissée, comme s'il n'y avait jamais eu ni pause, ni service militaire. Martha, impressionnée d'une singulière façon, lui répondit aussitôt, et pour elle aussi ce fut comme si cette interruption n'avait pas existé. Pendant toutes ces années, ils avaient pris le temps de s'écrire, de se raconter leurs vies. Si Martha avait été pour Paul une bouffée d'air frais, la réciproque était également vraie : jusqu'à cette rencontre épistolaire, elle ignorait qu'elle avait besoin d'une oreille pour s'épancher, et

1. Shakespeare, *Hamlet,* acte II, scène 2.

c'était si peu un secret qu'il leur arrivait même de plaisanter à ce sujet. Des années durant les choses étaient restées ainsi. Jusqu'à ce que Paul amorce un tournant. Dans une lettre, il fit mention d'un accident qu'il avait eu avec une voiture empruntée, de réparations s'élevant à vingt mille schillings, somme qu'il lui fallait à tout prix réunir sous peine d'être traduit en justice. Pour la première fois, leur relation prit un tour concret et connut une épreuve du feu. Martha fut implicitement mise à l'épreuve. Paul évoquait certes ces événements, mais il ne lui demandait rien. Martha ne réfléchit pas un seul instant et lui répondit le jour même : « Je te procurerai cet argent. » Ce n'est qu'alors qu'elle y réfléchit. Des journées entières, elle déambula fébrilement dans la maison et se creusa la tête. Elle était encore accaparée par ces pensées lorsque Andreas lui annonça qu'il devait se rendre pour quelques jours à Rosental, où il avait à faire, et lui proposa de l'emmener. Elle le regarda avec perplexité, surprise que ce fût précisément lui qui lui apportât la solution, et acquiesça. Dans les premiers moments, elle avait il est vrai songé à Thomas. Elle savait qu'il gagnait bien sa vie, n'hésiterait pas un instant à se porter au secours de son frère, et n'en soufflerait mot à personne ; elle tenait d'ailleurs déjà toute prête une lettre pour lui. Ce n'est qu'un jour avant leur départ que lui vint l'idée de s'adresser à Elisabeth, et elle brûla alors la lettre. Elle s'étonna de ne pas avoir songé à elle dès le début, et l'appela alors sans plus attendre.

Cependant qu'elle observait Andreas qui, avec des précautions excessives, car il n'était pas rompu à ces tâches domestiques, rangeait sur le plateau en osier tressé verni les tasses, les assiettes, les fourchettes et les cuillères, elle repensait à une lettre de Paul, la dernière avant cette interruption de neuf mois qui, avait-elle cru alors, marquait la fin de leur correspondance.

« K., le 27 juin 19xx. Chère Tante Martha, enfin tout est terminé. J'ai été reçu à toutes mes épreuves avec succès (et même haut la main, je dois le dire), et je peux à présent dételer (comme nous disons entre nous). Dieu soit loué ! (Cette nuit au pensionnat sera la dernière). Dire que j'aurai passé huit longues années dans cette institution ! Tu t'étonnais un jour de voir que j'étais parvenu à endurer ce supplice. Je me demande moi-même comment j'ai fait… Il m'est arrivé de penser réellement que si je consentais à tout cela, si je m'efforçais de décrocher de bonnes notes, ce n'était jamais que pour ne pas prolonger davantage cet interminable parcours. Je voulais en finir au plus vite, voilà tout. Ah, tu n'imagines pas à quel point je suis heureux que cela s'achève à présent. Les mots me manquent. Au vrai, je n'arrive pas encore à y croire pleinement. Je me demande quel tour vont prendre les choses. Si je porte mes regards vers l'avenir, celui-ci m'apparaît lumineux. Je ne revivrai jamais plus des années comme celles-là, voilà qui est certain. Mais de temps à autre une angoisse m'étreint, et je me dis que l'avenir ne sera peut-être pas aussi radieux que je me le figure. Comme je te l'ai écrit, je connais de ces instants où une peur tout à fait inexplicable s'empare de moi, une peur froide et sans objet, et je me suis aperçu, depuis un moment déjà, que je peux éteindre cette sensation (comme si elle était une lumière, et cependant c'est tout le contraire !) en consommant du vin, de la bière ou de l'eau-de-vie, une boisson alcoolisée en tout cas. Tu sais aussi qu'il m'est déjà arrivé de dépasser la mesure, la plupart du temps en compagnie de quelques camarades, mais pas très souvent – je ne crois pas faire exception sur ce point. Mais pour en revenir à ce que je voulais te raconter : la nuit qui a précédé mon épreuve de composition latine, je n'arrivais pas à dormir. La peur m'étreignait. J'étais en colère contre moi-même, car le latin depuis toujours est ma discipline préférée, et j'enrageais à l'idée de rendre justement une copie médiocre dans cette matière, en raison d'un manque de sommeil. Je me demandais sans cesse pourquoi je m'inquiétais ainsi, alors que j'avais toujours été justement un bon élève dans cette discipline. Même avant l'épreuve de mathématiques, je n'avais pas été saisi d'une telle angoisse (et pourtant Dieu sait que ce n'est pas la matière où je brille le plus). Je me suis mis à faire les cent pas dans ma chambre ; il m'était insupportable de rester au lit. J'ai compulsé mon manuel, repassé mon lexique, les déclinaisons, les conjugaisons, j'ai constaté que je maîtrisais tout à la perfection. Et j'ai soudain compris que ce n'était pas cela qui m'inspirait de la crainte. Voilà que ça me reprenait... Je me suis alors souvenu de l'expédient auquel j'avais toujours recours (ou disons plutôt que j'y ai pensé), et j'ai sorti la bouteille de gnôle de sa cachette. Je n'avais d'abord l'intention d'en boire qu'un peu, comme on prend un remède. (N'était-ce pas ce que disait toujours Grand-père: "Quelques gouttes pour tout secours"? Dans l'enfance, je ne comprenais pas de quoi il voulait parler.) Mais au bout du compte j'ai bu bien plus que de raison, comme jamais encore, je me suis endormi sur les lattes du plancher et le lendemain matin il a fallu qu'on me réveille. J'ai failli manquer l'épreuve. Tu imagines bien à quel point – non, tu ne peux pas l'imaginer – j'en ai éprouvé de la honte, ce qui me fut très *(ce mot souligné)* désagréable. J'étais complètement vaseux quand j'ai rédigé ma composition. Lorsque j'en ai eu presque fini (je me suis acquitté de ce travail avec l'assurance paradoxale d'un somnambule), j'ai été soudain pris de nausées si violentes que j'ai compris que je n'aurais pas le temps d'atteindre les toilettes, ni même de sortir de la salle. Or il se trouve que nos pupitres sont munis de tiroirs. J'ai donc ouvert le mien et j'y ai vomi aussi discrètement que possible. J'ignore si quelqu'un m'a vu. C'est vraisemblable. Puis j'ai refermé le tiroir. J'ai achevé ma version latine en toute hâte (mais encore avec l'aisance d'un somnambule) et j'ai rendu ma copie. Les mots me manquent pour te dire à quel point j'ai honte, aujourd'hui encore. (Car naturellement on n'a pas tardé à s'en apercevoir, et il m'a fallu rendre des comptes.) Mais je dois à la vérité de dire qu'il m'arrive d'en rire. Tout cela n'a pas l'air très sérieux. On dirait l'une des facéties de mon ami Lorenz, qui, un jour que je lui disais, au terme d'un match de football, que j'entrevoyais désormais un avenir radieux, et qu'il me semblait distinguer la lumière au bout de ce tunnel, me répondit qu'il était préférable d'y regarder à deux fois – et de m'assurer que je ne confondais pas cette lumière avec les phares d'une locomotive. Ce que nous avons pu rire! »

Suivaient encore quelques questions et remarques d'ordre général relatives à la dernière ou à l'avant-dernière lettre de Martha, qui semblaient d'une banalité criante au regard de ce qui précédait, puis la formule d'adieu habituelle et son prénom griffonné à la hâte, alors que le reste de la lettre était d'une écriture calligraphiée.

Elle avait mis à lui répondre plus de temps qu'à l'ordinaire, et ne l'avait fait qu'au prix d'un grand effort. La lettre de son neveu la touchait avec une force tout à fait inattendue, en un point qu'elle avait jugé jusqu'alors inatteignable, et, dès l'instant de sa lecture, elle avait senti reprendre vie en elle bien des choses qu'elle croyait oubliées ou éteintes pour toujours. Comment aurait-elle pu user de phrases claires pour lui répondre, quand se mêlaient soudain en elle toutes les couleurs qu'elle avait vues et perçues jusqu'alors – car il s'agissait bien de couleurs, non de paroles ou de pensées –, et que la plus grande confusion l'envahissait ? Finalement, elle s'était dit qu'elle ne pouvait pas lui fournir une réponse complète, et ne le devait d'ailleurs pas. Elle s'était alors simplement imaginé ce qu'elle aurait volontiers voulu entendre elle-même, quand elle n'était encore qu'une enfant ou presque et, seule dans son lit, était la proie d'un souffle glacé, et elle avait écrit à Paul les mots qui lui auraient fait du bien, comme si elle s'adressait en quelque sorte une lettre à elle-même, à ce Moi que le temps avait détaché d'elle. Elle ne lui assura pas qu'elle pouvait le comprendre, ne lui dit pas davantage qu'elle connaissait exactement ce qu'il vivait ou endurait ; elle ne tenait pas à ce que sa propre expérience – celle d'une étrangère, en somme – ne l'enferme dans un carcan ou peut-être ne l'angoisse davantage encore. Comme Paul était alors resté de longs mois sans répondre, elle avait soupçonné qu'il ressentait de la honte. Plus tard, elle en était arrivée à la conclusion que c'était à cause de sa lettre. Et même une fois qu'ils eurent repris contact, elle jugea qu'elle aurait mieux fait de ne pas écrire celle-ci. Elle ne comprenait pas où elle avait péché, mais ressentait un certain malaise.

Elle ne pouvait se défendre d'y repenser, à présent. Non, même si Andreas en éprouvait de la peine – et l'on ne pouvait fermer les yeux là-dessus – parce qu'il n'avait pas pu lui faire la surprise de ce voyage en Israël, cette souffrance qui ne serait au fond que passagère n'était que bien peu de chose au regard du soulagement qu'elle allait procurer à Paul. Andreas, secrètement, devait savoir que c'était elle qui avait pris l'argent. Qui avait accès à l'armoire, sinon elle ? Et elle ne quittait pour ainsi dire jamais la maison. Mais il n'arrivait sans doute pas à s'expliquer pourquoi sa propre femme l'aurait volé ; aussi, en dépit de l'évidence, n'avait-il pas pleinement envisagé cette possibilité. Était-elle d'ailleurs réellement une voleuse ? Peut-être. Cette idée la faisait presque sourire. Et si toutefois elle était une voleuse, ce n'était jamais que pour la bonne cause, afin de venger en quelque sorte aux yeux du monde Paul, à qui l'on avait dérobé l'intégralité de la somme prêtée par Elisabeth, lors d'une brutale agression.

Et que serait-elle allée faire en Israël ? C'était là un vœu qu'elle avait formulé autrefois et qui était mort en elle depuis très longtemps. Il lui était pénible qu'on en ravive le souvenir. Voilà précisément ce qu'il en était des mots que nous prononcions ! Nous étions bien trop prodigues de nos paroles et ce sont elles alors qui ne nous lâchaient plus. Elle était contente de n'avoir pas à partir. Elle espérait simplement que Paul n'aurait pas recours à elle une troisième fois, car il lui serait alors impossible de lui procurer de l'argent. Dans les prières qu'elle récitait chaque soir pour lui, elle n'oubliait pas de glisser cette supplique.

Elle s'était adressée à Elisabeth parce qu'elle savait que depuis la mort de Goldberger, les contacts de celle-ci avec la famille s'étaient espacés – elle ne savait du reste pas qui en avait pris l'initiative, car elle tenait l'information de Paul, qui lui-même l'ignorait. Lorsqu'elle avait pris la décision de la contacter, une émotion profonde s'était emparée d'elle. Celle-ci était d'autant plus vive qu'elle n'avait jamais passé un appel téléphonique de sa vie. Elle se disait qu'Elisabeth serait la meilleure des interlocutrices et qu'elle ne divulguerait rien. Rétrospectivement, elle s'était alors étonnée de cette confiance. Elle constatait avec joie qu'il ne restait plus trace en elle de l'animosité qu'elle avait autrefois nourrie à son égard.

Le beau-père de Martha avait encore reculé sa chaise de la table et, un instant plus tôt, Martha avait surpris un regard qu'il fixait sur Andreas. Elle comprit alors que ce n'était pas un sentiment de confiance qui l'avait incitée à parler, mais la certitude que personne ne croirait jamais qu'elle ait pu recouvrer la parole. Même si Elisabeth venait à ébruiter leur secret, la certitude que Martha était muette et le demeurerait était trop fermement ancrée en chacun d'eux.

Ils restèrent un moment encore sur la terrasse. À l'ouest, un soleil radieux brillait au firmament, un soleil étincelant et glorieux qui ne déclinait qu'à contrecœur, ou avec une lenteur inflexible et orgueilleuse. Les jours étaient longs. Quand on fermait les yeux, tout était tendre, rouge et chaud, et les rayons du soleil vous chatouillaient les paupières. Enfin la mère d'Andreas lui adressa un signe de tête, et celui-ci se leva, s'avança vers son père, qui s'était peut-être assoupi ou n'avait fermé les yeux que pour de brefs instants, lui posa la main sur le bras et souffla : « Je vais vous reconduire. » Son père eut un haut-le-corps, laissa courir autour de lui des yeux fébriles, puis il dit : « Puisqu'il le faut. N'est-ce pas ? Puisqu'il le faut absolument. »

Martha resta un moment encore sur la terrasse, suréleva ses jambes, tourna vers le soleil son visage, et le sourire qui s'y épanouit comme une seconde lumière s'y attarda longtemps encore. Les oiseaux pépiaient, et de temps à autre un moineau plus hardi que les autres s'en allait voleter sous la table, picorait des miettes de gâteau, gonflait peut-être ses plumes un bref instant avant de disparaître.

8

Il leur avait fallu, en dépit de toutes les machines, quatre journées entières pour moissonner le seigle et le blé, rentrer la paille dans le grenier, et jamais Ferdinand n'avait pu se mettre au lit avant une heure du matin. Même dans les temps qui suivirent, le labeur demeura éreintant : dans le domaine Goldberger aussi bien que sur les terres d'Elisabeth, on dut retourner trois fois le grain à la pelle, car il s'était mis à chauffer pour des raisons tout à fait inexplicables ; il fallut épandre dans les champs de l'engrais de ferme, labourer et herser, semer le trèfle des prés et le trèfle d'Alexandrie, et, avant même que fussent achevées toutes ces tâches, l'avoine était arrivée à maturité, et tout recommençait à zéro ; pour couronner le tout, l'un des moutons du troupeau s'était salement blessé contre un pieu de clôture, au point qu'il leur avait fallu l'abattre. Il régnait en outre à la ferme la plus vive effervescence, car Thomas et Sabine en aménageaient l'une des ailes pour y loger et commençaient déjà les préparatifs de mariage. Le va-et-vient des fournisseurs était permanent, on se pressait au domaine pour « mettre au point » tel et tel détail. Ferdinand renonça bien vite à demander qui était venu et pourquoi. Il lui semblait qu'on ne faisait pas autant de chichis en son temps.

Si la période de la récolte le brisait chaque année un peu plus, cela tenait peut-être à son âge. Il n'était pourtant âgé que de soixante ans à peine. Il lui arrivait de penser que ce n'était pas une lassitude physique, mais spirituelle, comme si c'était la répétition du même et elle seule qui le faisait gémir en pleine nuit, se tourner et se retourner dans son lit sans trouver le sommeil. Mais il avait l'impression que cette année le mettait encore à plus rude épreuve. C'était comme si quelqu'un, soudain, avait rempli d'un lourd et pur métal un sac qu'on s'était habitué à porter depuis de nombreuses années, et qui renfermait depuis toujours la même matière constituée d'innombrables composants.

L'agitation qui régnait à la ferme lui portait sur les nerfs, mais il avait conscience que les conséquences en seraient bénéfiques. Thomas allait poursuivre – ou poursuivait déjà – l'œuvre qu'il avait commencée. Ferdinand s'était créé un univers, ce dont il n'était pas peu fier, et, en homme généreux qu'il était, il ne lui coûtait pas de donner à d'autres la clé de cet univers, ou même, une fois l'heure venue, de leur en abandonner la conduite. Sabine lui plaisait. Certes, elle n'avait pas la langue dans sa poche, mais à tout prendre il préférait cela à une trop grande réserve. Elle semblait en tout cas trouver ses marques et, ce qui lui semblait le plus important, se réjouir d'avoir bientôt un nouveau chez-soi. Il ne se passait pas une journée ou presque sans qu'elle vînt chez eux quelques heures. Anna leur prêtait un soutien empressé, mais en secret Ferdinand se demandait ce qu'elle pensait de Sabine ; elle ne faisait aucun commentaire à son sujet, ni en bien ni en mal, se cantonnait à des observations prosaïques. Ferdinand sut tenir en lisière sa curiosité et ne lui demanda jamais son point de vue ni ses impressions. Mieux valait ne pas l'interroger ; il en avait la conviction. Et quand il n'y tenait plus et sentait vaciller cette certitude, il se remémorait un vieux dicton : « Ne me questionne pas, ainsi je n'aurai pas à te mentir. » Aussi se dominait-il. Au bout du compte, tout se passa sans frictions notables, et c'était bien là le principal. Seul Paul leur donna du souci. Au début, surtout, lorsqu'il fut de retour à la ferme. Il avait un air de toujours tomber de la lune, passait la journée tout entière en maillot de corps, comme s'il venait de sortir du lit, et il avait accumulé les bévues. C'est ainsi qu'un jour, au volant du tracteur, il avait percuté sans qu'on comprît pourquoi un muret, endommageant l'un des essieux qui dut être réparé ; un autre jour, dans le grenier, il amassa le blé en tas immenses, hauts de plus d'un mètre, de sorte qu'il fallut repasser après lui pour répartir plus uniformément le grain ; un autre jour enfin, on lui enjoignit d'aller remplir au cellier un cruchon de poiré et de l'apporter aux hommes dans le champ, et Ferdinand, s'abreuvant à grandes gorgées, crut s'étrangler en avalant une sorte de vinaigre pur.

Ce n'étaient là sans doute que des vétilles, mais elles donnaient bien du tourment à Ferdinand (et, de toute évidence, aussi à Anna). Il ne cessait de se demander s'il avait pris la bonne décision en désignant Thomas comme son successeur à la tête de la ferme, et il ne pouvait s'empêcher de repenser à ce dimanche de Pâques où il s'était livré avec les enfants – oui, car ils n'étaient alors encore que des enfants, et pas plus hauts que des iris – à ce petit jeu d'adresse. Quand il voyait Thomas bondir allègrement d'un tracteur à l'autre (ils en possédaient deux à présent : un Steyr et un Massey Ferguson que tout le monde, à l'exception de Ferdinand, qui s'entêtait à dire « Ferguson », appelait « le Ferdine »), il se disait qu'il avait de l'or dans les mains et la faculté de bonifier tout ce qu'il touchait. N'aurait-il pas mieux valu dès lors le laisser courir sa chance tout seul, sans lui offrir la sécurité de la ferme ? D'un autre côté, bien sûr, il fallait prendre ses responsabilités et léguer l'exploitation au plus compétent. Il pensait aussi à son père, vis-à-vis duquel il avait également une responsabilité morale : il lui fallait agir avec discernement, afin que tous les efforts de celui-ci n'aient pas été vains. Telles étaient les pensées qui agitaient Ferdinand. Rien ne lui était plus désagréable. Mais une fois que la mécanique s'était enclenchée, il était impossible de l'arrêter.

Depuis ce jour où ils avaient décidé de ne pas tenir compte des dernières volontés de Goldberger, et de ne pas retirer Paul du pensionnat, ils n'avaient plus jamais parlé de lui d'un ton soucieux. Chacun préférait garder pour soi ses inquiétudes, comme si les exprimer risquait de leur donner de la consistance

– ce qu'ils voulaient empêcher à tout prix. Les années s'étaient écoulées ainsi et, chaque fois qu'ils parlaient de Paul, ils se livraient à une petite comédie dont chacun avait un peu honte après coup. « C'est l'anniversaire de Paul, demain », disaient-ils. « Je me demande quand il sera de retour à Rosental. Qu'en penses-tu ? — Très bientôt, je l'espère. C'est toujours un plaisir de le revoir. » Ces conversations au cours desquelles ils n'arrivaient même pas à se regarder dans les yeux leur avaient cependant semblé si artificielles qu'ils y avaient finalement renoncé presque tout à fait. Ils n'arrivaient pas à parler de Paul d'un ton normal, comme ils le faisaient pour Thomas ou Maria. Et ils n'étaient pas des comédiens, après tout. Il ne leur restait d'autre solution que de garder le silence à son sujet.

Cet été-là, Paul parut trouver de nouveau ses repères à Rosental. Et, comme une expression de cette renaissance, on le vit arborer de belles couleurs au niveau du visage, des épaules et des bras – qui tout au long des semaines passées avaient été jusqu'alors rougis ou même brûlés de soleil. Alors Ferdinand se mit à nourrir l'espoir que le bon vieux temps était de retour. Il en fut heureux, la tension qui l'habitait se relâcha et il cessa de gamberger.

Un jour, Paul le prit à part. Il avait une question à lui poser. « Eh bien, je t'écoute », lui dit Ferdinand. Paul lui demanda s'il pouvait lui prêter de l'argent. Ferdinand en fut amusé. C'est qu'il songeait moins à l'argent qu'à la phrase en elle-même et à la petite réplique piquante qui lui brûlait les lèvres et qu'il lui servit aussitôt : « Je peux t'en prêter, oui, mais je ne suis pas certain de le vouloir. » Comme Paul ne riait pas, Ferdinand prit à son tour un air grave et lui demanda de combien il avait besoin. Paul riva sur lui des yeux perçants, et Ferdinand s'aperçut que son fils, pour la première fois depuis son retour, le regardait vraiment en face. « Vingt mille, répondit Paul. — Vingt mille ! Tu as perdu la tête ? Tu débloques, ma parole ! », s'écria Ferdinand, que la somme à elle seule mettait hors de lui. Paul ne répondit rien. Il parlait donc sérieusement. Ferdinand se gratta la tête et répéta d'un ton à la fois dédaigneux et impressionné : « Vingt mille ! » Après un moment, il lui demanda : « Et pourquoi as-tu besoin de tout cet argent, grands dieux ? — J'ai contracté des dettes, répondit Paul en baissant cette fois les yeux. — Des dettes, marmonna Ferdinand, bon, bon. » Il s'avança de quelques pas dans le pré. Mit les mains sur les hanches. Il resta figé ainsi quelques minutes. Puis il se retourna vers son fils et, la mine soudain parfaitement radieuse, lui lança : « Nous aurons eu un de ces étés, pas vrai ? » Paul s'approcha de lui. Ils portèrent tous les deux le regard vers la montagne. Ici et là, au-dessus des champs, une source de chaleur invisible faisait vibrer l'air. Ferdinand s'étira, poussa un gémissement et, lâchant encore un « Bon », pivota sur lui-même et s'apprêta à rentrer. Paul haussa les sourcils et attendit un moment. Puis il se retourna à son tour. Ferdinand s'éloignait déjà dans le pré à pas furtifs. Paul lui cria alors : « Papa. » Non, il ne cria pas ces mots, il les prononça simplement, d'une voix à peine plus sonore que d'habitude. Ferdinand s'immobilisa. Il baissa la tête et dit : « Je passerai à la banque vendredi. J'espère que ça peut attendre jusque-là. » Puis il se remit en marche et, creusant le dos une fois encore avant d'entrer, franchit la porte laissée ouverte et pénétra dans la maison où régnait une agréable fraîcheur. C'en était fini de la quiétude de Ferdinand.

Pour tout dire, c'était la première véritable conversation qu'il avait menée depuis des semaines, ou du moins ce qui se rapprochait le plus d'une conversation. Jusqu'alors, il n'avait jamais été question que de travail, de cet Ici vaste de trente hectares au cœur d'un Maintenant qui ne jetait sur le passé et l'avenir qu'une frêle ombre portée. Mais voilà qu'un élément étranger venait rompre cette monotonie. Des dettes ? Avait-il donc fait quelque achat ? Non, les dettes qu'on faisait en ville n'étaient pas les mêmes que celles qu'on contractait ici. En ville, selon Ferdinand, l'argent n'était jamais qu'un bout de papier qu'on pouvait vous soutirer à tous les coins de rue. Il ne lui restait plus qu'à procurer à Paul cette somme ; il savait que cela revenait à la jeter par la fenêtre, c'était couru d'avance. Oui, c'en était fini de sa quiétude ; les ruminations reprirent, abreuvées désormais à une source nouvelle.

Anna, qui venait justement de décrocher les rideaux que Sabine avait suspendus à la tringle, parce qu'elle ne les trouvait pas encore assez propres à son goût et préférait les relaver, avait observé Ferdinand et Paul. Elle avait beau s'efforcer de ne pas les espionner, elle n'avait pu se défendre de jeter par la fenêtre des regards curieux, vers le pré de fauche où les deux hommes, lui semblait-il, restaient ensemble bien plus longuement qu'à l'accoutumée. Lorsque Ferdinand tourna les talons, elle rassembla les rideaux, les saisit à pleines brassées et, laissant courir devant elle un œil prudent, descendit l'escalier aussi vite que possible, de sorte qu'elle se retrouva soudain face à face avec Ferdinand dans le vestibule.

« Voilà que vous faites des cachotteries, à présent ? » Elle n'aurait pas su dire elle-même pourquoi le mot cachotteries lui était venu à l'esprit ; après tout, elle les avait simplement aperçus ensemble, rien de plus. « On ne peut jamais avoir la paix, avec toi », répliqua Ferdinand avec humeur, et, l'écartant sans ménagements, il s'avança vers la cour. « Ça ! », laissa échapper Anna, muette d'indignation. Sur quel ton lui avait-il soudain parlé ! Elle resta figée dans le vestibule. Elle avait l'impression de suffoquer et, écartant la montagne de tissu qui reposait au creux de ses bras, elle inspira et expira profondément à plusieurs reprises. Si choquée qu'elle pût être par cet affront, celui-ci lui avait au moins permis de comprendre que les deux hommes ne parlaient pas de la pluie et du beau temps, et que ces mots qu'elle avait prononcés à la légère avaient mis dans le mille. Pendant le reste de la journée, elle affecta à l'endroit de Ferdinand la plus parfaite indifférence, mais cette méthode pourtant éprouvée n'eut pas cette fois les effets escomptés. Lorsqu'un peu plus tard il lui adressa la parole, et qu'elle détourna la tête avec ostentation – instruite par l'expérience et les années –, se mit même à fredonner doucement un air, elle le vit, du coin de l'œil, esquisser un geste de dédain, se détourner à son tour et disparaître. Il ne reparut pas avant l'heure du coucher, ce qui ne la rendit que plus songeuse encore.

À partir de ce moment, elle préféra attendre qu'il s'explique, ou lui révèle en quelque façon la nature du secret qui l'unissait à son fils ; et Ferdinand, à table, lui lança plus d'une fois : « Mais sacré bon Dieu de bois, qu'est-ce que tu as à me regarder comme ça ? J'ai un bouton au milieu de la figure, peut-être ? » Mais les jours avaient passé, immuables, à un seul changement près : Paul, qui jusqu'alors n'avait pas quitté la ferme, se rendait désormais le soir venu au bourg de Rosental, à pied ou au volant de la voiture de Thomas, et plus précisément à l'auberge, d'où il ne rentrait bien souvent que fort tard. Non, rien n'avait filtré, et l'intérêt d'Anna avait fini par s'émousser un peu avec le temps, relégué chaque jour un peu plus à l'arrière-plan par les événements de la vie quotidienne. C'est que les préoccupations ne manquaient pas, qui savaient divertir son attention et accaparer son esprit : ainsi de cette dispute qui l'opposa pendant des jours à Sabine, à cause des rideaux qu'elle avait lavés une fois encore sans demander son accord à sa belle-fille, car elle savait qu'elle ne l'aurait pas obtenu. Thomas avait fini par s'en mêler, et ses bons offices n'avaient contribué qu'à envenimer la querelle et lui avaient valu de se mettre à dos les deux, mère et future épouse. Et, comme Ferdinand ne voulait pas entendre parler de cette dispute, et se refusa à apporter à Anna un quelconque soutien, elle se sentit abandonnée de tous et trahie. Tout cela pour une malheureuse querelle ! Mais celle-ci n'était jamais sans doute que la partie émergée de l'iceberg. Un profond malaise ne tarda pas en effet à s'instaurer entre les membres de la famille, et il régnait à la ferme une ambiance détestable que personne n'était en mesure de dissiper. La situation semblait s'enliser chaque jour davantage. On n'avait certes jamais été très causant chez les Goldberger, mais nul n'avait connu jusqu'alors un tel silence pesant pendant les repas. Que s'était-il donc passé au juste ? On aurait été à présent bien en peine de le dire. Il régnait au pays une chaleur écrasante ; même les plus anciens du village ne se souvenaient pas d'avoir jamais connu un été aussi brûlant. La situation, quelles qu'aient pu en être les causes, empirait de jour en jour, au point de devenir intolérable. Et, un soir qu'ils dînaient en famille dans un silence de plomb, Thomas frappa du poing sur la table et s'écria : « Si cela continue comme ça, nous irons vivre chez Mamie ! » Tout le monde avait sursauté. On posait à présent sur lui des yeux épouvantés. Nul ne s'attendait à ce que ce fût lui, précisément lui, qui craque en premier. Il s'en étonnait lui-même. Et il ajouta d'un ton sec, à l'adresse de son père : « Et alors, je ne donne pas très cher de vous. »

Depuis quelque temps déjà, dans la cuisine, au-dessus de la porte donnant sur la pièce à vivre, trônait une horloge murale à piles, de couleur blanche, avec un cadran beige et des aiguilles noires. Elle était apparue là du jour au lendemain. Personne ne savait où Anna l'avait dénichée ni comment elle l'avait installée là-haut. Il est vrai que personne ne lui avait posé la question. Son tic-tac était sonore et régulier. En cet instant aussi on en entendait la mécanique. Le seul bruit qui résonnait dans la maison était le tic-tac opiniâtre de cette horloge murale. Personne ne bougeait. Le poing si blanc de Thomas était toujours figé sur la table. Le jeune homme était encore penché en avant, le regard obstinément rivé sur une seule personne. Mais Ferdinand, le buste également penché, gardait les yeux baissés, comme s'il n'avait rien entendu du tout. À mesure que le silence s'épaississait, qu'il devenait évident que Ferdinand ne répondrait rien, Anna sentit une colère monter en elle. Enfin elle n'y tint plus et, se penchant à son tour en avant, les deux mains posées sur les cuisses, elle s'écria : « Mais dis quelque chose, enfin, Ferdinand ! » Alors seulement celui-ci leva la tête, considéra Thomas, puis Anna, puis encore Thomas. On aurait dit qu'il ne voyait pas de quoi elle voulait parler, ou l'avait peut-être oublié, ou pensait encore à tout autre chose.

Il y avait du reste un peu des trois : il ne savait pas de quoi ils parlaient, ne comprenait pas pourquoi ils se querellaient de la sorte, mais il avait la certitude qu'il l'avait su, toutefois ; et, pendant tout ce temps, il n'avait cessé de songer à Paul, qui était si proche de lui qu'il lui aurait suffi de tendre la main pour le toucher, et qui cependant était devenu inaccessible et lointain. Un étranger. Pourquoi ne vous disait-on jamais si une décision était bonne ou mauvaise ? Aurait-il mieux fait d'écouter son père, et de retirer Paul du pensionnat ? Cela aurait-il été profitable à son garçon ? En ce temps-là, il n'aurait eu qu'à tendre le bras. Les enfants étaient encore sous sa coupe, il avait la haute main sur eux, mais au sens le plus bénéfique, le plus tendre du mot – il était en son pouvoir d'infléchir leur vie, mais pour leur bien. Et à présent ? Il était trop tard pour faire machine arrière. On se côtoyait simplement, on ne se retrouvait plus. À présent Paul avait des dettes ; Dieu sait pourquoi et auprès de qui. Oui, le gamin était endetté. Mais qu'était-ce en comparaison de la dette que son père avait maintenant envers lui ? Il ouvrit les lèvres et dit : « Ce n'est pas moi qui me suis mis au monde ! »

Tous en furent profondément saisis. Mais ce n'étaient pas ses paroles qui les ébranlaient, car aucun d'eux ne comprenait vraiment en quoi elles se rapportaient au reste, mais la façon dont il les avait dites. Le timbre de sa voix était brisé, comme étouffé de sanglots. C'était la voix d'un autre, non celle qu'ils avaient l'habitude d'entendre. Personne ne répliqua quoi que ce soit. Rien que le tic-tac de l'horloge. Puis Ferdinand se leva. Il s'immobilisa sous l'horloge, tendit le bras vers elle, le laissa finalement retomber tout en secouant la tête presque imperceptiblement. Là-dessus, il quitta la pièce.

Le soir même, Anna et Sabine, en très peu de mots, se réconcilièrent, puis tombèrent dans les bras l'une de l'autre, pleurèrent sans pudeur ni retenue et se firent le serment de ne jamais plus se disputer et de tenter de vivre en bonne entente sous le même toit. Paul et Thomas se tenaient à côté d'elles et s'adressaient un regard de temps à autre, mais ils n'engagèrent pas la conversation. Un peu plus tard, alors que Maria débarrassait la table, Paul demanda à Thomas ses clés de voiture. Thomas se renversa sur son siège, tendit une jambe et sortit les clés de la poche de son pantalon. Il les tendit à Paul, qui s'en saisit et se leva. Thomas l'arrêta alors : « Attends. Attends un peu, Paul. Je t'accompagne. »

Ils s'en furent donc. Ils roulaient en silence. Une fois seulement, Thomas observa d'un ton enjoué : « C'est la première fois que je suis sur le siège passager de ma propre voiture ! » Lorsqu'ils furent arrivés à l'auberge, Paul gara l'auto en bordure de la route, qu'on avait bitumée depuis peu. À quelques centaines de mètres de là, on avait planté un jeune peuplier – la voirie n'avait toujours pas débarrassé l'ancien, que la foudre avait frappé et noirci un an plus tôt. « Dire qu'il a fallu qu'ils choisissent encore un peuplier », souffla Thomas en secouant brièvement la tête. Chacun savait pourtant que les peupliers attirent la foudre. Ils descendirent de voiture et firent quelques pas sur le gravillon crissant de la terrasse. Il faisait très chaud, et cependant personne n'avait pris place dehors sous les marronniers. À peine eurent-ils franchi le seuil de la salle à boire que les habitués les interpellèrent de toutes parts et les convièrent à venir s'asseoir auprès d'eux. « Voyez-vous ça ! Deux Goldberger d'un coup ! Approchez, approchez donc, on saura bien vous faire une petite place ! Paul ! » Paul dit à Thomas : « Installons-nous plutôt en terrasse. » Et, se tournant à demi vers le comptoir, à demi vers la table des habitués : « Nous resterons dehors. » Ils quittèrent la salle et s'installèrent au centre de la terrasse bordée d'arbres, à l'une des petites tables peintes en vert. Les marronniers bruissaient doucement et, quand on levait le regard, leur rumeur semblait descendre vers vous et s'approcher au plus près. La lumière, teintée en haut par les frondaisons des arbres, en bas par le badigeon de peinture des tables, était verdâtre. La fille de salle passa la tête dans l'entrebâillement de la porte et leur demanda : « Et pour ces messieurs, qu'est-ce que ce sera ? Deux bières ? — Oui, répondit Paul, et sers-nous aussi la goutte. — De la poire ? Deux ? — Oui. » La tête de la jeune femme disparut. De loin en loin, les rires, les appels et les cris des clients de l'auberge résonnaient à leurs oreilles. Thomas observa : « Je vois que tu as tes habitudes, ici. » Paul, la tête inclinée en arrière, répondit : « Hmm… » La fille de salle reparut, tenant dans une main les chopes remplies à ras bord, dans l'autre les petits verres d'eau-de-vie, et déposa le tout sur la table. « Merci, Fanni », dit Paul, la tête toujours renversée en arrière. Mais c'est à Thomas que la serveuse adressa un sourire, et son visage s'empourpra légèrement. Thomas lui-même sentit le rouge lui monter aux joues ; il la suivit du regard. Il éprouvait le besoin de dire quelque chose, mais rien ne lui vint à l'esprit. Aussi se fendit-il simplement d'un : « Elle s'appelle Fanni ? — Fanni, oui. C'est le diminutif de quel prénom, d'ailleurs ? De Franziska ? » Paul baissa enfin la tête et saisit l'anse de sa chope : « Santé ! — À la tienne ! » Ils trinquèrent. Des prés et des buissons environnants montaient les stridulations des grillons, et les oiseaux, au-dessus de leur tête, chantaient encore ; les hirondelles au plastron blanc décrivaient dans le ciel leurs arabesques hardies ; les moineaux effrontés, sautillant ici et là sur le gravier en quête de quelques miettes, faisaient entendre leurs pépiements. La bière était froide. Ils se tenaient renversés sur leurs sièges, le ventre largement en avant, et regardaient en l'air, Paul en direction du sud-est, Thomas dans la direction opposée. Sous les yeux de Paul s'arrondissait, parée sur ses bords de quelques touches mauves, rouge-rose et orangées, la voûte du ciel qui semblait se tasser peu à peu à mesure que l'automne approchait. Le fragment de paysage qui s'offrait à la vue de Thomas s'étendait derrière de larges feuilles de marronnier qui pour certaines étaient déjà brunies et commençaient à se recroqueviller : il resplendissait dans la lumière du jour déclinant. « Bientôt, ce sera l'automne. » Thomas avait prononcé ces mots comme s'il songeait à voix haute. À l'instant où Fanni reparut sur la terrasse et leur demanda d'une voix allègre : « Encore une ? », il n'avait toujours pas terminé sa bière. « Oui, remets-nous ça. — Je n'ai pas fini la mienne », dit Thomas. Le silence reprit ses droits. Ils contemplaient le ciel. On le voyait changer à vue, les quelques nuages dont il se pommelait se rehaussaient de couleurs toujours nouvelles ; la lumière, au crible des feuilles de marronnier, variait à plaisir la gamme de ses scintillements. La température peu à peu semblait fraîchir – mais n'était-ce pas simplement parce qu'ils restaient immobiles ? Paul avait déjà bu la moitié de sa seconde bière lorsque enfin il engagea la conversation avec Thomas. Celui-ci le regarda. « Eh bien ? » Paul posa une main sur le verre qui reposait sur la table devant lui, puis il l'enserra finalement des deux mains. Il le fit glisser d'un côté, presque jusqu'à l'extrême bord de la table peinte en vert, puis de l'autre, jusqu'à l'extrême bord une fois encore, tout en tournant la tête pour suivre des yeux le mouvement. Lorsque le verre eut repris place au centre de la table, il le fit pivoter plusieurs fois sur lui-même et dit alors : « Tu parlais sérieusement, tout à l'heure ? — Quand j'ai dit que nous irions loger chez Mamie ? — Oui. Je veux dire : tu y as songé réellement ? — L'idée m'a déjà traversé l'esprit. — Je vois. — C'est que, tu comprends, nous allons nous marier dans quelques semaines ! Nous voulons avoir des enfants ! Je n'ai vraiment que faire de ces perpétuelles disputes ! — Des enfants ? — Tu n'es jamais que de passage ici, mais je t'assure que parfois c'est à se taper la tête contre les murs. Une vraie maison de fous ! » Il ne put s'empêcher de rire, avec une allégresse qui résonnait déjà dans ces trois derniers mots et offrait un net contraste avec ce qui avait précédé. Paul plissa les paupières. Au bout d'un moment, il murmura : « J'imagine bien. » Il se saisit de son verre et le but d'un trait. Thomas vida également sa bière. Il la reposa sur la table, se redressa de toute sa hauteur et dit : « On s'en va ? » Paul sortit les clés de voiture de la poche poitrine de sa chemise et les posa au centre de la table. Il dit : « Je compte rester encore un moment. Je rentrerai à pied. » Thomas l'observa un instant et répliqua : « Tout va bien ? Tu fais une de ces têtes… » Une pause s'instaura. Paul demanda : « Comme si je tombais du haut d'une tour ? » Il eut un sourire amer. « Oui », répondit Thomas en fronçant les sourcils. Il hocha la tête : « C'est à peu près ça. » Il s'empara des clés de voiture et dit : « Bien. Il faut que je file. Sabine m'attend. Tu régleras pour moi ? » Il se leva de son siège et déposa sur la table un billet de vingt schillings. « Oui », répondit Paul ; ses yeux, plus prompts que le mouvement de sa nuque, couraient déjà vers le billet de banque. « À tout à l'heure », souffla-t-il sans quitter du regard le billet. « Salut », lui répondit Thomas, qui déjà s'avançait vers la route.

On entendit le gravillon crisser, la clé cliqueter, la portière de la voiture claquer. Thomas démarra, le moteur monta en puissance doucement en passant par plusieurs phases de bas régime, avant de tourner enfin à un rythme régulier. Son vacarme s'estompa et ne s'entendit bientôt plus. La fille de salle passa la tête dans l'entrebâillement de la porte, laissa courir le regard vers le portail d'entrée, puis le ramena vers Paul et lui adressa un sourire. « Encore une, Paul ? » Il hocha la tête. Mais au vrai il n'avait rien entendu du tout, il n'avait fait en somme que constater la présence de la jeune femme, car soudain il détacha le regard du billet de banque et, tandis que la serveuse avait déjà disparu dans la salle, lui lança : « Un instant, Fanni ! » Elle reparut dans l'encadrement de la porte et, s'appuyant d'une main au chambranle de celle-ci, se pencha largement en avant, de sorte qu'il put couler un regard dans l'échancrure de son décolleté. Paul leva d'un rien son verre vide et l'inclina légèrement, comme pour apporter la preuve qu'il était incontestablement à sec. « Encore une bière. Et un verre de goutte. »

« Salut. » La voix de Thomas résonnait encore en lui. « Salut, salut, salut. » Après un moment, Paul se mit à dodeliner de la tête. Le timbre de ces mots changeait peu à peu et il suivit du bout des lèvres les moindres modulations de cette métamorphose, jusqu'à son terme. « C'est ça », souffla-t-il alors. « C'est ça, c'est ça, c'est ça. » Lorsque la fille de salle lui apporta sa bière et lui demanda d'une voix carillonnante et rieuse : « Alors, on fait grise mine ces derniers temps ? », il lui jeta un regard qui figea son sourire, lui rida le front et la fit battre en retraite dans la salle de l'auberge.

9

Il s'était dit que tout allait changer. Au début, aussi bien, on en avait pris le chemin.

Du jour de son retour à Rosental, il ne consomma plus une goutte d'alcool. Pendant les premières journées – la nuit de son arrivée, surtout, le mit au supplice : il ne trouvait pas le sommeil, jamais les douleurs aux membres dont il souffrait n'avaient été plus violentes, il avait la nuque raide, les cervicales endolories, le corps parcouru d'atroces démangeaisons ; sa peau sécrétait une substance qui souillait les draps et empestait comme de l'urine, et sa tête lui faisait si mal qu'il aurait volontiers crié s'il avait été seul ; quant à la pensée des énormes fûts du cellier, renfermant chacun plusieurs centaines de litres de poiré, elle lui portait le coup de grâce –, il avait été dans un état épouvantable, et le spectacle que lui renvoyait le miroir suffisait à le glacer d'effroi : un homme au visage blafard et aux yeux injectés de sang, à qui l'on aurait donné dix ans de plus que son âge. Mais peu à peu les douleurs s'atténuèrent, il put dormir profondément et longtemps, la routine de la ferme remplaça à une vitesse surprenante le train-train de sa vie citadine – le matin au café, les heures de midi au restaurant populaire, le soir dans quelque bar à bières ou encore sur la banquette d'un café –, et il parvint à atteindre ici sans le moindre problème l'objectif qu'il n'arrivait plus à tenir depuis des années à Vienne : ne plus boire une goutte d'alcool. L'envie de retrouver Luise lui était également passée ; il ne la voyait du reste plus.

Les semaines s'écoulèrent, brûlantes et remplies de tâches harassantes, et Paul se réhabitua peu à peu à ces travaux qui lui avaient été autrefois si familiers, et qu'il se réjouissait de retrouver été après été, car ils représentaient pour lui, sans nom comme tout ce qui a quelque grandeur, l'essence même de la vraie vie. Il retrouva la confiance en soi qui l'avait déserté à son retour, dès l'instant où il avait franchi le seuil de la ferme. Elle l'avait abandonné car à ce moment précis il lui avait semblé qu'il était soudain pourvu d'une paire d'yeux supplémentaire, qui ne lui appartenait pas et cependant l'observait scrupuleusement, et transmettait à son cerveau ce qu'elle avait aperçu. Il s'était vu tout à coup lui-même avec les yeux de ses proches, peut-être parce que ceux-ci s'étaient posés sur lui avec tant d'insistance, et, autant il n'avait eu aucune peine à regarder Thomas en face un jour plus tôt, ou même chacun d'eux il y avait un instant encore, autant il lui avait été alors impossible de leur adresser ne serait-ce qu'un bref regard. C'est en cet instant qu'il avait pris la décision de cesser de boire. Il recouvrait des forces au gré des jours, sa sangle abdominale s'affermissait de nouveau, d'épaisses veines bleues saillaient à présent le long de ses bras ; les coups de soleil disparurent et sa peau se para bientôt d'un hâle cuivré. Il était si bien accaparé par cette métamorphose qui faisait sa joie que le reste en fut relégué au second plan : il prenait certes conscience des événements, mais les oubliait la plupart du temps tout aussitôt. Rien ne lui semblait plus important que la transformation qui s'accomplissait en lui. Même la conversation qu'il eut avec Elisabeth, au cours de laquelle il apprit non seulement que son frère allait se marier, mais que Martha tenait d'Elisabeth l'argent qu'elle lui avait prêté (il ne savait pas toutefois s'il s'agissait de la somme entière ou simplement de la moitié), n'avait pas tardé à lui sortir de l'esprit : quelques heures plus tard, il n'y pensait déjà plus. À ce moment déjà, il avait suffi de quelques gestes pour qu'il se sente ragaillardi, engagé sur une voie nouvelle, au point qu'il s'était dit qu'il se trouvait certes en fâcheuse posture, mais que son avenir n'en serait pas grevé pour autant, car celui-ci contrasterait totalement avec son passé. Une césure s'était opérée dans son existence, il l'avait senti dès l'instant où il avait franchi le seuil, et chaque jour lui en apportait une preuve supplémentaire. Il lui arrivait de repenser à Vienne de temps à autre, et il se voyait alors triomphant de toutes les embûches – comme il était facile de les éviter, à présent qu'on les connaissait ! –, achevant ses études en un rien de temps et sans le plus petit problème ; il s'imaginait vivant quelque part à la campagne, avec vue sur les montagnes, et constatait alors que le lieu qu'il se représentait mentalement n'était autre que Rosental... Plus il s'installait dans cette vie nouvelle, plus le souvenir de l'ancienne s'effaçait ; il avait même l'impression que son existence viennoise n'avait été qu'une brève parenthèse. Et les deux yeux inconnus qui l'observaient sans relâche envoyaient à son cerveau des images qui se superposaient chaque jour un peu plus à celles que ses propres yeux délivraient à sa conscience. Il connut alors la période la plus heureuse de son existence depuis l'enfance, et il jugeait qu'au fond la chance avait été de son côté, car il s'en était fallu de peu qu'il ne dévie du droit chemin, exactement comme il l'avait fait, à la lettre, six mois plus tôt, ce jour où il avait provoqué l'accident avec une auto volée dans un garage.

L'automne approchait, et les travaux exigeant de nombreux bras (« À bras nombreux, travail rapide », aimait à dire sa mère autrefois – des mots qu'une main avait brodés au fil rouge dans l'étoffe blanche d'un torchon à récurer dont on s'était défait, ou dont on n'avait plus l'usage) n'étaient plus désormais qu'une poignée. Il était de plus en plus rare qu'on eût recours à Paul. Cela ne le dérangeait pas. Il pouvait se reposer désormais des fatigues de l'été, passer le plus clair de ces journées brûlantes encore à l'ombre d'un arbre, à somnoler ou lire un livre, descendre sur la berge du ruisseau à la tombée du soir et, blotti au plus creux de son lit, enfoui jusqu'au cou dans l'ambre d'une eau glacée, s'y rafraîchir un moment puis, les bras hérissés de chair de poule, agitant une serviette d'éponge pour chasser les taons, gravir au trot le flanc de la colline et regagner la ferme.

Il avait senti croître continûment ses forces physiques et mentales, et, un soir, il s'était jugé assez fort pour demander de l'argent à son père. Il savait qu'il mènerait ses études à leur terme, mais il était encore à court d'argent. Il ne restait déjà plus grand-chose de la somme qu'il avait empruntée – il la rembourserait jusqu'au dernier sou bientôt, oui, très bientôt –, et il ne pourrait plus tenir bien longtemps. Et Paul, à présent qu'il était devenu responsable, voulait prendre cette fois les devants, afin de ne pas se retrouver une fois encore dans une situation scabreuse, pour reprendre les mots dont il usait à part soi. Ils se tenaient dans le pré et portaient le regard vers le sud. Son père avait consenti à sa demande. Paul avait vu là comme une victoire. Comment les choses auraient-elles pu mal tourner, désormais ?

Son père, creusant une fois encore les reins, avait disparu dans la maison. Paul se retourna et fit quelques pas encore en direction de l'endroit où commençait la pente du coteau, mais pas encore l'étendue des champs. Il se dégourdit un peu les jambes et se posa dans l'herbe lourde et chaude. Des sauterelles et d'autres insectes encore bondissaient, espiègles, dans le pré, devant lui, près de lui, et même entre ses jambes ramenées vers son buste, et produisaient des sons presque imperceptibles. Il inspirait à pleine et large poitrine le parfum de l'été qui déjà s'évanouissait peu à peu. L'air s'emplissait toujours un peu plus d'une odeur de glèbe retournée. Paul était encore tout à la joie de sa victoire. Mais, après s'être délassé là un moment, il sentit refluer la vague de bonheur qui l'avait submergé et une sensation de vide tout à fait inattendue s'instaurer en lui. L'euphorie du triomphe ne connaissait pas de prolongement – il en ressentait comme une impression de vide. Il se tenait au point culminant ; pourquoi ne pouvait-il pas s'arrêter ? Il se bourra une pipe, mais ne la fuma finalement pas. Il resta figé des heures durant au même endroit – il ne voyait pas le temps passer, mais constata cependant que la nuit gagnait peu à peu, que des lumières émergeaient dans le lointain –, et si, au début, il laissait encore errer le regard à l'aventure, il ne fixait plus désormais, et depuis très longtemps déjà, que la ferme d'Elisabeth. La sensation de vide qui l'étreignait était toujours plus profonde, et ses pensées elles-mêmes paraissaient se dérober à lui. À la fin, il se sentit le cœur si vide qu'il sut qu'il lui fallait combler ce manque toujours plus douloureux et criant, s'il ne voulait pas périr, et que le seul moyen pour y parvenir – ou le plus efficace – était l'alcool.

Le soir même, il se remit à boire. Ce ne fut pas un hasard, mais le fruit d'une résolution. Il avait compris que l'été n'avait été qu'une bulle soustraite au temps et que l'automne ne tarderait pas à la faire éclater. D'une certaine façon, lui et cette bulle ne faisaient qu'un – et il ne tenait pas à sombrer. Il enfourcha l'une des bicyclettes de la ferme, se rendit à Rosental et, même si tout en lui se hérissait contre cette faiblesse, céda aux appels des piliers de l'auberge et vint prendre place à leur côté. Il n'était plus de force à leur résister. « Mais qui voilà ? C'est bien toi, Paul ? Allez, approche donc ! » « Viens t'asseoir avec nous ! » « Ne serait-ce pas là notre étudiant viennois ? » « Ah, ces étudiants ! » « Faites-lui de la place, voyons ! » Paul resta longtemps à l'auberge. Dès après la première bière, qu'il ne sirota d'abord que du bout des lèvres avant de la vider d'un trait, comme s'il mourait de soif, il se sentit en train, l'âme exubérante et joyeuse, et, le second bock une fois englouti, il se mit à divertir la galerie, à leur raconter des anecdotes de la vie viennoise – des fables de soûlographe serait plus juste – et chacun lui prêta une oreille attentive et impressionnée – la fille de salle elle-même vint s'asseoir un moment à leur table. Il but considérablement, passa à l'eau-de-vie pour finir, et cependant il n'eut pas un seul instant la sensation d'être ivre. Ces heures furent comme un retour au pays – mais quel pays ? Lorsqu'il se glissa entre les draps, il ne se sentait pas pris de boisson. Jusqu'aux premières lueurs de l'aube, il resta éveillé et roula des pensées. Il eut alors l'impression qu'il n'avait plus réfléchi, plus été en mesure de réfléchir depuis bien des semaines, comme si quelque chose avait entravé son esprit, et que celui-ci se remettait enfin à fonctionner avec son acuité coutumière.

À son réveil, au terme de quelques heures de sommeil à peine, il éprouvait une sensation étrange, et un grand et profond silence s'était instauré en lui. Il se leva et vaqua aux premières tâches de la journée. Comme tous les matins, il commença par laver ses draps ; c'était chez lui une habitude aussi invétérée que celle de se brosser les dents. Il se considéra avec une curiosité prudente. Il apporta également à l'observation des êtres et des choses qui l'entouraient la même attention circonspecte. Il scruta toutes choses avec calme et impassibilité. Ce n'est que dans la soirée, lorsqu'il put boire de nouveau, que ce morne silence s'estompa en lui, et qu'il sentit poindre une exubérante vitalité. Et, à la nuit tombée, les pensées revinrent. Toujours les mêmes pensées. Quelques jours s'écoulèrent ainsi, au cours desquels ses pensées nocturnes peu à peu gagnèrent en puissance, avant de faire céder enfin les digues du jour et de sa quiétude. Elles étaient désormais omniprésentes et le gouvernaient tout entier. Parfois, il se sentait encore dans la peau d'un cheval qui aurait dû brider lui-même sa fougue – une tâche impossible ; puis il n'y eut bientôt plus que le galop de ses pensées.

Elles s'en allaient à bride abattue. Elles filaient au grand galop, à l'allure rapide de Fine. Oui, de Fine. Il lui arrivait de penser à elle si souvent. Maintenant encore, comme il était accroupi au bord du ruisseau, sous le ciel nocturne noir et piqueté de myriades d'étoiles, et, la tête dans les mains, se balançait d'avant en arrière tout en soufflant d'une voix plaintive : « Non, non, non, non, non… » Comment un cheval aurait-il pu se tenir lui-même par la bride ? Sans cesse il tendait la main vers la crête argentée des petites vagues joueuses du ruisseau, la trempait dans le vif du courant puis s'en rafraîchissait les tempes. « Non, gémissait-il, non, non, non… » C'était le martèlement de ses sabots. Mais il y avait bien longtemps que Fine n'était plus là ! Où était-elle ? Il l'avait vendue. Lui, Paul, en personne. La jument de Thomas. Il revoyait le billet de vingt schillings. Un courant d'air en soulevait légèrement les bords. Le souffle frais du ruisseau lui effleurait le visage. Quelle agréable sensation de froideur dans la main. Il se marie. Mon frère va prendre femme. Moi, elle n'a pas voulu de l'enfant. De mon enfant. Elle l'a fait passer. Je ne sais même pas qui s'en est chargé. Elle aurait d'ailleurs pu y laisser la vie. Elle-même. Un billet marron. L'homme avait une moustache. Était-ce lui ? Est-ce lui qui s'en est occupé ? De tout l'été, Lorenz ne m'aura pas donné de nouvelles. Et Luise ? Non, je ne veux plus la voir. « Comment, tu n'étais pas au courant ? » Je n'entends plus que ça. Et eux ? Ils comptent emménager chez Elisabeth. Tiens, elle ne me l'a même pas dit. Martha a tout passé sous silence. C'est parce qu'ils le savent tous. Même mon père le savait. C'est pour ça qu'il s'est détourné de moi. Mais non. Elle m'a assuré que personne n'était au courant. Que je pouvais être tranquille là-dessus. Martha lui avait fait promettre de ne le dire à personne. Elle lui avait dit que personne ne devait l'apprendre. Et elle ne l'a d'ailleurs raconté à personne. Mais comment ? Martha le lui avait dit ? Voilà que les muets parlent, à présent ? Tiens donc. Non, non. Elle est la seule. Tout cela n'est qu'un épais tissu de mensonges qu'elle sera allée inventer. Et je serais son héritier, moi ? Par exemple ! Et l'héritier de quoi, je vous prie ? De la maison où Thomas et sa femme emménageront bientôt ? J'ai cent schillings en poche, pas davantage. Maman. Tu crois peut-être que je n'ai rien vu ? Tu penses que je suis aveugle ? Je vous connais comme le fond de ma poche. Pendant quelques semaines vous avez fait comme si de rien n'était. Mais j'ai tout de même fini par l'apprendre. Ménageons-le, vous êtes-vous dit. Évitons de lui parler de ce mariage. Nous comptons avoir des enfants ! Je ne suis pas aussi bête que vous le pensez. Ne me prenez pas pour un imbécile. Qu'est-ce que vous allez vous imaginer ? Que je bats la breloque ? Que je n'ai plus toute ma tête, pas vrai, père ? Huit années de latin, huit années de grec ancien. J'ai trimé comme un forçat chaque jour que Dieu fait. Mais elle me l'a dit, oui, elle me l'a dit. Et à présent elle vous fait don de tout. Vous n'aurez qu'à vous baisser. Et moi ?

Est-ce que je paie pour toi ? Oui, c'est bien ça. Je paie pour vous tous ! Il voulait me retirer du pensionnat, je le sais. J'ignore au juste pourquoi, mais il voulait me retirer de là. Et c'est elle qui l'en a empêché. Et voilà qu'à présent elle me donne vingt mille schillings, et estime que les comptes sont soldés. Son héritier ! Un héritage de vingt mille schillings ? Oh, Son Excellence est trop bonne ! Eh bien, allez-y, mon Dieu. Courez-y ventre à terre. Vous verrez alors. Moi, je m'en garderais bien. Elle fera en sorte que vos enfants s'en aillent. À la gare ! À K. ! Et ils ne reviendront jamais plus. Posez-moi un peu la question ! Pourquoi en veut-elle un de lui, mais pas de moi ? Elle l'a fait passer, et il ne reviendra jamais plus. Et mon père m'a tourné le dos, comme si je lui faisais honte. Oui, voilà ce qu'il en est. Ils ont honte de moi. Tous autant qu'ils sont. Et je ne sais même pas pourquoi. Est-ce que je ne suis pas un homme ? Ne suis-je pas rien qu'un homme, moi aussi ? Ce n'est pas moi qui me suis mis au monde, après tout !

Il dit encore d'une voix dolente : « Non, non, non… » Et, à deux mains désormais, il puisait à gestes répétés l'eau du ruisseau et s'en rafraîchissait les tempes et le visage tout entier. On ne distinguait pas la lune, mais les étoiles qui s'allumaient d'un éclat si vif et si vibrant qu'on aurait dit qu'elles voulaient lui transmettre un message semblaient avoir déjà fait du chemin lorsqu'enfin ses pensées, qui depuis des jours et des jours lui martelaient le crâne, non plus seulement la nuit, mais pendant la journée, se condensèrent en une seule et lumineuse idée. Il cessa de gémir et se leva. Jamais encore une telle clarté ne s'était fait jour en lui. Tout était si confus auparavant ! Mais à présent son esprit affûté par des années de pratique venait de trouver la solution. Il saisit sa flasque et but une gorgée d'alcool pour se chauffer. Puis, les mains crispées, il se mit en chemin. Il traversa le ruisseau à gué, coupa à travers champs, se dirigea vers la ferme d'Elisabeth. Il infléchit son cheminement, contourna le bâtiment pour s'en approcher enfin par l'aile sud. Une fois arrivé, il se glissa par le portail qu'il n'eut aucune peine à entrouvrir et dont les battants ne grincèrent pas, et pénétra dans la cour intérieure que l'herbe avait envahie. Il s'arrêta et tendit l'oreille, mais on n'entendait que les stridulations des grillons. À pas feutrés, il gravit l'escalier qui courait sur le mur est et menait dans le fenil. Il y progressa d'un pas tâtonnant en direction du nord, jusqu'à ce qu'il ne puisse plus avancer. Il savait que la chambre à coucher d'Elisabeth était attenante au grenier à foin. Seule une cloison de planches l'en séparait. Les doigts tremblants, il sortit la flasque de son veston, en dévissa le bouchon, but encore une gorgée d'alcool. Il eut un haut-le-cœur et rempocha aussitôt le flacon. Encore un haut-le-cœur – son propre souffle le suffoquait. Puis il jeta un regard par-dessus son épaule, sortit son briquet et, soudain très calme, l'alluma. La flamme monta devant lui, silencieuse. Il lui suffit d'avancer un peu les bras pour qu'en un instant tout devînt d'un jaune acide et aveuglant, presque irréel. La paille s'embrasait. Paul ne ressentait même pas la chaleur que produisaient les flammes qui se propageaient en tous sens et devinrent en un rien de temps dévorantes. Il se ressaisit, lâchant le briquet, rejoignit à pas titubants l'escalier du fenil, le dévala en prenant appui sur la main courante, franchit le portail, s'élança vers le champ – déjà fumé, mais pas encore labouré – qui de ce côté du domaine bordait le chemin contournant la maison, et s'y effondra à genoux. Il fut pris de renvois et d'une terrible quinte de toux – provoquée par toute la fumée noire qu'il avait inhalée sans même s'en rendre compte. Le malaise ne tarda pas à se dissiper ; il se releva et, s'éloignant de la ferme par le sud-est, décampa. Il ne fit halte qu'au bout de quelques centaines de mètres et se retourna alors, comme s'il craignait qu'on l'eût poursuivi. Il s'aperçut qu'il était seul. La ferme d'Elisabeth dressait sa silhouette dans la nuit, calme, silencieuse et noire. Paul respira à fond. Il sentit une paix inconnue l'envahir.

Ces derniers temps, il avait été la proie de visions épouvantables qui lui inspiraient de la terreur. Il appuya les mains sur les genoux. S'il s'efforçait d'être honnête avec lui-même, il devait reconnaître qu'il s'agissait là de véritables et délirantes obsessions.

L'une de ces images, qui lui était apparue à plusieurs reprises, le représentait justement en train de mettre le feu à cette maison. À la sensation de paix qu'il ressentait en cet instant, il comprit que ces visions ne reviendraient plus. Il ne tarderait pas à rentrer à Vienne, pour s'y refaire une santé. Peut-être même plus tôt que prévu. Il verrait reprendre bientôt la routine de cette vie d'étudiant qui lui manquait déjà, comme il pouvait le constater. Il était simplement dommage qu'il lui fallût prendre congé pour un long moment de sa famille, des êtres qui étaient les plus chers à son cœur. Et d'Elisabeth, sa grand-mère. En cet instant, il éprouvait pour elle un sentiment d'affection tout particulier, sans doute parce qu'il se tenait à deux pas de sa ferme. Comment était-il arrivé là, d'ailleurs ? Il prit encore une profonde respiration et rentra chez lui sans presser le pas.

C'est à ce moment que les premières flammes s'échappèrent du toit et empourprèrent le ciel, et qu'un cri déchirant creva le silence. Aussitôt il se rua en avant, trébucha, se ressaisit sans prendre appui sur les mains, s'élança à toutes jambes vers le domaine Goldberger, courut comme il n'avait jamais couru encore. Il n'était pas arrivé qu'il lançait déjà d'une voix tonnante : « Papa ! Thomas ! Au feu ! » La lueur de l'incendie miroitait déjà aux fenêtres de la ferme, et, lorsqu'il en franchit le portail, tous se tenaient devant le corps de logis et jetaient de hauts cris dans la plus grande confusion. Seul Ferdinand était à l'intérieur de la maison. Il se trouvait dans la pièce à vivre et hurlait dans le cornet du téléphone posé sur l'appui de la fenêtre, laquelle était grande ouverte. Anna s'approcha de celle-ci et, tendant le bras, agrippa Ferdinand par la chemise et lui lança : « Dis-leur de faire vite ! » Maria et Sabine – qui passait la nuit à la ferme – étaient postées sur le seuil et, vêtues de leurs chemises de nuit, paraissaient attendre quelque instruction. De tous, Thomas était le seul qui affichât un visage totalement pétrifié. À gestes fermes et assurés, il noua les lacets de ses lourds brodequins, se redressa et empoigna avec rudesse Paul qui, le visage ruisselant de sueur, s'avançait justement dans le frêle halo de lumière qui baignait les abords de la maison, et lui lança : « Allons-y ! »

Ils dévalèrent la croupe de la colline, coupèrent par le ruisseau, traversèrent au pas de course la grand-route et un champ qu'on venait de moissonner et dont on laissait encore reposer la terre, cinglèrent vers la ferme d'où montaient d'immenses flammes. Tout près d'eux retentit soudain le hurlement d'une sirène. Ils atteignirent la ferme et Thomas, sans hésiter une seule seconde, ouvrit d'un coup de pied la porte de la maison, s'y engouffra, plaqua aussitôt sa chemise sur son visage et, l'écartant d'un rien à chaque fois, lança à pleine poitrine : « Mamie, Mamie ! » Paul s'était précipité dans son sillage et criait lui aussi : « Mamie, Mamie ! » Déjà les flammes avaient envahi toutes les pièces, et il leur fut impossible d'accéder au premier étage, ni à plus forte raison à la chambre à coucher. Ils redescendirent l'escalier en toute hâte et sortirent de la ferme. Ils suffoquaient. Il régnait une chaleur infernale qui leur brûlait la peau et les yeux. Une autre sirène, plus lointaine que la précédente, se mit à rugir. Ferdinand arriva à toutes enjambées et leur lança sans brider son élan : « De l'autre côté ! Par la vigne vierge ! » Aussitôt ils firent le tour de la ferme, s'apprêtèrent à escalader le mur en prenant appui sur la treille – mais ils n'avaient pas gravi deux mètres qu'ils s'arrêtèrent. Sous leurs yeux, au milieu du champ qui bordait le chemin, Elisabeth était étendue de tout son long. Elle était couchée sur le dos et un sourire s'épanouissait sur son visage. Le brasier jetait sur elle ses ombres fugitives. « Mamie ! », cria Thomas. Il bondit du treillage et se précipita auprès d'elle. « Maman ! », lança Ferdinand, qui fit de même. Il pleurait à larmes invisibles. Paul s'était agenouillé à côté de son père et se sentait trembler de tous ses membres. « Il aura sans doute fait un peu trop chaud, cette année, murmura Elisabeth. Les ballots de paille auront pris feu tout seuls. » Elle n'arrivait à parler qu'à grand-peine. Le vacarme des sirènes éclatait désormais de toutes parts. Anna, Maria et Sabine apparurent soudain à leurs yeux et s'agenouillèrent elles aussi auprès d'Elisabeth, qui souriait encore. Elles lui tenaient les mains et les pressaient avec chaleur. « Je me suis réveillée juste à temps », souffla Elisabeth, et l'espace d'une seconde son visage rayonna d'une joie un peu plus intense. « Oui, dit Ferdinand, mais ne t'épuise pas à parler. » Elisabeth, comme si elle ne l'avait pas entendu, poursuivit son récit : « Le feu s'était déjà propagé partout... Je suis descendue le long de la vigne... du treillage de bois... Dieu sait pourquoi j'ai tenu à ce qu'on installe un espalier de ce côté-là, alors qu'il n'y pousse presque rien... Il aura passé son temps à tenter de m'en dissuader... Oui... Puis j'ai dû marcher à reculons... enfin, il me semble... j'ai trébuché et j'ai soudain basculé en arrière... Et je me suis empalée sur je ne sais quoi. — Comment ? », s'exclama Ferdinand. Sous les yeux de tous, il glissa les deux mains sous le corps grêle d'Elisabeth et lui souleva légèrement le dos. On s'aperçut alors qu'une dent de herse, que Thomas cherchait vainement depuis une semaine et qui s'était dissimulée on ne savait comment parmi les dures mottes de terre du champ, s'était fichée au milieu de son dos. « Maria, dit Ferdinand, vous allez la transporter à l'hôpital... » Anna l'interrompit : « Mais les secours... — Puisque je te le dis ! Emmenez-la à Kirchdorf ! », tempêta Ferdinand. Et, comme Anna n'esquissait toujours aucun geste, il hurla : « Tout de suite, nom de Dieu ! »

Dans l'intervalle, deux camions de pompiers étaient arrivés ; l'épais tuyau d'incendie blanc avait été déroulé jusqu'à la berge du ruisseau et se remplissait abondamment ; une voix lança bientôt, perçant un grand brouhaha de clameurs : « Ouvrez les lances ! » Mais des torrents d'eau avaient beau s'abattre sur les flammes, le feu tout au contraire en redoublait d'ardeur, les voliges du toit crépitaient, la lueur formidable de l'incendie éteignait l'éclat des étoiles dans le ciel.

Thomas et Ferdinand couchèrent Elisabeth sur une couverture en l'inclinant sur le flanc et la transportèrent dans la voiture de Thomas, où ils l'étendirent avec mille précautions sur la banquette arrière. Maria dit à Anna : « C'est moi qui conduis ! » Anna lui tendit les clés sans opposer de résistance et prit place tout aussi docilement sur le siège passager. Personne ne trouva à y redire. Maria n'avait pourtant pas encore passé le permis de conduire. Thomas, d'un côté du véhicule, embrassa Elisabeth sur les lèvres ; Ferdinand, de l'autre, sur le haut de la cuisse, tandis que Paul, s'approchant d'une démarche mal assurée, écarta d'un geste Thomas et lui déposa un baiser sur le sommet du crâne. Sabine, se faisant toute petite, se glissa à l'arrière de la voiture, où elle maintiendrait Elisabeth dans une position stable pendant le trajet, les portières claquèrent et Maria démarra.

Ce n'est qu'au petit matin qu'enfin les pompiers purent dire : « Feu éteint. » Ils ne le firent que par conscience du devoir et sans la plus petite trace de fierté. De quoi auraient-ils d'ailleurs pu tirer vanité ? La ferme venait d'être entièrement ravagée par les flammes. Ferdinand, Thomas et Paul en furent réduits à contempler des heures durant le spectacle de ce complet anéantissement. Enfin la fureur de l'incendie se calma et les pompiers accourus de Rosental, de Schwan, de P. et d'autres communes voisines encore purent remonter dans leurs fourgons et rejoindre leurs casernes. Martin resta un moment encore à la ferme avant de regagner son logis à pied. Comme il s'éloignait déjà, Ferdinand lui cria : « Merci, Martin ! », et celui-ci, sans même se retourner, esquissa un geste de dédain.

Ce n'est qu'un peu plus tard, lorsque Thomas lui en fit la remarque, que Ferdinand s'aperçut que Martin, pour la première fois depuis bien des années, avait réagi à une parole qu'il lui avait adressée.

Lorsque enfin ils attrapèrent les moutons qui, réchappés on ne savait comment de l'incendie, s'étaient regroupés dans un champ et, jetant de grands bêlements, posaient depuis des heures leurs yeux louches sur la parcelle de terrain où la ferme se dressait encore un peu plus tôt, la rosée commençait à perler. Thomas saisit à bras-le-corps l'animal conducteur – il le connaissait, comme il connaissait tout ce qui touchait à cette exploitation –, lui enroula sa ceinture autour du cou et se mit en route.

Le reste du troupeau suivit en bêlant, tandis que Ferdinand et Paul fermaient la marche. Une fois de retour à la ferme, ils parquèrent les bêtes dans une étable momentanément vide.

Puis ils s'assirent à la table de la cuisine et prirent leur mal en patience. Ferdinand se leva, alla chercher dans le cellier une pleine bouteille d'eau-de-vie qu'ils burent à traits lents mais entêtés. Ils n'échangèrent pas un seul mot. Aux environs de midi, les femmes furent de retour, et les hommes se levèrent de table au même instant. La bouteille d'eau-de-vie était vide depuis très longtemps. Anna, Sabine et Maria s'avancèrent dans la pièce l'une après l'autre. Elles avaient toutes trois le visage livide et les yeux atrocement rougis. Anna se jeta au cou de Ferdinand, Sabine enlaça Thomas, seuls Maria et Paul restèrent là à se regarder, les bras désœuvrés. Personne ne soufflait mot. Enfin Ferdinand lâcha d'une voix étranglée : « Est-ce qu'elle est… » Aussitôt Anna lui posa la main sur la bouche et, l'effleurant presque de ses propres lèvres, lui chuchota : « Non ! Non. Mais dans un sommeil profond. »

Les jours qui suivirent s'écoulèrent comme dans un songe, tout à la fois rapides et d'une lenteur paralysante, mais par-dessus tout insaisissables, car un monde les séparait de ce qu'ils avaient connu jusqu'alors ; aussi ne savaient-ils jamais vraiment si ce qu'ils vivaient était réel ou non. La police leur rendit une visite… On dressa des procès-verbaux… « Veuillez signer ici. — Où ça ? — Ici, je vous prie. — Que dois-je faire ? — Signer. — Et pourquoi ? — C'est votre déclaration… Pour la confirmer. — La confirmer ? Il faut donc vous répéter les choses ? » Les ruines de la ferme étaient encore fumantes, une froide et âcre odeur de brûlé flottait sur le canton tout entier et, quand on se penchait à la fenêtre, on n'apercevait plus ce qu'on s'était habitué à voir depuis des décennies. Les seuls sujets qu'ils abordaient entre eux étaient ceux qui avaient trait aux travaux de la ferme. Chaque matin, à la même heure, on prenait la route de Kirchdorf, où l'on restait deux heures entières au chevet d'Elisabeth sans dire un mot, l'observait comme on ne l'avait jamais observée encore, avant de s'en retourner chez soi le cœur serré, l'âme inquiète et cependant remplie d'espoir.

Une semaine se passa ainsi. Le lundi suivant, la sonnerie du téléphone retentit. Anna décrocha le combiné et dit : « Gold... Goldberger ? » Il ne fut pas nécessaire de le lui annoncer pour qu'elle le sût. Elle s'affaissa sur elle-même et, pressant plus fermement encore l'écouteur contre son oreille, heurta le front à plusieurs reprises contre les lattes du plancher en mélèze. Elisabeth venait de succomber aux blessures au foie que sa chute sur la dent de herse avait occasionnées.

Thomas et Sabine ajournèrent leur mariage. Ils n'annoncèrent pas à quelle date celui-ci serait reporté ; on n'y songea du reste même pas ; la seule idée de célébrer une noce leur parut tout simplement aberrante en ces instants.

Une foule nombreuse assista aux funérailles d'Elisabeth. Celle-ci n'avait plus au monde que de lointains parents – si éloignés que c'était à peine s'ils semblaient être eux-mêmes au courant de cette parenté, ou préféraient feindre de n'en rien savoir –, aussi les Goldberger durent-ils se charger de faire tout le nécessaire. Thomas, surtout, y employa une belle ardeur. C'est lui qui paya la mise en bière et le cercueil, régla les porteurs, l'oraison du curé et la collation, comme on appelait au pays le repas succédant à l'enterrement. Pour chacun d'eux, les funérailles parurent se dérouler derrière une paroi de verre opalin ; ils n'arrivaient pas à y croire, ils se refusaient à admettre que tout pût s'achever aussi vite.

On ne tarda pas à apprendre que Thomas avait pris en charge l'intégralité des frais d'obsèques, et, quelques jours à peine après l'enterrement, le directeur de l'agence bancaire locale se présenta à la ferme. Il demanda à s'entretenir avec Thomas. Anna fila le chercher à l'étable. C'est là que lui et Ferdinand passaient désormais le plus clair de leurs journées. Le directeur annonça à Thomas que madame Wagner laissait après elle une fortune assez considérable, et lui demanda si elle s'était jamais exprimée à ce sujet par le passé. Thomas le regardait, adossé au chambranle de la porte. On aurait dit que l'homme était transparent à ses yeux. « Non, elle n'en a rien fait, répondit-il de mauvaise grâce. — C'est qu'il s'agit, voyez-vous, poursuivit le directeur de l'agence, d'une somme assez colossale ! — Je ne veux pas en entendre parler », répliqua Thomas. Mais l'homme ne se laissait pas fléchir : « Même une simple déclaration verbale peut tenir lieu de disposition testamentaire. — Vous êtes dur d'oreille ? », lui demanda Thomas. Il se donna une secousse, s'avança vers le directeur de l'agence et, le poing brandi, lui hurla au visage : « Ma parole, tu es sourd ! Je viens de te dire que je ne voulais pas en entendre parler. Et maintenant disparais ! Fous-moi le camp ! Retourne derrière ton guichet de merde ! » L'homme prit peur, recula de quelques pas, s'empressa de rejoindre son auto. Mais le sens du devoir l'incita cependant à revenir à la charge et, surmontant la peur que Thomas n'avait sans doute pas manqué de lui inspirer, il ajouta encore d'une voix sonore avant de monter en voiture : « Au moins pour les funérailles ! Ces affaires-là ! Songez-y à deux fois ! » Thomas le suivit du regard. Il vit la voiture noire disparaître sur la croupe de la colline, entendit s'éloigner le vrombissement du moteur, et il lâcha entre ses dents : « C'est ça, fous le camp. Dégage. Personne ne t'a rien demandé. »

L'automne était là, mais à Rosental les saisons paraissaient ne plus avoir cours. Tout était terne et désolé. Comme si le feu avait ravagé toutes choses.

À la faculté, les cours s'apprêtaient à reprendre, et Paul, qui ne prononçait plus que de rares paroles et ne différait en rien des autres sur ce point, préparait ses valises. Le jour de son départ arriva. Dès avant l'été, il avait été convenu que Lorenz passerait le prendre. Le jeune homme, ponctuel comme à son habitude, fit son entrée après le déjeuner, vers deux heures de l'après-midi. Il donna un coup de klaxon, ne descendit pas de voiture, se contenta de baisser la vitre à la hâte, d'adresser un signe à Paul, de leur lancer un amical et chaleureux salut, tout en ajoutant qu'ils étaient déjà en retard ; sur ces mots, il remonta la vitre et se mit à manipuler les boutons de l'autoradio.

La famille tout entière s'était rassemblée sur le seuil de la maison. Paul prit congé de chacun d'eux. Il commença par Maria. Il constata qu'elle avait les larmes aux yeux. Il en fut touché, lui effleura la joue, sentit un sanglot lui nouer la gorge. Il s'avança alors vers Sabine. Elle paraissait elle aussi très triste, et on eût dit qu'elle venait de pleurer. Il lui tendit la main. Il fit un pas vers son père et vit également trembler des larmes dans les yeux de celui-ci. Oui, ils venaient de connaître assurément une année hors du commun, une rude année. Il avait lui-même toutes les peines à les quitter précisément maintenant ! Mais il lui fallait cependant s'en aller et il en éprouvait du soulagement. Ils se serrèrent la main. Puis il se campa devant sa mère, qui se mit à sangloter et le prit dans ses bras, ne voulut bientôt plus le lâcher, le fit cependant à contrecœur et presque en le repoussant avec dureté. Enfin il fit face à Thomas. C'est à lui qu'il ferait ses adieux en dernier. Il avait été profondément ébranlé par tous ces yeux vibrants et baignés de larmes, et le regard limpide et sec de Thomas le soulagea presque. Car les larmes ne l'avaient pas seulement touché au plus profond, elles l'avaient aussi un peu décontenancé ; il avait déjà pressenti confusément que quelque chose viendrait troubler cette atmosphère. Il espérait que Thomas ne s'aviserait pas de lui donner des conseils, ni à plus forte raison de le chapitrer. Il ne lui avait pas échappé que son frère désapprouvait sa fréquentation de l'auberge. « Tommi », lui dit-il, faisant allusion à leurs retrouvailles de juillet, à Wels, et sa figure s'égaya. Mais Thomas ne lui rendit pas son sourire. Son visage tressautait comme si une mouche venait de s'y poser. Quelques secondes plus tôt, Paul redoutait un malheur ; il comprit que celui-ci lui faisait face. Il en fut saisi d'effroi et n'aspira qu'à prendre enfin la route. Il avait la gorge terriblement sèche. Thomas gardait le silence. Paul tendit la main à son frère, d'un geste précipité et comme si celle-ci ne lui appartenait pas. Mais Thomas ne la saisit pas.

« Je t'ai vu, lui murmura-t-il en avançant presque imperceptiblement le menton. Pendant la nuit. Je me tenais à la fenêtre. » Son regard était un étau implacable et froid auquel il était impossible de se soustraire. Pendant la nuit ? De quoi parlait-il ? De la nuit de l'incendie ? À quoi l'avait-il surpris ? Paul vit défiler une fois encore sous ses yeux les images de cette nuit-là. Il se souvint de la brutalité avec laquelle son frère lui avait alors empoigné le bras. Il comprit tout avec une lenteur extrême, et cependant en l'espace d'une seule seconde. Il comprit pourquoi ses images obsessionnelles l'avaient soudain quitté : elles étaient devenues réalité ; il avait mis le feu à la ferme. Et Thomas, comme s'il avait discerné cette prise de conscience, hocha la tête et dit d'une voix presque étouffée : « Oui. Et si tu t'avises de reparaître ici, je te tue. »

Paul, sans même savoir pourquoi, retroussa les lèvres sur ses dents, puis il se pencha vers ses valises, s'en saisit et pivota sur lui-même. Il marcha vers la voiture, ouvrit la portière, tenta de monter dans le véhicule avec ses deux valises, et ce n'est qu'à l'instant où Lorenz, détournant enfin son attention des boutons de l'autoradio, lui demanda en souriant s'il n'était pas préférable de caser ses bagages à l'arrière, que Paul parut recouvrer un semblant de lucidité, ouvrit la portière arrière droite et déposa les valises sur la banquette arrière. Puis il monta à l'avant, claqua la portière et ne jeta plus un seul regard par la vitre.

Le coupé sport jaune démarra, fit demi-tour, s'éloigna sur le sentier caillouteux en y soulevant des tourbillons de poussière, et, à l'exception d'Anna, qui pendant tout ce temps n'avait cessé de se mordiller la main, personne ne le suivit du regard.

10

Lequel d'entre eux aurait eu des reproches à se faire ? Aucun. Et, même entre eux, ils ne se tenaient grief de rien. Chacun savait que l'autre se gardait bien de juger ses propres actes et ses pensées. Et cependant, depuis que Paul était parti, il s'était installé entre eux un impénétrable malaise qu'ils n'arrivaient pas à surmonter. Peut-être était-ce aussi parce que les choses avaient non seulement changé extérieurement, mais les avaient transformés au plus profond d'eux-mêmes, et que, le constatant, ils n'arrivaient pas à y croire – et se sentaient inconsciemment coupables de ce changement.

Maria, qui jusqu'alors ne s'était guère préoccupée des hommes, fit la connaissance, à l'occasion de l'un des premiers bals de l'hiver, d'un homme originaire de Schwan – Christoph Fürst, un opticien approchant la trentaine – qui prit l'habitude d'aller lui rendre visite tous les deux ou trois jours à la jardinerie, au moment de la pause de midi. Maria en tomba amoureuse – sans doute aussi parce qu'elle languissait après l'amour –, et, dès le printemps de la même année, à la fin du mois de mai, on célébra leurs noces. Maria, désormais âgée de vingt ans, s'installa à Schwan, dans un logement situé au cœur du bourg et dont les fenêtres prenaient jour au nord. Elle retrouva le bonheur de vivre qui l'avait abandonnée à Rosental.

Sabine, dès après l'incendie, et avant même le décès d'Elisabeth, avait emménagé chez Thomas. Elle n'attendit pas qu'on l'y invite, qu'on le lui enjoigne ou qu'on l'en prie, et ne se demanda même pas si c'était ce qu'elle souhaitait. Elle se borna à constater que Thomas souffrait et qu'il avait besoin d'elle. Ils menèrent de ce jour une vie commune, sans qu'il fût pour autant question de mariage. Mais les noces de Maria et de Christoph les ravirent, leur mirent un peu de baume au cœur et prouvèrent à chacun d'eux que la vie, en dépit de tout, pouvait être une fête ; aussi affectèrent-ils d'avoir simplement oublié leur propre mariage et s'empressèrent-ils de rattraper le temps perdu : la nuit même de la noce, comme ils s'en retournaient de Schwan, ils prirent la décision de se marier à l'automne suivant.

Les deux chambres à coucher – celle de Paul et celle de Maria – furent bientôt vidées, et les murs en furent blanchis. On conserva cependant les quelques meubles qui pouvaient encore faire l'affaire (et que Maria n'avait pas déjà emportés ; elle s'était en outre abondamment servie dans la chambre de Paul) et l'on remisa le reste dans quelque recoin de la ferme où ce bric-à-brac ne risquait pas d'encombrer. Anna leur offrit de déplacer sa chambre à coucher dans l'ancienne chambre de Maria ; Thomas et Sabine y consentirent et leur logement s'augmenta ainsi d'une pièce supplémentaire – la future chambre des enfants, songeaient-ils avec un soupçon de gêne. Le peu de liberté dont on jouissait fut consacré à aménager le futur foyer des promis – on s'était en effet remis à les appeler ainsi. Ils poussèrent jusqu'à refaire à neuf ce qui passait alors pour achevé. La pièce où Paul dormait fit bientôt office de débarras. Anna aussi bien que Sabine y remisaient leurs affaires. La disposition des pièces ne tarda pas à être entièrement bouleversée et, quand on arpentait les couloirs de la maison, on pouvait constater avec étonnement que tout y avait changé en très peu de temps.

Les champs d'Elisabeth avaient été laissés en friche et peu à peu s'ensauvagèrent. Le gel rigoureux de l'hiver avait eu raison du trèfle blanc dont les tiges rampantes dépérissaient à présent, étiolées et noircies, à quelques centimètres du sol ; parmi les plantes semées, on voyait jaillir et proliférer sauvagement la mauvaise herbe, l'arroche, l'oseille, la folle avoine, le cirse des champs aux capitules lilas, et, ici ou là, reparaître l'orge et le blé des années passées. Quand Thomas embrassait du regard l'étendue du domaine, voyait ce paysage qui hier encore se parait d'un jour à l'autre de tons toujours changeants devenir uniformément et irrémédiablement noirâtre – car les chicots de mur calcinés, depuis que l'incendie avait été maîtrisé, se dressaient encore au loin, d'une noirceur obstinée ; et même la verdeur foisonnante des herbes folles échouait à égayer celle-ci –, il en éprouvait une pointe au cœur, mais aussi longtemps qu'on n'avait pas établi qui était le nouveau propriétaire, ni si celui-ci serait disposé à leur affermer de nouveau les terres, Thomas préférait ne pas les mettre en culture.

Pendant l'hiver, lui et Ferdinand, comme toujours, s'étaient livrés aux travaux d'abattage du bois. Dans les parcelles de forêt appartenant à Elisabeth, ils s'étaient également chargés de ce qui était absolument nécessaire à leurs yeux ; un chêne qui se dressait au bord de la route était par exemple si mal en point qu'il menaçait de s'effondrer sur la chaussée. Ils l'abattirent donc, l'ébranchèrent, transportèrent le tronc à la ferme – non parce qu'ils étaient à court de bois ou de travail (dans ces deux domaines, on était largement pourvu), mais parce qu'ils voulaient éviter qu'il n'arrive malheur à quelqu'un. Ils n'en furent que plus stupéfaits encore le jour où Thomas, aux premières semaines de l'été, peu après le mariage de Maria, fit l'objet d'une action en justice pour vol, trouble possessoire, et autres délits et infractions du même ordre.

Il s'avéra en effet que, Elisabeth n'ayant pas laissé de testament, la totalité de ses biens – argent, biens immobiliers (une resserre branlante avait été préservée de l'incendie), machines agricoles, fonds de terre – revenait à un parent éloigné qui résidait à Linz et avait répondu à une annonce parue dans un quotidien national de large diffusion. Quant aux membres de la famille d'Elisabeth résidant encore à Rosental – de très lointains parents, là aussi –, d'obscures raisons juridiques les empêchaient de faire valoir leurs droits à la succession. On ignorait ce que l'héritier entendait faire du domaine ; le seul point qui fût certain était que pour le moment il n'avait plus l'intention de donner les terres à bail et jugeait que tous les accords – verbaux ou même écrits – passés par sa grand-tante étaient désormais caducs. Thomas ne s'appesantit pas sur la teneur exacte de ses propos ; seules l'intéressaient les conséquences de ceux-ci.

La perte des parcelles en fermage (pour la première fois, il employait pour les désigner ces termes froidement techniques ; jusqu'alors, il parlait simplement des *champs d'en face*) mit Thomas dans un grand embarras. L'exploitation avait besoin de ces pièces de terrain pour fonctionner à plein ; et le nombre de têtes de bétail était désormais bien trop important pour ce que ses champs à lui, ceux *d'ici*, étaient en mesure de produire. Il ne tarda pas à être contraint d'acheter en supplément du grain, mais aussi des balles de paille. Et, s'il ne trouvait pas d'autres terres à prendre en fermage, il allait lui falloir réduire son cheptel. Comment pourrait-il dès lors satisfaire ses clients, auprès de qui il écoulait sa viande réputée pour sa tendreté ? Il était accaparé par ces questions économiques concrètes, ces problèmes de chiffres qu'il espérait pouvoir résoudre à force de calculs. Mais chaque fois qu'il allait s'affairer dans l'étable, il avait encore sous les yeux les moutons du troupeau d'Elisabeth, qu'il n'avait toujours pas vendus.

Lorsqu'aux premières semaines du printemps – il fut tardif cette année-là – les sols furent suffisamment asséchés et faciles à travailler, et qu'on put y reprendre les travaux des champs, Thomas constata que son père n'exécutait plus que les tâches qu'on lui confiait expressément, et ne prenait plus aucune initiative. Il mesura alors toute l'ampleur du travail – même invisible, ou du moins qu'il n'avait pas su voir, lui – que son père avait abattu pendant ces années, et n'abattait désormais plus, et comprit que la perte des parcelles situées par-delà les limites du domaine était définitive, même si le nouveau propriétaire consentait finalement à les lui donner en fermage. Thomas ne pourrait pas les prendre à bail. Il se devait de concentrer ses efforts sur la gestion de sa propre exploitation. Ces préoccupations nouvelles l'accablaient, et il sentait une fois encore que la mort d'Elisabeth avait introduit pour la première fois un déséquilibre en lui, et que les moyens de rétablir la situation lui faisaient défaut. Secrètement, il craignait que ce ne fût impossible. Et, dans les pires moments qu'il traversa alors, il se demandait si cette crainte n'était pas déjà une certitude. Puis, à l'occasion des noces de Maria, le courage, l'espoir et la mémoire lui revinrent enfin par bouffées et, sur le chemin du retour, tandis qu'il laissait courir le regard droit devant lui sur le ruban gris clair de la route, il annonça à Sabine qu'il voulait l'épouser et espérait ne « jamais, jamais la perdre ». Il le lui dit parce qu'il le souhaitait en effet, depuis longtemps déjà; mais aussi parce qu'il pensait pouvoir rétablir ainsi un équilibre dans sa vie. D'un côté les préoccupations économiques, de l'autre les élans romantiques, telles étaient les deux rampes le long desquelles il cheminait dans l'existence, et auxquelles il prenait tour à tour appui.

Ferdinand, depuis le jour lointain où il était rentré de Marseille, avait à table sa place attitrée. Ce n'était d'ailleurs pas la traditionnelle place du maître de maison, d'où l'on peut tout embrasser d'un coup d'œil. Là où il avait coutume de se tenir, on pouvait regarder par la fenêtre. Il aimait à jouir de ce privilège, que ce fût pour l'agrément du point de vue ou pour voir si quelqu'un arrivait à la ferme. Pendant des années, il n'avait rien vu ou autant valait – il voulut poser à son retour ses yeux quelque part. Lorsque le premier enfant vint au monde, et qu'on s'avisa que sa place d'élection était l'endroit le mieux approprié pour la chaise haute, sa femme le pria à plusieurs reprises de céder sa place, mais c'était pour lui hors de question, aussi Anna, dépitée, avait-elle finalement renoncé.

L'installation de Sabine à la ferme avait inspiré à Anna les plus vives inquiétudes. Toutes les habitudes qu'elle avait patiemment tissées au cours de nombreuses années s'en trouvèrent bouleversées. Elle voyait poindre le chaos et craignait par-dessus tout que Ferdinand n'en pâtît. Car le désordre lui semblait inévitable. Il ne lui était que de repenser aux discussions relatives à la chaise d'enfant. En un mot, elle craignait que la paix domestique ne fût troublée. Après que la maison d'Elisabeth avait péri dans les flammes, et que celle-ci avait trouvé la mort, ses peurs n'avaient fait que grandir ; elle se mit à craindre comme jamais encore les réactions de son mari, même si rien dans les paroles ou les actes de celui-ci n'avait été de nature à inspirer la peur. Rien d'ailleurs ne paraissait déranger Ferdinand ; ni que Sabine eût emménagé au domaine aussitôt après le drame, alors qu'on ne savait pas encore ce qu'il allait advenir d'Elisabeth ; ni qu'elle eût remanié de fond en comble leur intérieur ; ni même qu'il leur eût fallu, Anna et lui, troquer leur chambre à coucher vaste et lumineuse contre une pièce bien plus sombre et de surface plus modeste. Anna alla jusqu'à lui demander : « Cela ne te dérange donc absolument pas, qu'il nous faille renoncer à notre chambre à coucher ? » Elle ne s'apercevait pas qu'en réalité elle ne redoutait en rien la réaction de Ferdinand ; c'était là simplement une comédie qu'elle se jouait à elle-même, car au fond elle espérait de tout son être la réaction qu'elle feignait de craindre : à la vérité, c'était elle qui ne tenait pas à céder un pouce de terrain, elle qui ne voulait pas de Sabine à la ferme. Mais elle ne le remarquait pas, n'en avait pas même l'intuition, et, quand elle discutait avec Sabine ou accomplissait avec elle quelque tâche, elle se montrait ouverte et cordiale, et ce n'était pas de l'hypocrisie de sa part. Après tout, c'est elle qui avait proposé l'échange des chambres à coucher !

Ferdinand, de même qu'il ne se souciait en aucun cas de savoir s'il allait passer la nuit dans telle ou telle chambre – il ne dormait plus guère, de toute façon –, éprouvait maintenant à l'égard d'à peu près tout une complète indifférence. Il observait les choses et les êtres – et n'éprouvait plus que froideur à leur égard. Il accueillait toutes choses par un haussement d'épaules. Il arpentait sans relâche le domaine à pas désœuvrés. De temps à autre il prêtait encore main-forte à Thomas, à la demande de celui-ci. Il se rendait compte lui-même que toute volonté l'avait abandonné. Aux questions répétées d'Anna, il se contentait de sourire. Voulait-elle donc vivre seule et recluse à la ferme ? Aurait-elle préféré être seule au monde ? Comment n'arrivait-elle pas à comprendre que la roue continuait de tourner, comme elle l'avait toujours fait ? Il se rendit dans l'atelier, détacha les plans qui en tapissaient les murs, en nettoya la poussière et les toiles d'araignée, les replia soigneusement. Il avait d'abord eu l'intention de s'en débarrasser, car nul n'en aurait plus l'utilité, mais il se ravisa et les rangea dans le sac de cuir qui avait renfermé autrefois l'argent que son père lui avait apporté. Oui, son père. Il lui arrivait souvent de penser à lui à présent. Toute sa vie durant, il s'était efforcé de garder ses distances vis-à-vis de lui, et maintenant que son père n'était déjà plus de ce monde depuis très longtemps, Ferdinand, pour la première fois, se sentait proche de lui. Il parvenait soudain à comprendre les raisons de l'être qui lui avait toujours été le plus étranger au monde, et qu'il n'avait jamais été disposé à comprendre. Et, comme si c'était là une façon de se rapprocher de lui, il se rendit pour la première fois de sa vie à la carrière. Il en connaissait l'emplacement, et bien des fois déjà il s'était mis en chemin, même par le passé ; mais il avait jusqu'alors toujours fait demi-tour à mi-chemin.

Il s'étonna de voir combien l'exploitation d'extraction était modeste ; sans qu'il sût dire pourquoi, il s'était imaginé quelque chose de bien plus imposant – au regard des revenus qu'elle avait rapportés. La petite carrière se déployait sous ses yeux, parfaitement abandonnée. On ne l'exploitait plus, sans doute parce que son rendement avait été jugé insuffisant. Un convoyeur à bande rouillé subsistait encore au fond de l'arène rocheuse dont les hautes herbes avaient repris possession par places ; la végétation avait tout envahi, s'entrelaçant aux roulements et aux tôles de protection inférieures de la bande transporteuse. Oui, vraiment, c'est en ce lieu qu'il se sentait le plus proche de son défunt père. Dans son dos le clapotement et la rumeur du ruisseau ; devant lui les tendres tonalités de blanc, de gris, de brun et de beige du conglomérat rocheux. C'est donc ici que son père passait ses journées. Ici qu'il s'était efforcé de prendre un nouveau départ, comme s'il ne s'était rien passé. En quel autre endroit aurait-il pu amorcer cette renaissance? Ferdinand s'était montré inflexible et entêté, et n'avait laissé passer aucune occasion de témoigner à son père l'étendue de son mépris. Et Martha? Ferdinand savait que son père avait endossé la responsabilité de son mutisme. Personne ne lui avait laissé la moindre occasion de réparer quoi que ce soit. C'est ici qu'il était venu chercher ce qu'il n'avait pu obtenir de ses enfants: le pardon. À présent les yeux de Ferdinand se dessillaient. Il se désintéressait de savoir ce que son père avait bien pu faire autrefois; tout cela remontait à si longtemps… Il était simplement certain que cela avait un lien avec la guerre et avec sa charge de chef local du Parti. En ce temps-là, son père était encore un homme assez jeune, ou du moins dans la force de l'âge; son grade élevé au sein de la hiérarchie avait dû lui monter à la tête, et sans doute s'était-il acquitté de ses fonctions avec bien trop de zèle. Il avait assurément quelques vies humaines sur la conscience. Mais ne pouvait-il pas en dire autant à son sujet? N'avait-il pas tué lui-même sur le champ de bataille, au front? Seuls les plus chanceux n'avaient pas été appelés sous les drapeaux, ou avaient subi assez tôt quelque blessure sans gravité. Seuls les plus chanceux n'avaient pas été mis à l'épreuve. Si l'on avait connu ces temps atroces, était-ce la faute de son père? Ce n'était pas lui qui s'était mis au monde, après tout. Telles étaient les pensées qui traversaient l'esprit de Ferdinand.

Désormais, il vivait bien plus dans la société des morts que dans celle des êtres qui l'entouraient. Son père lui était très proche, Elisabeth également, et sa mère elle-même, à qui il ne pensait pourtant presque plus depuis des années, lui apparaissait désormais de temps à autre, dans son fauteuil à oreilles. Il se languissait d'eux. Quand il déambulait maintenant dans sa ferme, le petit carnet gris toujours glissé dans la poche intérieure de son veston, il avait l'impression de ne plus y être à sa place.

Pendant toutes ces années, il avait conservé ce mince carnet dans le tiroir de sa table de chevet, bord à bord avec la bible de son père, et délicatement lesté d'un petit chapelet de billes de bois tantôt claires, tantôt plus sombres. Il y avait eu des époques où il y avait songé, d'autres où il n'y pensait plus du tout ; des temps où il avait soulevé son émotion, d'autres où il ne lui avait inspiré qu'un rictus de mépris. Mais à présent qu'il était réconcilié avec son père et ne considérait plus la vie de celui-ci au prisme de sa culpabilité, mais jugeait que sa faute, quelle qu'en fût l'exacte nature, ressortissait à la nature humaine, il acceptait aussi ce carnet enrichi de ses notes et croquis. Bien mieux encore : il l'adoptait. Après l'incendie de la ferme et la mort d'Elisabeth, il s'y était d'abord refusé, chaque fois que ses pensées l'avaient ramené vers le cahier. En quoi celui-ci se rattachait-il au reste ? Il n'y avait aucun rapport. C'est alors que Thomas leur avait assuré qu'il avait vu Paul, et les préventions de Ferdinand s'étaient envolées. Il s'était saisi du petit cahier, y avait griffonné lui-même une première esquisse, avait accolé des chiffres à certains noms. C'était la dernière étape : il avait accepté le destin. Qu'est-ce qu'un homme pouvait bien faire de plus ? Il y fallait parfois une vie tout entière.

Ils connurent alors des années sereines. La paix régnait à la ferme. Thomas et Sabine avaient célébré leur union – ce fut un beau mariage en petit comité, à Rosental. Les ruines de la maison d'Elisabeth avaient été déblayées, on s'était remis à cultiver les champs – ils ignoraient cependant qui s'en chargeait et pour le compte de qui –, aussi le souvenir du drame n'était-il plus sans cesse présent à leurs yeux. Anna, épaulée à l'occasion par Maria, consacrait la plus grande partie de son temps au jardin et aux somptueux massifs floraux qui devançaient la maison. Thomas, même si l'étendue de son cheptel s'était réduite, avait encore fort à faire du matin au soir ; Sabine avait su prendre le relais de Ferdinand et le secondait bien souvent, y compris aux champs. Elle n'eut aucune peine à apprendre ce qu'on ne lui avait pas déjà enseigné chez elle. Quant à Ferdinand, depuis qu'il avait constaté que l'exploitation tournait aussi bien sans lui, on le voyait hanter la maison, arpenter sans fin les limites du domaine ou se diriger vers la carrière en suivant la rive du ruisseau, compulsant inlassablement ce carnet gris dont nul ne savait ce qu'il renfermait au juste, et qu'il serrait dans la poche intérieure de sa veste bleue à l'étoffe légère. Il ne se retirait pas à proprement parler : il diminuait simplement, s'amenuisait comme la flamme d'une lampe dont la réserve de pétrole s'épuise. À Noël venaient Andreas, Martha et le père de Sabine ; à Pâques les frères et sœurs d'Anna (ses parents n'étaient plus en vie), Hubert en de très rares occasions et toujours seul, Christine accompagnée de ses enfants et plus tard de ses petits-enfants. Plus personne ne parlait de Paul. Quand on recevait une fois l'an, généralement quelques semaines après Pâques, une carte postale de lui, Anna la coinçait dans le châssis de la petite fenêtre jaune de la porte battante séparant la cuisine de la pièce à vivre, et chacun avait alors le loisir de la lire ; mais on se gardait bien d'en dire un mot, et un jour ou l'autre la carte avait disparu : c'est que Thomas l'avait enlevée. Et, tous autant qu'ils étaient, chacun à sa façon et dans le secret de son cœur, ils attendaient la génération nouvelle – mais celle-ci ne s'annonçait pas.

LIVRE QUATRIÈME

I

Il avait largement soulevé l'épaule gauche – dénudée et semée de trois taches de vin pâles – et la maintenait immobile, mais sans cesse des éclairs l'éblouissaient et lui faisaient plisser les paupières, de sorte qu'il ne voyait plus pendant de longues secondes que de menues taches pareilles à des étoiles, rouges, jaunes et par-dessus tout d'un blanc acide, qui ne se dissipaient alors qu'avec lenteur et s'effaçaient latéralement de son champ de vision, jusqu'à l'instant où, faisant pivoter légèrement ses pieds chaussés de fines socquettes noires trempées de sueur sur le cou-de-pied et sales et humides au niveau de la plante des pieds, corrigeant encore la position de son épaule, il put de nouveau tourner la tête, tendre la peau de son visage avec les doigts de la main gauche et poser de nouveau sur sa joue le rasoir à la lame froide, tranchante et mouillée. Mais aussitôt les éclairs se remirent à l'aveugler, et, lâchant un soupir, il laissa retomber l'épaule et la main qui enserrait le rasoir, et regarda sur le côté. Les petites étoiles s'enfuirent.

Quelqu'un se tenait devant le bâtiment principal et ne bougeait pas. Dans les premiers moments, il n'aurait pas su dire s'il s'agissait seulement d'un homme ; il n'avait distingué tout au plus qu'une vague silhouette – peut-être une ombre sur la moustiquaire de la véranda. Au bout de quelques instants, une voix encore rompue de sommeil mais au timbre cependant limpide retentit : « Pourquoi ne l'installes-tu pas plutôt de l'autre côté ? » Et l'homme qu'on venait d'interpeller ainsi répondit, d'une

voix légèrement entrecoupée de rires, à la personne dont il avait pressenti l'identité depuis un moment, mais qu'il ne reconnut avec certitude qu'en cette seconde : « Ça va me rendre dingue !
— Allons, dépêche-toi, répliqua l'autre avec un ton d'assurance un peu gouailleur. À moins que tu préfères ne pas déjeuner ? »

Il se retourna vers le petit miroir, souleva encore l'épaule et continua de se raser. En l'espace des quelques secondes écoulées, le soleil était monté d'un cran infime dans le ciel, mais il n'en avait pas fallu davantage pour que le tamarinier aux feuilles fournies, si délicates, fines et pennées, d'un vert tendre, en intercepte suffisamment les rayons pour qu'il pût se raser enfin, sans éprouver cette sensation d'éblouissement pénible et qui lui était presque physiquement douloureuse. Puis il se lava la figure, s'essuya dans une serviette d'éponge qu'il étendit soigneusement à sécher sur la chaise installée près de la porte d'entrée – une armature de métal à l'assise et au dossier tendus de fil plastique bleu, blanc et rouge. Il s'empara de la bassine, fit le tour de la maison et chavira toute l'eau savonneuse dans le buisson qui poussait près du petit cabanon en bois à la silhouette étroite et haute, et dont la porte s'ornait d'un cœur découpé à la scie. Les branches du buisson oscillèrent un bref instant, et des oiseaux invisibles jetèrent des pépiements fébriles. « Mais oui, mais oui », les tempéra-t-il. À cet endroit, du côté est, l'air était sensiblement plus chaud. Le long du petit mur courait une conduite d'eau piquée de rouille par endroits et qui s'achevait à la hauteur du genou par un robinet de laiton. C'est là, à l'endroit où il s'était lavé un peu plus tôt, qu'il rinça la bassine en zinc bosselée. Puis il referma le robinet qui sifflait et crachotait et s'en retourna devant la maison. Immédiatement un souffle d'air frais l'enveloppa et, bien qu'il ne fît vraiment pas froid, il fut parcouru malgré lui d'un frisson et resta figé là un moment. Puis il reposa la bassine contre le muret de pierre qui, haut d'un mètre à peine, entourait la véranda – il était badigeonné de blanc, mais le soleil du matin lui donnait en ces instants une teinte jaunâtre –, et se frictionna les bras. Alors, une fois les frissons dissipés comme nous chassons des pensées contrariantes, il saisit le miroir à deux doigts par l'un de ses angles, le décrocha de son petit clou, s'avança d'un pas dans la véranda et le déposa avec un soin méticuleux sur le rebord de pierre intérieur. C'est avec les mêmes précautions qu'il saisit les lunettes d'écaille qui reposaient là depuis la veille au soir et les chaussa. De grandes moustiquaires vertes tenaient toute la hauteur de la façade, depuis la crête du muret jusque sous le toit, et donnaient à la véranda l'aspect d'une gigantesque volière qui, ainsi isolée du dehors, n'était plus un simple élément adventice mais s'intégrait pleinement à la petite maison et faisait figure de grand, vaste et lumineux vestibule. Il fit encore un pas, s'avança dans la véranda baignée d'une lumière verte, la traversa et pénétra dans la grande pièce qui lui était attenante, côté est. C'était le seul espace de quelque ampleur. Pour le reste, la maison ne comprenait qu'une cuisine, un garde-manger et une chambre qui lui tenait lieu de débarras désormais ; ces deux dernières pièces étaient situées à l'ouest et occupaient à peu près un tiers de la superficie totale de la maison. Il ôta la serviette d'éponge rouge-noir qu'il avait achetée en ville bien des années plus tôt et dont il s'était ceint les hanches après s'être lavé le matin même, et, d'un geste habile et prompt, la lança contre le mur, où elle resta accrochée à un clou noir fixé dans la paroi. Un souffle de fraîcheur enveloppa aussitôt l'homme de nouveau nu, et il lui sembla que la lumière elle-même, à présent qu'il s'était défait de la serviette, n'était plus la même, et qu'elle se teintait d'un vert plus tendre et plus frais. Il régnait pendant la journée au sein de toutes les pièces, y compris celles des autres bâtiments de l'exploitation, une lumière verdâtre que filtraient les moustiquaires qui obturaient les baies des portes et fenêtres. L'espace d'un moment, il laissa courir les yeux le long de son corps, puis, du plat de la main, il se frappa le ventre : un claquement flasque retentit. Il n'était certes pas replet, mais il avait fait un peu de gras sans le remarquer vraiment, et, tout aussi insidieusement, cette bedaine légère continuait de prospérer. Il enfila un pantalon en lin à l'étoffe légère et si délavée qu'on avait peine à reconnaître qu'elle avait un jour été bleue, le boutonna, boucla la fine ceinture de cuir marron. Puis il revêtit une chemisette de coton légère aux tons également passés et, jetant comme tous les matins un coup d'œil à la large tache circulaire et sombre qui s'étalait sur le sol de terre battue rougeâtre, quitta la pièce. Comme chaque fois qu'il jetait ce regard fugitif, il eut l'impression que les contours de la tache redessinaient en quelque façon l'empreinte de son corps : ici les genoux ramenés vers le buste, là le flanc si lourd, là encore le haut du bras, où il avait couché la tête dans son sommeil. À ses pensées s'entremêlaient encore les mots en latin de la prière matinale à laquelle on consacrait toujours les premières minutes de la journée, et ce n'est qu'à l'instant où il se mit en route vers le corps principal de l'exploitation qu'enfin elles se dissipèrent et cessèrent de troubler son esprit. En chemin, il ôta ses lunettes, s'arrêta un instant, en nettoya les verres avec l'ourlet de sa chemisette. « Tout doux, tout doux », souffla-t-il à l'instant où il sentit au creux de sa cuisse le contact, la délicate pression d'un museau, et aussitôt il lâcha le pan de chemise, se pencha en avant et tapota affectueusement le cou du chien de taille moyenne, au pelage d'un jaune ocre. « Mais oui, mais oui. » La plaque qui oscillait au collier du chien tinta, la bête s'ébroua, la plaque du collier tinta encore. Puis l'homme chaussa de nouveau ses lunettes, les rajusta sur son nez et, levant enfin les yeux, poursuivit sa route.

Ce n'était pas tant qu'il comparait l'exploitation à leur ferme de Rosental, non, c'était bien davantage encore : son esprit substituait l'une à l'autre, qui avait irrémédiablement disparu. Le bâtiment principal était semblable au corps de ferme ; la petite bicoque où il vivait correspondait à la resserre ; et les quelques autres édifices du domaine n'avaient certes pas d'équivalent, mais il se disait qu'il était tout à fait possible, et même vraisemblable, que Thomas eût entre-temps fait construire une autre remise, aménagé pourquoi pas de nouvelles étables et bâti encore un abri ou quelque hangar… Les deux fermes étaient le pendant l'une de l'autre. Elles étaient devenues indissociables, tout avait fini par se confondre, comme les journées inégales se confondaient peu à peu en autant de semaines, de mois et d'années – en l'espace d'une vie entière.

Le corps principal de l'estancia comprenait deux parties distinctes, une aile nord et une aile sud qui formaient deux bâtiments à part entière et que séparait une distance de quatre bons pas. Mais un toit commun les unissait, aussi ne formaient-elles qu'une seule et même demeure. Au centre de l'espace couvert et largement dégagé qui s'étendait entre les deux ailes était installée une table recouverte d'une nappe en plastique rouge qu'on avait fixée en disposant à intervalles réguliers de fines pinces métalliques qui chatoyaient d'un éclat bleuté. C'est à cet endroit qu'on prenait tous les repas, sauf à la saison des pluies. Aujourd'hui encore, comme la toute première fois, il lui semblait qu'on avait dressé la table dans l'entrée d'un domaine agricole, que prolongerait à l'arrière-plan une cour intérieure enceinte d'autres bâtiments encore. Du côté est, vers lequel il se dirigeait justement, il n'y avait plus qu'un seul siège de libre, une chaise en bois rougeâtre – son emplacement attitré. Il approcha, inclina légèrement le buste et lança : « Bonjour ! », et six voix allègres lui répondirent : « Bonjour ! », et « Bonjour, Pablo ! ». Les visages sombres se tournèrent un instant vers lui et il leur adressa un sourire. Il y avait là Domingo et sa femme Julia, leurs deux fils Javier et Miguel, le cousin de Domingo, Juan, flanqué de son épouse Sol qui tenait dans son giron un tout jeune enfant babillant : Magdalena, la septième voix du chœur. Paul s'assit sur son siège, en rectifia la position, s'empara du plat qu'on lui tendait et se servit ; il attaqua sans plus attendre son petit déjeuner. Ces figures ne lui paraissaient sombres qu'une fois par jour, au matin, après qu'il avait lui-même, non pas contemplé, mais plus justement été contraint d'apercevoir son propre visage dans le miroir ; car celui-ci, à son réveil, était encore bien plus blafard qu'à l'ordinaire. Au petit matin tout était différent, les pensées, les voix, les couleurs. C'est avec un bel appétit et sans mâcher ou presque qu'il engloutit la portion de riz blanc mélangé de rares petits fragments de viande séchée qui lui picotaient toujours un peu la pointe de la langue, tant ils étaient salés ; il agrémenta le tout de quelques bouchées de pain blanc et d'une ou deux gorgées d'un café brûlant mais peu concentré. Bien qu'il eût rejoint les autres en retard, il fut le premier à en avoir terminé. Il écarta d'un rien son assiette en plastique avant de la rapprocher aussitôt, comme s'il venait de commettre un impair – mais il n'obéissait jamais ce faisant qu'à une habitude ancienne –, se renversa sur sa chaise, leva le menton et s'écria : « Allons les chercher ! »

Personne ne lui répondit. Tous mangeaient encore. Les assiettes et les couverts continuèrent de tinter, les bouches de mastiquer, les gorges avides de lamper, en contrepoint des bruits d'intestins et des gargouillements d'estomac qu'on aurait été bien en peine d'attribuer à tel ou tel. Paul respira à fond ; on aurait dit qu'il venait de pousser un léger soupir. Oui, au petit matin, tout était différent. C'est alors que Paul entendit soudain – non pas au creux de son oreille, mais loin derrière, au plus profond de son corps, et en même temps dans un très grand lointain – le fracas d'une rumeur immense et confuse, le martèlement de centaines et de centaines de pas qui foulaient le sable et la terre à une cadence monotone et régulière, et dont son esprit ne parvint d'abord pas à percer l'origine, avant qu'à ces sons ne s'associent bientôt des images, la vision de jambes robustes et fuselées, de couleurs différentes, qui soulevaient à un rythme effréné des nuages de poussière brillante, et le son et l'image surent se conjuguer alors en un souvenir, lui rappeler qu'il avait rêvé le matin même, peu avant son réveil – il pressentait déjà que celui-ci ne tarderait plus – qu'un troupeau de chevaux, de jeunes bêtes à l'allure souple et légère, était passé tout près de lui au grand galop, tandis qu'il était étendu sous un arbre et lisait un livre ; alors, il se saisit de nouveau de son assiette, la fit tourner d'un quart de tour et lâcha : « Ah, tu t'en es déjà chargé ! » Domingo leva enfin les yeux vers lui et répondit : « Oui. » Puis, après un moment, il écarta à son tour son assiette. Il s'étira en gémissant, et l'on vit scintiller un bref instant entre ses lèvres une canine en argent. « Je me suis levé tôt. — Tant mieux, dit Paul en se levant de table. Nous pourrons nous y mettre sans plus attendre. Je reviens tout de suite. » Il tourna les talons et regagna son logis, droit vers les rayons de soleil qui transperçaient en cet instant la ramure noire du tamarinier comme autant de lances.

Sur le sol, au centre de la pièce où Paul dormait, courait une rainure de trois centimètres de large et d'environ cinq centimètres de profondeur qui affectait la forme d'un cercle parfait ; c'est dans cette rainure que venaient s'encastrer la nuit venue les bords d'une moustiquaire blanche pareille à une tente et qu'un crochet de métal retenait au plafond. Le dormeur était ainsi prémuni au mieux des piqûres de moustique douloureuses et parfois même funestes. Paul, avant que lui vînt l'idée de la rainure dans le sol, avait été longtemps la proie désarmée des moustiques. Sitôt levé, il avait décroché la fine résille, l'avait ramassée, serrée d'un ruban et passée dans un anneau fixé au mur – on aurait dit le drapé d'une étoffe. Et il lui arrivait du reste d'y passer la main et d'en caresser les plis. Puis il avait répandu par terre une poudre blanche qui devenait invisible sitôt qu'elle entrait en contact avec le sol. Il n'en connaissait pas la composition exacte, savait simplement qu'il y entrait pour une très large part de la cendre obtenue en brûlant des peaux de banane. La poudre n'avait strictement aucun goût. C'était une sorte de mélange alcalin qui avait la vertu de venir à bout de l'humidité et des odeurs tenaces. Paul en avait fait la découverte dès les premiers mois passés dans le pays. Sur le long chemin qui l'avait conduit jusqu'ici, et avait duré une année entière, il lui était arrivé de voir çà et là des femmes occupées à en saupoudrer les matelas ou parfois les hamacs de leurs jeunes enfants. Les mâcheurs de feuilles de coca en usaient également : une fois la masse humectée, ils glissaient en son centre un peu de cette poudre alcaline qui avait le pouvoir de libérer l'alcaloïde, qui était absorbé plus vite et plus intensément par les muqueuses de la bouche. On pouvait se procurer cette poudre à tous les coins de rue. La large tache qui s'étendait sur le sol avait déjà séché.

Paul s'avança vers le coffre à linge en bois qu'il avait rangé dans le coin le plus reculé de la pièce et en sortit deux chaussettes appariées ; celles qu'il portait encore n'étaient presque plus humides à présent ; il les ôta, les saisit par les bords et les fit claquer l'une contre l'autre pour en chasser la terre et la poussière, mais il ne parvint qu'à les emberlificoter, et c'est ainsi, entortillées comme une natte, qu'il les lança dans le cercle qui tenait le centre de la pièce ; c'étaient ses chaussettes de la nuit et du petit jour. Il enfila des socquettes propres et, s'éloignant déjà, chaussa tant bien que mal en sautillant d'un pied sur l'autre ses bottes noires dont le cuir montrait par places, là où avaient frotté les branches des étriers, la couleur brune d'origine.

Oui, il était arrivé ici au terme d'un long, d'un très long chemin, mais ce n'est qu'a posteriori qu'il avait vu dans son parcours un cheminement, car au tout début, après avoir passé un temps assez bref dans la capitale du pays, il s'était contenté de progresser au hasard de la route, d'un village à l'autre, cédant par deux fois à un accès de fatigue et interrompant alors un temps son errance pour établir ses quartiers dans quelque hôtel discret d'un chef-lieu de province, travaillant tantôt ici, tantôt là, ainsi qu'un journalier, louant sa peine contre le vivre et le couvert, sans pressentir ni à plus forte raison espérer jamais qu'il s'établirait de nouveau quelque part un jour.

2

Depuis quelque temps déjà, une fois l'an, presque toujours entre la fin de la saison des pluies et Pâques, une poignée de religieux issus d'une congrégation avaient pris l'habitude de séjourner au domaine, l'estancia La Unión. Cette année-là, on avait déjà célébré Pâques qu'ils n'étaient toujours pas venus, et si l'on avait pris soin de différer certains travaux pendant plusieurs semaines afin que ceux-ci ne coïncident pas avec leur passage, on ne pouvait désormais attendre plus longtemps et l'heure était venue de s'en acquitter. On se disait que si les religieux arrivaient à présent, il leur faudrait patienter ; mais chacun nourrissait à part soi l'espoir d'en avoir terminé avant. Ce n'était pas tant qu'ils souhaitaient pouvoir leur consacrer davantage de temps, ou du moins leur réserver quelques instants : comme tous les êtres rompus à la solitude ou au confinement de l'entre-soi, il leur était pénible qu'on les observât à l'ouvrage. C'était assurément l'une des raisons qui avaient poussé Domingo à aller chercher ce matin-là les chevaux avant même le point du jour.

De loin, Paul aperçut un spectacle qui s'était dérobé à sa vue un peu plus tôt : on avait déjà préparé et attisé le feu ; derrière l'édifice principal montait déjà un épais et fin panache de fumée grise qui s'évanouissait bientôt dans l'air vif, silencieux et léger du matin, que rien ou presque n'effleurait ni ne faisait vibrer encore. Tout était prêt. Paul enroula la lèvre inférieure sur les dents de devant et souffla sèchement : un sifflement strident retentit. Le timbre n'en était pas éteint qu'on lui répondait déjà de toutes parts. Il fit le tour du corps principal en en suivant le flanc gauche. Le grand corral encore désert se déployait sous ses yeux ; au bord de l'aire sablonneuse presque blanche rougeoyait un feu nu, et l'on avait déjà disposé dans les braises les fers à marquer à la longue tige pourvue d'un manche en bois orange. Lorsque Paul s'approcha, il s'aperçut que l'extrémité en brasillait déjà, tranchant sur l'incandescence des tisons qui l'entouraient par sa tonalité tout à la fois plus claire et plus foncée en son cœur. Domingo traversa l'étendue sableuse d'une allure un peu brinquebalante, car il tenait dans la main droite un seau noir rempli d'eau à ras bord et dont le contenu débordait copieusement à chacun de ses pas. Il le posa finalement à côté du feu. Puis il s'agenouilla, saisit les fers à marquer par la poignée, s'en servit comme d'un tisonnier pour attiser les braises crépitantes. Dans le petit enclos qui s'étendait dans le prolongement du grand corral, les chevaux se pressaient déjà, et un voile de vapeur figé leur enveloppait le dos ainsi qu'une seconde robe. Les hommes éprouvaient régulièrement des difficultés à faire passer les chevaux d'un enclos à l'autre. Quelques années plus tôt, Paul avait eu l'idée de munir de roulettes l'un des flancs du corral, et de le rendre mobile au prix de quelques aménagements. Après avoir ébauché quelques esquisses, il avait présenté un plan détaillé à Domingo, et ils avaient mis à profit l'un de leurs rares moments de répit pour réaliser ce projet. L'idée était d'une très grande ingéniosité, car on pouvait réduire ainsi ou agrandir à sa guise la surface de l'enclos, et conduire dès lors le plus simplement du monde les chevaux vers le sas qui unissait les deux corrals. C'est à cet instant que Paul vit émerger les têtes de Javier et de Miguel : chacun d'eux tenait en main l'extrémité d'une corde. Ils avaient été chargés de faire avancer les chevaux en direction de la barrière à claire-voie du corral, et les maintenaient en éveil par leur seule présence. Ils étaient perchés tous deux – Miguel à droite, Javier à gauche – sur le plus haut rondin de la clôture de bois gris. Miguel se tenait sur le flanc du corral qu'on avait rendu mobile ; ils avaient réduit l'aire sablonneuse d'environ un quart de sa surface. La corde pendait mollement entre eux. Miguel fit soudain tournoyer dans les airs sa lanière de cuir, et il n'en fallut pas davantage pour qu'une nouvelle bousculade n'agite le troupeau. Les bêtes étaient cependant si agglutinées les unes aux autres qu'on percevait physiquement ce trouble plutôt qu'on ne l'apercevait vraiment. Domingo, levant à peine les yeux du foyer qu'il s'appliquait à alimenter avec un soin scrupuleux, marmonna à son fils : « Ne va pas me les rendre fous ! » Miguel fit disparaître la lanière de cuir dans la poche de son pantalon et adressa à Javier un rictus narquois. Celui-ci détourna les yeux et n'ébaucha en retour qu'un maigre sourire. Les deux garçons savaient tout naturellement ce qui plaisait ou non à leur père. Mais seul Miguel, le cadet, se permettait d'éprouver les limites de sa patience.

Paul enjamba le plus bas rondin de l'enclos, s'inclina profondément et, prenant appui sur la traverse de bois, se glissa à l'intérieur du corral. Domingo, les yeux plissés, était toujours à genoux devant le feu nu. Comme l'expression de son visage glabre était grave et sérieuse quand il travaillait, et comme elle l'était peu en dehors du labeur ! Paul avait l'impression que le tempérament changeant de Domingo s'était incarné dans la personne de ses fils en deux caractères d'une seule pièce et fondamentalement différents. Le sable chaud crissait doucement sous les semelles de Paul. Domingo releva la tête et plissa le front : « Et Juan ? », demanda-t-il. Paul haussa les épaules. Il avait aperçu Juan pour la dernière fois au moment du petit déjeuner. Domingo inclina la tête et le buste en arrière et lança à pleine gorge : « Juan ! » Paul, qui venait de jeter un regard aux deux garçons, vit les chevaux esquisser un peureux mouvement de recul. « Il le sait bien, pourtant », souffla Domingo avec humeur, mais il n'en dit pas davantage. Il se leva et se tapota les genoux pour en chasser le sable et la poussière.

Le domaine comprenait en tout et pour tout trois enclos. Le troisième était situé à l'arrière-plan, à un jet de pierre des deux autres, qu'un sas réunissait. On ne l'utilisait qu'en de rares occasions. L'enclos principal était celui où se tenaient maintenant Paul et Domingo. À l'ouest, le long d'un de ses flancs, courait une sorte de boyau cloisonné de planches, en *V*, laissant passage à ses deux extrémités, et dans lequel on pouvait immobiliser les bêtes. C'est là qu'on vaccinait les chevaux. Sur toute la longueur de ce boyau, à mi-hauteur, à environ un mètre du sol, avait été ménagé un passage en planches surélevé et horizontal où les hommes pouvaient se tenir debout et se pencher sur la nuque des bêtes. En cet instant, deux lassos, trois ou quatre paires de gants, quelques étoffes roulées en boule et un sac plastique vert renfermant des feuilles de coca reposaient sur les planches du passage.

Paul et Domingo se dirigèrent vers le sas. C'est à ce moment que Juan, émergeant entre les deux secteurs du bâtiment, arriva à toutes jambes, se précipita vers l'enclos et, d'un seul mouvement de balancier apparemment facile, se propulsa par-dessus le plus haut rondin. « Allez », dit Domingo, qui fut tout aussitôt contraint de reculer d'un pas, car déjà Juan se ruait sur la barrière à claire-voie que son aîné s'apprêtait justement à ouvrir. La barrière pivota sur elle-même. Domingo s'immobilisa, et seuls Juan et Paul s'avancèrent, à pas lents, l'un à la suite de l'autre, dans l'étroit goulet où l'on pouvait à peine écarter les bras. La voix de Domingo retentit dans leur dos : « Prenons-en d'abord quelques-uns. Cinq ou six, pas davantage. » Les deux jeunes garçons auxquels il venait de parler redressèrent alors la tête et, la corde une fois levée et comme se tenant à elle, progressèrent en équilibre sur le dessus de la clôture. À peine les avaient-ils dépassés que quelques-uns des chevaux qui se trouvaient derrière eux se dégagèrent de l'enclos, suivis progressivement de quelques autres. Les garçons se rassirent, tendirent la corde ; ils n'avaient plus devant eux que quelques bêtes. Celles qui étaient restées derrière eux et n'avaient pas décampé encore se tenaient à distance. Miguel, de la pointe de sa botte, frappa la cuisse du cheval qui était le plus près de lui et lâcha : « Allons, dégage ! » Paul ouvrit alors la barrière et se glissa hors du sas, tandis que

Miguel, plus rudement cette fois, aiguillonnait encore l'animal, qui se rua alors en avant. La barrière céda et s'ouvrit, frappant Juan qui la reçut en pleine poitrine et tira dessus pour l'ouvrir plus largement encore, avant de se glisser pareillement hors du sas : les bêtes, après un bref mouvement de recul apeuré, cavalèrent vers l'avant, puis s'immobilisèrent toutefois au bout de quelques mètres à peine. Déjà, Domingo avait refermé la première barrière. Javier et Miguel verrouillèrent la seconde, puis renouvelèrent la manœuvre. Il ne restait plus désormais dans l'enclos, à quelques pas de la barrière, qu'un jeune alezan d'un an environ, si proche de Domingo que celui-ci pouvait lui effleurer de la main le chanfrein, où s'étalait, oblongue, une liste blanche qui prenait naissance sur le front et descendait à l'oblique jusqu'aux naseaux. « Allez, ouste », souffla Domingo en ouvrant la barrière, et la bête, cette fois plus proche de Javier, reçut un coup de botte et s'empressa de trotter dans le grand corral. Une fois qu'on en eut terminé, Domingo referma la barrière et se dirigea vers le couloir de contention où l'on vaccinait les bêtes. Paul et Juan se joignirent à lui. « Comment procède-t-on ? », s'interrogea Juan, et Domingo répondit : « C'est toi qui les marques au fer. » Il enfila ses gants. Ils posèrent tous trois les yeux sur le jeune cheval qui se tenait à l'autre extrémité de l'enclos et en arpentait fébrilement la largeur en hennissant. Domingo ôta finalement ses gants et les tendit à Paul. « Tiens, lui dit-il, attrape-le, toi. » Paul se saisit des gants et les enfila. C'étaient de fins gants de cuir que Julia avait cousus pour son époux, et ils étaient un peu trop serrés pour Paul ; non pas trop grands, mais trop étroits : ses mains n'étaient pas plus longues que celles de Domingo, mais bien plus larges. Il attrapa le lasso, le plaça dans sa main gauche, le soupesa un peu d'un mouvement souple du poignet. « Tu crois que tu sauras encore ? », lui demanda Domingo. C'était moins une question qu'une exhortation ; il lui tardait de commencer enfin. Mais Paul était perdu dans ses pensées ; il réfléchissait d'une part à la meilleure façon de manier l'instrument, s'évertuait de l'autre à se rappeler comment il s'y était pris la fois précédente. « Nous allons voir ça tout de suite », dit-il en s'avançant déjà vers le cheval. De la main droite, il saisit le lasso et en ajusta le nœud coulant à la taille qu'il fallait ; puis il tint la courroie de cuir tressée de fines lanières de telle sorte que la boucle ne pût se refermer et, progressant toujours vers la bête, se mit à la faire lentement tournoyer. À mesure qu'il approchait de l'animal, il brandissait toujours plus haut la boucle qui virait avec lenteur au-dessus de sa tête. À l'instant où il jugea qu'il était assez près et, réglant déjà la mire, s'apprêta à faire une première tentative, la bête jusqu'alors impassible fit une soudaine embardée et, redressant largement la tête, s'en alla trotter à l'autre extrémité de l'enclos. Paul laissa retomber la boucle du lasso et prit une profonde respiration. Il sentait déjà le sang battre furieusement à ses tempes. Il espérait que ses maux de tête lui laisseraient encore un peu de répit. À pas lents, il s'approcha encore de la bête. « Mais oui, mais oui », souffla-t-il. Domingo et Juan étaient perchés sur l'appui courant au flanc du couloir de contention, et se tenaient prêts à intervenir. « Doucement », dit Juan. C'est à peine si Paul l'entendit. Il répéta : « Mais oui, mais oui », et se remit à faire tournoyer le lasso. Mais la bête, bien que tranquille jusqu'au tout dernier instant, décampa encore avant qu'il ait eu le temps de le lancer. « Tu dois être plus rapide », observa Juan, ce qui lui valut de la part de Domingo une bourrade dans les côtes qui l'arrêta net. Paul cracha par terre et suivit le cheval. « C'est ce que nous allons voir », souffla-t-il, aussi bien pour lui-même qu'à l'adresse de l'animal. Et, se remémorant un vieil adage : « S'il n'entend pas la force, use de la violence. » Il restait encore à bonne distance du cheval. Beaucoup trop loin, pour tout dire. Juan s'apprêtait déjà à lui asséner une autre remarque lorsque Domingo lui mit la main devant le visage, et Juan, n'insistant pas, écarta aussitôt celle-ci pour continuer à jouir du spectacle. Paul planta les yeux dans ceux de la bête, retroussa les lèvres, mania le lasso d'un geste leste à la hauteur de sa hanche, le brandit et le fit tournoyer encore à larges cercles au-dessus de sa tête et, avançant d'un pas, ouvrant la main gauche tel un lanceur de couteaux, le propulsa vers l'animal. La boucle s'enroula autour de la tête du cheval et glissa jusqu'à la naissance du cou. Les garçons ne se tenaient plus de joie. Ils exultaient, lançaient des sifflements. La bête était enfin captive. Le cheval, soit qu'il eût compris qu'on le tenait, soit que les cris et les sifflements l'eussent effarouché, se cabra de toute sa hauteur et Paul, qui venait d'enrouler le lasso autour de ses deux mains, et évoquait en cet instant un homme entravé par des liens, fut brusquement entraîné vers l'avant et manqua de perdre l'équilibre. Il fut contraint de faire plusieurs petits pas rapides, de se renverser en arrière et de s'arrimer fermement dans le sol de l'arène de sable blanc. On aurait juré que, mobilisant toutes ses forces, il tentait d'attirer à lui la bête ou de se tirer jusqu'à elle en s'aidant de la corde tressée ; mais il ne s'efforçait jamais que de retrouver un peu d'assise, et il sembla du reste y parvenir : bientôt l'homme ni la bête ne bougèrent plus guère. Domingo avait bondi de son affût perché et il était accouru ; il était à présent au côté de Paul, un pas derrière lui, et patientait. Il lançait au cheval des sons destinés à l'apaiser. Les bras de Paul tremblaient, ses genoux flageolaient, ses jambes étaient sur le point de céder ; il avait l'impression que la bête s'éloignait de lui, qu'il était en train de la perdre. Alors enfin Domingo intervint et, le dos fléchi, les mains tendues en avant, se déplaça avec prudence le long de la corde en tirant dessus – il lançait toujours à l'animal ces mots chuchotés qui savaient l'amadouer – jusqu'à ce qu'il fût au plus près du cheval. Ses mouvements étaient tout de souplesse et d'agilité, on aurait dit qu'il flottait au-dessus du sol sablonneux. Puis il se figea sur place. Il franchit les derniers mètres en un éclair. D'un bond il se rua sur l'animal, saisit son crâne à deux mains et le tourna violemment. Le cheval chancela, perdit l'équilibre, s'effondra lourdement sur le flanc. Un choc sourd retentit ; les poumons étaient comprimés. Des tourbillons de sable se soulevèrent. Aussitôt Paul lâcha le lasso, se précipita, se mit à genoux près de la bête vaincue et, prenant grand soin de ne pas recevoir une ruade, en saisit la queue, la tira sèchement entre les jambes arrière et la plaqua contre le ventre, cependant que Domingo maintenait la bête au niveau de la tête et de l'encolure, puis enfin des membres antérieurs. Le cheval, après s'être débattu en vain quelques instants, baissa pavillon et ne bougea bientôt plus. Un souffle lourd, sonore et puissant s'exhalait par ses larges naseaux qui se dilataient, découvrant les muqueuses d'un rouge profond des cavités nasales. Juan s'avança alors, le fer à marquer rougeoyant en main, et s'immobilisa près de Paul. « Juste un peu, dit Domingo, tu m'entends ? Pas trop profondément, Juan. » À gestes lents mais unis et réguliers, et sans trembler jamais, Juan, tenant le fer à deux mains, l'approcha de la cuisse de la bête et l'enfonça enfin dans la robe rougeâtre que la chaleur avait roussie avant même la morsure du fer : on vit s'y imprimer à la bonne profondeur un *U* gros comme le poing et aux contours parfaitement délinéés. Une âcre et nauséabonde odeur de crins brûlés et de peau calcinée monta dans l'air. Le cheval demeurait parfaitement immobile, comme s'il n'avait rien senti. Domingo saisit le nœud coulant, desserra la boucle du lasso, libéra le cou de la bête. Il échangea avec Paul un bref regard de connivence, puis ils cessèrent de maintenir l'animal au sol et reculèrent d'un prompt mouvement. Aussitôt le cheval se redressa sur ses jambes et, ne cessant de soulever l'arrière-main et de décocher des ruades comme pour chasser la douleur, s'enfuit au loin. Le tout n'avait pas duré une minute. Un vif grésillement montait du feu nu. Juan venait de plonger le fer à marquer dans un seau rempli d'eau pour le refroidir et, une spatule en main, grattait à présent les derniers reliquats de peau et de crins brûlés. « Allez, au suivant ! », s'exclama Domingo. « Et débarrassez-moi de celui-là ! Julia ! » Lui et Paul étaient désormais galvanisés et redoublaient d'ardeur. Ils rejoignirent au pas de course la barrière à claire-voie derrière laquelle Javier et Miguel avaient isolé depuis très longtemps déjà une nouvelle bête. Dans l'intervalle, Julia et Sol, dont la curiosité avait été piquée par les vivats, les sifflements des jeunes garçons, étaient sorties de la maison et s'étaient postées le long de la clôture de l'enclos pour observer la manœuvre. Sol donnait le sein à son enfant – tous au domaine avaient d'ailleurs l'impression que c'était là sa principale occupation depuis des mois. Julia s'éloigna de la clôture, s'avança vers la barrière ajourée située du côté nord, l'ouvrit, la fit pivoter largement sur son axe. Domingo s'approcha du jeune cheval âgé d'un an et, décrivant des moulinets avec les bras, martelant le sol de l'arène avec le talon de sa botte et clamant ces sons dont il avait seul le secret, le chassa hors de l'enclos. Aussitôt la bête s'en fut et, le port de tête toujours très haut, décrivant une boucle pour éviter Sol, suivit le premier enclos sur toute sa longueur avant de pénétrer dans le second, où se trouvait le reste du troupeau, se posta contre la clôture et enfouit la tête dans la mêlée de ses semblables. Sitôt que Julia eut refermé la barrière, on fit pénétrer la bête suivante dans le corral. Paul saisit de nouveau le lasso dans sa main gauche, le soupesa un peu et, le souffle toujours pantelant, suivit le cheval à la robe isabelle. Il haletait, oui ; mais l'adrénaline pour un temps avait complètement effacé les martèlements qui lui vrillaient les tempes.

Ces signes avant-coureurs de douleurs plus vives ne se manifestèrent plus jusqu'à l'heure du déjeuner, ou peu s'en faut. Mais à midi, lorsque Julia fit tinter la cloche les conviant à passer à table, les maux de tête de Paul, amplifiés par la chaleur accablante qui régnait ce jour-là, sans un souffle d'air, s'étaient déjà pleinement installés ; aussi est-ce la tête basse, les mâchoires crispées, qu'il quitta l'enclos sous les yeux de tous, sans plus de volonté qu'un pantin, longea le corps principal du domaine et regagna sa bicoque. Là, il alla chercher dans le garde-manger aux murs aveugles un bidon de fer-blanc grossièrement badigeonné de peinture rouge-rose, en dévissa le bouchon, remplit un verre doseur jusqu'à une graduation précise. Puis il versa le contenu du verre dans une bouteille de plastique vert foncé où subsistait encore un fond de liquide, rajouta une mesure d'eau, fit glisser dans la bouteille une poudre effervescente qu'il avait puisée dans un petit sachet et remplit enfin le reste du récipient avec de l'eau. Il but le breuvage aussitôt, sans même l'agiter. Il posa la bouteille, la tint vers la lumière, chercha du regard le niveau et le petit repère qu'il avait fait lui-même au crayon, constata qu'il n'était pas encore atteint et là-dessus but encore une gorgée. Puis il écarta la bouteille sans plus de façons et s'affala sur une chaise. Il se prit la tête à deux mains, étouffa un gémissement, marmonna : « Pourquoi ? » Il secoua la tête. Ce fut le seul mot qu'il prononça, mais celui-ci renfermait une histoire entière, il résumait à soi seul l'essentiel, il embrassait l'étendue d'une vie : Pourquoi est-ce que je m'inflige cela ? Pourquoi faut-il que je me tourmente de la sorte, de graduation en graduation ? Il poussa encore un soupir. Il connaissait la réponse. Il se souvenait même du jour où elle lui était apparue. Et sitôt que l'alcool commença à agir, le questionnement disparut, les *pourquoi* s'effacèrent en même temps que les douleurs qui lui suppliciaient le crâne, et il se leva, revissa le bouchon de la bouteille, la déposa au fond de la cavité qu'il avait ménagée en profondeur dans le sol du réduit qui lui tenait lieu de garde-manger, l'obtura d'un couvercle de bois, quitta sa petite maison et rejoignit l'aire couverte où tous, sans même l'attendre, avaient déjà commencé leur déjeuner.

Il était si fréquent qu'on attendît en vain ; c'était comme si le propre de l'attente était d'être presque toujours déçue ; ce n'est qu'à l'instant où l'on cessait d'espérer que les événements se décidaient enfin à se produire. Il en fut ainsi cette fois encore. Depuis des semaines, à l'estancia La Unión, toutes les conversations tournaient autour du retard des religieux ; et, en cette journée particulièrement bien remplie, le sujet, pour la première fois depuis bien longtemps, avait été relégué au second plan. À la tombée du soir, comme s'il avait fallu que l'attente disparût pour qu'enfin les choses adviennent, l'un des frères de la communauté fit son entrée au domaine. Plutôt courtaud, le corps grêle et les épaules étroites, il apparut soudainement à leurs yeux, figé contre la clôture de l'un des parcs, le maintien si roide qu'on aurait pu le confondre avec l'un des piquets de celle-ci. C'était le frère José.

Ils n'avaient pas ménagé leur peine. Paul et Domingo s'étaient relayés pour attraper les chevaux, et ils n'avaient été contraints de travailler avec deux lassos qu'en de rares occasions. Ils étaient cependant encore loin d'en avoir terminé. L'enclos s'était entièrement vidé, mais dans le sas raccordant les deux corrals se pressaient encore cinq ou six bêtes qu'il allait leur falloir marquer au fer chauffé au rouge. « Frère José! », s'exclama Domingo. Il jeta le lasso sur son épaule, ôta ses gants, approcha de la clôture et salua le visiteur. Paul et Juan s'avancèrent également pour lui souhaiter la bienvenue; seuls les deux garçons restèrent en retrait, occupés à tenir en respect le cheval qu'ils avaient isolé du troupeau; ils adressèrent à José un geste amical.

À peine quelques minutes plus tard, ils avaient appris que le camion des frères les avait lâchés en rase campagne, et que José avait été contraint de faire la route à pied, tandis que les autres – ils étaient au nombre de trois, cette fois – étaient restés là-bas auprès du véhicule. Les propos du religieux ne tardèrent pas à leur apprendre à quel endroit à peu près celui-ci s'était enlisé dans le sol bourbeux. Juan, qui jusqu'à présent s'était occupé du feu, s'en désintéressa alors, et Domingo, au milieu de la conversation, les quitta un instant pour aller le raviver. À son retour, il fit part à chacun de la décision qu'il avait arrêtée; elle prenait le contre-pied de tout ce qu'ils étaient convenus quelques instants plus tôt. Miguel et Javier étaient perchés, l'un à gauche, l'autre à droite, sur les plus hauts rondins du sas unissant les deux corrals. Domingo, avant même qu'il s'éloigne pour aller alimenter et tisonner le foyer, avait laissé courir sans cesse le regard de l'un à l'autre, et Miguel s'était empressé de rempocher sa lanière de cuir. En cet instant, frère José était en train de raconter quelque chose à Paul. On ne savait trop quoi pour le moment. Raconter était du reste un bien grand mot: ses phrases s'entrecoupaient sans cesse de larges sourires entendus qui n'étaient d'ailleurs chez lui qu'une simple habitude, laquelle ne trahissait en rien la nature ni les intentions de ses propos. Alors qu'il s'était interrompu une fois encore – sans en prendre nullement conscience, de toute évidence – pour laisser s'épanouir ce bon sourire d'aise, Domingo lui demanda si les autres avaient encore suffisamment d'eau et des réserves de nourriture. « Non, répondit José avec un sourire onctueux, juste un peu d'eau. C'est-à-dire, n'est-ce pas, qu'avant la… panne, nous avons fait halte là où nous avons toujours l'habitude de nous arrêter, et nous avons consommé nos dernières provisions de bouche. » Domingo hocha la tête et, presque dans le même mouvement, se retourna vers les deux jeunes garçons et leur cria d'approcher. Les deux frères se laissèrent glisser de leur affût perché et accoururent. Domingo, plantant le regard tour à tour dans les yeux de l'un et de l'autre, leur expliqua ce qu'il attendait d'eux. Là-dessus les deux gamins, bridant l'hilarité qui se peignait déjà sur leurs visages, détalèrent en direction du bâtiment principal, et Domingo s'éloigna lui aussi ; il marcha vers la barrière à claire-voie du sas. Quelques secondes plus tard, après que Domingo leur eut adressé un regard par-dessus l'épaule, Paul et Juan quittèrent la clôture de l'enclos et lui emboîtèrent le pas. Soudain Paul se retourna et se figea net. Il dit : « Vous feriez mieux de rentrer à la ferme, frère José. Julia va sûrement vous préparer un petit quelque chose. Le plus sage est de vous reposer un peu. Car… enfin… voilà ! » Il hocha la tête d'un air résolu et, à l'instant où il allait se retourner, vit se dessiner encore ce fin sourire sur les lèvres de José, qui cette fois cependant n'avait rien dit, et il ne put se défendre de sourire aussi.

3

Javier et Miguel avaient sellé les chevaux – l'un celui de Domingo, à la robe fauve, et l'autre celui de Juan, le moreau –, rempli les sacoches en cuir doubles de pain, de fromage, de viande boucanée et de plusieurs bouteilles d'eau, puis ils avaient enfourché sans plus attendre leurs montures. Il faisait encore grand jour et leur émotion était vive. À mesure qu'ils progressaient, celle-ci ne s'estompa pas, mais ne les étreignit que plus profondément encore. S'il en était ainsi, ce n'était pas à cause de l'obscurité qui ne tarderait pas à s'étendre sur le pays, ni de la mission qui leur avait été assignée, mais parce qu'ils étaient encore tout à l'ivresse de leur chevauchée. Naturellement, il leur était déjà souvent arrivé par le passé de quitter le domaine et de s'en aller à l'aventure, mais c'était toujours en secret – ce qui ne signifiait pas pour autant qu'on ne les eût pas découverts à l'occasion –, et jamais encore leur père n'avait pris l'initiative de les envoyer aussi loin, et sans aucune escorte. Plus ils s'éloignaient de l'estancia La Unión, plus ils mettaient de barrières de corrals entre elle et eux comme autant de frontières de pays, plus ils sentaient naître et grandir en eux l'impression d'entrer dans le monde des adultes, non plus seulement à la faveur des tâches qu'ils accomplissaient, mais sans réserve et de plain-pied.

Leur mère, dès qu'elle avait eu vent de leur projet, était sortie du corps de logis à pas lourds et avait lancé d'une voix furibonde à son mari qui se tenait dans l'enclos : « Tu as donc l'intention d'envoyer les enfants là-bas ? Alors que la nuit s'apprête à tomber ? Tu n'as plus toute ta tête ? » Domingo ne lui prêta pas la plus petite attention, ne lui fit pas même l'aumône d'un regard, aussi lança-t-elle d'un ton plus enflammé encore : « Tu m'entends ? » Alors Domingo laissa retomber son lasso et répliqua d'une voix sereine : « Qu'à cela ne tienne, Julia : tu n'auras qu'à les accompagner. » Et, après avoir jeté un bref regard dans sa direction, non pour guetter sa réaction, mais pour s'assurer que personne d'autre ne se tenait le long de la clôture, il ajouta d'une voix un peu plus feutrée : « Emmène le frère José avec toi, si tu veux. » Puis il tourna les talons et suivit le cheval qui avait galopé entre-temps de l'autre côté du corral. Julia foudroya Paul du regard – lui seul le lui avait renvoyé. Il ne voulait pas être mêlé à leurs querelles de couple, elles ne le concernaient en rien. Miguel et Javier, qui s'étaient postés à la fenêtre et, dissimulés par la véranda, avaient assisté en secret à la scène tout entière, riaient sous cape. Leur mère à dos de cheval, quel hilarant spectacle ! Cela vaudrait assurément le coup d'œil ! Elle et le vieux prêtre caracolant sur la même rosse, peut-être ? Mais ils seraient ballottés comme des sacs de noix ! Chahutés comme des pantins ! Ils riaient aux éclats. Ils savaient que les images qui défilaient en cet instant déjà sous les yeux de leur âme seraient bientôt réalité, et leur joie n'en était qu'amplifiée. Miguel, d'une pétulante gaieté, se blottit contre son frère et lui glissa à l'oreille : « Qu'en dis-tu, Javi : n'aurions-nous pas plus vite fait avec l'auto ? » Javier, comme souvent – pour mieux dire : comme toujours – lorsqu'il s'était laissé aller à un excès d'enthousiasme, et que l'exaltation de son frère le dégrisait et le ramenait à la raison, le repoussa avec rudesse et lui dit simplement en affectant un léger ton de reproche : « Allons, espèce d'idiot, nous n'avons plus une minute à perdre ! »

Ils s'abandonnaient si bien à leur émotion et à leurs pensées que c'est à peine s'ils échangèrent un mot de tout le trajet. Il n'y avait qu'à l'instant où ils atteignaient la barrière d'un parc ou d'un corral que Miguel, mettant pied à terre, s'écriait : « Là ! », tendait les guides à Javier pour qu'il les retînt dans sa main, s'en allait ouvrir largement la barrière, attendait que Javier fût passé avec les chevaux, la refermait, s'emparait de nouveau des rênes et remontait en selle ; et, à la barrière suivante, c'est Javier qui prenait le relais. Ils chevauchèrent ainsi un moment. Mais peu à peu l'agitation qui s'était emparée d'eux les quitta et, comme si elle les avait distancés, et qu'ils eussent voulu la rattraper, ils fouaillèrent leurs bêtes et c'est au grand galop qu'ils rejoignirent la barrière suivante. Cette fois ce fut encore Miguel qui s'écria : « Là ! » Mais, une fois qu'il eut enfourché de nouveau le moreau, ils reprirent l'allure du trot. Ils avaient déjà parcouru bien des *leguas*, et il leur en restait encore beaucoup à parcourir ; ils auraient été bien en peine de dire combien. Ils connaissaient à merveille l'itinéraire, ils l'avaient déjà emprunté bien souvent en auto par le passé, mais ils ne savaient pas à quelle profondeur de la parcelle boisée qu'ils atteindraient un peu plus tard se trouvait le camion des religieux. Miguel dit à son frère : « Pour une fois que nous coupons à la corvée des cours ! » Javier lui répondit : « Des clous ! Je te parie que nous devrons trimer deux fois plus dur demain. — Tu crois ? — J'en suis certain. Tu connais notre Pablo. — Malheur de malheur. » Puis ils gardèrent de nouveau le silence.

La lune n'était pas encore levée, mais déjà le bleu nuit de l'immense voûte céleste qui s'arrondissait au-dessus de leurs têtes se criblait d'étoiles, et l'on distinguait avec netteté le chemin. La voie était semée de larges flaques d'eau luisantes, et les chevaux contournaient craintivement chacune d'elles. Dans les herbages bordant le chemin les cigales stridulaient, et les deux frères, contre toute raison, avaient l'impression que c'étaient toujours les mêmes qui leur faisaient escorte. De temps à autre un froissement courait dans les herbes : un caïman dont on avait troublé la quiétude. Peu à peu l'air fraîchissait, et Javier tira les manches de sa chemise sur ses avant-bras nus. À cet instant Miguel lui demanda : « Javier ? — Oui ? — Tu as peur ? — Non. Pourquoi ? — Pour rien. Comme ça. » Le chant des cigales paraissait gagner en puissance. « Allez », s'écria soudain Javier. Et, d'un mouvement de la jambe extérieure, il poussa son cheval au galop. Il glissa les pieds dans les étriers, se pencha largement en avant, se retint à la crinière avec l'index – une habitude ancienne qu'il avait conservée, car à la vérité il gardait l'équilibre sans l'aide des mains. Puis il tourna la tête et lança : « Si nous ne nous dépêchons pas, ils auront tôt fait de nous rattraper ! » Quelques secondes plus tard, Miguel, serrant sa lanière de cuir noir aussi fermement que les rênes, le dépassait déjà sur sa gauche, filant à bride abattue, et le cheval de Javier adopta tout naturellement la même allure : jusqu'à la barrière de corral suivante, les deux frères rivalisèrent de fougue et de vitesse. Alors enfin ils sentirent poindre de nouveau en eux l'ardeur qui les habitait encore un peu plus tôt, comme si elle n'avait été que momentanément occultée. Après quelque temps, ils quittèrent l'étendue dégagée des prairies et pénétrèrent dans les bois ; la température fléchit encore de quelques degrés – la course à laquelle ils venaient de se livrer leur avait échauffé les sangs, et rien ne leur fut plus agréable en cet instant –, des ténèbres épaisses les accueillirent et un profond silence se fit : les stridulations des cigales, qui les avaient enveloppés comme autant d'étoiles invisibles mais sonores piquetant la vastitude des prairies, furent reléguées peu à peu à l'arrière-plan et on ne les entendit bientôt plus. « Tu crois qu'ils nous rattraperont ? », demanda Miguel. On aurait dit qu'en secret il l'espérait un peu. « Non, répondit Javier, nous n'en avons plus pour longtemps. » Depuis qu'ils s'étaient enfoncés dans la forêt, ils ne distinguaient plus que des silhouettes. Un certain temps s'écoula avant que leurs yeux se fassent à cette pénombre ; ils s'aperçurent alors que les cimes des arbres au-dessus de leur tête s'éclaircissaient peu à peu, s'ouvraient par places, laissaient deviner çà et là dans leurs échancrures un pan de ciel étoilé. Ils levaient souvent les yeux vers les hauteurs ; ce qu'ils apercevaient alors leur était plus familier que le spectacle qui se déployait devant eux, aussi y cherchaient-ils un appui. Soudain Miguel éclata de rire. « Qu'est-ce qui te prend ? lui demanda Javier. — Rien, répondit-il. C'est juste que… tu te rappelles comme Pablo s'y est pris ce matin avec l'alezan ? Tu sais bien, au tout début ! — Oui, c'était pas mal », répliqua Javier, et il laissa éclater à son tour ce grand rire qui, semblable à celui de son frère, le redoublait comme un écho.

Quelques semaines plus tôt, Javier avait fêté son onzième anniversaire. Miguel allait avoir neuf ans en septembre. Paul était un peu comme un oncle pour eux, et du reste il leur arrivait de l'appeler ainsi. Ils savaient cependant qu'il n'était pas leur oncle, qu'aucun lien de parenté ne les unissait. Mais, du plus loin qu'ils se souvinssent, Paul avait toujours été là. Il résidait dans une petite bicoque un peu à l'écart de la leur. De tous les êtres qu'ils côtoyaient, il était le plus impénétrable à leurs yeux : bien des facettes de sa personnalité leur demeuraient énigmatiques, et le mystère s'était épaissi à mesure qu'ils avaient vieilli. Mais cette opacité, loin de les rebuter, ne contribuait au contraire qu'à les attirer vers lui. Sans doute en aurait-il été tout autrement s'il avait été un parent à eux ; mais il n'en était rien, et, sans l'obstacle des liens de famille, ils se sentaient encore plus proches de lui. Quant au mystère dont il s'entourait, voilà bien longtemps qu'il leur était devenu familier. Ils s'étaient habitués à ne recevoir le plus souvent que des réponses évasives à leurs questions – c'est qu'ils brûlaient d'en savoir davantage –, mais ne s'étaient pas découragés pour autant. Au fil des années, la nature de celles-ci avait changé ; et si Paul avait longtemps su, à la faveur d'un soudain éclat de rire, d'une plaisanterie, d'une question posée en retour, qui détournait l'attention des gamins et leur faisait oublier leur propre question, s'y soustraire habilement, il n'en allait plus ainsi à présent. Dans leur prime enfance, ils lui demandaient : « Pourquoi as-tu autant de poils sur le visage ? » Et maintenant : « Où as-tu passé ton enfance, oncle Pablo ? » La métamorphose ne s'était d'ailleurs accomplie qu'en surface ; le noyau était resté le même.

La curiosité ne s'inculque pas. Elle vit en chacun de nous. Elle est pareille à une plante, et tout au plus pouvons-nous la laisser s'étioler, dépérir et mourir, ou à rebours nous y consacrer et la faire éclore et s'épanouir. Paul, hors de rares exceptions, faisait la classe aux deux garçons six jours par semaine ; deux heures le matin, et une heure en soirée. Il leur apprit à lire, à écrire, à compter. L'année précédente – non, cela remontait à deux ans ; on ne voyait pas le temps passer ! –, il avait entrepris de leur enseigner des rudiments d'anglais et de latin. Et, de temps à autre, mais ce n'étaient pas à proprement parler des cours, il leur inculquait des notions de géographie et d'histoire. En toutes choses, c'était eux qui insistaient pour qu'il introduisît un peu de nouveauté. Les deux garçons avaient fini par croire qu'il était en leur pouvoir de décider du déroulement des cours ; c'était eux qui exigeaient quelque chose de lui, et non l'inverse, tel était du moins leur sentiment, et c'était aussi l'une des raisons pour lesquelles – séduisante indépendance ! – ils assistaient volontiers aux leçons que Paul leur dispensait dans sa petite maison, et prenaient docilement place à leurs pupitres, sur la véranda. Parfois, Paul consentait à ce qu'ils transportent les tables sous le tamarinier, et lui-même s'asseyait alors sur le sol, appuyait le dos contre le tronc de l'arbre, ramenait les jambes vers lui et, fracturant de temps à autre la gousse brune d'un tamarin, conversait avec eux. C'étaient leurs plus belles heures. La discussion que Javier et Miguel avaient menée un instant plus tôt n'était imputable qu'à l'illusion momentanée d'avoir atteint l'âge d'homme ; c'est tout naturellement qu'ils avaient parlé avec dédain de ce qu'ils chérissaient ; mais au plus profond d'eux-mêmes ils se réjouissaient à l'idée des heures solaires du lendemain matin – peut-être sous l'ombrage du tamarinier. Et il résonnait dans leur rire un peu de cette joie anticipée.

Une fois que leur allégresse se fut éteinte, c'est avec un calme retrouvé qu'ils poursuivirent leur route au petit trot, menant les chevaux flanc à flanc sur la sente étroite qui courait à travers bois, et de temps à autre leurs jambes s'effleuraient d'un rien, on entendait le tintement bref des étriers entrechoqués. Chaque fois qu'une bête se frayait un passage dans la profondeur des fourrés ou qu'un oiseau prenait son essor, ils sursautaient et leurs bêtes avec eux, mais de moins en moins à mesure que le temps passait, et leur courage s'affermissait avec l'habitude.

Soudain ils aperçurent une lumière. Ce ne fut d'abord qu'une lointaine lueur, puis un petit halo de lumière à quelques centaines de mètres tout au plus, et ils s'écrièrent au même instant : « Les voilà ! » Javier tendit la lèvre inférieure sur les dents et modula un sifflement. On ne lui fit aucune réponse. Miguel siffla à son tour. Toujours rien. Ils chevauchèrent un moment encore, s'arrêtèrent, mirent pied à terre et guidèrent les chevaux le long du sentier forestier en les tenant par les rênes. Ils distinguaient désormais avec netteté les contours du véhicule, un pick-up Ford F-1000 qui ne devait son appellation de camion qu'à sa seule structure surélevée. Rien ne bougeait encore. La lumière provenait de l'habitacle. « Qu'en dis-tu ? souffla Miguel, c'est eux ? — Je n'en sais rien, repartit Javier, mais je ne vois pas qui cela pourrait être, sinon. Allons-y. Attends. Laissons plutôt nos chevaux ici. » Ils passèrent les rênes derrière les étriers, abandonnèrent là leurs chevaux et s'avancèrent vers le pick-up. À cet endroit de la forêt le sol s'enfonçait profondément sous les pas, ils le ressentaient en cet instant avec une netteté particulière. Miguel tira Javier par la manche de sa chemise. Celui-ci se retourna brusquement et chuchota d'un ton cinglant : « Qu'y a-t-il ? Arrête tout de suite. » Ils parcoururent les derniers mètres à pas plus lents encore. La lumière émanait d'une lampe de poche. Elle les éblouissait et ils n'arrivaient pas à distinguer si quelqu'un se tenait à l'intérieur du camion. Il était en tout cas rassurant que la lumière fût immobile et, à l'instant où ils contournèrent le véhicule, ne les suivît pas. Ils patientèrent quelques secondes, le temps que se dissipent les fugitifs petits cercles rouges qui leur brouillaient la vue, puis ils s'approchèrent du pick-up par l'un de ses flancs. Ils s'aperçurent alors que quelqu'un était installé dans l'habitacle. C'était un homme âgé dont la tête avait roulé sur la poitrine. La pointe de son menton reposait sur le haut de son buste. Aussitôt leur cœur se mit à battre à folle allure et, à l'instant où Javier leva la main, hésita un instant, frappa plusieurs petits coups prudents à la vitre, il frémissait de tout son être. Rien ne se passa. D'une main plus assurée, il frappa encore à la vitre. Il était profondément saisi encore, mais se sentait soudain délivré de toute peur. C'est alors qu'un soubresaut parcourut le corps du vieil homme. Les deux garçons poussèrent un soupir de soulagement. Il n'était donc pas mort ! L'homme releva le menton et tourna la tête – pas en direction de la vitre derrière laquelle l'épiaient les deux garçons, mais de l'autre côté. Et, une seconde plus tard, la portière s'ouvrit du côté conducteur et une voix s'écria : « Ah, vous voilà arrivés ! » Les garçons esquissèrent un pas de côté, se firent un paravent de leur main pour n'être pas aveuglés par la lumière de la lampe de poche, mais ils ne parvinrent pas à voir qui venait de parler. La portière s'ouvrit alors également du côté passager et l'homme qui somnolait encore un instant plus tôt leur lança : « Miguelito ! Javiercito ! Voici nos sauveurs, surgis des profondeurs de la nuit ! » Ils ne l'avaient d'abord pas reconnu. Et, tandis que de dansants petits cercles rouges leur brouillaient de nouveau la vue, c'est à sa voix seule qu'ils identifièrent le vieux frère Alfredo, et aussitôt ils se sentirent délivrés d'un poids. Ils se jetèrent à son cou, comme ils ne l'avaient plus fait depuis des éternités. « Vous avez donc fait le chemin tout seuls ? — Bien sûr, répliqua Miguel. — Tonnerre de Dieu ! tempêta une voix de l'autre côté du véhicule. — Nous avons laissé les chevaux un peu plus loin dans la forêt », dit Miguel en désignant du bras les ténèbres. Une idée germa soudain dans son esprit et il ajouta d'une voix claironnante : « Ah, j'allais oublier l'eau ! » Il s'empressa d'aller chercher les bouteilles et les casse-croûte que renfermaient les sacoches de leurs selles. Il n'eut du reste pas à accomplir un long trajet, car leurs montures les avaient suivis. À son retour, les deux autres membres de la troupe – frère Francisco et le plus jeune d'entre eux, Guillermo – s'étaient également postés du côté passager et conversaient avec Javier. Ils avouèrent ingénument qu'ils s'étaient tous trois endormis. Ils étaient recrus de fatigue et il n'y avait rien d'autre à faire qu'attendre. Aussi en avaient-ils profité pour sommeiller un peu. Javier leur raconta l'arrivée du frère José au domaine et leur expliqua qu'ils s'étaient attelés le jour même aux tâches de marquage des bêtes, qu'ils avaient longtemps différées. Alfredo, par simple curiosité, lui demanda pourquoi ils avaient d'abord remis ces travaux à plus tard. Javier lui fit une réponse évasive. C'est à cet instant que Miguel avait reparu, les bras encombrés de vivres, et Guillermo lui avait prêté une main secourable. Miguel salua les deux frères auxquels il n'avait pas encore adressé la parole. Une pause s'instaura. « Et maintenant ? demanda Alfredo. — D'un point de vue purement théorique… », commença Javier, usant d'une des expressions de prédilection de Paul, mais il n'acheva pas sa phrase. Il se reprit : « Ils ne devraient plus tarder à présent. Ils comptaient marquer au fer les derniers chevaux et prendre la route ensuite. »

Alfredo avait en main la lampe de poche et en dirigeait le faisceau vers les roues du pick-up. Les frères s'étaient embourbés jusqu'aux moyeux dans la terre noirâtre, amollie et gorgée d'eau. Les deux garçons se campèrent à côté de lui. « Tenez, regardez-moi ça », souffla-t-il en faisant courir la tache de lumière ici et là. « Nous avons battu la forêt pour en rapporter des branches, des rameaux, du petit bois très sec, tout ce qui nous a paru de quelque utilité, et nous l'avons glissé sous les roues. En pure perte, hélas. L'astuce n'a pas fonctionné. Nous sommes mêmes allés jusqu'à enlever l'une des planches des ridelles » – la tache de lumière fit encore un bond – « tu sais, avec le démonte-pneu, et nous l'avons calée sous l'une des roues : mais elle s'est aussitôt brisée net et elle ne nous aura pas été d'un plus grand secours. »

Javier s'accroupit et posa sur la terre ses mains aux paumes offertes. Les pluies l'avaient détrempée en profondeur. C'était déjà un miracle qu'ils aient pu pousser jusqu'ici. Il venait d'exprimer là le fond de sa pensée. Il l'avait divulguée davantage pour Miguel et lui-même que pour les frères de la communauté. « Oui, rendons-en grâce à Dieu ! », répondit Francisco. Et comme la terre était froide sous ses mains ! Les rayons du soleil ne perçaient-ils donc jamais par ici ? Javier leva la tête. Seules quelques étoiles isolées scintillaient dans les échappées du dôme de feuillage. Javier dit à Miguel : « Je crains qu'ils n'y arrivent pas non plus en voiture. » Miguel lui glissa d'une voix murmurante : « Et si nous tentions notre chance avec les chevaux ? » En d'autres circonstances, il n'aurait pas hésité un seul instant et se serait écrié tout naturellement : « Allons-y, tirons-les de ce bourbier ! » Mais c'était la première fois qu'il était confronté à semblable situation et il préférait abandonner à son frère toute responsabilité et s'en remettre à sa décision. Au ton prudent et fébrile que Miguel venait d'employer, Javier comprit le trouble dans lequel il était jeté ; un sourire se dessina sur ses lèvres ; il se redressa de toute sa hauteur et lança : « Mais bien sûr ! Nous allons les tirer de là ! »

Les religieux les avaient d'abord écoutés en silence. Puis ils tentèrent de les persuader d'attendre plutôt l'arrivée de leur père et des autres. Mais ils y renoncèrent bien vite, tant il était évident que c'était sans espoir : rien n'aurait pu détourner les deux jeunes garçons de leur résolution. Pour la première fois de leur existence ils avaient la situation – et quelle situation ! – bien en main, et il était hors de question qu'ils en abandonnent la conduite à qui que ce fût ; seule la violence aurait pu les faire fléchir ; mais personne ce jour-là n'était de force à leur résister : les timides tentatives des frères se heurtèrent à leur détermination. Il résonnait du reste au fond de leurs paroles lasses et sans conviction un peu de soulagement : ils étaient contents que quelqu'un s'offrît à les tirer sans plus attendre du mauvais pas où ils s'étaient engagés, contents de voir leur attente prendre fin. Les garçons savaient qu'ils devaient agir vite. Ils réclamèrent à Alfredo sa lampe de poche et s'en allèrent fouiller sous le pare-chocs, en quête du crochet de remorquage. Une fois qu'ils l'eurent trouvé, Miguel alla chercher les lassos qu'une étroite lanière de cuir retenait à leurs selles et ils en nouèrent fermement les extrémités au crochet. Puis chacun d'eux se saisit d'un lasso et rejoignit sa monture. Ils enroulèrent la boucle du lasso autour de la corne de selle et tirèrent sèchement sur le nœud coulant. Puis ils firent faire à leurs chevaux quelques pas sur le chemin, jusqu'à ce que les cordes de cuir ne pendent plus mollement sur le sol. Alors Javier s'arrêta net et dit d'une voix murmurante : « Tu entends ? » Miguel redressa la tête, retint son souffle et chuchota en retour : « Oui. Vite ! » On percevait déjà dans le lointain, à la lisière du silence, le ronflement d'un moteur. « Monte en selle », dit Javier, et Miguel obtempéra. Javier rejoignit d'un pas empressé le camion à ridelles auprès duquel les trois religieux faisaient cercle. Ils se sustentaient de pain et de viande séchée et se partageaient les bouteilles d'eau. « Si vous voulez bien… L'heure est propice. Nous sommes prêts ! — Que devrons-nous faire ? » Alfredo s'essuya la bouche d'un revers de manche. Par la vitre baissée, Guillermo déposa les vivres sur le siège avant droit. Javier s'éclaircit la voix et s'efforça d'adopter le ton le plus détaché possible, comme s'il était rompu depuis longtemps à dispenser des ordres à des adultes. L'obscurité vint à son secours, et sa voix dans la pénombre lui parut celle d'un autre. « Démarrez le camion. Deux d'entre vous se chargeront de le pousser. Nous, devant, nous tirerons. Dites-moi, ajouta-t-il, qui prendra le volant ? — Moi », répondit Guillermo, et Javier lui fit observer d'une voix pénétrante : « Et que les roues ne patinent pas, surtout ! »

À ces mots, il pivota sur les talons, rejoignit son cheval à pas rapides et monta en selle. Sur son flanc droit, son frère était déjà juché sur son cheval et tenait fermement en son poing les guides de sa monture et de celle de Javier. Le moteur démarra, les chevaux s'en effarouchèrent, Javier dut saisir ses rênes d'un geste prompt. Les deux lassos étaient tendus depuis longtemps. Devant eux, tout était baigné d'une lumière d'un jaune foncé. Les feuilles des arbres luisaient d'un éclat vert étrange. Miguel et Javier furent contraints de plisser les paupières. Une voix, sans doute celle de Francisco, lança dans la nuit : « Prêts ! — Ok », répondit Javier en jetant un regard par-dessus son épaule, et il ajouta : « C'est parti ! » Au même instant les chevaux commencèrent à tirer. Les boucles des lassos se serrèrent plus fermement encore autour des pommeaux de selle et la corde de cuir grinça. Ils n'avaient pas progressé de deux pas que les chevaux, flanc à flanc, s'arrêtèrent. Ils tremblaient de tout leur corps, et les deux garçons sentaient que leurs sabots s'enfonçaient millimètre après millimètre dans le sol amolli par les pluies. Le moteur du camion à ridelles rugit, et la lumière un instant se fit plus vive. « Non ! », s'écria Javier d'une voix pleine de fureur. « N'appuyez pas sur le champignon. Poussez ! » Javier se retourna et aperçut la corde de cuir qui grinçait et vibrait, tendue à craquer. Miguel flatta l'encolure de son cheval pour l'apaiser, se pencha en avant et lui susurra quelques mots. Javier ramena le buste vers l'avant et, dans le même mouvement, de sa jambe libre, enfonça la pointe du pied dans le flanc de l'animal. « Allez, hue ! lança-t-il, avance ! » Alors les deux chevaux, sans qu'on pût dire lequel avait devancé l'autre, se mirent en mouvement, et les garçons sentirent que quelque chose dans leur dos était en train de céder. C'était le sol ; dans un grand bruit de succion, les roues se désembourbaient peu à peu. « N'appuyez pas ! », lança une fois encore Javier d'une voix tonnante, mais sans une once de colère à présent. Le sol continuait d'aspirer les roues, mais sa résistance était vaincue désormais, et une poignée de minutes leur suffit pour tirer définitivement le camion du bourbier.

D'une main ferme, Javier et Miguel tapotèrent à plusieurs reprises le cou de leurs chevaux courbatus au souffle brûlant, puis ils donnèrent du mou aux sangles de selle et mirent pied à terre. Ils enroulèrent leurs lassos et, eux-mêmes hors d'haleine, rejoignirent le camion à ridelles. Guillermo et Francisco étaient plantés là, le front ruisselant de sueur, la robe de bure retroussée et les jambes nues. Miguel s'esclaffa sitôt qu'il les aperçut. Il n'en avait pas fallu davantage pour déchaîner un rire où se mêlaient tout ensemble le soulagement, le bonheur et la fierté ; afin que nul n'en prît ombrage, il feignit d'avoir toutes les peines à défaire les nœuds qui retenaient les lassos au crochet de remorquage et, se glissant un moment sous le pare-chocs, laissa libre cours à son allégresse. Alfredo descendit du véhicule – apparemment, ce n'était donc pas Guillermo qui s'était installé derrière le volant –, joignit les mains, les tendit frénétiquement vers le ciel et clama : « Grâces te soient rendues, Seigneur ! Ce sont deux véritables sauveurs que tu nous as envoyés! » Sur le sol d'une teinte plus sombre, une bourbe marron clair épaisse coulait des pneus souillés. Miguel se redressa de toute sa longueur, un sourire toujours planté au coin des lèvres, mais Francisco et Guillermo, à présent que leurs pieds reposaient sur un sol de nouveau à peu près sec, avaient laissé retomber l'épaisse étoffe de leurs frocs sur leurs jambes plus crottées que jamais, les dérobant à sa vue. Javier s'apprêtait à dire quelque chose, à souffler quelques mots qui auraient été l'expression de son humeur solennelle et radieuse, qu'amplifiaient encore les traits rayonnants d'Alfredo et ce rire que Miguel n'avait pas su tenir en lisière, mais il avait beau réfléchir, rien ne lui venait à l'esprit; aussi, les mâchoires serrées, préféra-t-il garder le silence. Ils se tenaient tous les quatre en demi-cercle et suivaient du regard le faisceau de lumière de la lampe de poche d'Alfredo qui balayait les flancs du camion à ridelles. Puis le rayon lumineux disparut et Alfredo demanda: « Vous nous faites encore un brin de conduite? Jusqu'à l'endroit où les bois s'achèvent? Une fois arrivés là, nous n'aurons plus rien à craindre. — Bien sûr! », s'écrièrent les deux frères d'une même voix.

Ils attachèrent leurs lassos à leurs selles, enfourchèrent leurs montures et s'en furent le long du chemin; à la poursuite de leurs ombres portées, aux formes si étranges et allongées. Le pick-up les suivit à une allure lente et sans plus jamais s'enliser dans le sol. Après quelques minutes, Juan sentit se poser sur lui les yeux insistants et rieurs de Miguel, et, lui adressant un bref regard latéral, il lui demanda: « Eh bien, qu'as-tu? » Miguel jeta alors un cri de joie si retentissant que Javier en tressaillit et sentit un frisson le parcourir de part en part. Mais un instant plus tard il renversa à son tour la tête en arrière, ferma les yeux et, rassemblant toutes ses forces, poussa un cri de triomphe si puissant qu'il lui sembla que le ciel tout entier résonnait des accents de son bonheur.

4

Le soir était tombé lorsque Paul, un sac à dos jeté sur l'épaule, franchit le seuil de sa bicoque et s'avança vers la remise où était garé le camion à plateau Volkswagen d'un jaune ocre. Un peu plus loin, au niveau du bâtiment principal, on entendait le ronflement sonore du groupe électrogène au diesel fournissant le courant qui alimentait là-bas les ampoules électriques et la radio. Le vacarme en était si assourdissant qu'il éteignait tous les autres bruits à la ronde. Domingo ou Juan ne le faisaient fonctionner qu'en de rares occasions ; en temps ordinaire, on avait plutôt recours aux lampes à pétrole. C'était moins du reste par mesure d'économie que pour des raisons pratiques : on pouvait les transporter à sa guise d'un bout à l'autre du domaine. Ils avaient mis le groupe électrogène en marche pour le frère José ; chaque année, quand s'annonçaient les prêtres, on avait coutume de le faire, ne serait-ce que pour leur permettre de s'orienter, et qu'ils n'aillent pas se cogner la tête on ne savait où.

Le rideau se baissa d'abord avec lenteur, puis il tomba d'un coup. Il en allait immuablement ainsi : aux crépuscules brefs succédait une nuit soudaine. Le seul changement, au gré des mois, était l'heure à laquelle se produisait ce phénomène : en juin le soleil se couchait à six heures, en décembre à sept heures.

Il était fatigué, et il aurait préféré de beaucoup rester chez lui, s'installer comme tous les soirs dans un hamac sur la véranda et, baigné de la lumière régulière et doucement crépitante de la lampe à pétrole, s'attarder encore quelques instants à lire et boire un verre. Autant les tâches de la journée l'avaient mis en joie pendant qu'il les accomplissait, autant il était maintenant sur les nerfs. Il le ressentait physiquement ; et il s'y ajoutait à présent d'atroces et vagabondes démangeaisons, qui n'étaient peut-être que la conséquence de cette tension. Pendant des semaines, il s'était fait une joie de la visite prochaine des frères de la congrégation. Mais les jours et les semaines étaient passés, on avait célébré Pâques, et les religieux n'avaient toujours pas paru au domaine. La joie anticipée de Paul avait fléchi et s'était muée en indifférence. Et à présent celle-ci avait elle-même cédé la place à un dédaigneux refus : il ne souhaitait plus qu'ils viennent. Il y avait une heure pour tout ; et celle de leur visite, lui semblait-il, était passée. Quelques jours plus tôt, il caressait encore l'espoir qu'ils puissent venir à l'estancia cette année encore. Son espérance était fondée en raison, car il leur était déjà arrivé une fois de n'émerger que plusieurs semaines après Pâques. Pourquoi éprouvait-il désormais cette répugnance ? Pourquoi avait-il la ferme conviction que la bonne heure était passée ? Qu'était-il arrivé ? « Domingo ! », lança-t-il en direction du bâtiment principal, et il monta à bord du camion à plateau. Il jeta son sac sur le tapis de sol, au pied du siège passager, et s'efforça en vain de faire démarrer le moteur. Il frappa rageusement le volant, se gratta le cou, respira à fond et desserra le frein à main. Il descendit de voiture et, poussant celle-ci de toutes ses forces, la fit sortir de l'abri en marche arrière, décrivit un arc de cercle et l'arrêta sur l'esplanade sablonneuse. Les plaquettes de frein ne se décollèrent des disques qu'avec lenteur et en grinçant. Au loin, on entendit alors le groupe électrogène expirer peu à peu, avec des martèlements toujours plus lents. « Tu m'as appelé ? lança Domingo d'une voix puissante. — Oui, mon vieux », répondit Paul. Il avait cessé de pousser la voiture et s'était adossé à l'un de ses flancs. Ses démangeaisons ne le tourmentaient plus. « Nous n'aurons pas chômé, aujourd'hui », observa Domingo. Paul n'arrivait pas à l'apercevoir. Il répondit : « Oui. » Domingo éclata de rire. « Eh bien ? — Ah, rien. Je suis exténué, voilà tout.

— Moi aussi. » Paul entendait Domingo mâcher sa chique. Il en cracha le jus en un long jet de salive qui claqua sur le sol sableux. « Demain, tu peux me croire, je dors jusqu'à pas d'heure. » Paul esquissa un sourire. Domingo avait la bouche à demi pleine de feuilles de coca, et sa façon de parler avait quelque chose d'assez cocasse. « Encore faudrait-il que Julia soit d'accord, répliqua Paul. — Tu peux me croire », insista Domingo comme on fait un serment. Sa voix semblait plus proche à présent, mais Paul n'avait pourtant pas entendu de bruits de pas. « Pourquoi n'emmènes-tu pas Juan avec toi ? », lui demanda Paul. Il aurait préféré rester chez lui. À la tombée du soir, il aimait disposer de son temps pour lire et boire un verre – une habitude qu'il avait contractée. Par-dessus tout, il ne tenait pas à rencontrer les religieux ; ne pouvait-on pas remettre cela à demain ? Savait-on jamais : peut-être qu'alors leur visite le mettrait en joie. Mais ce soir c'était impossible. « Sol ne veut pas qu'il m'accompagne. » Un sourire monta aux lèvres de Paul. « Tiens donc. Et pourquoi ? — Aucune idée. Ils se seront disputés. » Paul ne put se défendre de rire. Ces deux-là n'en finissaient décidément pas de se quereller ! On aurait dit d'ailleurs qu'ils ne savaient jamais au juste pourquoi ; et quand on était par hasard le témoin d'une de leurs disputes – à table, au détour d'une promenade devant leurs fenêtres toujours ouvertes –, les bribes de phrases saisies au vol ne permettaient pas d'en apprendre plus long. Paul avait beau ne vivre qu'à un jet de pierre de là, c'était assez pour qu'il n'entendît qu'une infime partie de ce que Domingo devait endurer. « Et José ? — Il m'a dit qu'il préférait rester ici. Il s'est retiré dans sa chambre. Je crois qu'il est passablement fourbu. — Bon, bon. » Paul venait de se faire une raison, et l'idée de cette équipée lui en devenait supportable. Il jeta un regard vers les fenêtres noires. Derrière l'une d'elles se tenait le frère José, assis dans quelque fauteuil ou déjà allongé. Peut-être les entendait-il, peut-être pas. Et peut-être songeait-il à la même seconde : Ils en parlent à leur aise, ces jeunes gens… Et que pouvait bien penser Domingo ? Depuis l'enfance, ces questions le troublaient ; il s'étonnait que d'autres pussent dire ou penser « je » avec le même naturel et la même évidence que lui-même. Comment était-ce seulement possible ? « On y va ? », lança-t-il à Domingo pour dissiper ces pensées qu'il était non seulement incapable de tirer au clair – comme tant d'autres au fil de toutes ces années –, mais qu'il ne parvenait même pas à développer un tant soit peu. Son esprit suivait la même pente que dans l'enfance ; le trouble qui l'agitait n'avait en rien changé. Il ne tenait pas à y réfléchir plus avant. « Allez, mettons-nous en route », cria-t-il en direction du corps de logis. Un nouveau jet de salive claqua sur le sol. Il vit émerger alors la silhouette de Domingo. Elle s'avançait vers l'entrée du bâtiment principal. Il lui avait fallu, à l'instant où Domingo s'était redressé, tourner la tête d'un rien ; car, se laissant guider par sa voix, il l'avait imaginé un tout petit peu plus loin. Il se pencha à l'intérieur du camion et s'assura qu'il avait bien tourné la clé dans la serrure de contact.

Il n'était pas encore tard. Sans doute n'était-il même pas encore sept heures et demie. Les deux garçons étaient donc partis depuis deux bonnes heures à présent. Ils ne tarderaient plus à atteindre l'endroit où, si l'on accordait foi à la description de José, le camion des frères s'était enlisé. Paul contempla sa maison. On l'aurait crue dessinée sur la toile de la nuit. On n'apercevait pas la lune. Où se cachait-elle ? « Domingo », cria-t-il encore. La porte-moustiquaire de la maison claqua, et Paul se retourna. Domingo portait un sac qu'il déposa sur le plateau du camion une fois arrivé, et d'où s'échappa alors pendant une, deux secondes un ruissellement de grains. « Histoire de les requinquer un peu, eux aussi », souffla Domingo, avant d'ajouter aussitôt : « Tu es prêt ? Allons-y ! » Sans plus attendre il se mit à pousser le véhicule. Paul tourbillonna sur lui-même, se précipita vers le camion qui roulait déjà, se cramponna au châssis de la portière ouverte et poussa à son tour. Au bout de quelques mètres, il jugea que le camion avait pris suffisamment de vitesse, bondit sur le siège conducteur, débraya, enclencha la deuxième vitesse et, une fois que le moteur eut ronflé et que la boîte de vitesses eut freiné la voiture, débraya à nouveau. Le moteur tournait enfin. La portière s'ouvrit du côté passager et Domingo sauta sur le siège avant droit. « Tu ne veux pas prendre le volant, pour une fois ? », lui demanda Paul, mais Domingo lui répondit comme toujours : « Non. Moi, j'ouvrirai les barrières. » Paul donna un coup d'accélérateur, la porte passager ne se referma qu'à demi, fit un raffut de tous les diables au moindre cahot de la route, jusqu'à ce que Paul fît observer à Domingo qu'il pouvait « au moins » avoir l'obligeance de fermer correctement sa portière. Ils roulèrent un moment ainsi. Soudain Domingo demanda à Paul : « Cela ne te dérange pas, n'est-ce pas ? » Paul, après avoir gardé le silence un moment, répondit : « Non, je t'en prie, sers-toi. » Domingo sortit alors du sac à dos la bouteille vert foncé au corps marqué de graduations noires, dévissa le bouchon, en but une gorgée. Lorsqu'il la tendit à Paul, celui-ci refusa tout net ; non qu'il n'eût pas soif – Dieu sait combien il avait la gorge sèche ! –, mais parce qu'il préférait éviter de boire en compagnie d'une personne de sa connaissance. Il avait beau ne jamais avoir fait mystère de son vice, celui-ci lui inspirait un sentiment de honte.

Ils ne tarderaient plus à arriver sur les lieux. La lune s'était enfin levée – ou peut-être n'était-elle plus dissimulée par un épais nuage –, et ils voyaient se dresser sous leurs yeux depuis un moment déjà la sombre muraille d'arbres où le chemin allait bientôt s'enfoncer. Une seule barrière de corral les séparait encore de la profondeur des forêts. Ils l'atteignirent bientôt. Elle se découpait, grise, dans la lumière rude des phares. Paul arrêta le camion à quelques mètres d'elle à peine, et Domingo ouvrit sa portière. Il descendit de voiture, fit pivoter largement la barrière à claire-voie sur son axe. Paul parcourut quelques mètres, la porte passager se referma à demi ; puis, freinant avec prudence, il s'arrêta, et la portière se rouvrit d'un rien. Il laissa le pied sur la pédale de frein pour éclairer Domingo qui refermait la barrière. Celui-ci remonta dans l'habitacle du camion. Il n'avait pas encore claqué la portière que Paul remettait déjà les gaz et démarrait. Domingo lui empoigna alors le bras et s'écria : « Stop ! » Aussitôt Paul s'arrêta. Domingo bondit hors du véhicule et se figea net, droit comme un cierge. Paul plissa les paupières. C'est à cet instant qu'un cri perçant déchira le silence de la nuit. Domingo remonta dans le camion en toute hâte et cria : « Tu as entendu ? C'était l'un des garçons ! Vite ! Mets la gomme ! » Paul accéléra l'allure, mais il était impossible de rouler plus vite sur la voie raboteuse et bossuée. Domingo rangea la bouteille dans le sac. Il se tenait largement penché en avant, le bras appuyé sur le tableau de bord, en quête de la moindre apparition aux confins du paysage. « Tu ne pourrais pas aller plus vite ? » Comme Paul ne répondait rien, Domingo le regarda au fond des yeux. « Cela t'amuse, peut-être ? — Quoi donc ? Je ne peux pas rouler plus vite. » Domingo ramena le regard vers la route. « Ne te fais pas de mauvais sang, ajouta Paul. — Pas de mauvais sang ! grogna Domingo. Dieux du ciel, il faut ne pas avoir d'enfants pour sortir pareilles inepties ! » Paul garda le silence. À tout prendre, Domingo aurait préféré qu'un autre partage son angoisse. Il n'aurait pas été en proie à une panique aussi dévorante. « Tu es donc sourd ? dit-il d'une voix retentissante. — Non. Je l'ai entendu, moi aussi. C'était Javier. » Mais Domingo ne l'écoutait déjà plus. Le buste profondément incliné, le corps ballotté au gré des secousses qui ébranlaient la carrosserie, il allait parfois donner du front contre le pare-brise, ce dont il ne paraissait pas s'émouvoir particulièrement. À l'instant où, de sa main libre, il attrapa le sac à dos reposant à ses pieds, en dénoua une fois encore les cordons et reprit une gorgée d'alcool, il ne lui vint même pas à l'esprit de demander la permission. Paul avait entendu le cri avec une netteté parfaite. Dès ses premières années à l'université, il lui avait fallu porter des lunettes, car il s'était épuisé la vue à lire sous une lumière trop faible et, pour reprendre les mots de sa mère, s'était ainsi « gâté les yeux » ; mais il avait en contrepartie des oreilles de loup-cervier. Le cri qu'il venait d'entendre n'était pas un cri de frayeur, d'épouvante ou de douleur : c'était un vibrant cri de joie. Les gamins étaient parvenus à désembourber le camion,

Paul en avait la certitude. Et pourtant l'inquiétude, l'angoisse désespérée qui étreignait Domingo avait fini par le gagner au fil des minutes. Était-ce qu'il s'était trompé ? N'avait-il pas interprété faussement ce cri, parce qu'il lui rappelait peut-être son propre passé, quelque événement heureux de son enfance ? Il eut un soudain pincement au cœur. « Ce sera trois fois rien, marmonna-t-il. — Pardon ? — Je mettrai ma main à couper qu'il ne leur est rien arrivé. » Mais sa voix, il s'en avisait lui-même, n'avait plus un timbre aussi assuré, et il mit les gaz, jusqu'à l'instant où, un cahot plus violent encore ayant ébranlé le cadre plancher du camion, le front de Domingo percuta violemment le pare-brise ; alors il ralentit de nouveau l'allure. « Tonnerre de Dieu, pesta Domingo, nous aurions aussi bien pu terminer le marquage des chevaux demain. » C'est à ce moment qu'un rai de lumière perça l'épaisseur de la forêt. Paul appuya sur la pédale de frein et coupa les phares. Ils virent alors se détacher à traits nets, dans une lumière toujours plus vive, la silhouette des deux garçons qui caracolaient dans la nuit ; ils se tenaient juchés sur leurs chevaux, le buste très droit, et la lumière des phares composait dans les ténèbres un tableau vivant, les changeait en de mouvantes statues de cavaliers, en découpait les contours comme à l'emporte-pièce. Un instant plus tard la source de lumière apparaissait, et le camion des religieux, balayant la nuit du pinceau jaune de ses phares quadrangulaires, s'offrit à leur vue. Domingo, sans même se tourner vers lui, saisit brusquement le haut de la cuisse de Paul et, lui attrapant presque l'entrejambe, s'écria : « C'est eux, Pablo, c'est eux ! Les voilà ! Ces maudits galopins ! » Il riait désormais comme un possédé. Au comble de l'hystérie, il fit silence un bref instant, puis il lâcha encore un rire retentissant. Il se renfonça sur son siège, étira les jambes et dit d'une voix chantante : « Attendons voir... Attendons voir. » Paul ne répondit rien. Il ne prêtait plus du reste qu'une oreille lointaine aux propos de Domingo. Il avait la sensation que tout lui était extérieur, se tramait comme derrière une paroi de séparation invisible.

Peu après, ils étaient enfin réunis et se donnaient l'accolade. Javier et Miguel descendirent de leurs chevaux et, le visage rayonnant, écoutèrent les religieux faire le glorieux récit de leur « sauvetage ». Les deux garçons encadraient leur père, qui ne cessait de leur ébouriffer la tignasse d'un geste bourru. Ils restèrent encore un long moment ainsi, formant cercle, à partager leurs impressions, comme s'ils avaient oublié qu'un rude chemin les attendait encore. Seul Paul se tenait à l'écart. Il avait brièvement salué chacun et avait échangé quelques mots avec Alfredo, avant de se charger des bêtes. Il les conduisit un peu plus loin, hors du cerne de lumière des phares, saisit sur la plateforme du camion le sac renfermant le grain d'avoine, en répandit la moitié sur le sol devant les chevaux et regarda ceux-ci se repaître de leur pitance. De temps en temps l'un d'eux levait la tête, leurs regards se confondaient, et Paul disait à voix basse : « Mais oui, mais oui. » Le mors en laiton ne paraissait pas entraver les bêtes outre mesure ; tout au plus s'ébrouaient-elles de temps à autre, faisant tinter la bride. Paul s'abandonnait à la douceur des ténèbres qui l'enveloppaient. Quand le mot « sauvetage » retentit encore lointainement à ses oreilles, il esquissa une moue de dédain. Et lorsqu'un instant plus tard l'un des membres de la petite troupe partit d'un rire qui lui parut bien peu naturel, il lança à leur adresse : « Vous ne croyez pas qu'il serait temps de s'en aller ? » Il fut lui-même surpris de la puissance et de la rudesse du ton qu'il avait employé. Aussi s'empressa-t-il d'ajouter d'une voix plus feutrée : « Sinon, nous arriverons à pas d'heure. » Domingo fit quelques pas et s'avança vers lui. « Allons, Pablo, dit-il, aide-moi à embarquer les chevaux. — Dans leur camion ? » Tout le monde approcha de lui. « Il y a bien assez de place, observa Alfredo. — Non, dit Paul en se tournant vers Domingo, ils vont renâcler. Je me charge de les ramener au domaine. » Plus personne n'eut le front de le contredire. Seul Miguel hasarda malgré tout, comme à contrecœur, et davantage par souci de la forme ou du devoir : « Ne crois-tu pas que nous pourrions, Javier et moi… — Non. Vous êtes les héros du jour, laissez-vous reconduire! — Très bien », répondit Miguel en adressant à Javier un sourire dépité. Ils s'apprêtèrent à monter à bord du camion Volkswagen. « Un instant! », s'écria Paul. Il leur courut après et attrapa le sac à dos qui reposait sur le revêtement de sol en caoutchouc du véhicule. Domingo monta de l'autre côté et lui dit: « À tout à l'heure. » Paul murmura: « À demain. » Le moteur démarra sans même un raté, le camion à plateau s'ébranla, bientôt suivi du lourd véhicule des prêtres. Paul leva la main à l'instant où les religieux passèrent devant lui, puis il se détourna résolument; il ne les suivit pas des yeux. Mais, tandis qu'il donnait déjà aux chevaux une nouvelle ration d'avoine, il regarda les deux véhicules qui, vaisseaux tanguant sur une mer sombre, s'éloignaient dans la nuit avec lenteur et en brinquebalant. Enfin il était rendu à sa solitude.

Depuis un moment déjà, il sentait les maux anciens revenir à la charge. Mais il arrivait parfois qu'il en pressente la venue sans qu'ils se manifestent pour autant. Qu'en serait-il cette fois? N'était-ce jamais que passager? Il l'espérait, mais n'en savait rien. Près de deux années s'étaient écoulées depuis la dernière crise. À présent que les lumières des véhicules s'étaient effacées dans la nuit, il se sentait lui-même comme un vaisseau livré sans défense aux caprices du courant. Mais il était tout à la fois l'embarcation et l'océan. Il s'agenouilla sur le sol, s'assit sur les talons et dénoua les cordons de son sac à dos. Il sortit la bouteille vert foncé et la tourna vers la lune. Domingo n'avait bu que quelques gorgées de ce breuvage que les hommes du pays appelaient *bombita*, petite bombe. Paul retint mentalement le niveau du liquide, dévissa le bouchon de la bouteille, respira à fond et en but une gorgée. Aussitôt il eut la bouche en feu. Il ferma les yeux et avala. Il ne sentit d'abord rien, puis la déflagration de la bombe. Il reprit une gorgée. Le projectile, une fois lâché, traversa un à un tous les étages de son corps, il le ressentait à présent, et atteignit encore sa cible. Lorsqu'il rouvrit les paupières, il avait la tête largement renversée en arrière, et il lui semblait que le ciel constellé tournait et tournait au-dessus de lui. Cette illusion se dissipa après un moment et il eut alors l'impression que les étoiles de place en place lui faisaient de l'œil. Allons, tout cela au fond n'était qu'un jeu, et il était étonnant qu'aujourd'hui encore son cœur se serre à l'idée de perdre une partie qu'il n'avait plus laissé échapper depuis tant et tant d'années. Il savait quand et comment il lui fallait larguer les petites bombes pour maintenir la paix. Et quand bien même auraient-elles manqué leur but, il connaissait la parade. Il avait trouvé un moyen infaillible de préserver sa quiétude. Et, après tout, Domingo n'avait pas menti. Les chevaux voraces avaient dévoré leurs rations d'avoine. Paul enfourcha le moreau et accrocha le sac à dos au pommeau de selle, afin de pouvoir se saisir à tout moment de la bouteille. Il fit claquer les rênes et le cheval s'ébranla. « Il a raison, songeait-il en lui-même. Tu n'as pas d'enfants. Pourquoi s'échauffer de la sorte ? Il n'a jamais dit que la vérité. »

Tout au long de l'interminable trajet, il avança au pas. Il jugeait d'une part que les bêtes devaient être fourbues, et c'était au reste une habitude qui lui était familière ; il aimait à passer ses soirées en solitaire, même s'il ne lisait pas. Mais la raison principale était qu'il ne tenait pas à retrouver les prêtres. Enfin il osait se l'avouer pleinement. Mais il ne s'avouait pas la raison pour laquelle il en était ainsi. Il ne se posait pas la question, ou peut-être préférait-il l'éviter. Il se disait qu'après tout d'autres pensées l'occupaient. C'était faux, aussi bien. Cette fois, les *bombitas* n'avaient éradiqué qu'une seule chose : la crainte qu'elles pussent ne pas être efficaces. Paul avait trouvé un moyen de rétablir la paix en lui-même sans avoir recours à elles, mais cet expédient lui inspirait une terreur épouvantable. Et la présence des prêtres en ravivait le souvenir, le ramenait à cette ressource cachée dont la seule pensée le glaçait d'effroi. Il ne se l'avouait pas, non, et préférait se dire que l'heure opportune pour leur visite était passée. Que venaient-ils donc faire ici ?

À son retour à l'estancia La Unión, toutes les lumières étaient éteintes. Il descendit de cheval, s'étira, mena les bêtes à l'abreuvoir qui flanquait l'abri de planches, leur ôta le bridon et, tandis qu'elles se désaltéraient déjà, dessangla les selles. Il les déposa sur une solive arrondie au rabot sur une partie de sa longueur et suspendit le bridon à un clou fiché dans l'un des étais de bois. Il retourna auprès des chevaux et les observa. Ils s'abreuvèrent pendant de longues minutes à gorgées avides et restèrent à proximité de l'auge, même une fois qu'ils en eurent fini. L'eau dégoulinait de leurs bouches. Paul leva les yeux vers le ciel. Il pouvait être une heure du matin. À gestes distraits, il caressa l'encolure de l'alezan, si chaude et juste un peu humide. Puis il tourna les talons et, l'allure désormais un peu chancelante de fatigue, regagna sa bicoque.

Il déposa les lunettes sur le petit appui de pierre de la véranda, rejoignit l'endroit où, derrière la maison, il faisait tous les matins un brin de toilette, se nettoya le visage et se brossa les dents. Il pénétra ensuite dans l'habitation, se dévêtit entièrement, dénoua le ruban qui retenait les plis de la moustiquaire et, déjà étendu sur le sol, en cala avec grand soin les bords à l'intérieur de la rainure circulaire. À l'instant où, sur la terre battue à l'agréable fraîcheur, il se tourna sur le flanc et adopta la position qu'il gardait pendant le sommeil, il poussa un profond soupir de bien-être. Son pied rencontra alors quelque chose de mou – l'une de ses socquettes. Il laissa échapper encore un soupir. Non, lui qui d'ordinaire ne dormait jamais sans ses socquettes, il ne les enfilerait pas maintenant. Il était rompu de fatigue. La journée avait réservé son lot de surprises. Il psalmodia muettement sa courte prière du soir, soupira une fois encore et ferma les paupières.

Chaque soir, Paul, avant que le sommeil n'étende son empire sur lui, voyait redéfiler de façon tout à fait arbitraire et dans le plus grand désordre des séquences de la journée écoulée, et ces images conscientes resurgies de sa mémoire cédaient alors insensiblement la place aux visions du rêve.

Il n'en fut pas ainsi cette nuit-là. Non seulement aucune image, si longtemps qu'il demeurât allongé, ne le visita en songe, mais les visions de la journée elles-mêmes n'avaient plus leur netteté coutumière ; elles étaient étrangement incohérentes et confuses, et le tranchant s'en était émoussé. Mais elles n'étaient pas pour autant des visions oniriques. Bientôt du reste elles s'effacèrent, et Paul fut alors livré tout entier à la peur.

Oui, à la peur. Il comprit en cet instant qu'elle était la réponse à ce qu'il s'était imaginé ne pas savoir. Il allait lui falloir reprendre le chemin. Le cri de joie de Javier, dans cette angoisse dont il ne s'avouait pleinement la réalité que depuis quelques instants, avait résonné comme une consolation, une promesse, une perspective d'avenir – et c'est pour cette raison qu'il avait souri dans le camion.

Au jour naissant, il se leva, enroula une serviette autour de ses hanches, sortit de la maison et fit sa toilette. Il prit le savon, remplit d'eau la bassine en zinc et alla la poser sur le seuil de la porte. Puis il se saisit du miroir et du rasoir à main, qui reposaient sur le petit appui de pierre, derrière la moustiquaire. Il se savonna le visage et commença à se raser. Le soleil miroitait encore dans la glace, et il lui fallut soulever l'épaule gauche. Une voix lui cria quelque chose. Il ne répondit pas. Une fois rasé, il essuya la lame du rasoir dans une serviette et renversa l'eau de la bassine dans les broussailles qui foisonnaient derrière la petite maison. Il nettoya la bassine pour en effacer les derniers poils noirs et les reliquats de mousse de savon à barbe d'un blanc sale, et refit le tour du bâtiment. Il s'en fallut de peu qu'il ne percute de plein fouet le frère Alfredo. Il l'esquiva sans même lui adresser un regard, comme s'il n'était jamais que l'un des chiens du domaine – ils vous sollicitaient sans cesse –, et appuya la bassine en zinc contre le muret blanc. Elle était en équilibre instable, aussi l'enfonça-t-il un peu dans la terre rougeâtre, molle et sableuse. « Ton courrier », lui dit Alfredo. Paul se retourna et haussa les sourcils. Alfredo lui tendit un paquet sur lequel reposaient plusieurs lettres superposées. Paul se saisit du tout. Pour la première fois, il posa les yeux sur le prêtre. Celui-ci avait-il déjà, quand il n'était encore qu'un tout jeune homme, ce visage pétri de douceur ? En dépit des traits anguleux que la tempérance et les privations avaient dû lui façonner dès un âge précoce ? Cette pensée eut un effet un peu analogue à celui du cri de Javier : elle l'arracha un instant au monde replié sur lui-même dont il était le seul habitant. Il baissa les yeux vers l'objet qu'il tenait dans ses mains. « Ah, dit-il avec un sourire, Lorenz. » Il regarda le prêtre et répéta : « Lorenz. » Alfredo lui retourna son sourire et lui demanda : « Tu te joins à nous pour le petit déjeuner ? — Oui, répondit Paul en déposant son courrier sur le petit mur de pierre, allons-y. » À l'instant où il eut fermé la porte-moustiquaire et s'apprêta à partir, Alfredo lui fit observer : « Tu comptes venir dans cette tenue ? » Paul laissa courir les yeux le long de son corps. « Non. Bien sûr que non. Je reviens dans un instant. » Il pénétra dans la maison, se changea, chaussa ses lunettes. Puis il sortit la bouteille de son sac à dos, la tourna vers la lumière, en dévissa le bouchon et but une gorgée.

Tous étaient déjà rassemblés sous le toit qui unissait les deux ailes du bâtiment. On se restaurait en discutant et, comme ils étaient cette fois inhabituellement nombreux, on avait apporté une seconde table – celle de la cuisine de Sol – qu'on avait mise bout à bout avec la première et recouverte d'une nappe en plastique. « Bonjour », marmonna Paul en réponse aux saluts qu'on lui adressa. Il alla s'installer à sa place attitrée. Paul, songeant fugitivement à la jeunesse et au passé d'Alfredo, dont il ne connaissait rien et qu'il ne parvenait dès lors pas à s'imaginer, avait senti s'instiller en lui une lumière que les courriers de Lorenz avaient encore amplifiée, mais à présent que les prêtres étaient encore réunis sous ses yeux, tout s'assombrissait de nouveau. Il attaqua son petit déjeuner, les yeux obstinément rivés sur son assiette. Personne n'y prit garde. Paul n'avait de toute façon jamais été très loquace ; surtout pas le matin. Les autres menaient avec entrain des conversations animées. On refit le récit des instants où Javier et Miguel avaient désembourbé le camion à ridelles. Sol, qui ne dormait certes pas encore à l'arrivée des prêtres au domaine, mais était déjà couchée et ne s'était pas donné la peine de sortir, n'en avait en effet pas encore profité. Si les deux garçons, la veille encore, étaient restés muets de fierté, ils ne cessaient à présent d'intervenir dans la discussion, corrigeant ici un détail, là une description, esquissaient ou prolongeaient eux-mêmes le récit de leurs exploits. Le temps s'écoula ainsi.

Soudain Francisco demanda à Paul, qui avait pris place de l'autre côté de la table : « Dis-moi, Pablo, qu'en est-il des offices religieux ? » Aussitôt les conversations se turent, afin que Francisco pût entendre la réponse de Paul. Ils étaient très éloignés l'un de l'autre et Paul, en dehors des heures de travail, parlait d'une voix extrêmement basse. Le silence s'instaura un instant. Francisco, croyant que Paul ne l'avait pas entendu, s'apprêtait déjà à reposer la question lorsque celui-ci se racla la gorge et, les yeux toujours fixés sur l'assiette, répondit : « Je ne les célèbre plus. » Un silence s'installa de nouveau. « Ah non ? demanda Francisco. — Non. » Miguel n'y tint alors plus et, se croyant encouragé par un regard interrogateur d'Alfredo, s'exclama : « C'est complètement faux ! Tenez, il y a quelque temps encore… » Tous eurent alors l'impression que Paul venait de redresser la tête. Il n'en était cependant rien : il se contenta de lever les yeux et de les river sur Miguel. Le garçon affichait un visage rayonnant. Il avait les yeux brillants, les dents d'un blanc étincelant, les joues luisantes. Paul baissa de nouveau le regard (tous crurent qu'il avait baissé la tête). Il s'empara de sa fourchette et se mit à gratter les bords de son assiette avec les dents de celle-ci. Francisco travestit le son de sa voix et dit : « Et songez qu'une seule de ces fourmis… » Il éclata de rire. « Je l'aime, moi, ce sermon ! » Il voulait dissiper cet embarrassant silence. Mais personne ne mêla ses rires aux siens et, lorsqu'il en eut terminé, il eut beau balayer du regard l'assistance, tous gardaient encore le silence. Paul écarta alors sa fourchette : « Je voulais dire : à l'avenir. Je ne compte plus en célébrer. — Mais pourquoi donc ? », s'étonna aussitôt Francisco. Il avait presque crié ces mots. Mais Paul s'était déjà levé de table. Il adressa à Alfredo un signe de tête courtois, tourna les talons, s'engagea sur l'esplanade sablonneuse et, n'étant bientôt plus à leurs yeux qu'une silhouette indistincte, marcha vers le soleil levant.

Plus tard, Paul se délassait dans son hamac. Lorsque les deux garçons se campèrent devant lui, leurs cahiers d'écolier en main, il les renvoya sans plus de façons. Peu après, on frappa à sa porte. « Entrez », s'écria Paul sans même lever les yeux. C'étaient les prêtres. Ils venaient prendre congé de lui. Le frère José n'était pas avec eux. Était-il seulement présent au moment du petit déjeuner? Paul se redressa d'un rien dans son hamac. Parler lui était une épreuve. Il souffla : « Vous nous quittez déjà?
— C'est qu'il y a tant à faire. D'autres visites nous attendent encore », répondit Alfredo. Paul hocha la tête. « Bon voyage. » Ils se tenaient figés là comme des quilles : Alfredo devant, Guillermo et Francisco un pas en arrière, le flanquant de chaque côté. « Merci. » Il n'y avait plus rien à ajouter. Paul attendait qu'ils s'en aillent. N'étaient-ils pas déjà loin? Non, ils restaient plantés là et ne se décidaient pas à partir. Guillermo avança alors d'un pas et lui lança : « À vrai dire, nous voudrions t'entretenir de quelque chose. C'est à propos des offices religieux. Il y a ce petit village, un simple hameau... » Paul ne lui fit aucune réponse. « Frère, dit Alfredo en levant légèrement la main. — Je ne crois pas être le mieux qualifié pour ça », dit Paul. Il voulut regarder Alfredo en face, mais ses paupières se fermèrent. « En tout cas, tu es le seul! » Guillermo venait de reprendre la parole. Il avança encore d'un pas vers Paul. « Tu as de ces arguments... », murmura celui-ci en rouvrant les yeux. C'était la première fois qu'il tutoyait l'un d'eux. Alfredo s'était désormais tourné vers Guillermo, la main levée plus haut encore ; du revers de celle-ci, il effleurait presque l'étoffe de sa robe de bure blanche. « Auriez-vous la bonté de nous laisser seuls? demanda Alfredo. — Allons, frère! », protesta Guillermo ; mais Francisco lui prit le bras et dit : « Naturellement. Au revoir, Pablo! » Les deux religieux disparurent. Paul les vit s'éloigner derrière la moustiquaire et se dissoudre dans la lumière d'une vive clarté. Il était content qu'on l'eût laissé seul avec Alfredo. Ce bon, ce vieil Alfredo. Il était le tact et la discrétion mêmes. Il l'appréciait entre tous. Pourquoi avait-il fallu qu'il vînt si tard? À présent l'heure était passée. Ils restèrent silen-

cieux un long moment. Soudain Alfredo s'exclama : « Ah, j'allais oublier : les plants ! Guillermo les a déposés pour toi devant la maison. » Paul se dressa sur son séant. « Les plants ? — Je sais, ils se seront fait attendre un peu. » Il eut un fin sourire – c'est en ces instants que transparaissait en lui le passé, la jeunesse : dans le sourire madré qu'une innocente plaisanterie faisait affleurer à ses lèvres – et se gratta la tête. « Des années, pour être précis. C'était à en désespérer. — Et à présent les voici ? — À présent les voici. » Et, après une pause : « Je me demande s'ils pousseront, par ici. Qu'en dis-tu ? » Paul se renversa dans son hamac. Les mousquetons argentés auxquels les drisses étaient accrochées gémirent. Le carré de toile se balança plusieurs fois doucement avant de s'immobiliser de nouveau. Paul fixait le plafond, l'air absent. Il avait croisé ses mains à la peau mate, courtes mais larges, sur son ventre un peu plus proéminent désormais, et qui se soulevait et s'abaissait au gré de son souffle. « Tu as reçu de belles lettres ? » Un sourire apparut fugitivement sur la figure de Paul et le ramena à la réalité. « Oui », répondit-il. Il n'en avait pourtant lu aucune ; c'était à peine s'il avait passé en revue les enveloppes. « L'une d'elles est de la main de Lorenz. Vous savez bien, ce médecin qui me fait parvenir les comprimés. — Mais qui ne t'aura jamais traité, pour autant que je sache, n'est-ce pas ? — Lorenz ? Non. » Paul sourit, l'expression de nouveau absente. Un canton de lui-même demeurait cependant là, relié à l'ici et au maintenant par le fil ténu d'une unique pensée. « Ou plutôt si, mais seulement comme ami. Il m'a traité en ami. Ça, oui. » Il n'y avait pas prêté attention. Le jeu de mots avait éclos spontanément dans son esprit. Il n'en prit du reste conscience qu'avec retard, pas sur le moment. « Les comprimés sont arrivés, eux aussi, dit Alfredo, à part. — Dans le paquet, je sais. » Le silence reprit ses droits. Les sons du dehors eux-mêmes étaient éteints. Rien que le grincement léger des drisses du hamac. Alfredo se pencha alors en avant et, sans hésiter un instant, posa sa main au grain rugueux sur les doigts entrecroisés de Paul et lui demanda d'une voix pénétrante : « Est-ce qu'ils te sont encore d'une aide quelconque, Paul ? » Soudain les yeux de celui-ci se remplirent de larmes. Ce n'était pas le contact physique. Mais il y avait si longtemps que plus personne ici ne l'avait appelé ainsi. Le sourire malicieux du prêtre – résurgence du passé et d'une jeunesse enfuie ; non seulement celle d'Alfredo, mais celle de tout homme –, le courrier abondant, et à présent ce prénom presque oublié : tout concourait à faire naître une lumière en lui, une lumière ancienne, limpide et vive, à la faveur de laquelle il apercevait en même temps avec netteté ce qu'il se refusait à voir depuis bien des heures, et ne pouvait désormais plus occulter. Il regarda Alfredo et il eut toutes les peines à réprimer un sanglot à l'instant où, s'exprimant pour la première fois depuis de nombreuses années dans sa langue maternelle, il lui dit d'une voix étranglée : « Je ne sais pas, frère Alfredo. Je ne sais pas. »

5

Ils le transportaient dans une pièce blanche. Rien qui ne fût entièrement blanc. Les murs, le plafond, les lumières, les lampes qui diffusaient ces lumières, les visages, les mains, les voix. Seul le courant électrique n'avait pas de couleur.

Quand celui-ci le parcourait et qu'il était convulsé, il avait l'impression de tomber en chute libre, et toutes les autres perceptions en étaient effacées. Les bruits de toute nature lui semblaient infiniment lointains. Quelqu'un disait : « Exitus ». Un autre annonçait une heure. On le transportait ailleurs, en un autre endroit, dans ce territoire à la blancheur infinie. Encore et toujours une heure. Puis de nouveau le silence. Quel nom poser sur ce qui s'écoulait là-bas ? Rien n'était comme à l'extérieur. Le temps qui régnait en ces lieux n'était pas celui qui s'égrenait au-dehors, tantôt sonore, tantôt plus feutré. Il n'avait pas cours ici, tout s'abolissait dans cette blancheur étale. Se confondait en autant d'éléments blancs qui fonctionnaient en cadence. Voici la seringue. Son aiguille s'enfonçait en lui par-derrière, blanche. Son gémissement soudain : blanc. Blancs, ces comprimés secs comme la poussière et qu'il lui était presque impossible d'avaler. Blanc ce froissement de papier, quand il tendait son argent aux soignants. Blancs les coups qu'on lui administrait dans l'estomac, dans le dos, quand il n'avait plus de billets ; jusqu'à l'instant où il sortait de son caleçon la poignée de cigarettes qu'il y tenait cachée. Blanche, l'immobilité. Qui avait dit que la mort était noire ? Plus de temps, plus de jours ni de semaines, plus aucune de ces unités matérielles, devenues indissociables de nous et qui scandaient nos vies, rien que cette répétition sans fin et qui effaçait tout. Qui avait un jour prétendu que l'enfer était rouge et brûlant ? Une voix annonçait une heure, encore. Ne valait-il pas mieux en rire ? Le temps n'existait plus. Pourquoi fallait-il que certains trépassent encore, alors qu'au vrai ils étaient déjà morts ? Ce n'était pas ce qu'on lui avait inculqué. Quand il recrachait les comprimés, les soignants les ramassaient, le plaquaient sur sa couche, lui écartaient les mâchoires de leurs mains implacables et lui enfonçaient au fond de la gorge ces cachets désormais souillés de poils et de poussière et qu'il lui fallait bien ingurgiter en s'étranglant presque. C'étaient eux qui mettaient hors circuit sa pensée. Peut-être n'était-ce pas exact, peut-être les couleurs n'avaient-elles pas disparu ? Peut-être n'était-ce que l'effet des comprimés ? Ils étaient à l'origine de toute cette blancheur ? Il lui semblait qu'il s'écoulait chaque fois un temps infini avant qu'une pensée comme celle-là ne germe encore en lui et qu'il ne puisse un instant la retenir, avant qu'elle ne se dissipe de nouveau dans le néant pour revenir tôt ou tard, accompagnée du vague souvenir, ou plutôt du simple pressentiment qu'elle l'avait déjà effleuré. Une répétition sans fin. Au fil du temps ses sensations allaient s'émoussant, il ne prenait plus conscience des coups qu'à l'instant où les poings s'étaient déjà immobilisés, où leur pluie avait cessé. À moins qu'il les eût rêvés cette fois ? Il ne savait plus s'il était éveillé ou non. De loin en loin arrivaient d'autres hommes qui n'étaient pas des soignants. Ils lui tendaient ou non des ardoises, lui posaient des questions, et machinalement il leur répondait. Cela se passait automatiquement ; tout était détaché de lui. Tout était blanc, terne et extérieur à sa personne. Lui-même n'était plus rien. Il était creux, évidé par l'absurde répétition de ce qui n'avait pas de sens. Il subsistait pourtant en lui quelque chose comme une étincelle de conscience, un filament ténu comme un souffle et qui le rattachait encore au présent, n'avait qu'une intuition diffuse de l'existence du passé et de l'avenir, mais assez cependant pour qu'il implore de toutes ses forces que ce fût lui dont on parle, la prochaine fois qu'une de ces voix froides et blanches qui ne se rattachaient à aucun corps dirait « Exitus », Mort, et qu'une autre voix annoncerait alors une heure quelconque. Tout était éteint, à l'exception d'une minuscule petite flamme ; et cette minuscule petite flamme n'aspirait plus qu'à être soufflée.

« En pure perte, dit-il. En pure perte. » Il rouvrit les yeux. Il faisait sombre. D'un mouvement leste il descendit de son hamac. L'espace d'un moment, la tête lui tourna. Puis il ouvrit d'un geste rude la porte de la véranda et chemina vers le bâtiment principal. Aucune fenêtre n'était éclairée. Il fit le tour de l'aile située côté sud et se posta le long d'un de ses flancs. Il s'approcha au plus près de la fenêtre et, retenant son souffle, fit courir l'arrondi des doigts sur la moustiquaire fermement tendue. Comme rien ne bougeait encore, il prit une discrète respiration, dressa l'index et, de la pointe de l'ongle, gratta un peu la résille de métal. « J'arrive tout de suite », chuchota Domingo, et le doigt de Paul se figea. « Va m'attendre près du tamarinier. »

Paul regagna sa bicoque et s'assit un moment sur le seuil. La lune dans son croissant, étincelante échancrure, avait déjà parcouru un bon bout de chemin. Minuit était passé depuis longtemps. Le tamarinier dressait dans la nuit sa silhouette massive et noire. Un léger frémissement en parcourait la cime. Les plants apportés par les prêtres accrochèrent le regard de Paul. Il y en avait deux. Il se leva, s'approcha d'eux, s'accroupit pour les contempler. C'étaient de très jeunes arbustes, hauts de cinquante centimètres à peine, et qui peut-être n'avaient encore jamais fleuri. Ils jetaient leurs ombres sur le muret blanc.

« Pablo », dit Domingo. Paul ne répondit pas. Il tendit la main vers les plants. Domingo s'accroupit à côté de lui. On entendit tinter les boucles métalliques de son sac à dos. « Qu'en dis-tu ? » Il ne lui adressait pas à proprement parler la parole, on aurait dit qu'il avait jeté ces mots en l'air. « Ils ont quand même fini par arriver », observa Paul en laissant retomber sa main, qui n'avait même pas effleuré les jeunes pousses. Il semblait ne s'adresser à personne, lui non plus. « Qu'est-ce que c'est ? », demanda Domingo en tendant les doigts vers l'un des arbustes. Il en enserra le tronc grêle. « Tu sais, lui dit Paul, je comptais les installer près de la porte. Le long du muretin. Ils encadreront l'entrée de la maison. J'avais dans l'idée qu'ils poussent là. Tu n'as rien contre ? » Ils se turent un moment. Domingo dit : « Si tu veux, je me charge de les repiquer. Ou les garçons, pourquoi pas : chacun d'eux en plantera un. » Paul lui adressa un regard latéral. « Les garçons ? — Oui, par exemple. » Un rictus qui avait peut-être l'ambition d'être un sourire déforma le visage de Paul. Domingo posa alors la main sur son épaule, l'effleurant à peine, et souffla : « Il est temps de prendre la route. — Tu n'as rien oublié ? — Non. » Paul se leva d'une pièce et, le devançant, ouvrit la marche. Il avançait à foulées très rapides ; soit qu'il voulût rester seul, soit qu'il lui tardât d'arriver à la cabane ; le tremblotant faisceau de lumière jaune d'une lampe de poche clopinait devant lui. Domingo peinait dans son sillage. Ils marchèrent à ce rythme soutenu pendant une demi-heure environ ; alors la cahute leur apparut.

On l'avait encore sanglé sur un brancard et des bras l'avaient emporté. Le plafond blanc, son ciel, défilait au rythme des petites lampes blanches qui y étaient enchâssées. On le transportait peut-être dans une autre pièce, peut-être pas. Soudain un vrombissement emplissait l'espace, un grondement continu, et il avait la sensation de bouger, mais à présent sans qu'on le porte. Le ciel restait immobile. Il fut pris de nausées et dut vomir. Puis tout se figea et il n'entendit plus la grondante rumeur. Rien que des grincements de charnières. On l'emportait encore ailleurs. Il le reconnaissait à la cadence, à la régularité du mouvement. Au moindre changement de direction, au plus petit arrêt, il portait machinalement les mains à sa tête. Les pas crissaient comme sur du gravier. La lumière était soudain si crue – elle n'était plus blanche, mais argentée, comme une lumière de juin – qu'il était contraint de fermer les yeux. On l'asseyait quelque part, mais il avait encore l'impression de bouger. Encore ce crissement de gravillons. Tout à l'arrière-plan des voix d'hommes étouffées, puis de nouveau le silence. Enfin il se mettait à ciller des paupières, et aussitôt, même s'il n'en percevait dans les premiers instants que d'infimes bribes, il voyait tout se déployer devant lui dans un grand arc de cercle, la chaîne de montagnes bleue, tout entière, aux crêtes encore poudrées de neige ici et là, et en son centre, au premier plan tel un contrefort, le Magdalenaberg. Il ne comprenait rien, à part ceci : ses supplications n'avaient pas été entendues. Des voix s'adressaient à lui, mais il fermait les yeux et se bouchait les oreilles, attendait qu'elles s'effacent enfin. Quelqu'un tirait sur sa chaise ou sur le support sur lequel il était assis ; il levait son poing serré ; on n'insistait pas. Alors la nuit était faite. Les lumières du Magdalenaberg, étoiles tombées du firmament, scintillaient d'un éclat toujours plus vif. Puis c'était le crépuscule et le jour se levait de nouveau. Quelqu'un lui tendait des cachets. Il s'en saisissait, les gardait un moment au creux de sa main puis les jetait dans le pré qui s'étendait sous ses yeux. Il jetait aussi dans les hautes herbes le repas qu'on venait de lui apporter. Il le voyait encore. Enfin il était de nouveau seul et pouvait contempler le chat qui dévorait à belles dents la saucisse. Un chat dont le pelage était tricolore. Où était-il donc passé ? Ah, le revoici. Il faisait un sort à la saucisse rouge. Une fois le festin terminé, il se roulait à plaisir dans le pâturage, se redressait sur ses pattes, mordillait la pointe de quelques brins d'herbe. Il ne restait plus rien de la saucisse. Plus une seule touche de rouge dans l'herbe. Dans l'herbe verte. La nuit était tombée sans que personne eût éteint la lumière. Les ombres changeaient. Le temps reprenait-il ses droits ? Il était à Rosental. De toute son âme, il avait imploré de n'être plus, d'être totalement anéanti. Tel avait été son désir. Mais c'était le contraire qui s'était produit ; le pire était arrivé. Il se leva de sa chaise et, en proie à une fureur aveugle, se mit à hurler. Quelqu'un intervint alors et le plaqua sur le sol, puis on le sangla une fois encore sur un brancard et on le transporta dans une pièce blanche. Il y retrouva peu à peu son calme. Comme cette blancheur était belle. Puis le courant, de part en part le courant.

La cabane de planches faisait autrefois office de bergerie. C'était un petit édifice trapu dont la seule ouverture, qui flanquait la porte, était tendue d'un filet antimouches. Il y avait bien longtemps que la cabane était désaffectée. Lorsque Domingo y pénétra, Paul était déjà arrivé et, l'échine courbée pour ne pas se cogner la tête quelque part, faisait courir sur le sol le cône de lumière de sa lampe de poche. En dépit des années, il flottait encore dans l'ancienne bergerie une âcre et pénétrante odeur de mouton. Domingo déposa par terre son sac à dos. Les boucles en tintèrent encore, mais le sol de terre battue avait tôt fait d'étouffer tous les sons. Domingo s'accroupit et ouvrit le sac. Il en sortit une bonbonne clissée d'une contenance de cinq litres, entièrement remplie d'eau. Il se saisit d'un petit emballage, le déchira, en sortit une longue paille en plastique. Paul marchait de long en large dans la cahute. Il s'arrêta un moment au niveau de la fenêtre, puis se remit à faire les cent pas. Domingo sortit son briquet de la poche pectorale de sa chemise, l'alluma, promena la paille délicatement au-dessus de la flamme, en prenant soin de ne pas la brûler. Après quelques secondes, il rempocha le briquet et tordit à angle droit le tiers supérieur de la paille. Il souffla sur la zone qu'il avait préalablement chauffée, afin qu'elle refroidisse et que le plastique se rigidifie. Il ôta le bouchon de la dame-jeanne et glissa la paille recourbée dans le col de celle-ci. Paul avait cessé d'arpenter la pièce en tous sens. Il s'était dévêtu et ne portait plus que ses sous-vêtements. Il tenait en main ses effets roulés en boule, qu'il jeta sans plus de façons dans le coin de la pièce opposé à l'entrée. Il dirigea le faisceau lumineux de sa lampe vers le visage de Domingo. Celui-ci plissa les paupières et détourna la tête. Quand il ne fut plus ébloui, il vit que Paul était déjà étendu sur le sol, les yeux tournés vers le plafond. Il s'était à présent défait de ses sous-vêtements et les avait jetés sur le tas de frusques. Domingo se pencha de nouveau vers le sac à dos et s'empara des cordes. Il commença à en lier les poignets et les chevilles de Paul. Puis il passa le bout des cordes dans des anneaux de fer encastrés dans les parois de planches de la cabane, de chaque côté, aux extrémités, et les noua. Les stridulations des cigales étaient très sonores, on eût dit qu'elles faisaient entendre leur chant dans la pièce. « Serre plus fort », chuchota Paul, et Domingo desserra l'un des nœuds et tira plus fermement sur la corde. « Encore plus fort », dit Paul d'une voix gémissante. Une fois qu'il en eut terminé, Domingo prit la bonbonne clissée, l'enfonça d'une dizaine de centimètres dans une petite excavation du sol, à côté de la tête de Paul, tourna vers lui la paille coudée et la fixa avec un morceau de ruban adhésif. Puis il se saisit de la lampe de poche. « Je reviendrai demain », dit-il. Paul avait détourné la tête. « Dis aux garçons que je suis parti. Raconte-leur que j'ai suivi les prêtres dans leur périple. — Très bien. » Domingo se redressa. Il alla se poster à la fenêtre et contempla la nuit où montait le chant des cigales. Il reprit le ruban adhésif, en arracha un lambeau, obtura un petit trou dans la moustiquaire. « Pas trop près du seuil de la porte, entendu ? N'oublie pas de le leur dire. — Tu parles des arbustes ? — Oui. Des lilas rouges. »

Il était si doux d'être de retour. On le transportait encore de pièce en pièce. Le courant était là de nouveau et l'espace d'un moment tout le reste en était aboli. Rien n'était comparable à la douleur qu'il éprouvait alors ; rien n'était comparable à son bonheur. Jamais aucune des heures qu'on annonçait ne se rapportait à lui, mais il ne s'en affligeait plus à présent. Tout était supportable ici, pourvu seulement qu'on ne le ramène pas encore à Rosental. Les poings des soignants – c'était presque comme s'ils lui faisaient bon accueil. On lui administrait maintenant d'autres comprimés, et tout en devenait plus blanc, plus morne, plus lointain et feutré que jamais. Il oubliait qu'il s'en était déjà allé ; il ne subsistait plus que cette force qui s'opposait à ce qu'on le déplace encore. Et pourtant sa rage ne se déchaîna pas aussitôt, lorsqu'un jour il rouvrit les yeux et aperçut un mur immense occupé d'étagères de livres. Il lui sembla que c'était un songe. Était-ce donc qu'il rêvait de nouveau ? Rien n'était moins sûr. Était-il de retour à K. ? Était-il redevenu un enfant ? Quelqu'un s'adressait à lui. Il fermait les yeux et se bouchait les oreilles. Il sentait alors un poing lui meurtrir durement le flanc. Aussitôt il laissait retomber les bras et rouvrait les paupières. Tel était le langage qu'il avait appris à comprendre. Il voyait à présent un large visage à l'expression radieuse. On aurait dit la figure vieillie de son ami Lorenz. Était-ce peut-être le père de celui-ci ? La blancheur ne revenait pas ; on lui avait substitué l'enfance, et les couleurs faisaient leur retour. La sensation de torpeur le quittait peu à peu, il parvenait de nouveau à faire la différence entre le rêve et la réalité, et les rouages de son esprit se remettaient lentement à fonctionner. La frontière entre les choses et lui se faisait peu à peu plus poreuse ; il était en train de retrouver le chemin du monde. Il vivait maintenant à Vienne, dans le vaste appartement qu'occupait Lorenz au centre de la ville. Son ami pourvoyait à tout, et en son absence il s'appuyait sur une femme qui lui apportait ce dont il avait besoin et faisait également la cuisine. Il passait le plus clair de son temps assis à la fenêtre et observait le mouvement de la rue en contrebas. Des autos et des tramways la parcouraient, les trottoirs fourmillaient de passants empressés qui filaient tantôt dans une direction, tantôt dans une autre ; on ne voyait jamais deux fois le même visage. Tandis qu'il considérait ainsi l'agitation de la rue, il s'efforçait de tirer au clair ce qui lui était arrivé. Au début, il était souvent livré au désespoir, car toutes les réponses – et même les questions – s'enveloppaient à ses yeux d'un impénétrable brouillard. Mais au fil du temps celui-ci s'était levé et une autre forme de désespoir avait relayé la première ; c'est que la mémoire lui était revenue, et il avait alors compris une fois pour toutes ce qui s'était passé. Il ne quittait jamais l'appartement. Un jour qu'il avait confondu la porte de la salle de bains avec la porte palière, il avait constaté qu'il n'aurait de toute façon jamais pu en sortir : la porte était verrouillée, et il lui fut impossible de mettre la main sur la clé. De nombreuses semaines s'étaient écoulées avant qu'il discute pour la première fois avec Lorenz.

Il restait étendu là, immobile. Les pas de Domingo, le léger claquement de ses sandales sur le sol, le froissement de ses jambes de pantalon qui frottaient l'une contre l'autre, tout avait été couvert bien vite par le vacarme strident des cigales. Paul se mit à compter mentalement. Il compta trente fois jusqu'à soixante. Il ne bougeait toujours pas ; mais il avait contracté pendant tout ce temps la nuque et le bassin. Ce n'est qu'à l'instant où, les trente minutes une fois écoulées, il fut certain que Domingo ne pourrait plus l'entendre, qu'enfin il relâcha la tension qui habitait son corps. Le début de la crise ne tarderait plus à présent. Paul étira le cou, coinça entre ses dents la paille de plastique rigide et aspira un peu de liquide. Une eau à la saveur douce et sucrée lui emplit la bouche et coula au fond de sa gorge. De la pointe de la langue, il chassa la paille de sa bouche et reposa la tête sur le sol ferme de la cabane. Déjà il sentait qu'il commençait à transpirer. Brûlait-il de prendre une *bombita* ? Non, elles ne lui auraient été d'aucun secours dans ce combat. La veille encore, comme il s'en retournait à l'estancia La Unión, il avait bu la boisson à traits intenses et attentifs. Il l'avait savourée gorgée après gorgée, s'était délecté de son arrière-goût. Était-ce réellement la veille au soir ? Il l'avait savourée avec la conscience diffuse qu'il n'en boirait plus avant longtemps. Il le comprenait à présent : il avait regardé toutes choses comme si c'était pour la dernière fois. Et c'est également pour cette raison qu'il s'en était retourné cette nuit-là en chevauchant au pas, et qu'il s'était attardé un moment encore auprès des chevaux, après les avoir dessellés : parce que c'était la dernière fois. Il but encore une gorgée, et il lui vint soudain l'idée que ses réserves d'eau pourraient s'épuiser. Aussitôt son cœur se mit à battre à folle allure. Il tenta de s'arracher à ses liens. Puis il s'arrêta net, comme pétrifié d'épouvante. Mais un instant plus tard il se démenait de nouveau, avec les mains et les bras, les jambes, les pieds, tous les membres en même temps. Les chairs sous les cordes s'irritaient et commençaient à s'enflammer, son corps tout entier le démangeait et s'embrasait comme une torche. Il reprit haleine un moment, resta immobile et se cabra de nouveau, tira de toutes ses forces sur les liens qui l'entravaient, et, lorsqu'il constata enfin que les cordes ne cédaient pas, non plus que les anneaux fixés dans les murs ou les murs eux-mêmes, et qu'il ne pourrait se soustraire à sa propre peau, il se mit à crier, à hurler à gorge déployée.

Chaque fois qu'il était là, Lorenz allait prendre place dans son fauteuil à oreilles en cuir et se mettait à lui raconter des histoires. Il évoquait avec lui des connaissances communes, des membres de sa famille (Luise, par exemple, qui avait rendu à Paul, lequel la reconnaissait à peine, deux ou trois visites dans l'appartement de son frère), mais également des personnes que Paul n'avait jamais rencontrées mais qui entretenaient avec Lorenz des liens d'amitié, comme ce médecin qui passait à l'occasion et fournissait à Paul les nouveaux comprimés. Cependant que Lorenz lui contait ces histoires, Paul restait blotti sur l'appui de la fenêtre et observait la rue un peu plus bas. Depuis qu'il s'était installé dans l'appartement, il n'avait pas prononcé une seule parole. Il était bien trop préoccupé par ce qui se tramait en lui ; par cette extinction de l'âme dont il se demandait combien de temps elle avait duré. Mais il écoutait Lorenz avec toute l'attention dont il était alors capable. Il appréciait ses histoires. Elles lui rendaient quelque chose. C'était comme si quelqu'un lui faisait le récit d'une vie antérieure. Un jour que Lorenz s'était encore lancé dans une histoire, la chute de celle-ci lui parut si piquante qu'il ne put se défendre de rire. C'était un récit qui n'engendrait pas la mélancolie. Une fois que son rire se fut apaisé, Paul lui demanda : « Dis-moi, où vit ton frère aujourd'hui, déjà ? » D'un bond Lorenz se leva de son fauteuil et fit un pas en direction de Paul qui, effleurant presque de la pointe de son nez busqué la vitre noire, regardait encore la rue où s'allumaient déjà des lumières. Ce n'est qu'avec un temps de retard qu'il comprit la question, tant elle l'avait pris au dépourvu : « Harald ? Où il vit ? En Bolivie ! En Amérique du Sud ! — Pourrais-tu m'avancer l'argent du billet d'avion ? — Pour la Bolivie ? Tu comptes donc rendre une visite à Harald ? — Pas une visite, non. Je voudrais me retirer dans son monastère. »

Après cette conversation, Paul ne resta plus à Vienne qu'une poignée de semaines. Lorenz se chargea de son billet et lui fournit une réserve de cachets pour les mois à venir. Il ajouta qu'il pourrait d'ailleurs lui en faire parvenir à tout moment, s'il ne parvenait pas à s'en procurer là-bas. Mais il lui semblait que ce ne devait pas être trop difficile. Paul ne répondit rien ; l'idée en cet instant lui parut dénuée de sens. Lorenz écrivit une lettre à son frère pour le prier d'aller chercher Paul à sa descente d'avion, et de lui offrir plus généralement aide et soutien. Paul rangea ses quelques affaires dans un sac. Il laissa sur place celles qu'il ne put emmener et confia à l'employée de maison de Lorenz le soin de les déposer au point de collecte pour les vieux vêtements. Lorenz se proposa de le conduire à l'aéroport, mais Paul déclina poliment l'offre. Il se rendrait là-bas en taxi. Lorenz insista pour l'accompagner au moins jusqu'à la station. Paul y consentit. La station de taxis était située à moins de deux cents mètres du logement de Lorenz. Ils s'y rendirent, se firent leurs adieux en quelques mots, se serrèrent la main, puis aussitôt Paul baissa les yeux, prit le sac des mains de Lorenz et monta dans la première voiture de la file.

Tout autre pays aurait aussi bien fait l'affaire. Si Harald – au monastère, les frères l'appelaient Guillermo, peut-être parce qu'il n'existait pas d'équivalent hispanique du prénom Harald, peut-être pour une autre raison – avait vécu en Papouasie-Nouvelle-Guinée, Paul aurait opté pour la Papouasie-Nouvelle-Guinée. Après tout il y avait des missions, là-bas aussi. Ce n'était pas important. La seule chose qui comptait était de prendre le large, de pouvoir ne plus être personne en un lieu quelconque

– et de mourir là-bas, non pas de la malaria ou à l'occasion d'un échange de coups de feu, mais en se tuant de sa propre main. Tel était le souhait qui lui était resté de la période qu'il appelait à part soi la période blanche : la volonté, le désir dévorant de n'être plus. C'était la dernière chose qui était demeurée dans un être qu'on avait rendu complètement vide, et à présent que cet être se remplissait de nouveau de pensées, de choses vues et entendues, de souvenirs par-dessus tout, ce désir primait encore tous les autres.

Les comprimés avaient la vertu de mettre sous l'éteignoir le délire, de façon permanente et complète. S'il les avait recrachés, à l'hôpital psychiatrique, ce n'était que par un vague mouvement de dégoût, non par aversion pour ces cachets dont il ne connaissait pas ou ne pressentait pas alors la raison d'être ni les effets. Paul les prenait régulièrement, sans éprouver jamais le besoin de vivre sans eux. Il y était attaché tout au contraire, bien plus profondément encore qu'à ce breuvage qu'il concoctait à partir d'un alcool industriel de canne à sucre, d'eau minérale et de poudre effervescente – celle-ci existait en plusieurs déclinaisons, mais il choisissait pourtant la plupart du temps la même saveur : goût « orange ». Il transportait toujours sur lui une tablette de cachets. Mais il ne les absorbait pas tant pour lui-même que pour les autres. Il ne se souciait plus de ce qu'il adviendrait de lui. La folie, les accès de démence avaient détruit son existence, et il avait fini par en prendre son parti. Mais qu'il ait pu ruiner d'autres vies que la sienne, voilà ce dont il ne s'accommodait pas. Aussi prenait-il ces comprimés afin d'empêcher que quelqu'un ne pâtît encore de sa folie. Oui, de sa folie ; et il était autre chose encore que les cachets réprimaient de façon complète et durable : le désir de posséder une femme. Mais il demeurait un désir qu'ils n'étaient pas à même de refréner, un désir irrépressible et qui montait des profondeurs de l'âme : celui d'éteindre la flamme.

Là, blotti sur l'appui de la fenêtre, dans l'appartement viennois de Lorenz, Paul, pour la première fois depuis sa période blanche, avait senti renaître en lui ce désir, et, en mesurant aussitôt toute la portée, il s'était empressé de demander à Lorenz de lui avancer l'argent pour un billet d'avion. Il avait tout planifié avec un sang-froid parfait, comme s'il s'agissait d'un étranger, d'un ennemi qu'il lui aurait fallu abattre, et son humeur s'était faite plus radieuse à mesure que le jour de son départ approchait. À Santa Cruz, le chef-lieu de la province la plus orientale de la Bolivie, les religieux accueillirent un homme jovial et plein d'allant, encore dans ses jeunes années, en qui ils ne purent déceler une once d'austérité monacale et à qui ils se contentèrent d'offrir pour commencer l'un des deux « appartements » qu'ils mettaient à la disposition des hôtes de passage – une chambre équipée d'un coin cuisine, et non une cellule de moine. Paul en fut comblé, car ainsi il n'était pas assujetti à une vie réglée, et c'est à l'abri des regards qu'il put procéder à ses préparatifs. Il mena une reconnaissance dans les environs de la ville et ne tarda pas à y découvrir, dans un massif forestier à la végétation très touffue, un coin où l'on aurait toutes les peines, jugeait-il, à retrouver sa dépouille. Là-dessus, toujours aux marges de la ville, il fit l'acquisition d'un pistolet et de munitions, ce qui n'alla pas sans contretemps ni difficultés. Une fois ceci réalisé, il ne lui resta plus qu'une seule chose à accomplir en ce monde.

Mais la veille du jour qui devait être le dernier, en fin d'après-midi, il survint un singulier événement qui devait se révéler lourd de conséquences. Il se trouva en effet que le frère Alfredo, le supérieur de la communauté, un homme d'environ soixante-cinq ans, de souche allemande, le convia à prendre part à l'office du soir. Paul, qui avait toujours accédé jusqu'alors aux requêtes du prêtre, y consentit volontiers. La messe avait été fixée à sept heures, mais lorsque Paul pénétra dans la chapelle, avec cinq minutes d'avance, il eut l'impression d'être en retard, car à peine se fut-il assis que le célébrant commença. C'était apparemment une messe du soir traditionnelle, et Paul pria avec les autres, joignit sa voix à cette antienne ô combien familière, à ces litanies solennelles dont la monotonie était apaisante et édifiante. Il y avait longtemps qu'il n'avait plus récité de prières, et il en ressentit en lui-même tous les bienfaits. Les messes ordinaires n'étaient généralement pas enrichies d'un sermon. Mais, curieusement, après l'Évangile, le frère Alfredo se leva soudain et annonça qu'il allait dire quelques mots ; il s'avança vers l'ambon. Paul resta cloué sur place, et, à l'instant où le frère Alfredo déploya les bras, inclina légèrement la tête en arrière et lança d'une voix ferme : « Prions à présent pour notre frère Paulus », il sentit se dissiper l'insouciante allégresse qui l'habitait. Il était si profondément saisi d'étonnement qu'il resta assis, alors que déjà tous les autres s'étaient levés de leur banc et récitaient une prière qu'il ne reconnut pas, tant il était troublé. Puis ils se rassirent. Les bancs grincèrent. Alfredo laissa retomber ses bras, eut un hochement de tête et dit : « Puisse notre Seigneur lui pardonner tous ses péchés. Et puisse notre frère Paulus apprendre aussi à pardonner à tous ceux qui ont péché envers lui. » Et tous les fidèles, y compris Paul (il était encore pétrifié), répondirent d'une seule voix : « Amen ».

Après la messe, Paul regagna aussitôt sa chambre. Il en verrouilla la porte, éteignit la lumière et alla s'asseoir sur le lit dont les draps n'étaient pas défaits – il dormait toujours à même le sol. Qu'est-ce qui avait bien pu lui ravir son allégresse ? Il devait bien s'attendre à ce qu'on lui donne du « notre frère Paulus » – le frère Alfredo avait laissé entendre quelques jours plus tôt que l'admission de Paul au sein de la communauté n'était plus qu'une simple formalité, car on avait déjà pris à son sujet une décision favorable. Il savait que ce n'était pas cela. Pendant des heures il resta en proie à une agitation fébrile, puis il retrouva peu à peu sa quiétude et oublia le trouble qui l'avait agité. Ses pensées le ramenèrent à Rosental, à sa famille. Il éprouvait un petit pincement au cœur à l'idée de ne pas leur avoir fait ses adieux. N'aurait-ce pas été plus correct ? En même temps, il était curieux d'éprouver un quelconque repentir, alors qu'il était persuadé d'être de toute façon en chemin vers un lieu où l'attendaient « les pleurs et les grincements de dents[1] ». Il n'en éprouvait pas moins des remords. Son grand-père, dont le souvenir se perdait dans sa mémoire – sans doute parce qu'il n'avait jamais pris la peine de l'entretenir –, avait fait les choses comme il fallait. Il avait pris congé de chacun d'eux. Oui, son grand-père. Tous étaient venus à lui, un par un. Quelle grandeur, quelle force d'âme devait habiter cet homme pour qu'il eût agi ainsi. Il avait également envoyé quérir Paul. Mais… que lui arrivait-il en cet instant ? Les souvenirs prenaient soudain corps en lui, et son esprit se troubla de nouveau. La scène apparaissait avec netteté sous ses yeux. Il revoyait le visage sculpté par les ans de son grand-père et entendait ses paroles : « Pardonne-moi, Paul. Je t'en prie, pardonne-moi. D'entre tous, tu es celui qui doit me pardonner. » Quel âge avait alors Paul ? Il fit un bref calcul. Peut-être douze, treize ans ? La seule chose dont il se souvînt, c'est qu'on était venu le chercher au pensionnat de K., parce que son grand-père était à l'agonie. Il était tombé dans le ruisseau et cette chute lui avait été fatale. Paul se rappelait simplement qu'il avait eu toutes les peines à comprendre ce que son grand-père attendait de lui ; mais s'il ne lui avait pas accordé son pardon, ce n'était pas seulement à cause de cela, mais parce qu'il avait éprouvé alors une énigmatique répugnance à le faire. Au reste, qu'y avait-il à se faire pardonner ? Paul se leva de son lit et se mit à marcher de long en large dans le logement. Le visage de son grand-père prenait vie sous ses yeux. Comme en contrepoint, il entendait la voix de son père qui lâchait d'un ton dépité : « Nous qui aurions justement tant besoin d'aller à l'église ! » Paul s'en arrachait les cheveux. Et, comme si ce n'était pas déjà assez compliqué, il se rappelait à présent, pour la première fois depuis des années, les propos exacts que son grand-père avait tenus ce jour-là. Il lui avait dit : « D'entre tous, c'est toi qui devras m'accorder le pardon, Paul. Car la plaie ne se refermera pas vite. Non. Dieu frappe jusqu'à la septième génération. »

1. Matthieu 8:12.

Jusqu'au point du jour, Paul arpenta sa chambre sans relâche. Lorsque les cloches sonnèrent pour convier les frères à l'office des Laudes, il se trouvait encore au monastère et, contrairement à ce qu'il avait décidé, fermement résolu, il ne s'était pas mis en chemin vers le massif boisé. Pendant toute la nuit, il avait réfléchi à ces phrases qui résonnaient sans cesse en lui. Enfin il bourra ses affaires dans un sac et alla trouver le frère Alfredo. Il lui annonça qu'il comptait s'en aller. Il n'avait pas encore la moindre idée de sa destination. Sans doute mettrait-il le cap à l'est. Avant de se retirer dans un monastère, il lui fallait apprendre à pardonner. Il jugeait et pensait en lui-même : avant de me brûler la cervelle, je dois apprendre le pardon. Il le faut, et je n'ai pas le droit de mettre au monde des enfants. Je ne sais pas quelle position j'occupe dans la chaîne, mais il est certain que je ne suis pas encore le dernier. Si je souhaite qu'elle puisse se briser un jour, je ne dois pas avoir d'enfants. Car alors la malédiction s'arrêtera. Et au même moment il poussa tout naturellement son raisonnement un peu plus loin, et il se demanda si l'important était bien d'apprendre à pardonner, et pas plutôt d'apprendre à supporter le pardon. Ce qui revenait à dire – mais il ne pénétrait pas encore ces raisons – qu'il n'avait pas le droit de mettre lui-même un terme à son existence.

Au fond, dès ce temps-là, il en était au même point qu'aujourd'hui. Pour la cinquième fois en près de dix ans, il avait demandé qu'on l'attache. Étendu sur le sol de l'ancienne bergerie, il se débattait, tirait de toutes ses forces sur les liens qui le retenaient, hurlait et pestait de rage, se meurtrissait les talons, le coccyx, les épaules et la tête. Il n'avait pas le droit de mettre fin à ses jours, telle était sa ferme et inébranlable conviction. Et chaque fois qu'il sentait poindre et remonter en lui ce désir irrépressible, il lui fallait bien se laisser attacher pour ne pas céder à ses pulsions. Car s'il y cédait, il en avait la certitude, la malédiction se transporterait alors de l'autre côté du grand océan, en Europe, vers l'Autriche et Rosental, et les maillons de la chaîne se refermeraient sur quelqu'un d'autre. S'il voulait l'enterrer et la faire disparaître à tout jamais avec lui, il n'avait pas le droit de flancher.

Chaquc soir, une fois la nuit tombée, Domingo le rejoignait dans la cabane, donnait un coup de balai dans la pièce, déposait une nouvelle bonbonne clissée remplie d'eau fraîche près de Paul et lui faisait prendre un comprimé. Paul le conjurait alors de le détacher, mais Domingo, serrant les dents, feignait de ne pas entendre ses supplications qui cédaient bientôt la place à des injures. Il accomplissait la mission dont Paul l'avait chargé il y avait bien longtemps déjà. Il lui avait alors fait le serment de s'en acquitter. Julia elle-même n'était au courant de rien. Et il s'acquitterait de cette mission aussi longtemps que nécessaire, dût-il lui en coûter; le pacte qui les unissait était inviolable. Naturellement, cela ne l'empêchait pas de se faire en même temps sa propre idée de tout cela; mais au bout du compte il s'en était accommodé, de même qu'après mûre réflexion il s'était accommodé de l'histoire de Paul, sans en rien laisser de côté.

Au terme de quatre nuits encore, les cris de Paul cessèrent. Il était étendu sur le sol, immobile, le teint blafard et le visage émacié. Ses yeux très sombres étaient grands ouverts. Une barbe noire naissante frisait déjà sur ses joues. Lorsque Domingo pénétra dans la cahute, au soir du sixième jour, Paul lui dit d'une voix faible : « Détache-moi, Domingo. » Pour la première fois depuis des jours, celui-ci le regarda vraiment en face. « Tu en es certain ? », lui demanda-t-il, la mine méfiante, tout en enfonçant les poings au fond de ses poches de pantalon. « Oui. Libère-moi. C'est terminé. » Paul laissa rouler la tête sur le côté – en direction de Domingo. Il venait de quitter le pays blanc. Il en avait chaud au cœur, mais il était trop faible et épuisé pour exprimer sa joie, ne fût-ce qu'au travers d'un maigre signe de bienveillance qui aurait été en même temps une réponse au sourire discret et presque farouche de Domingo. Les nœuds étaient solides, et il fallut à Domingo un long moment pour les desserrer et les dénouer enfin. Pendant ce temps, il s'efforça de ne pas poser les yeux sur les poignets et les chevilles de Paul. Ils étaient d'un rouge très vif et luisant, suppuraient et des nuées de mouches bombillaient autour. Il enroula les cordes autour de sa main et les rangea dans le sac à dos avec la bonbonne clissée et la paille en plastique, cependant que Paul tentait d'enfiler son pantalon, et manquait de s'effondrer à chaque instant. Ce n'était pas tant que les forces lui manquaient : après être resté aussi longtemps allongé, son sens de l'équilibre s'était quelque peu engourdi. Domingo dut finalement se poster à côté de lui et lui donner le bras.

C'est à pas très lents, sans dire un mot et en se tenant au plus près l'un de l'autre qu'ils cheminèrent dans le soir naissant, en direction de l'estancia au sud-ouest, tandis que les derniers rayons du soleil baignaient les terres d'une lumière scintillante et dorée.

6

Les semaines qui suivirent, Paul, même s'il se remit à dispenser des cours aux garçons et reprit le travail comme si de rien n'était, se montra taciturne, renfermé, et affecta à l'égard de tous une certaine distance. Il déploya cependant bien des efforts pour que les choses continuent comme avant. Lorsque Miguel lui demanda où il était resté tout ce temps, il lui répondit qu'il était parti en voyage très loin, dans un pays étranger. À rester toujours cantonné dans les mêmes lieux, on finissait par s'encroûter. Miguel voulut savoir s'il avait vu de beaux paysages. Paul se contenta de lui répondre que cette région-ci était plus belle. Ce fut à peu près tout ce qu'on put lui arracher, en dehors du strict nécessaire. Mais il est vrai qu'à l'exception de Miguel personne ne lui posa de questions. La fois précédente, il y avait environ deux ans, Paul se souvenait que Juan l'avait interrogé à son retour. Il garda cette fois le silence. Lors des repas, Paul sentait qu'une certaine méfiance s'était instaurée. Julia surtout se montrait soupçonneuse. Elle lorgnait du coin de l'œil les bandages qui lui protégeaient les poignets, tenait désormais à accompagner elle-même les garçons chez Paul – le trajet était si court, pourtant! – et venait les chercher une fois la leçon terminée. Mais l'habitude, les souvenirs et le besoin de normalité surent bientôt triompher des craintes et des soupçons, et l'on témoigna à Paul la même confiance qu'autrefois.

Un soir de juin, alors qu'il s'était installé dans le hamac et, à la lueur de la lampe à pétrole, lisait en sirotant quelques verres

– car à peine avait-il été de retour qu'il s'était remis à boire ; ce fut même la première chose à laquelle il sacrifia à son arrivée –, on frappa à la porte-moustiquaire de sa bicoque ; le cadre mobile vint heurter la feuillure du cadre fixe et la serrure claqua. Paul referma son livre et dit : « Oui ? » Encore un claquement, et la porte s'ouvrit. L'un des garçons avait-il oublié quelque chose dans la véranda ? Le regard de Paul glissa sur les deux pupitres. Aucun objet n'y reposait. Ce n'étaient pas les deux gamins qui lui rendaient visite, c'étaient leurs parents. Ils pénétrèrent dans la pièce. Dans les premiers instants, Paul fut saisi de stupeur – à l'exception de Javier et Miguel, personne ne venait jamais chez lui – ; puis il en eut les entrailles retournées, exactement pour les mêmes raisons. Il se redressa dans son hamac. Julia laissa courir dans la pièce un regard curieux, tandis que Domingo gardait les yeux rivés au sol. « Je vous en prie, dit Paul, asseyez-vous. » D'un large geste, il les invita à s'asseoir sur les chaises installées derrière les deux pupitres. « Que puis-je… Vous prendrez bien quelque chose. Une *bombita*, peut-être, Domingo ? » Aucun des deux ne prit la peine de s'asseoir ni de lui répondre. Paul descendit de son hamac. Il n'était plus retourné jusqu'aux entrailles, mais le cœur lui faisait mal. L'expression populaire veut qu'on ait parfois *le cœur lourd* ; le cœur de Paul à la lettre était devenu lourd, si lourd qu'il en ressentait une douleur. Non, cette fois la méfiance et les soupçons avaient dû prendre le pas sur le reste. Le jour qu'il avait tant redouté depuis des années était donc à présent arrivé. Pourquoi s'étaient-ils rendus chez lui, sinon ? Il était tard. Ils avaient attendu que tout le monde dorme, ou du moins que les garçons soient couchés. Et voilà qu'ils n'osaient même pas le regarder en face ! Une seule phrase tournait sans relâche dans la tête de Paul. Les mêmes mots lui martelaient le crâne : Je ne veux pas m'en aller. Je ne veux pas m'en aller d'ici.

Il se rassit, en proie à une faiblesse soudaine. Domingo s'était adossé au mur ; on distinguait au-dessus de sa tête, figé dans son ascension depuis un long moment déjà, un gecko au corps d'un jaune ocre. « Je ne veux… », commença Paul, et c'est à peine s'il entendit résonner ses propres mots. Domingo et Julia ne le regardaient toujours pas. Le désespoir de Paul se mua alors brutalement en colère, il recouvra une partie de ses forces et leur lança d'un ton rogue : « Que venez-vous faire ici ? » Julia s'accroupit et leva les yeux vers Domingo. « Dis-le lui, toi », souffla-t-elle. Il ne reconnut pas sa voix. « Bien, se lança Domingo en poussant un soupir. Les prêtres sont passés. — Je suis au courant, dit Paul d'un ton plus cassant encore. — Oui », poursuivit Domingo. On aurait dit qu'il cherchait d'abord à se rappeler quelque chose. Il soupira une fois encore. « Eh bien ? » Paul avait une voix tranchante. « Ils nous ont assuré que tu avais appris quantité de choses aux garçons. — Oui, oui ! », tonna Paul. Il plissa le front et esquissa un fébrile geste d'impatience. Où Domingo voulait-il en venir avec ces flatteries et ces atermoiements ? Paul, puisqu'il n'y couperait pas, aurait préféré qu'on en finît au plus vite. Il avait appris à accepter même les choses les plus épouvantables, mais il éprouvait une sainte horreur des propos vagues et des digressions. « Javier, surtout », dit Domingo. Paul entendit alors Julia réprimer un sanglot. Lorsqu'il posa les yeux sur elle, elle avait enfoui le visage dans ses mains. Il ne comprenait pas. « Très bien. Et après ? », cria-t-il. La discussion n'en finissait pas. Quand l'un d'eux se déciderait-il enfin à en venir au fait ? Il ne supportait plus de les voir louvoyer ainsi. La pensée qui occupait son esprit était si obsédante qu'elle reléguait presque tout le reste à l'arrière-plan. Devait-il pousser encore un peu plus à l'est ? Quelle direction lui fallait-il prendre ? Quel itinéraire choisir ? Il se fourrageait dans les cheveux et il s'en fallut d'un rien qu'il ne leur hurle au visage les questions qui le tourmentaient. Domingo dit alors : « Ils veulent le prendre avec eux. — Comment ? » Paul cessa de se gratter la tête et se leva d'un bond. Le buste penché en avant, les bras légèrement écartés du corps, les doigts tendus, il les regarda d'un air hagard. « Ils disent qu'ils ont l'intention de lui payer sa scolarité. Tu sais, le mettre dans une école, une école digne de ce nom. » Paul se passa les deux mains sur le visage. Il n'était donc pas du tout question de lui. Il n'était pas question de lui. Il se rassit, se renfonça dans le hamac. Au terme de quelques longues secondes, il se saisit de la bouteille, la tourna vers la lumière et, sans contrôler cette fois le niveau du liquide ni les graduations, en but une gorgée. Alors enfin Domingo le regarda en face. « Eh bien ? Qu'en penses-tu ? — Moi ? Pourquoi ? » Paul avait la voix qui flanchait. Il avait l'impression que Domingo s'exprimait ce soir-là dans une langue qu'il croyait simplement comprendre, alors qu'en réalité elle lui échappait en partie. Il considéra Julia en haussant les sourcils. Elle le regardait elle aussi à présent. Il voyait trembler des larmes dans ses yeux, à la faveur de la lumière qu'elles recelaient. Elle prit une profonde respiration – encore un tremblement – et dit : « Crois-tu que nous devrions le laisser partir ? » Aussitôt elle mit la main devant la bouche, détourna de nouveau la tête et se remit à pleurer en laissant échapper une longue plainte haut perchée. Paul se renversa encore dans son hamac ; ses pieds se détachèrent de la mosaïque du sol. Des moustiques bourdonnaient au-dessus de la lampe à pétrole. Paul se sentait vide. Sans regarder aucun des deux visiteurs, il observa : « Il me semble que c'est à vous de le savoir. Vous êtes ses parents. — Et toi son professeur, lui rétorqua aussitôt Domingo. — Et après ? Il n'appartient pas à un professeur de décider de l'avenir de ses élèves. Son rôle est de les instruire. Le reste incombe à l'élève lui-même et à ses parents. »

Où était passée la quiétude qui gouvernait sa vie ? Oui, les frères de la congrégation – il les qualifiait tantôt de prêtres, tantôt de moines, parfois simplement de religieux, comme s'il n'avait jamais été soucieux de ces nuances, mais au fond c'était tout un – lui avaient été d'un secours immense, sans même en prendre conscience. Ils l'avaient accueilli autrefois à bras ouverts, et, dans les rares occasions où il se rendait en ville, ils l'hébergeaient aujourd'hui encore pour la nuit dans l'un des deux appartements destinés aux hôtes. Lorenz leur faisait parvenir régulièrement les comprimés, et quelques lettres de loin en loin ; il régnait au monastère un ordre si scrupuleux que rien ne s'y égarait jamais. Il lui arrivait souvent de penser aux frères ;

à Alfredo, surtout; et leur venue lui était chaque année une source de joie. D'un autre côté, il leur avait également rendu des services et leur en rendait maintenant encore: les frères étaient parvenus à le convaincre de célébrer tous les deux mois, dans un hameau reculé dont la population n'excédait pas cent âmes, une manière de petit office liturgique. Un peu plus tard, il s'y était ajouté une autre paroisse. Et, cette fois – il croyait revoir les yeux brillants d'avidité de Guillermo –, les prêtres s'étaient efforcés de le persuader de prendre en charge un autre village encore. S'il avait été dans ses dispositions de tous les jours, il se serait sans doute laissé fléchir et leur aurait donné son accord. Une paroisse de plus ou de moins, qu'est-ce que cela pouvait faire? Et au trébuchet de leurs rapports ils seraient alors demeurés quittes, l'un des plateaux de la balance n'aurait pas fait monter l'autre, les deux seraient restés en position d'équilibre. Mais Paul sentait à présent qu'on avait modifié la répartition des charges. Ou peut-être n'était-ce pas exactement cela: il lui semblait que quelqu'un était en train de retirer des poids de son plateau pour en appesantir le sien.

« C'est que tu as fait des études, toi aussi! Nous? C'est à peine si nous savons lire et écrire. Tu ne comprends donc pas? Comment veux-tu que nous puissions prendre une décision. Nous n'y connaissons rien! »

Paul reposa les pieds sur le sol. Il inclina le buste en avant et se prit la tête à deux mains. Il considéra le visage de Domingo, qui ne le quittait pas des yeux; la figure à demi détournée de Julia, où l'embarras se mêlait en cet instant à la colère. La situation lui apparut soudain sous un jour différent; pas à proprement parler sous une lumière nouvelle, mais sous une lumière augmentée. C'étaient les visages de Domingo et de Julia qui apportaient ce surcroît de lumière et éclairaient la situation d'un jour autre. Il les connaissait tous deux depuis bien des années, mais il les voyait maintenant comme il ne les avait jamais vus encore: perplexes et démunis. La sensation de vide qui l'habitait le quitta et il sentit monter en lui une force qui tenait le milieu entre la joie et la colère. Il hocha la tête et dit : « Oui, bien sûr, je comprends. Je vais y réfléchir. Et comptez sur moi pour en discuter avec Javier. Qu'en dit-il, d'ailleurs ? » Domingo adressa un regard à sa femme. « La seule chose qui le préoccupe, c'est de connaître ton avis. — Bonté divine », s'exclama Paul en étouffant un rire. Il rejeta la tête en arrière. « Bien, dit-il alors. Procédons comme ça. Je dois d'abord y réfléchir. » Julia se releva. Elle avait joint les mains. Elle souffla : « Merci, Pablo. » Là-dessus ils s'avancèrent tous deux vers la porte, mais s'arrêtèrent avant d'en avoir franchi le seuil, comme s'ils attendaient encore quelque chose. Et sans doute n'est-ce qu'en réponse à ces deux visages qui, si étranges et implorants, semblaient soudain se ressouvenir de l'enfance, qu'il laissa s'épanouir un sourire sur ses lèvres et dit : « Surtout, ne vous inquiétez pas. »

Paul, quand il s'en revenait de ce « pays étranger », pour reprendre les mots dont il avait usé avec Miguel, devait chaque fois parcourir un long chemin en lui-même pour reprendre pied dans la vie quotidienne. Mais à la faveur de cette discussion – qui au fond lui avait été profondément désagréable –, il y était cette fois parvenu d'un coup. La vie quotidienne, oui : du jour au lendemain, il évoluait de nouveau au domaine avec un naturel parfait, il ne guettait plus secrètement dans les yeux des autres la méfiance et le refus, il ne se contentait pas de prêter main-forte à Domingo, mais était redevenu son partenaire, si habile, rapide et rusé – et, à l'occasion, on les voyait rivaliser d'ardeur et se livrer bataille. Il ôta ses bandages, les nettoya, les fit bouillir et renonça à en ceindre de nouveau ses poignets ; les plaies avaient cessé de le démanger et n'avaient pas tardé à cicatriser complètement.

Le bonheur qu'il éprouvait était désormais si grand qu'il finissait par en oublier ce qui avait été à l'origine de celui-ci. Lorsque Domingo lui demanda environ une semaine plus tard où il en était de ses réflexions, il lui répondit qu'il songeait encore à tout cela. Et ajouta en baissant un peu la voix, car Javier se tenait non loin de là : « Je compte lui en parler bientôt. » Ce qu'il avait oublié pour un temps, ce qui avait été relégué à l'arrière-plan de sa pensée, ce n'était du reste pas tant le problème en lui-même que la réflexion rigoureuse qu'il lui faudrait mener à son sujet pour y apporter une solution. Jusqu'alors, sa pensée s'était éparpillée dans toutes les directions, et il s'était égaré dans un inextricable écheveau de possibilités. Il s'avisait à présent pour la première fois qu'il fallait démêler cet écheveau, et que cette tâche lui revenait. Aussi s'y attela-t-il sans plus attendre.

Le domaine qui bordait au sud-est l'estancia La Unión portait le nom de Los Cielos – Les Cieux. Il arrivait toutefois que Domingo, en manière de plaisanterie, le rebaptise Los Celos – La Jalousie. Sans doute n'était-ce qu'un mot plaisant, mais il recelait cependant un fond de vérité. Los Cielos était un domaine immense ; il appartenait au père de Julia, Manfredo Rocha. Dès avant la naissance de Julia, celui-ci avait divisé l'exploitation en deux parties : un grand domaine, qui continuait à porter le nom de Los Cielos, et un domaine plus modeste qu'il avait appelé, songeant déjà à l'avenir, La Unión. Il était prévu que son fils, un jour qu'il espérait prochain, héritât de cette parcelle et, quand son père viendrait à mourir, réunît de nouveau les deux biens pour ne plus former qu'une seule exploitation. De là le nom La Unión. Tel était le projet de Manfredo Rocha. Mais le hasard voulut qu'il n'eût aucun fils : trois épouses successives lui donnèrent quatre filles. En un mot : Julia, l'aînée, reçut en partage La Unión et épousa Domingo, le fils d'un propriétaire terrien dont le domaine s'étendait un peu plus loin au sud.

Ils étaient montés dans un simple fardier attelé de deux chevaux et s'étaient rendus à la limite orientale de l'exploitation pour y réparer des clôtures endommagées. Il était extrêmement fréquent qu'on dût se livrer à ce genre de travaux. Les pieux de clôture finissaient par pourrir et se désagréger, ou les bêtes des troupeaux sur leur lancée les renversaient, tandis que les crampillons ne tardaient pas à être entièrement rongés par la rouille, car le taux d'humidité de l'air était élevé et l'acier en était de médiocre qualité. Il n'y avait là rien que de très ordinaire. Ce qui était plus curieux, c'était qu'il leur fallût remettre d'aplomb si souvent la clôture barbelée qui courait le long de la lisière est du domaine. D'un côté, Domingo avait peine à croire que son beau-père pût s'ingénier à dévaster ses clôtures ; de l'autre, le bon sens lui disait qu'il ne pouvait en être autrement. Los Celos – il devait être jaloux de lui, l'homme à qui il avait donné pour rien son domaine ; non seulement la plus petite parcelle, mais aussi celle où il vivait encore à ce jour, lui, Manfredo.

Cette fois, c'était carrément plusieurs centaines de mètres de clôture qui manquaient. Par chance, ils avaient pris la décision, peu de temps auparavant, de mener les troupeaux qui paissaient là dans un autre herbage, car le plan d'eau de ce coin de prairie ne suffisait plus à abreuver toutes les bêtes. Il était déjà arrivé plusieurs fois par le passé qu'un troupeau entier se volatilise de la sorte, et ils avaient alors dû, secondés par des garçons vachers que Manfredo avait mis à leur disposition, rassembler les bêtes à grand-peine avant de les reconduire au domaine. Ils avaient alors pu constater qu'il manquait toujours quelques têtes de bétail ; soit qu'ils n'eussent pas cherché assez longtemps, de l'avis du beau-père de Domingo, soit que celui-ci en eût dérobé quelques-unes au passage, selon l'avis de Domingo.

Javier et Miguel transportèrent le rouleau de fil de fer barbelé à l'endroit où la clôture avait été coupée à la pince. Puis ils allèrent chercher les crampons en U et deux marteaux et, tandis que Miguel calait le piquet et l'empêchait de bouger à l'aide d'un gros marteau, Javier y planta les deux pointes d'acier tenant l'extrémité du nouveau fil barbelé, juste en dessous de l'ancien. Puis ils prirent les crampillons et les marteaux et allèrent les déposer au pied du poteau suivant, s'en retournèrent à l'endroit où ils avaient laissé le rouleau de fil barbelé et, le faisant rouler sur le pâturage au sol terriblement sec, le déroulèrent jusqu'à l'endroit où la clôture était encore en place. Pendant ce temps, Paul et Domingo remplaçaient certains des piquets. Comme Paul était le plus grand des deux, c'est à lui que revenait la tâche d'enfoncer les pieux dans le sol, tandis que Domingo, les bras tendus et le corps éloigné, les maintenait fermement. Paul brandissait la masse et la laissait retomber de toute sa hauteur sur la tête du pieu dont le bois volait alors en éclats, il frappait à coups redoublés, encore et encore, jusqu'à l'instant où le sourd vacarme des chocs se changeait en un chant limpide, où Domingo lâchait le piquet et rouvrait plus largement les yeux. Juan et Sol, ce jour-là, s'étaient rendus dans le chef-lieu de la province ; leur enfant depuis quelques jours était malade, il avait perdu beaucoup de poids, et Juan, sur les instances de Julia, et fort de l'accord de Domingo, avait emprunté la voiture et fait le trajet. À la vérité, Domingo ne prêtait son véhicule à Juan qu'à contrecœur : Juan était un homme d'un tempérament sanguin, toujours prompt à s'enflammer, et au surplus il ne possédait pas de permis de conduire ; la moindre infraction coûtait cher, et Domingo redoutait d'avoir à s'acquitter d'une forte amende. Javier et Miguel étaient allés s'installer dans le fardier, à l'ombre d'un arbre, et regardaient les deux hommes enfoncer les piquets dans le sol du pâturage. C'était un travail qui n'avait l'air de rien, mais vous prenait énormément de temps. Lorsque enfin Paul reposa la lourde masse sur le sol et d'un revers de main essuya la sueur qui perlait à son front et lui trempait les sourcils, les deux garçons s'approchèrent. Tout avait été préparé en amont ; Paul et Domingo, munis de tenailles, n'eurent plus qu'à tendre le fil de clôture de piquet en piquet, tandis que Javier et Miguel le clouaient.

Paul se sentait si proche de ces deux garçons. C'était comme s'ils étaient les siens. Depuis le temps, il avait appris à accepter qu'il n'en était rien, et qu'il n'aurait lui-même jamais d'enfants. Quelle importance ? Il y avait beau temps qu'il s'était accommodé de son destin. Il n'y avait pas à revenir là-dessus. Mais il n'en éprouvait pas moins une pointe de douleur chaque fois qu'une allusion extérieure le ramenait à cette carence, et peut-être que les mots que Domingo lui avait adressés quelques jours plus tôt, ce soir où ils cheminaient vers la forêt où le camion des prêtres s'était embourbé, avaient même eu un rôle catalyseur et provoqué la crise qui avait immédiatement succédé. D'ordinaire, tout s'annonçait avec lenteur et pas à pas; cette fois pourtant il avait été pris au dépourvu, et submergé avec une violence soudaine. Il arrivait pour tout dire que les deux garçons lui rappellent sa propre enfance, et il voyait alors en eux des doubles de lui-même et de son frère Thomas. Quand il en était ainsi, la conscience du présent interposait toutefois son filtre entre son enfance et lui; le sentiment qu'il était proche des deux garçons comme il l'aurait été de ses propres enfants s'intercalait toujours, ou du moins restait-il présent à son esprit. Mais désormais, pour la première fois, ce filtre ou cette conscience n'étaient plus là. Ils s'étaient tout simplement envolés. La lourde masse continuait de s'abattre sur la tête des piquets. L'un après l'autre ils se mettaient à chanter. Leur bois se fendait net sous la violence des coups. Domingo secouait ses mains endolories. Et pendant ce temps Paul ne cessait de jeter des regards vers les garçons qui fixaient le fil barbelé, puis le déroulaient, et, plus tard, assis sur les grossières planches grises du fardier, un brin d'herbe coincé entre les dents, laissaient leur regard errer dans le vague et, après s'être défaits de leurs sandalettes bleu ciel, balançaient lentement leurs jambes nues.

Ils lui avaient demandé son avis. Mais quel était son avis? Que mettre sous ce nom? Devait-il faire la somme de ses expériences et fournir le résultat? Le filtre qui le tenait à distance de son enfance s'était dissipé de lui-même et il parvenait maintenant à poser sur elle des yeux limpides. Il ne la voyait plus avec la conscience qui siégeait en lui à ce moment, mais uniquement avec celle du jeune garçon d'autrefois. Et il se demanda quels avaient été ses désirs à l'époque, en ce temps lointain de sa vie, lorsqu'il avait été question pour la première fois du pensionnat de K. À ses yeux intérieurs affluèrent aussitôt des images: il n'aspirait alors qu'à apprendre à conduire le nouveau tracteur, il voulait faire les foins, rentrer la récolte au grenier, nourrir et panser les bêtes, en un mot: rester à la ferme. Il n'en demandait pas davantage en ce temps-là. Tout en lui se hérissait à l'idée de partir pour K. Et pourtant, par simple penchant à l'obéissance, par docilité, il ne s'était pas opposé à son père, il était entré au pensionnat de K. où il avait passé huit longues années. À mesure qu'il approfondissait sa réflexion, il sentait le cœur lui battre de joie. Dire qu'il avait eu sous les yeux un inextricable écheveau, alors qu'il était pourtant si simple de le démêler !

Sur le chemin du retour, c'est Miguel qui tint les guides de l'attelage. Paul et Javier s'étaient installés sur la plateforme du fardier et lui tournaient le dos. Domingo les suivait à de nombreux mètres de distance, la tête basse. Il donnait de temps à autre un coup de pied dans une touffe d'herbe et soulevait sur la sente des tourbillons de poussière. La saison des pluies s'était achevée peu de temps auparavant, et cependant il régnait déjà de nouveau dans le pays une sécheresse accablante.

« Crois-tu qu'il devra en vendre quelques-unes ? », demanda Paul. Javier ôta de sa bouche le brin d'herbe qu'il mâchait et répondit : « La sécheresse s'est déjà installée. On ne tardera pas à manquer. Les réserves d'eau ne suffiront bientôt plus, et l'herbe pas davantage. »

Ce monde avait beau être vaste, on embrassait pourtant sans peine l'étendue de ce qui s'y jouait, et il était bien rare que quelqu'un prononçât une parole que son voisin ne comprît pas aussitôt. La plupart des conversations tournaient inlassablement autour des mêmes sujets étroitement entrelacés : le travail, les bêtes, les caprices du temps, la famille.

« Il n'aime pas vendre, n'est-ce pas ?

— Non. Il a ça en horreur. Alors il se renferme complètement en lui-même. Il devient impossible de lui tirer un mot. »

Lorsqu'un cahot ébranla la caisse du fardier, le rouleau de fil de fer barbelé tinta un bref instant.

« Javier ?

— Oui ?

— Tes parents en ont discuté avec toi ? Je parle de l'offre des moines.

— Ce ne sont pas plutôt des prêtres ?

— Des prêtres, si tu veux.

— Ils m'ont posé la question, oui. Il y a un moment déjà.

— Et alors ? Qu'en dis-tu ?

— Je n'en sais rien, répondit Javier. J'aimerais connaître ton avis. »

Le fardier avançait à un train lent et brinquebalant dans la vastitude des prairies. De temps à autre Miguel l'arrêtait, bondissait du banc de conduite, allait ouvrir une barrière à claire-voie, reprenait les rênes et le fardier s'ébranlait de nouveau à grand fracas. Un peu plus tard, Domingo se chargeait de refermer la barrière.

« Quel âge as-tu, Javier ?

— Onze ans.

— Comment se sent-on, à onze ans ? Cela remonte à si loin pour moi, tu sais… Je veux dire : As-tu encore l'impression d'être un enfant ?

— Non. » Javier lui avait répondu d'une voix ferme et sereine, quand Miguel se serait peut-être offusqué de sa question.

« Non, répéta Paul. Justement. Tu n'es plus un enfant. Tu es un vrai grand garçon, à présent. »

Quelques minutes s'écoulèrent. Une brise s'était levée – chose rare à cette heure de la journée –, et Paul leva les yeux vers le ciel. C'est à peine si l'on distinguait d'insignifiants petits nuages à ses confins ouest. Les touffes d'herbe grêles et sèches frissonnaient au vent.

« Je ne peux m'empêcher de repenser à cette nuit où vous avez sorti le camion du bourbier… », hasarda Paul d'un ton vague avant de faire silence de nouveau. Javier l'observa du coin de l'œil pendant un moment.

« Ce que je voulais dire… », reprit-il enfin. Domingo avait interrompu sa marche et s'était tourné vers l'ouest. Il avait senti lui aussi le souffle du vent. « Javier, au fond rien n'est plus simple. Veux-tu rester ici, ou préférerais-tu partir ? » Il se corrigea tout aussitôt : « Veux-tu rester ici, ou profiter d'une solide formation scolaire ?

— Je n'en sais rien.

— Mais c'est à toi qu'il appartient de trancher, Javier. Personne ne te contraindra à faire ce dont tu n'as pas envie. Personne, entends-tu, personne. Ni tes parents, ni moi-même, ni les prêtres, ni le diable sait qui. Nul ne décidera à ta place, aussi longtemps que tu sauras ce que tu veux. Et que tu le diras. »

Déjà ils approchaient des maisons, ils sentaient l'odeur de fumée qui flottait dans l'air, entendaient les quelques mots indistincts que Julia lançait à Miguel, et Domingo, l'appétit peut-être aiguisé par l'odeur du feu de bois, s'en allait à présent à pas plus rapides, le buste et la tête redressés.

« Comprends-tu ce que je veux dire ?

— Il me semble, oui.

— Bien », dit Paul. Il posa la main sur la cuisse de Javier et la pressa un très bref instant. « Bien. » Et, retirant sa main, il ajouta : « Quelle que soit la décision que tu prendras, ce sera la bonne. »

Javier éclata alors d'un rire carillonnant et plein de fraîcheur où se lisait un soulagement intense, et où ne subsistait plus aucune trace de la gravité presque soucieuse qui résonnait encore dans sa voix quelques instants plus tôt. « Tu crois ? », s'écria-t-il, la mine toujours rayonnante. Il bondit du fardier, trébucha, se ressaisit, parcourut la dernière partie du chemin en courant, le rire aux lèvres.

7

L'année scolaire commençait en février. Les prêtres les avaient priés de leur faire part de leur décision au plus tard à Noël, afin qu'il leur restât suffisamment de temps pour tout préparer, si toutefois la réponse était positive (ce qu'ils espéraient). Ils n'eurent pas à attendre jusque-là.

Juan s'en revint de la ville tard dans la soirée, seul, et son retour à La Unión suscita inquiétude et émotion. Il s'évertua à tempérer les craintes de chacun et à leur faire le récit de sa journée, mais se laissa lui-même si bien entraîner par son tempérament – bien plus encore qu'à l'ordinaire – qu'il se mit bientôt à gesticuler en tous sens, à bredouiller des propos confus, et ne fit qu'ajouter au trouble qui les agitait déjà. Il était de retour depuis cinq bonnes minutes qu'on ne savait toujours pas où étaient passés Sol et l'enfant ! Ils finirent cependant par apprendre que le médecin souhaitait garder « la petite Magdalena » – ainsi l'appelait-il toujours – en observation pour la nuit. On lui avait introduit dans le bras un cathéter relié à une perfusion de chlorure de sodium, puis on lui avait administré plusieurs cuillerées de sirop, tantôt blanc, tantôt rouge, qu'elle n'avait ingurgitées qu'avec la plus grande répugnance et en tordant la bouche. Mais enfin c'était trois fois rien, insista-t-il, la petite ne tarderait pas à être de nouveau d'aplomb. Au reste, Sol avait tenu à rester auprès d'elle. Ou du moins à proximité de l'hôpital. Et il était très vraisemblable qu'on la laisserait rentrer au domaine dès le lendemain… C'est peu dire qu'on ne s'y retrouvait pas.

« Dès demain ?

— Oui ! répliqua Juan, la mine rayonnante.

— Et Sol ?

— Elle a pris une chambre d'hôtel juste en face de l'hôpital.

— Et pourquoi, je te prie, demanda Domingo en patinant sur les syllabes, n'es-tu pas plutôt resté là-bas avec elle ? » Il avait profondément froncé les sourcils ; il plissa les paupières et inclina la tête en avant, comme s'il s'efforçait de déchiffrer un texte imprimé en très petits caractères.

Juan ôta sa casquette à visière et se mit à la faire tourner avec la pointe du doigt. « C'est que, n'est-ce pas, observa-t-il d'un ton mal assuré, je n'en sais rien. Je me suis dit que… » Mais il ne révéla pas le fond de sa pensée. Une idée lui traversa alors l'esprit et il s'écria : « Naturellement, je te rembourserai l'essence ! »

Domingo secoua la tête et considéra son cousin avec amusement et incrédulité : « Attends voir. Si je te suis bien, tu t'es appuyé six heures de route pour conduire ton enfant à l'hôpital, tu l'y as laissé – alors que, de ton propre aveu, il se porte comme un charme –, tu as logé ta femme à l'hôtel, refait le chemin en sens inverse, tout cela pour repartir dès demain aux aurores, aller récupérer ta femme à l'hôtel et ta fille à l'hôpital, et les reconduire ici en empruntant cette satanée route ?

— Oui.

— C'est donc sans la plus petite raison valable que tu te seras infligé tous ces trajets. Ah, mes enfants, lança Domingo d'une voix tonitruante, c'est à n'y pas croire. Nous tenons ici l'un des plus beaux spécimens qu'il m'ait été donné de voir. Il porte une casquette verte et s'appelle Juan ! » Il partit d'un rire si formidable que les larmes lui montèrent aux yeux. Personne n'aurait su dire exactement ce qui lui avait inspiré cette hilarité, mais elle était si communicative qu'ils s'esclaffèrent eux aussi ; Juan y compris.

Un peu plus tard, Juan et Paul s'attardaient encore dans la nuit naissante et trinquaient ensemble, installés sur le seuil de la petite maison. Le chien au pelage d'un jaune ocre se prélassait devant eux, immobile, la tête couchée sur les pattes antérieures. Où était passé son congénère au poil noir ? Il n'avait plus reparu au domaine depuis des jours. La lampe à pétrole, dont l'anse avait été accrochée à un clou fiché dans l'un des chevrons de la véranda, éclairait de sa lumière scintillante les abords de la maison. Juan n'avait pas sommeil et avait demandé à Paul la permission de lui tenir compagnie un moment. Paul, d'une humeur euphorique depuis la conversation avec Javier, l'avait invité à prendre place. Ils étaient désormais assis l'un à côté de l'autre. Soudain Juan rompit le silence : « Je sais très bien qu'il n'aime pas me voir conduire. C'est pour cela que j'ai tenu à rentrer au domaine. Pour lui apporter la preuve qu'il pouvait compter sur moi. Que je n'étais pas homme à disparaître sans plus de façons pendant deux jours. — Je pense qu'il le sait », nota Paul. Il jeta un regard vers les autres bâtiments, où seule une fenêtre était encore éclairée. « Qu'est-ce que c'est que ces plantes ? Les garçons les ont repiquées. C'était pour célébrer ton anniversaire, peut-être ? » Paul répondit : « C'est le frère Alfredo qui me les a apportées. Ce sont de jeunes arbustes. Quand ils sont en fleurs, ils diffusent le plus merveilleux des parfums. » Ils se turent un moment, puis Juan lui dit : « Trêve de plaisanterie, Pablo : tu n'as donc jamais songé à te trouver une petite femme ? — Mais si, répondit Paul avec gravité, cela m'est déjà arrivé. Il faut croire que je n'ai pas encore trouvé la bonne. » Il poussa un soupir. « C'est que je n'arrive pas à me décider. Mon cœur balance entre Julia et Sol. » Ils éclatèrent de rire, et Juan lui lança : « Tu es dingue ! — Oui, répliqua Paul, voilà au moins quelque chose qui est assuré. » Puis ils gardèrent de nouveau le silence. C'est sans prononcer une seule parole qu'ils se passaient à tour de rôle la bouteille. Paul la tournait de temps à autre vers la lumière. Juan fumait. À l'instant où il s'apprêta justement à griller encore une cigarette, il demanda à Paul : « Tu ne fumes donc plus du tout ? — Non. — Pourquoi ? Tu as décidé d'arrêter ? — Oui. Je ne saurais pas te dire pourquoi, mais j'avais fini par trouver ça assommant. Mieux valait ne pas continuer. » Soudain le chien dressa l'oreille, redressa la tête, la fit pivoter par-dessus son épaule. Deux claquements de porte retentirent. Puis le silence reprit ses droits et l'on n'entendit plus que les stridulations grinçantes des cigales. Le chien, la tête immobile, scrutait à présent les ténèbres. Une poignée de secondes s'écoula, puis il laissa échapper à bas volume un grognement amical et Javier émergea au même instant de l'obscurité. Il s'approcha d'eux et dit en feutrant la voix : « Juan ? Tu retournes bien en ville dès demain, n'est-ce pas ? — Oui. — Tu m'emmènerais avec toi ? — Aucune idée. » Juan haussa les épaules et adressa un regard à Paul. « S'ils te le permettent, pourquoi pas. » Javier hocha la tête. Il ôta l'une de ses sandales et, de la plante de son pied nu, caressa la tête du chien qui plissa les yeux, ouvrit la gueule, attrapa le pied de Javier et le retint entre ses crocs en poussant un discret grognement, mais sans le mordre. Javier leva encore un peu plus haut la jambe, et l'on aurait dit en cet instant que la tête du chien pendait au bout de son pied. « Ils me donneront la permission », dit-il. Il baissa de nouveau la jambe, retira prudemment le pied de la gueule du chien qui déjà lâchait prise, et dit à Paul sur un ton où la fierté le disputait à la gêne : « C'est que… j'ai à faire en ville. — Ah bon », répliqua Paul. Il déglutit, prit la bouteille des mains de Juan.

Lorsque Paul parut au petit déjeuner, le lendemain matin, Juan et Javier avaient déjà pris la route, et il apprit que Javier avait finalement décidé de décliner l'offre des prêtres. « C'était pour le moins curieux, lui raconta Julia, les yeux rieurs et la voix encore vibrante d'émotion. Nous étions déjà couchés, à la vérité je m'étais endormie, lorsqu'il a soudain fait irruption dans la chambre pour nous annoncer qu'il préférait rester au domaine. Il nous a dit qu'il avait écrit une lettre au frère Alfredo et tenait à la mettre lui-même à la poste. Il lui fallait donc accompagner Juan. Ah, tu aurais dû l'entendre ! Lui qui n'est même pas fichu de rédiger correctement une adresse ! — Tu sais comment il est », l'interrompit Domingo avec une voix tout aussi enflammée. « Mais il parlait sur un ton… Vraiment, on nous l'avait changé. Tiens, dit-il en désignant Miguel du menton, on aurait cru en entendre parler deux comme celui-là. — Mmh », marmonna Paul. Il se garda d'en dire davantage.

Où était passée la quiétude qui régnait dans leurs vies ? Lors des semaines passées, Domingo et Julia n'avaient cessé eux aussi de se poser la question. Peut-être qu'en effet Juan s'était inutilement compliqué l'existence en ne restant pas en ville pour la nuit ; mais, outre que personne ne trouvait rien à redire à ces trajets, et si l'on savait fermer les yeux sur l'état des amortisseurs de l'automobile et la bourse de Juan (le prix du diesel avait encore augmenté), ils leur permirent de profiter d'une occasion qui ne se serait pas représentée sinon avant des semaines ou des mois : Javier put poster la missive qu'il destinait au frère Alfredo, et la décision fut ainsi prise bien avant que le délai fixé n'eût expiré. Et lorsque la voiture à bord de laquelle avaient pris place « la petite Magdalena », Javier, Sol et Juan s'en revint de la ville et, s'annonçant à grands coups d'avertisseur, traînant derrière elle un épais nuage de poussière, s'immobilisa sur l'esplanade sablonneuse autour de laquelle se serraient les bâtiments, chacun au domaine recouvra la tranquillité.

Domingo enrageait à l'idée de devoir vendre à son beau-père, qui pour d'impénétrables raisons disposait de réserves d'eau toujours bien supérieures aux siennes, une partie de son cheptel ; Julia vaquait à des tâches domestiques ; Sol et Juan avaient repris leurs chamailleries ; Magdalena faisait ses premiers pas et apprenait déjà à façonner quelques mots ; les deux garçons, installés derrière leurs pupitres, repassaient leurs leçons dans la véranda ou s'ébattaient dehors à grand tapage ; quant à Paul, il vivait en bonne entente avec ce petit monde, donnait la main aux gens du domaine, se délassait dans son hamac jusqu'à une heure avancée de la nuit, se plongeait dans la lecture d'un livre ou travaillait à l'écriture d'un nouveau sermon qui n'était jamais qu'une mouture améliorée de l'ancien. Depuis quelque temps déjà, il célébrait l'office dans les hameaux une fois tous les quinze jours. Ne catéchiser ses ouailles que tous les deux mois n'avait pas tardé à lui sembler bien trop peu. Le temps passait. Pendant les quatorze jours au cours desquels soufflaient les vents de sud glacés, et où les températures fléchissaient de nombreux degrés, on se garantissait des rigueurs du climat en se coiffant la tête de bonnets, en chaussant d'épaisses socquettes de laine, en s'emmitouflant dans des couvertures et en s'abreuvant de thé ou de loin en loin d'une *bombita* brûlante. Puis les vents se couchaient et une chaleur étouffante s'abattait de nouveau sur les terres. Domingo et Juan se rendirent en ville à deux reprises pour acheter des provisions en vue des mois suivants, et ils s'en revinrent chaque fois lestés d'une pleine cargaison de ballots retenus de toutes parts par des cordes et des ficelles, et qu'assujettissaient de larges sangles de cuir.

La saison des pluies, attendue avec une fébrilité palpable, commença aux derniers jours de novembre. Les plans d'eau et les citernes de bois installées sur les toits des maisons se remplirent, le niveau du puits monta, on vit l'herbe des pâturages pousser ou se mettre à reverdir. Les chemins en un rien de temps devinrent bourbeux. Il n'était désormais plus question pour Paul d'emprunter la voiture, aussi est-ce à dos de cheval qu'il rejoignait maintenant les villages et hameaux où il célébrait le service divin. Pendant les mois pluvieux, la durée des jours paraissait s'allonger, et cependant la vie à bien des égards était rendue plus difficile à chacun.

La plupart du temps, c'est après le déjeuner que se déchaînaient les pluies. S'ils avaient l'habitude pendant le reste de l'année de reprendre le travail dès après le repas, ils préféraient désormais ménager alors une pause. Paul se retirait dans la véranda et, couché dans son hamac, se livrait aux activités auxquelles il consacrait tout son temps libre. Quand ils reprenaient le labeur sitôt le déjeuner terminé, il ne sentait même pas une vague torpeur digestive l'envahir ; à présent, il arrivait fréquemment qu'il s'assoupît dans le hamac et ne revînt à lui qu'à l'instant où quelqu'un – la plupart du temps, l'un des deux garçons – venait le tirer de son sommeil.

Un jour de la mi-décembre, une voix l'arracha justement à cette sieste méridienne légère et sans rêves. Paul rouvrit les yeux, demeura immobile pendant quelques secondes, le temps que sa conscience se désembrume, s'étira voluptueusement en lâchant un bâillement sonore, sembla céder un moment à un engourdissement plus profond encore, se ressaisit enfin et, d'un prompt et leste mouvement, sauta de son hamac. « J'arrive tout de suite », marmonna-t-il, puis il ramassa le livre qui gisait sur le sol, en lissa les pages beiges aux angles jaunis tout en chassant les fins grains de sable rouge qui s'y étaient déposés, referma d'un geste sec le volume et le posa à l'intérieur du hamac. Là-dessus, il disparut dans la bicoque. Un appel retentit encore : « Pablo ! » C'était la voix de Miguel, s'avisa-t-il alors. Il y résonnait un fond d'impatience. Paul reparut dans la véranda, tenant en main une chemisette propre aux tons clairs. « J'arrive, j'arrive », dit-il, et l'on aurait cru à présent que c'était lui qui perdait patience. Miguel s'était avancé au plus près de la moustiquaire. Il dit : « Le frère Guillermo vient d'arriver. — Guillermo ? » Paul retrouva sa vivacité. « Oui. — Seul ? — Oui, seul. » La mine de Paul se rembrunit instantanément. « Sais-tu ce qu'il vient faire ici ? — Pas précisément. Mais je crois qu'il compte emmener Javier avec lui. — Pardon ? » De lourdes gouttes de pluie tombaient encore du feuillage du tamarinier. « Je crois qu'il est ici pour Javier », reprit Miguel. Il pensait que Paul ne l'avait pas entendu. « J'arrive tout de suite, dit encore Paul. Attends-moi un instant, Miguelito. » Il s'éclipsa de nouveau à l'intérieur de la maison. Lorsqu'il en ressortit deux minutes plus tard, il arborait la chemisette propre, qu'il avait glissée dans son pantalon, ses cheveux étaient plaqués sur sa tête et luisaient comme s'ils étaient trempés, et ils répandaient un agréable parfum aux notes doucement fruitées. Miguel le regarda fixement comme s'il était un étranger ; il avait la bouche légèrement entrouverte, comme s'il s'apprêtait à dire quelque chose, mais pas un mot ne passa ses lèvres. Paul lui tapota l'épaule avec douceur et dit : « Ne reste donc pas bouche bée, tu vas finir par avaler une mouche ! » Une expression d'hilarité se peignit sur le visage de Miguel, et Paul lui retourna son sourire. Puis ils fermèrent tous deux la bouche, avalèrent leur salive et, du même pas, traversèrent l'aire sablonneuse et rejoignirent le bâtiment principal. Entre les deux ailes de celui-ci, on avait emporté la grande table et les chaises ; même à cet endroit, les pluies avaient détrempé le sol, et c'est désormais dans la cuisine de Julia qu'on prenait tous les repas. Paul prit une profonde respiration, rejeta les épaules en arrière, frappa avec la jointure du doigt plusieurs petits coups secs contre le cadre mobile de la porte-moustiquaire et, sans même attendre qu'on l'invite à entrer, ouvrit la porte d'un geste brusque.

Paul avait appris bien trop tôt, peut-être au chevet de son grand-père agonisant, peut-être dans les herbages quand les bêtes rendaient leur dernier souffle, peut-être dans l'une de ces occasions innombrables et cependant toujours marquantes où il avait été confronté à la mort, qu'en ce monde rien ne se maintient ni ne perdure. Il lui avait fallu bien souvent se répéter cette leçon, comme s'il avait seulement pu l'oublier. Il lui était arrivé d'entendre que les êtres qui en savaient long, les personnes les mieux instruites, que leur sagesse fût celle du cœur ou celle de la raison, étaient aussi bien souvent les personnes les plus malheureuses. Était-ce vrai ? Paul inclinait à penser que non. Tout au contraire, il devait à la conscience aiguë de l'éphémère de toutes choses quelques-uns de ses plus beaux moments : ils étaient beaux parce qu'ils ne demeuraient pas.

« ... mais le dernier d'entre eux, mauvais serviteur timoré, on le blâma, car il avait enfoui son talent dans la terre », disait Guillermo à l'instant où Paul pénétra dans la cuisine. Le prêtre avait le buste si profondément incliné en avant que sa robe de bure marron souillée de terre au niveau des épaules et de la poitrine effleurait presque le dessus de la table. Il avait les poings serrés, et gardait les yeux rivés sur la porte. Domingo était assis à sa gauche, Julia à sa droite, chacun d'un côté de la table. Ils se tenaient tous deux la tête entre les mains et l'avaient écouté avec la plus grande attention. « Vous comprenez ? », demanda alors

Guillermo, tout en posant les yeux sur Paul. « Bonjour, Guillermo », dit celui-ci. Depuis la dernière visite des prêtres, les deux hommes se tutoyaient. Guillermo sourit, mais il ne lui répondit rien. Paul se saisit d'une chaise – sa chaise attitrée – et alla s'asseoir du côté libre de la table. Ce n'est qu'à cet instant qu'enfin Domingo et Julia tournèrent le regard vers lui. Domingo demanda d'une voix lasse : « C'est toi, qui l'en as dissuadé ? » Paul frappa alors si violemment du poing sur la table qu'on entendit les couverts tinter dans le tiroir où ils étaient remisés. « Je me demande ce que tu as bien pu leur raconter, Domingo ! », s'insurgea-t-il d'une voix cinglante. Julia eut un haut-le-corps et laissa échapper un petit cri. Elle paraissait terrifiée. Guillermo, qui avait lui-même tressailli, esquissa un sourire et posa un moment la main sur le bras de Julia. « Je suis venu ici pour m'entretenir avec les parents de Javier », dit-il en joignant de nouveau les mains en son giron. Le silence se fit un instant. Il poursuivit : « J'étais justement en train de leur raconter la parabole des talents. La connaîtrais-tu, par hasard, Pablo ? » Celui-ci répondit : « Je connais même les Dix Commandements. Rappelle-moi la lettre exacte du huitième : "Faux témoignage ne diras, ni mentiras aucunement" ? » Domingo et Julia, qui avaient adopté jusqu'alors la même posture figée, se renversèrent sur leurs sièges. Leurs regards vagabondaient de l'un à l'autre des bretteurs. Ils avaient toutes les peines à reconnaître Paul ; non seulement à cause de cette chevelure luisante et plaquée sur le crâne, d'où s'échappaient des effluves parfumés, mais avant tout parce qu'il s'exprimait d'une voix sonore, puissante et sans réplique, comme il ne le faisait tout au plus, et encore était-ce rare, qu'aux heures de labeur. Guillermo, ne tenant aucun compte des propos de Paul, s'adressa de nouveau à Domingo et Julia. « Dieu le blâma de n'avoir pas fait fructifier ses talents, enchaîna-t-il. Comprenez-vous ? Ici la Bible nous laisse entendre très clairement que mettre sous le boisseau ses dons – car ici les talents ne sont jamais qu'une métaphore, une image si vous préférez – représente un péché. Oui, ce serait un péché – il attacha son regard sur Paul –

de laisser dépérir les dons de Javier en le gardant avec vous au domaine. — Un péché ? », demanda Domingo en faisant la grimace. Il était évident qu'il n'y comprenait goutte ; les péchés que son esprit parvenait à se représenter étaient assurément d'une tout autre nature. Mais ses convictions n'en étaient-elles pas ébranlées pour autant ? On lisait aussi sur sa figure l'épouvante qu'avaient suscitée en lui les mots du prêtre. « Le frère Alfredo est-il au courant de ta... visite ? demanda Paul. — Mais naturellement. C'est même lui qui s'est chargé de réserver le vol. — Tu es donc venu en avion ? — Oui. » Un sourire triomphant s'étala sur les lèvres de Guillermo. « Nous nous sommes posés à Las Plumas. J'ai fait le reste du trajet à pied. » C'était l'évidence même. La pluie avait changé en bourbiers toutes les voies carrossables. Las Plumas était la plus vaste estancia de tout le pays ; son territoire touchait directement à la frontière du Brésil et l'on y avait construit une piste d'atterrissage. Los Cielos en possédait une également, mais il y avait des lustres qu'on ne l'avait plus utilisée, aussi était-elle désormais semée par places de grandes fourmilières dures comme la pierre qui la rendaient impraticable. « Comment s'est passé le vol ? » Paul eut un sourire ambigu. Une vive lueur s'alluma dans les yeux de Guillermo. « Mais très bien, merci. — Et quand est prévu le retour ? » Toujours le même sourire entendu. Guillermo cette fois ne se laissa pas entraîner à répondre. Il regarda Domingo, haussa presque imperceptiblement les épaules et les sourcils, comme pour lui souffler muettement : Je sais. Moi aussi, je préférerais que nous puissions parler seul à seul. Quelques secondes s'écoulèrent. « Mais il y a une chose que je n'arrive pas à comprendre », dit alors Paul d'un ton pensif. Il croisa les bras et posa l'index sur ses lèvres. « Javier vous a bien adressé une lettre. Voici des mois ! Il s'est même rendu tout exprès en ville avec Juan pour la mettre à la poste. Le frère Alfredo ne l'a donc jamais reçue ? — Tiens, c'est vrai, releva Julia, comme si la mémoire venait de lui revenir. — Mais si, mais si, les tempéra aussitôt Guillermo. — À la bonne heure », dit Paul. Et, feignant la curiosité : « Quelle était la teneur de cette lettre ? À moins qu'Alfredo ne vous l'ait pas divulguée ? » Guillermo adressa à Julia un sourire plein d'indulgence : « Vous savez comme sont les enfants. Ils pensent tantôt ceci, tantôt autre chose. Notre aide leur est encore d'un précieux secours quand il s'agit de faire des choix. Surtout quand il en va d'une décision aussi importante que celle qui nous occupe. — Permets-moi de ne pas être de ton avis », l'interrompit sèchement Paul. Il avait le sentiment qu'ils étaient tous deux en train de s'enferrer dans leurs raisonnements, et qu'il ne s'agissait plus désormais que de savoir à qui reviendrait le dernier mot. « C'est ton droit le plus strict, répliqua Guillermo, dans la voix duquel perçait pour la première fois une pointe d'irritation, mais cela ne m'intéresse pas. » Aussitôt il reprit le contrôle de lui-même et observa d'un ton singulièrement radouci : « Ou disons plutôt que l'essentiel n'est pas là. Ce qui compte, c'est ce qu'en disent les parents. » À ces mots, il se tourna de nouveau vers Julia, en qui il croyait déceler un tempérament plus indépendant, ou en tout cas moins susceptible de subir l'influence de Paul. « Car enfin, dit-il en réprimant un rire, j'imagine que tu ne laisses pas les enfants prendre toutes les décisions à ta place. » Julia se récria : « Moi ? Non ! Grands dieux, non ! » Puis elle reposa les mains sur son visage. « Et toi, qu'en dis-tu ? », demanda-t-elle à Domingo. « Il n'aurait alors qu'à me suivre, observa en passant Guillermo, nous pourrions prendre le premier vol du matin. — Le premier vol ? Partir en avion ? — Mais oui, s'esclaffa Guillermo, ce sera l'occasion ou jamais. À moins qu'il ait déjà pris l'avion ? — Javier ? Non ! Aucun d'entre nous. » Paul se leva de table, resta immobile un instant, quitta la cuisine. Les deux ailes qui formaient le corps principal de l'exploitation étaient agencées de la même façon : on y pénétrait de plain-pied dans la cuisine. Quand Paul s'éloigna, les accents d'un air à la radio s'échappaient à faible volume de la maison de Sol et de Juan, ponctués en sourdine par la voix chantonnante de Sol. Miguel se tenait tapi près de la porte d'entrée. Il se leva quand Paul parut et lui emboîta le pas. Mais Paul, après quelques mètres, s'arrêta au milieu de l'aire sablonneuse, mit les mains en entonnoir devant la bouche et clama d'une voix sonore : « Javier ! » Et, au terme de quelques secondes, se tournant à présent dans la direction opposée, il lança une fois encore, d'un timbre qui redoublait de puissance : « Javier ! » La portière du pick-up garé dans le hangar s'ouvrit alors et Javier en descendit. « Allons, viens ! », lui enjoignit Paul. Puis il tourna les talons et, flanqué de Miguel qui l'accompagna jusqu'au dernier moment, regagna la cuisine, ne referma pas la porte derrière lui, alla s'asseoir sur sa chaise en bois de courbaril. Quand on arrivait de l'extérieur, il régnait dans la pièce une pénombre presque nocturne, et c'est à peine si l'on distinguait d'abord de vagues silhouettes. Javier apparut dans l'encadrement de la porte quelques secondes après Paul. Celui-ci lui jeta un regard par-dessus l'épaule et s'écria, comme s'il ne s'agissait là que d'une coïncidence : « Tiens, Javier ! Mais entre, entre donc. Nous étions justement en train de parler de toi. » Javier s'avança, les yeux rivés au sol, ses poings serrés enfoncés au fond de ses poches de pantalon qu'ils bossuaient. Paul fixa sur Guillermo un regard perçant. « Assieds-toi ! » Domingo sortit de dessous la table un tabouret – on entendit un furtif et léger claquement de sandale : Julia venait de retirer son pied du tabouret – et invita Javier à s'y asseoir. Guillermo sourit tour à tour à la mère et au fils. « Quel âge as-tu, Javier ? », demanda Paul. Il n'arrivait toujours pas à détacher le regard de Guillermo. Rien ni personne d'autre ne semblait exister pour lui en cet instant. « Onze ans et demi. — Te souviens-tu de la dernière visite des frères ? — Oui, bien sûr. » Javier fronça les sourcils et adressa à Paul un regard par en dessous. On y lisait réprobation et perplexité. « Que t'a dit ton père, lorsque le frère José est arrivé au domaine et vous a raconté que le camion s'était enlisé ? — Eh bien, il m'a dit – Javier posa un bref instant les yeux sur la main de son père, qui reposait sur le bois de la table – de seller les chevaux, de me rendre là-bas avec Miguel et d'apporter de quoi les ravitailler. — Et c'est ce que vous vous êtes empressés de faire ? » Javier ne répondit pas. « Javier, l'encouragea Paul. — Oui, c'est ce que nous avons fait. — Ton père vous a-t-il donné d'autres recommandations ? — Non. — Ne vous a-t-il pas demandé de patienter là-bas jusqu'à ce que nous vous ayons rejoints avec la voiture ? — Si. — Et c'est ce que vous avez fait, j'imagine ? » Javier adressa encore à Paul un regard lourd de reproches. Qu'attendait-il de lui ? « Non ! répondit-il. — Ah, et qu'avez-vous fait alors ? — Nous avons désembourbé nous-mêmes le camion ! Tu le sais pertinemment ! — Oui, s'écria Paul, j'ai d'abord dû me pincer pour y croire, mais en effet vous vous en êtes chargés tout seuls. » Paul se renversa sur sa chaise et ébaucha un sourire. Non, non, non. Il croyait entendre ces trois mots résonner dans la pièce tout entière. Non, non, non, il ne s'en ira pas. Guillermo eut un geste de dédain et demanda d'une voix qui traînait sur les mots : « Peut-on savoir où tu veux en venir... ? » Alors Paul inclina brusquement le buste en avant, frappa encore du poing sur la table, si violemment que tous, y compris Domingo et Javier, en tressaillirent de tous leurs membres, et demanda d'une voix pleine de fureur : « N'aurais-tu pas pris soin d'occulter ce détail ? Penses-tu encore sincèrement qu'il est trop jeune pour savoir ce qu'il veut ? Hein ? » Non, non, non. Les mots cognaient à ses tempes. Le cœur lui battait jusque dans la gorge. Domingo enroula le bras autour des épaules de Javier et l'attira contre lui. Le silence se fit. Paul ajouta encore : « Je crois qu'il vaudrait mieux que tu t'en ailles, Guillermo. » Celui-ci laissa échapper un soupir et répondit : « J'aurais vivement préféré que tu ne t'immisces pas dans des affaires qui ne te concernent en rien. Tant pis. » Il se leva. « J'aurais tant voulu pouvoir vous parler en tête à tête. » Domingo et Julia se levèrent à leur tour. Julia, les tempes et les pommettes rougies, lâcha comme malgré elle d'un ton contrit : « Une autre fois, peut-être... — Oui, répondit Guillermo, un sourire ironique fugitif aux lèvres, une autre fois, peut-être. »

Paul ne les écoutait déjà plus. Il se leva, poussa d'un geste rude le battant de la porte-moustiquaire, se figea près de la porte au fin grillage qu'il sentit encore vibrer dans sa main. Ce n'est qu'à l'instant où ils eurent tous quitté la cuisine qu'il sortit à son tour, après avoir refermé la porte derrière lui. Non, non, non… L'air tout entier palpitait à présent de la mélodie qui résonnait un peu plus tôt dans la cuisine. Il leva les yeux vers le ciel. Ils s'attardèrent un moment encore sur l'aire sableuse. Enfin Guillermo prit congé d'eux et on le vit s'éloigner en direction du nord. Paul s'aperçut que le froc du prêtre était également maculé de boue au niveau de l'omoplate, et il comprit que Guillermo, sur le long chemin qui l'avait conduit de Las Plumas au domaine, avait dû faire halte à un endroit particulièrement marécageux du sentier et, prenant soin d'ôter ses souliers, les avait noués l'un à l'autre par les lacets avant de les jeter sur son épaule ainsi qu'un bissac. Cette image le toucha avec une force si soudaine qu'il ne put se défendre de lancer au prêtre qui s'effaçait déjà : « Guillermo ! » Le religieux se retourna vers lui, mais sans s'arrêter pour autant. « Ne préfères-tu pas prendre un cheval ? Il fera bientôt nuit noire ! » Guillermo ne répondit rien, mais Paul crut voir se dessiner sur ses lèvres un sourire énigmatique, et il plissa les paupières pour s'assurer qu'il en était réellement ainsi, mais le soir était déjà tombé et l'on ne distingua bientôt plus Guillermo dans le crépuscule.

8

Manfredo Rocha était un homme qu'il était difficile de percer à jour. Pendant toute l'année, il gardait ses distances vis-à-vis des habitants de La Unión, semblait ne pas nourrir le plus petit intérêt à l'égard de sa fille, de son beau-fils ou même de ses petits-enfants, et pas une fois il ne daignait paraître au domaine, même quand on l'y priait. S'il s'était contenté de leur battre froid, ils n'auraient rien trouvé à y redire ; mais il ne cessait de se livrer à des expéditions nocturnes au cours desquelles il coupait les clôtures qui séparaient La Unión de Los Cielos. Il lui était même arrivé de dérober des mètres et des mètres de fil de fer barbelé. Domingo était en outre persuadé qu'il s'arrangeait pour assoiffer ses bêtes ; il n'aurait pas su dire précisément comment ; la seule chose qui fût certaine, c'était que les réserves d'eau de Manfredo, en toute saison ou presque, étaient plus abondantes que les siennes. Ce conflit larvé – Julia ne voulait pas en entendre parler – formait la toile de fond de leur existence pendant les douze mois de l'année ; on se gardait cependant de s'étendre sur le sujet.

Il n'y avait jamais qu'au moment de Noël que leurs rapports étaient soudain bouleversés. Manfredo les conviait alors à Los Cielos pour une grande fête. Il faisait toujours abattre pour l'occasion un agneau et un cochon de lait, préparait mijotés et tournedos de crocodile, rôtissait à la broche quantité de volailles. Les deux garçons, mais également Julia et Domingo, Juan et Sol, et, à n'en pas douter, bientôt aussi la petite Magdalena, se voyaient gratifiés de cadeaux innombrables, somptueux et originaux, et Manfredo, ne tarissant pas d'éloges sur ses deux petits-fils, quoi qu'ils puissent dire ou faire, savait se montrer le plus touchant des grands-pères. Il menait avec Domingo des discussions animées sur les prix du marché aux bestiaux, lui donnait raison sur presque tous les points et finissait immuablement par se répandre en longues tirades haineuses et fleuries contre ces « maudits voleurs de clôtures » dont les méfaits devenaient de plus en plus fréquents, et qui faisaient de la vie de chacun d'eux un véritable enfer. La fête durait deux journées entières, et leur hôte mettait un point d'honneur à ce que ses invités passent la nuit dans les chambres prévues à cet effet dans l'aile sud de sa spacieuse demeure. Quant à lui, il avait coutume de dormir depuis toujours sur la véranda, lové dans un hamac; il avait besoin d'air frais vingt-quatre heures sur vingt-quatre, en raison, assurait-il, d'une petite faiblesse au cœur.

Paul ne s'était rendu à ces fêtes qu'en de rares occasions, et jamais il n'avait dormi là-bas. Depuis de nombreuses années, il passait le réveillon et le jour de Noël seul à La Unión. Il y avait très longtemps qu'on avait renoncé à le convaincre de venir. Au fond, c'étaient les seules heures de l'année où il pouvait être réellement seul. Jamais il n'aurait eu l'idée ni à plus forte raison le désir de mener une vie en solitaire. Depuis sa prime enfance, il avait vécu dans la compagnie de nombreuses personnes, et même par la suite, à Vienne, en dépit de tout, il avait davantage recherché la société des autres qu'il ne l'avait fuie. Mais il lui arrivait toutefois d'aspirer de temps en temps à une solitude complète. Elle lui était enfin donnée à Noël, et il la recevait comme un présent.

La visite inattendue de Guillermo avait suscité chez Paul une vive émotion qui s'était même accompagnée de palpitations cardiaques. Plusieurs jours avaient été nécessaires pour que ce trouble s'apaise. Mais à présent qu'il regardait s'éloigner l'attelage dont les roues cahotaient sur le sol raboteux du sentier, tandis que le chien au pelage d'un jaune ocre, aboyant après les chevaux, filait en éclaireur, et qu'il répondait aux signaux de la petite Magdalena qui, assise sur les genoux de sa mère, ouvrait et refermait sa petite main en un au revoir, il retrouvait enfin une paix de l'âme. C'était pour le moins curieux, mais il avait la certitude qu'il ne pourrait rien arriver aux enfants aussi longtemps qu'ils seraient chez leur grand-père ; jamais, au grand jamais, Manfredo ne laisserait l'un d'eux s'en aller – à moins qu'il ne prît l'initiative de l'envoyer lui-même ici ou là. Paul était rassuré, et ce qui hier encore le perturbait tant lui paraissait soudain comique. Ce Guillermo était décidément un ridicule personnage ! On s'apprêtait à célébrer Noël. Il ne le reverrait pas avant Pâques. Qu'il s'avise alors de revenir à la charge ! Mais il s'en garderait bien en présence d'Alfredo, ou du moins n'oserait-il pas procéder avec une telle bassesse. Une fois qu'il avait quelque chose en tête, il n'en démordait pas, et cet entêtement était risible. Il avait tout d'un gamin capricieux, et le plus immature des deux n'était pas Javier. Paul secoua la tête, adressa à l'enfant un dernier salut, traversa l'esplanade, regagna sa bicoque. Il transporta le poste de radio dans la véranda et l'alluma. On ne diffusait pas de musique, mais des nouvelles, des annonces et communiqués de toute sorte, d'innombrables vœux de Noël. Il ne coupa cependant pas le poste et, comme tous les deux ou trois mois, c'est muni d'une sorte de racloir fixé à l'extrémité d'une longue tige métallique qu'il entreprit de gratter la couche supérieure du sol de la pièce dans laquelle il dormait. Soudain il s'arrêta et redressa brusquement la tête. N'avait-il pas rêvé ? Bons baisers à Pablo, de l'estancia La Unión ? Mais oui ! De la part de Domingo, Julia, Javier, Miguelito, Juan, Sol, de Manfredo et de la petite Magdalena. « À vous aussi ! s'écria Paul d'une voix allègre en se tournant vers la radio, à vous aussi, joyeux Noël ! » Puis il secoua la tête d'un air amusé, et c'est en sifflotant qu'il se remit à la tâche. Il ne lui fallut pas une heure pour en avoir terminé. Il passa alors un grand coup de balai dans la pièce, retraça avec soin la rainure circulaire qui courait en son centre, épousseta encore ici et là, répandit sur le sol la poudre blanche aux vertus absorbantes, patienta quelques minutes et remit finalement à leur place les meubles et objets qu'il avait entre-temps déplacés dans la cuisine. Dehors, lourdes comme des pierres, les premières gouttes commençaient déjà à tomber, et, quelques instants plus tard, avant que l'averse ne s'abatte vraiment, l'air se rafraîchit et les fenêtres ouvertes laissèrent s'engouffrer par bouffées une intense odeur de terre qui l'enveloppa comme une étoffe.

Paul avait beau savoir que c'était absurde, il avait le sentiment, depuis que Javier avait pris la décision de ne pas quitter le domaine pour poursuivre sa scolarité en ville, qu'un équilibre venait d'être rétabli dans sa propre existence ; c'était comme si la décision fâcheuse d'autrefois en était abolie, les torts réparés. Et il importait peu qu'on attribue cette erreur du passé à l'attitude de ses parents ou à sa propre docilité, à sa résignation d'alors. Il aurait éprouvé exactement la même impression, il le pressentait, si Javier avait pris la décision d'entrer dans cette école. Peut-être même aurait-elle été plus vive encore. Le jeune garçon avait su imposer sa volonté, faire valoir son libre arbitre, et cela suffisait au bonheur de Paul ; et peut-être devait-il une infime partie de ce bonheur à la fierté d'avoir un peu contribué à rendre les choses possibles.

Si l'on faisait exception des *bombitas*, les besoins de Paul se réduisaient à trois fois rien. Quand Domingo se rendait en ville et lui demandait s'il souhaitait qu'il lui rapportât quelque chose, il ne lui venait jamais à l'esprit que des piles pour sa lampe de poche et son poste de radio. Aussi longtemps qu'il fumait encore, il avait bourré sa pipe avec le tabac local – il en faisait sécher les feuilles dans la véranda, une fois enduites d'eau miellée, dans un meuble garde-manger auquel il avait apporté des transformations.

Il lui arrivait de repenser à son père, de songer à ce jour mémorable où étaient arrivées ces machines nouvelles qui avaient tout bouleversé. Si profonde qu'ait pu être la fierté que Ferdinand avait alors éprouvée – et qu'il n'avait d'ailleurs pas manqué de manifester –, il s'y était mêlé cependant, et Paul du moins l'avait ressenti avec netteté, une sorte de gêne ou de honte, comme si tout cela n'était pas parfaitement juste, comme s'il ne méritait pas d'en jouir pleinement et sans réserves. Et si Paul attendait d'être seul, à Noël, pour sortir du grand buffet beige de la cuisine son tourne-disque, peut-être fallait-il y voir un sentiment du même ordre.

C'était un pick-up rouge. Il le retira de son coffret anthracite, le souleva d'un rien, souffla doucement dessus pour en chasser une poussière tourbillonnante qui scintillait dans la lumière, et le transporta dans la véranda. Depuis quelque temps déjà, il s'y trouvait, au pied du hamac, une sorte de cassette ornée qu'il avait gagnée en battant aux cartes Juan, et sur laquelle il déposait tantôt un verre, tantôt un livre, tantôt de quoi écrire, afin de n'avoir pas à se pencher chaque fois trop profondément vers le sol; c'est sur cette cassette qu'il posa le tourne-disque. Espérant que les piles tiendraient encore le coup, il retourna dans la cuisine, s'avança vers le buffet, approcha une chaise, monta dessus et s'empara d'une boîte quadrangulaire remisée dans le compartiment supérieur du meuble. Il descendit de la chaise, posa la boîte sur la petite table de la cuisine, en ôta le couvercle. Il avait sous les yeux ses disques. Il les parcourut du regard, réprimant de temps à autre un petit rire, puis se saisit du premier de la pile et retourna dans la véranda. Le jour lointain où il les avait rangés dans sa valise, il s'était dit, même s'il n'y avait alors attaché aucune importance : cinq disques ! Comme c'est peu, au fond ! Il avait changé d'avis depuis bien longtemps. Il pinça l'un des angles de la pochette cartonnée, fit glisser le disque à la noirceur luisante, l'accueillit sur sa paume offerte puis le tint en équilibre sur la pointe de l'index, tout en allant déposer l'étui rouge sur le muret de telle sorte qu'il pût le voir une fois allongé dans le hamac. Puis il installa le disque sur la platine, souleva délicatement le bras de lecture et pressa le bouton ON. L'enceinte intégrée crépita. Cinq disques ! C'était bien plus qu'il ne lui en fallait. Paul baissa le bras du tourne-disque et, les doigts tremblotants (c'était l'un des effets secondaires des cachets ; depuis qu'il ne fumait plus, le phénomène s'était atténué), posa le saphir à l'extrême bord du microsillon qui tournait déjà. Alors, enfin, poussant un profond soupir de soulagement, il s'affala dans le hamac, et il s'y balançait encore à l'instant où les instruments à cordes, une fois les premières mesures passées, se superposèrent aux cuivres.

Rosental ne lui manquait pas. Il n'avait pas davantage la nostalgie de sa famille. Comment aurait-il pu regretter l'absence de ce qui occupait tous les jours ses pensées ? Il n'avait rien oublié. Il est vrai qu'il aurait toutefois apprécié de recevoir une lettre de temps à autre, ou une simple carte, comme celle qu'il leur écrivait une fois l'an. Mais cette année-là, pour la première fois, il avait oublié de la confier aux bons soins d'Alfredo ; il l'avait écrite, mais elle trônait encore dans sa propre cuisine. Jamais on ne lui adressait le moindre courrier. Pas la plus petite carte. Aussi avait-il pris le pli de s'imaginer ce qu'ils faisaient, de se représenter leurs discussions. Il croyait les voir grandir et changer peu à peu. Est-ce que le pays s'était transformé lui aussi ? C'était peu probable. Les choses là-bas avaient dû changer tout aussi peu qu'ici. Les bornes frontières de granit devaient se dresser encore sur les terres dans le sol argileux et lourd, exactement à l'endroit où sa mémoire les avait plantées. Comment aurait-il pu se languir de ce qu'il portait au fond de lui ?

Ce qui lui manquait était d'une tout autre nature. Ce dont il déplorait l'absence, car il en avait conservé également le souvenir, c'étaient les mouvements de son cœur. De même qu'il n'éprouvait plus depuis longtemps le désir de posséder une femme, il avait vu toutes ses envies s'émousser. La faim, la soif (le besoin d'eau ou de gnôle – deux envies différentes et cependant indissociables), le sommeil n'étaient jamais que des besoins purement physiques. Dans toute la région, bien au-delà des limites de La Unión, Paul passait pour le plus courageux des hommes. À quel titre ? Il n'était pas plus courageux que n'importe qui. Simplement, plus rien ne parvenait à le toucher. C'est sans crainte qu'il s'en allait chasser avec les autres le caïman, sans crainte qu'il savait faire face à un taureau aux naseaux fulminants fonçant droit sur lui, sans crainte qu'il réagissait lorsqu'un bandit – oui, c'était déjà arrivé – lui braquait un pistolet sur la tempe et en ôtait le cran de sûreté. Il ne vivait plus pour jouir de l'existence, mais parce qu'il était venu au monde et que l'heure de sa mort n'avait pas encore sonné. La frontière qui le séparait du renoncement complet était toute proche, son souffle venait battre continuellement contre la vitre invisible, et il lui arrivait de se demander pourquoi celle-ci ne cédait pas plus souvent que tous les deux ou trois ans. C'étaient les cachets qui mettaient sous l'éteignoir les moindres mouvements de son cœur. Et peut-être que ceux-ci ne lui auraient pas manqué, jusqu'à la fin de ses jours, s'il n'avait pas noué au fil des ans des liens aussi étroits avec les deux garçons. Il ne l'avait pas prévu. Eux seuls parvenaient à l'ébranler – un sentiment dont il ne retrouvait pas trace dans sa mémoire, car il était inédit. Il se rappelait alors par instants ce que ç'avait été de vivre, et non simplement d'exister.

Une symphonie avait la vertu de lui rendre pour un temps ce qui lui manquait tellement. Il n'avait pourtant jamais été particulièrement féru de musique. C'était la neuvième symphonie de Franz Schubert, la « Grande Symphonie ». Comme pour les quatre autres disques, c'est par le plus grand des hasards qu'il avait porté son choix sur elle dans la collection de disques de Lorenz. S'il avait emporté quelques disques, ce n'était du reste que sur l'injonction de celui-ci. Il avait également tenu à lui offrir un tourne-disque comme cadeau d'adieu. Paul lui avait fait ce plaisir et avait accepté le présent. Mais à quoi bon prendre la peine de sélectionner soigneusement quelques disques, alors qu'il comptait se donner la mort quelques jours plus tard ? Il avait feint de choisir les disques avec un soin scrupuleux, alors qu'en réalité il ne s'était laissé guider que par leur couleur, choisissant tantôt un disque à pochette rouge, tantôt un disque à pochette blanche. Paul était étendu immobile dans le hamac que les petites mains d'une école ménagère du chef-lieu de la province avaient confectionné, et dont il avait fait l'acquisition au marché. Il avait joint les mains sur l'abdomen et, laissant les accents de la musique lui remuer le cœur, pleurait en silence. Une seule fois, lorsque le deuxième mouvement de la symphonie s'acheva, et que l'enceinte intégrée cessa aussitôt de faire entendre ses crépitements et ses crachotements, il poussa une longue plainte sonore et se passa les deux mains sur le visage, puis il se renversa sur le flanc, retourna le disque, se renfonça dans son hamac.

Les pensées qui le traversaient ne différaient en rien de celles qui l'occupaient d'ordinaire ; mais les images prenaient maintenant une autre dimension. Pendant toute l'année, il piochait au gré de ses souvenirs, qui en somme n'étaient plus que des partitions : il pouvait les lire, mais ils ne rendaient plus aucun son ; et voici qu'à présent, comme s'il avait fallu cette stimulation extérieure, les musiciens saisissaient leurs instruments.

Lorsque la symphonie fut achevée, il resta allongé un long moment encore, les yeux clos. Le timbre de ce qui s'était mis à vibrer en lui s'évanouissait peu à peu. Un silence profond s'instaura. Enfin il rouvrit les paupières et se leva. Il poussa un soupir, retira le disque de la platine, le glissa dans la pochette cartonnée et, avec une très grande lenteur, sans prendre aucunement conscience de ses gestes, remit tout en place. Il était plus épuisé qu'après le plus éreintant des travaux.

C'est en proie à cette fatigue – elle n'était pas sans agrément – qu'il passa les heures qui le séparaient encore du soir. Il rôda un peu dans les environs, donna sa pitance au chien noir qui gémissait de solitude, cassa quelques gousses de tamarin dont il suça la pulpe à la saveur acidulée. Une nouvelle averse s'abattit sur le domaine. Lorsque la nuit fut faite, que les nuages eurent disparu et que l'éclat des étoiles s'aviva peu à peu, Paul guetta machinalement du regard la Croix du Sud. Tiens, elle était là ; ses quatre étoiles flottaient étincelantes au-dessus de la Voie lactée. Il se rappelait la première fois qu'il l'avait aperçue. Cela remontait à si longtemps. Plus rien en ce monde ne se parait pour lui des attraits de la nouveauté ; seule cette constellation en avait encore le pouvoir. Il rentra chez lui, se prépara une *bombita* peu concentrée, s'installa sur le seuil de la maison et vida son verre à traits lents, s'attarda là quelques instants encore et alla finalement se coucher, plus tôt qu'à l'ordinaire et sans avoir lu une seule ligne de la journée.

9

À force de se répéter, même les choses les plus singulières finissaient par devenir banales – ou du moins perdaient-elles tout à fait leur caractère singulier.

Les heures de solitude étaient pour Paul un précieux cadeau, mais, lorsqu'au soir du jour de Noël, elles lui furent bientôt comptées, il se languissait déjà de la présence des autres.

Bien avant qu'ils n'arrivent, les aboiements du chien noir annoncèrent leur retour, et Paul, agitant le bras, s'avança sans plus attendre à leur rencontre. À peine les eut-il atteints qu'il s'élança d'un bond dans la carriole. Il fit la dernière partie du chemin avec eux. Les garçons n'étaient pas encore arrivés au domaine qu'ils lui dépeignaient déjà la fête en termes enthousiastes. Une fois de retour, alors qu'ils traversaient l'esplanade, ils lui montrèrent ce qu'ils avaient reçu cette fois en cadeau, cependant que Domingo et Juan, après s'être défaits de leurs habits de fête et avoir revêtu des blue-jeans ainsi que des chemisettes qu'ils avaient déboutonnées bien au-dessous de la poitrine, dételaient les chevaux et leur ôtaient le harnais, que l'un d'eux se chargeait de les loger à l'écurie tandis que l'autre garait la carriole dans la remise, que Julia et Sol alimentaient déjà le foyer, dressaient la table, déballaient toutes les victuailles qu'elles avaient rapportées dans des paniers d'osier et les réchauffaient dans des casseroles et des poêles.

Le jour déclinait déjà lorsqu'ils se retrouvèrent autour d'une table pour dîner, déguster le vin dont on leur avait fait présent, discuter avec une si belle ardeur qu'on aurait dit qu'ils ne s'étaient pas vus depuis longtemps. Les garçons contèrent à Paul quantité d'anecdotes, et Juan lui-même se montrait intarissable, ce qui ne lui arrivait que bien rarement. Domingo, comme chaque année, était remonté contre son beau-père, qui avait eu le front de faire comme s'il n'était coupable de rien – ni de la dévastation des clôtures, ni du reste –, et jugeait tout au contraire que lui et Domingo avaient un ennemi commun, venu de l'extérieur. Sitôt qu'il était de retour au domaine, Domingo avait l'habitude de reprendre cette antienne et, s'adressant toujours à Paul, de pester contre Manfredo jusqu'au moment où Julia l'interrompait et lui lançait : « Alors pourquoi entres-tu dans son jeu ? » Elle n'avait pas tort : Domingo se laissait chaque fois entraîner et semblait oublier que la personne qu'il aurait dû fustiger – et fustigeait aussi bien le reste de l'année – était précisément celle qui lui faisait face. Il en fut ainsi cette fois encore et il garda le silence. Une partie de sa colère provenait de la honte qu'il éprouvait à s'être laissé entraîner. « Ça n'empêche rien, dit-il après un instant. Et je suis certain qu'il a une combine avec l'eau. — Mais quelle combine, grands dieux ? », s'écria Julia avec fureur. Elle ne supportait plus d'entendre ces plaintes, de surcroît au moment de Noël. « J'aimerais bien le savoir, marmonna Domingo, qui ne désarmait pas. Comment se fait-il qu'il ne soit jamais à sec ? — Ça suffit, Domingo », rétorqua Julia d'un ton tranchant et sans réplique qui mit un terme à la conversation. Juan aborda alors un autre sujet. Ils restèrent encore un long moment à table, et lorsque enfin Paul se leva, souhaita à chacun une bonne nuit, se mit en chemin vers la bicoque, il avait la démarche très légèrement titubante. Le vin lourd et chaud, aux effets si différents de la gnôle, l'avait assommé et lui avait embrumé l'esprit.

La journée du lendemain s'écoula dans un calme et une monotonie parfaits. Les garçons eux-mêmes se donnèrent moins de mouvement qu'à l'ordinaire. On avait échangé tant de propos au cours des jours précédents que c'est presque en silence qu'on prenait désormais les repas en commun.

À la tombée du soir, les deux garçons vinrent trouver Paul, qui lisait un livre couché dans son hamac, et lui demandèrent si les cours allaient reprendre « normalement » dès le lendemain. Paul, les yeux toujours rivés sur les pages, leur répondit : « Non. Demain il faut que je m'en aille. — Diable, où pars-tu encore ? », demanda Miguel, comme si c'était Paul qui venait de passer plusieurs jours loin du domaine, et non eux. Paul esquissa un geste vague en direction de l'est. Un mois s'était écoulé depuis sa dernière tournée au sein de « ses » paroisses, et il était temps d'en reprendre le chemin. « Et quand reviendras-tu ? — Dans quelques jours, répondit Paul d'un ton évasif. — Nom de Dieu ! », fulmina Miguel. Il alla s'asseoir derrière son pupitre, sur cette grande chaise dont il avait fini par remplir peu à peu l'assise au fil des ans. Javier s'était perché sur le muret et s'était saisi du petit miroir de rasage, dans lequel il se contemplait. Paul haussa les sourcils et posa son livre. « Qu'est-ce qui te prend ? — Rien », répondit Miguel. Il se leva de sa chaise. « Bien », dit Paul. Miguel agrippa Javier par l'étoffe de son maillot de corps. Son frère le repoussa rudement, posa le miroir de rasage, se leva, et ils s'en allèrent tous deux en traînant les pieds après avoir claqué la porte-moustiquaire derrière eux. Paul se saisit de son livre et le rouvrit. Mais avant qu'il ait pu lire un mot, il baissa de nouveau les mains et lança d'une voix sonore : « Après-demain ! » Il patienta une seconde et, comme il n'entendait rien, ni réponse ni bruits de pas sur le sol sablonneux, il insista : « Après-demain, dans la soirée ! — Promis ? — Promis. »

Comme il avait pu rire, ce jour où Alfredo lui avait demandé s'il pouvait célébrer quelques offices liturgiques de temps à autre ! Il n'avait d'abord été question que de dire la messe à l'estancia La Unión. Ce n'est que par la suite, sur les instances de Guillermo et d'autres prêtres encore, qu'on avait eu l'idée d'envoyer Paul en mission dans les villages et hameaux des environs proches. Et maintenant ? Maintenant, ces célébrations faisaient partie intégrante de sa vie, au même titre que les cours dispensés aux garçons, que les soins qu'il prodiguait aux bêtes – elles occupaient une part de ses pensées quotidiennes, et il n'était plus question pour lui d'y renoncer. Mettre la main à ses sermons lui procurait un grand plaisir, et c'était à ses yeux bien plus qu'une simple distraction vespérale : les mots n'en étaient jamais semblables, ils étaient soumis à des remaniements permanents. Il avait pourtant d'abord refusé l'offre surprenante d'Alfredo, se contentant de l'accueillir par un éclat de rire. Alfredo lui avait suggéré d'y réfléchir toutefois, mais Paul avait secoué la tête. Y réfléchir ? À quoi bon ? Non, il ne lui était pas nécessaire de s'appesantir sur la question pour savoir qu'il n'était pas du bois dont on fait les prêtres ! Mais le temps avait fait son office et il y avait sans cesse repensé, des phrases qu'il croyait oubliées depuis très longtemps étaient remontées à sa mémoire, des mots avaient resurgi des temps lointains où il fréquentait le pensionnat de K., assistait à l'office à Rosental, et il y avait ajouté peu à peu ses propres phrases, s'était mis presque sans s'en rendre compte à façonner dans sa tête un premier texte, avant de coucher enfin sur le papier, un soir, cet entrelacs de pensées – son premier sermon, qu'il devait amender par la suite, avait vu le jour.

Le lendemain matin, Paul s'éveilla avant les premiers rayons du jour. C'était un samedi. Il se leva, fit sa toilette, se rasa, se vêtit, jeta sur l'une de ses épaules le sac à dos qu'il avait préparé dès la veille au soir, et, un peu plus tard, une fois dehors, sur l'autre épaule, un licol pour sa monture. Il se rendit dans le pré voisin et chercha du regard celle-ci. Elle se tenait au sein d'un groupe et se confondait aux autres ; un long moment s'écoula avant qu'il l'aperçût. Il s'avança vers elle à pas lents, écarta d'un geste du bras les chevaux qui ne s'effaçaient pas d'eux-mêmes devant lui, mit le licol à sa monture et passa une longe. Puis il se saisit de celle-ci et, quittant la pâture, mena la bête vers l'abri où il avait remisé sa selle sur un chevalet porte-selle. Il attacha la bête en lui laissant de la liberté et la sella. C'était une jument de cinq ans que Domingo lui avait offerte à l'occasion de son trentième anniversaire, et que Paul en personne avait dressée. Ce cadeau avait été pour lui une telle surprise ! Il en était touché aujourd'hui encore et s'émerveillait de l'attention délicate de Domingo, à qui il n'avait pas échappé que Paul avait entretenu dès le début des affinités avec cette bête. Il serra fermement la sangle de selle, et la jument à la robe alezane jeta brusquement la tête en arrière. « Mais oui, murmura Paul, mais oui. C'est bon. » À l'est, les premiers rayons du soleil faisaient étinceler les crêtes des collines, dont une échancrure entre les deux ailes du bâtiment principal découvrait de larges pans ; on aurait dit qu'elles brasillaient doucement. Paul détacha le licol et mit la bride à la bête. Le mors de laiton claqua contre les dents. Pas un seul bruit ne s'échappait encore du grand corps de logis ; la petite Magdalena faisait ses nuits désormais. Paul boucla correctement les lanières et prit les guides en main. « Allez, viens, chuchota-t-il, viens, ma Fine. » La jument s'ébranla et il mena la bête à la main. Ils longèrent les bâtiments du domaine en décrivant un grand arc de cercle, puis il monta en selle et fit claquer les rênes.

Une brise fraîche et vivifiante lui effleurait doucement les joues. Le cheval avançait à une allure tranquille. De temps à autre, Paul se penchait vers le sac à dos accroché au pommeau de selle, en sortait la bouteille de plastique, en buvait une gorgée. Pourquoi aurait-il dû se tourmenter ? Après tout, il l'avait déjà fait si souvent. Chaque fois pourtant le cœur lui battait un peu plus vite à la seule idée de ce qui l'attendait. Il retouchait encore mentalement un passage de son sermon, puis un autre. Il ne faisait pas en sorte que sa monture évite ces flaques de boue qu'elle détestait tant, mais maintenait tout au contraire le cap en ligne droite, non par ennui ou pour dissiper son trouble, encore moins par cruauté, mais pour qu'ils s'entraînent tous les deux, le cheval et lui. Il y avait un bon moment qu'il ne l'avait plus monté, et il s'écoula de longues minutes avant qu'ils ne fassent plus qu'un. Une fois qu'il eut le cheval à sa main, il lui fit contourner les flaques, à l'intérieur et au-dessus desquelles grouillaient des insectes. Il répéta à plusieurs reprises cet exercice de son invention, puis il y mit un terme. Il cheminait depuis deux heures déjà. Le soleil était rapidement monté de plusieurs degrés dans le ciel, la chaleur s'était installée, Paul avait le front inondé de sueur et la robe de la jument était déjà trempée jusqu'à la pointe des oreilles. Il arriva à destination une heure plus tard.

Le village, fort d'une douzaine d'habitations tout au plus, bâties en bois pour la plupart, en pisé pour une poignée d'entre elles, portait le nom de Santa Fe. Comme chaque fois qu'il arrivait à dos de cheval, il s'arrêta à quelques mètres à peine de la maison où résidait le chef du village – un dénommé Oscar –, mit pied à terre et mena son cheval à l'abreuvoir, situé derrière le bâtiment. Il laissa la bête se désaltérer et en profita pour se dégourdir les jambes. Le cheval s'abreuva longuement, à grandes gorgées sonores. Plusieurs minutes s'écoulèrent avant qu'Oscar n'apparût. Peut-être jugeait-il plus convenable d'attendre un moment avant d'aller accueillir ses hôtes, peut-être était-ce plutôt par une sorte de fierté qu'il le faisait patienter ainsi. Les retrouvailles furent en tout cas cordiales – de part et d'autre, même si Paul remarqua aussitôt que quelque chose avait changé, sans qu'il pût dire précisément quoi. L'un des fils d'Oscar se chargea de desseller Fine et de la mener à l'écurie. Oscar invita Paul à entrer. Paul prit le sac à dos et le suivit. Oscar puisa un peu d'eau dans un baquet et posa le verre sur une grande table installée près de la fenêtre. Ils s'y assirent. La femme d'Oscar, qui d'ordinaire attendait toujours Paul sur le seuil de la maison pour lui faire bon accueil, brillait par son absence. Paul jeta un regard circulaire dans la pièce. Oui, quelque chose avait changé. Mais quoi ? Oscar lui parut soudain grave et soucieux, renfermé en lui-même, et Paul machinalement fit sienne cette réserve. Ils se faisaient face dans un grand silence. Plutôt que d'engager la conversation, Paul se saisit du verre d'eau et le vida d'un trait. Lorsque la bête de la maison, une chienne galeuse au pelage clair, aux mamelles pendantes et meurtries, s'insinua près de lui, Oscar la chassa d'un coup de pied et, laissant échapper de légers glapissements, elle détala en rentrant un peu la queue. Où était passée la cordiale chaleur d'il y avait un instant encore ? Elle avait disparu sans laisser de traces. Il pouvait être neuf heures ; le service divin n'était fixé qu'à neuf heures et demie. Paul, pourtant, s'éclaircit la voix et demanda : « On y va ? » Aussitôt Oscar se leva de table et s'écria d'un ton soulagé : « Oui ! Allons-y ! » Paul se saisit de sa bouteille, en but encore une gorgée, prit sa bible et les quelques feuillets de son sermon, considéra le tout un moment et se leva à son tour.

Ils quittèrent la petite maison, traversèrent la place du village, s'avancèrent vers une sorte de grande resserre tout en longueur, aux murs aveugles, située à la sortie est du village. Paul ne savait pas quelle avait été la vocation première de l'édifice, il y avait des éternités. Peut-être n'était-ce jamais alors qu'une vaste étable, ou l'un des baraquements des premiers habitants. Le bâtiment restait désaffecté pendant l'année et faisait simplement office à l'occasion de lieu de rassemblement. Ce devait être en tout cas l'une des toutes premières constructions du village, car ses portes ne s'ouvraient pas sur la grand-place, mais donnaient sur l'étendue des prés, à l'arrière.

Les deux hommes firent le tour de l'église de fortune. Les portes en étaient fermées par un cadenas dont le boîtier argenté était tacheté de noir. Paul regarda Oscar et inclina légèrement la tête. Oscar toussota, glissa la main dans la poche de son pantalon, sortit une clé, ouvrit le cadenas. Paul, qui ne le quittait pas des yeux, constata qu'Oscar était en proie à une nervosité toujours plus vive : il était en nage, et se passa brièvement la main sur le front. Paul inclina la tête plus profondément encore.

Les chaises s'alignaient en rangs compacts au fond du bâtiment. Sitôt qu'il les aperçut, Oscar eut comme un haut-le-corps ; il fila droit vers elles, en saisit deux par le dossier et alla les déposer au centre de la pièce. Paul était resté figé dans l'encadrement de la porte, puis s'était adossé au mur. Oscar s'affairait à disposer les chaises. Par les interstices du toit de tôle ondulée filtrait une lumière dont les rayons et faisceaux obliques éclairaient la pénombre et faisaient scintiller des particules de poussière en suspension. Paul se détacha du mur et, s'avançant dans la pièce comme au cœur d'une forêt profonde criblée de lumière,

marcha vers Oscar. Lorsqu'il l'eut rejoint, il posa la main sur le dossier de la chaise qu'Oscar venait justement d'attraper et appuya fermement dessus. L'un des pieds de bois s'enfonça alors dans le sol de terre battue, mais Oscar ne lâchait pas prise pour autant. Paul eut la main plus ferme encore. Les quatre pieds de la chaise reposaient maintenant sur le sol. Oscar en tenait toujours le dossier. Paul demanda alors d'une voix feutrée : « Où sont-ils, Oscar ? » Il ne posa pas les yeux sur lui, afin de lui faciliter la tâche ou de lui laisser la possibilité de mentir. Mais Oscar ne lui dissimula rien. Il poussa un soupir, s'affala sur la chaise dont il tenait toujours le dossier et souffla : « Frère Guillermo nous a rendu visite. » Paul le regarda, interloqué. « Guillermo ?
— Oui. Guillermo. — Très bien – et après ? »

Il n'y avait là rien que de très ordinaire. Par le passé, il était déjà arrivé, de loin en loin, qu'un prêtre s'aventurât dans ces régions reculées. Depuis que Paul avait pris en charge les deux hameaux, c'était devenu très rare, mais il y avait des exceptions. Après Pâques, les frères de la congrégation, dont le séjour à La Unión avait été écourté, en avaient ainsi profité pour visiter ces paroisses lointaines. Quant à Guillermo, il avait sans doute eu l'intention lui aussi, lors de sa dernière apparition au domaine, de rester bien plus d'une heure à La Unión. Aussi Paul n'était-il pas autrement surpris qu'il eût saisi l'occasion pour faire un crochet par Santa Fe ; ce qui suscitait son étonnement, c'était qu'il ait pu faire attendre aussi longtemps le pilote de l'avion, car rien n'était plus coûteux. Le jeu en valait-il donc la chandelle ? Depuis deux millénaires, les membres de l'Église catholique s'y entendaient comme personne pour assurer leur prospérité économique, et non pas simplement leur survie. Si l'on engageait de grands frais, ce n'était pas dès lors à fonds perdus, mais dans le but d'obtenir quelque chose. Le bénéfice devait contrebalancer la dépense. Mais comment ?

« Est-il resté pour la nuit ? », poursuivit Paul, évaluant déjà mentalement l'étendue du parcours. Oscar secoua la tête. « Non. Pas ici. Mais à La Olla. »

Paul recula de quelques pas. Oscar trônait sur sa chaise, enveloppé d'un halo. Il s'accroupit sur le sol. Du temps passa.

« Il a donc poussé jusqu'à La Olla ? »

Oscar ne répondit rien. Il soupira, lâcha le dossier de la chaise, joignit les mains sur ses genoux. Il se tenait là devant lui comme un souvenir, une sorte de synthèse des cinquante et quelque villageois qui auraient dû se presser ici en cet instant, et non seulement ne s'étaient pas déplacés, mais demeuraient invisibles dans le hameau tout entier. Même au moment de son arrivée, il n'avait vu personne. Était-ce peut-être ce vide qui, sans le frapper à proprement parler, avait fait naître en lui une sensation d'étrangeté ? Il n'avait jamais aperçu qu'Oscar et le fils de celui-ci. Paul demanda d'une voix suffocante et nouée : « Que vous a-t-il raconté ?

— Vous savez, Don Pablo… se déroba Oscar. Sa voix, ses gestes attestaient son embarras.

— Non, dit Paul. Je veux savoir ce qu'il vous a raconté.

— Les gens d'ici, voyez-vous, dit Oscar d'une voix tourmentée, ne savent à peu près rien de vous… »

C'était exact : il leur était un parfait inconnu. Paul faisait son sermon, déjeunait en compagnie d'Oscar et de sa famille, reprenait la route en voiture ou à dos de cheval et poussait jusqu'à La Olla, où il arrivait au déclin du jour et prononçait encore un sermon, dînait au sein de la famille du chef de village et, sans attendre le petit matin, refaisait le même trajet en sens inverse. La seule chose qu'on connût de lui ici, c'étaient ses prêches. Ils savaient tout au plus qu'il résidait à demeure à l'estancia La Unión. Mais quelle importance ? Avaient-ils besoin d'en savoir davantage ? Paul secoua la tête. S'il était ici, n'était-ce pas justement parce qu'on ne savait rien de lui ? Il secoua encore la tête. Un vertige le gagnait. Il lui vint une pensée épouvantable. Elle le traversa à une vitesse foudroyante, et en même temps si lentement qu'il lui sembla la voir s'élaborer sous ses yeux. Il avala sa salive. Il demanda d'une voix presque désespérée : « Que raconte-t-il à mon sujet, Oscar ? Dis-le moi !

— Il assure que vous n'êtes pas un prêtre. »

Paul éclata d'un rire rauque : « Pas un prêtre ? Par exemple ! » Avait-on jamais prétendu qu'il l'était ? S'était-il lui-même jamais donné ce titre ? Il sourit et balaya la salle du regard. « Et c'est pour cette raison qu'il ne vient personne ? »

Oscar ne répondit rien.

« Il dit que vous n'êtes pas un prêtre », répéta-t-il. Et, retenant son souffle le temps d'une pause : « Il prétend que vous êtes un sorcier. »

Un frisson parcourut Paul ; un doigt glacé lui courut de la naissance du dos jusqu'au sommet du crâne. « Un sorcier ?

— Un sorcier. »

L'aspect des faisceaux de lumière changeait, certains s'effacèrent, d'autres se firent plus obliques encore, d'autres enfin apparurent soudain dans la pièce. Dès la première heure, Guillermo, bien qu'il fût le frère de son meilleur ami Lorenz, avait inspiré à Paul une très vive aversion. Il avait toujours eu le sentiment que Guillermo éprouvait la même répugnance à son égard, mais cette impression n'avait jamais été très profonde, elle ne revêtait pas un caractère trop personnel, car après tout Guillermo paraissait manifester à l'endroit de chacun cette défiance, qui n'était peut-être jamais que l'intériorisation d'une devise propre à l'un des professeurs et surveillants d'internat de K. : « La confiance est bonne, la méfiance meilleure encore. » Car Guillermo avait fait lui aussi ses humanités – comme on disait alors – à K., dix ans avant Paul et Lorenz. L'espace d'un court moment, le trouble et la colère qui envahissaient Paul cédèrent la place à de la curiosité, à une sorte de tendresse compatissante pour cet homme au cœur dévoré de méfiance, et Paul demanda : « Comment en est-il venu à raconter pareilles fadaises ?

— Il dit que vous avez ensorcelé tout le monde à La Unión. »

Paul entrouvrit les lèvres pour demander à Oscar s'il prêtait foi à ce genre d'histoires, mais il n'en fit finalement rien. Il tendit les jambes et se redressa de toute sa hauteur. Il dit du ton le plus nonchalant possible : « Il est fou à lier », mais il sentit que sa voix était sur le point de flancher.

À l'extrémité de la rangée de chaises, contre le mur, dans le coin le plus sombre de la pièce, se trouvait un lutrin. Paul s'avança vers lui, le souleva, le transporta au premier plan de la salle, le reposa sur le sol. Le lutrin lui arrivait à la hauteur de la poitrine. Il y posa sa bible, déploya ses feuillets manuscrits, les lissa consciencieusement. Il se mit à lire à voix haute.

Après quelques mots à peine, Oscar, qu'il fût surpris, inquiet, soulagé ou peut-être les trois à la fois, releva la tête un bref instant pour la baisser tout aussitôt, et, le temps que dura le prêche de Paul, demeura figé dans la même posture et n'esquissa pas le plus petit geste. Lorsque Paul prononça la bénédiction, il sortit enfin de sa torpeur, dessina sur sa poitrine un signe de croix, et Paul en fut soulagé : c'était la première chose depuis son arrivée qui ne tranchait pas sur l'ordinaire. Soucieux de poursuivre sur sa lancée, Paul aida Oscar à remettre en place les chaises et lui assura qu'il aurait grand plaisir à déjeuner en sa compagnie avant de reprendre la route. Oscar hocha la tête et marmonna : « Bien sûr. Bien sûr. » Ils quittèrent le bâtiment sans en verrouiller les portes et rejoignirent la maison d'Oscar. D'innombrables oiseaux jaillissaient des buissons à grand tapage et prenaient leur essor. En chemin, Paul parcourut du regard les autres bicoques du village. Il adoptait à dessein un maintien très droit et avançait à pas particulièrement mesurés. Il mettait tant d'application à conserver cette posture qu'il s'en fallut de peu qu'il ne percute de plein fouet Oscar à l'instant où celui-ci s'arrêta brusquement au pied des marches conduisant à son logis et commença à cueillir les drupes rouge vif du caféier qui poussait au pied du petit perron. Oscar semblait profondément absorbé par cette tâche et Paul, après quelques battements de cœur, se posta à son côté et, comme si rien n'importait davantage, le seconda. Lorsqu'ils eurent cueilli de pleines poignées de ces fruits, ils gravirent les marches de l'escalier et pénétrèrent dans la maison, qui était toujours vide. Ils s'avancèrent vers la table et laissèrent ruisseler les drupes de caféier dans une coupelle en métal. Paul s'essuya les mains et, humant l'air de ses narines frémissantes, dit : « Il n'y a rien à manger, n'est-ce pas ? » Oscar baissa les yeux vers le sol et fit non de la tête. « Elle ne vous a rien cuisiné. Elle n'est d'ailleurs même pas ici. — Cela ne fait rien. Donne-moi donc un peu de pain, puis je reprendrai la route. » Oscar sortit un quignon de pain d'un sac de toile accroché à un clou planté dans le mur et le tendit à Paul. Il s'en saisit, le glissa dans son sac à dos, en serra les cordons. Puis il adressa un signe de tête à Oscar et ils quittèrent la maison, en longèrent le flanc, se rendirent à l'arrière de celle-ci, où le fils d'Oscar, qui se tenait jusqu'alors assis sur une barre d'attache, se laissa glisser à terre sitôt qu'il entendit le pas lourd des deux hommes sur les marches. Lorsqu'ils apparurent, il se faufilait déjà dans l'écurie, dont il ressortit moins d'une minute plus tard, menant par les guides la bête déjà sellée et bridée. Paul tendit la main pour que le jeune garçon lui donne les rênes, mais celui-ci les passa derrière les étriers et, sans dire un mot, s'éclipsa ; déjà il tournait le coin de la maison. Paul sourit. « Combien lui as-tu donné ? demanda-t-il. — Comment ? répliqua Oscar, mais à qui ? — À ton fils. Pour qu'il n'aille pas se cacher, lui aussi. — Rien. — Rien ? — Je me suis contenté de lui promettre quelque chose. — Tiens donc. — Oui. Trois fois rien. Une babiole. » Paul se saisit des rênes et entraîna le cheval un peu plus loin. Puis il accrocha le sac à dos au pommeau de selle et s'apprêta à enfourcher la bête ; il mettait déjà le pied à l'étrier quand Oscar l'arrêta : « Vous feriez mieux de rentrer chez vous, Don Pablo. Ne poussez pas jusqu'à La Olla. — Et pourquoi donc ? », demanda Paul d'un ton amusé. Il était à présent d'humeur allègre, se laissait submerger par cette sensation de délivrance qu'il éprouvait chaque fois qu'il montait en selle, à la seule et réjouissante idée du trajet. « Pourquoi donc ? répéta-t-il en glissant déjà le pied sur le plancher de l'étrier, là-bas non plus, il n'y a rien à manger ? » Il enfourcha le cheval, qui fit un pas en avant et s'immobilisa de nouveau. Oscar secoua la tête. Il s'approcha de Paul et posa la main sur sa botte à haute tige. « Vous connaissez l'histoire, Don Pablo. » On aurait dit qu'il adressait ces mots à la botte, non à Paul. Celui-ci dominait l'homme de toute sa hauteur et ne voyait que le sommet de son crâne, ces cheveux noirs fins mais fournis qui s'irisaient de bleu, et il eut l'impression de baisser les yeux vers un enfant. Cet enfant était-il buté ou courageux ? « On me l'a souvent racontée. » Le cheval devint fébrile, ne tint bientôt plus en place, tira sur les rênes jusqu'à ce que les mains de Paul cèdent, se frotta la tête contre sa jambe. « Qu'est-ce que j'ai à voir là-dedans ? — Rien, Don Pablo. Mais enfin, peut-être… Je crains que les gens en l'espèce ne mélangent un peu tout. » Paul avait-il bien entendu ? C'était donc ça ? Il n'arrivait pas à y croire. Comme si souvent ce jour-là, il secoua la tête de dépit. Oui, ils n'étaient jamais que des enfants, et lui, Oscar, le plus courageux ou le plus entêté de la bande, était leur guide, et il croyait lui aussi dur comme fer que tout ce qu'il percevait, que ce fût à l'état de veille, en rêve ou en imagination, était pareillement réel et formait un tout indissociable et cohérent. Mais il avait cependant entendu dire, par la bouche des prêtres blancs, qu'il n'en était rien ; aussi, mobilisant sa mémoire, se contentait-il à présent de le répéter, comme un mot étranger dont il ne pénétrait pas le sens, mais qu'il savait être juste. « Tu crains qu'ils ne mélangent un peu tout ? Oscar ! Dois-je comprendre que les gens d'ici mélangent aussi un peu tout ? » Oscar, imperturbable, s'adressa encore à la botte de Paul : « Rentrez chez vous ! » Mais la botte à haute tige, jusqu'alors parfaitement immobile sur l'étrier argenté en acier inoxydable, fit soudain un brusque mouvement, comme pour faire tomber de la poussière, et Oscar retira sa main et recula d'un pas. Paul lui dit : « Écarte-toi de mon chemin, Oscar. Je pars à présent pour La Olla. Rien ne lui fera plus plaisir – il parlait de Guillermo –, mais je n'ai aucune crainte. Je lui ai déjà tenu tête une fois, je n'hésiterai pas à recommencer. » Il aiguillonna Fine d'une légère pression de la cuisse contre le ventre, la bête s'ébranla et, après quelques pas à peine, partit déjà au grand galop. Ses sabots martelaient la terre aux tons clairs, soulevaient de fins nuages de poussière. Oscar lança à Paul : « Dieu vous garde, Don Pablo ! » Mais Paul ne l'entendait déjà plus.

10

Domingo, plusieurs fois dans l'année, se rendait dans le chef-lieu de la province, mais il s'efforçait d'écourter alors ce séjour ; il n'était pas à l'aise en ville, n'aimait pas à y coudoyer des inconnus ; il les fuyait. Il se contentait d'acheter le strict nécessaire et s'en retournait aussitôt. Pas une seule fois il ne fit halte dans une foire, pas une seule fois il ne s'enquit des dernières innovations techniques – sans doute n'aurait-il pas eu de toute façon les moyens de se les offrir. Il menait ses affaires avec le sens de l'économie qui avait été celui de ses aïeux, ne connaissait pas d'autre façon de procéder et ne souhaitait pas en connaître. Aussi était-il parfois la cible des brocards de son beau-père, au moment de Noël. Mais les moqueries ne piquent jamais au vif que les êtres qui approuvent en secret le moqueur, ou comprennent du moins ses raisons, et ce n'était pas le cas de Domingo.

On approchait doucement du milieu des années quatre-vingt. Il existait désormais quantité d'appareils, d'outils et de machines qui auraient considérablement facilité la tâche à Domingo, et dont il ignorait jusqu'à l'existence. Il en était par exemple ainsi de ces grandes citernes auto-aspirantes qui, équipées d'un compresseur intégré à même de créer une dépression interne, vous permettaient, une fois accrochées à un tracteur ou tout aussi bien à un camion, d'aspirer de l'eau très rapidement. Il existait des citernes auto-aspirantes de toute taille, et Manfredo en possédait justement une de très belle ampleur qu'il remisait dans un abri flanquant directement sa somptueuse demeure. Il n'avait pas échappé à Domingo que cette machine était la seule qui fût entreposée là, tandis que toutes les autres se trouvaient à l'écart de l'habitation principale, dans la resserre ou dans le hangar. Il avait aussi remarqué que la capacité des citernes était devenue de plus en plus importante au fil du temps. Mais il ne s'intéressait pas à ces choses, elles n'occupaient pas ses pensées, aussi ne s'était-il jamais demandé à quoi pouvaient bien servir des machines de ce genre. Et il était donc toujours fermement persuadé que si les réserves d'eau de Los Cielos étaient toujours plus abondantes que celles de La Unión, cela relevait de la sorcellerie.

Paul savait quant à lui de quoi il retournait. Il possédait une certaine connaissance des machines, et y portait intérêt. Il n'avait cependant jamais songé à apporter ses lumières à Domingo. Il lui semblait d'une part que la fonction de ces citernes était si évidente qu'il était impossible qu'on ne la connût pas, ou qu'on ne pût du moins la deviner sans peine. D'autre part, il préférait consacrer son énergie à fustiger les sottes superstitions de Domingo.

Il lui arrivait pourtant de donner créance lui aussi à bien des choses que la raison ou l'expérience échouaient à expliquer. Elles étaient même les plus précieuses à ses yeux, revêtaient dans sa vie une importance décisive. Mais aller trouver une origine surnaturelle à des phénomènes qu'un simple effort de raisonnement suffisait à expliquer, voilà ce qu'il avait en horreur. Ce n'était pas de la sottise, mais une volonté têtue de savoir sans faire pour autant l'effort d'apprendre : c'était de la paresse. Et Paul exécrait celle-ci. Peut-être était-ce pour cette seule raison qu'il n'avait rien dit. Peut-être exigeait-il des autres qu'ils accomplissent le même effort d'élucidation que lui-même. Il n'aurait pas su dire s'il en était ainsi.

Oui, Paul connaissait l'histoire qu'Oscar avait évoquée. Chacun dans la région la connaissait du reste, et l'avait entendue dans telle ou telle version. Il ne s'en souvenait qu'avec répugnance. On la lui avait racontée bien des fois, et pourtant il ne se la rappelait à présent que par bribes. Le seul point fondamental sur lequel s'accordaient toutes les versions qu'on lui avait servies était que l'ancien chef de village de La Olla avait eu jadis trois filles qu'il avait été contraint d'élever seul, car sa femme était morte en mettant au monde la dernière. Les trois filles grandirent et devinrent bientôt les plus belles jeunes femmes de toute la région. Mais aucune d'elles ne trouva de mari. Elles moururent alors l'une après l'autre, sans qu'aucune eût atteint seulement la vingtaine. Dès la première, on parla à mots couverts d'une malédiction, et cette conviction ne fit que se renforcer avec le décès des deux autres. Leur père lui-même fut le premier à évoquer un sort que tel ou tel aurait jeté à ses filles. Mais cette fausse croyance finit au bout du compte par se retourner contre lui. Les habitants du village en vinrent en effet à la conclusion – ou disons plutôt que c'était ce qui était ressorti des débats contradictoires et confus qu'ils avaient menés – que c'était lui, leur père, qui avait jeté un sort à ses propres filles ; et, préférant prendre les devants, munis de gourdins, ils le tirèrent du lit à la nuit tombée, le rouèrent de coups jusqu'à ce qu'il ne bouge plus, l'aspergèrent d'essence et le brûlèrent tout vif au centre de la place du village. Il se trouva alors que l'homme avait une quatrième fille, qui ne résidait pas au village, mais ailleurs. Elle mourut elle aussi, mais après son père. Lorsque les villageois l'apprirent, ils changèrent de point de vue, reconnurent qu'ils avaient mal agi et, de ce jour, vouèrent à leur ancien chef de village un véritable culte. Et leur quête du vrai coupable reprit de plus belle. Telle était à peu près la teneur de l'histoire. Paul, chaque fois qu'il apercevait au centre de la place du village cette zone noirâtre qui allait s'amenuisant avec les années, en avait le cœur retourné. On ne vivait plus au Moyen Âge ! Domingo lui avait demandé un jour s'il ne croyait donc pas à ce genre de choses. À quel genre de choses ? Au Mauvais Œil, par exemple. Non ! Il avait répondu d'un ton ferme que ce n'étaient là que des calembredaines. Il s'était bien gardé de dire au passage qu'il n'était même pas certain de croire en Dieu. Dans ces moments-là, il aurait souhaité qu'on le transporte à des milles et des milles de là, dans son pays natal.

À l'instant où, après les premiers mètres, il s'en alla au grand galop, il éprouvait la nostalgie profonde de l'Autriche, de Vienne et de Rosental, d'un village situé au bord d'un lac au pied de hautes montagnes, et dont il ne savait pas s'il existait réellement. Il avait lancé son cheval au galop car il voulait se défaire de l'emprise d'Oscar ou de Santa Fe, et il avait éprouvé presque dès la première foulée comme une délivrance. La nostalgie avait déjà pris possession de lui un peu plus tôt. Mais lorsqu'il s'y était mêlé une sensation de libération, elle n'avait pas reflué pour autant. Elle le tenaillait toujours. Même au terme de quelques foulées, elle n'avait pas disparu ; elle grandissait tout au contraire. Alors il se renfonça enfin sur sa selle et, changeant d'allure, repassa au pas.

Il avait l'impression de revivre l'un de ces soirs de Noël où il écoutait la symphonie de Schubert. Ses souvenirs défilaient sous ses yeux comme un film. D'innombrables images passaient, se relayaient l'une l'autre, tels les plans d'un film, comme dans un cinéma dont l'écran laisserait transparaître par endroits de tout autres tableaux. Ces images et la vaste toile changeante du paysage ne se confondaient pas, mais elles ne se dissociaient pas non plus nettement l'une de l'autre. Selon la façon dont on posait le regard, certains pans vous apparaissaient plus ou moins nettement. Mais Paul n'y commandait pas plus qu'au reste. Ses souvenirs le ramenaient à sa prime enfance, à ce jour où il avait tenu pour la première fois dans ses bras sa sœur Maria (ou plutôt un paquet de chair rouge, chaud, vagissant et mou qui s'était révélé par la suite être un enfant, sa sœur justement), au jour mémorable où les machines agricoles étaient arrivées à la ferme, puis, tout aussitôt, à cet instant où son père l'avait chassé du tracteur encore à l'arrêt, et où lui, Paul, sentant s'ouvrir pour la première fois un profond abîme dans son existence, était allé se réfugier sur la berge du ruisseau et, des heures durant, avait senti passer sur son visage le souffle glacé du courant. Il se rappelait ce jour où l'on avait offert à Thomas la jument, et où Maria avait eu le privilège de la baptiser ; il se souvenait de son entrée au pensionnat de K., de la première fois où il s'était réveillé en pleine nuit et, saisi d'une panique qui ne fléchissait pas, plus vive encore que toute honte, avait constaté que ses draps étaient trempés. Puis d'années qui semblaient parfaitement immobiles et auxquelles seul l'été apportait un peu de mouvement. De son grand-père, qu'il avait toujours eu plutôt tendance à éviter, et des dernières heures de celui-ci ; des mots qu'il avait soufflés au gamin de douze ans environ qu'il était alors, de ce pardon qu'il avait exigé, non, imploré de lui, et qu'il lui avait alors instinctivement refusé, lui, le gamin, en lui opposant son silence, avant de le lui accorder pourtant si parfaitement par la suite, une fois devenu adulte. Car s'il était bien une chose qu'il avait comprise, quoique confusément, c'était qu'il avait entièrement absous son grand-père, dans son cœur comme dans son esprit, de la faute dont il s'était rendu coupable, quelle qu'ait pu en être la nature. Il n'aurait pas su dire quand c'était arrivé. Pas en cet instant ; pas davantage la dernière fois qu'il y avait réfléchi longuement – dans l'ancienne bergerie – ; ce qu'il attendait en lui-même depuis une décennie était arrivé entre-temps, sans qu'il l'eût vraiment remarqué. Il se revoyait en bachelier frais émoulu, portant lunettes, nœud papillon et habit, les mains jointes sur le ventre, l'une d'elles tenant un haut-de-forme d'un noir étincelant, il se revoyait en jeune étudiant à qui l'immensité de la capitale faisait tourner la tête, il avait de nouveau sous les yeux l'Université des ressources naturelles et des sciences de la vie de Vienne, à deux pas du magnifique Türkenschanzpark où l'on pouvait admirer de vrais canards sauvages, ces bars et ces cafés qui lui étaient devenus en un rien de temps comme un second foyer, Lorenz, son ami Lorenz, l'accident qu'ils avaient provoqué avec la voiture volée, la sœur de Lorenz, belle comme un cœur, dont le prénom depuis quelque temps ne cessait de lui sortir de l'esprit, et avec qui il avait entretenu une si longue liaison, sans jamais toutefois répondre à son amour. Puis le grand brasier, cet incendie immense, sauvage et dévorant qu'il avait lui-même provoqué, sans en garder cependant le souvenir, ces flammes qui s'échappaient de la toiture embrasée et montaient vers le ciel piqué d'étoiles. Il voyait là des couleurs aveuglantes et vives, à la tonalité toujours plus crue et qui bientôt se confondaient avec les images de la période blanche pour ne plus revenir qu'une fois encore, dessinant les contours du Magdalenaberg et, à l'arrière-plan, les montagnes qui se dressaient majestueuses en demi-couronne devant lui, puis se fondaient de nouveau dans une blancheur étale. À mesure que ce spectacle se prolongeait et captivait son regard, que revenait l'image des montagnes disposées en arc de cercle, il comprenait qu'il ne voyait pas défiler des images isolées, mais qu'elles étaient toutes réunies et plantées sous ses yeux, tel un panorama, aussi immuable que celui de la chaîne de montagnes. Ce n'était qu'en apparence qu'elles semblaient défiler, mais c'est son regard qui courait de l'une à l'autre. À mesure qu'il le comprenait, ses yeux se dessillaient ; et il fut stupéfait de constater que l'esprit humain avait la faculté – dont il ignorait tout jusqu'alors, et que son entendement peinait encore à saisir – de percevoir non seulement des scènes et des images isolées, mais de tout embrasser d'un seul regard. Rien n'était à part, détaché de tout le reste, rien n'était plus grand ou plus petit que n'importe quel autre élément. Et, plus le temps passait, plus les images du paysage réel transparaissaient maintenant à travers celles du panorama, et il lui semblait qu'il chevauchait au cœur des deux en même temps – allait à la rencontre de l'un et de l'autre.

D'abord, c'est à peine s'il avait prêté attention à ce qu'il voyait, tant il était occupé à se défaire de cette nostalgie qui s'était emparée de lui. N'y parvenant pas, il n'avait pas tardé à s'emporter contre elle. Cette satanée nostalgie le mettait dans tous ses états ! Elle n'était pas de mise ici ! Où était passée la paix souveraine qu'il éprouvait d'ordinaire quand il cheminait ? Et, à tout prendre, quitte à avoir le cœur en guerre : pourquoi n'éprouvait-il plus de colère envers la bêtise ou bien plutôt la paresse d'esprit de ces gens, pourquoi ne fulminait-il plus contre Guillermo ? Il n'était plus habité que par cette entêtante nostalgie, qui ne cessa d'exciter sa fureur qu'à l'instant où l'évidence l'avait terrassé. Il retrouva alors une paix totale. Jamais encore il n'avait été d'humeur aussi radieuse, il chevauchait d'une allure sereine, avait la sensation que son cœur poussait et s'épanouissait comme une plante, droit vers la lumière, et il sortait de temps à autre la bouteille de son sac à dos, sans même s'en rendre vraiment compte, et en buvait une gorgée. Il n'avait aucunement conscience qu'il s'était mis à parler tout seul depuis un bon moment. Il avait retiré les pieds des étriers ; ils se balançaient librement. Il commentait ce qu'il voyait à mots chuchotés et secrets, et les oreilles dressées de Fine ne cessaient de pointer vers l'arrière, comme si elle l'écoutait. Il ne s'était pas aperçu en effet qu'il pensait à voix haute ; mais il voyait les oreilles de Fine et lui soufflait de temps à autre : « Mais oui, Fine. C'est bon », puis il reprenait son soliloque.

En temps ordinaire, c'est à la tombée de la nuit qu'il arrivait à La Olla. Cette fois, bien qu'il eût quitté Santa Fe beaucoup plus tôt qu'à son habitude, l'obscurité était déjà complète quand il franchit la dernière barrière à claire-voie.

La Olla – La Marmite – était le seul village à la ronde qui fût situé dans une dépression de terrain. Aussi ses maisons ne s'offraient-elles à la vue du voyageur qu'au dernier moment, et Paul, les premières années, avait été saisi d'étonnement chaque fois qu'il avait vu se déployer soudain à ses pieds les premières lumières qui brillaient aux fenêtres et monter vers lui les panaches de fumée des cheminées. Ce n'est qu'avec le temps qu'il avait acquis la notion des distances et s'était familiarisé avec le lieu. Il en alla cette fois comme lors de sa première visite. Il domina soudain la localité tout entière. Il faisait déjà nuit noire, mais seules quelques fenêtres étaient éclairées. Paul s'arrêta et mit pied à terre.

Il mena le cheval en main, le guida le long du sentier rocailleux et pentu qui conduisait au village. Combien de maisons comprenait-il ? Il n'en savait rien, il n'avait jamais compté. C'était en tout cas un village plus peuplé que Santa Fe. La première maison en bas du chemin – d'entre toutes, c'était la plus petite et la plus ancienne – était celle de Pablo, le chef de village. Paul s'avança vers elle. Il avait toujours le cœur en fête.

Pas un oiseau ne jaillissait des buissons et des arbustes tapissant le versant rocheux, un peu à l'écart du chemin. Il faisait sombre. Le pied de Paul buta soudain contre quelque chose, un caillou sans doute, et Fine tira sur les guides qu'il tenait en main. « Mais oui », chuchota-t-il. Ils poursuivirent leur route. Leurs pas crissaient sur le sol. Pas un oiseau. Il faisait nuit. Mais tous les bruits semblaient s'être tus. Ici, dans cette cuvette, même les stridulations des cigales s'étaient soudain effacées. Paul s'en avisa simplement parce qu'elles faisaient défaut. C'est l'absence de tous les sons extérieurs qui lui révéla la profondeur du silence. Il menait sa monture à la main. Ils descendaient la pente du chemin. Il avait le souffle battant, et sentait toujours son cœur s'épanouir en lui-même. Il approchait du village. « Pablo ! », lança-t-il tout à coup, comme à son habitude, « Pablo ! ». Sa voix vibrante d'allégresse, presque rieuse, ricocha contre les parois de la dépression rocheuse. Fine, comme toujours lorsqu'il criait ainsi à pleine gorge, s'effaroucha tout de bon et, alors qu'il la tempérait déjà en lui murmurant « Mais oui… », eut encore un mouvement de recul et se cabra. Paul en eut les rênes arrachées de la main. Au même instant, un choc sourd retentit à ses oreilles, tout près de lui. Était-ce un bruit de sabots ? Puis – pourquoi ? – il porta la main à sa nuque et y sentit courir un liquide épais et chaud, et il entendit encore un choc sourd. Mais il ne ressentait ou n'éprouvait pas vraiment de sensation physique ; c'était bien plutôt comme si quelqu'un avait arrêté définitivement le cours du temps. Il n'y avait plus rien. Était-ce simplement possible ? Que plus rien n'existe ? Pas même votre propre personne ? Que tout ce que vous aviez toujours été cesse d'exister ? Mais qui pensait cela, alors, si l'on n'était plus ? Les montagnes bleues qu'il avait vues se déployer en arc de cercle sous ses yeux s'étaient enfoncées puis abolies dans la noirceur de ce ciel d'été criblé d'étoiles qui tournait au-dessus de sa tête et paraissait se rapprocher. Où était la Croix du Sud ? Le temps d'un battement de cœur, quelque chose en lui guetta encore du regard la constellation. Puis il n'y eut plus rien du tout.

Quatre jours plus tard, Domingo, Javier, Miguel et Juan se rendirent à La Olla. Ils firent le voyage dans la carriole qu'ils avaient empruntée pour se rendre à la fête donnée par Manfredo au moment de Noël. Jusqu'aux derniers instants, ils avaient espéré qu'il n'était rien arrivé de grave à Paul, ou du moins s'étaient-ils efforcés de se rassurer mutuellement. Même lorsqu'ils aperçurent enfin le tas de cendre noir sur la place du village, il subsista un fond d'espoir. Une fois arrivé, Domingo arrêta les chevaux et dit aux deux garçons : « Descendez et attendez-moi ici ! », mais Javier, d'un mouvement de tête presque imperceptible, intima à son frère l'ordre de rester assis. Ils ne bougèrent pas. Domingo leur adressa un regard par-dessus l'épaule. Ses lèvres s'entrouvrirent, se refermèrent tout aussitôt, sa bouche s'arqua aux commissures et évoqua un instant une parenthèse tournée vers le bas. Quelques secondes plus tard, l'attelage s'ébranlait de nouveau. Un peu plus tôt, comme ils approchaient déjà du village, il leur avait fallu faire halte, mettre pied à terre et désencombrer la voie d'un grand tronc d'arbre dont l'une des extrémités reposait sur un bloc rocheux en saillie, tandis que l'autre était tombée à terre. Une odeur de fumée leur parvenait par bouffées. Le chemin qui descendait au cœur du village n'était long que de quelques centaines de mètres à peine. Pourquoi eurent-ils alors l'impression qu'il s'étendait sur des kilomètres ? Enfin ils s'arrêtèrent devant la maison du chef de village. C'était le début de l'après-midi. Les averses dont ils s'étaient protégés en se mettant à couvert sous les arbres avaient cessé ; tout était de nouveau sec depuis un long moment déjà. Il n'y avait personne en vue. Domingo tendit les rênes à Juan et descendit de la carriole. Il s'avança vers la porte de la maison et, avec la jointure du doigt, frappa plusieurs petits coups contre le cadre mobile de la porte-moustiquaire. Aucune réponse. Personne ne vint lui ouvrir. Domingo insista, d'une main un peu plus ferme à présent. Il patienta quelques secondes. Comme rien ne bougeait encore, il souffla : « Allons, sors de là. » Il avait prononcé ces mots d'une voix si basse que c'est à peine si les deux garçons perchés dans la carriole les entendirent. Peu de temps après, un bruit de targette et un grincement de serrure retentirent, la porte s'ouvrit en tremblant et le chef de village apparut. Il était chaussé de sandales bleu ciel et arborait un pantalon foncé, mais ne portait pas de maillot de corps ; sa large bedaine jaunâtre débordait amplement de son pantalon. Au nord, le soleil brillait haut dans le ciel et inondait les terres d'une lumière aveuglante ; depuis la carriole, la seule chose ou presque qu'on aperçût de l'homme, c'était le blanc de ses yeux. Domingo gardait le regard rivé sur les sandales bleu ciel. Il se força à ne pas lever les yeux. « Où est-il ? », demanda-t-il. Et, ne recevant pas de réponse : « Où est Don Pablo ? — Je n'en sais rien, murmura l'homme entre ses dents. — Tu n'en sais rien. — Non. — Voyez-vous ça. — Mais oui. — Peut-être qu'un autre saura me renseigner. » Sur ces mots, Domingo, les yeux toujours immobiles et baissés, pivota sur les talons et s'approcha de la maison voisine. Juan, les guides en main, mena la carriole jusque-là. Les deux garçons avaient grimpé sur le banc de conduite et se tenaient à présent à côté de lui. Domingo s'arrêta devant la maison la plus proche et frappa quelques coups contre la moustiquaire. Il s'entêta. Enfin la porte s'ouvrit. Domingo demanda une fois encore : « Où est-il ? Don Pablo, le prédicateur. Où est-il ? » Il n'obtint aucune réponse. « Tu ne l'as pas vu, sans doute ? — Non, répondit le villageois, un homme encore jeune, à la silhouette mince, vêtu lui aussi d'un simple pantalon. — Il n'est donc pas passé par ici ? — Non, répondit l'autre. — Mmh », fit Domingo. Il eut un hochement de tête et tourna le dos à l'homme. Il s'avança vers la maison suivante. Mais, avant même de l'avoir atteinte, il changea soudainement de direction et, l'allure décidée, traversa la place du village. Il marchait vite, à pas toujours plus rapides, et la carriole désormais ne roulait plus à côté de lui, mais le suivait. Domingo fonça droit vers une grande maison, en ouvrit d'un geste brusque la porte qui vibra un moment encore et, s'appuyant d'une main au chambranle, lança d'une voix terrible : « Où est Don Pablo ? Où est-il, tonnerre de Dieu ? » Les parois rocheuses renvoyèrent très faiblement l'écho de son cri. Des criaillements de très jeunes enfants s'échappaient des maisons. Des portes s'ouvrirent alors ici et là et des hommes s'avancèrent sur la place. Tous avaient la tête basse et les bras ballants. Certains étaient vêtus de débardeurs ou de fines chemises de coton, la plupart toutefois avaient le buste nu. Domingo se rua sur le premier qui se présentait – un homme en chemise à manches courtes –, le saisit des deux mains par le col, l'entraîna un peu plus loin et lui hurla au visage : « Tu vas me dire où il est ! » Puis il le propulsa à terre et jeta son dévolu sur le suivant. « Bande de chiens ! Espèce de maudits chiens ! » Son poing s'écrasa sur la figure de l'homme, lui fractura l'os du nez et Domingo, écartant les mains du malheureux qui se protégeait le visage, frappa une fois encore, exactement au même endroit. Des flots de sang jaillirent sur le sol. Pas un des hommes qui faisaient cercle autour d'eux n'intervint. On aurait dit une ronde de petits enfants. Domingo se précipita sur un autre villageois encore, déboucla sa ceinture, d'un geste habile la fit glisser dans les passants, la brandit et l'abattit de toutes ses forces sur la figure de l'homme. Celui-ci reçut la boucle en plein visage et s'effondra sur le sol dans le plus parfait silence – tout d'ailleurs, à l'exception du cri de Domingo, s'était passé sans un bruit, et même les cris des nourrissons avaient soudain cessé. Domingo se jeta à terre, enroula son ceinturon autour du cou de l'homme, serra sèchement, l'étrangla. Personne ne se porta au secours du villageois. C'est à cet instant que Javier souffla : « Papa. » Alors enfin Domingo cessa de s'acharner sur l'homme, qui laissait échapper un râle presque silencieux, et dont le visage était déjà violacé. Domingo lui-même avait la respiration rauque et haletante, les joues bleutées. Il était à genoux dans la poussière. Enfin il put reprendre haleine. Ses poings s'enfonçaient dans le sol sablonneux. Quelqu'un emporta l'homme. La ceinture de Domingo fut entraînée sur quelques mètres, puis elle glissa sous le corps et resta là sur le sol poussiéreux, recouverte de sable. Domingo regarda par-dessus son épaule. Juan avait confié les rênes de la carriole à Miguel et tenait en main son fusil. Javier s'était posté à gauche, sur le banc de conduite. Tous avaient les yeux rivés sur lui. Domingo, comme pour se dérober aux regards, ou ne plus rien voir lui-même, se cacha le visage dans les mains, puis il s'effondra la tête la première dans la poussière et fondit en sanglots.

Lorsque enfin il se redressa, la place du village était de nouveau déserte. Les hommes avaient disparu. Le sol pulvérulent aux tons clairs avait déjà absorbé le sang. Seules quelques portes-moustiquaires demeuraient ouvertes ici et là, et la ceinture traînait encore dans la poussière, comme si quelqu'un l'avait perdue là il y avait des éternités, ou s'en était simplement débarrassé sans plus s'en soucier. Des cris de nourrissons montaient de certaines des cahutes. Domingo leva les yeux vers l'immensité du ciel vide et si haut, secoua presque imperceptiblement la tête et, retroussant son pantalon au niveau de la ceinture, s'avança vers le monticule noir qui occupait le centre de la place du village. Juan mit le cran de sûreté du fusil, le posa à ses pieds, fit claquer les rênes, suivit Domingo. Puis il descendit de la carriole en compagnie des deux garçons. Ils allèrent se placer à côté de Domingo, et Javier enroula le bras autour des épaules de Miguel. Ils contemplèrent longuement le tas de cendres humide. À l'instant où une âcre et pénétrante odeur de fumée, bien plus tôt, leur avait effleuré les narines, ils avaient aussitôt compris. Après un moment, Javier s'éloigna de quelques pas et alla chercher les deux pelles à large lame que Domingo, quelques heures plus tôt, pressentant déjà le pire, avait prises dans la remise d'Oscar, à Santa Fe, après avoir brièvement échangé quelques mots avec lui. Ils s'affairèrent à tour de rôle, et, lorsqu'ils en eurent terminé, le monticule de cendres noir reposait dans la carriole, et un creux se dessinait au centre de la grand-place du village de La Olla. La couleur de la terre y était d'une tonalité un tout petit peu plus foncée que celle de la zone de terrain qui entourait le creux. Mais peut-être n'était-ce qu'à cause de la lumière.

LIVRE CINQUIÈME

I

« Disparu. Sans doute tombé au front. » Telle était généralement la mention qui figurait dans les bulletins de guerre, à l'évocation des soldats dont le sort restait inconnu.

Avant que Paul ne quitte la ferme à tout jamais, un poids terrible appesantissait les épaules de chacun. Une fois qu'il fut parti, ils se sentirent soulagés d'un fardeau. Les choses reprirent bientôt leur cours, et les membres de la famille purent enfin se regarder de nouveau dans les yeux.

Mais sans doute n'était-il pas tout à fait exact d'affirmer qu'ils avaient été délivrés de ce poids sans plus de façons. Thomas, à lui seul, s'était arc-bouté de toutes ses forces contre lui pour le refouler, aussi fut-il logiquement celui qui mit le plus de temps à s'en remettre.

Dans les premiers temps, il demeura encore comme une ombre qui obscurcissait toute lumière, puis elle fut absorbée elle aussi au fil des années dans le flot du fleuve Léthé, pour n'en resurgir qu'en des occasions toujours plus rares : une fois l'an, à peine, dans les semaines qui suivaient Pâques, quand leur parvenait la carte postale que Paul avait expédiée de Bolivie. Mais au fond l'ombre s'était déjà changée en chacun d'eux, pour partie tout au moins, en son contraire : elle était devenue lumière. La carte postale réveillait en eux un souvenir douloureux ; mais elle avait aussi la vertu d'apaiser la souffrance.

Vint alors l'année où ils ne reçurent aucune carte. Le printemps, l'été passèrent ; elle n'arrivait toujours pas. La famille

Goldberger redouta bientôt qu'il ne fût arrivé malheur à Paul. Mais l'on s'obstinait à croire que la carte avait simplement un peu de retard, et l'on espérait encore. Elle ne tardera plus à présent, se disait-on ; ou alors, c'est qu'elle se sera perdue en route. Quoi d'étonnant, du reste ? Sur un aussi long chemin ! Au fond, il était assez miraculeux que toutes les autres leur fussent parvenues ! Et il se mêlait à cette attente l'espoir de recevoir bientôt celle de l'année suivante, qui annulerait en somme cette vaine attente. On prenait son mal en patience. Ferdinand seul n'attendait pas. Il semblait soudain en proie à une fébrile exaltation, paraissait renoncer à son existence de flamme mourante pour renaître curieusement à la vie. Cette transformation sautait aux yeux de tous, mais nul n'en perçait les raisons.

Pendant l'été, Ferdinand, une fois les travaux des champs effectués, alla sortir de la remise la voiture qu'il n'avait plus conduite depuis des années – il n'en était plus désormais que le passager –, demanda à Anna de s'apprêter sans plus attendre et lui annonça qu'ils allaient faire une petite virée. Lorsque Anna lui demanda où il comptait partir « une fois de plus », il lui répondit : « Dans le Haut-Palatinat. » Alors seulement elle le regarda, et posa sur lui des yeux surpris, méfiants, mais aussi un peu curieux.

Ferdinand, au contraire de son père, était un homme qui ne se mettait presque jamais hors de lui. Dans les rares occasions où il avait cependant perdu le contrôle de lui-même, il s'était toujours exclamé d'une voix rugissante : « On ne me reverra plus ici ! » Anna s'était chaque fois contentée d'en rire – les enfants ne s'en étaient pas privés non plus –, et elle lui avait demandé : « Peut-on savoir où tu as l'intention d'aller ? » Et Ferdinand : « Dans le Haut-Palatinat ! »

« Où cela se trouve-t-il ? », lui demanda-t-elle ce jour-là en plissant les paupières. Elle avait toujours vu là une formule purement imaginaire, un lieu surgi tout droit de la sagesse populaire de l'Innviertel, d'un conte ou d'une légende dont elle aurait ignoré l'existence. « Tu verras bien, lui répondit-il de sa voix devenue rauque au fil des ans. Va te préparer. » Ils prirent la route peu de temps après. Pendant le trajet, ils n'échangèrent que de très rares paroles. Anna lui demanda simplement de temps à autre s'ils en avaient encore pour longtemps. Il régnait entre eux une certaine tension dont elle ne parvenait pas à s'expliquer la cause ; cela la rendait nerveuse, et elle en voulait un peu à son mari. Enfin ils arrivèrent à destination. Ils descendirent de voiture. Anna emboîta d'abord le pas à Ferdinand, puis elle se porta à sa hauteur et marcha à son côté. Elle lui prit le bras et le sollicita d'une légère pression du coude, comme pour lui demander : Que faisons-nous ici, Ferdinand ? Alors il commença son récit. Pour la première fois, il raconta à quelqu'un ce qu'avaient été ses mois de captivité, la longue marche qu'il avait ensuite entreprise, son retour au pays. Les mots jaillissaient de lui comme l'eau d'une source, et il avait l'impression que tout cela ne remontait qu'à la veille ; peut-être au matin même. Tout lui était si proche, aussi proche que son propre souffle. Ils cheminaient côte à côte, les mains confondues. La petite pension n'existait plus, on l'avait démolie ; seule avait subsisté la butte où elle se dressait autrefois. Mais Ferdinand croyait la voir encore, ainsi que les aubergistes, la femme qui le regardait avec un visage radieux, l'homme avec qui il était allé couper du bois dans la forêt, et le chant des rudes cognées qui se pourchassaient l'une l'autre résonnait encore à ses oreilles. Il fit à Anna le récit de ces jours anciens à grand renfort de gestes amples et enthousiastes. Anna l'écoutait, comme fascinée. Ce n'était pas tant qu'elle était impressionnée par son histoire ; des pans entiers de celle-ci lui échappaient et elle n'en percevait qu'un écho feutré ; mais, depuis dix ans au bas mot, Ferdinand n'était presque plus que l'ombre de lui-même, et voilà qu'elle avait soudain face à elle un vrai jeune homme, débordant d'énergie et de vitalité – il fallait d'abord qu'elle se fît à cette transformation.

Sur le chemin du retour, ils passèrent par la maison où Ferdinand avait grandi. Anna ne la connaissait pas plus que la pension du Haut-Palatinat. Ferdinand lui-même y revenait pour la toute première fois. Les yeux rivés sur la façade, il fit à Anna le récit de son enfance. Quelqu'un sortit soudain de la vaste ferme, se campa devant eux, les poings sur les hanches et leur adressa un regard plein de fureur. Mais Ferdinand ne se laissa pas démonter ; c'est à peine s'il parut le remarquer. « Vous cherchez quelqu'un ? », leur demanda la voix. Ferdinand s'écria : « Tiens, là-bas, regarde ! C'était notre piste pour les courses de luge ! En ce temps-là, Martha ne marchait pas encore ! » Il désignait du doigt tel et tel emplacement du domaine, il vibrionnait, on ne l'arrêtait plus. Du coin de l'œil, Anna vit le fermier disparaître de nouveau dans la maison. « Où ça ? », demanda-t-elle. À sauts et gambades, il passait d'une période de sa vie à l'autre, et elle avait toutes les peines à le suivre. Pourquoi ne lui avait-il jamais rien raconté de tout cela ? L'occasion ne s'en était pas présentée, voilà tout. Et pourquoi lui en faire le récit maintenant ? Un peu plus tard, elle le prit dans ses bras, lui pinça l'oreille et lui souffla : « Espèce de vieux fou ! » Elle était heureuse. Elle ne savait pas que ce dont elle venait d'être le témoin était le dernier flamboiement d'une bougie sur le point de s'éteindre.

Maria avait épousé un homme originaire de Schwan. Elle s'appelait désormais Maria Fürst, madame Fürst, et elle était l'épouse d'un homme de la meilleure société. Quand les gens, dans la rue, la saluaient d'un vibrant : « Bien le bonjour, madame Fürst ! », il lui semblait chaque fois que son nom d'épouse n'était pas un simple nom, mais un titre de noblesse. Comme la vie était plus belle à présent ! C'était comme si elle n'avait vraiment commencé qu'avec son mariage. Autrefois, on ne lui avait pas connu un caractère particulièrement bien trempé : elle vivait à Rosental, accomplissait les tâches qu'on exigeait d'elle et se gardait bien de récriminer. Dire que je ne me suis jamais plainte ! lui arrivait-il désormais de penser avec humeur, comme s'il avait jamais existé autrefois quelque chose dont elle aurait pu ou voulu se plaindre. Mais elle était à présent une dame, une princesse – il ne lui était que de baisser les yeux vers le statut qui avait été jadis le sien pour mesurer l'ampleur de son ascension.

Christoph travaillait à son compte. Il avait un employé, et les clients affluaient de tout le canton pour se pourvoir en lunettes qu'il adaptait à la vue de chacun ; la demande devenait de plus en plus importante. Les Fürst avaient une bonne qu'ils employaient plusieurs heures par jour. Elle était chargée du ménage et des courses. Maria n'avait à s'occuper que de la cuisine ; quand la conversation roulait sur le sujet, elle assurait que celle-ci était son « hobby ». C'est qu'elle était devenue une femme moderne. Le corollaire de cette émancipation était qu'elle ne souhaitait pas avoir d'enfants ; elle prenait la pilule. Elle avait maintenant l'impression que les enfants étaient une véritable calamité ; du moins relativement à sa propre personne, au rapport qu'elle entretenait avec son corps. D'où lui venaient ces idées ? Peut-être de la télévision ; peut-être de ces magazines à la lecture desquels elle consacrait ses nombreuses heures de liberté.

À Rosental, le changement d'attitude de Maria inspira à chacun des sentiments différents : Anna se montra déçue et blessée, Thomas conçut à son égard du mépris, et Ferdinand afficha lui aussi un certain dédain pour ses manières affectées – dans un premier temps, tout du moins, car on le vit prendre peu à peu le parti de Maria et défendre ses « conceptions » et points de vue.

Thomas méprisait d'autant plus sa sœur que lui et Sabine voulaient à tout prix avoir des enfants, et s'y efforçaient en vain depuis plus de dix ans. « Mais qu'est-ce qu'elle s'imagine ? tempêtait-il parfois quand la conversation venait sur Maria. Qu'elle est venue au monde pour lire le journal ? » Ils avaient beau vivre à quelques kilomètres de distance l'un de l'autre, ils ne se voyaient presque jamais.

Et Paul ? Ses cartes postales ne leur avaient jamais permis d'en apprendre bien long. Il se contentait d'y mentionner l'essentiel, ne serait-ce que par manque de place : où il se trouvait, au sein de quelle famille il vivait, à quoi ressemblait son intérieur, quelles étaient ses principales occupations. Une femme, un enfant – il l'aurait certainement évoqué.

À mesure que la carte postale, cette année-là, se faisait attendre, Ferdinand paraissait renaître à la vie. Il se montrait de plus en plus gai. Un jour, peu avant qu'il ne parte dans le Haut-Palatinat en emmenant Anna, il s'était rendu dans la carrière abandonnée et avait noté dans son petit carnet gris : « Disparu. Sans doute tombé là-bas. » Aucun de ses enfants n'aurait de descendance. La chaîne du malheur était rompue, ou elle avait pris fin ; peut-être fallait-il voir d'ailleurs dans cette stérilité une nouvelle punition qui les frappait – et le septième maillon était atteint. Ferdinand ne se perdait plus en calculs, comme il l'avait pourtant fait si souvent par le passé ; il aboutissait chaque fois à un résultat différent, en fonction de ce qu'il considérait ou non comme un châtiment divin. À présent il ne comptait plus. Il savait que c'en était terminé : la malédiction ne s'abattrait plus sur eux. L'allégresse retrouvée de Ferdinand n'échappa à personne, et tous s'en réjouirent. Une fois qu'ils furent de retour de leur petite escapade, Anna fit le récit de celle-ci à Thomas et Sabine ; Ferdinand était auprès d'elle, le visage et les yeux rieurs. Puis il se renfonça de nouveau en lui-même. Dans les semaines qui suivirent, s'il desserra seulement les lèvres, ce fut pour évoquer immuablement son enfance dans l'Innviertel et parler de son père, de sa mère et de Martha. C'était comme si le présent s'était définitivement effacé à ses yeux ; seul le passé le plus reculé lui en tenait lieu désormais. Et un matin, à la mi-octobre, on le trouva inanimé dans son lit, le visage plus sombre que jamais. Anna, saisie d'un terrible pressentiment déjà mué en certitude, avait saisi sa main en tremblant. Elle ne le fit pas pour la palper, mais simplement pour la tenir entre ses doigts : la main était encore chaude, mais la vie n'y circulait plus.

La mort de Ferdinand leur porta un coup terrible. Après tout, il n'avait que soixante-dix ans et des poussières ! Personne ne s'y attendait. Aussi leur détresse fut-elle d'abord prise de court. C'est avec un flegme apparent – il n'était que le masque de l'hébétude – qu'on le porta en terre, au cimetière de Rosental. C'est tout de noir vêtus qu'ils se tenaient au bord de la fosse, sous un ciel d'octobre noir, lourd et bas, cependant que montait dans leur dos, noire, la musique des cuivres d'un orchestre. En eux aussi tout était noir, et ils en avaient presque le souffle coupé. Mais comment aurait-on pu s'en apercevoir ? À Rosental, le bruit se répandit que seules Maria et Martha – « la Muette » – avaient pleuré, tandis qu'aucun des autres n'avait versé une larme. On reprocha aux Goldberger, comme on l'avait fait environ quatre décennies plus tôt pour la première fois, et comme on ne cesserait plus de le faire par la suite, d'avoir un cœur de pierre, et l'on jugea qu'au fond il n'y avait rien d'étonnant à ce que chacun les évite.

Il leur fallut un long moment pour comprendre que Ferdinand n'était plus. C'était plus fort qu'eux. On continuait de se dire : « Mais où est-il encore passé ? » Ou bien : « Tiens, il faudra que je le lui raconte ! » Il n'y avait pas eu d'adieux, de cheminement perceptible, et cette fin si soudaine avait figé leur entendement aussi bien que leur sensibilité. Un jour qu'ils étaient tous réunis à table, il fut question à la radio de l'énorme impact d'une météorite qui s'était abattue on ne savait où dans le monde, soulevant dans l'atmosphère terrestre tellement de poussière qu'on en avait par endroits la vue presque entièrement brouillée. Tous eurent l'impression qu'il était question de Rosental. Il fallut attendre l'hiver pour que le voile de poussière retombe et qu'ils recouvrent la vue ; alors il leur apparut que Ferdinand n'était plus là. Ils émergèrent peu à peu de la torpeur dans laquelle le choc les avait figés pendant de nombreuses semaines, et le temps du deuil commença ; mais ils ressentaient eux-mêmes la honte de ne pas avoir éprouvé cette affliction plus tôt. Il se trouvait en outre que ce deuil était bien moins profond que celui qu'ils avaient pu éprouver par exemple à l'occasion de la mort d'Elisabeth. Chacun se demandait à part soi pourquoi il en était ainsi. Dans une certaine mesure, la mort de Ferdinand ne revêtait aucun caractère tragique. Et n'avait-on pas vu s'épanouir d'ailleurs sur le visage du défunt une expression de sérénité ?

Le « féerique » petit voyage dans le Haut-Palatinat, qui avait donné à Anna l'illusion d'un nouveau départ, commença à lui tourmenter l'esprit. Comment avait-il pu se montrer aussi cruel avec elle? Elle n'arrivait pas à le comprendre. Il ne lui avait pas échappé que les gens du bourg s'étaient remis à fustiger leur dureté; il en avait déjà été ainsi après le départ de Paul. À présent qu'elle repensait à leur petite escapade, elle jugeait qu'il y avait dans ces cancans une part de vérité. Elle se rappelait ce lointain dimanche de Pâques où Ferdinand avait mis les garçons à l'épreuve, afin de découvrir lequel des deux était le mieux apte à reprendre les rênes de la ferme. Ils n'étaient pourtant encore que des enfants! Elle n'en trouvait plus le sommeil, se souvenait justement de ce soir où, allongée sans dormir, elle s'était dit: cet homme est un monstre. Elle s'efforça alors de le considérer sous un jour plus favorable; mais elle avait beau faire, le regard qu'elle posait sur lui était chaque jour plus impitoyable et dur. Et elle ne remarqua pas que ces souvenirs soigneusement sélectionnés, et les pensées qu'ils lui inspiraient, étaient comme un béton qui lui durcissait le cœur. Pourquoi s'ingéniait-elle à isoler précisément ces souvenirs-là, quand il y en avait tant d'autres, et tout différents? S'il avait entrepris ce voyage, c'est qu'il savait que ses jours, ses heures étaient comptés; mais il lui avait fait croire à une seconde jeunesse. Elle ne s'était pas aperçue qu'au fond il n'avait jamais fait que parler de lui-même: de son enfance, de ses mois de captivité, de son séjour dans le Haut-Palatinat. Il ne lui avait pas fait entendre des récits, mais de simples monologues. Pourquoi l'avait-il emmenée avec lui? En somme il ne s'était pas adressé à elle. Puis il l'avait abandonnée là sans plus de façons. Oui, c'était un monstre. Elle n'arrivait pas à penser autrement.

Thomas fut celui pour qui le voile de poussière se dissipa le plus vite. Il avait déniché dans le tiroir de la table de nuit de son père le carnet gris et s'en était emparé. Peut-être l'époque était-elle propice à ce qu'il comprît avec netteté ce qui s'offrit à lui dans le petit volume: un arbre généalogique au sommet duquel figurait le nom de son grand-père, puis de nombreux noms assortis de chiffres; sur la page suivante, le même arbre généalogique, mais avec des chiffres disposés différemment, des points d'interrogation entre parenthèses ; et ainsi de suite – sur de nombreuses pages s'étalaient de savants arbres généalogiques. À l'écriture, et aux noms qui composaient la base de chacun des arbres, Thomas comprit que c'est son grand-père qui avait commencé le travail, et que son père l'avait poursuivi dans le même esprit. Il se concentra sur les toutes dernières pages manuscrites. Une seule chose le frappait : le *x* qui figurait sous son nom et sous celui de Sabine, et que l'on retrouvait du reste dans les pages précédentes, sous ceux de Martha et d'Andreas. La signification en était limpide : union stérile. Il s'aperçut un peu plus tard qu'on avait également calligraphié un *x* sous les noms de Maria et de Christoph. Et, sur la dernière page, tout en bas, sous la dernière ligne à l'encre d'un bleu pâli, cette remarque pourvue d'un astérisque : « Disparu. Sans doute tombé là-bas. » L'astérisque se rapportait au nom de Paul un peu plus haut. Thomas en fut singulièrement troublé. Pourquoi « tombé » ? Ferdinand avait-il fini par confondre à ce point les époques de sa vie, qu'il croyait peut-être que Paul était au front ? Le trouble qui l'agitait ne tarda cependant pas à se dissiper. La commotion que la mort de son père avait provoquée en lui avait été si profonde qu'elle faisait obstacle non seulement au deuil, mais à toute émotion. Les rouages du cerveau de Thomas se mirent à tourner, mais il n'arrivait pas à pénétrer pleinement la signification de ces notes et croquis, jusqu'au jour où, réparant son tracteur à genoux dans la remise, une idée lui vint soudain à l'esprit.

Naturellement, Thomas assistait tous les dimanches à la grand-messe ; il allait s'asseoir sur l'un des bancs de la galerie réservée aux hommes et écoutait le sermon du curé. Mais était-il pour autant un être réellement pieux ? Il prêtait aux mots du prêtre la même oreille qu'à ceux d'un speaker à la radio ou à la télévision. Parfois, il accordait foi à ce qu'il entendait ; parfois, non. Il soumettait les mots à l'épreuve de ses connaissances et de ce qu'il qualifiait, non sans un brin de fierté, de « sagesse personnelle ». Il avait l'impression, lui qui occupait le plus clair de ses journées à des tâches purement physiques, que la dimension métaphysique des sermons lui échappait. Très souvent, quand il écoutait le prêtre prêcher en chaire, il avait un peu l'impression qu'on lisait un roman ou une nouvelle à quelqu'un qui n'aurait eu aucune sensibilité pour la fiction. Il croyait pourtant en Dieu, dur comme fer. Il croyait que tout arrivait selon Sa volonté, et que même les cheveux de sa tête étaient tous comptés[1]. Il ne nourrissait pas le plus petit doute là-dessus. Ce qui suscitait sa méfiance, et ce depuis la plus tendre enfance, c'était en somme l'intermédiaire.

Un jour lointain, après la messe – il avait assisté le prêtre en qualité de servant d'autel –, il était allé trouver ses parents et avait demandé à son père s'il avait compris le sermon. Ferdinand, qui n'écoutait qu'à demi, lui répliqua: « Pourquoi ? — Parce que je n'y ai rien compris. — À quoi ? — Au sermon ! » Alors son père lui apprit que ce qu'il venait d'entendre n'était pas un sermon, mais une lecture des Évangiles; le curé ne prononçait un prêche que le dimanche, jamais les jours de semaine, et surtout pas à l'occasion d'une messe du soir. Comment pouvait-il encore l'ignorer, lui qui était enfant de chœur ? Mais Thomas n'en démordait pas : il avait la conviction qu'il s'agissait bien d'un sermon. Son père avait fini par prendre sa bible en soupirant, et y avait cherché le passage que le curé avait lu un peu plus tôt. Il le montra à son fils. Thomas le lut, et plus rien ne lui parut alors incompréhensible : tout au contraire, les mots étaient limpides.

Après tant et tant d'années, le souvenir de ce jour lui était revenu, et il posa la clé anglaise qu'il venait d'utiliser, s'essuya les mains dans un chiffon maculé de cambouis – un vieux tricot de corps –, regagna la maison, s'empara de la bible sur l'étagère du salon et la posa sur la table. Souvent, le soir venu, il avait vu son père s'absorber dans sa lecture. Il avait glissé de petits papiers à certains endroits du volume. Thomas choisit l'un d'eux au hasard et se pencha en avant. Aussitôt, les versets que son

1. Matthieu 10:30.

père avait soulignés au crayon accrochèrent son regard : « Yahvé, Dieu de tendresse et de pitié, tolère faute, transgression et péché, mais ne laisse rien impuni et châtie les fautes des pères sur les enfants et les petits-enfants, jusqu'à la troisième et la quatrième génération. » Et il comprit alors toute la portée de ces notes, le sens des chiffres qui figuraient après les noms de chacun.

Thomas était décontenancé. Voilà donc ce qui avait occupé sans relâche les pensées de son père pendant les dernières années de son existence ? Voilà pourquoi il s'était soudain mis à défendre Maria, et avait écarté d'un revers de main les angoisses de sa femme, lorsque la carte postale de Paul n'était pas arrivée ? Et voilà pourquoi il avait semblé renaître à la vie ? Parce qu'il était d'avis, non, parce qu'il avait la conviction que son fils aîné avait trouvé la mort ? Soudain tout s'éclairait pour Thomas, et ce qu'il avait devant lui le laissait désemparé. « Sabine », s'écria-t-il, les yeux toujours rivés sur la bible. Peu de temps après, il entendit des bruits de pas, la porte du salon s'ouvrit, et il dit : « Tiens, jette un œil là-dessus. » Ce n'est qu'alors qu'il prêta vraiment l'oreille, et il ajouta : « Où est Sabine ? — Qu'est-ce que tu fabriques ? », lui demanda Anna. Thomas referma prestement la bible et répondit : « Rien. Ne t'occupe pas de ça. — C'est la bible du père ? » Déjà Thomas s'éloignait et quittait la pièce. « Thomas ! », lui lança sa mère. Mais il ne l'écoutait plus et continuait pour sa part de clamer le prénom de sa femme, qui demeurait introuvable.

La pédale d'embrayage du tracteur était devenue dure ; il sentait sous son pied gauche, quand il débrayait, une résistance toujours plus vive. Il était évident qu'il allait bientôt falloir changer l'embrayage, et, toute l'année durant, il avait espéré que celui-ci tiendrait au moins jusqu'à l'hiver. Il n'aurait alors plus besoin du Steyr. Dans les bois, il prenait toujours le Massey Ferguson ; il était plus puissant et, par fortes chutes de neige, on pouvait au besoin basculer en mode quatre roues motrices. Il travaillait depuis plusieurs jours à la réparation de la panne, mais ne cessait d'être interrompu. Il avait le tracteur devant lui, partagé en deux moitiés montées sur des cales. Le carter d'embrayage était ouvert, on voyait dépasser l'arbre de boîte. Il ne lui restait plus désormais qu'à retirer le disque d'embrayage, ce à quoi il s'employait depuis des heures. Il avait enlevé presque toutes les vis de fixation, mais il n'arrivait pas à enlever le disque de pression. Comme souvent déjà, il s'était acharné dessus avec une lourde masse, en proie à une fureur toujours plus grande, et la crainte d'endommager l'un des éléments l'avait quitté au fil des minutes. Et le même bruit monotone, métallique et sourd résonnait à ses oreilles, la même vibration parcourait les os de sa main. N'aurait-il pas mieux fait d'aller chercher dans la salle de bains le sèche-cheveux, et de tenter de chauffer le métal pour qu'il se dilate ? Aurait-ce été plus judicieux ? Il avait finalement écarté cette idée et avait entrepris de remettre en place les vis de fixation et de les serrer. Quelque chose devait s'être coincé au sein de ce complexe mécanisme d'embrayage ; peut-être n'était-ce qu'une vétille ; il suffirait dès lors d'une impulsion décisive pour débloquer le tout. Soudain, il s'était alors souvenu de la vieille bible, et il s'en était allé la chercher. À son retour dans l'atelier, il la posa sur l'établi, puis remit en place les vis manquantes et les serra à fond. Il colla l'oreille contre le métal glacé. Mais rien, pas le plus petit son. « Il ne veut pas, maugréa-t-il, cette maudite saloperie de disque résiste. » Alors il retira de nouveau les vis, l'une après l'autre. Elles étaient au nombre de douze, et cette opération lui prit quelques minutes. Thomas rangeait les vis de fixation dans une boîte en fer-blanc de couleur noire qui avait renfermé autrefois du thé – les mots « Earl Grey » s'y étalaient en lettres blanches savamment chantournées –, et au fond de laquelle quelques clous à la tige courte et fine roulaient au gré des mouvements qu'on impulsait à la boîte. La lourde masse en métal reposait sur le sol. Il comptait l'utiliser pour une dernière tentative, avant d'avoir recours au sèche-cheveux. Il en saisit le manche. Le bois en était aussi froid que le métal du mécanisme d'embrayage. Thomas, la masse en main, se campa devant la moitié de tracteur. Il s'apprêtait à brandir l'outil lorsque la porte de la cour se referma soudain en claquant. Il regarda par-dessus son épaule et aperçut Sabine qui, le souffle brûlant, se frictionnant vigoureusement les bras, s'avançait vers la remise en foulant le sol enneigé. Thomas laissa retomber la lourde masse, en amortit la chute avec la pointe du pied où il la laissa reposer, puis il patienta quelques instants. « La mère m'a dit que tu me cherchais. » Elle ne posait même pas les yeux sur lui, mais balayait du regard les pièces du tracteur. « Où étais-tu donc passée ? — Là-haut. — Devant la télévision ? — Mmh. » Il la regarda. Était-ce peut-être qu'elle s'ennuyait ? Elle passait ses journées devant l'écran, comme si elle n'avait rien de mieux à faire, comme si les travaux de la ferme ne la requéraient pas. « Et tu n'entends donc pas quand on t'appelle ? » Mais Sabine cette fois coupa court à toute dispute en lui disant : « Eh bien, qu'y a-t-il ? », et Thomas, se reprenant, posa la lourde masse sur le sol, la tête en bas, stoppa d'un geste le tremblement du manche de bois jaune et, sous le regard soudain très attentif de Sabine, s'essuya les mains dans son pantalon, se saisit de la bible et l'ouvrit. « Il faut que tu jettes un œil là-dessus, lui dit-il d'un ton pressant, il le faut ! » Il lui tendit la bible. « Où veux-tu en venir ? », lui demanda-t-elle, avant d'ajouter aussitôt : « Thomas, j'ai froid ! — Attends », dit-il. Il lui tendit aussi le petit carnet. « Est-ce que c'est… », demanda-t-elle. Une pointe de surprise et de curiosité résonnait dans sa voix. Elle reconnut le carnet, s'en saisit, jeta un regard à Thomas. « Allez, regarde ! », insista-t-il. Ils s'assirent sur un vieux banc tout simple qui reposait contre l'un des murs de la pièce. Sabine se mit à feuilleter le petit volume, cependant que Thomas, lui désignant du doigt telle et telle ligne, lui expliquait quel sens attribuer selon lui à tout cela. « Depuis quand le sais-tu ? », lui demanda Sabine. « Depuis une heure, peut-être ». Ils se turent. Sabine continuait de parcourir le carnet, mais elle n'était plus concentrée, son esprit vagabondait à chaque instant un peu plus. Soudain Thomas s'exclama : « N'est-ce pas complètement insensé ? Dire qu'il a cru à ça ! Mon père ! Mon propre père ! » Du plat de la main, il se frappa la poitrine. Sabine, le carnet en main, se leva et fit quelques pas en direction de la porte. Des bourrasques avaient chassé un peu de neige à l'intérieur de la remise. On distinguait encore ici et là quelques traces de coups de balai que la neige soufflée par le vent recouvrait déjà peu à peu, imperceptiblement. Les chutes de neige avaient cessé depuis longtemps, mais un vent tenace se déchaînait depuis des jours. Sabine s'immobilisa un moment sur le seuil de la remise et suivit du regard ces rafales qui chassaient la neige vers l'est, comme des moutons de poussière, comme des grains de sable. Puis elle pivota sur elle-même, s'avança vers Thomas, souleva très légèrement le volume qu'elle tenait en main et lui dit : « Et qu'en est-il, si c'est vrai ? »

L'équilibre qui régissait leurs existences avait été mis à mal peu à peu. Thomas avait perdu le procès que lui avait intenté l'héritier d'Elisabeth, à cause du chêne abattu. Rien n'était plus ridicule, et il en était amer ; il fit appel du jugement, son cas alla en instance supérieure, on lui donna de nouveau tort. Plusieurs années s'écoulèrent. Un jour qu'il s'en revenait de Schwan en tracteur, une lourde branche s'abattit soudain sur la route, à quelques mètres à peine. Il avait chargé quantité de ballots de paille, et ce fut miracle s'il parvint à freiner à temps. Il descendit du tracteur et balaya du regard les environs. On se trouvait exactement à la frontière qui partageait les domaines d'Elisabeth et de Martin, mais l'arbre se dressait sur les terres d'Elisabeth. Thomas attrapa la lourde branche et la traîna jusque dans le fossé. Des frelons pansus, longs comme une phalange, vrombissaient alentour. Il rentra à la ferme et appela aussitôt la mairie pour annoncer que le vieil arbre dressé au bord de la chaussée représentait un danger pour tous. C'est qu'il l'avait soumis à une inspection en règle. L'arbre n'était plus que bois sec : quand on portait de petits coups contre le tronc, on avait l'impression de frapper à une porte ! On lui assura qu'on ferait le nécessaire. Par la suite, Thomas se rendit à plusieurs reprises sur les lieux, mais l'arbre, un marronnier d'Inde, se dressait encore là, et sa vaste ramure débordait largement sur la chaussée. Lorsque enfin, plusieurs mois après le premier coup de fil, il retourna voir ce qu'il en était, il vit justement passer à cet endroit, à bicyclette, une petite fille dont les cheveux blonds flottaient doucement au vent. Sa plus grande crainte était qu'un enfant pût être blessé, ou même mortellement touché. Les enfants – rien ne revêtait une plus grande importance à ses yeux. Les craintes qui le tourmentaient prirent chair en cet instant et la situation lui devint intolérable. Le jour même, il abattit l'arbre, la scie s'enfonça dans le bois comme dans du beurre, il enroula des chaînes autour du tronc et le traîna un peu plus loin, dans le pré qui bordait la route, où il l'ébrancha alors, avant d'amonceler les branches en tas impeccables à côté du tronc.

Un nouveau procès s'était alors engagé. Il s'étendit sur plusieurs années et lui coûta des sommes considérables. Tous, y compris son propre avocat, s'efforcèrent de faire entendre raison à Thomas, et de l'inciter à renoncer une fois pour toutes. Mais sa volonté demeurait inébranlable.

Elisabeth était désormais morte, Paul s'était effacé de la vie de Thomas, son père ne tarderait pas à le faire ; et aucun enfant ne s'annonçait à l'horizon, ce qui mettait à très rude épreuve son union avec Sabine. Il n'y avait rien eu à faire contre ces vents contraires ; comment aurait-il laissé échapper dès lors le seul combat qu'il lui était possible de mener ? C'était comme s'il livrait bataille contre le destin lui-même, et, aussi longtemps que le procès dura, il put croire ou du moins espérer que quelque chose – et quand cela n'aurait été que le combat lui-même – rétablirait un jour dans sa vie un semblant d'équilibre. Il y employait toute la rage, la colère et le dépit qui l'habitaient. C'était une guerre par procuration ; et il fallait y voir aussi une diversion.

Il arrivait enfin que le procès lui offre un prétexte pour se dérober. Il disait alors : « Il faut que je retourne chez l'avocat », montait en voiture et prenait la route. Pas une fois il n'appela l'avocat par son nom. Mais en réalité il ne se rendait pas à K., où l'homme avait son cabinet, mais à l'auberge du village, à la lisière de Rosental, où il allait s'asseoir au comptoir, parfois même à la table des habitués, et buvait une bière ou un verre d'eau-de-vie. C'est en ces occasions – plutôt rares, il est vrai – qu'il se sentait au plus proche de ce qu'il cherchait et espérait retrouver. C'est en ce lieu, bien des années plus tôt, que son grand-père et Elisabeth s'étaient rencontrés pour la première fois. Elle était la patronne de l'auberge ! Quand Thomas observait le beau brin de fille qui y officiait maintenant comme serveuse, cela lui paraissait inconcevable. Mais il sentait pourtant qu'il en était ainsi, et il pouvait s'imaginer ce que cela avait pu être. C'était bien là, dans cette lumière crépusculaire, qu'il était au plus près de ce qu'il avait perdu.

À vrai dire, Sabine aspirait elle aussi à avoir des enfants ; mais elle avait appris à accepter qu'ils n'en auraient jamais – c'était ainsi, voilà tout. Ce qu'en revanche elle parvenait de moins en moins à accepter, c'était la froideur toujours plus nette de son mari à son endroit. Elle ne comprenait pas ce qui avait pu le changer à ce point. Bien sûr, il ne lui avait pas échappé que le décès d'Elisabeth l'avait rudement éprouvé, et que c'est la mort dans l'âme qu'il avait chassé – comment le dire autrement ? – Paul de la ferme. Mais pourquoi s'acharnait-il à livrer cette stupide bataille judiciaire ? Qu'entendait-il combattre ? N'avaient-ils pas déjà suffisamment de problèmes ? Et si encore ce procès n'avait été que stupide et vain ; mais il se révélait terriblement coûteux, et leur grignotait peu à peu toutes leurs économies. Elle s'efforçait elle aussi de se divertir l'esprit, et la télévision lui était un refuge. Pendant des heures, dans la pièce qui devait être à l'origine la chambre des enfants, et n'était plus désormais que la « salle de télévision », elle regardait des séries américaines du dernier kitsch. Ce n'était pas de sa part une vengeance, tant s'en faut ; elle s'était simplement avisée qu'elle avait des droits, et non pas seulement des devoirs. Elle n'avait tout de même pas à accourir ventre à terre sitôt que Thomas la sifflait !

Aucun lien ne l'unissait à Anna, en dépit de l'étendue des années ; chacune avait appris à ne pas aller sur les brisées de l'autre, mais c'était à peu près tout. C'était du reste curieux : de part et d'autre, il y avait bien eu de loin en loin quelques tentatives pour jeter un pont vers l'autre rive, mais le fleuve s'était toujours révélé bien trop large, et un temps considérable s'était alors écoulé avant la tentative suivante.

Un jour, à la faveur d'une remarque incidente de Thomas, elle comprit pleinement ce qu'elle n'avait jusqu'alors que sourdement pressenti : si Thomas s'était lancé à corps perdu dans ce procès, c'était parce qu'ils n'avaient pas pu avoir d'enfants. Mais si Thomas trouvait dans l'évocation de la procédure un apaisement à sa douleur, celle de Sabine de ce jour s'en trouva avivée. Par le passé, elle s'était toujours efforcée de calmer Thomas quand il s'enflammait ; à présent, elle assurait parfois qu'il la rendait folle, et d'une voix furibonde le conjurait d'arrêter. Le procès entraînait des disputes de plus en plus fréquentes, au terme desquelles le silence s'instaurait entre eux pendant des journées entières.

« Le procès », disait-on toujours ; il n'y avait pourtant plus lieu de le faire depuis très longtemps. Une fois que Thomas eut également perdu le second procès, celui qu'on lui avait intenté en raison du marronnier abattu, le calme revint à la ferme pendant un an. C'est le temps qu'il fallut à Thomas pour trouver un motif valable pour assigner en justice le nouveau propriétaire, l'héritier d'Elisabeth, qui n'avait d'ailleurs même pas connu celle-ci, et que Thomas à ce seul titre couvrait de son mépris. Enfin, une nuit, il avait déplacé une borne de terrain à son propre détriment et avait alors poursuivi l'homme en justice, l'accusant d'avoir déplacé lui-même la borne. Cela virait à l'obsession : c'était la seule chose qu'il pût entreprendre, la seule sur laquelle il croyait avoir barre.

Un jour, Sabine, après une dispute particulièrement âpre, s'était adressée à son beau-père pour lui demander conseil et secours. N'aurait-il pas pu ramener son fils à la raison ? On courait droit à l'abîme ! C'était à en désespérer ! On était alors aux premières semaines de l'été. Sabine venait justement d'étendre du linge à sécher. Ferdinand l'avait alors regardée et, d'un ton serein, comme si c'était l'évidence même, et qu'il ne valait pas la peine d'y réfléchir, lui avait répondu qu'il n'y pouvait rien. Personne n'était en mesure de le faire. Puis, creusant le dos en soupirant, il s'était glissé sous le fil à linge et, vêtu de sa vieille biaude bleue à l'étoffe fine de plus en plus délavée – elle n'était plus guère qu'une surchemise –, qu'il portait toujours largement déboutonnée sur sa poitrine offerte au soleil, il se mit de nouveau en chemin vers la carrière abandonnée. Sabine, furieuse et perplexe, l'avait regardé s'éloigner.

À présent qu'il était mort, elle comprenait pourquoi il lui avait tenu ce discours : personne ne pouvait rien y changer. Des images lui traversèrent l'esprit à folle et divagante allure, elle avait chaud et était en même temps glacée de tout son être, et, se détournant du seuil de la remise où elle regardait se déchaîner les tourmentes de neige, elle avait alors demandé à son mari : « Et qu'en est-il, si c'est vrai ? »

« Pardon ? » Thomas redressa la tête, haussa les sourcils. « Que disais-tu, Sabine ? » Il y avait dans sa voix, quand il prononça son prénom, un accent de surprise, comme si les mots qu'il venait d'entendre l'avaient arraché à un songe dont il entrevoyait confusément la signification, mais sans la pénétrer vraiment.

Sabine répéta alors, d'une voix qui déjà paraissait l'abandonner : « Qu'en est-il, si c'est vrai ? »

2

Lorsqu'il s'engagea d'un pas lourd sur le long chemin qui devait le conduire à l'auberge du village, il se sentait dans la peau d'un homme qui a tout perdu. Et n'était-ce pas d'ailleurs le cas ? Que lui restait-il en ce monde ? Le vent s'était couché ; le ciel noir était sans nuages et semé d'étoiles. Il ne rencontra personne en chemin. L'espace d'un instant, il entendit simplement dans le lointain le raclement de l'étrave d'un chasse-neige sur l'asphalte, et, dans une autre direction, vit s'allumer puis s'éteindre une gerbe de lumière. Il était d'une humeur on ne peut plus sombre. Mais, une fois parvenu à la moitié du chemin, un changement s'opéra : son esprit peu à peu se fit plus léger, et il n'eut plus dès lors le sentiment de fuir son chez-soi, mais tout au contraire de s'en rapprocher. Alors son allure perdit toute lourdeur, et la neige elle-même, sous ses robustes brodequins, ne crissait plus de la même façon.

C'était un jour de semaine, et seule une poignée d'hommes se tenait encore à la table des habitués, où avait éclaté une dispute. Thomas haussa le menton, s'apprêta à marmonner un vague salut, mais y renonça sitôt qu'il s'aperçut que les hommes étaient accaparés par leur querelle et ne semblaient même pas l'avoir aperçu. Tant mieux, songea-t-il. Il alla s'asseoir au comptoir. « Salut », dit Fanni, et Thomas lui adressa un sourire. En un rien de temps, elle actionna la poignée de la tireuse à bière, lui remplit un plein bock, déposa devant lui le liquide blond ourlé d'une écume blanche. « On gèle ! », dit-il en se frottant les oreilles. Il avait cheminé pendant plus d'une heure. Pourquoi d'ailleurs n'avait-il pas pris la voiture ? Sans doute éprouvait-il le besoin de marcher, se dit-il tout en saisissant sa bière. La première gorgée en fut si froide qu'elle lui retourna les entrailles, et la douleur soudaine qu'il éprouva le figea net ; mais elle s'effaça tout aussitôt et céda la place à une sensation de bien-être. Une intense chaleur l'envahit, et il vida d'un trait la moitié de son verre. Comme cette longue marche lui avait donné soif ! Il ne s'en avisait qu'à présent. Il retira son manteau et le jeta sur le tabouret de bar qui se trouvait à côté de lui. Quelqu'un lui lança : « Hé, le gars Goldberger ! Tu n'es encore venu que pour zyeuter la serveuse ? » À la table des habitués, on s'esclaffa. Thomas jeta un regard par-dessus son épaule. Depuis que son père était mort, on avait peu à peu pris l'habitude de ne plus l'appeler que par son nom de famille. Il arrivait même à Sabine de le faire ! « Je vois bien assez souvent la tête de mes voisins », dit-il. Il attendit une seconde et ajouta : « S'il faut en plus que je me les appuie avant d'aller me coucher… » Quelques rires retentirent encore, et Thomas, le sourire aux lèvres, conclut enfin d'un ton railleur : « Mais tous les goûts sont dans la nature ! » Les hommes reprirent alors leur dispute, et on laissa Thomas en paix.

En tout autre lieu, il se serait peut-être irrité de la familiarité avec laquelle un homme qu'il ne connaissait qu'à peine venait de l'interpeller. Mais ici, à l'auberge, il en avait ri comme si c'était là une boutade amicale, et la sensation de bien-être qu'il éprouvait n'en avait été qu'amplifiée. Et les autres – ne les avait-il pas offensés ? Non, ici tout était différent, et ils avaient ri de bon cœur. Il observa Fanni. Elle rinçait les chopes, actionnait la tireuse à bière, remplissait les verres de gnôle, s'affairait derrière le comptoir sans se départir jamais de son sourire et de l'expression angélique qui faisait rayonner son visage. Plus que jamais, Thomas avait la sensation de se rapprocher d'un passé où tout était uni, où rien encore ne s'était perdu. Il lui suffisait de poser les yeux sur Fanni. En même temps, c'était comme s'il coulait un regard vers un monde contraire, un monde silencieux et étincelant, pareil à ce ciel nocturne piqué d'étoiles, qu'on savait certes inaccessible, mais qui vous le faisait oublier et semblait vous absorber tout entier.

« On a soif aujourd'hui ? — Mmh. — Je t'en sers une autre ? — Oui. » En temps normal, il ne buvait jamais plus d'une bière, s'octroyait à l'occasion un verre de goutte, puis s'en retournait ; même s'il avait coutume de prendre son temps, ses passages à l'auberge ne s'éternisaient jamais. Il en alla différemment ce soir-là. Il avait envie de rester – et de boire : à chaque gorgée, il pensait avec délectation à la suivante. La bière, contrairement à d'habitude, ne lui embruma pas aussitôt l'esprit, ni ne lui donna une sensation d'abattement. Il demeurait parfaitement lucide.

Comme Sabine, sa mère et le domaine étaient loin en cet instant, tout comme le petit carnet gris qu'il avait fini par jeter dans les flammes du fourneau de la cuisine, sous leurs yeux, après le dîner ! À franc parler, rien n'avait vraiment disparu ; mais ici, dans la salle à boire, tout cela était en somme un peu semblable à ces rectangles plus clairs sur les murs, à côté du comptoir : les portraits aux lignes nettes, aux traits acérés, qu'on avait dû accrocher là un jour lointain, faisaient défaut, et il n'en subsistait plus que le souvenir insignifiant et doux. Il ne cessait de porter le regard vers ces rectangles un peu plus clairs sur les parements de bois ; quelque chose en eux le remplissait de joie. Il repensait à Elisabeth et à son grand-père, à Ferdinand, à Paul. Oui, à Paul. Une fenêtre s'était ouverte en Thomas sans qu'il l'eût remarqué, et les rares pensées toujours semblables que lui inspirait son frère s'augmentèrent de pensées d'un genre nouveau. Elles pouvaient désormais affluer, car il s'était mis à prêter foi à ce que son père avait considéré comme un fait avéré, au point de le noter dans son carnet : Paul était bel et bien mort. N'était-ce pas épouvantable ? Une histoire d'une tristesse infinie. Mais si Paul avait réellement trouvé la mort là-bas, alors l'histoire s'achevait, et elle n'avait plus à tourmenter qui que ce fût ; pas même lui, Thomas. Oui, voilà pourquoi son père s'était montré si serein, si radieux, à l'approche de sa fin ! Il lui revint en mémoire tout ce qu'il avait pensé et compris cet après-midi-là. Mais ce carnet, vraiment… Il avait bien fait de le brûler. Et Sabine ? Que lui arrivait-il ? Et d'ailleurs : qui était-elle réellement ? Ne lui était-elle pas devenue une parfaite étrangère ? Elle ne parlait plus que d'argent. Et encore, quand elle parlait ! Pourquoi l'avait-elle donc épousé ? Était-ce peut-être justement pour cette raison : pour l'argent ? Mais n'était-ce pas plutôt lui qui avait changé ? Non, il était resté celui qu'il avait toujours été. C'est le monde qui avait changé, les circonstances, et la distribution du drame était moins fournie. De qui pouvait-il encore dire qu'il lui était proche ? Il avait tout perdu. Il n'y avait jamais qu'ici, dans ce demi-jour chaleureux, que semblaient subsister encore quelques vestiges. Il contemplait Fanni. Oui, elle incarnait un monde contraire. Il se sentait attiré vers elle ; il avait oublié qu'elle était inaccessible. Mais il en allait comme du bourdon, qui selon des lois purement physiques ne devrait pas voler, et cependant vole : ainsi Thomas empoigna-t-il soudain le bras de Fanni – qui, lui sembla-t-il, ne perdait pas une occasion de le frôler, et paraissait n'attendre que cela –, l'attira à lui et tenta de l'embrasser sur la bouche. Mais elle s'arracha à son étreinte et débarrassa les verres vides.

Il n'y avait plus personne dans la salle à boire. Fanni tira les rideaux. Thomas avait devant lui un verre à demi plein, depuis un moment déjà : il avait étanché sa soif. C'est alors qu'il se ressaisit. C'était absurde ; il lui fallait battre en retraite dans son univers. Il se sentait un peu honteux. Avait-il réellement tenté d'embrasser Fanni, un instant plus tôt ? Il fouilla le fond de sa poche en quête de quelques pièces, les déposa sur le comptoir, attrapa son manteau et, sans jeter un dernier regard à Fanni, s'éloigna. Elle lui barra alors le chemin, lui retira des mains son manteau qui un instant plus tard glissait déjà à terre. Après tout, n'y avait-il pas des hommes qui allaient sur la lune ?

Ils s'étreignirent, s'embrassèrent avec fougue, et c'est ainsi enlacés qu'ils traversèrent la salle d'une démarche mal assurée, gravirent l'escalier en tanguant à chaque marche entre le mur et la rampe, et, une fois arrivés dans la petite chambre de Fanni, s'arrachèrent leurs vêtements, se couchèrent sur la descente de lit et s'aimèrent avec ardeur. Puis ils restèrent étendus un moment encore l'un à côté de l'autre, la respiration haletante. Fanni s'était emparée de l'édredon et en avait couvert leurs corps nus. Elle se tenait en appui sur un bras, regardait Thomas, lui passait la main dans les cheveux. Elle chuchota : « Ils sont si épais ! Et si noirs ! » Il ne bougeait pas. Au terme d'une ou deux minutes, il lâcha : « Il faut que je rentre à la maison. » Fanni éclata de rire et se recoucha sur le dos. Elle dit : « À la maison ! » Elle voulut ajouter : Paul était comme ça, lui aussi ! mais elle n'en fit rien ; d'une part parce qu'il lui sembla que c'était inconvenant et que Thomas s'en fâcherait peut-être, d'autre part parce qu'elle savait qu'il ne tolérait pas qu'on évoquât Paul, ou faisait alors comme s'il ne savait pas de qui l'on parlait. Aussi garda-t-elle le silence. Elle se remit à lui caresser les cheveux, à gestes très lents, et murmura : « Dommage que tu sois marié. » Elle constata alors qu'il s'était endormi. Elle se blottit contre lui et sombra à son tour dans le sommeil.

Lorsque Thomas se réveilla, il était transi. Une lumière chiche s'instillait comme au compte-gouttes dans la pièce. Il attendit une minute, puis il tourna prudemment la tête. L'oreiller fit entendre un froissement d'étoffe. Non, il n'avait pas rêvé, ce n'était pas le produit de son imagination. La femme qui était allongée à côté de lui n'était pas son épouse ; ce n'était pas Sabine, mais Fanni. Il fut saisi de l'envie irrépressible de disparaître sur-le-champ. Sans un bruit, il écarta d'un rien la couverture, ramassa ses affaires dispersées sur le sol et se rhabilla. Il jeta un dernier regard sur Fanni. Son visage en cet instant était parfaitement immobile, comme peint ; sa poitrine seule se soulevait et s'abaissait doucement sous la couverture. S'il ne distinguait plus rien d'angélique en elle, si toute lumière l'avait désertée, était-ce simplement parce qu'elle dormait ? N'était-ce pas plutôt que le froid qui le pénétrait de part en part la faisait apparaître à ses yeux comme un tableau glacé ? Il referma la porte avec précaution et quitta la pièce. Il tendit encore l'oreille – rien. Il descendit sur la pointe des pieds l'escalier qui menait à la salle à boire. Il ramassa son manteau sur le sol. Il traversa la pièce, s'avança dans l'entrée, fit coulisser la targette, ouvrit la lourde porte qui lui résista étonnamment si peu qu'il en fut presque projeté en arrière. Le vent s'était remis à souffler en rafales, il lui cinglait le visage et lui coupa un bref instant la respiration. Il inclina le buste en avant et, roulant son manteau en boule contre lui, s'élança prestement dehors, non sans avoir refermé la porte derrière lui. Il s'éloigna de l'auberge à pas lourds et lents, dans cette tourmente de neige où c'était à peine si l'on voyait à deux, trois mètres devant soi. À l'instant où, après quelques pas, il se retourna et, le vent furieux le revêtant soudain de son manteau, guetta du regard l'auberge au loin, ce fut comme si elle n'existait déjà plus : elle avait disparu derrière les bourrasques de neige, dans le gris du jour naissant.

Comme il brûlait, la veille encore, de quitter son foyer pour rejoindre l'auberge située aux confins du village ! Et comme il lui tardait à présent de retrouver son foyer. Il mettait un pied devant l'autre à intervalles de plus en plus rapprochés ; enfin il courut presque. Mais, une fois qu'il eut accompli une partie du chemin, il ralentit de nouveau l'allure avant de s'immobiliser subitement. C'était comme si les dispositions d'esprit dans lesquelles il était encore la veille au soir venaient de le rattraper. Il fit un pas – crut avancer, mais ne fit qu'un pas de côté. Non, c'était autre chose. Ce n'était pas l'humeur maussade de la veille au soir. Elle n'avait été qu'une humeur justement, presque un caprice, comme dans un jeu. C'est vrai, il avait essuyé bien des pertes ; mais c'est la vie elle-même qui lui avait repris tout cela, comme elle donnait et reprenait mille choses à chacun, d'une façon apparemment arbitraire. On pouvait s'en affliger, la maudire, s'y opposer de toutes ses forces – chacun agissait alors de la manière qui lui semblait la plus judicieuse. Non, ce qui l'attendait en cet instant à mi-chemin entre ici et là-bas, comme au coin d'un bois, c'était la certitude que s'il avait en effet tout perdu, c'est qu'il s'était lui-même, la veille, exactement au même endroit, dépouillé de tout.

La démarche lente et l'esprit hébété, il s'en allait par les champs et regagnait la ferme. Il connaissait chaque mètre du chemin, savait où était située telle exploitation, telle grange, il connaissait l'emplacement des pièces de labour et savait où couraient les frontières de domaines, mais en cet instant il ne voyait rien de tout cela ; la route elle-même ne lui apparaissait plus. Il avançait dans la blancheur d'un long tunnel battu par les vents, mettant un pied devant l'autre sans avoir même la sensation de bouger. Dans ce tunnel sans repères le temps n'existait pas. Enfin il entendit la rumeur chuchotante du ruisseau ; il se pencha vers lui. Il n'aperçut qu'un maigre filet d'eau noirâtre qu'enserraient des plaques de glace couvertes de neige. Il prêta l'oreille un moment au chant murmurant du ruisseau – il n'arrivait à rien distinguer ; ce qui scintillait fugitivement entre les plaques de glace semblait s'être figé –, puis il se remit en chemin. Qu'est-ce que le ruisseau aurait bien pu lui dire ? Rien. Une certitude était une certitude.

À la ferme, l'obscurité était complète. Il pénétra dans l'étable. Il recherchait un peu de chaleur, le contact des bêtes, et pardessus tout il souhaitait que l'odeur pénétrante et profonde qui régnait là l'imprègne de part en part, et le débarrasse de toute autre odeur, à commencer par la sienne. Il alla se poser sur un ballot de paille, puis en saisit un autre à la volée et s'en fit un dossier. Il s'attarda là un moment, inspira et expira profondément des centaines et des centaines de fois. Soudain la porte grinça ; il crut d'abord qu'il l'avait mal fermée et qu'une soudaine rafale de vent l'avait rouverte. Le vacarme troubla la quiétude des bêtes assoupies. Un grand froissement se fit entendre dans l'étable. C'est alors qu'il aperçut Sabine. Elle pénétra dans la pièce et tourna comme en passant le commutateur noir. Elle lâcha un bâillement, plissa les paupières, se mordilla le poignet. À l'instant où elle rouvrit les yeux et laissa retomber sa main le long de son corps, son regard brouillé rencontra celui de Thomas. Elle ouvrit la bouche pour lâcher quelques mots, mais ce n'est pas sa propre voix qu'elle entendit alors – rien que celle de Thomas, qui lui demandait : « Mais qu'est-ce que tu viens faire ici ? »

Depuis combien de temps n'avait-elle plus mis les pieds dans l'étable ? Des mois, peut-être des années ? C'était impossible, et cependant c'est exactement ainsi qu'il le ressentait. Jusqu'à cet instant, il avait été si bien accaparé par la « certitude » qui s'était insinuée en lui, qu'il n'avait trouvé le temps de réfléchir à rien d'autre ; il comprenait à présent ce que cette certitude avait en somme scellé, et il en reçut un épouvantable coup au cœur. Il venait de tromper sa femme ! Cette épouse bonne et aimante que même sa vilaine blouse d'étable ne parvenait pas à enlaidir ! Pourquoi ne s'en était-il pas allé dès après la première bière ; pourquoi avait-il fallu qu'il se rende à l'auberge ? Il ne s'agissait pas tant de questions que de reproches qu'il s'adressait à lui-même. Quel être méprisable il était. Et pourtant Sabine non seulement ne l'avait pas abandonné, mais voilà qu'elle s'acquittait des travaux d'étable, de sa propre initiative ! Il oublia un instant qu'elle ne pouvait rien savoir de sa faute ni de ses pensées. Il ressentait un repentir immense, qui lui rendit sous une forme nouvelle l'amour qu'il avait éprouvé pour elle.

Sabine elle aussi était rongée de remords. Elle regrettait d'avoir exprimé sans fard ce qu'elle pensait. Elle voulait avoir des enfants, naturellement. D'autant plus que rien n'aurait fait plus plaisir à Thomas – par le passé, en tout cas. Elfriede, son unique sœur, qui avait repris avec son mari Otto, un facteur d'orgues originaire du Mühlviertel, la seule région de Haute-Autriche qui fût située au nord du Danube, la petite ferme de son père – qui n'était plus exploitée –, était mère de trois enfants, et Sabine, chaque fois qu'elle rendait visite à sa sœur (seule, la plupart du temps, car il était extrêmement rare que Thomas l'accompagne), ressentait avec une force toute particulière ce désir d'enfant. Ce qui lui manquait s'incarnait alors sous ses yeux. Lorsque Thomas, la veille, lui avait montré ce carnet qu'elle connaissait de longue date et qui avait toujours piqué sa curiosité, et lui avait expliqué quelle importance il revêtait, ses yeux s'étaient soudain dessillés, elle avait compris avec une netteté parfaite ce qu'elle n'avait jusqu'alors que sourdement pressenti : c'est le fait qu'ils ne pouvaient pas avoir d'enfants qui l'avait changé à ce point. Elle croyait l'entendre encore, le revoyait pointant du doigt toutes les unions stériles : Martha, Maria, Paul, lui-même, Thomas… Pour la première fois, on lui fournissait une raison qui pouvait expliquer à soi seule pourquoi son mari avait à ce point changé, et elle s'était empressée de se jeter dessus. Aussi lui avait-elle dit : « Et qu'en est-il, si c'est vrai ? » Elle voulait faire fond sur quelque chose, posséder une explication. Mais la réaction de Thomas – il avait jeté le carnet gris dans les flammes, s'était éclipsé sans un mot, avait passé la nuit on ne savait où – l'avait plongée dans des abîmes de réflexion. Pendant toute la nuit, étendue sur son lit sans dormir, elle s'était creusé la tête. À un moment, n'y tenant plus, elle s'était levée et était allée se poster à la fenêtre. On ne distinguait rien ; elle se sentait coupée du monde et des humains. À l'instant où parurent les premiers rayons du jour, elle était encore là, les pieds gelés, et c'est alors que lui était soudain revenu à l'esprit ce qu'elle avait entendu dire à plusieurs reprises par le passé – elle n'aurait pas su dire quand pour la première fois –, mais avait toujours fini par oublier au fil du temps, ne s'en souvenant même pas la veille, lorsque Thomas lui avait montré le petit carnet et lui en avait expliqué la raison d'être : une malédiction pesait sur le foyer, la famille Goldberger. Autrefois, alors qu'elle n'était encore qu'une jeune fille, elle s'était contentée de moquer ces fariboles, et en avait même ri avec Maria. Et à présent qu'elle était une femme, voilà qu'elle y prêtait foi ? Et qu'elle poussait la sottise jusqu'à l'avouer sans ambages à son mari ? Croyait-elle peut-être que la famille de celui-ci était maudite ? Mais quel genre d'épouse était-elle donc ? Il n'y avait rien d'étonnant à ce qu'il la fuie ! Elle avait alors jeté un œil au réveille-matin : il était six heures passées de quelques minutes.

À présent ils se faisaient face, tous deux bourrelés de remords, emplis l'un pour l'autre d'une affection d'une essence nouvelle et qui ne cessait de croître de seconde en seconde, et c'est encore hésitants et apeurés – ils se méprenaient sur les pensées de leur moitié – qu'ils se rapprochèrent l'un de l'autre. Il avait bien existé une époque où chacun d'eux se demandait encore : qu'ai-je fait pour mériter un conjoint aussi merveilleux ? C'étaient les premiers temps de l'amour, des heures d'exaltation et d'euphorie. Elles avaient pris fin depuis longtemps. Mais en cet instant ils sentaient cette question renaître en eux, et elle fut le sol nourricier de leur nouvel amour. Comme ils avaient les yeux rougis ! Chacun saisit les mains de l'autre. Que dire ? Alors Thomas attira Sabine contre lui, comme il l'avait fait la première fois. Ce n'était pas une euphorie passagère, la joie fugace d'un soulagement momentané ; ce nouvel amour était fait pour durer. N'était-il pas miraculeux que des instants si terribles puissent avoir d'aussi heureuses conséquences ?

Ils eurent des prolongements magnifiques et inattendus, dont la moindre activité portait encore l'empreinte. Mais Thomas ne s'en laissait pas accroire pour autant. Ce qu'il avait eu autrefois, il ne le possédait plus. Les mondes anciens étaient derrière lui, et il s'était échoué intérieurement dans une sorte de no man's land. À quoi bon livrer encore bataille ? Il adressa un courrier à son avocat et, sans s'embarrasser de circonlocutions, lui annonça qu'il entendait mettre un terme à la procédure en cours. Il lui faisait confiance pour prendre toutes mesures nécessaires et lui était reconnaissant de ses bons offices. Et cætera. Veuillez me faire parvenir le montant de vos honoraires à l'adresse habituelle. Salutations amicales.

L'hiver fut long et sombre, mais lorsque enfin le printemps s'annonça, les ténèbres s'épaissirent encore : c'est qu'au tout premier des beaux jours, le facteur leur apporta une lettre de Bolivie.

Santa Cruz de la Sierra, le 22 février 19xx.

Bien chers membres de la famille Goldberger !

J'ai l'immense douleur de vous annoncer que votre parent Paul a succombé à un accident mortel voici quelques semaines à peine. Comme vous le savez, il effectuait non seulement de rudes et pénibles travaux de force à La Unión, mais avait également charge d'âmes dans quelques hameaux. L'accident s'est produit alors qu'il rejoignait justement l'un d'eux. C'était aux derniers jours de l'année, mais nous ne connaissons cependant pas la date exacte. Ce que nous savons en revanche, c'est que c'est à l'estancia La Unión, au sein de sa « seconde » famille – ne prenez pas cette expression en mauvaise part, je vous prie – qu'il aura trouvé le dernier repos. C'est là en effet que fut inhumée sa dépouille mortelle, non loin des deux lilas qu'il aura fait planter peu de temps avant sa mort. On m'a dit qu'il s'agissait de lilas violets, ou du moins d'une teinte foncée. Il nous aura été impossible de trouver ces lilas rouges auquel il tenait tant. En vous écrivant ces lignes, je m'aperçois d'ailleurs que j'ai omis de le lui dire. Je viens de me recueillir sur sa tombe, et je puis vous assurer qu'il a reçu une digne sépulture. Je ne sais si Paul vous a jamais parlé de moi, et s'il a fait mention de l'ordre auquel nous appartenons ; je suppose que oui. Nous entretenions depuis une dizaine d'années les relations les plus amicales, et je crois pouvoir dire qu'il voyait en moi comme une sorte de père qui lui était tout dévoué. Je le dis avec fierté. Si nous étions si proches, peut-être était-ce aussi parce que je suis originaire d'Allemagne. À l'occasion, il nous arrivait de discuter dans notre langue maternelle, et ces instants revêtaient pour Paul une importance toute particulière. Pour moi aussi, du reste, je dois l'avouer. Au début, nous nous sommes demandé quelles étaient les raisons qui l'avaient conduit ici. Nous ne l'aurons jamais appris, mais sachez que nous avons vu d'emblée dans sa présence un précieux cadeau du Ciel. Paul était un homme bon, qui luttait contre ses faiblesses avec un zèle acharné. Nous nous efforcerons du mieux possible de poursuivre son œuvre au sein des paroisses dont il avait la charge (elles sont très éloignées de notre chef-lieu de province, distantes de plus de six cents kilomètres !), et nous implorons le Seigneur de nous aider dans cette tâche. C'est à notre bon Guillermo – son frère ne vous est pas inconnu, il s'agit de Lorenz, le médecin, l'ancien camarade de lycée de Paul – qu'incombera cette responsabilité. Il avait pour Paul la plus grande estime. Et c'est grâce à son intercession que l'un des deux jeunes garçons auxquels Paul donnait des cours a rejoint notre institution depuis le début du mois. Ainsi l'œuvre de Paul trouvera-t-elle également ici un prolongement.

Rendons grâce au Seigneur d'avoir fait de lui un passager sur cette Terre !

Dieu vous garde et vous bénisse tous !

Avec l'assurance de toute ma considération,

Frère Alfredo Kaiser

Thomas trouva dans cette lettre une ultime confirmation de sa certitude. Tout était perdu. Le monde qu'il avait connu était dans la tombe. Jusqu'alors, et même s'il ne nourrissait plus aucun doute, il lui était encore arrivé de réfléchir à cette certitude ; c'en était terminé.

3

Pour Anna, le deuil de son époux n'avait pleinement commencé qu'au moment de Noël ; jusque-là, on l'avait vue se pétrifier un peu plus au gré des jours. Des mois s'étaient écoulés depuis l'événement, aussi l'affliction qui la frappa alors ne fut-elle pas aussi vive. Elle ne déplorait pas tant la mort de son mari que son départ et son absence. Il lui manquait. Elle n'avait pas besoin de parler : les expressions de son visage disaient assez quelles pensées la gouvernaient.

Concernant Paul, le pire avait été l'incertitude. L'espoir qu'ils nourrissaient malgré tout tempérait celle-ci. Mais lorsque la lettre leur arriva, Anna aurait tout donné pour retrouver l'incertitude, et l'espérance ténue dont elle s'enveloppait. Lorsqu'elle apprit que son fils aîné avait trouvé la mort, elle en fut brisée. Elle avait enduré dans sa vie bien des choses, mais celle-là était au-dessus de ses forces. Pendant des jours et des nuits, presque sans interruption, on l'entendit hurler, gémir et se répandre en sanglots. Elle avait allumé dans toutes les pièces de la maison d'innombrables bougies, que Thomas s'appliquait à souffler : il craignait un incendie. Quand sa mère le prenait sur le fait, elle se ruait sur lui et lui hurlait au visage : « Tu n'es qu'un monstre ! Un monstre ! » Puis elle allait trouver Sabine et se jetait à son cou. Ce furent des jours épouvantables, et lorsque enfin Anna parut avoir retrouvé un semblant de calme, les lilas commencèrent à fleurir, et l'espoir d'une accalmie se dissipa aussitôt ; jamais les cris, les plaintes et les pleurs d'Anna n'avaient été aussi intenses, aussi puissants – aussi désespérés.

Thomas était content qu'il lui fallût vaquer aux travaux des champs et se charger de la tonte des moutons. Quand il prenait le Steyr, il ne rencontrait plus de problèmes au moment de changer de vitesse ; c'est en douceur et avec souplesse qu'il les passait désormais. Il se souvenait du jour où son père lui avait montré comment changer de vitesse sans utiliser l'embrayage. Il n'y était parvenu qu'au prix de longs efforts. Il passait le moins de temps possible à la maison. Rien ne lui était plus agréable que de sillonner les champs à bord du tracteur, de tondre avec les forces en métal argenté la toison lourde, épaisse et imprégnée de suint des moutons, en un mot de se consacrer à des tâches qu'il maîtrisait et dont l'importance était primordiale. Ces dernières années, il s'était dispersé, il avait gaspillé son temps en choses vaines. Il y avait très longtemps que le lustre de l'exploitation avait pâli. Il lui fallait bien l'admettre : ses négligences avaient fini par la couler.

La mort de son frère l'affecta durement. Mais elle ne porta pas le coup de grâce à un quelconque espoir : Thomas, depuis qu'il avait lu les mots de son père dans le petit carnet gris, s'était fait peu à peu à cette idée. Sa mère s'en allait répétant : « Tu n'es qu'un monstre ! », et il savait qu'elle ne s'emportait pas ainsi à cause des bougies qu'il soufflait. C'était le cri qu'elle n'avait pas poussé ce jour d'été, plus de dix ans plus tôt. Il était étrange qu'il n'en fût pas touché. Ou peut-être que si ? Non, ce cri ne l'ébranlait vraiment pas, car il montait d'un monde englouti. Dans le no man's land, le désert, les friches mentales où il se débattait, il n'en percevait plus qu'un écho feutré.

Les lilas fanèrent. L'une des chattes de la ferme avait mis au monde des petits – deux chatons blancs, l'un aux yeux marron, l'autre aux yeux bleus, un chaton au pelage noir et blanc et un autre encore d'un blanc mêlé de roux – que l'on voyait surgir à pas lents et timides de derrière le tas de bûches haut comme un homme, et s'aventurer un peu plus loin de jour en jour. Les pleurs d'Anna avaient cessé. Elle se rendit à Rosental et n'en revint qu'à la tombée du soir. Il se trouva qu'elle était allée rendre une visite au curé. Elle fit dire à la mémoire de Paul une messe à laquelle elle convia ou plutôt convoqua tous les parents proches. On vit reparaître à cette occasion la femme qu'elle avait été. Tous répondirent à l'invitation, et c'est en rangs serrés qu'on se rendit ensuite à l'auberge, tout à l'extrémité du bourg. Seul Thomas, rosissant jusqu'aux oreilles, allégua qu'il lui fallait absolument procéder au dessuintage de la laine avant la fin du jour, et il ne se joignit pas à eux. La messe évoquait une sorte de veillée funèbre, et le repas qui s'ensuivit à l'auberge la collation qu'on donnait d'ordinaire après des funérailles ; on ne porta certes pas de dépouille en terre, mais on savait que Paul avait reçu une sépulture. Anna avait pris soin d'apporter la lettre de frère Alfredo, et elle la tendit à qui voulait la lire. C'est ainsi que la missive elle-même, au même titre que la veillée funèbre et la collation de fortune, fit office de substitut dont on sut se contenter.

Lorsque Sabine et Anna s'en revinrent à la ferme, Thomas était assis sur une chaise devant la maison. Depuis des heures, il contemplait les montagnes qu'un épais voile de brume changeait en silhouettes évanescentes. Il avait beaucoup réfléchi depuis quelque temps. Il se leva pour aller à leur rencontre. Il adressa à Sabine un bref regard, saisit sa mère par le bras et l'entraîna dans la maison. Elle ne lui opposa pas de résistance. « Tu as froid ? », lui demanda-t-il. Elle secoua la tête. Elle était pourtant glacée. Oui, il avait essuyé une lourde perte. Mais qu'en était-il de sa mère ? N'avait-elle pas perdu bien davantage encore ? Ne venait-elle pas de rendre un dernier adieu à son fils aîné ? Il n'y avait rien d'étonnant à ce qu'elle fût gelée. Thomas sentit alors, d'une façon encore plus nette, plus charnelle qu'au cours des heures passées, à quel point son rôle était en train de changer. Il fallait y voir une perte de plus – il était devenu un autre pour sa mère. Car jamais, au grand jamais, elle n'aurait souffert qu'on la guide ainsi par le bras. Mais cette perte curieusement lui donnait aussi quelque chose. Sur les friches qui s'étendaient entre deux mondes perdus naissaient soudainement les fondations d'un monde nouveau. Le regard que Thomas portait sur les choses avait fondamentalement changé, et de même qu'il avait eu la certitude d'avoir subi une double perte, il était désormais certain qu'il en avait souffert. Un monde nouveau s'offrait à lui et il en était heureux ; qu'il n'en sût pas davantage ne contribuait qu'à amplifier sa joie. Cela le rendait libre. Il s'avéra bientôt qu'il en allait de même pour l'amour qui l'unissait à Sabine : le monde qui s'ouvrait à lui était un monde réellement nouveau, même si d'une certaine façon il n'était qu'une réincarnation de l'ancien sous une forme nouvelle.

Depuis sa plus tendre enfance, Thomas vouait aux travaux agricoles une passion exclusive, et si cela n'avait pas été à l'époque une absolue nécessité, il n'aurait pas appris le métier de charpentier, et même n'aurait suivi aucune formation ; il se serait contenté de continuer à apprendre le nécessaire en observant son père et en retenant ses leçons, ou se serait forgé lui-même ses propres connaissances en mettant l'ouvrage sur le métier. Le coûteux procès qu'il avait engagé n'avait pas tardé à requérir toute son attention, et les tâches agricoles n'avaient plus été bientôt qu'un moyen de le financer. L'exploitation lui renvoyait le spectacle de son insuffisance, et il se mit à la prendre en grippe. Il en avait d'ailleurs conscience, ce qui ne faisait qu'aviver sa colère. Il n'y eut enfin plus un sou sur les livrets d'épargne. Il ne restait plus rien des sommes importantes qu'il avait possédées. Le jour où il voulut vendre deux hectares de terres labourables à Martin, et que celui-ci n'accepta qu'à la seule condition que Thomas eût la possibilité de racheter les terres avant dix ans (ses voisins ne se privèrent d'ailleurs pas d'en rire), il y consentit, presque moqueur (mais qui ses moqueries visaient-elles ?).

Dans ce domaine aussi, comme pour le reste : les choses avaient perdu leur évidence. Il voyait à présent à quel point le travail lui était source de joie, et il avait beau ne pas avoir perdu la main, il lui semblait à chaque geste qu'il accomplissait celui-ci pour la première fois. Ses ambitions se réveillèrent, il voulut récupérer au plus vite les deux hectares cédés à Martin, et on le voyait tous les soirs attablé dans la pièce à vivre jusqu'à une heure tardive, entouré d'une foule de classeurs, de pense-bêtes, de bouts de papier. Il se livrait à des calculs. Les notes de son père lui revinrent en mémoire, il se mit en quête d'elles, les trouva dans l'atelier, rangées dans un sac de cuir. Il y releva quantité de données qu'il utilisa pour faire ses propres comptes. S'il était quelque peu fébrile, ne cessait de se tortiller sur sa chaise, de frotter les pieds l'un contre l'autre, ce n'était pas en raison des calculs qu'il effectuait ; simplement, depuis les bancs de l'école, il n'avait jamais bien supporté de devoir rester assis ; il était agité comme un cheval dont on a réprimé trop longtemps l'ardeur et qui veut s'en aller enfin à bride lâchée : il ne s'épanouissait pleinement que dans l'action.

Il s'était enfin défait des deux derniers moutons du troupeau d'Elisabeth. Il n'avait jusqu'alors jamais pu se résoudre à se séparer de toutes les bêtes. À présent qu'il avait les chiffres sous les yeux, c'était plus facile. Il avait repris en main les finances. L'un des étais qui soutenaient son existence était remis d'aplomb, et il s'y cramponnait de toutes ses forces.

Mais où était passé le second étai ? Si seulement il avait pu le retrouver d'une façon ou d'une autre – qui sait, peut-être qu'un jour ou l'autre un semblant d'équilibre se serait alors rétabli en lui. Toutes ses pensées du quotidien étaient concrètes et pratiques ; il n'y avait jamais que sous ce rapport – fondamental, il est vrai – qu'elles prenaient un tour abstrait, presque théorique. Et cependant qu'il cogitait à cela, et ne s'apercevait pas que Sabine ne lui tenait grief de rien, mais se méprenait tout au contraire sur la solitude de Thomas, y voyant le signe d'une rancœur, la dernière métamorphose s'accomplit en lui. Il ne l'aurait pas crue possible, et elle lui permit d'entrer de plain-pied dans un monde nouveau : il se fit à l'idée qu'ils n'auraient pas d'enfants. Il en éprouva un profond soulagement, qu'il tint à partager à tout prix avec Sabine. Il se dit qu'il devait lui faire savoir d'une façon ou d'une autre qu'il n'en pâtissait plus. Il amorça plusieurs tentatives, mais laissa toujours échapper le moment opportun ; des jours passèrent ; une nuit enfin, à l'instant où il la rejoignit au lit et se coucha à son côté, il s'en ouvrit à elle. L'obscurité était profonde, et il n'était pas du tout certain qu'elle fût encore éveillée. Mais elle l'était. Peu de temps après, une poignée de minutes tout au plus, le second étai qui supportait sa vie était remis d'aplomb.

En novembre, trois jours avant les premières chutes de neige, Anna planta deux lilas. La couleur en était d'un violet foncé – les lilas que Paul préférait depuis l'enfance, ceux qu'il avait toujours appelés *les lilas rouges.*

Les années qui suivirent furent pour les Goldberger des années de prospérité, et Thomas put bientôt racheter les deux hectares de terrain. Il était rare qu'il se mêle à la société – il n'avait plus reparu à l'auberge, ne sachant trop quelle attitude adopter vis-à-vis de Fanni –, et au vrai il n'y avait guère que le dimanche, après la grand-messe, qu'il retrouvait ses semblables. La plupart des conversations en ce temps-là tournaient autour de l'entrée de l'Autriche dans la Communauté européenne. Thomas s'en amusait – il était le seul –, écartait tout cela d'un revers de main, et le jour où l'un des villageois lui objecta avec humeur qu'un Goldberger n'avait de toute façon rien à en craindre, car il aurait toujours la ressource d'engager un procès, Thomas, à la surprise générale, et sans qu'on pût le retenir, lui écrasa son poing sur la figure et lui fendit la lèvre. Ce n'était pas tant qu'il s'était senti offensé ; mais cette remarque avait réveillé en lui un souvenir, et Thomas ne voulait plus entendre parler d'une période sur laquelle il avait tiré un trait. Que certains aient pu n'en rien oublier le mettait en rage. Un autre s'était alors écrié : « Tout le portrait de son grand-père ! », et Thomas n'avait vu là qu'une preuve de plus qu'au pays chacun se raccrochait au passé comme à une chose acquise.

Désormais, il n'était pas rare que les enfants de la sœur de Sabine passent à la ferme. Thomas les emmenait faire un tour en tracteur ; Anna, un sourire – ou plutôt l'ombre d'un sourire – aux lèvres, consentait à ce qu'ils lui donnent du « Mamie », et il leur arrivait même, pendant l'été, de rester parfois au domaine pour la nuit. Ils étaient deux garçons et une fille, exactement comme ils l'avaient été eux-mêmes, autrefois, à ceci près qu'ici c'est la fillette qui était l'aînée. Les enfants se prénommaient Bernadette, Leonhard et Johannes, et étaient respectivement âgés de dix, huit et sept ans. Leur présence réjouissait Thomas. Ils apportaient à la ferme un surcroît de vie, et chaque chose s'en trouvait comme revalorisée. En même temps, c'est tout machinalement qu'il se demandait lequel des trois serait le mieux apte à reprendre peut-être un jour les rênes de sa propre ferme; car bientôt il ne se contenta plus de les emmener avec lui dans les champs, mais les attela à divers travaux – ils eurent « la permission », pour reprendre leurs propres mots, de lui donner la main –, et c'est avec un regard acéré qu'il jugeait des mérites et de l'habileté de chacun. « Tu n'es qu'un bourreau », lui disait parfois Sabine d'un ton tendrement réprobateur, quand une fois encore il était allé trop loin. « Mais non! se récriait-il en ne feignant qu'à demi la colère, tout au contraire: je leur offre la possibilité de m'aider. » D'entre tous, c'est Leonhard qui lui semblait le plus capable de reprendre un jour la ferme, mais ce n'était jamais qu'une vue de l'esprit, car il savait qu'ils n'étaient jamais que des enfants, et lui-même était alors un homme encore jeune – il n'avait pas quarante ans. C'était en somme un simple jeu qui suffisait à sa joie. Il apprit à chacun comment conduire un tracteur, et mit à profit toutes les occasions pour les exercer. Quand l'un d'eux était au volant, Thomas tantôt se tenait sur le marchepied et s'agrippait au châssis de la cabine, tantôt cheminait à côté du véhicule; et il ne manquait jamais alors de demander: « Eh bien, qu'en dis-tu? Ça te plaît, de conduire le tracteur? C'est au petit poil, pas vrai? Sais-tu seulement ce que tu veux faire plus tard? » Cette question déplaisait elle aussi à Sabine, profondément, et elle tenait à le faire savoir; mais elle était si heureuse de voir Thomas ainsi transformé que son humeur ne s'assombrissait alors que pour quelques minutes.

Anna était la spectatrice de tout cela, mais elle se gardait d'exprimer son point de vue. Quand elle observait Thomas, elle croyait souvent voir et entendre Ferdinand, tant leur façon de penser – elle transparaissait dans leurs propos et, bien plus encore, dans leurs actes – était semblable. L'épreuve de force – car il s'agissait bien de cela – qui avait opposé la belle-mère à sa bru avait pris fin. On ne les vit cependant pas discuter davantage toutes les deux, et il arrivait encore que l'une contrecarre les projets de l'autre ; mais la tension qui présidait à leurs rapports s'était envolée.

Sitôt que Thomas eut racheté les deux hectares de terrain, il mit moins d'ardeur à pratiquer le négoce des animaux de boucherie, qu'il avait désormais étendu aux cochons. Depuis un bon moment déjà, sa mère l'accompagnait chaque fois qu'il devait abattre une bête ; munie d'un seau rempli de fourrage, elle entraînait l'animal loin du troupeau, chassait au besoin quelques suiveurs, et le conduisait à l'endroit convenu, où elle répandait sur le sol le contenu du seau avant de s'éloigner. Mais elle ne lui apportait cependant pas tout le soutien dont il aurait eu besoin. Quand il travaillait encore avec son père, tout était différent ; il ne ressentait aucun malaise. Mais quelque chose – quoi ? – avait changé. Non seulement sa mère ne lui était d'aucun soutien psychologique, mais elle semblait en quelque sorte symboliser ce malaise. Thomas, au bout du compte, ne fournit bientôt plus que deux restaurants de la région ; l'un à Schwan, l'autre à K. Ses revenus s'en ressentirent durement, ce qui ne le préoccupa d'abord pas – il était bien trop content de n'avoir plus à abattre autant de bêtes. Après quelque temps, toutefois, il s'en émut ; il comprit qu'il lui faudrait compenser ces pertes par d'autres recettes – mais lesquelles ? Son front, derrière lequel s'additionnaient des chiffres, se rembrunissait peu à peu. C'est alors que Sabine, un jour à l'heure du déjeuner, lui montra une annonce parue dans le journal : on cherchait « des agneaux en pleine santé destinés à l'engraissement ». Thomas relut plusieurs fois l'annonce. Après réflexion, et au terme de nouveaux calculs, il appela le numéro indiqué. La discussion s'engagea. À peine trois jours plus tard, l'engraisseur lui rendit visite, fit un tour complet de l'exploitation et emporta trois agneaux. Il ne donna plus de ses nouvelles pendant deux mois, puis il revint à la ferme. Il prit cette fois quatre agneaux, et on ne le revit plus de tout le mois. À Rosental, on ne tenait plus en place ; le temps passait ! Enfin l'homme reparut et annonça à Thomas qu'il voulait faire affaire avec lui. « Combien es-tu prêt à payer ? », lui demanda celui-ci, soudain débarrassé de toute nervosité, et sur le ton de qui n'est pas à proprement parler intéressé, mais simplement curieux. Et du reste le sentiment qui dominait tous les autres chez lui en cet instant était la fierté : il savait qu'il était l'un des seuls dans la région à élever d'aussi belles bêtes, et en parfaite santé de surcroît. « Le prix du marché », répondit l'homme, qui se nommait Tillner et était originaire du sud du pays. Voilà pourquoi Thomas n'avait pas reconnu l'indicatif téléphonique et avait d'abord eu toutes les peines à comprendre ce dialecte inconnu aux inflexions si douces. Thomas secoua la tête. « C'est pour ça que tu es venu d'aussi loin ? » Tillner garda le silence. Thomas poursuivit : « Le prix du marché ne m'intéresse pas. Je n'en ai que faire. — Eh bien, je t'écoute », dit Tillner en souriant. Ils se firent face un moment sans dire un mot. Alors Thomas lui dit : « Sais-tu combien on me donne de ma viande ? — Parle. » Thomas lui annonça une somme. « Je n'en crois pas un mot. » Ce n'était pas une simple formule : il suffisait de regarder Tillner pour comprendre qu'il n'arrivait pas à y croire. Thomas sourit. « Eh bien, libre à toi de ne pas me croire ! » Et, après une pause : « Écoute, maintenant j'ai du travail. » Il changea la position de son bras et s'apprêta à se lever de table. « Attends ! s'écria Tillner, la mine soudain grave, répète voir : combien te donne-t-on pour ta viande ? » Dans le courant de l'après-midi, au gré des allées et venues entre la grande salle et les crèches de la bergerie, ils finirent par trouver un terrain d'entente.

D'entre tous les éleveurs d'agneaux du pays, Thomas était sans doute désormais celui qui gagnait le mieux sa vie. Les prix que son père avait négociés avant lui pour les bêtes découpées étaient déjà étonnamment supérieurs à ceux qui étaient en vigueur partout ailleurs ; quant aux sommes qu'il retirait de la vente des agneaux, elles étaient supérieures de près de cinquante pour cent au prix du marché. Il ne vendait plus de viande à présent, se défit petit à petit des cochons et des bœufs, apporta des transformations dans les étables, et douze mois ne s'étaient pas encore écoulés qu'il se présenta un second acheteur, bientôt suivi d'un troisième – il lui fut dans un premier temps impossible de satisfaire la demande. Mais il y parvint très vite. L'exploitation connut un bel essor, et Thomas se mit en quête de parcelles à prendre en fermage. Il n'allait pas tarder à être à court de fourrage vert. Même s'il nourrissait également les moutons avec un mélange de tourteau de céréales, la plus grande part de la récolte allait lui rester désormais sur les bras ; à plus forte raison s'il prenait à bail non seulement des herbages, mais également des pièces à labours ; mais il avait déjà une idée nouvelle à ce sujet. Un jour, il demanda à Martin s'il ne connaissait pas par hasard des terres qu'il aurait pu prendre à ferme. Celui-ci, désignant du menton le domaine d'Elisabeth, lui répondit : « Pourquoi tu ne t'adresses pas à lui ? » Thomas s'esclaffa. « À lui ? Alors que je lui ai flanqué un procès ? » Martin haussa les épaules. « Pose-lui la question. Celui qui s'en charge pour le moment est un propre-à-rien. — C'est vrai », marmonna Thomas en fronçant les sourcils ; il ne manquait jamais d'observer avec attention ce qui se passait dans les champs qui avaient appartenu autrefois à Elisabeth. « Mais tout de même, ajouta-t-il, ce n'est pas possible. »

C'était un samedi soir. Thomas venait de revêtir une chemise propre. Il s'apprêtait à aller assister à un concert donné par un orchestre d'instruments à vent au sein duquel officiait un ancien collègue charpentier, lorsqu'il entendit quelqu'un l'appeler par son prénom. Il jeta un dernier regard dans le miroir et, rajustant ce col haut et amidonné qui frottait parfois contre ses mâchoires quand il tournait la tête, descendit les marches de l'escalier. Dans la cuisine se tenait une femme âgée qu'il n'avait encore jamais vue. Était-ce elle qui l'avait appelé? Il jeta un regard circulaire dans la pièce. Il ne s'y trouvait personne hormis la visiteuse. Thomas fronça les sourcils. « Oui ? », dit-il. La femme, sans le regarder aucunement, sans même lever les yeux, souffla : « Mon petit Franz est mort. » Thomas répliqua machinalement : « Mes sincères condoléances. » Il ne comprenait pas de qui il était question. La vieille femme poursuivit : « Je suis venue… te demander si tu accepterais d'être l'un des porteurs du cercueil. » Thomas ne comprenait toujours pas de quoi il retournait, mais il répondit toutefois, avec le même naturel, le même automatisme qu'un instant plus tôt, cette prescience instinctive qui lui dictait la seule façon possible d'agir : « Mais bien sûr. Quand est prévu l'enterrement ? » Et, comme si elle n'avait pas entendu la réponse de Thomas, la vieille femme, d'une voix soupirante et lasse, fatiguée peut-être de s'être épuisée en vain à comprendre, ajouta : « Il insistait toujours pour que je l'emmène chez vous. »

Thomas n'apprit qu'un peu plus tard, de la bouche de sa mère, qui étaient cette femme et son défunt fils : des parents éloignés d'Elisabeth. Il apprit également à cette occasion que la mère et le fils – tout cela devait remonter à des éternités : Anna elle-même semblait ne plus s'en souvenir que confusément – leur avaient rendu quelques visites autrefois de loin en loin, s'étaient promenés avec eux sur les sentiers de campagne et avaient toujours tenu à regarder de plus près la vieille carriole qu'ils avaient héritée du grand-père et remisée dans la grange (Thomas, sitôt qu'il la voyait, se promettait de s'en débarrasser un jour prochain). Il ne sut en revanche jamais pourquoi sa mère assista elle aussi aux funérailles et, le temps de ces quelques jours, se rencogna dans son silence, se déroba à ses regards, et se comporta en tout point comme si elle venait de perdre un proche – mais il est vrai qu'il ne l'interrogea pas.

Quant à Anna, elle ne lui révéla jamais que Ferdinand lui avait parlé bien des fois de l'idiot, comme il l'appelait – le premier être qu'il eût aperçu à son arrivée à Rosental ; il s'apprêtait à lui demander son chemin lorsque, considérant le gaillard

– il pouvait avoir vingt ans, en ce temps-là –, il s'était aperçu qu'un filet de bave pendait à la commissure de sa bouche qui certes s'ouvrait et se refermait doucement, mais d'où ne s'échappait aucune parole intelligible. Elle ne lui révéla pas davantage – son mari lui-même n'en avait rien su – que Martha, dans les lettres qu'elle lui adressait personnellement, ne manquait jamais de mentionner cet idiot, qu'on avait à présent porté en terre. Anna l'aurait volontiers raconté à quelqu'un – mais que dire au juste ? Elle-même n'avait jamais vraiment su pourquoi on tenait à lui raconter ces histoires, aussi préféra-t-elle garder le silence.

Les travaux de transformation que Thomas réalisa dans les étables furent éreintants et fastidieux – Sabine avait beau lui prêter main-forte à l'occasion, il dut s'en charger seul la plupart du temps –, et cependant ce labeur pénible l'avait rajeuni. C'est qu'il lui rendait l'ardeur de ses années d'apprentissage, en ressuscitait en lui le souvenir très vivant et joyeux. Il avait le cœur si gai qu'il se laissa entraîner à siffloter des airs, ce qui ne lui arrivait que rarement. Lorsqu'il en eut fini, à la mi-septembre, qu'il eut accroché les râteliers à foin confectionnés en bois d'épicéa au-dessus des mangeoires – en épicéa également – contenant les granulés et le résidu de céréales dont se repaissaient les bêtes, il se sentait si bien en train qu'il aurait volontiers aménagé une autre étable encore. Mais à quoi bon ? Pour l'instant, il était déjà largement pourvu. Aussi le vit-on errer fébrilement dans le domaine, mu par la mécanique de ses rouages intérieurs, jusqu'à l'instant où ses yeux se posèrent sur le fil à linge. Combien de fois Sabine, par le passé, ne s'était-elle pas plainte que des petits coléoptères, des cousins et toute sorte d'insectes de même nature tombaient de la ramure des arbres ou montaient des troncs, bientôt grouillaient dans le linge, de sorte qu'à chaque fois qu'elle décrochait les vêtements, il lui fallait les secouer un à un, les inspecter à fond, les secouer encore ? Il résolut de lui construire un séchoir à linge en métal et de l'installer dans le pré de fauche. Sans plus attendre il prit le chemin de l'atelier – il avait déjà le plan de construction sous les yeux. Il n'aurait besoin que de six tubes d'acier – quatre pieds et deux traverses, de même longueur – qu'il souderait pour faire deux cadres verticaux et laquerait. Ah, sans oublier de percer au préalable dans les deux barres horizontales des trous espacés de cinq centimètres. Ensuite il creuserait dans le pré quatre trous carrés qu'il garnirait de gravillon pour le drainage, avant de sceller enfin les deux cadres dans du béton. Il ne resterait plus à Sabine qu'à acheter de la corde à linge et à glisser les fils dans les trous ménagés dans les barres, puis à les tendre entre les deux cadres. Oui. Il s'avançait vers l'atelier à grandes foulées, sifflotant une mélodie. C'est comme si c'était fait.

La matinée touchait à sa fin. Thomas, lavé et rasé de frais, se frictionnant le cou, le front et les joues avec de l'eau de Cologne qui embaumait la pièce, s'approcha de la fenêtre de la salle de bains et jeta une fois encore un regard au séchoir à linge qu'il avait fabriqué et installé la veille. Mais qu'aperçut-il alors ? Il ouvrit brusquement la fenêtre, se pencha, lança à pleine gorge : « Hé, toi ! Descends de là ! Plus vite que ça ! » Et, une seconde plus tard, d'une voix plus tonnante encore : « Hé là ! » Il enroula une serviette autour de ses hanches, se précipita hors de la salle de bains, dévala l'escalier, faillit en perdre ses pantoufles, traversa le séjour en manquant plusieurs fois de s'affaler sur le sol, se défit prestement de ses pantoufles et, clamant encore « Hé là ! Hé là ! », brandissant le poing et agitant frénétiquement le bras, franchit le seuil de la maison et fila droit vers le pré de fauche.

Quelqu'un était suspendu la tête en bas à l'une des deux armatures quadrangulaires – peintes en vert et rouge – du séchoir à linge. Il était accroché à la barre horizontale par le creux des genoux. « Tu es sourd, ma parole », hurla Thomas. Il se tenait maintenant tout près de l'acrobate. « Descends de là ! Tout de suite ! » Mais il lui fallut reculer d'un pas, car déjà l'homme prenait de nouveau son élan et, au prix d'une souple et habile rotation, refit un tour complet de la barre et se retrouva une fois encore la tête en bas. Tout s'était passé si vite que c'est à peine si Thomas avait eu le temps d'apercevoir une épaisse touffe de cheveux noirs, avant que le large maillot de corps bleu ne recouvre de nouveau la tête et les bras jusqu'aux coudes. C'était un tout jeune homme. Son ventre plat et impeccablement gainé se soulevait et s'abaissait en cadence ; la poitrine était large, puissante et glabre. Thomas dut réprimer l'envie de donner une tape vigoureuse sur ce ventre ferme. Qu'il ne sût pas à qui celui-ci appartenait le retint cependant. « Allons, descends, maintenant, dit-il, ou je m'en vais te tirer les oreilles. » C'était là apparemment un langage que le jeune homme entendait. Il poussa un soupir, releva le buste, très lentement, jusqu'à ce que celui-ci forme presque un angle droit avec le haut des cuisses, et tendit les bras vers le haut comme s'il s'apprêtait à saisir la barre. Mais alors il laissa de nouveau retomber le tronc et accomplit encore un tour de barre complet. Thomas put apercevoir encore le temps d'une fraction de seconde la touffe de cheveux noirs et un front empourpré où saillait la grande veine. Le corps de l'athlète était parfaitement immobile à présent ; seuls le ventre et la poitrine se soulevaient et s'abaissaient encore avec régularité, de façon plus marquée maintenant. Thomas avait fini par s'habituer au spectacle de ce jeune homme suspendu par les jambes à la barre ; sa colère avait disparu ; tout en lui n'était plus qu'étonnement. Il ne se préoccupait même plus du séchoir à linge – il tiendrait le coup, à n'en pas douter. Machinalement, il avait aussitôt baissé les yeux vers le socle de béton : il ne présentait qu'une infime fissure superficielle qu'il avait déjà décelée le matin même. Sans doute le ratio eau/ciment n'était-il pas bon. « Allez, viens, maintenant, petit ouistiti », dit Thomas, un incoercible sourire aux lèvres. « Si tu descends, tu auras droit à une banane. » Alors les bras parcourus de veines épaisses et saillantes se tendirent, la pointe des doigts puis les paumes touchèrent l'herbe fournie du pré, haute d'une dizaine de centimètres, les jambes glissèrent de la barre et, pointées vers le ciel, se figèrent un moment. Puis elles se replièrent d'un rien, sans toucher toutefois la barre, et le jeune homme se mit à avancer en marchant sur les mains. Le bord de son maillot de corps effleurait les brins d'herbe du pré et l'on aurait cru entendre le froissement d'un serpent rampant dans l'herbe. Thomas secoua la tête. Il ne put se défendre de rire. Est-ce qu'un cirque était de passage dans la région ? « Fais attention ! », cria-t-il. Il jeta un bref regard en direction de la maison puis s'accroupit sur le sol, aussi profondément que la serviette nouée autour de sa taille le lui permettait. « Il y a un ruisseau, un peu plus bas ! Prends garde de ne pas y tomber ! » Il se releva, rajusta la serviette qui lui ceignait les hanches et suivit le jeune athlète qui déjà s'éloignait en marchant sur les mains. Thomas s'arrêta net. « Salut, lui lança-t-il. Et reviens nous voir, à l'occasion ! » Mais, si fort que fût le désir de rentrer à la ferme pour tout raconter à Sabine, la curiosité l'emporta et le retint encore un instant. Le jeune homme avait déjà presque atteint la limite qui séparait le pré de fauche d'un champ voisin. Alors enfin il s'arrêta, replia les jambes vers le sol avec une très grande lenteur et une maîtrise parfaite ; les pieds chaussés de souliers de sport blancs ornés de trois bandes latérales obliques bleues aux bords délicatement crénelés se posèrent sur le sol, foulèrent l'herbe du pré, et le corps du jeune homme se redressa de toute sa hauteur ; le maillot de corps se soumit peu à peu aux lois de la gravité et glissa vers la ceinture. Un étrange frisson parcourut Thomas de part en part. Sans doute était-ce parce qu'il était dévêtu. Une petite brise ne s'était-elle pas d'ailleurs levée ? Le jeune homme se tenait maintenant à environ quinze mètres de Thomas et lui tournait le dos. Il portait le regard vers le sud. L'air vibrait au-dessus du Magdalenaberg. Le garçon à la silhouette svelte était de haute stature – il dépassait Thomas d'une tête. Quel âge pouvait-il avoir ? Il était vêtu d'un jean bleu délavé, de coupe assez ample. Mais Thomas ne vit rien de tout cela. Ses yeux étaient comme magnétisés par cette touffe de cheveux noirs. Un frémissement lui parcourut encore les membres. Il s'entendit murmurer : « Paul ? », comme si un autre que lui chuchotait ces mots. Il sentit les poils de ses bras se hérisser, un frisson lui courir le long de l'échine – de haut en bas et de bas en haut. Il s'avança vers le jeune homme. Il était soudain transporté hors de lui-même, en un lieu où le temps, l'espace et la raison n'avaient plus cours. Il murmura une fois encore : « Paul ? Paul ? » Alors le jeune homme se retourna et, le visage uniformément cramoisi, enluminé par l'effort, dit en rivant sur lui ses yeux noirs : « Non. Mais je suis son fils. »

4

En un rien de temps, Thomas se chargea de préparer une fête comme Rosental n'en avait plus connu depuis des lustres. Il ne se contenta pas d'inviter tous les parents proches, mais convia également la moitié du village au banquet, qui se tint dès le lendemain, un vendredi.

Il passa des heures au téléphone, répétant inlassablement les mêmes paroles d'un ton hilare : « Mais oui ! Puisque je te le dis ! Le fils de Paul ! Oui, mon neveu ! Ferdinand ! » Il finit même par appeler Fanni et la convia à la fête. Une telle allégresse s'était emparée de lui que la pudeur, la honte et la mauvaise conscience s'en trouvèrent reléguées à l'arrière-plan. Elle lui demanda s'il y tenait réellement ; après tout, c'était une fête de famille. « Mais comment donc ! », s'écria-t-il, avant d'ajouter : « Ta place est parmi nous ! Tu as connu Paul, toi aussi ! » Thomas, rendu plus euphorique encore par la réponse de Fanni – elle avait accepté d'une voix hésitante –, fouilla dans ses dossiers pour retrouver le numéro de téléphone de l'homme contre lequel il avait mené une si longue bataille judiciaire, et l'appela lui aussi pour l'inviter à la fête.

Cependant que Thomas, dans la salle, passait tous ces appels téléphoniques, Anna et Sabine étaient dans la cuisine en compagnie du jeune Ferdinand. Anna ne cessait de saisir le bras du garçon. Elle était incrédule. Il lui fallait le toucher pour y croire ne serait-ce qu'une seconde, avant que ses doutes ne la reprennent. « Et ta mère est donc Luise, dit encore Sabine, comme pour récapituler ses pensées. — Oui, répondit Ferdinand. Mais je ne garde aucun souvenir d'elle. J'étais encore tout petit quand elle est morte. — Et ce sont tes grands-parents qui t'ont élevé. — Oui. — Tu as grandi à K. — Oui. » Sabine seule menait la conversation ; Anna n'y prenait aucune part. Soudain, interrompant Ferdinand au milieu d'une phrase, elle se tourna vers le séjour et lança : « Tu n'as pas bientôt fini de passer tes coups de fil ? » Elle n'aurait pas su dire elle-même pourquoi elle avait parlé ainsi, d'un ton si furibond de surcroît. Elle n'avait pas de mots pour ce qui se tramait réellement en elle, pour ces couleurs, ces images, cet immense et turbulent désordre. Puis elle renifla et attrapa de nouveau le bras du garçon. « Quel âge as-tu ? », demanda Sabine. Elle n'avait pas encore songé à poser la question. « Seize ans », répondit Ferdinand. Il n'était plus avec elles qu'à demi, son attention et son sourire se tournaient vers la pièce à vivre. « Presque dix-sept. » On lui aurait donné davantage. « Et comment se fait-il, poursuivit Sabine, que ton père n'ait jamais rien su de ton existence ? » Ferdinand haussa les épaules. « Ils me disaient toujours qu'il était mort, lui aussi. » Sabine secoua la tête. Elle dit : « Un jour, Thomas te racontera ce qu'il en était réellement. » À peine eut-elle prononcé ces mots que le souvenir de Lorenz lui revint à l'esprit, et elle demanda de ses nouvelles au garçon. « Oncle Lorenz ? Il lui arrive de nous rendre visite, oui. Pas souvent. Le connaissez... le connais-tu ? — Il était le meilleur ami de Paul. » Ferdinand afficha une mine perplexe. « Comment ? Mais pourquoi ne m'en a-t-il jamais rien dit ? » Anna, comme si quelqu'un venait enfin de lui adresser la parole, lui donnant l'occasion de placer sa petite question et tout aussitôt de la compléter, s'écria soudain : « Et pourquoi... pourquoi "Ferdinand" ? » Elle fixa sur lui des yeux étincelants et brûlants, et le jeune homme, se soustrayant à ce feu, se renversa d'un rien sur son siège et avala sa salive. « C'est que... », bredouilla-t-il. Il s'éclaircit la voix. « Il paraît que c'était son souhait... le souhait de mon père. Il aurait bien voulu s'appeler Ferdinand. » Un sanglot souleva la poitrine d'Anna, et elle saisit à deux mains la main du jeune garçon pour y coucher un instant son visage baigné de larmes. « Oui », souffla Ferdinand, tout en posant un regard étrangement curieux sur cette tête qui vibrait au creux de sa paume et était bien, oui, indubitablement, celle de sa grand-mère. « C'est un des frères, là-bas, qui m'a dit où je pourrais vous trouver. »

Thomas avait entendu ces derniers mots. Il en avait terminé avec ses coups de téléphone et venait de pénétrer dans la cuisine. Il s'assit à côté de Sabine sur le banc de bois qui grinça sous son poids, passa la main sur les entailles de la table et demanda : « Ainsi, tu es au pensionnat ? — Oui, à K. — L'école n'a-t-elle pas déjà repris ? — Si. Lundi dernier. — Et…, avança prudemment Thomas, comment ça se passe ? » Ferdinand planta ses yeux ardents dans ceux de Sabine, auxquels il s'était peu à peu habitué, puis il les ramena vers Thomas. « Je me suis tiré de là-bas la nuit dernière. J'en avais assez. Hors de question que je reste enfermé un jour de plus. » Thomas se pencha en avant et lâcha sans même réfléchir : « Si tu veux, tu peux rester chez nous. » Ferdinand jeta encore un regard à Sabine, aperçut ses yeux rieurs, sourit lui aussi et prononça ces mots que son expression hilare leur avait déjà soufflés : « Vraiment ? Je peux ? »

Aucun des parents et amis, que ce fût par politesse, par curiosité ou par un mélange des deux, ne déclina l'invitation de Thomas, et c'est en foule qu'on se rendit à la fête. Les premiers invités – Martha et Andreas – arrivèrent à six heures, puis ce fut un défilé permanent. On avait installé sans plus de façons dans le pré quantité de tables et de bancs de bois pliants que Thomas était allé emprunter au propriétaire de la brasserie voisine. Les hôtes purent y prendre place. Les braises d'un immense gril rougeoyaient déjà, et l'on avait mis en perce un fût de bière d'une capacité de cinquante litres – on tenait prêts trois autres fûts en réserve. Le boucher avait apporté dans de profonds bacs en plastique orange ces saucisses à griller qui avaient assuré sa renommée dans toute la région et des côtelettes luisantes, déjà frottées d'épices de toutes sortes ; des boulangers de Rosental et de Schwan avaient livré à profusion des miches saupoudrées de cumin et des pains d'anis qui flattaient l'odorat; Sabine, Anna et Maria avaient préparé dans la journée de pleins bols de salade de pommes de terre – et déploraient à présent d'avoir des ampoules sur les mains. Maria était arrivée de Schwan la veille au soir, sitôt qu'elle avait reçu l'appel de Thomas, et avait passé la nuit à la ferme; d'entre toutes, c'est elle qui se plaignait avec le plus d'insistance d'avoir eu à éplucher ces « maudits oignons » qui la faisaient pleurer. Bientôt, les premiers arrivants durent garer leur auto le long de la route qui suivait le cours du ruisseau, car il n'y avait plus une seule place de libre dans les environs proches de la ferme; la voie d'accès gravillonnée elle-même était bordée à droite et à gauche d'automobiles à touche-touche. Thomas commença à poser sur la grille de l'imposant barbecue les premiers morceaux de viande et les premières saucisses. À quelques mètres à peine se dressait le fût de bière mis en perce, et dans l'herbe du pré s'entassaient des casiers en plastique marron renfermant des verres à bière, s'amoncelaient des baquets remplis d'eau; un peu plus loin encore, une table pliante tout en longueur supportait de grands saladiers en verre copieusement garnis, les corbeilles à pain en osier tressées avec les jeunes pousses de saule de la coupe annuelle, des distributeurs de moutarde et de ketchup en plastique blanc, des assiettes en carton, des serviettes en papier, des fourchettes et des couteaux en plastique. Les gens prenaient la file, une queue se formait, le flot tantôt grossissait, tantôt diminuait, parfois se tarissait complètement. Les invités évoluaient dans le pré tels des essaims de moustiques – de façon anarchique, mais toujours en groupes compacts. La nuée la plus dense bombillait naturellement autour de Ferdinand. Il dut souffrir complaisamment le feu des questions (les gens ne paraissaient pas attacher trop d'importance à ses réponses), les mains passées dans ses cheveux (« Ils sont si épais! Si noirs! »), les tapes sur l'épaule – et, par-dessus tout, d'entendre une foule d'histoires et d'anecdotes tournant toutes autour de la personne de son père. Tous semblaient l'avoir bien connu et le porter dans leur cœur, et, comme il n'était plus là, c'est tout naturellement que leur sympathie, sinon leur affection se reportait sur son fils. Quel réjouissant retour au bercail ! Quand Ferdinand enfin n'en pouvait plus, il priait ses interlocuteurs de l'excuser un instant et s'en allait rejoindre Thomas auprès du gril. Plus personne ne lui adressait alors la parole. Seul Thomas lui demandait par exemple : « Alors, on n'est pas bien ici ? Il fait un petit peu chaud, mais c'est la meilleure place, pas vrai ? » ; il en oubliait un temps les questions qu'il brûlait lui-même de poser. Il ne cherchait plus à comprendre ou apprendre quoi que ce fût, il voulait simplement discuter avec Ferdinand, lui dire ce qui lui passait par la tête, entendre leur complicité naissante, accréditer à ses propres yeux le lien qu'il sentait naître entre eux. Alors qu'ils conversaient ainsi, Anna vint à passer près d'eux et lâcha d'une voix sifflante : « On n'a pas idée ! Donner une pareille fête ! » Thomas lui rit au nez et adressa à Ferdinand un clin d'œil. Anna, les mains croisées dans le dos, adoptant ainsi une posture un peu biscornue et voûtée, s'éloigna en secouant la tête de dépit. Thomas observa : « En réalité elle est ravie. Mais il lui coûte de l'admettre. »

Le soir tomba tôt. C'est au crépuscule qu'arrivèrent enfin Martin et Fanni, au même moment ; après s'être adressé un salut muet, c'est en silence, l'un après l'autre, qu'ils gravirent la voie caillouteuse qui montait au domaine. Ils ne se connaissaient pas ; Fanni n'était pas originaire de Rosental ; quant à Martin, à rebours de son père, il ne fréquentait jamais l'auberge. Sitôt arrivés, les deux se mirent en quête de Thomas. Ils le trouvèrent installé près du barbecue et le saluèrent. Les retrouvailles avec Fanni furent à soi seules une fête pour Thomas ; il n'existait entre eux aucun malaise, ils étaient deux êtres libres qui s'appréciaient mutuellement et s'étaient même aimés toute une nuit. Dès le coup de fil de Thomas, les ombres s'étaient dissipées ; il avait la sensation que tout était désormais dit entre eux, qu'ils étaient tacitement convenus qu'ils garderaient toujours le souvenir de cette nuit, mais que nul n'en saurait jamais rien.

Thomas lui déposa même un baiser sur la joue pour lui souhaiter la bienvenue – c'était très inhabituel, à Rosental. Martin jeta aussitôt un regard à la ronde pour voir si on les avait aperçus. Puis Thomas enjoignit à ses deux hôtes de se munir d'une assiette en carton et… de boire le coup avec lui ! C'est que la bière coulait à flots ! Sur ces mots, il courut au grand fût, leur remplit deux chopes, lança par-dessus son épaule : « Aujourd'hui, une fois n'est pas coutume, c'est moi qui te sers, Fanni ! » Cependant qu'ils attendaient leurs bières, Fanni demanda à Martin : « Et toi, tu es… ? »

C'était au fond assez difficile à expliquer. Martin s'essuya les mains dans l'étoffe de sa courte veste de loden. Était-il finalement autre chose qu'un simple voisin ? Un ami, peut-être ? On n'entendait guère ce mot-là qu'à la télévision. Et cependant il cherchait à poser des mots sur leur relation. Jamais encore on ne l'avait invité à le faire, et lui-même ne s'y était jamais astreint. Enfin, après avoir un peu tergiversé et s'être plusieurs fois essuyé les mains, il lâcha : « Je me souviens encore de l'époque où ils sont arrivés au pays ! — Ah bon ? — Oh que oui ! », s'exclama-t-il alors, le visage si résolument tourné vers le ciel qu'on eût dit qu'il lui adressait ces mots où vibrait une sorte de fierté. Thomas arriva avec les deux grandes chopes de bière et les leur tendit. Fanni s'en saisit par réflexe professionnel, dit : « Il va falloir que tu me racontes ça ! », et l'on vit s'éloigner alors dans le pré, d'un train musardeur, escortés par les regards et les miaulements discrets des chats de la ferme, l'éternel célibataire – qui, comme Thomas venait de le noter, avait légèrement tressailli à l'invitation que Fanni lui avait lancée – et la fille d'auberge au visage angélique.

On avait disposé désormais sur les tables, à intervalles réguliers, des photophores, et l'un des convives avait allumé son autoradio, dont le lecteur de cassette diffusait un mélange de rock anglais et de chansons populaires allemandes. Sitôt qu'une flamme un peu plus vive jaillissait des braises incandescentes du barbecue, Thomas l'éteignait en faisant couler dessus un filet de bière ; il en profitait chaque fois pour boire encore une vigoureuse gorgée. C'est ainsi qu'au fil des heures – il n'avait pour sa part toujours pas mangé – il avait assez copieusement bu sans même s'en rendre compte. Il était rare à présent qu'un invité se resserve encore, et il n'avait plus grand-chose à faire. La compagnie était maintenant au grand complet. On n'attendait plus personne. L'assemblée était déjà très nombreuse et la fête battait son plein. Certains esquissaient même quelques pas de danse. La moitié du bourg était là ! Et lorsque, tard dans la soirée, la lune se leva, et que Thomas se retourna un instant vers sa maison, elle brillait d'un blanc de chaux. Il sentait qu'il était un peu gris. C'était une sensation agréable, un peu comme s'il se laissait porter. Mais à l'instant où la lumière de deux phares de voiture troua la pénombre, s'effaça, reparut tout aussitôt, plus vive et acide encore, cet agréable brouillard se dissipa instantanément. Les gens que la lumière éblouissait se détournèrent ou se firent un paravent de leur bras. Thomas soudain eut la gorge sèche. La voiture s'arrêta au milieu du chemin, les phares s'éteignirent, le moteur expira. C'était une grande conduite intérieure Mercedes noire. Ferdinand était venu se poster à côté de Thomas. « C'est eux ? demanda Thomas d'une voix rauque. — Non », répondit Ferdinand. Il s'était aperçu un instant plus tôt que ce n'étaient pas ses grands-parents. Il en paraissait soulagé. « Non », répéta-t-il. De qui s'agissait-il ? Thomas passa mentalement en revue toutes les personnes qu'il avait appelées, dans l'ivresse de la bonne nouvelle. Une seule n'était pas encore arrivée. Il se recoiffa d'un geste rapide, se racla la gorge, s'avança vers la berline d'un pas alerte et ferme. La portière s'ouvrit du côté passager et l'on vit sortir du véhicule un homme d'une cinquantaine d'années vêtu d'un complet-veston noir et d'une chemise blanche. Le sommet de son crâne luisait dans la pénombre. « Monsieur Goldberger ? demanda-t-il avec courtoisie, d'une voix très basse. — Oui », répondit Thomas, d'un ton si puissant que tous l'entendirent ; un grand silence s'était fait. « Goldberger. C'est moi. » Il ne se souvenait plus exactement de l'idée qu'il s'était faite de lui pendant toutes ces années – mais ce n'était certainement pas celle-là. L'homme se pencha vers la portière de la voiture, hocha la tête, le conducteur remit le contact et l'imposante berline recula de quelques mètres dans l'allée, fit demi-tour, s'éloigna. « Mon nom est Peter Fellner. Je... je vous ai eu au téléphone hier. — Mais oui, s'écria Thomas, comme si la mémoire venait de lui revenir à l'instant, bien sûr ! » Il ajouta : « Je suis ravi de vous accueillir. » Il sentit lui-même combien cela sonnait faux. Il regrettait amèrement de l'avoir invité. Pourquoi s'être embarrassé de cet homme que personne au bourg ne connaissait ? Fallait-il qu'il passe le reste de la soirée à discuter avec lui ? Aux tables voisines, les conversations avaient déjà repris. « Vous savez, amorça Fellner, il y a des éternités que je n'étais pas revenu ici. » Thomas lui adressa un regard étonné. Des pensées toutes personnelles l'occupaient. Fellner porta le regard vers le sud. Il leva le bras et désigna les lointains, là où des lumières flottaient dans la nuit comme à la surface d'un lac sombre. « J'ai grandi tout là-haut. » Thomas fut arraché à ses pensées. Il demanda : « Où ça ? Sur le Magdalenaberg ? » Fellner acquiesça. Thomas se posta à côté de lui. « Et j'imagine qu'ensuite vous êtes parti faire vos études et n'êtes plus jamais revenu, avança-t-il par pure urbanité. — Non, répondit Fellner. Je n'étais encore qu'un enfant quand j'ai quitté le pays. Après la guerre. Les Polonais, vous savez... les travailleurs forcés... ils ont tué mon père. Il était le chef local du Parti. Oui. Et nous sommes alors partis à Linz, ma mère et moi. Je me demande d'ailleurs comment elle a survécu à tout cela. Nous ne sommes plus jamais revenus. — Plus jamais revenus ? » Thomas avait répété ces mots pour masquer qu'il peinait à les suivre. « Plus jamais. Ma mère en était incapable. Et même plus tard, une fois adulte, je m'en suis bien gardé. Le traumatisme qu'elle avait subi suffisait à me retenir. Plus tard, après sa mort, lorsqu'il fut question de cette histoire d'héritage, vous avez... – il tourna légèrement la tête et adressa à Thomas un sourire contrit – ...engagé un procès contre moi.

Je ne voulais pas revenir dans une région où je n'étais pas le bienvenu. » Un silence s'instaura. Il vint à Thomas l'idée de lui rappeler qu'il avait engagé le premier cette procédure, mais il se ravisa aussitôt. Des tables voisines, où les conversations allaient bon train, montaient des rires, des sifflements, des clameurs. Enfin Thomas dit : « Mais pourtant Grand-mère… je veux dire : Elisabeth, s'appelait Wagner. — C'était son nom de jeune fille. Elle a dû le reprendre après que son époux – mon oncle – est tombé au front. » Les deux hommes se tenaient à l'endroit précis où Ferdinand – il y avait une seconde encore, parut-il à Thomas – avait marché sur les mains dans le pré, aussi Thomas, plutôt que d'enchaîner logiquement sur les paroles de Fellner, lui raconta-t-il que son neveu avait surgi de nulle part un jour plus tôt. Il l'avait trouvé pendu par les jambes à l'armature du séchoir à linge, « comme une pomme qu'on aurait oublié de cueillir ». Cette histoire le mit si bien en train que les phrases qu'il avait polies et repolies – depuis si longtemps, lui semblait-il ! – pour demander pardon à Fellner passèrent enfin ses lèvres, et il expliqua alors toutes les tracasseries judiciaires qu'il lui avait fait subir – sans toutefois les justifier – par l'amour qu'il portait à sa grand-mère, Elisabeth. Fellner avait toutes les peines à suivre son argumentation et ne tarda pas à l'interrompre. Il jugeait que le sujet était clos et l'invita à ne plus revenir sur la question. Thomas en fut d'accord. Ils se serrèrent la main et, devisant de choses et d'autres, s'arrêtant tous les quelques mètres pour jeter un regard par-dessus leur épaule en direction des lumières du Magdalenaberg, se dirigèrent vers les grands fûts de bière – quelqu'un en avait mis en perce un second. Cependant que Thomas remplissait une chope et ne quittait pas le verre des yeux, il demanda d'un ton détaché : « Et le fermier à qui vous louez – vous en êtes content ? » Oui, il était pleinement redevenu un homme d'affaires.

Ferdinand, Sabine, Maria, Andreas et Martha se trouvaient à peu près au milieu de la foule et formaient un îlot isolé du reste. À côté d'eux, Elfriede, flanquée de son époux et de ses enfants, se tenait d'un côté de la table, Martin et Fanni de l'autre. De toutes parts, les regards convergeaient encore vers Ferdinand, mais l'émotion première avait fléchi et la curiosité déjà s'émoussait. Quelqu'un avait éteint l'autoradio, et l'un des convives modula quelques notes d'accordéon, sans avoir en tête un air précis. Anna circulait entre les tables, disparaissait dans la maison puis reparaissait un peu plus tard, comme si elle attendait encore un hôte qui n'arrivait pas – elle avait l'âme troublée. Soudain Sabine saisit Martha par le bras et s'écria : « Mais non ! Vous passerez la nuit ici, bien entendu ! J'ai préparé les chambres tout exprès ! » Déjà quelques-uns songeaient à s'en aller. Quelle heure pouvait-il être ? Minuit passé, sans doute. Elfriede chuchota quelques mots à l'oreille de sa sœur, et un instant plus tard elles s'éloignèrent toutes deux en compagnie de Bernadette, de Leonhard et de Johannes. Les enfants étaient si fatigués – Johannes s'était même endormi à table – qu'ils ne songèrent même pas à protester et, les devançant, rejoignirent le corps de logis d'un pas titubant avant d'aller aussitôt se coucher. Ferdinand les suivit du regard. « Déjà fatigué ? », lui demanda Andreas. Ferdinand lui sourit et secoua la tête. Ils formaient un îlot, le noyau dur. Petit à petit, celui-ci s'était dépouillé des couches qui l'enveloppaient, mais ils étaient encore entourés d'une foule de personnes qui, à présent que l'une d'elles s'était emparée de l'accordéon – d'autorité, et non sans quelques éclats de voix –, chantaient en chœur des airs anciens. Thomas et Fellner approchèrent, pourvus de chopes de bière remplies à ras bord, et allèrent s'asseoir auprès de Martha et d'Andreas, puis Sabine et Maria s'en revinrent de la maison et retrouvèrent leurs places. Thomas leur présenta Fellner avec un naturel si parfait que nul ne s'étonna plus vraiment qu'il l'eût invité, et le brouhaha des conversations reprit bientôt. Les hôtes se retirèrent un à un, prenant congé de Thomas en lui donnant une tape sur l'épaule, et plusieurs d'entre eux en profitèrent pour glisser à Ferdinand un billet de vingt, de cinquante ou même de cent schillings. Il les remerciait d'un sourire. Soudain Thomas demanda : « Quelqu'un sait où est passée ma mère ? » Il venait de se rendre compte qu'il ne l'avait plus aperçue rôdant entre les tables depuis un bon moment. Maria répondit d'un ton allègre : « Oui ! Je te le donne en mille : dans la cave ! » Thomas, la mine sombre : « Qu'est-ce qu'elle y fabrique ? » Maria, toujours hilare : « Elle met du poiré en bouteilles. C'est que la bière est si chère ! » Thomas secoua la tête et dit : « Je reviens tout de suite. » Il se leva et s'éloigna ; après quelques secondes, Ferdinand lui lança : « Attends ! Je t'accompagne. »

C'était vrai : Anna, sous une lumière faible et de surcroît vacillante, était assise devant une barrique sur un petit tabouret de bois et, munie d'un entonnoir rouge, remplissait une bouteille ; à côté d'elle s'empilaient plusieurs caisses de bouteilles déjà remplies.

Que lui arrivait-il ? Même si elle préférait ne pas prendre part à la fête, ne pouvait-elle pas au moins s'en réjouir ? Avaient-ils jamais accueilli, eux qu'on avait toujours tacitement pris soin d'éviter depuis le début, autant d'invités à la ferme ? N'était-ce pas la première fois qu'ils étaient les seigneurs du village ? Des années durant, ils avaient amassé des richesses, faisant fond sur les sommes colossales qu'avaient touchées Goldberger le Vieux ; jamais personne n'avait rien su de leur aisance ; depuis toujours on les avait considérés – même elle, Anna, qui était pourtant originaire du bourg ! – comme de nouveaux arrivants au pays. Or il était rare que les nouveaux venus fussent riches ; c'était une des nombreuses choses qui ne leur étaient pas permises. Que lui arrivait-il ? N'était-elle donc pas heureuse ? Ne lui fallait-il pas fouiller dans sa mémoire pour retrouver la trace d'une si belle journée ? Paul avait un fils ! Et celui-ci était à présent chez eux, à Rosental ! À la vérité, Anna n'attendait plus grand-chose de cette vie ; et certainement pas d'avoir le bonheur d'être grand-mère. Mais en même temps elle était profondément désespérée ; plus désespérée que jamais. Mais pourquoi ? Elle pensait que c'était à cause de l'argent. Les habitants de Rosental leur avaient-ils jamais fait le moindre cadeau ? Et voilà que Thomas invitait à présent la moitié du village ! Comptait-il peut-être vendre d'autres terres encore ? C'est à cet instant qu'elle entendit retentir des pas – quelqu'un s'avançait derrière elle, mais il lui semblait que les pas résonnaient dans la voûte.

« Maman, lui souffla Thomas, peut-on savoir ce que tu es en train de faire ? — Tu le vois bien », répondit-elle d'une voix aigre. Et, lorsqu'il parut à sa vue, d'un ton un brin radouci : « Je mets du poiré en bouteilles. — Et pourquoi ? — Pourquoi, pourquoi ! s'écria-t-elle, reprenant ses mots d'un air railleur. Parce que c'est moins cher que cette maudite bière ! — Si j'en ai acheté, c'est que j'avais mes raisons. — Tu jettes l'argent par les fenêtres, voilà tout ! — Ah, je jette l'argent par les fenêtres ? — Parfaitement ! — Très bien. » Le silence s'instaura un moment ; on n'entendit plus que le chant du liquide doré qui jaillissait du fût et, de temps à autre, les gargouillements de la barrique pansue qui reprenait haleine. « Tu ne veux vraiment pas célébrer cette journée avec nous ? » Elle ne répondit rien. « N'es-tu pas heureuse que Ferdinand soit parmi nous ? Ton petit-fils ! » Elle se figea le temps d'un battement de paupières, puis elle vissa le bouchon de la bouteille, la déposa dans la caisse et s'empara de la suivante. « Mais bien sûr, que je suis heureuse. » Elle eut un sanglot, s'essuya la pointe du nez dans la manche de son paletot, puis leur intima aussitôt d'un ton bourru : « Et maintenant, aidez-moi à transporter les caisses là-haut ! — Allez, viens, dit Thomas à Ferdinand en esquissant un geste de dédain, allons-nous-en. » Il tourna les talons et dit à son neveu, comme s'ils étaient seuls : « Tu sais, plus rien ne la met en joie. C'est comme si elle ne savait plus aimer. Elle n'était pas du tout comme ça, autrefois. » Ils remontèrent l'escalier de la cave, franchirent le seuil de la maison et, lorsque le vent chaud de cette nuit de septembre les accueillit, ils frissonnaient légèrement. « Elle va attraper la mort, en bas », dit Ferdinand. Thomas lui souffla : « Ne t'en fais pas. Elle a son paletot. »

Ils regagnèrent les tables dressées dans le pré, où une trentaine de convives s'attardaient encore. L'homme à qui l'on avait arraché des mains l'accordéon un peu plus tôt en avait repris possession. Plus personne ne chantait, mais cependant tous semblaient prendre part à la musique. « Tu sais jouer d'un instrument ? », demanda Thomas sitôt qu'il entendit les accents de l'accordéon, et Ferdinand lui répondit en s'esclaffant : « Ma foi non ! Et toi ? » Thomas, le rire aux lèvres : « Non ! Je ne sais même pas siffler correctement. » Et il lui fit la démonstration de ses piètres talents. Ferdinand tout au contraire maîtrisait cet art à merveille. C'est en sifflotant tous les deux qu'ils allèrent se rasseoir à table. « Et alors ? demanda Sabine. — Et alors rien. Elle est à la cave. Elle met du poiré en bouteilles. — C'est parce que la bière est si chère ! », crut bon de répéter Maria. Pour elle qui ne voyait plus sa mère qu'en de rares occasions, c'était amusant, presque cocasse. Thomas se fâcha tout rouge et répliqua d'un ton tranchant : « Est-ce que je sais pourquoi, moi ? » Mais il avait la certitude d'avoir percé à jour sa mère : si elle était ainsi, c'est que la mort de son époux l'avait rendue inaccessible au bonheur. Elle était brisée, la mécanique ne fonctionnait plus, il s'en était aperçu depuis longtemps. Pouvait-on seulement lui venir en aide ? Il ne restait plus qu'à espérer qu'elle remonterait bientôt la pente. Un bref silence s'était installé après les mots si durs de Thomas. Andreas, d'une voix très hésitante, le rompit en se mettant à évoquer son père. Il leur raconta que celui-ci ne manquait pas une occasion de le chapitrer quand il s'en revenait d'être allé faire les courses – il jugeait toujours que les filets à provisions étaient trop généreusement garnis. Avait-on réellement besoin de tout cela ? Et quand il avait fait l'acquisition d'une voiture neuve : ah, on ne regardait pas à la dépense ! Il en avait été ainsi toute une vie durant. « C'était un vieux fou », conclut-il d'un ton navré, tout en adressant un regard à Martha, qui venait de jeter un châle de laine sur ses épaules. La conversation roula dès lors un moment sur l'avarice des vieilles gens. On se gardait de juger, mais on reconnaissait ne pas comprendre. « Pourtant, moi-même je n'ai plus vingt ans », souligna Andreas. Mais à l'instant où Anna, une unique bouteille de poiré en main, reparut soudain et, un sourire presque honteux aux lèvres, vint s'asseoir à côté de Maria et lui saisit le poignet, on s'empressa de changer de sujet.

Fellner fut un des derniers à partir. Thomas, quand ils prirent congé l'un de l'autre, avait déjà un débit pour le moins balbutiant, aussi, s'en avisant, s'appliqua-t-il à parler avec une lenteur extrême. Fellner dit : « Appelons-nous dans les jours prochains. J'en aurai touché un mot à mon fermier. » Puis Thomas le regarda s'en aller sur la route dont le ruban brillait dans la nuit, s'effacer peu à peu sur la croupe de la colline. Une minute plus tard, on entendit une portière claquer, un moteur démarrer, un grondement s'éloigner. Oui, le ruban de la route était plus clair que tout dans la nuit, et le ciel lui-même s'éclaircissait à présent petit à petit ; les étoiles avaient disparu et la lune pâlissait, elle n'était plus qu'un mince croissant dont le blanc délicat s'irisait de bleu. Des lointains leur parvenait une rumeur feutrée – on aurait juré entendre le bruissement d'une eau, un froissement de frondaisons dans une brise légère, mais ce n'était jamais que l'autoroute, qu'on entendait pourtant à peine autrefois. Ici et là, on distinguait encore quelques voitures laissées là pour la nuit. La fête était finie.

5

Ferdinand resta à Rosental. Il n'eut d'ailleurs pas à y réfléchir longuement : sa décision avait été prise d'emblée. Jamais encore, de toute sa vie, il n'avait éprouvé un tel sentiment de liberté. Plus personne ne le traitait comme un enfant, ne le bridait, ne lui dictait sa conduite. Anna – il lui fallut un temps avant de pouvoir l'appeler « Grand-mère » – ne parut bientôt plus souffrir de ce qu'il tenait pour des sautes d'humeur, ou du moins sut-elle mieux les dissimuler, aussi n'eut-il plus aucune raison de ne pas rester à demeure chez eux. Thomas, soucieux d'imposer malgré tout quelques conditions, se creusait l'esprit et prenait conseil auprès de Sabine. À la vérité, c'est elle, dès le soir de la fête, qui avait exigé qu'il en pose quelques-unes. Elle était d'avis que le garçon devait d'abord achever sa scolarité, et qu'on aurait d'ici là le temps d'aviser. Mais l'aversion que Thomas nourrissait à l'égard de la ville de K. – de son pensionnat, du collège religieux lui-même, au fond de la localité tout entière – était si vive qu'il répliqua qu'il n'en était pas question ; si Ferdinand ne voulait pas rester un jour de plus, il ne trouvait rien à y redire. Ils convinrent finalement qu'ils proposeraient à Ferdinand de rester chez eux, mais à la seule condition qu'il achève au moins l'année scolaire en cours ; un autocar reliait le bourg à K., et au besoin on pourrait également le conduire là-bas – après tout ce n'était pas si loin, une dizaine de kilomètres tout au plus. Et n'avait-on pas conservé une vieille motocyclette dans la resserre ? Sabine jugeait cependant que celle-ci était très bien là où elle était.

Thomas, pour qui tout cela n'était jamais qu'un compromis passé avec Sabine, dont il ne percevait pas nettement la portée, avait plutôt tendance à y voir une manière de chantage déguisé, mais Ferdinand jugea la proposition épatante et l'accepta avec reconnaissance et joie.

On le laissa ferrailler seul avec les « grands-parents de K. ». Anna, qui restait sur son quant-à-soi, se contenta de conseiller à Thomas de faire preuve de prudence et de se tenir en retrait. Ces gens-là avaient plus d'un tour dans leur sac et l'on ne savait jamais de quoi ils étaient capables. Il garda en effet ses distances ; chaque fois que Ferdinand le priait d'avoir une explication avec ses grands-parents, il s'y refusait. Il répondait au garçon que c'était son affaire à lui, Ferdinand, et qu'il entendait ne pas s'en mêler. Mais le jour où ils se présentèrent à la ferme pour « ramener le gamin à la maison » – ce furent leurs propres mots –, et où une altercation si violente éclata entre le petit-fils et les grands-parents, sur le seuil de la maison, qu'ils faillirent à plusieurs reprises en venir aux mains, Thomas alla chercher dans l'armoire de l'atelier sa carabine de petit calibre, fit le tour de la ferme et se figea à quelques mètres à peine des belligérants, l'arme en main, le canon légèrement oscillant et pointé vers le sol. « Ah, tu vois bien », se mit à hurler la grand-mère, qui ne se possédait plus, sitôt qu'elle aperçut Thomas. Et, le désignant du doigt : « C'est une vraie maison de fous, ici ! — Ne poussez pas le bouchon trop loin, madame Wolf, dit Thomas. Vous êtes ici sur mes terres. Ressaisissez-vous. Au moins, Ferdinand est ici de son plein gré. — De son plein gré ? C'est nous qui sommes en charge de son éducation ! », s'insurgea le grand-père. Le canon du fusil cessa d'osciller et, très lentement, comme de lui-même, se redressa à l'horizontale. « C'est avec lui que vous devez en discuter, pas avec moi », dit Thomas. Le fût du canon était désormais parfaitement droit, et Thomas, avec ostentation, suivit du regard l'essor d'un oiseau dans le ciel – une hirondelle qui prolongeait son séjour. Puis il baissa les yeux, et le canon de la carabine, sur lequel les Wolf posaient un regard pétrifié, s'abaissa en même temps. « Mais vous feriez bien de l'écouter. Je crois que mon neveu a la tête sur les épaules. » L'homme et la femme ne bronchèrent pas. Thomas dit : « Au revoir, madame Wolf », adressa au vieil homme un courtois signe de tête, recula d'un pas, pivota sur les talons et s'en fut. Le gamin voulait à tout prix rester à Rosental ; qu'y pouvaient les grands-parents ? Et après tout les Goldberger étaient eux aussi des parents à lui. Ils ne s'en étaient pleinement rendu compte qu'à l'instant où Thomas avait prononcé les mots « mon neveu ». Aussi, après quelques minutes d'indécision encore, finirent-ils par reprendre la route – pour ne plus jamais revenir. Ferdinand prit le pli d'aller leur rendre visite une fois par semaine à K. Il déjeunait là-bas, buvait un café avec eux – privilège qu'on lui avait toujours refusé jusqu'alors –, leur faisait un brin de conversation puis s'en retournait à Rosental. Autrefois, il ne passait de toute façon que les week-ends chez eux, aussi n'avaient-ils au fond pas perdu grand-chose.

Quelques semaines à peine après la fête, une lettre adressée à « Monsieur Ferdinand Goldberger Jr. » arriva à la ferme. Sabine en reconnut immédiatement l'écriture et alla déposer la missive dans la chambre de Ferdinand ; l'ancienne chambre de Paul, sur laquelle s'était porté son choix. Lorsque Ferdinand s'en revint du lycée et trouva la lettre, il fut d'abord désarçonné. Le nom de l'expéditeur ne lui disait rien, et au surplus il se nommait Wolf, même si Goldberger sonnait mieux à ses oreilles. « De qui est cette lettre ? », demanda-t-il à Thomas, qui était installé dans l'un des fauteuils du grand salon. Thomas saisit l'enveloppe jaune par l'un de ses angles, la rapprocha de lui, l'écarta ensuite. « Elle est de Martha… de ta… grand-tante, je crois, sauf erreur ». Il plissa le front : « Oui, j'en suis certain : de ta grand-tante. De la sœur de ton grand-père. — Était-elle des nôtres à la fête ? — Oui. — Je ne me souviens pas d'elle. — Mais bien sûr que si, voyons, dit Thomas, la muette ! — Ah. — Oui. » Ferdinand resta un moment encore dans le grand salon, regarda un peu la télévision – on l'avait installée ici désormais –, puis il retourna dans sa chambre et ouvrit l'enveloppe. Une correspondance s'engagea entre Martha et Ferdinand, mais elle ne tarda pas à s'interrompre. Il était diablement difficile de s'écrire quand on se connaissait si peu !

Les années quatre-vingt-dix, les toutes dernières du siècle et du millénaire, commençaient à peine. Ferdinand mena à leur terme ses deux dernières années de lycée et fut reçu au baccalauréat avec mention.

Par quel singulier miracle parvint-il à présenter soudain des bulletins irréprochables, alors qu'il ne bénéficiait plus des longues heures d'étude du pensionnat, et que c'est à peine s'il ouvrait un cahier une fois à la maison, préférant passer tout son temps libre dehors en compagnie de Thomas, dans les étables, aux champs, dans les bois, ou, à défaut, posté sur le pont ou un peu plus loin en amont du ruisseau, dans l'ombre d'un arbre de la berge, pêcher sereinement la truite en mouillant sa ligne dans le vif du courant ? Il n'aurait pas su dire lui-même d'où lui venaient soudain ces facilités. C'était ainsi et voilà tout. De même qu'il apprenait presque tout sans peine au lycée, c'est en un rien de temps qu'il se fit à la vie à Rosental. Que maîtrisait-il à son arrivée au domaine, hormis quelques figures à la barre fixe et l'art de marcher sur les mains ? Thomas ne tarda pas à faire son apprentissage, et il se montra un élève brillant et appliqué. Quand il ne possédait pas une tâche d'emblée, il s'en irritait toutefois. « Ne te montre donc pas si acharné, Ferdine », le tempérait parfois Thomas. Acharné ? Ferdinand le regardait avec des yeux étonnés. Il ne se trouvait pas particulièrement acharné ; simplement, pour la première fois de son existence, il aspirait à réussir quelque chose – n'était-il pas naturel qu'il s'agace de ses échecs ? Ferdinand était l'attention personnifiée, et Thomas découvrit bientôt qu'il consignait dans un cahier toutes sortes de notes et observations relatives aux travaux agricoles et à la sylviculture. Sans doute devait-il à cette application qu'il apportait à toutes choses ses éclatants succès scolaires. Même ses grands-parents – qui officiellement étaient encore en charge de son éducation – s'étonnèrent du changement que laissaient entrevoir les excellentes notes de leur petit-fils. Le cahier de Ferdinand réveilla en Thomas le souvenir de son père, et il alla chercher dans l'atelier le lourd sac en cuir. Il s'assit sur le seuil de la ferme, sortit les bandes de papier, les déploya devant lui et, comme il l'avait fait quelques années plus tôt, parcourut des yeux les notes détaillées ; il y porta cependant cette fois un tout autre regard : il ne se souciait plus aucunement de l'aspect économique. Il était impressionnant de voir tout ce que son père avait pu consigner sur le papier ; lui-même, Thomas, ne prenait des notes que très rarement. Ces chiffres de toutes sortes, ces données, ces remarques, ces pense-bêtes – Thomas avait l'impression de lire un récit, de compulser un grand livre qu'il connaissait par cœur et qui lui laissait cependant un sentiment d'étrangeté, peut-être parce qu'il n'avait pas pris conscience qu'il le portait en lui. Il s'abolit si profondément dans la consultation de ces notes qu'à l'instant où il replia enfin les grandes feuilles de papier beige pour les ranger dans le sac, il avait complètement oublié pourquoi il les en avait sorties. La mémoire ne lui revint qu'au moment où il s'apprêta à replacer le sac entre le meuble bas et l'établi, et, secouant la tête, il l'emporta alors avec lui dans la maison et l'accrocha à la poignée de porte de la chambre de Ferdinand. Un peu plus tard, le sac avait disparu. Ferdinand étudia avec un soin scrupuleux ces notes qui, supposait-il, étaient de la main de son grand-père, mit plusieurs jours à entrevoir la logique qui y présidait, et en retira finalement de précieux enseignements. Il se promit d'interroger Thomas à ce sujet. Il avait encore dans l'oreille les mots de Sabine : « Un jour, Thomas te racontera ce qu'il en était vraiment. » Chaque fois que l'envie lui prenait de questionner Thomas au sujet du passé – de son père, par-dessus tout, mais aussi de son grand-père, qui s'était mis à l'intéresser tout particulièrement, de son arrière-grand-père ou même de tous ces êtres qui lui étaient de parfaits inconnus –, les paroles de Sabine lui revenaient en mémoire et le retenaient sans qu'il pût vraiment s'expliquer pourquoi. Il lui semblait qu'elles sous-entendaient ceci : il te le racontera quand il en éprouvera le désir.

Aussi s'était-il gardé de poser des questions. Et ici personne ne racontait jamais rien de sa propre initiative.

Quatre mois après le baccalauréat, Ferdinand partit pour le service militaire. La chance fut de son côté et, après avoir fait ses classes pendant six semaines, il fut incorporé dans le 15e bataillon de chasseurs à pied de Kirchdorf, une modeste bourgade située au pied des Alpes, à une vingtaine de kilomètres au sud de Rosental, où sa qualité de bachelier lui valut d'être affecté à des tâches de secrétariat au sein de l'état-major. Ainsi eut-il tout le loisir, une fois qu'il eut obtenu le permis de conduire et fait l'acquisition d'une Golf blanche d'un modèle très ancien, de faire régulièrement la navette entre les deux localités.

L'essentiel de son travail ou de son service consistait à tuer le temps. Ferdinand passait des heures et des journées entières dans son bureau, occupé à rédiger des lettres à d'anciens camarades de lycée – tantôt il les expédiait, tantôt non –, à des jeunes filles qui n'existaient que dans son imagination ou qu'il n'avait que très fugitivement croisées dans la rue (il s'empressait alors de déchirer les feuillets en mille morceaux et de les jeter à la corbeille). Il se rendait au réfectoire en compagnie des autres conscrits, disputait avec eux des parties de cartes, les imitait et sifflait en passant quelques verres de schnaps, comme si tout cela n'était au fond qu'un grand jeu destiné à leur faire paraître le temps moins long. Il leur arrivait également de disputer des parties de bataille navale ou de se divertir en s'occupant à des riens. Mais il passait le plus clair de son temps seul dans son petit bureau ; et quand un gradé faisait son entrée, il se levait promptement, rejetait largement les épaules en arrière, bombait le torse, faisait claquer ses talons, se fendait d'un salut martial et, si on l'y enjoignait, délivrait immuablement le même rapport : « Rien à signaler ! » Il ne mentait du reste pas. Dans les premiers temps, cette monotonie avait fait naître en lui un sentiment d'ennui presque douloureux, et il regrettait qu'on l'eût versé à l'état-major, mais il suffit de quelques mois pour qu'il se fît pleinement à cette oisiveté, et il ne tarda pas à maugréer quand il lui fallait malgré tout rapporter quelque événement ou, pis encore, quitter la caserne pendant son service pour accompagner par exemple les troupes en manœuvre. Il ne rentrait plus tous les soirs au domaine, restait à la caserne le week-end la plupart du temps, se rendait en ville où il dépensait sa solde en beuveries, dans des tripots, ou en bacchanales dans le bordel perché sur sa colline, aux marges de la ville. Quand on le rendit à la vie civile, il en éprouva presque du regret, et, pour la première fois depuis plus de deux ans, l'idée de retrouver Rosental ne souleva plus en lui une joie aussi vive.

Pendant l'été, avant son départ pour le service, il avait eu maille à partir avec les enfants d'Elfriede au moment de la récolte – on lui confiait des tâches qui leur revenaient, et ils s'en émurent. Après tout, Ferdinand venait seulement d'arriver ! Il était novice en la matière et son savoir-faire se résumait à peu de chose ! Les gamins se tournèrent alors vers Thomas, mais celui-ci se contenta dans les grandes lignes de les tempérer : le travail ne manquait pas, et chacun aurait de quoi s'occuper. Et lorsque Leonhard lui annonça qu'il aspirait à devenir plus tard un paysan, tout comme lui, son oncle, Thomas éclata de rire et expliqua à l'enfant qu'on avait encore le temps de voir venir. Cet été-là, Thomas, en plus des fruits des champs, récolta de tout autres fruits, à la saveur bien amère. Un poison s'y était instillé. Les enfants étaient blessés, cela crevait les yeux. Thomas pourtant demeura aveugle. Et lorsque les enfants, l'été suivant, gardèrent ostensiblement leurs distances, il ne comprit pas les raisons de cette réserve. Quelle mouche les avait piqués ? Était-il donc le seul ici que le travail mettait encore en joie ? Ferdinand lui-même semblait avoir changé. Plutôt que de s'affairer dans les champs, il se ménageait de longues pauses sous l'arbre où, recouvert d'une planche à casse-croûte en bois, se trouvait le cruchon vert et blanc renfermant le poiré coupé d'eau, et laissait errer son regard vers les montagnes. Combien de fois Thomas, lors des mois écoulés, ne s'était-il pas d'ailleurs emporté contre Ferdinand, parce qu'une fois de plus il n'était pas rentré au domaine et, sans en avertir personne, avait préféré rester à la caserne ! Alors qu'il y avait pourtant tellement à faire à la maison, bon Dieu de bois ! Sabine tempérait sa fureur et le priait de ne pas s'échauffer de la sorte : Ferdinand atteignait l'âge d'homme, et il n'y avait là rien que de très normal. Mais Thomas, loin de retrouver son calme, répliquait d'un ton cinglant : « Je vois que les hommes n'ont pas de secrets pour toi ! », la fusillait du regard, et Sabine devait alors redoubler d'efforts pour le calmer – et atténuer sa jalousie, qui pour la première fois se faisait jour, ou qu'il avait toujours su dissimuler.

Que les hommes aient ou n'aient pas « de secrets pour elle », Sabine avait raison. Quelques mois suffirent à Ferdinand pour s'acclimater de nouveau ; il passait toutes ses soirées à la ferme, du moins pendant la semaine, et oncle et neveu ne tardèrent pas à retrouver leurs habitudes de travail. Ferdinand ne quittant plus le domaine, ils accomplirent double besogne. L'hiver venu, au moment de l'abattage du bois, il s'avéra qu'aucun des deux n'avait perdu la main. Ils travaillaient munis de haches et de la scie passe-partout, et n'avaient recours à la tronçonneuse qu'en de rares occasions. Les cognées s'abattaient en cadence et leur écho retentissait dans la forêt entière – comme un chant, une musique. L'élevage de moutons de Thomas ne s'était jamais aussi bien porté : les acheteurs venus du Sud affluaient à la ferme, et Thomas, à présent que Ferdinand était « pleinement » là, put enfin accepter l'offre que Fellner lui avait faite dès le soir de la fête, et prendre en fermage ses champs, les cultiver de nouveau après une interruption de près de vingt ans, et engager en parallèle les travaux de construction de nouvelles étables. Car c'était bien cela qu'il avait toujours voulu : maintenant qu'il était éleveur de moutons, posséder quelques parcelles supplémentaires ne représentait pas une nécessité ; il n'avait pas besoin des céréales ; tout ce qu'il voulait, c'étaient les champs qui avaient appartenu à Elisabeth autrefois. S'il n'avait pu les récupérer, il en aurait pris d'autres ; mais ils n'auraient été qu'une solution de remplacement. Pour l'excédent de céréales, il avait un plan en tête et avait d'ores et déjà mené à ce sujet des négociations prometteuses : il les vendrait à une boulangerie des environs.

Le soir, ainsi que les jours où il y avait moins de travail à accomplir, où les caprices du temps vous confinaient à la maison, Ferdinand s'adonnait à la lecture dans son lit.

On a coutume de dire que la lecture et plus généralement l'étude vous dégrossissent l'esprit. Il n'était cependant pas certain qu'il en fût ainsi ; c'était peut-être le contraire : seuls les êtres les plus fins étaient précisément ceux qui étaient portés à lire et à étudier. Et quand Ferdinand repensait aux années passées à K., à ses camarades de lycée, il jugeait la formule parfaitement fausse : ceux qui étaient frustes au départ l'étaient tout autant à la fin de leur scolarité : les heures de lecture, d'étude et de traduction n'y avaient rien changé. En ce qui le concernait, il n'avait pas d'avis tranché. Il avait certes remarqué que son séjour à l'armée – les alcools forts, les nuits de débauche passées en ville et au bordel – avait laissé une étrange et profonde empreinte, mais il ne s'appesantissait pas là-dessus. Il avait cependant compris qu'un autre monde, un monde contraire dont la lumière sombre l'attirait et le fascinait entièrement, s'était alors offert à lui ; mais il suffisait de laisser cette lumière vous effleurer et, maintenant qu'on savait où la trouver, d'y pénétrer quand l'envie vous en prenait : on n'était nullement contraint de s'établir dans cet autre monde. Voilà ce qu'il entrevoyait. Il parvenait à poser sur les autres un regard bien plus acéré que sur lui-même. Et, depuis les disputes qui l'avaient opposé, ouvertement le premier été, de façon plus rentrée le second, aux trois enfants – car il les appelait ainsi : les enfants ; il ne se sentait avec eux aucune affinité –, l'être sur lequel il posait le regard le plus affûté était son oncle Thomas.

6

Chacun portait ses propres lunettes et voyait le monde à travers elles.

Ainsi Anna considérait-elle par exemple son fils Thomas et croyait-elle y voir chaque jour un peu plus le portrait de son mari. C'est qu'elle voulait voir les choses ainsi. Car il n'en était rien. Thomas ne ressemblait pas à son père. Il était tout le portrait – ce dont nul ne s'était avisé pendant quatre décennies – de son grand-père, Goldberger le Vieux.

Quand ce dernier était encore en vie, il arrivait à Anna de penser : il a vraiment agi comme un insensé, autrefois. Il a liquidé les terres du pays natal pour acquérir une autre ferme, avant de mettre son fils – et sans doute, non, sûrement aussi sa fille – devant le fait accompli. Plus tard, une fois que Ferdinand et elle furent eux-mêmes parents, elle observa son mari agir, et put constater qu'il n'excluait jamais ses fils de ses projets d'avenir. Elle n'avait jamais pu oublier ce dimanche de Pâques où il avait eu l'idée de ce petit jeu d'adresse avec le marteau, et combien elle lui en avait alors voulu ; mais elle avait toujours gardé à l'esprit qu'il avait été contraint de faire ce choix. Peut-être du reste aurait-elle agi très exactement de la même façon à sa place. C'était la seule solution. Elle regrettait simplement qu'il eût pris sa décision aussi tôt ; elle ne voyait pas ce faisant que l'heure du choix avait été en somme dictée à Ferdinand : vers l'âge de dix ans, les enfants devaient décider de leur orientation, et il fallait bien trancher. En ce qui concernait désormais

Thomas, elle constatait avec joie que ses vœux se réalisaient : Bernadette, Leonhard puis Johannes s'orientèrent vers un cycle court. Personne ne les contraignit à faire des études plus poussées. Certes, Thomas n'était jamais que leur oncle ; mais elle avait la certitude qu'il n'aurait pas agi autrement avec ses propres enfants. Puis son époux, Ferdinand, était mort, et la relative clarté qui présidait à ses raisonnements s'était brouillée ; les époques n'étaient plus séparées les unes des autres par un abîme, le passé le plus reculé ne semblait plus aussi lointain.

Qui sinon Anna aurait pu remarquer que Thomas tenait de son grand-père ? Thomas lui-même et Maria étaient trop jeunes pour avoir pu se faire une idée précise de l'homme qu'il avait été ; Sabine quant à elle ne l'avait même pas connu ; elle en avait simplement entendu parler, et avait vu quelques photos. Ferdinand n'était plus de ce monde. Oui, qui sinon elle aurait pu le remarquer ? Seuls quelques anciens, au village, murmuraient que le jeune Goldberger était tout le portrait de Goldberger le Vieux – non, pas de Ferdinand, de l'aïeul, du chef local du Parti !

D'entre tous, celui qui aurait été le moins à même de déceler des parallèles entre les époques était bien le jeune Ferdinand. Mais si l'une des facettes du problème lui demeurait cachée – en grande partie tout du moins, car il arrivait à sa grand-mère ou à son oncle de lui faire des récits, de lui laisser deviner au détour d'une remarque quel homme son grand-père avait été –, l'autre ne lui apparaissait qu'avec une netteté toujours plus vive. Tout avait commencé pendant l'été du baccalauréat. Pourquoi les enfants d'Elfriede se montraient-ils si durs envers lui ? Il n'arrivait pas à le comprendre. L'année suivante, quand il les vit prendre leurs distances, il se dit qu'il s'était peut-être laissé emporter par son tempérament, et que les enfants étaient simplement d'un naturel réservé. Oui, songeait-il, sans doute n'était-ce que cela : de la timidité. Mais il n'arrivait cependant pas à oublier qu'ils lui avaient marqué de la froideur, presque de l'hostilité. À moins que ses souvenirs ne lui jouent des tours ? Il s'appliqua à regarder les choses d'un œil plus acéré encore. Ses pensées prirent alors peu à peu un autre tour. Thomas ne semblait guère se soucier des enfants, et cependant ils ne le lâchaient pas d'une semelle. Pourquoi ? Et ne lisait-il pas sur certains visages une évidente déception ? Quelle en était la cause ? Ferdinand comprit alors que l'attitude de Thomas vis-à-vis des enfants avait dû changer. C'était la seule explication possible. Ferdinand s'appuya sur cette conviction et approfondit sa réflexion. Il était clairvoyant, mais des années lui furent cependant nécessaires pour percer à jour Thomas et donner un sens à tout cela.

Thomas ne sentait pas ces regards braqués sur lui. Il était sur la crête de la vague. Son bonheur fut à son paroxysme le jour où il put de nouveau mettre en culture les « champs d'en face ». À l'instant où les roues du Steyr, pour la première fois depuis tant d'années, s'engagèrent sur ces parcelles, il se rappela le jour où son père les lui avait abandonnées. Quel grand moment cela avait été ! Jamais encore il n'avait connu pareille joie. C'était comme si la vie commençait enfin vraiment. Dans l'intervalle, il avait connu quelques années de profonde stagnation – il n'ignorait pas qu'il en était le seul responsable –, mais à présent tout était rentré dans l'ordre. Les affaires étaient florissantes, et l'entrée imminente de l'Autriche au sein de la Communauté européenne, qu'on avait rebaptisée depuis peu Union européenne, n'avait pour Thomas rien d'un événement décisif ; à l'auberge du village, il avait annoncé à qui voulait l'entendre, d'une voix claironnante, qu'il ne se rendrait même pas au scrutin – et si quelques murmures avaient bien parcouru la salle à boire, personne n'avait rien répondu ; dans un village où l'écrasante majorité de la population devait pourtant se prononcer finalement contre l'entrée dans l'Union – ce dont même les bulletins d'information se firent l'écho. Et pourtant Dieu sait s'ils ne se seraient pas privés de le contredire autrefois ! L'un d'eux au moins lui aurait cloué le bec ! Ces temps étaient révolus. Comme était révolue l'époque où il ne fréquentait plus l'auberge : depuis que Fanni avait épousé un électricien originaire de Schwan, il y retournait fréquemment. On avait alors célébré deux unions en même temps : Martin et la sœur aînée de Fanni formaient le deuxième couple de mariés. Non, plus personne ne contredisait le père Goldberger, quoi qu'il pût dire. Seule Sabine se risquait encore parfois à lui dire : « Tu n'es qu'un bourreau ! » Mais son succès lui donnait si bien raison qu'il ne pouvait prendre au fond ces paroles qu'en bonne part et les accueillait avec le sourire. Un bourreau ? Il avait donné un foyer à Ferdinand, l'avait accueilli comme un fils, et voyait en lui l'homme qui recueillerait un jour son héritage ; Ferdinand ne travaillait pas en vain. Quelle ne fut pas dès lors sa surprise, son effarement, le soir où Ferdinand lui asséna : « Je pars pour Vienne. » Thomas s'en amusa d'abord, et répliqua : « Elle – il faisait allusion à la jeune fille originaire de Wels avec qui Ferdinand "sortait" depuis quelque temps – vient de toute façon ici tous les week-ends. Pourquoi diable irais-tu là-bas ? » Et lorsque Ferdinand lui répondit : « Pour faire mes études », Thomas ne se départit toujours pas de son sourire et demanda : « Tes études ? Et que comptes-tu étudier, grands dieux ! » C'est alors que Ferdinand répondit : « L'agronomie ! », et le sourire se figea sur les lèvres de Thomas.

Jamais Ferdinand n'avait rechigné à la besogne, bien au contraire : les rudes travaux de la ferme l'avaient conquis d'emblée. À son arrivée à Rosental, il allait sur ses dix-sept ans, approchait de la majorité, et il lui avait alors semblé qu'il découvrait enfin – et au bon moment – la vie à laquelle il était destiné. À K., on avait su solliciter son esprit, certes, mais son corps ? S'il avait consacré tout son temps libre à pratiquer des exercices au sol et des tractions à la barre fixe, et passé bien des heures au gymnase, ce n'était pas pour rien. Il vouait aux Goldberger une reconnaissance infinie et voulait leur complaire sur tous les plans, sans toutefois se montrer servile. Rien n'était plus facile, car ses désirs et les leurs – ou pour mieux dire : ceux de Thomas – s'accordaient ; ils ne faisaient, n'avaient toujours fait qu'un. Très longtemps ils concordèrent en tout point, et au fond cela ne cessa jamais vraiment ; mais quelque chose avait changé : les lunettes à travers lesquelles Ferdinand les voyait n'étaient plus les mêmes. D'emblée, il avait pu remarquer à quel point son oncle était un être déterminé. Bien sûr! C'était l'évidence même. Il était un homme d'action, un bâtisseur, il prenait toujours les choses à bras-le-corps, même au moment le moins opportun: l'essentiel était d'agir vite, de ne rien remettre au lendemain. Cette intransigeance, cette volonté, cette fermeté d'âme lui plaisaient et lui en imposaient, et il fallait y voir assurément l'une des raisons pour lesquelles il avait enfin trouvé une direction en lui-même – comme l'aiguille d'une boussole jusqu'alors posée sur un aimant, et qu'on en éloigne enfin. Puis il s'aperçut que l'énergie dont se nourrissait son oncle ne trouvait pas en elle-même sa propre source, mais devait s'abreuver à celle des autres pour se maintenir en vie et pouvoir croître encore. Et Ferdinand était justement l'une de ces autres personnes. Il était tout naturel qu'il ne s'en fût pas rendu compte, puisque leurs intérêts convergeaient à ce point. Mais une fois que cette réflexion l'eut effleuré, elle ne le lâcha plus, même s'il ne s'en émut d'abord pas. Mais vint l'époque où cela le perturba, chaque jour un peu plus. Il était de plus en plus souvent frappé de constater que son oncle ne considérait que ses propres intérêts, de voir à quel point il se montrait habile tacticien, et profitait éhontément des autres, en partant tout naturellement du principe qu'on lui donnerait sans réserves. Où était passée la grande complicité sans ordre de préséance qui avait donné à Ferdinand un sentiment de sécurité? Se pouvait-il qu'elle n'ait jamais existé, qu'elle n'ait été qu'un leurre, une illusion? Il en vint enfin à la conclusion que cette complicité n'avait jamais été, et qu'il n'avait pas su le voir pendant des années. Avant même qu'il ne s'en avise par le biais de la réflexion, il avait senti naître en lui une pointe de déception. Elle lui avait d'abord été douloureuse, puis elle l'avait conduit peu à peu à une forme d'insensibilité.

Du jour où Ferdinand avait fait son apparition au domaine, la tête en bas, on s'était accordé pour dire que le garçon avait un tempérament aussi excentrique que son père, et, plus tard, quand il resta à la caserne des semaines entières sans les avertir, chacun avait vu la confirmation de ce constat. Paul lui-même n'avait-il pas pour habitude d'aller et venir comme bon lui semblait ? Ferdinand devait avoir hérité de lui cette instabilité. Mais en même temps il aspirait intérieurement à trouver un ancrage et le recherchait en toutes choses. C'est pour cette raison qu'il était resté au domaine ! À Rosental, la grande roue du Temps tournait. Oui, Ferdinand avait depuis peu une petite amie. Elle se prénommait Susanne et était en terminale. Il était prévu qu'elle emménage quelques mois plus tard à Vienne, chez sa sœur, qui menait déjà là-bas des études. Tous les deux ou trois jours, en début de soirée, Ferdinand se rendait à Wels et n'en revenait qu'à une heure avancée de la nuit. Il se montrait avare de confidences. On savait simplement qu'il avait une bonne amie du nom de Susanne et qu'elle irait bientôt s'établir à Vienne. Un jour, Sabine lui demanda : « Eh bien, Ferdinand, pourquoi ne l'invites-tu pas ici ? Tu pourrais lui faire faire le tour du domaine. » Aussitôt la mine de Ferdinand se rembrunit. Il répliqua : « Elle n'y tient pas. — Ah, et pourquoi donc ? — Comment veux-tu que je le sache », tempêta-t-il, et Sabine, le tempérant d'un geste des deux mains, lui souffla : « Ok, ok… C'était juste une idée comme ça… »

Susanne aimait que Ferdinand vienne la prendre en voiture et, toutes vitres baissées, le volume de la musique poussé à fond, sillonne avec elle les rues animées de la ville ; elle aimait qu'il la sorte et l'emmène dîner quelque part ; enfin elle aimait qu'il se plie à ses volontés. Des disputes de plus en plus fréquentes les opposaient, dont la cause était toujours identique : la seule fois où Ferdinand avait exigé quelque chose d'elle – se rendre à Rosental pour visiter le domaine –, elle avait refusé tout net.

À présent que Ferdinand avait changé de lunettes, tout lui apparaissait soudain sous un jour différent, et il s'aperçut qu'à tous égards il était quelqu'un dont on tirait profit et qu'on exploitait. Aux yeux de Thomas, il ne différait au fond que très peu de ses machines, il était une infatigable batterie sur laquelle on pouvait se brancher à tout moment. Quant à Susanne, elle ne voyait en lui qu'une personne momentanément bien commode.

C'était à peine croyable. Comment avait-il pu se laisser ravaler au rang de simple outil ? Il avait l'impression de n'être plus entouré que de calculateurs, de manipulateurs. Il en éprouvait une très vive douleur qui lui valut des nuits sans sommeil et de grands tourments physiques – pointes au cœur, palpitations, crampes d'estomac. Mais la douleur ne le submergea cependant pas, elle ne l'anesthésia pas non plus, elle disparut au bout d'un moment mais subsista toutefois assez pour qu'il n'en perde pas le souvenir. Dès l'instant où il saisit ou crut saisir comment les autres – par-dessus tout Thomas et Susanne – raisonnaient, ses propres pensées en furent changées. La douleur en fut éradiquée, elle ne survivait plus qu'à l'état de traces négligeables. Pour la première fois, il posait sur sa vie un œil extérieur, comme s'il pouvait l'embrasser d'un seul regard. C'est vrai : il s'était fait des idées, il avait eu des désirs, des espoirs. Il en allait encore ainsi. Mais comment aurait-il pu les atteindre ? Il n'y avait jamais réfléchi encore. Il prenait à présent conscience que la différence d'âge entre Thomas et lui était relativement faible. Il lui faudrait patienter vingt ans avant de prendre lui-même les rênes de la ferme ! Thomas lui avait raconté ce jour où son père lui avait confié les champs d'en face. Il lui avait fait ce récit avec les larmes aux yeux. Ferdinand en fut si touché qu'il sentit un sanglot lui nouer la gorge. Mais il se demandait à présent : a-t-il jamais eu une seule seconde l'intention de me céder quoi que ce soit ? Thomas prenait toutes les décisions sans en référer à personne, lui seul décidait de la vente des moutons. Ferdinand ne connaissait même pas le prix au kilo qu'on lui donnait pour ses bêtes – et ne savait pas davantage si ce prix correspondait aux cours publiés chaque semaine dans le journal. Il arrivait certes à Thomas de prendre conseil auprès de Ferdinand, mais si celui-ci avançait une objection, il ne tardait pas à couper court à la discussion : il était évident que ces conversations n'avaient pour but que de conforter Thomas dans ses décisions, ses stratégies, ses réflexions. Il n'y avait là rien de nouveau, rien de tout cela n'avait en tout cas gêné Ferdinand au point de remettre en cause son existence au domaine. Même ainsi, en endossant en somme le rôle d'un employé, il pourrait fonder une famille. Thomas lui versait un salaire suffisant, la ferme était vaste, au besoin on en retaperait un peu l'une des ailes. Mais depuis que l'idée qu'il n'était entouré que de calculateurs avait germé en lui, il voyait les choses différemment. Il réfléchit aux possibilités qui s'offraient à lui. La première à laquelle il songea fut l'armée ; un refuge sûr et – il ne lui était que de repenser aux mois passés à Kirchdorf – qui ne lui serait pas un carcan trop étroit. Il y trouverait tout ce dont il avait besoin, et « n'aurait pas à se fouler ». Le temps de quelques jours, il fut certain qu'il choisirait cette option. Puis, sans qu'il sût exactement pourquoi, il écarta l'idée. Peut-être était-ce à cause de Susanne, qui se montrait intarissable sur le chapitre des études et de Vienne. Il finit par se dire qu'il pourrait lui aussi entreprendre des études. Pourquoi pas ? Il était titulaire du baccalauréat, après tout ! C'était comme s'il l'avait oublié jusqu'alors. Il lui était même arrivé de se sentir inférieur à Susanne. Il ne voyait alors en lui qu'un paysan, un rustre, un valet de ferme ; en elle une future étudiante élégante et raffinée. Il avait pourtant obtenu son baccalauréat à K., dans l'un des meilleurs établissements du pays ! Au fond il n'aspirait pas à quitter Rosental, mais il voyait que les circonstances rendaient son départ nécessaire. Et quitte à entreprendre des études : pourquoi ne pas aller au plus simple, et choisir l'agronomie ?

« Qu'est-ce qui se passe ? », demanda-t-il lorsqu'il aperçut autour de la table de la cuisine – creusée d'entailles noires plus ou moins profondes – les visages pétrifiés de ses parents, et que personne ne réagit à ses propos. Le spectacle qui s'offrait à ses yeux suscita d'abord en lui un malaise croissant, puis de l'angoisse. Thomas n'était pas le seul à paraître effaré. Sabine et sa grand-mère l'étaient également. Thomas jeta un regard à Anna, et tous parurent se demander un instant ce qu'ils devaient dire, ou plutôt s'il convenait seulement de dire quelque chose – et comment. Il régnait dans la pièce une tension que Ferdinand n'arrivait pas à saisir, parce qu'il n'en pénétrait pas la cause. C'était elle bien plutôt qui le saisissait. « Mais qu'y a-t-il donc ? », s'écria-t-il encore, la gorge nouée. Thomas et Anna de toute évidence ne l'écoutaient même pas ; face à face, ils jetaient un œil en eux-mêmes et tout au fond de l'autre, sans se regarder vraiment ; leurs regards se rencontraient quelque part au centre de la table creusée d'innombrables sillons noirs. Ferdinand s'adressa à Sabine : « Qu'y a-t-il ? Pourquoi personne ne dit rien ? » Sabine regarda Thomas, puis Anna, avant de ramener les yeux vers Ferdinand, mais rien qu'un court instant. Et, après une longue hésitation, les paupières baissées : « Comme ton père. — Comme Paul », soupira Anna presque au même moment. Sabine baissa les yeux plus profondément encore. « Quelle idée saugrenue ! », s'exclama Thomas d'une voix rugissante, tout en frappant la table du plat de la main. Mais Ferdinand se contenta de sourire. Il n'en savait pas très long au sujet de son père, et ignorait même quelle discipline il avait étudiée – il savait simplement qu'il avait entrepris un temps des études universitaires. C'était donc l'agronomie ? Il sentait monter en lui une irrépressible envie de rire. Jamais encore il ne s'était senti aussi proche de son père, pas même lorsqu'il contemplait une photo de lui (ce qui lui arrivait souvent). Il avait l'impression qu'en cet instant précis, en cette seconde universelle, enfin, son père d'une certaine façon apprenait son existence. La tension qui s'était emparée de lui encore quelques instants plus tôt n'était plus désormais qu'une chaude couverture dans laquelle il s'enveloppait. Et, réagissant à ces paroles qui lui semblaient venir d'un grand lointain, il demanda, un sourire béat aux lèvres : « Pourquoi ? », et se renfonça dans son bien-être retrouvé ; mais Thomas se contenta de répéter d'une voix vibrante : « Pourquoi, pourquoi ! », se leva d'un bond et, saisissant sur le buffet son chapeau de paille pour s'en coiffer, boutonnant tant bien que mal sa blouse de fine toile bleue en en manipulant nerveusement les boutons plats noirs, se précipita hors de la cuisine, traversa en trombe la pièce à vivre et quitta la maison.

Un grand silence s'instaura dans la pièce ; on n'entendit plus que le tic-tac de l'horloge murale blanche qui surmontait la porte donnant sur le salon – les battants de celle-ci oscillèrent longtemps encore. Enfin Anna poussa un profond soupir. Le timbre de sa voix – on l'entendait même quand elle soupirait – était devenu rauque. Elle secoua presque imperceptiblement la tête. Puis, poussant encore un soupir, et comme si elle n'adressait jamais ces mots qu'à elle-même : « Dire qu'il ne voulait pas le croire. » Sabine redressa brusquement la tête et ses yeux se posèrent machinalement sur Ferdinand ; mais celui-ci avait encore un grand sourire aux lèvres, et il semblait à des kilomètres de là.

7

Le haut d'un transporteur à bande piqué de rouille émergeait d'un grand écrin d'herbe d'un vert tendre. On ne distinguait plus rien des petites roues de fer, non plus que du revêtement de tôle qui protégeait le bas du châssis. Tout autour de lui, rien que les innombrables nuances de blanc, de beige et de gris des parois de la carrière ; seules quelques plantes esseulées perçaient encore ici et là, des molènes peut-être, des armoises, des chardons, des achillées blanches ou rouge-rose. On avait toutes les peines à s'imaginer qu'autant de richesse ait pu naître jamais d'un lieu aussi désolé et nu, presque mort, en tout cas hostile à la vie ; il fallait même faire un immense effort pour se figurer que cette carrière avait été exploitée autrefois. Mais n'en allait-il pas ainsi de bien des choses : à les regarder, on n'arrivait pas à s'imaginer qu'elles aient pu être différentes un jour. Oui. Ni à plus forte raison, bridé par la même incapacité ou la même mauvaise volonté, à admettre qu'elles puissent un jour changer. Il existait des exceptions, c'est vrai : les rêves, les désirs ; mais ils étaient justement des exceptions.

Lorsque Ferdinand avait annoncé à Thomas qu'il comptait partir pour Vienne, il avait cru à une plaisanterie. Sabine ne lui avait-elle pas annoncé quelques jours plus tôt que Ferdinand avait rompu avec cette fille dont il n'arrivait pas à retenir le prénom ? Ou tout du moins quelque chose d'approchant ? Il ne s'en souvenait plus que confusément. Non, ce n'était pas une plaisanterie, le gamin parlait sérieusement. Thomas ressentait le besoin de réfléchir et, dès l'instant où il s'était levé de table, il avait eu l'intention de se rendre à la carrière, même si ce n'était aucunement dans ses habitudes. Il y fila sans plus attendre, courbant l'échine pour se glisser sous les branches si basses des arbres, se frayant un chemin dans la profondeur des buissons, et il lui fallut même, pour traverser le cours du ruisseau, avancer en équilibre sur un tronc de hêtre d'un gris argenté et qui portait encore des feuilles. Comment aurait-il pu empêcher Ferdinand de s'en aller? Il avait atteint la carrière. Il s'assit, prenant un noisetier pour appui, sur le sol humide et moussu, tout au bord de la fosse. La roche s'effritait légèrement sous ses jambes et derrière ses mollets et s'en allait rouler au fond du précipice. À qui appartenait désormais cette carrière? Son grand-père autrefois l'avait achetée, puis revendue – mais à qui? Il n'en savait pas très long à ce sujet. Il était extrêmement rare qu'on parle de la carrière, et quand il voulait en apprendre davantage, il ne récoltait qu'un silence ou des réponses évasives. La rumeur permanente de la roche qui s'effritait lui tapait sur les nerfs. Ne cesserait-elle donc jamais? Oui, il était en colère. Pourquoi fallait-il que Ferdinand s'en aille maintenant? Précisément maintenant? Alors que les affaires tournaient rond, que l'harmonie régnait! Comment allait-il pouvoir le remplacer? C'était impossible, totalement impossible. Il n'était même pas nécessaire de l'envisager. Il ne pouvait pas se permettre de le perdre. Il devait le dissuader de partir. Mais comment? Il lui suffirait de lui faire entendre clairement qu'il ne pouvait pas se dérober à ses responsabilités. Après de longs et fébriles atermoiements – il était bien difficile d'avoir les idées pertinentes et claires quand on était à ce point hors de soi –, il résolut d'avoir recours à la persuasion et d'en appeler d'abord au sens des responsabilités de Ferdinand pour le fléchir; s'il devait échouer, il pourrait toujours abattre son atout – l'offre qu'il gardait sous le coude: l'argent. Après avoir rassemblé ses pensées, il prit appui sur le noisetier et, totalement convaincu de leur justesse, se redressa de toute sa hauteur, jeta un dernier regard au fond de la fosse, qui lui parut alors bien plus vaste qu'aux premiers instants, tourna les talons et reprit le chemin de la ferme. Il n'était plus dans une fureur noire, mais au contraire apaisé et d'une humeur joyeuse – en un mot : sûr de sa victoire. Pourquoi diable s'était-il ainsi emporté ? Il s'était donné le ridicule de quitter la cuisine en courant. Il aurait mieux fait de se renfoncer sur sa chaise, d'étendre les jambes, de croiser les bras derrière la nuque et d'expliquer aussitôt à Ferdinand que son projet trahissait une grande ingratitude. Tout le long du chemin, déplorant d'avoir ainsi perdu le contrôle de soi, il se gaussa bruyamment de lui-même. Il gravit la pente de la colline et, une fois arrivé à une certaine hauteur, chacun de ses pas découvrit à sa vue un pan supplémentaire de la bâtisse qui se dressait sur son faîte. Ce n'est qu'au tout dernier pas qu'il s'aperçut que sa mère, comme si souvent, se tenait sur le banc installé devant la ferme. Jusqu'ici, la maladie l'avait épargnée. Lorsqu'elle l'aperçut, elle esquissa un sourire. Oui, songea Thomas, comme si ce sourire était un bon présage, rien n'ira de travers. Je vais le ramener à la raison. Ragaillardi par ce sourire, il sourit à son tour. Il s'apprêtait à pénétrer dans la maison, mais se ravisa et alla s'asseoir auprès d'elle. « Ah », souffla-t-il, la mine satisfaite, et il put étendre enfin ses jambes qui l'élançaient. Devant eux, les montagnes étaient d'un bleu dilué, mais foncé ; les plus hautes cimes se nimbaient d'un voile d'épais nuages blancs. Quelques minutes s'écoulèrent, puis Thomas dit : « Je suis allé faire un tour à la carrière. » Et Anna : « Je m'en suis doutée. — Ah oui ? » Thomas en fut surpris. « Pourquoi ? — Tu sais bien qu'*il* – elle parlait de Ferdinand, son époux, dont l'image transparaissait toujours à travers celle de son fils – passait le plus clair de son temps là-bas. — Tu parles du père ? demanda Thomas. — Mais oui », répondit Anna. Thomas ne comprenait pas. Il secoua la tête d'un air dépité. Le banc grinça légèrement. Certes, sa mère avait été épargnée par la maladie – mais ne devenait-elle pas un brin gâteuse ? « Je ne vois pas de quoi tu parles », dit-il d'un ton aigre tout en lui adressant un regard. Anna riva alors sur lui des yeux qu'une soudaine lucidité faisait paraître plus grands encore. Thomas voulait simplement lui jeter un regard courroucé, mais voilà qu'à présent ses yeux étaient captifs des siens. Elle lui posa la main sur le bras et dit : « Tu n'as rien à te reprocher, Thomas. » Il éclata de rire et, à défaut de pouvoir se soustraire à son regard, retira au moins son bras. Qu'aurait-il eu à se reprocher ? « J'ai commis une erreur, peut-être ? », s'écria-t-il. La main d'Anna glissa de son bras et se posa sur le banc où elle resta figée, comme si elle n'appartenait plus à aucun corps. « Non, dit-elle, tu n'as commis aucune erreur. — À la bonne heure », dit-il. Il respira à fond, put enfin détacher son regard et le tourner vers les montagnes lointaines. Mais il sentait que les yeux d'Anna ne le lâchaient pas. Il en était à la fois fébrile et comme fasciné, et ne tarda pas à se tourner de nouveau vers sa mère. Il haussa les sourcils et patienta. Qu'avait-elle à le regarder ainsi ? Elle répéta alors les mots qu'elle avait prononcés à table un peu plus tôt, ne s'adressant qu'à elle-même : « Dire que tu ne voulais pas me croire. » Puis elle lui sourit. « Maman, dit Thomas d'une voix soudain empreinte de gravité, tout en approchant son visage du sien, qu'est-ce que tu racontes ? Tu deviens gâteuse, ma parole ! Es-tu devenue folle ? Qu'est-ce que je n'ai pas voulu croire ? » Il n'éprouvait plus ni fascination ni fébrilité, plus rien qu'une grande curiosité. Que racontait donc cette vieille femme ? À présent que son visage était tout proche du sien, il remarqua qu'une légère taie grise lui voilait la pupille droite – où ne miroitait pas son image –, et il s'inclina encore plus profondément vers elle ; leurs nez se touchaient presque. Est-ce qu'un voile semblable à celui-là obscurcissait aussi sa pensée ? Le temps d'un battement de cœur, il éprouva le besoin de la toucher. Elle lui adressa encore un sourire. « Folle ? Comment ça, folle ? demanda-t-elle. Il a toujours cru que personne ne savait ce qu'il renfermait. Mais moi, je le savais. Pendant toutes ces années, il l'aura rangé dans la table de nuit. Et tu sais comme j'ai du mal à trouver le sommeil… Moi non plus, je n'ai pas voulu y croire au début. Mais il avait raison. » Thomas eut un mouvement de recul. Il crut revoir le carnet gris, les schémas, les noms, les chiffres et les

annotations. Une grande quiétude l'envahit. Presque une paix. Elle dit : « Il avait beau faire et refaire ses calculs, il n'allait jamais au-delà de six. » Il y avait longtemps déjà que Thomas avait jeté le carnet dans le foyer du poêle, mais lorsqu'il entendit les mots de sa mère, un détail concret émergea soudain du flot de ses souvenirs. Sa mère disait vrai : le chiffre sept n'était jamais apparu. « Ainsi donc, tu y crois », dit-il très doucement, d'un ton neutre. Elle acquiesça. « Il y aura consacré tant d'heures.
— Peut-être qu'il se trompait. » Elle eut encore un sourire. Lui aussi. Ils avaient tous deux l'impression de s'adresser à un enfant qu'ils se seraient efforcés de tranquilliser ou de désangoisser par de bonnes paroles et des sourires. Ils restèrent un moment ainsi, se faisant face, puis Thomas se leva et se rendit dans la maison. Mais il n'y passa qu'en coup de vent, pénétra dans la cour intérieure, la traversa, quitta la ferme en empruntant le grand portail. Sans que sa mère l'aperçût, il s'éloigna en direction du nord-est, chemina à flanc de colline par l'étendue des champs, passa devant l'herbage où paissait justement une partie des moutons qui, sitôt qu'il parut à leur vue, s'attroupèrent promptement et, grand flot laineux d'où émergeaient par places quelques têtes, allèrent se masser le long de la clôture orange où crépitait le courant électrique et le gratifièrent de quelques bêlements ; puis enfin la forêt l'accueillit ; il s'y enfonça un moment avant de mettre le cap au sud, atteignit un peu plus tard le ruisseau, en suivit la berge pour retourner à la carrière. Il marchait. Dire qu'auparavant il avait couru. Une, deux fois, sans savoir vraiment pourquoi, peut-être parce qu'il était habitué à ne jamais lambiner, il s'était dit : « Allons, presse le pas ! » Il n'y arrivait pas. Tout au contraire, lorsqu'il était passé devant le troupeau de moutons, avant de pénétrer dans la forêt, il avait même fait halte un bref instant. Il avait pris le temps de contempler un foisonnant buisson d'orties dont l'odeur épicée l'avait arrêté. Il en observa attentivement la couleur violacée des tiges et du dessous des feuilles supérieures, et, promenant son regard un peu plus loin, il découvrit la même nuance sur d'autres plantes telles que

les armoises, le pâturin des prés, l'ivraie, le plantain lancéolé, l'oseille, les panicules des dactyles. Pourquoi n'en avait-il jamais été frappé autrefois ? Allons, va-t'en, passe ton chemin, se disait-il. On retrouvait la même touche violette, constata-t-il, sur les tiges rampantes des dents-de-lion fanées. Puis il reprit sa route.

Une fois arrivé à la carrière, il alla se rasseoir à l'endroit où il s'était posté un peu plus tôt dans la journée. Une zone plus claire sur le sol couvert de mousse attestait son récent passage. S'il n'y avait pas eu cette empreinte dans la mousse, il aurait eu toutes les peines à y croire, et même ainsi cela lui semblait irréel ; il avait l'impression que cela remontait non pas à une heure, mais à une année, peut-être davantage. Sous ses jambes, les petits cailloux s'en allaient ruisseler si doucement au fond du précipice. Comme une petite pluie. Oui, sa mère lui avait parlé comme s'il était un enfant ; et lui-même lui avait parlé comme si elle n'était qu'une enfant. Il enfouit son visage dans ses mains. « Et toi, souffla-t-il entre ses doigts, à quoi crois-tu donc ? » Il croyait en ce à quoi il avait toujours cru, et tenait tout le reste pour de fausses croyances, de méprisables superstitions. S'il ne se posait pas cette question à lui-même, à qui la posait-il ? Il ne savait pas. Il répéta encore : « À quoi crois-tu, Tommi ? » Comment ? Tommi ? Il sursauta, ôta brusquement les mains de son visage. Tommi. C'est ainsi que Paul l'appelait de temps à autre par le passé. Cela remontait à si loin. C'était dans une autre vie. « Je n'en sais rien, dit-il. Je ne sais pas en quoi je crois. Mais il est certain que je ne crois aucunement à ces foutaises. De toute ma vie, je n'y ai jamais prêté foi. Je ne vais pas commencer maintenant. » Il s'aperçut alors qu'il pensait à voix haute et préféra se taire. Il jeta un bref regard par-dessus son épaule ; il était seul, les environs proches étaient déserts ; rien que les aulnes, les chênes, les hêtres et les noisetiers, et, à main droite, le long de la pente qui descendait vers le ruisseau, les épicéas.

Thomas ne savait à peu près rien de son grand-père, mais il avait compris depuis très longtemps que celui-ci avait été le premier à donner créance à tout cela. Il était naturel qu'il eût commencé dès lors à prendre des notes dans le carnet ; son fils avait poursuivi son œuvre. Quelle n'avait pas été la stupeur de Thomas quand Sabine avait laissé entendre qu'elle y croyait elle aussi. Mais plus tard elle était revenue sur ses propos, avait regretté ce moment de sottise et de faiblesse, et Thomas avait considéré que le sujet était clos. Il n'arrivait pas à croire maintenant que sa mère elle-même ait pu y croire, et apparemment depuis de nombreuses années. Comment était-il possible de se précipiter de son plein gré dans l'abîme ? Car ils n'aspiraient qu'à cela, ils comptaient et recomptaient, attendaient que le septième de la liste fût frappé – pour qu'enfin tout s'achève, il est vrai. Quelle croyance destructrice et funeste !

Thomas était un homme plein de détermination. Il était allé au terme de son apprentissage, avait passé son certificat d'aptitude professionnelle, le tout avec brio. Et pourquoi ? Parce que tel était son désir. Sa ferme volonté. Et s'il avait conquis Sabine, il le devait au moins en partie à cette ténacité. Mais il était suffisamment âgé pour savoir qu'une volonté de fer ne vous permettait pas de triompher de tout en ce monde. Il lui avait fallu des années pour apprendre et retenir cette amère leçon – et admettre, accepter enfin qu'ils n'auraient jamais d'enfants.

L'année où la carte de Paul n'était pas arrivée, l'attente avait pris fin ; son père était mort en paix, l'âme heureuse. Mais qu'en était-il de sa mère ? La soudaine apparition de Ferdinand était un nouveau malheur qui la frappait. Il comprenait à présent soudain pourquoi elle avait oscillé dès le début entre l'euphorie, l'abattement et l'irritation : elle avait vu dès la première seconde en Ferdinand le septième maillon de la chaîne. Thomas savait qu'il n'y pouvait rien changer. Il la revoyait encore, posant sur lui des yeux mi-consolateurs, mi-apitoyés. Il n'était pas en son pouvoir de changer cette vieille femme, et il ne pouvait pas davantage changer la certitude qu'elle chérissait et qui l'habitait avec une force opiniâtre, inflexible et surhumaine, cette conviction aussi bien intime que forgée par les événements extérieurs, et qui voulait que la malédiction que Goldberger le Vieux avait attirée sur sa famille – peu importe comment, d'ailleurs : on ne le lui avait jamais raconté, et personne ne semblait le savoir vraiment – s'accomplirait définitivement dans la personne de Ferdinand. Il était certain que sa mère n'attendait plus rien d'autre en ce monde.

Il balayait du regard la carrière qui s'étendait à ses pieds. Il se rappelait que son père, quand il voulait se débarrasser de Goldberger, avait coutume de lui dire : « Eh bien, tu ne comptes pas te rendre à la carrière, aujourd'hui ? » Comme il le dominait alors ! Il avait encore dans l'oreille ce ton impérieux qu'amplifiait une nuance de cynisme et de détachement. Mais il se rappelait avec une netteté aussi vive que son grand-père l'avait traîné un jour dans la cour de la ferme en le tirant par l'oreille, lui, l'enfant, son petit-fils, parce qu'il avait pissé sur le chat qui se prélassait au soleil en ronronnant, ou commis quelque autre bêtise. Si Thomas, dans l'enfance, s'était plutôt réjoui de la dureté de son père, y trouvant du moins matière à rire, une sensation de malaise l'avait peu à peu gagné plus tard, quand son grand-père n'était plus en vie, et il avait eu le sentiment qu'on s'était rendu coupable d'une injustice envers lui. Son père avait-il jamais eu une parole aimable pour lui ? Mais les années avaient passé et il avait fini par acquérir la conviction, notamment à cette façon qu'on avait de lui parler sans cesse de son grand-père, sans toutefois lui poser jamais de questions précises, que son père avait bien agi, et que son grand-père avait amplement mérité qu'on le rudoie ainsi. Et maintenant ? Il ne savait plus. Il ignorait à peu près tout de son grand-père. Il avait bien entendu dire qu'il avait endossé pendant la guerre la charge de chef local du Parti, d'abord dans l'Innviertel, puis un temps encore ici, à Rosental. Mais que connaissait-il de cette époque ? Chaque fois qu'il avait posé des questions, on s'était contenté de lui dire qu'il ne leur était alors « plus possible » de rester dans l'Innviertel – mais on se gardait bien de lui révéler pourquoi. Quelqu'un le savait-il réellement, d'ailleurs ? Sa mère, peut-être ? Thomas au fond n'y croyait pas. Et l'intérêt qu'il portait à la question ne tardait pas à s'émousser – il vivait dans l'instant présent, seul l'intéressait le chemin qui l'attendait encore.

Non, il ne savait à peu près rien de son grand-père ; et, à bien y réfléchir, il n'en savait guère plus long au sujet de son père. « On ne me reverra plus ici, je m'en vais ! Où ça ? Dans le Haut-Palatinat ! » Combien de fois n'en avaient-ils pas ri tous ensemble, au diapason, persuadés par leurs propres rires qu'au fond tout cela n'était pas bien sérieux ! Et dire que cette région existait réellement. Comment l'avait-il connue ? À quoi s'était-il occupé là-bas ? Il ne s'en était jamais ouvert à eux. Quand ils étaient enfants, ils le pressaient encore de questions, mais il s'y était si souvent dérobé qu'ils avaient fini par renoncer. À force de ne pas obtenir de réponses, on finit par ne plus poser de questions ! Thomas ne savait rien de ses aïeux. Comment aurait-il pu raconter quoi que ce soit ? Il ne racontait presque jamais rien. Des études d'agronomie ! Comment Ferdinand avait-il pu avoir une idée aussi saugrenue ? Du temps de Paul, déjà, il s'était étonné de la voie que celui-ci avait choisie. Thomas était douillettement assis sur le sol couvert de mousses. La carrière, vaste arène, se déployait sous ses yeux. Toute sa vie, il avait regardé droit devant lui, il ne s'était préoccupé que d'avancer. Il n'était mu ce faisant par aucune ambition, mais rien ne lui donnait plus de plaisir que de mettre les choses en train, de les voir progresser. Qu'aurait-il pu raconter à Ferdinand, alors qu'il ne savait à peu près rien ? Puis il y avait des sujets qu'il ne tenait simplement pas à aborder avec lui. C'était plus prudent. S'il lui racontait tout au sujet de son père, en serait-il plus avancé ? Non. Tout au contraire, il en serait peut-être blessé, et Thomas, en gardant le silence, avait voulu lui épargner des souffrances. C'est par amour pour le gamin qu'il s'était tu. Sur ce point, la pensée de Thomas n'avait aucunement varié. Et pourtant il comprenait à présent qu'il allait lui falloir raconter peu à peu à Ferdinand tout ce qu'il savait. Il s'y voyait contraint. Et si, un instant, un claquement de doigts plus tôt, il jugeait encore qu'il devait empêcher à tout prix – en usant de persuasion ou au besoin en lui offrant de l'argent – que Ferdinand ne quitte Rosental, il se disait maintenant que la seule chose qu'il devait réellement empêcher, dût-il lui en coûter la vie, était que Ferdinand ne fasse siennes les folles croyances de sa grand-mère. Il ne savait pas encore comment il convenait de s'y prendre, mais il avait la certitude que le temps pressait : on était aux dernières journées du mois d'août, à Vienne le semestre d'hiver commencerait fin septembre. Il eut la surprise de constater qu'il ne pensait plus à lui-même depuis une heure ou deux. De toute sa vie, il n'avait pourtant jamais fait que ça. Pourquoi cela te tient-il autant à cœur, se demandait-il. Pourquoi faut-il que tu l'empêches à tout prix ? Pourquoi rien ne t'importe davantage, pas même l'avenir de ton exploitation ? Est-ce donc encore une sorte de guerre par procuration ? Un substitut aux procès que tu as si longtemps menés ? Non, songea-t-il, ce n'est pas une guerre par procuration, mais une guerre pleinement réelle. Un combat que tu vas remporter.

Il avait l'impression que sa vie tout entière aboutissait à ce point. Il se leva d'un bond, comme malgré lui ; une main invisible l'avait soulevé. Il lui semblait qu'il se redressait de tout son être et grandissait encore. Il avait le souffle battant, le pouls plus vif, la poitrine large, épanouie et envahie d'une bonne chaleur. Il se sentait euphorique, plein d'adrénaline, tout comme s'il allait livrer vraiment bataille. Il jeta un regard dans la carrière, hocha la tête, reprit le chemin de la ferme d'un pas véloce et assuré.

Il trouva Ferdinand dans la nouvelle bergerie, occupé avec les moutons. Il ne prêta aucune attention à ce qu'il faisait et, à rebours de ses habitudes, ne laissa même pas errer le regard sur les grosses et robustes têtes noires qui, sitôt qu'il eut franchi le seuil, se levèrent vers lui, mais lança simplement, comme si souvent : « Allons, viens ! » Puis il tourna les talons, quitta la bergerie et déjà s'engagea sur la route. Quelques secondes suffirent à Ferdinand pour le rattraper. « Qu'est-ce qui se passe ? demanda-t-il. — Viens », répéta simplement Thomas. Pour la troisième fois de la journée, il se rendit dans la carrière. Il avançait à grandes enjambées, le cœur lui battait, il ressentait la même euphorie, la même poussée d'adrénaline.

« Tu étais déjà venu ici ? », demanda-t-il à Ferdinand une fois qu'ils furent arrivés. Ils se tenaient côte à côte, dominant l'étendue de la carrière. « Non. — Hmm. » Thomas hocha fièrement la tête. « Qu'est-ce que c'est ? — Une ancienne carrière d'extraction. Ton arrière-grand-père l'a exploitée autrefois. Mon grand-père. » Ils étaient campés au bord de l'arène et regardaient en bas. « Cela doit remonter à un bon moment, observa Ferdinand. — Hmm. » Thomas hocha encore la tête. Ils restaient figés là. Thomas, qui se sentait encore grandi quelques instants plus tôt, avait l'impression de se ratatiner à vue d'œil. La sensation d'euphorie s'était dissipée, l'adrénaline avait reflué tout au fond de sa poitrine. Quel préambule choisir ? Il avait le sentiment qu'il n'y avait plus rien à ajouter. Au bout d'un moment, il reprit : « Puis il l'a revendue. — Ah oui ? — Oui. — Ce n'était plus rentable ? — Si. Mais je ne sais pas non plus pourquoi. » Il y avait très longtemps que Ferdinand avait pris l'habitude de ces discussions qui ne menaient jamais bien loin. Parfois, comme en cet instant, il les jugeait même assez cocasses, aussi ébaucha-t-il un sourire. Thomas aperçut celui-ci, et il lui parut tout à fait déplacé en la circonstance. « Qu'y a-t-il ? », demanda-t-il avec humeur, avant d'ajouter aussitôt : « Allez, viens ! » Il tourna le dos à la carrière, s'éloigna vers le sud-est et, glissant sur les talons, se cramponnant sans cesse à quelque tronc d'arbre, descendit le versant rocheux semé d'épicéas qui tombait droit dans le ruisseau. Il éprouva une fois arrivé sur la berge un intense soulagement ; il n'était plus perché là-haut, ne sachant trop que dire. Où était passée cette joie qui le transportait plus haut que la cime des arbres ? Ferdinand se tenait à côté de lui. « Puis il a fait une mauvaise chute dans le ruisseau, il a attrapé une fluxion de poitrine et il en est mort. — Qui ça ? — Ton grand-père, pardi ! » Ferdinand savait très bien de qui il parlait, mais il lui plaisait de faire l'idiot. « Mon grand-père ? s'étonna-t-il. — Mais non, sacredieu ! Le mien ! Mon grand-père ! Ton arrière-grand-père !

— Ah, bon. Je pensais bien que… — Suffit ! l'interrompit Thomas d'une voix rugissante, dispense-toi de penser ! » Ces derniers temps, ils avaient eu de nombreuses conversations pareilles à celle-là, et Thomas, qui voulait aborder un point important, l'essentiel, enrageait de ne pas trouver les mots adéquats. Dans sa colère, il eut l'impression qu'au fond ces discussions évoquaient celles que son père menait avec son grand-père. Était-ce Dieu possible ? Avait-il, lui, Thomas, quelque chose en commun avec Goldberger ? Et Ferdinand, de son côté, avec son grand-père ? Thomas ne parvenait pas à trouver de réponse ; la plupart du temps, les comparaisons qu'il établissait demeuraient toutes superficielles, son regard ne creusait pas l'épaisseur des choses. Ferdinand désigna de l'index le dos étincelant d'une truite qui jaillit un instant à la lumière, avant de disparaître dans l'ombre d'un vert profond que jetait un arbre de la rive. Ils restaient là. Le vent du soir ébouriffait doucement la cime des arbres, le ruisseau murmurait, un souffle frais, puis bientôt glacé montait des eaux et les enveloppait. Quelle entrée en matière choisir ? Il se souvenait de la nuit où il avait demandé la main de Sabine. Voilà longtemps qu'il n'y avait plus repensé, peut-être était-ce la première fois depuis lors. Tout lui apparaissait de nouveau en cet instant. Il avait éprouvé alors exactement la même sensation : il n'arrivait pas à mettre de mots sur ce qui se dessinait en lui avec netteté. C'était comme si tout ce qui avait précédé, y compris cette nuit où il avait demandé Sabine en mariage, n'avait été qu'un exercice destiné à le préparer à cet instant. Mais il avait beau s'y être préparé, il n'en était pas moins démuni. « Viens ! », cria-t-il une fois encore. Et, d'un pas lourd, saisissant de temps à autre à pleines poignées la terre du versant pour ne pas perdre l'équilibre, il gravit de nouveau la pente qu'il avait dévalée un peu plus tôt et alla se poster au sommet de la carrière. Ferdinand se tenait tout près de lui. « Mais en ce temps-là il l'avait déjà vendue », lâcha-t-il. Il paraissait soulagé. « De quoi parles-tu ? De la carrière ? — Mais oui ! s'esclaffa Thomas. De la carrière. » Lui fallait-il donc passer ainsi sans cesse d'un lieu à l'autre pour que les mots lui viennent ? Lui fallait-il ce va-et-vient pour que les histoires renaissent dans son esprit ? Oui ? Il sentit une nouvelle vague d'euphorie l'envahir ; il avait trouvé la clé. Une bergeronnette des ruisseaux se posa un instant devant eux, agita plusieurs fois sa longue queue, fit entendre un gazouillis et reprit son envol.

« Pourquoi ne me l'avais-tu jamais raconté ? lui demanda soudain Ferdinand. Ils posaient tous deux le regard au fond de l'ovale clair et lumineux de la carrière.

— Je ne sais pas, répondit Thomas après un long silence. Ça ne me semblait pas important. Moi-même, je n'y accordais pas plus d'importance que cela.

— Non ?

— Non.

— Tu m'en vois soulagé.

— Note bien que je ne l'ai jamais vraiment compris. Mais l'agronomie était une possibilité parmi de nombreuses autres. Il aurait tout aussi bien pu choisir d'apprendre les langues étrangères, par exemple, que sais-je encore. Il était riche de tant de dons, dans tous les domaines…

— Je ne te parlais pas des études de Paul. Je faisais allusion à la malédiction.

— À la… à quelle malédiction ? Thomas avait prononcé ces mots dans un murmure.

— Grand-mère m'en a parlé. Tout à l'heure. »

Thomas devint livide, et sa voix, déjà si faible, l'abandonna tout à fait. Réfléchir sur ces matières était une chose, en parler une tout autre affaire !

« Alors tu y crois, toi aussi, dit Ferdinand.

— Non ! », se récria Thomas, d'une voix si puissante que Ferdinand sursauta et en recula d'effroi, et que la forêt et les flancs de la carrière renvoyèrent plusieurs fois l'écho saccadé de son cri. Il saisit le bras de Ferdinand. Celui-ci leva vers lui des yeux étonnés. Quelle mouche avait donc piqué son oncle ? Pourquoi criait-il de la sorte ? Ferdinand plissa les paupières, inclina d'un rien la tête et demanda : « Ah non, vraiment ? » Une fois encore, mais à un volume plus faible, Thomas s'écria : « Non ! » Il avait la peur sur le visage. Ferdinand lui adressa un regard pénétrant et, la mine toujours impassible, dit : « Il est vrai que c'est complètement insensé. »

Alors enfin Thomas sourit, et son visage retrouva des couleurs. Il se sentait vide, fourbu, et à tout prendre il aurait préféré s'asseoir un instant sur le capiton de mousse qui tapissait le sol. Il venait de livrer la première bataille, et il l'avait remportée ; il avait d'ores et déjà la certitude qu'il s'agissait de la bataille décisive ; sa fatigue était celle d'un vainqueur.

Peu de temps après, ils reprirent le chemin de la ferme. Le jour déclinait déjà, mais lorsqu'ils débouchèrent hors de la forêt, marchant au plus près l'un de l'autre, une clarté si vive les accueillit qu'ils en furent un instant presque éblouis, et Thomas ne remarqua pas combien le visage de son neveu était empreint de gravité, sa démarche lourde et empesée en comparaison de la sienne, si légère qu'il en paraissait flotter.

8

Septembre arriva et leur apporta une lumière dorée. Ferdinand avait un mois devant lui. Il laissa d'abord passer une semaine. Puis il appela Lorenz, lui fit part de ses projets, et son oncle lui assura qu'il pouvait « bien évidemment » emménager chez lui pendant les premiers mois, le temps qu'il déniche quelque chose qui lui convînt. Au reste son appartement était situé à deux pas de la faculté. La dernière fois qu'ils s'étaient vus, Ferdinand n'habitait pas encore à Rosental. Dans l'intervalle, il avait appris que son père et son oncle avaient été les meilleurs amis du monde ; son oncle ne lui en avait jamais rien dit et il n'arrivait pas à l'oublier. Lorenz resta également sur la réserve. Ferdinand savait que son oncle lui tenait grief d'avoir laissé tomber ses grands-parents ; lui-même se le reprochait parfois. Le ton de la conversation fut courtois mais distant. Enfin Ferdinand remercia son oncle et raccrocha le combiné. L'appareil reposait toujours sur l'appui de la fenêtre, dans le salon, comme cette antiquité en ébonite noire dont on se servait dans les premiers temps. Il regarda par la fenêtre, dans laquelle son image avait commencé à se refléter pendant l'appel téléphonique. Ce n'est qu'à présent, au terme de ces quelques minutes, qu'il avait pleinement arrêté sa décision, et en même temps c'est comme s'il n'avait été ce faisant que le spectateur de lui-même.

Thomas était un calculateur qui ne recherchait en toutes choses que son profit. Combien de fois Ferdinand ne s'était-il pas répété cette phrase ! Animé d'une terrible colère, mais plus encore au fond, lui semblait-il à présent, avec un sourire d'indulgence aux lèvres. L'autoritarisme dont faisait preuve Thomas finissait par avoir quelque chose de touchant, depuis que Ferdinand avait remarqué qu'il n'était écrasant qu'en apparence, et qu'il était en son pouvoir de le vaincre. Les conversations qu'ils menaient de temps à autre, et au cours desquelles Thomas perdait ou menaçait de perdre le contrôle de lui-même, lui en avaient suffisamment apporté la preuve. Il avait compris qu'il serait dès lors mesquin de retourner la situation à son avantage. À quoi bon ?

Apprendre qu'il avait choisi de suivre, le plus ingénument du monde, les mêmes études que son père, avait été pour Ferdinand le plus grand des cadeaux, le plus beau qui se puisse imaginer. Quand il était arrivé à Rosental, il avait connu un grand bonheur, car il avait eu le sentiment de trouver enfin quelque chose comme une famille. Certes, il était attaché aux « grands-parents de K. », mais une grande distance les séparait, ils semblaient issus d'une autre époque, la différence d'âge était si importante que le lien qu'il sentait au fond de lui en était rompu sitôt qu'ils étaient réunis. En même temps, Thomas et Sabine n'étaient pas d'abord à ses yeux son oncle et sa tante, Anna sa grand-mère – ils étaient avant toute chose des amis, en tout cas des noms chers à son cœur ; même après bien des années, c'est du reste la première chose qui lui viendrait à l'esprit quand il songerait à eux : leur nom. Ce qu'il avait appris en cet après-midi d'août lui avait rendu un être très proche, plus proche qu'aucun être ne l'avait encore jamais été pour lui. Quant à l'autre nouvelle qu'il avait apprise ce jour-là, de la bouche d'Anna, sa grand-mère, il la jugea d'abord parfaitement grotesque. Quel navrant tissu de sottises ! Mais il ne tarda pas à comprendre qu'Anna n'était pas la seule à croire à ces fadaises. Thomas et peut-être Sabine elle-même y prêtaient foi, aussi ne put-il se contenter de les écarter d'un revers de main. Où donc avait-il atterri, sans le savoir ni le remarquer ? Où donc avait-il vécu pendant ces quelques années ? Il croyait en Dieu, récitait au lever du jour la prière en latin qu'on enseignait depuis des siècles aux pensionnaires du collège religieux de K. Oui, Ferdinand était animé d'une incroyable foi. Mais il avait foi en un dieu d'amour. Un dieu dont la Création ne connaissait, n'avait jamais connu de fin, mais tout au contraire se prolongeait, se perpétuait de jour en jour. Dieu, Ferdinand en avait l'inébranlable conviction, était la Création elle-même. Et la mort il est vrai faisait partie du cycle de l'être et du devenir. Le Mal, les famines, les incompréhensibles et épouvantables calamités qui frappaient l'homme, il ne les imputait pas à Dieu, mais aux lois de la nature que celui-ci avait également créées – et, au bout du compte, à l'homme lui-même, à qui Il avait laissé son libre arbitre. Ferdinand se demandait toutefois si celui-ci était une bonne chose, s'il avait seulement un sens. Il lui arrivait de repenser parfois aux paroles de l'un de ces chants tziganes que Thomas aimait à chanter, pendant l'été, une fois la besogne accomplie, quand il était d'humeur joyeuse et s'attardait un long moment encore sur le seuil de la ferme, tenant en main le cruchon de poiré vert et blanc ou une dernière bouteille de bière étincelante et embuée : « Mais fais preuve de plus de sagesse / la prochaine fois / quand tu voudras refaire le monde à neuf », et Ferdinand avait le sentiment que ces quelques mots renfermaient plus de clarté qu'il n'en pourrait jamais obtenir lui-même. Dès l'enfance, à K., il ne lui avait pas échappé que chacun des religieux avait une façon toute personnelle d'évoquer Dieu. Il n'existait donc, en dépit de la Bible, aucune vérité ultime à son sujet, et cela ne contribuait qu'à le rendre plus grand encore à ses yeux. Oui : grand ! Immensément grand ! Dénué de toute petitesse ! Et c'est ce Dieu d'une grandeur incommensurable qui punirait les fautes des pères sur les enfants et les petits-enfants, jusqu'à la troisième et la quatrième génération ? L'être le plus grand qui se puisse imaginer dans l'univers ne serait donc que colère et persécution ? Ou diable pouvait-on lire ces lignes insensées ? Cette pensée était à ses yeux si méprisable et ridicule, au fond si sacrilège qu'il ne se donna même pas la peine de chercher le passage. Oui, méprisable. Il chassa cette idée, non parce qu'il s'en désintéressait, ou du moins n'en faisait pas grand cas, mais parce qu'il la méprisait de tout son cœur. Il lui avait suffi d'une seule seconde pour l'écarter, la balayer d'un revers de main – mais il était une chose qu'il n'était pas en son pouvoir de balayer : ici, à Rosental, on pensait tout autrement. On y croyait ! On s'imaginait que les horreurs que Goldberger le Vieux, l'arrière-grand-père de Ferdinand, en sa qualité de chef de section dans l'Innviertel, avait non pas à proprement parler commises, mais été contraint de commettre, précisément en raison de la charge qu'il occupait, valaient à ses descendants d'être châtiés ! On se figurait que ceux-ci devaient payer pour les lettres de dénonciation – apparemment bien trop nombreuses, il est vrai, et témoignant d'un évident excès de zèle – qu'il avait autrefois rédigées, et qui lui avaient valu après tout de devoir quitter sa région natale, sans qu'on lui laisse d'autre choix ! Pendant très longtemps, la grand-mère de Ferdinand elle-même n'avait rien su de tout cela, et elle ne l'avait appris qu'avec « un retard infini » : Martha, dans sa dernière lettre – elle rompait avec de nombreuses années de silence, et Anna en avait été surprise – lui avait écrit et raconté bien des choses qui représentaient en quelque sorte pour Anna les pièces manquantes d'un grand puzzle. À présent enfin elle pénétrait le sens des paroles que Goldberger le Vieux avait prononcées sur son lit de mort, et comprenait aussi la portée de ces schémas, de ces chiffres, de ces noms dans le carnet gris, les notes manuscrites de son mari. La lettre de Martha lui avait également appris que Goldberger le Vieux, s'il n'avait pas bénéficié à l'époque de l'appui du Gauleiter, se serait retrouvé non seulement dépouillé de tout – à l'exception de quelques ustensiles de ménage, de la carriole et de l'alezan –, mais n'aurait même pas eu un toit sur la tête ; dans leur malheur, ils avaient encore eu la chance qu'on leur fasse en quelque sorte cadeau de la ferme de Rosental (désertée de ses occupants sans qu'on en sût la raison) – ou que le Gauleiter, qui allait après tout devoir en référer lui aussi à des supérieurs, et dès lors ne s'était peut-être mis en quête d'une solution que par intérêt personnel, ait su faire de cette catastrophe qui ne le touchait en rien une simple transaction officielle, une affaire immobilière. Tels étaient à peu près les propos que sa grand-mère lui avait tenus avec un discret sourire ; il les entendait encore résonner en lui, comme s'ils étaient les mots d'une langue étrangère (que nul n'aurait parlée). Certes, Thomas, quand il l'avait interrogé, avait hurlé « Non ! », s'était récrié de toutes ses forces, mais ses yeux, son visage tenaient un tout autre langage, et il ne s'était pleinement apaisé qu'à l'instant où Ferdinand avait feint d'accepter sa réponse et de croire à son indignation. Où Ferdinand s'était-il donc retrouvé ? Au Moyen Âge ? Dans les ténèbres de quelque époque reculée et sans nom ? Martha, la muette, mais oui ! Les lettres de cette grand-tante qu'il n'avait à peu près jamais connue – il l'avait vue une fois peut-être, mais c'est à peine s'il en conservait le souvenir –, et qui était décédée l'année précédente – mais n'était-ce pas deux ans plus tôt ? –, lui revinrent alors en mémoire, il se souvint des nombreuses phrases pathétiques et alambiquées qui les émaillaient et qu'il avait alors eu tant de peine à saisir, mais qui s'éclairaient désormais à ses yeux, sans qu'il pût se rappeler leur teneur exacte, d'un jour nouveau qui les rendait limpides. Il savait maintenant pourquoi elle lui avait écrit. Dans quelle maison de fous était-il donc tombé ? Non, il n'y avait décidément rien d'étonnant à ce que son père se fût enfui en Amérique du Sud.

C'est au moment le plus douloureux d'une période où il avait le sentiment de subir une grande injustice, d'être exploité par tous, qu'il s'était mis en tête d'entreprendre des études. Mais dès la seconde où il leur avait fait part de ce projet, il avait eu la conviction que la réalisation de celui-ci ne le préoccupait en rien, que seul lui importait de les défier pour faire pièce au sentiment d'injustice qu'il ressentait. C'était un exutoire, rien de plus. Et depuis le moment où Thomas, la mine furibonde, son chapeau de paille posé de travers sur sa tête, s'était éclipsé prestement de la cuisine, il n'avait plus vécu que dans l'attente de l'instant où son oncle tenterait de le persuader d'y renoncer ;

il aurait alors l'âme assez basse pour lui soutirer un peu d'argent, et pourrait peut-être s'offrir, en faisant le complément avec ses propres économies, une nouvelle Golf. Ou une Peugeot, pourquoi pas ? Il y avait justement un concessionnaire au village, et Ferdinand avait repéré peu de temps auparavant un modèle qui lui plaisait. Quelques instants après Thomas, Sabine avait quitté la cuisine à son tour. Ferdinand était resté assis là, absorbé par ses pensées. Les révélations de sa grand-mère l'avaient arraché à cette retraite en lui-même ; il les écouta avec attention, ne les prit pas à la légère, et elles le rendirent soucieux. Anna ne paraissait même pas souffrir de cette sotte histoire de malédiction – tout au contraire, elle la lui avait racontée avec un tendre sourire aux lèvres, comme si elle s'en réjouissait. Puis elle s'était munie de ciseaux à papier qu'elle avait sortis d'un tiroir et s'était rendue dans le jardin où, le dos profondément fléchi, elle s'était mise à faire la chasse à ces importunes limaces qu'elle découpait en morceaux. Ferdinand lui avait emboîté le pas et l'avait observée un moment se livrer à ces occupations qui n'avaient en soi rien de répugnant, mais plutôt un je-ne-sais-quoi d'étrange et de cocasse, tant sa grand-mère semblait y voir la chose la plus naturelle du monde ; c'était exactement comme si elle avait arrosé des fleurs. Enfin Ferdinand était retourné dans la bergerie et, pourvu d'une seringue jaune-vert, avait continué d'administrer aux moutons le vermifuge, marquant d'un trait de peinture à la bombe rouge le dos des bêtes qu'il avait déjà traitées. Le travail, la proximité des animaux ne tardèrent pas à détourner le cours de ses pensées, et il ne songea bientôt plus aux propos ineptes de sa grand-mère, mais se reprit à jubiler à l'idée qu'il allait extorquer de l'argent à Thomas. Quand celui-ci était apparu dans l'étable et lui avait lancé son sempiternel « Allons, viens ! », il lui avait fallu faire un effort sur lui-même pour ne pas éclater de rire. Comme cet homme était facile à percer à jour, au fond ! Il était amusant de le regarder se débattre, de voir combien il était mal à l'aise, désarmé au moment d'abdiquer toute fierté. C'est en riant intérieurement que Ferdinand consentit à le suivre, attendant de voir ce qui allait se passer. Ils s'étaient retrouvés au sommet de la carrière. Thomas avait dévalé la pente qui menait au ruisseau, puis l'avait remontée, et il lui avait laissé une impression de trouble et d'affolement. Ferdinand, peut-être aussi parce que ce trouble inconnu ne le laissait pas insensible, s'était départi peu à peu de toute méchanceté à son égard et, stimulé par les récits inattendus que Thomas lui avait faits – il ne s'agissait il est vrai que de simples phrases, mais elles renfermaient des histoires entières ! –, il avait voulu savoir pourquoi Thomas ne lui avait encore jamais parlé de cette histoire de malédiction. Ce qui se produisit, se révéla alors laissa Ferdinand totalement pantois. Il s'attendait simplement à ce qu'ils discutent d'un compromis ! Mais les choses avaient pris un tour différent, et Ferdinand en cet instant avait vu Thomas mentir – le seul être de sa connaissance qui ne mentait pourtant jamais, parce qu'il en était parfaitement incapable.

Oui, où donc avait-il atterri ? Et cependant Rosental était le seul lieu où il s'imaginait vivre. Il en avait eu la certitude dès le premier jour, dès cet instant où, suspendu la tête en bas à l'armature du séchoir à linge, il avait entendu Thomas le vitupérer. Il avait alors cru entendre sa propre voix sur une bande magnétique ! C'est en ce lieu qu'il voulait demeurer. Ici, à Rosental. À plus forte raison maintenant qu'il avait rompu avec Susanne, qui avait emménagé à Vienne et ne donnait plus de ses nouvelles. Mais il lui fallait partir. Comment pourrait-il rester plus longtemps dans une maison, en un lieu où l'on accordait foi à de pareilles sornettes – ou du moins où il était monnaie courante d'en parler ; car Sabine lui avait avoué qu'elle avait eu vent de cette malédiction bien des années plus tôt, longtemps avant qu'on ne l'accueille au sein de son « nouveau foyer ». Pendant une semaine entière, il s'efforça de faire abstraction de tout cela, mais en vain. Les choses étaient désormais dites et elles dressaient entre eux un obstacle insurmontable. Tous à la ferme avaient changé ; tout avait changé. Plus rien n'était comme avant. Si seulement ils avaient su garder le silence ! Pourquoi avait-il fallu que sa grand-mère s'en ouvre à lui ? Et si toutefois c'était indispensable, pourquoi ne pas l'avoir dit plus tôt, pourquoi avait-elle tant tardé ? Parce qu'il leur avait annoncé ce jour-là qu'il comptait entreprendre les mêmes études que son père ? Était-ce donc cela ? La preuve qui achèverait, aux yeux d'Anna, de convaincre le dernier sceptique, qu'il se fût agi de Thomas ou de Sabine ? Il ne voyait pas d'autre motif. Mais qu'en savait-il au fond. Comment saisir par l'entremise de la raison ce qui précisément défiait toute raison ? Il avait l'impression que tous ceux qui l'entouraient avaient jusqu'alors porté des masques dont ils se défaisaient maintenant. Il les regardait et ne parvenait plus à les reconnaître. Comment aurait-il pu rester ici ? Pendant une semaine, il fut mis au supplice par cette interrogation qui au fond signifiait encore : je tiens à rester ici. Jusqu'au moment où il comprit enfin : je le veux, mais je ne le peux pas ; je ne peux même pas le vouloir.

Toutes ces pénibles réflexions auraient cependant trouvé un terme si seulement Thomas, au cours de cette semaine dont les jours parurent s'étirer comme au ralenti, avait tenté ne serait-ce qu'une fois de le retenir. Mais son visage n'était plus le même, et tout dans son attitude avait changé. Il ne lui lança plus jamais son éternel « Allons, viens ! ». Non seulement Thomas semblait s'être dépouillé de tout autoritarisme, mais on aurait dit qu'il s'appliquait en quelque sorte à consoler Ferdinand, en lui parlant de son frère Paul et de son père. Il le fit à l'aide d'objets ou de photographies ; il avait toujours besoin d'un point de départ ou d'un point d'appui, qui pouvait être par exemple l'ancienne carrière ou le ruisseau. Ferdinand entendit ces histoires pour la première fois. Thomas éprouvait toutes les peines à les lui raconter : sans cesse il butait sur les mots, s'épuisait à les chercher, s'arrêtait net sans paraître même le remarquer. Ou il se livrait à de brusques digressions que Ferdinand ne parvenait pas à suivre, et lui livrait des récits pour le moins décousus.

Vers le dix du mois, Leonhard reparut à la ferme. Il avait fait le trajet à bicyclette. Il s'agissait d'un vélo de ville dont le cadre était peint en jaune et vert fluo et dont la lumière avant présentait une grille de protection en plastique noire. Leonhard, désormais âgé de quatorze ans, était devenu un gaillard de haute stature à la silhouette athlétique et aux épaules larges, dont la chevelure autrefois d'un blond de paille avait foncé peu à peu et lui recouvrait le front. Un duvet brun lui ombrait déjà la lèvre supérieure, le devant des oreilles et dans une moindre mesure le menton. Malgré l'absence de liens du sang, il était devenu tout le portrait d'un Goldberger – c'est du moins ce que pensaient Anna et Sabine. Thomas courut à sa rencontre et lui réserva un accueil particulièrement enthousiaste. Là-dessus ils disparurent aussitôt dans l'étable. Ferdinand ne manqua rien de la scène : il avait entendu le tonitruant « Bonjour ! » de son oncle et s'était penché à la fenêtre de sa chambre pour l'observer. Il était justement en train de trier ses vêtements, mettant d'un côté ceux qu'il emporterait à Vienne, de l'autre ceux qu'il laisserait à la ferme. Lorsqu'il aperçut ce qui se passait sous ses fenêtres, il se précipita hors de la pièce en renversant l'une des montagnes de vêtements, quitta la maison, descendit sur la berge du ruisseau, alla s'installer sous la ramure d'un saule et y passa le reste de la journée. Un peu plus tard, quelqu'un arriva au domaine à mobylette et, dans de grandes pétarades, monta le chemin caillouteux qui menait à la ferme avant de le redescendre quelques minutes plus tard. Le conducteur portait un casque et l'on ne pouvait distinguer son visage, mais il s'agissait d'un tout jeune garçon ; peut-être Johannes. Ferdinand passa les heures qui suivirent au pied du saule, et il s'y tenait encore bien après que Leonhard, à la tombée de la nuit, eut enfourché de nouveau sa bicyclette, dévalé à folle allure la croupe de la colline et, lâchant le guidon, franchi le petit pont de bois dans un grondant vacarme. Non, son oncle n'était pas devenu quelqu'un d'autre. Il en usait avec les hommes comme avec les bêtes, et il allait s'appliquer désormais à apprivoiser Leonhard pour l'avoir à sa main. Si seulement il était devenu quelqu'un d'autre ! Mais il n'y avait jamais qu'envers lui qu'il n'était plus le même homme. Les journées s'écoulèrent ainsi, tissées de ces mornes pensées.

Vers le quinze du mois, pourtant, un changement s'accomplit en Ferdinand. La perspective d'emménager bientôt à Vienne suscita sa joie. Il se reprenait enfin. N'était-ce pas en somme ce qu'il avait toujours souhaité ? N'avait-il pas pris lui-même cette décision au terme de longs mois de réflexion, ne la leur avait-il pas annoncée à table d'un ton triomphant ? Après tout, ils étaient libres de croire à cette histoire de malédiction. En quoi cela le concernait-il ? Il avait pris la décision de s'en aller avant même d'avoir entendu ne serait-ce qu'un mot à ce sujet. Il jugeait même à présent qu'au fond il aurait pu rester, mais il ne le souhaitait justement pas. Et si Thomas venait d'appeler Leonhard en renfort, ce n'était précisément que pour cette seule raison : parce que Ferdinand allait quitter la ferme. Sa décision avait été l'élément déclencheur, et tout le reste en avait simplement découlé. Aussi, pourquoi garder rancune à Thomas de son attitude ? Et si son oncle ne le traitait plus de la même façon à présent : une fois encore c'est qu'il ne pouvait pas agir autrement. Ferdinand n'avait-il donc pas compris tout cela depuis très longtemps ? N'avait-il pas compris que cela n'avait rien à voir avec lui ? Son humeur s'en trouva instantanément ragaillardie, et il n'hésita plus désormais à poser des questions à Thomas, quand un point de ses récits lui paraissait obscur, ou qu'il n'arrivait pas à le suivre pleinement. Il consentit même à disputer avec lui quelques matchs de football. Paul, son père, avait été l'un des joueurs les plus émérites du pensionnat de K., et l'on avait conservé à la ferme ses vieilles chaussures à crampons. Anna remit aussitôt la main dessus et Ferdinand, en proie à une allégresse toute physique, s'empressa de les chausser ; le cuir en était racorni et craquelé, mais elles étaient à la bonne pointure. Certains soirs, dans le pré, ils travaillaient désormais leur jeu de passe, s'exerçaient à déborder et centrer, effectuaient des tirs au but – l'une des armatures du séchoir à linge faisait office de cage.

9

« Sabine! », s'écria Thomas. Il se figea net, la mine épouvantée, sur le seuil du grand salon et, d'un pas empressé, faisant claquer sur le plancher les crampons de ses chaussures, fila droit vers elle, l'enlaça par-derrière et lui serra le haut des bras. Il se pencha légèrement en avant et posa au creux de la clavicule de Sabine son menton que hérissait une barbe noire. Les cheveux de sa femme embaumaient comme des fleurs. « Qu'est-ce qui t'arrive? Ne pleure pas, voyons!

— Mais je ne pleure pas, dit Sabine dans un sanglot. Elle frémissait de tout son corps, sa peau était brûlante.

— Mais qu'as-tu donc? demanda Thomas d'une voix feutrée tout en pressant sa joue contre la sienne. Ne pleure pas comme ça, mon cœur. »

La poitrine de Sabine se souleva encore d'un sanglot. Elle saisit d'une main la chevelure de son époux, s'agrippa de l'autre à son maillot de corps. La fenêtre était ouverte sur le pré. Dans l'herbe, des zones plus claires, là où le sol avait été foulé aux pieds, trahissaient les endroits où l'on avait joué au football. « Eh là, souffla-t-il, tu vas m'arracher les cheveux! » Mais elle ne les enserra que davantage encore, et Thomas étouffa un petit rire amusé.

« Et dire que tu rigoles, lui dit-elle d'un ton plein de reproche, la voix encore nouée de sanglots. — Mais je ne rigole pas du tout! se récria joyeusement Thomas. — Tu n'es qu'un monstre. » Elle lâcha la touffe de cheveux, lui passa délicatement la main sur la joue, pressa ses doigts contre les lèvres de Thomas. Il y déposa un baiser. « Qu'est-ce qui se passe ? murmura-t-il au creux de cette main qui étouffait sa voix. Hein ? »

Il ne se trouvait plus désormais dans le grand salon que deux fauteuils de cuir marron foncé à l'assise basse et profonde – l'un d'eux était la bergère à oreilles que Martha avait récupérée à la ferme bien des décennies plus tôt. Andreas la leur avait rapportée. Sabine alla s'y asseoir. La table qui tenait autrefois le centre de la pièce se trouvait à présent dans la chambre de Ferdinand – il l'avait mise bout à bout avec celle, un peu plus haute, qu'il possédait déjà, avait glissé sous ses pieds suffisamment de vieux journaux pour qu'elles fussent parfaitement alignées et qu'il pût y déployer entièrement les bandes de papier que son grand-père avait couvertes d'annotations et, échafaudant en faisant fond sur elles son propre système, les retranscrire dans son carnet de notes. Dans un coin, près de la porte, reposant sur un meuble bas, trônait le téléviseur, qu'on avait recouvert d'une pièce de tissu blanche ornée de broderies rouges (« Fais comme le cadran solaire / Ne compte que les heures prospères ») sur laquelle était posé un vase de porcelaine vide, à col très étroit, d'un chatoiement nacré.

« Pourquoi n'as-tu même pas tenté de l'en dissuader ?

— Ce n'est jamais que pour quelques années », répliqua Thomas.

Sabine renifla, puis elle lui dit : « Oui, bien sûr, tu as raison. Mais tout de même. »

Les montagnes étaient désormais d'un bleu plus soutenu, la clarté scintillante de l'été avait été déjà supplantée par les tons mats des commencements de l'automne ; le massif rocheux se déployait en un large demi-cercle devant eux, plus proche à présent, plus lourd et imposant que jamais. Un ciel d'un bleu pâle très délicat, presque humble, dont la couleur semblait attester à soi seule la réserve, le surmontait. Les hirondelles à plastron blanc montaient en flèche dans les airs, les bergeronnettes des ruisseaux se dévoilaient à la vue le temps de deux, trois battements de queue avant de reprendre leur essor, les merles faisaient éclore dans l'herbe la fleur de leurs chants, la curiosité les arrêtait un instant, ils se remettaient à fureter dans le pré.

Thomas était heureux. Son maillot de corps rouge délavé et imbibé de sueur exhalait encore l'odeur amère des nuées de moustiques dans le soir, et même cette odeur lui paraissait merveilleuse. La veille, il avait achevé le bilan comptable auquel il procédait deux fois dans l'année, d'abord au printemps, puis en automne, et les résultats en étaient aussi satisfaisants que six mois plus tôt. Combien de paysans du canton avaient pourtant dû liquider leur exploitation ! Combien en parlaient encore ! Même à Rosental, ce village sur lequel semblait peser une chape de silence, toutes les conversations tournaient autour de cela. Ce n'était pas tant qu'on déplorait la dureté des temps, comme on l'avait du reste toujours fait ; le discours avait changé : on ne se plaignait plus, on voyait soudain des êtres qui avaient compris que leurs jours étaient comptés à plus ou moins brève échéance tenir froidement les propos les plus lucides et les plus clairs. Les prix auxquels les paysans vendaient le fruit de leur labeur avaient chuté de moitié, parfois des deux tiers – la dégringolade était vertigineuse. Mais Thomas n'avait aucunement pâti de l'entrée de l'Autriche au sein de la Communauté ou de l'Union européenne : ses prix restaient stables, il continuait de diriger et de gérer son exploitation en faisant fi des cours du marché. Tandis que tous les autres éleveurs et cultivateurs parvenaient tant bien que mal à compenser une partie de leurs pertes en réclamant des indemnités compensatoires, Thomas jetait sans plus de façons dans le cageot à fruits où il collectait les vieux papiers tous les dossiers d'information et prospectus que lui envoyaient la Chambre d'agriculture ou le Ministère. Non, il ne remplirait aucun formulaire, non, il n'irait pas quémander une dérisoire aumône. Sous ses yeux, par-delà les limites du domaine Goldberger, les champs qu'il louait à Fellner déroulaient leurs rubans de terre marron clair ;

on y avait récolté l'orge et l'épeautre; sur ses propres parcelles subsistaient encore les quelques plants de maïs, le soja et, sur le petit arpent tout en longueur, ces betteraves qu'il vendrait à la sucrerie en échange d'un paiement en cossettes pour le bétail. Il s'attarda là un moment. Oui, les chiffres étaient justes. Comment n'aurait-il pas été heureux? Plus rien ne lui inspirait de la crainte. Tout était pour le mieux. Il n'y avait jamais eu qu'une bataille à livrer; il s'était avéré qu'elle était la bataille décisive. Si la discussion qu'il avait menée avec Ferdinand au bord de la carrière l'avait d'abord satisfait, ses doutes n'avaient cependant pas tardé à le reprendre, car le garçon paraissait s'être replié sur lui-même et lui marquait même de la distance; mais une poignée de jours avaient suffi pour qu'il redevînt tout à fait celui qu'on avait connu: quand Thomas lui racontait encore une histoire du passé, son esprit ne vagabondait plus, son visage n'était plus renfermé. Quant à Leonhard, qui avait d'abord assuré ne pas avoir une minute à lui consacrer, il consentit finalement à lui prêter main-forte de temps à autre, à la bergerie ou dans les pâturages. Thomas parvenait à s'acquitter seul de la majeure partie des travaux des champs, mais avec les bêtes on avait souvent besoin de bras supplémentaires. Leonhard, qui n'avait jamais été après tout, pendant quelques années, une fois l'été venu, qu'un travailleur d'appoint à la ferme – et encore ne l'était-il plus depuis deux ans –, n'avait cependant pas perdu la main, même s'il avait oublié certaines choses. Qui était habile le demeurait une vie entière. Tout suivait son cours sur les voies soigneusement tracées et sur les autres, infléchies non sans peine, il est vrai, mais avec maîtrise et discernement. Il ne restait plus désormais qu'à entretenir les voies, comme on l'avait toujours fait, ou presque, afin que la mécanique ne se grippe pas. Le travail était toujours aussi intense, et il n'était pas moins harassant. Mais pourquoi diable aurait-il fallu qu'ils s'angoissent? Qu'ils éprouvent une quelconque tristesse?
« Sabine, dit Thomas à voix basse, ne pleure donc pas. Après tout, il ne s'en va pas pour toujours. »

Elle en avait conscience. Et cependant elle savait aussi que c'était pour toujours. C'était déstabilisant. Elle avait beau se dire qu'aucun lien du sang ne l'unissait à Ferdinand, qu'il n'était jamais qu'un parent par alliance, rien n'y faisait : il lui semblait que son propre fils, la chair de sa chair, s'apprêtait à quitter la maison. Et Thomas ? Elle l'avait un jour qualifié de « monstre ». Et n'était-ce pas au fond ce qu'il était ? Les êtres humains à ses yeux n'étaient jamais que des figurines interchangeables. Quand Ferdinand était apparu à la ferme, ses yeux tout aussitôt s'étaient détournés des autres, des enfants d'Elfriede, et voilà qu'à présent il rappelait Leonhard à lui, parce que son aide lui était nécessaire. Dire qu'il l'appelait : « Mon cœur » ! Peut-être était-ce d'ailleurs vrai : elle lui tenait lieu de cœur, parce qu'il n'en avait pas. Ou alors était-il de pierre. D'une incroyable dureté. Elle s'affligeait d'autant plus de cette dureté d'âme qu'elle avait remarqué combien il était d'humeur radieuse, après avoir été avare de paroles pendant quelques jours. Elle avait alors pensé, non, elle avait vu de ses propres yeux à quel point il souffrait, parce que Ferdinand avait si soudainement décidé de les quitter pour s'en aller à Vienne. Mais à peine Leonhard fut-il de retour à la ferme que Thomas retrouva sa bonne humeur. Il y avait des années qu'il ne lui avait pas paru aussi heureux. Et voilà qu'à son tour elle sentait son cœur se durcir ! C'est presque en ennemie qu'elle accueillit Leonhard ; elle fut épouvantée par sa propre attitude, littéralement saisie par la soudaine froideur qui émanait d'elle. Était-ce qu'au fond elle ne valait pas mieux que son mari ? Mais un jour elle s'aperçut qu'un voile gris recouvrait l'œil droit de sa belle-mère, et, sans lui en toucher un mot, elle alla demander à Thomas s'il s'en était également avisé. Il lui répondit que oui. Elle crut d'abord qu'il avait mal entendu et reposa la question. Il répondit encore affirmativement. Pourquoi dès lors n'avait-il rien dit ? N'aurait-on pas mieux fait de consulter un médecin, de convenir au plus vite d'une opération ? Thomas avait alors répondu, la mine impassible, sans même baisser la voix d'un seul degré : « Je ne suis pas certain que ça vaille encore le coup. » Elle en était restée sans voix, avait manqué défaillir. Il lui avait fallu immédiatement s'asseoir. Oui, les humains étaient à ses yeux de simples figurines ; il ne les traitait pas différemment des bêtes, et sans doute lui inspiraient-ils les mêmes pensées qu'elles. Mais n'avait-il pas cependant raison, à sa façon ? Anna était devenue faible ; elle passait le plus clair de son temps assise sur une chaise devant la maison, à contempler la montagne, exécuter quelque ouvrage au tricot, lire des passages de la Bible (celle-ci reposait du moins, grande ouverte, sur ses genoux). De loin en loin, on la voyait encore circuler dans les pièces de la maison, tenant une tapette à mouches dans sa main à demi levée, mais ne l'abattant presque jamais ; on aurait dit qu'elle voulait simplement intimider les mouches, ou leur intimer de disparaître. Non, elle ne semblait pas se porter mal ; tout au contraire, elle avait l'air heureuse. Sabine en connaissait les raisons et la méprisait pour cela – quel être « normalement constitué », pour reprendre ses propres mots, irait prêter foi à de pareilles sornettes ? Quel âge pouvait avoir Anna ? Bien soixante-dix ans. Elle paraissait heureuse, oui, mais la plupart du temps très affaiblie. Naturellement, il était aussi arrivé à Sabine de songer que sa belle-mère tôt ou tard viendrait à mourir. Et pour ce qui concernait le reste : Thomas avait-il vraiment le choix ? Il avait besoin de quelqu'un pour le seconder en plus de sa femme, et il lui fallait trouver un successeur, quelqu'un qui reprendrait les rênes de l'exploitation après lui – après eux. Ce qui donnait à Sabine un si vif tourment moral, ce n'étaient pas tant les actes de Thomas, mais la façon dont il s'y prenait. Elle aurait pourtant souhaité qu'il fasse preuve de fermeté et contraigne Ferdinand à rester, au lieu de le laisser faire à sa guise. En secret, il lui arrivait de se fustiger elle-même : Rien ne te contente donc jamais ? Les affaires ne sont-elles pas au beau fixe ? Ils gagnaient bien leur vie, mieux que la plupart des autres paysans, elle le savait. De temps à autre – le plus souvent deux fois dans l'année, au printemps puis à l'automne, une fois effectué le bilan comptable –, il la priait soudain de monter s'apprêter et lui annonçait alors qu'ils allaient faire une petite virée à Linz. Sabine lui demandait toujours ce qu'il comptait y faire « une fois encore », mais elle en avait bien une petite idée, sinon la ferme certitude, et ne jouait au fond que pour la forme la comédie du dégoût, tandis que Thomas, laissant s'épanouir sur ses lèvres un sourire de triomphe qu'il s'efforçait de tenir en lisière, lui assurait qu'elle avait bien besoin d'une nouvelle robe. Fallait-il donc qu'il fasse le trajet seul pour la lui acheter ? Il ne connaissait même pas sa taille. Il aurait été du reste bien incapable de dire quelle était la sienne. Il n'avait pas la mémoire de ces choses-là. Thomas était décidément un homme singulier, et il arrivait souvent à Sabine de se dire qu'elle le perçait mieux à jour par le passé, lors des premières années, ou même à cette époque où il s'était lancé avec un tel acharnement dans ces histoires de procès. Aussi était-elle heureuse de sentir sa présence dans son dos, son souffle sur elle, la pression sur ses épaules de ces mains fermes et chaudes, au premier coup d'œil si larges, à mieux y regarder si petites, le contact de sa barbe drue sur la peau fine tendue sur l'omoplate, et le trouble qui l'agitait refluer lentement, par vagues, avant qu'enfin elle pût lui dire encore : « Tu n'es qu'un monstre. »

Il lui serra de nouveau le haut des bras, attrapa sa main qui s'agrippait toujours à ses cheveux, mais moins fermement à présent, l'attira à ses lèvres et l'embrassa. N'était-il pas comblé ? Toute sa vie durant, il n'avait travaillé que pour aboutir à ce point. Il repensait à son bilan comptable, tout en couvrant de baisers les doigts longs et fins de son épouse, l'un après l'autre, s'arrêtant à leur extrémité charnue, sans s'en lasser jamais. Il la sentit esquisser un sourire ; elle en avait chaud au cœur ; elle ne frémissait plus, ne reniflait plus. Enfin il lui dit qu'il devait passer sous la douche, redressa le buste et, ne lâchant la main de Sabine qu'au tout dernier moment et avec une grande délicatesse, se retourna et quitta le grand salon, escorté par le rude claquement des crampons sur les lattes du plancher.

Il restait une poignée de jours. Tout était encore baigné de cette lumière mordorée qui n'appartient qu'à septembre, et l'air était toujours chaud, même la nuit. On ne distinguait dans le ciel que des nuages épars. En cette année 19xx, les stations météorologiques du land de Haute-Autriche avaient enregistré de nombreux jours de soleil, mais on avait également relevé des précipitations assez importantes. La récolte des premières céréales avait été satisfaisante, et l'on pouvait espérer à bon droit qu'il en irait de même pour le soja et le maïs. Le rendement serait excellent. Déjà Thomas sillonnait sans relâche le champ de soja d'un brun noirâtre, détachait ici et là des gousses velues qu'il fracturait et, tenant au creux de sa paume les graines de soja d'un jaune clair, les examinait et y plantait les dents. Tantôt, il en glissait une poignée dans sa poche, tantôt il les laissait ruisseler simplement à terre avant de s'essuyer la main dans l'étoffe de son pantalon. Il lui arrivait de croiser lors de ses longs parcours la route de Leonhard, qui, de retour de l'école, se rendait désormais presque tous les jours à la ferme, prenait également en leur compagnie son déjeuner, et répandait bien souvent une discrète odeur de cigarette. Alors on les voyait se rapprocher peu à peu l'un de l'autre, jamais directement, mais au prix de mille détours, et, une fois qu'ils s'étaient atteints, se tenant flanc à flanc, le regard tourné dans la même direction et sans se regarder jamais, engager la conversation, observer les graines de soja qu'ils faisaient rouler avec le pouce au creux de leur main : « Qu'en dis-tu ? — Non, ça n'y est pas encore. — En effet, il faut que ça mûrisse un peu. » La fébrile impatience qui les portait ainsi à errer par les champs renfermait en elle-même bien des choses : la peur que leur inspiraient les caprices du temps, la pluie ou pis encore la grêle (le beau temps durait depuis si longtemps que chaque journée de soleil supplémentaire en devenait lourde de menaces), l'espoir d'une bonne récolte, la foi dans la robustesse des machines, le souvenir des bonnes et des mauvaises années, la crainte de ne plus avoir assez de place dans le grenier à blé – le *plancher* –, les projets échafaudés pour les innombrables et pressants travaux qui succéderaient à la récolte… Leonhard, à la différence de Ferdinand, se montrait étonnamment silencieux. Ferdinand avait toujours éprouvé le besoin de discuter, de prendre conseil auprès de Thomas, ce que celui-ci avait souvent considéré comme une perte de temps. Leonhard paraissait être certes quelqu'un de réfléchi, mais il ne recherchait pas la conversation, semblait même fuir toute discussion et, les lèvres immobiles et closes, se fendait simplement la plupart du temps d'un « Hmm » qui pouvait revêtir selon le contexte bien des significations différentes. Il lui arrivait de ne pas effectuer certaines tâches exactement comme Thomas l'aurait souhaité, mais il faisait preuve alors d'une telle rectitude, d'une telle détermination que Thomas se gardait de s'en mêler ; et il se disait aussi qu'il fallait qu'il laisse les coudées franches au garçon, de temps à autre, afin de lui faire croire qu'il n'était pas sous sa coupe. Le souvenir de Fine lui revenait alors, non sans nostalgie. Ils avaient tous deux la certitude, chacun à part soi, qu'aucune ombre n'obscurcissait plus leur relation, du moins pour le temps présent, et par-dessus tout pour l'avenir. Leonhard annonça un jour à Thomas qu'il comptait entreprendre l'année suivante, au terme de sa scolarité, une formation d'ouvrier-mécanicien. Thomas y réfléchit alors un moment, passa mentalement en revue toutes ses machines agricoles, se souvint de la peine qu'il avait éprouvée autrefois à réparer l'embrayage du tracteur, et jugea finalement au terme de quelques secondes que c'était « au fond » une bonne idée. Un sourire passa sur les lèvres fines de Leonhard. L'harmonie régnait entre eux, et ils en étaient heureux.

Ferdinand était occupé à préparer ses bagages. Sabine, qui se tenait dans la cuisine, s'étonnait d'entendre claquer à tout bout de champ la serrure de valises qu'on ferme : Ferdinand faisait et refaisait inlassablement celles-ci, tantôt y rajoutant un objet, tantôt en retirant un autre. Il n'était déjà plus qu'à demi à Rosental. De tous les sentiments et pensées qui s'étaient bousculés dans son esprit au cours des semaines passées n'avait plus subsisté au bout du compte que la joie anticipée de son départ. Se dire qu'il marchait sur les traces de son père Paul était sa plus grande source de bonheur. Une fois encore, c'est un prénom qui s'imposait alors en premier lieu à son esprit : « Paul », et non « Père » ou même « Papa ». Il ne savait au sujet de celui-ci que bien peu de chose, mais les récits de Thomas lui avaient malgré tout permis d'apprendre que la trajectoire de son père avait connu à partir d'un certain point un tournant funeste : il avait cessé d'assister aux cours magistraux à la faculté, tous ses amis, à l'exception de Lorenz, s'étaient détournés de lui, et son tortueux chemin l'avait même conduit pour un temps dans un établissement psychiatrique (Thomas qualifiait celui-ci de « maison pour malades des nerfs ») et, pour quelques heures seulement, dans une clinique privée située dans le village voisin. Thomas n'avait pu lui apprendre comment Paul en était arrivé là. Il lui avait assuré qu'il n'en savait rien, et aussi bien c'était vrai, même s'il avait tendance à en attribuer secrètement la faute au collège religieux de K. et à Vienne, sans approfondir toutefois sa réflexion. Ferdinand pressentait confusément qu'il lui fallait mettre ses pas dans ceux de son père et reparcourir le chemin de celui-ci à sa façon, afin de rétablir un semblant d'équilibre dans l'univers. À la joie qu'il éprouvait à l'idée de rejoindre bientôt Vienne se mêlait l'espoir d'en apprendre un peu plus long au sujet de son père, par la bouche de son oncle Lorenz. Il était d'humeur allègre et il lui arrivait même de siffloter quand une fois encore il redéballait toutes ses affaires et, pliant de nouveau ses vêtements, refaisait pour la centième fois ses valises. Sabine, chaque fois qu'elle l'entendait s'affairer ainsi, lui lançait d'un ton qui semblait presque courroucé : « Tu ne veux pas que je t'aide ? », et il lui répondait alors d'une voix enjouée : « Non, non, j'en ai fini. »

Trois jours avant que Ferdinand s'en aille – il était prévu qu'il emprunte le train au départ de Wels –, Thomas fut pris d'une soudaine fébrilité. C'est comme s'il avait attendu cet instant pour prendre pleinement conscience de ce qui se passait, de ce qui était en train de s'accomplir réellement. Sabine remarqua le trouble qui l'agitait et, saisie d'un pressentiment, lui emboîta le pas sitôt qu'elle le vit se précipiter sur le téléphone, et posa le doigt sur la fourche de celui-ci. Thomas cessa de composer le numéro. « Va-t'en, lui dit-il, tu vois bien que je téléphone ! Tu n'as rien de mieux à faire ? — Peut-on savoir qui tu appelles, Goldberger ? lui demanda-t-elle. — Maria ! Ma sœur ! fulmina-t-il. — Rien qu'elle ? lui demanda Sabine en lui adressant un regard sévère. C'est beaucoup de travail, tu sais. — Mais oui, mais oui, bougonna-t-il, mais à présent fiche-moi la paix ! » Et, sous le regard de son épouse, où la sévérité peu à peu était éclipsée par une colère naissante, il appela encore une poignée d'autres personnes, mais sans passer la mesure.

Le barbecue donné en l'honneur de Ferdinand eut lieu le lendemain dans la soirée, à la grande surprise du jeune homme. On s'était rassemblé cette fois en petit comité. Quatre tables pliantes avaient été réunies en un carré. On se régala de saucisses, de côtelettes, de salade de pommes de terre et de pain frais, arrosant le tout de bière (en bouteilles, cette fois). Il y avait là Maria et Christoph, Elfriede, Otto, Bernadette et Leonhard (Johannes n'avait pu se libérer), et enfin Andreas, que Thomas était parvenu à convaincre après maintes palabres. Anna elle-même leur prêtait compagnie, rompait le pain avec eux, buvait de cette bière si coûteuse à ses yeux. Les hôtes de Thomas gardaient encore le souvenir de la fête précédente, et s'étonnaient un peu de la voir désormais acquiescer à tout cela. Mais une surprise bien plus grande encore, et qui devait prendre Sabine elle-même au dépourvu, les attendait à la fin du repas : les époux Wolf, les « grands-parents de K. », arrivèrent au domaine. Les années les avaient changés en vieillards chenus. Un taxi les déposa devant la ferme. Il n'était que de regarder Ferdinand pour comprendre quelle joie il éprouvait à voir sa famille ainsi réunie au grand complet, à la même table, pour la première fois. Et aucun d'eux n'éprouva la plus petite difficulté à discuter aimablement avec les vieilles personnes. Elles n'étaient plus désormais des adversaires, il était même inconcevable de se les figurer sous ce jour. Les grands-parents eux-mêmes se montrèrent aimables. Ils semblaient éprouver une profonde gratitude envers la vie qui les avait épargnés. Ils n'auraient jamais cru qu'ils verraient finalement se réaliser les vœux qu'ils avaient formés pour leur petit-fils : des études universitaires à Vienne. Pour eux qui avaient beaucoup voyagé, il s'agissait de la plus belle ville au monde. Y avait-il seulement quelqu'un, ce soir-là, autour de cette table, qui n'avait pas le cœur en fête ? Non, personne. Au fil du temps, Andreas, dont la posture trahissait à elle seule un certain retrait, abandonna son quant-à-soi et se mêla aux conversations – ses yeux, ses hochements de tête l'attestaient en tout cas. Ce n'était pas tant qu'il ne parlait pas (il glissait au contraire un mot de temps à autre, en roulant les *r*), mais on aurait dit qu'un peu du mutisme de Martha s'était transmis à lui. Ils faisaient bonne chère, buvaient, les conversations allaient bon train ; lorsque la nuit tomba, on installa sur les tables des photophores dont on alluma la mèche, on distribua châles et couvertures à qui le souhaitait, le tout comme en passant, cependant que les grandes roues de leurs histoires s'engrenaient immuablement, et c'est à peine si l'un des convives, levant les yeux vers le ciel, remarquait parfois que les étoiles semblaient avoir fait du chemin, ou que la lune n'était plus perchée au même endroit qu'il y avait un moment encore. Le mouvement des roues était impulsé par Thomas ; il était devenu, lui qui par le passé ne s'attachait qu'à évoquer les choses les plus prosaïques, un conteur hors pair, et les idées lui venaient à mesure qu'il racontait. Son grand-père, Goldberger le Vieux, n'aimait-il pas lui aussi raconter des histoires ? Mais si. Et il ne se lassait pas de leur faire des récits auxquels tous prêtaient une oreille attentive, qu'ils en eussent connu ou non les protagonistes ; l'important n'était pas là ; Thomas aurait même pu leur raconter ses histoires dans une langue étrangère. C'était un peu comme s'ils écoutaient une musique, fascinés, et ils étaient médusés de découvrir un visage de Thomas qu'ils ne connaissaient pas encore, et dont seul Ferdinand avait eu la primeur. Thomas se plaisait surtout à leur raconter tout ce qui s'était passé à la ferme depuis le jour où Ferdinand y était apparu. D'entre tous, ce sont les Wolf qui l'écoutaient le plus attentivement. Leurs visages rayonnaient de bonheur ; c'était comme si on leur avait soudain rendu des années qu'ils croyaient à jamais perdues. Et cette faveur leur était faite par la personne qu'ils en auraient la moins crue capable : lors de leur dernière rencontre, après tout, ils avaient craint que Thomas ne les chasse d'un coup de fusil. La vie que Ferdinand avait menée à Rosental ne leur était connue que par bribes, et ils en découvraient à présent des pans entiers. Ferdinand quant à lui était comblé. Par chance, la nuit était déjà faite, et personne ne put voir qu'il avait la gorge nouée et réprimait même de temps à autre quelques sanglots. Comme il était attaché à tous ces gens ! Son oncle était décidément un homme impénétrable ! On avait toujours l'impression qu'il ne songeait qu'à lui-même. Et voilà qu'il faisait maintenant le récit d'événements que lui, Ferdinand, avait oubliés depuis très longtemps. Thomas s'en souvenait encore jusque dans les moindres détails, et Sabine au besoin complétait encore ses évocations. À présent que Ferdinand était sur le point de partir, il s'apercevait qu'ils l'avaient couvé du regard pendant tout ce temps, sans qu'il s'en aperçût. Ils ne l'avaient pas quitté des yeux. Une discrète tristesse s'insinua encore en lui ; il regrettait d'avoir considéré bien trop vite son bonheur – car il avait éprouvé du bonheur à son arrivée à Rosental, et s'était réjoui d'y trouver un nouveau foyer – comme la chose la plus naturelle du monde. C'est que l'être humain était si prompt à s'habituer à toutes choses, en particulier aux plus belles. La fatigue gagnait le vieux père Wolf ; sa tête ne cessait de rouler sur son épaule. Christoph, qui n'avait que très peu bu, insista pour raccompagner les Wolf chez eux, et ceux-ci, après avoir opposé une molle résistance, prirent congé de tous les convives et rejoignirent l'automobile, sous la conduite de Ferdinand et de Christoph. Leur départ sonna le glas de la fête. Thomas ne raconta plus aucune histoire. On s'attarda cependant là un moment encore, à écouter le chant des grillons, finir son verre, patienter jusqu'au retour de Christoph. Quand celui-ci reparut, tous se levèrent comme s'ils s'étaient donné le mot, rassemblèrent assiettes et couverts et, les disposant sur des plateaux ou les tenant dans leurs mains, allèrent les déposer dans la cuisine. Les derniers invités se retirèrent. Thomas leur fit alors part de l'idée qui venait de lui traverser l'esprit : « Et si nous disputions tous ensemble une partie de football, demain ? » On posa une fois encore sur lui des yeux étonnés. Avait-on jamais vu Thomas jouer au football ? Mais il ne parvint à rallier aucun d'eux à son idée : tous étaient justement occupés le lendemain, ou du moins le prétendirent-ils. Enfin on se serra la main, on remonta en voiture, on s'en retourna chez soi. C'est à une heure très avancée de la nuit que s'acheva cette journée, l'avant-dernière que Ferdinand devait passer à Rosental.

Le jour suivant fut consacré tout entier aux préparatifs de départ de Ferdinand et à mettre en train la récolte de soja ; on avait présumé en effet que le grain arriverait à maturité après son départ, mais on voyait s'ouvrir dès à présent certaines des gousses d'un gris clair velouté qui répandaient leurs graines sur le sol ; c'était comme s'il avait fallu que les deux événements coïncident exactement. Sabine prépara à Ferdinand un panier de victuailles généreusement garni, comme s'il partait en voyage pour des jours entiers, et non pour quelques heures. Ferdinand, qui avait prêté main-forte à Thomas jusqu'à l'arrivée de Leonhard, se remit à faire ses bagages, rangea sa chambre, en balaya le plancher ; désormais, il ne se livrait plus vraiment à des préparatifs de départ, mais se contentait de tuer le temps. L'attente étouffa peu à peu la joie qu'il éprouvait à l'idée de partir ; à mesure que le soir approchait, Ferdinand se montra de plus en plus nerveux, et cette tension ne se dissipa en lui qu'à l'instant où il put courir de nouveau derrière le ballon à panneaux de cuir blancs et noirs, sur toute l'étendue du pré, en compagnie de Thomas, de Leonhard et de Sabine.

Thomas avait beau ne pas chômer, il n'en était pas moins saisi du même trouble que Ferdinand. Celui-ci allait s'amplifiant au gré des heures, et à la vérité il l'avait déjà ressenti la veille au soir, mais avait su le surmonter alors totalement en leur contant d'innombrables histoires. Aussi s'était-il ensuite efforcé de convaincre chacun de venir disputer ce match de football avec eux, afin d'occuper aussi le dernier soir que Ferdinand passerait à la ferme, et de ne pas se laisser submerger par cette nervosité dévorante qui n'entretenait aucun rapport avec l'orage qui semblait s'annoncer, mais était lourde de désespoir et de tristesse – et se nourrissait d'un sentiment de culpabilité toujours plus fort. Il ne pouvait pas s'empêcher de penser que c'était la seconde fois qu'il chassait quelqu'un de la ferme. La situation était pourtant toute différente : Ferdinand s'en allait de son plein gré. Mais il avait pourtant la sensation – entre mille autres ! – que si son neveu les quittait, c'était parce que lui, Thomas, ne l'avait pas retenu. Il croyait entendre encore ses propres paroles : « Ce n'est jamais que pour quelques années. » Mais il savait pourtant que c'était définitif. N'avait-il pas d'ailleurs tout de suite appelé Leonhard ? Et quand le gamin avait refusé de le prendre au téléphone, n'avait-il pas bondi dans sa voiture ? Songeait-il encore un instant que Ferdinand lui succéderait à la ferme ? Non, il avait vu Leonhard, et tout s'était éclairé dans son esprit. Il savait que ces pensées et le trouble qui l'agitait se dissiperaient dès que Ferdinand les aurait quittés et serait parvenu à bon port. « Loin des yeux, loin du cœur », se disait-il. Il en serait certainement ainsi. Aussi tenait-il à écourter si possible l'attente – par exemple en disputant une partie de football. À midi, lorsque Leonhard était arrivé, s'était installé à table, et que Thomas ne lui avait pas retourné son salut, Sabine avait observé : « Je crois que ça ne va pas craquer ! » Elle parlait du temps, qui selon elle resterait sec. Mais Thomas, comme pour lui couper la parole ou même lui intimer l'ordre de se taire, avait eu aussitôt un geste tranchant et s'était écrié : « Mais qu'il pleuve, qu'il pleuve ! » Il ne mangea presque rien, se leva bientôt de table et quitta la maison. Leonhard, avec un calme parfait, et sans paraître avoir seulement remarqué ce vif échange, termina son assiette, en nettoya impeccablement les bords avec un dernier morceau de pain, se fendit comme à l'ordinaire de quelques mots de remerciement protocolaires et partit en quête de Thomas – il savait toujours par avance où le trouver.

Ils n'étaient plus désormais que quatre, mais c'était assez pour une partie. Thomas et Ferdinand furent d'abord opposés à Sabine et Leonhard, puis on intervertit les rôles et Ferdinand fit équipe avec Sabine, Thomas avec Leonhard. Plus tard, ils changèrent encore de partenaire, et Sabine fut associée à Thomas, Ferdinand à Leonhard. Anna, pendant ce temps, se tenait assise sur une chaise devant la maison, la bible sur les genoux. On aurait dit que ses yeux ne se posaient ni sur l'ouvrage, ni sur le pré où évoluaient les joueurs de football, mais sur quelque territoire intermédiaire connu d'elle seule.

Ils étaient vêtus de shorts et, tous ne disposant pas de chaussures à crampons, jouaient nu-pieds. Leurs mollets et leurs cous-de-pied brunis par le soleil de l'été ne tardèrent pas à devenir rouges et brûlants, mais l'ardeur du jeu les enflammait si bien que c'est à peine s'ils le remarquèrent. Les buts étaient matérialisés d'un côté par l'une des armatures du séchoir à linge, de l'autre par deux bûches de frêne d'un ton très clair jetées dans l'herbe sans plus de façons, à peu près à la même distance l'une de l'autre que les deux montants métalliques du séchoir. Ils ménageaient des pauses entre chaque partie, s'affalaient dans l'herbe déjà fraîche et humide, reprenaient haleine, tandis que le cruchon de céramique blanc rayé de vert passait de main en main.

Ils se délassaient ainsi de leur fatigue après la dernière partie. Le crépuscule baignait déjà les campagnes et, bien qu'il ne fît pas encore nuit noire, on ne distinguait déjà plus les montagnes ; on apercevait en contrepartie, rares encore, les lumières scintillantes du Magdalenaberg, fanaux dansant sur une eau sombre. Ils étaient couchés sur le flanc dans le pré. On se grattait tantôt la jambe, tantôt la cambrure du pied. Thomas était en possession du ballon et s'amusait à le faire rouler sans cesse entre ses pieds et ses mollets, puis il le reprenait en main et le faisait pivoter sur lui-même à la pointe de son doigt. Il tenait absolument à disputer encore une toute dernière partie, mais il était le seul. Tous étaient recrus de fatigue. Ils avaient été mis à rude épreuve par cette longue journée, les travaux des champs éreintants, et par-dessus tout par la tension engendrée par le départ imminent de Ferdinand. Thomas lui-même sentait un assoupissement le gagner, mais il ne dormait pas encore, ne rêvait pas encore, et d'ici là il aurait préféré trouver un dérivatif à la tension qui l'habitait. Mais il constatait qu'il n'y avait rien à y faire. Et le cruchon de poiré lui-même était vide. Il aurait pourtant volontiers bu quelques gorgées encore – c'était après tout une façon comme une autre de se divertir l'esprit, de se soustraire à cette oppressante lucidité. « Rien qu'une partie ! insistait-il, allez, Ferdine ! » Ferdinand, qui était allongé sur le dos, les jambes ramenées vers lui, et contemplait le ciel, dit d'une voix à peine compréhensible : « Il faut croire que ton mari ne se tue pas à la tâche, Sabine. Il n'est toujours pas fatigué. » Sabine éclata de rire. Et n'entendit-on pas quelqu'un s'esclaffer aussi tout près de la maison ? Thomas était en colère après Ferdinand. Au cours des années passées, ils avaient eu souvent tous les deux de ces discussions au terme desquelles Thomas passait toujours pour un idiot, tandis que Ferdinand se contentait d'afficher un discret sourire. Il se disait : voilà au moins quelque chose que je ne connaîtrai plus. Au lieu de répliquer à Ferdinand, il attira le ballon à lui d'un geste habile du pied et le propulsa à deux mains vers Ferdinand. Tout à son accès de colère, il avait visé la tête de celui-ci, que protégeait son bras replié sur son visage, mais le ballon effleura au passage l'un des genoux dressés de Ferdinand et sa course en fut déviée. « Thomas ! », s'écria Sabine d'une voix pleine de fureur. Leonhard arracha un brin d'herbe, se le ficha entre les dents, suivit des yeux le ballon. Ferdinand n'esquissa d'abord aucun geste, puis son buste se souleva et, un instant plus tard, ramenant ses jambes tout contre sa poitrine, il amorça une roulade arrière, mais n'acheva cependant pas celle-ci et, sans paraître éprouver de difficulté, se dressa sur les mains, jambes tendues en l'air. Le maillot de corps bleu moulant qu'il portait ne glissa que de quelques centimètres le long de son corps. Il n'était plus le jeune garçon fluet d'autrefois. Il s'avança vers Thomas, le visage cramoisi, et lui lança d'une voix légèrement gémissante : « Raté, mon oncle. » Il n'en fallut pas davantage pour déchaîner les rires de Sabine et de Leonhard. Anna elle-même avait refermé la bible qu'elle tenait en ses mains et, roidissant énergiquement le dos, regardait dans leur direction. Ferdinand laissa lentement retomber ses jambes et ses pieds sur le sol, se redressa de toute sa hauteur et se lança sans plus attendre à la poursuite du ballon, qui venait de s'immobiliser à quelques mètres à peine de la limite du pré de fauche, là où commençait ce champ où l'on avait fraîchement semé un engrais vert et que la croupe de la colline dissimulait à la vue. Tous le suivirent du regard. Il filait à toutes jambes, mais, une fois arrivé au niveau des lilas, il se figea pourtant soudain. On l'aurait cru pétrifié. Ils le virent alors frissonner, trembler à la lettre de tout son être, et se frictionner vigoureusement les bras. Au même moment, dans la lumière du jour finissant, des oiseaux pareils à des ombres jaillirent en bandes des lilas dont les feuilles délicates pendaient mollement depuis des mois, ternes et presque informes, très progressivement se flétrissaient et plus lentement encore devenaient sèches, n'aspiraient plus qu'à rejoindre la « vieille terre patiente ». Mais, à peine un battement de cœur plus tard, Ferdinand reprit sa course, s'empara du ballon avec la pointe du pied, le glissa entre ses jambes, pivota sur lui-même et, le cuir collé au pied, mystifiant et esquivant d'invisibles adversaires, se lança dans une série de dribbles, de fulgurants crochets, traversa le pré à toute allure et, une fois arrivé à la hauteur de ses spectateurs couchés sur le flanc, tourna vers eux un visage rayonnant.

10

Une brise légère s'était levée, si discrète que c'est à peine si on la remarquait. Mais à de plus hautes altitudes le vent devait être plus vif, car il chassait les nuages vers l'est ; ils s'effaçaient. À leur place reparut pendant quelques instants une large bande de ciel très claire qui courait d'un bout à l'autre de l'horizon, mais dont la clarté n'avait aucune prise sur le crépuscule ni ne parvenait à l'empêcher, puis enfin ce pan de ciel lui-même s'obscurcit et l'étoile du berger, dont on devinait depuis un moment le délicat scintillement argenté, parut se rapprocher, ses contours gagnèrent en puissance et en netteté, elle se leva dans le ciel. Dans les premiers instants, le firmament nocturne demeura sombre et vide, à l'exception de cet astre esseulé, mais peu à peu d'autres étoiles apparurent et le ciel entier en fut bientôt piqueté. Le ciel dans toute sa vastitude ; car les nuages poussés vers l'est s'étaient intégralement dissipés. La lune dans son croissant parait d'un chatoiement argenté la pointe des brins d'herbe emperlés de rosée et la crête incurvée des vaguelettes du ruisseau qui murmurait dans la nuit son chant liquide. Une harde de neuf chevreuils – l'un d'eux, chose d'une rareté extrême sous ces latitudes, arborait une robe intégralement noire – remonta l'étendue du champ qui descendait en pente raide vers le sud et flanquait la route à main droite, s'approcha au plus près de la maison pour brouter l'herbe du pré ; on n'entendait pas les bêtes ; rien que le bruit laconique et sourd des brins d'herbe qu'on arrache, entre les pattes antérieures légèrement écartées. Plusieurs fois ils relevèrent la tête, l'un après l'autre, dressèrent l'oreille, prirent le vent, se remirent à viander. Des grillons stridulaient – leur chant était désormais apaisant et si lointain, comme venu d'un autre lieu, d'un endroit sans nom et qui n'aurait pas été Rosental, ou tout aussi bien des profondeurs de la terre : ce n'étaient plus les crissements stridents et bien trop sonores de juillet, et par-dessus tout des journées d'août. À mesure que passaient les heures de la nuit, les champs et les herbages qui couvraient la colline devenaient plus humides, des gouttes de rosée toujours plus nombreuses se formaient à la pointe des brins d'herbe, bientôt devenaient pour certaines si lourdes et grosses que ceux-ci s'inclinaient, ployaient sous elles, jusqu'à l'instant où, sans un son, elles tombaient enfin à terre et les faisaient frissonner tout entiers. Quand, pour un moment, le virulent vent d'ouest qui balayait le ciel se faisait aussi sentir à basse altitude, on entendait retentir dans l'air un très léger sifflement, et l'on percevait alors aussi la rumeur de l'incessant trafic routier nocturne sur l'autoroute. Le sifflement provenait d'une corneille en plastique d'un noir irisé de bleu qui, pendue à une potence en noisetier épaisse et haute de plus de deux mètres, attachée par les pattes avec une fine ficelle de chanvre marron, avait été installée à proximité du troupeau de moutons et, apparemment morte, était censée effaroucher les corneilles bien réelles qui s'attaquaient aux bêtes de temps à autre ; on avait découpé à la scie, au niveau de l'abdomen de la corneille factice, un trou quadrangulaire ; c'est de là que s'échappait ce son un peu caverneux et flûté, quand le vent y passait. Les cimes des arbres fruitiers bruissaient doucement, mais avec force. Le clignotement des étoiles était toujours plus vif, et l'on aurait dit que la vastitude du ciel s'en trouvait amplifiée, et que celui-ci était désormais plus proche de la Terre. Étaient-elles silencieuses ? Ne laissaient-elles pas filtrer vers nous comme un filet de voix, une multitude, non, une centaine, un millier de sons qui s'unissaient pour composer un chant qu'on ne percevait certes qu'à peine, mais majestueux cependant, et qui accompagnait sans relâche leur inlassable avancée dans le ciel ?

Peu à peu le scintillement des étoiles avait pâli, le ciel paraissait avoir repris de la hauteur ; sa noirceur, sans s'éclaircir pourtant, avait perdu en intensité. La lune brillait encore au firmament, mais tout à l'ouest désormais. Enfin les étoiles perdirent leur éclat et une clarté naissante se leva à l'est. Des brumes montaient du cours du ruisseau, et à peine en eurent-elles débordé les rives que tout parut bientôt en être nimbé : seule la croupe des montagnes demeurait encore noire, les montagnes elles-mêmes semblaient ne plus être que des masses nuageuses soudain émergées du sol, comme tout le reste hormis la terre. À l'est du massif rocheux en demi-couronne s'esquissa une lueur rouge-rose, comme si quelqu'un avait embué de son souffle rosé un écran de verre opalin. Cette couleur ne gagna pas en intensité, elle resta pâle, se déploya toutefois latéralement et un peu aussi en hauteur. Enfin le soleil apparut derrière l'arête de la montagne. On s'aperçut alors que d'épaisses nappes de brume flottaient en effet dans l'air – le disque du soleil se parait d'un rouge-rose vigoureux. Et l'on pouvait constater que ce qu'on avait pris peut-être un peu plus tôt pour des montagnes, ou du moins une partie des contreforts de celles-ci, était l'étendue d'une forêt, d'une vaste forêt au sein de laquelle on distinguait plus nettement que tout les pointes effilées des hauts épicéas. Le soleil, sitôt qu'il se fut levé sur l'arrondi de la montagne, parut s'y figer quelques minutes. Mais l'éclat de son disque rouge-rose ne faiblissait pas, il gagnait tout au contraire en puissance, avant qu'enfin cette couleur ne se dissipe soudain, ne baigne plus le soleil ni les terres qu'il éclairait ; le voile de brume venait de se déchirer, laissant passage à des flots de lumière, tout n'était plus qu'aveuglante clarté, et le jour ne tarda pas à se lever complètement. Les chants, les pépiements, les trilles des oiseaux qui demeuraient au pays, n'avaient pas encore migré vers le sud, accompagnèrent son essor. Sur les mottes de terre des champs retournés, sur les toiles d'araignée tendues ici et là au ras du sol et qui paraissaient y flotter, la rosée se rehaussait peu à peu d'irisations bleutées, et la pointe des plants de maïs d'un jaune isabelle flamboyait comme une torche.

Le long du chemin qui menait autrefois à la ferme d'Elisabeth et courait désormais dans le vide, un halo de lumière enveloppait les cimes des bouleaux qui s'inclinaient les unes vers les autres et, légères, étincelantes et aériennes, toujours mobiles, noires dans le contre-jour, étaient proches à se toucher, et, au bord du sentier caillouteux envahi par l'herbe folle, des taches de lumière se pourchassaient sur le sol, tels de jeunes chats espiègles. Voilà bien longtemps que le chemin n'était plus un chemin, mais un tunnel blanc fourré de verdure – du moins pendant la moitié chaude de l'année –, criblé de lumière, et qui courait au milieu d'un champ sans qu'on pût en entrevoir la raison. Au-dessus du cours d'eau les derniers lambeaux de brume se dissipaient, et bientôt ce fut comme s'ils n'avaient jamais existé ; le ruisseau roulait vers l'ouest ses eaux scintillantes.

La journée serait ensoleillée et même brûlante. Il régnait une fois encore une lumière dorée qui se posait délicatement sur toutes choses. La rosée ne tarda pas à sécher. Un grand porte-queue, voletant autour d'un papillon de même espèce qui filait tout droit et ne s'en laissa pas conter, survola la bande de pré qui s'étendait devant la ferme étincelant au soleil, puis les deux papillons mirent le cap sur le versant rocheux et disparurent de l'autre côté de la croupe de la colline. On distinguait encore une poignée d'hirondelles à plastron blanc décrivant dans l'air leurs arabesques hardies, en quête de mouches et de moustiques, et quelques merles furetant dans l'herbe et dans la profondeur des lilas, tout en flûtant de temps à autre leur chant allègre. Au bord des champs dont on n'avait pas encore retourné la terre, des buses étaient perchées dans les arbres, à l'affût, guettant leurs proies. Un faucon crécerelle infatigable prenait son envol, tournoyait dans les hauteurs du ciel, restait en vol stationnaire un moment, à battements d'ailes rapides, puis se remettait à décrire des cercles, sans jamais amorcer de descente en piqué. Aux environs de midi, l'eau du ruisseau était si blanche qu'on aurait dit que des torrents de sel pur coulaient dans son lit. Ce n'est qu'aux premières heures du soir qu'on vit reparaître le scintillement des eaux, un scintillement à la fois plus virulent et plus subtil que celui du petit jour. Dans les prairies, les grillons et les sauterelles, plus vifs que jamais, bondissaient, stridulaient, donnaient des coups d'archet.

Les ombres étaient nées avec le matin, s'étaient peu à peu raccourcies au gré des heures avant de se résorber presque tout à fait, pour s'allonger de nouveau à mesure que le soir approchait. Le soleil suivit à son éternelle vitesse sa trajectoire immuable, et lorsqu'il se coucha sur Rosental, on eut encore l'impression qu'un voile – de nuages, cette fois, et non de brume – le nimbait, tandis que tout resplendissait d'un orange intense et profond.

L'air devint frais, puis froid. Plus tard la nuit tomba tout à fait, et seules les lumières du Magdalenaberg, vacillants falots ballottés sur des eaux noires, percèrent encore les ténèbres, avant que le chant des étoiles ne s'élève de nouveau.

Vienne – Hallwang – Sallahn – Schreyahn
mai 2010-juin 2011

À la mémoire
d'Anna Kaiser-Mühlecker
(1926-2010)

Dans la même collection

Ilse Aichinger

Un plus grand espoir
Traduit de l'allemand (Autriche)
par Uta Müller et Denis Denjean

Eliza Eliza
Traduit de l'allemand (Autriche)
par Jean-François Boutout, Sylvaine Faure-Godbert, Uta Müller et Denis Denjean, Henri Plard

Leopold Andrian

Le Jardin de la connaissance
Traduit de l'allemand (Autriche)
par Jean-Yves Masson

Rudolf Borchardt

Déshonneur
Traduit de l'allemand par
Pierre-François Kaempf

Paul Celan

Entretien dans la montagne
Traduction de l'allemand par Stéphane Mosès, suivi de « Quand le langage se fait voix », par Stéphane Mosès

Alfred Döblin

Ætheria
Traduit de l'allemand par Marianne Charrière

Franz Michael Felder

Scènes de ma vie
Traduit de l'allemand (Autriche) par
Olivier Le Lay. Préface de Peter Handke

Peter Handke

À ma fenêtre le matin
Carnets du rocher, 1982-1987
Traduit de l'allemand (Autriche)
par Olivier Le Lay

Hier en chemin
Carnets, novembre 1987-juillet 1990
Traduit de l'allemand (Autriche)
par Olivier Le Lay

Wolfgang Hermann

Adieu sans fin
Traduit de l'allemand (Autriche)
par Olivier Le Lay

Wolfgang Hildesheimer

Masante
Traduit de l'allemand par Uta Müller
et Denis Denjean

Hugo von Hofmannsthal

La Femme sans ombre
Traduit de l'allemand (Autriche)
par Jean-Yves Masson

L'Homme difficile
Traduit de l'allemand (Autriche)
par Jean-Yves Masson

Thomas Hürlimann

Quarante roses
Traduit de l'allemand (Suisse)
par Fedora Wesseler

Elfriede Jelinek

Restoroute – Animaux
Traduit de l'allemand (Autriche)
par Patrick Démerin et Dieter Hornig

Thomas Jonigk

Jupiter
Traduit de l'allemand par
Georges-Arthur Goldschmidt

Quarante jours
Traduit de l'allemand par Bernard Banoun

Gert Jonke

L'École du virtuose
Traduit de l'allemand (Autriche)
par Uta Müller et Denis Denjean

La Guerre du sommeil
Traduit de l'allemand (Autriche)
par Uta Müller et Denis Denjean

La Tête de George Frédéric Haendel
Traduit de l'allemand (Autriche)
par Uta Müller et Denis Denjean

La Mort d'Anton Webern
Traduit de l'allemand (Autriche)
par Uta Müller et Denis Denjean

Alfred Kolleritsch

Allemann
Traduit de l'allemand (Autriche)
par Claude Proriol

Robert Menasse

La Pitoyable Histoire de Leo Singer
Traduit de l'allemand (Autriche)
par Christine Lecerf

Machine arrière
Traduit de l'allemand (Autriche)
par Christine Lecerf

Chassés de l'enfer
Traduit de l'allemand (Autriche) par Marianne Rocher-Jacquin et Daniel Rocher

Don Juan de la Manche
L'éducation au désir
Traduit de l'allemand (Autriche)
par Barbara Fontaine

La Capitale
Traduit de l'allemand (Autriche)
par Olivier Mannoni

RAINER MARIA RILKE

Lettres à Yvonne von Wattenwyl
Texte établi par Hugo Sarbach. Traduit de l'allemand par Yvonne Gmür

Poèmes à la nuit
Édition bilingue. Traduit de l'allemand par Gabrielle Althen et Jean-Yves Masson

LUISE RINSER

Miryam
Traduit de l'allemand par Jean-Yves Masson

LEOPOLD VON SACHER-MASOCH

L'Amour de Platon
Traduit de l'allemand par Jean-François Boutout

NELLY SACHS

Éclipse d'étoile
précédé de *Dans les demeures de la mort*
Traduit de l'allemand par Mireille Gansel

Exode et Métamorphose
Traduit de l'allemand par Mireille Gansel

Partage-toi, nuit
Traduit de l'allemand par Mireille Gansel

LUTZ SEILER

Le Poids du temps
Traduit de l'allemand par Uta Müller et Denis Denjean

Kruso
Traduit de l'allemand par Uta Müller et Bernard Banoun

YOKO TAWADA

Narrateurs sans âmes
Traduit de l'allemand (Japon)
par Bernard Banoun

Opium pour Ovide
Notes de chevet sur vingt-deux femmes
Traduit de l'allemand (Japon)
par Bernard Banoun

L'Œil nu
Traduit de l'allemand (Japon)
par Bernard Banoun

Train de nuit avec suspects
Traduit du japonais par Ryoko Sekiguchi et Bernard Banoun

Le Voyage à Bordeaux
Traduit de l'allemand (Japon)
par Bernard Banoun

Journal des jours tremblants
Après Fukushima, précédé de
Trois leçons de poétique
Traduit de l'allemand par Bernard Banoun et du japonais par Cécile Sakai

Histoire de Knut
Traduit de l'allemand (Japon)
par Bernard Banoun

JOSEF WINKLER

Le Serf
Traduit de l'allemand (Autriche)
par Éric Dortu

Cimetière des oranges amères
Traduit de l'allemand (Autriche)
par Éric Dortu

Quand l'heure viendra
Traduit de l'allemand (Autriche)
par Bernard Banoun

Natura morta
Traduit de l'allemand (Autriche)
par Bernard Banoun

Sur la rive du Gange
Traduit de l'allemand (Autriche)
par Éric Dortu

Langue maternelle
Traduit de l'allemand (Autriche)
par Bernard Banoun

Requiem pour un père
Traduit de l'allemand (Autriche)
par Bernard Banoun

Mère et le crayon
Traduit de l'allemand (Autriche)
par Olivier Le Lay

Le Livret du pupille Jean Genet
Traduit de l'allemand (Autriche)
par Olivier Le Lay

Verdier/poche

Hugo von Hofmannsthal

Le Lien d'ombre
Édition bilingue. Traduit de l'allemand (Autriche) par Jean-Yves Masson

Jedermann
Traduit de l'allemand (Autriche) par Daniel Hurstel

Rainer Maria Rilke

Chant éloigné
Édition bilingue. Traduit de l'allemand par Jean-Yves Masson

Requiem
Édition bilingue. Traduit de l'allemand par Jean-Yves Masson

Annemarie Schwarzenbach

Nouvelle lyrique
Traduit de l'allemand par Emmanuelle Cotté

*

Jean-Yves Masson

Hofmannsthal, renoncement et métamorphose

Cet ouvrage a été achevé d'imprimer en décembre 2020
dans les ateliers de Normandie Roto Impression S.A.S.
61250 Lonrai
N° d'imprimeur : 2005016
Dépôt légal : mars 2021

Imprimé en France